Für meine Mutter und meinen Vater,
Marjorie und Richard Patterson,
und für meine Tochter und meinen Sohn,
Shannon und Brooke,
mit Liebe und Dankbarkeit.
Ich bin froh, daß ich sie habe.

Prolog

PHÖNIX

DIE ENTFÜHRUNG

7. April

Aus der Ferne hätten die Spieler irgend jemand sein können – zwei Gestalten, die lautlos auf einen unsichtbaren Ball eindroschen.

Der Tennisplatz war ein grünes Rechteck in einer Senke des Napa Valley. Zum Platz hin fiel das Gelände etwa eine halbe Meile weit steil ab. Das Nacheinander von Rinnen und Graten, die mit niedrigem grünen Buschwerk bedeckt waren, wirkte wie ein Meer aus Heidekraut, das bis zu den tannenbestandenen Hügelketten einige Meilen hinter dem Tennisplatz hinaufbrandete. In unregelmäßigen Abständen warfen knorrige Eichen lange Spätnachmittagsschatten nach Nordosten. Zwischen ihnen schlichen zwei Männer mit halbautomatischen Waffen auf die winzigen Gestalten in Weiß zu.

Sie blieben geduckt, um im Buschwerk Deckung zu finden, und überwanden die Rinnen und Grate in einem halsbrecherischen Zickzacklauf, der sie allmählich näher heranbrachte. Während die Minuten verstrichen, verlor man sie aus den Augen, entdeckte sie wieder, verlor sie erneut aus den Augen. Auf jedem Grat waren sie wieder zu sehen – aber kleiner, dem Platz näher. Die einzige Konstante waren die beiden Spieler: ahnungslos wie Kinder.

Die Männer verschwanden in einem Einschnitt zehn Meter vom Platzrand entfernt. Dies waren die letzten friedlichen Sekunden. Einer der Spieler lief ans Netz und riß in einer komischen Siegesgeste die Arme hoch.

Die beiden Bewaffneten stürmten auf den Platz.

Die Spieler erstarrten; die Maskierten standen ihnen gegenüber – eine Pantomime der Unschlüssigkeit.

Plötzlich fuhr ein weißer Kleinbus am Platzrand vor. Sein maskierter und bewaffneter Fahrer lenkte auf die vier wartenden Gestalten zu. Dieser neue Protagonist hob ohne Eile seine merkwürdig geformte Waffe und verkündete dann allen, die ihn sahen: »Ich bin Phönix ...«
Tony Lord stellte seinen Fernseher lauter, ohne recht zu wissen, was er sah.
Die Tonbandstimme klang tief, aber undeutlich – wie eine zu langsam laufende Schallplatte. »In den kommenden acht Tagen werden Sie über Satellit live miterleben, was ich tue ...«
Das Bild wechselte plötzlich.
In der Nahaufnahme erkannte Lord die beiden Tennisspieler als Colby und Alexis Parnell.
Er starrte ungläubig hin. Parnell machte instinktiv eine Bewegung, um seine Frau vor der Kamera zu schützen. Eine rührende, mitleiderregende Geste, eine Szene wie aus einem Charlie-Chaplin-Film.
Die Kamera zeigte die beiden jetzt, wie Phönix sie sah.
»Vor drei Tagen habe ich Stacy Tarrants Manager John Damone entführt. Wie Sie sehen, habe ich heute abend Alexis Parnell gekidnappt. Morgen wird meine erste Forderung an Stacy Tarrant und Colby Parnell via Satellit ausgestrahlt, über Satellite News International ...«
Die beiden Bewaffneten kamen auf Alexis zu. Parnell wandte sich nach der Kamera um und rief übers Tennisnetz: »Nehmen Sie *mich*!«
»Im Fernsehen werden Sie miterleben, ob dem reichen Pressezaren und der berühmten Rocksängerin die ihnen am nächsten stehenden Menschen soviel wert sind wie ihre Privilegien. Und danach werden Sie als Geschworene bei der Urteilsfindung mitwirken ...«
Parnell beobachtete, wie einer der Bewaffneten Alexis die Hände fesselte, während ihr der andere seine Waffe an die Schläfe hielt. Sie wirkte trotz ihrer Benommenheit perfekt wie eine gut frisierte Schaufensterpuppe. Lord konnte ihren Schock fast körperlich spüren.
»Es wird ein Verfahren um soziale Gerechtigkeit vor einem Millionenpublikum – mit Colby Parnell und Stacy Tarrant auf der

Anklagebank und dem Leben zweier von ihnen geliebter Menschen als Einsatz.
Niemand kann diesen Prozeß vor dem Urteilsspruch stoppen oder meine Geiseln befreien. Niemand kann ihr Versteck oder meinen Sender finden. Das sollte auch niemand versuchen, denn das Versteck ist durch bewaffnete Posten und Sprengladungen gesichert, und mein Puls wird von einem Elektrokardiographen überwacht, der an Plastiksprengstoff angeschlossen ist. Sollte mein Herz zu schlagen aufhören, detoniert binnen fünfzehn Sekunden eine Sprengladung, die Damone und Alexis Parnell in Stücke reißt. Ob sie überleben, hängt allein von mir ab – und letztlich von *Ihnen* . . .«
Lord beobachtete verblüfft, wie die beiden Maskierten Alexis vor sich her zu dem Kleinbus stießen.
»Gelingt es Stacy Tarrant nicht, Sie in einem einzigartigen und öffentlichen Akt der Selbstlosigkeit, dessen Einzelheiten ich morgen abend in meiner ersten Sendung bekanntgeben werde, dazu zu bewegen, fünf Millionen Dollar zu spenden, stirbt John Damone . . .«
Die Hecktür des Fahrzeugs wurde aufgerissen. Alexis stolperte, ging kurz zu Boden und schürfte sich dabei das Knie auf. Sie wollte die Schürfwunde unwillkürlich berühren, aber dann merkte sie, daß ihre Hände gefesselt waren.
»Was Alexis Parnell betrifft, können Sie in den kommenden Tagen vor dem Fernseher darüber urteilen, wie genau ihr Mann meine Forderungen erfüllt. Am siebten Tag ihrer Gefangenschaft werden Sie dann darüber abstimmen, ob sie leben oder sterben soll . . .«
Alexis blickte unwillkürlich in die Kamera, als das Zoomobjektiv ihr Gesicht heranholte.
»Und am letzten Tag erleben Sie ihre Freilassung oder Hinrichtung – vor laufender Kamera.«
Alexis Parnell, deren silberblonde Mähne in der Sonne aufleuchtete, starrte aus Lords Fernseher. Als das Bild erstarrte, hatte sie Tränen in den Augen. Unter ihrem Gesicht wurde eine Zeile eingeblendet: *Courtesy of SNI.*
»Um Himmels willen«, murmelte Lord unwillkürlich. Im nächsten Augenblick verschwand Alexis vom Bildschirm.

Die Moderatorin des Nachrichtenmagazins an diesem Wochenende begann in energischem Stakkato zu sprechen:
»Der schockierende Film, den Sie soeben gesehen haben, ist heute morgen bei Colby Parnell gefunden worden, nachdem die Terroristen ihn gefesselt, aber unverletzt in der Nähe einer Farm im Sonoma County ausgesetzt hatten. Ebenfalls bei ihm gefunden wurde ein Tonband, auf dem der sogenannte ›Phönix‹ damit droht, bei Nichtsendung des Films Parnells Frau Alexis zu ermorden. Weiterhin behaupten die Terroristen, sie hätten John Damone, den Manager der Sängerin Stacy Tarrant, der Ende letzter Woche aus seinem Haus in Los Angeles entführt worden ist, in ihrer Gewalt. Und nun müssen der Medienmogul und der weibliche Superstar der Rockmusik mit Millionen anderer Bürger auf die von ›Phönix‹ angekündigten Sendungen warten.
Noch ungewöhnlicher wird dieser Fall durch die Tatsache, daß die Parnells und Stacy Tarrant schon früher Opfer persönlicher Tragödien geworden sind. Robert Parnell, der Sohn des Ehepaars, ist 1968 aus ihrer Skihütte am Lake Tahoe entführt worden und seither spurlos verschwunden, während Stacy Tarrants enge Beziehung zu dem Präsidentschaftskandidaten James Kilcannon im Juni letzten Jahres endete, als dieser von dem Vietnamveteranen Harry Carson ermordet wurde...«
Es folgten ein paar Aufnahmen von Stacy Tarrant. Lord sah sofort, daß es sich um einen Archivfilm handelte, der Stacy beim Verlassen des Gerichtsgebäudes zeigte. Sichtlich mitgenommen, wie er sie in Erinnerung hatte, stieg sie in ihre Limousine, ohne jemanden anzusehen oder ein Wort zu sagen.
»Miss Tarrant hat sich seit ihrer Aussage in dem umstrittenen Verfahren gegen Carson nicht mehr in der Öffentlichkeit gezeigt...«
Sein Telefon klingelte. Er stellte den Fernseher ab, ging in die Küche und meldete sich.
Die Stimme des Wachmanns unten in der Eingangshalle klang nervös. »Hier ist ein Fernsehteam, Mr. Lord – wegen irgendeinem ›Phönix‹.«
Lord brauchte einen Augenblick, um zu reagieren. »Lassen Sie mich mit den Leuten reden.«

»Tony? Tom Isaka, Headline News.«
»Ich kann mich nicht erinnern, Ihnen eine Einladung geschickt zu haben, Tom.«
»Wir sind bei Ihrer Frau gewesen. Sie hat uns erzählt, Sie hätten gerade Ihren Sohn abgeliefert.«
Lord konnte sich bestens vorstellen, wie Marcia den Reportern Auskunft gegeben hatte. »Exfrau. Außerdem ist es mir ehrlich gesagt nicht gerade recht, wenn alle Welt erfährt, wo ich wohne.«
»Warum so abweisend?«
Lord war nahe daran, einfach aufzulegen. »Weil ich's satt habe, daß Tarrants und Kilcannons Bewunderer mich anrufen und mir schildern, was sie meinem Sohn alles antun, *bevor* sie seine Leiche in der Bucht versenken. Hören Sie, ich habe eben Ihre Nachrichten gesehen – und *dem* habe ich nichts hinzuzufügen.«
»Aber UPI zitiert den Präsidenten mit den Worten, daß Sie diesen ›einzigartig dastehenden terroristischen Akt‹ mit ihrem Verhalten im Fall Carson begünstigt hätten, Strafverteidiger. Denkt man daran, daß Parnell, Damone *und* Stacy Tarrant alle eine Rolle in Ihrer Karriere gespielt haben...«
»Sagen Sie, Tom«, unterbrach Lord ihn, »kann dieser Mutant wirklich auf Sendung gehen?«
»Wenn er die nötige Hardware hat, wie sie zum Beispiel im Verfahren gegen Carson eingesetzt worden ist – warum nicht? Aber noch mal zurück zu meiner Frage. Da Parnell, Damone *und* Stacy Tarrant alle eine Rolle in Ihrer Karriere gespielt haben...«
Lord ging nicht darauf ein. »Für mich steht fest, daß dieser Kerl die beiden Geiseln umbringt, wenn seine Forderungen nicht erfüllt werden. Und Sie würden seine Filmclips jederzeit bringen, nehme ich an.«
»Wir zeigen alles, was Nachrichtenwert hat, Tony.«
»Nicht mit meiner Hilfe. Viel Spaß!« Lord legte auf.
Er trat ans Fenster und starrte hinaus auf die für Portofino charakteristischen rosa und weißen Häuser und die im Sonnenschein glitzernde azurblaue Bucht. Alles erschien ihm unwirklich, wie eine Täuschung.

Als Lord sich dann abwandte, sah er Christophers Spielsachen im Wohnzimmer. Er machte sich geistesabwesend daran, die Spielzeugautos aufzusammeln.

Die im Fernsehen gezeigte Erpressung von Prominenten – ein achttägiger Wettlauf gegen eine öffentliche Hinrichtung, der Millionen anziehen würde –, würde den Terrorismus dramatisch verändern, wenn sie Erfolg hatte. Die Täter hatten die perfekten Opfer ausgewählt: Stacy und Parnell mußten das Gefühl haben, sich in einem Alptraum zu befinden, der letztlich nur allzu real war.

Nachdem er Christophers Autos eingesammelt hatte, ging er ins Schlafzimmer. Auf dem Teppich vor dem Kinderbett lag der Baseballhandschuh, den er seinem Sohn geschenkt hatte.

Lord klappte das Bett zusammen und betrachtete nachdenklich den Fanghandschuh. Seit der Scheidung von Marcia kam es ihm so vor, als würde er Christopher selbst wegräumen, wenn er seine Sachen zusammensuchte. Er ließ den Handschuh liegen.

Zum *Teufel* mit ihr, dachte er.

Als das Telefon wieder klingelte, war er gerade auf dem Weg zurück zum Fernseher.

Diesmal war es Cass, die ihn fragte: »Hast du diesen Film gesehen? UPI ruft dauernd an...«

»Ich habe ihn gesehen.« Lord fiel auf, daß Cass erschüttert wirkte. »Hoffentlich bringt dieser Verrückte sie nicht um...«

»Weißt du auch, was der Präsident gesagt hat?«

»Ja. Hat er die üblichen Todesdrohungen ausgestoßen?«

»Nein, diesmal nicht.«

»Was gibt's noch?«

Er hörte, wie sie ausatmete. »Stacy Tarrant hat ihre Nummer auf unserem Anrufbeantworter zurückgelassen.«

Lord starrte aus dem Fenster. »Nur ein schlechter Scherz, Cass«, behauptete er schließlich.

»Ich habe bei der Auskunft angerufen. Sie steht natürlich nicht im Telefonbuch, aber es handelt sich um eine Nummer in Malibu. Dort hat Stacy sich verkrochen, seitdem Harry und du sie ins Exil getrieben haben, wie das Magazin *People* behaupten würde.«

Lord äußerte sich nicht dazu.

»Tony? Laß mich dir die Nummer geben – für alle Fälle.«
Lord schrieb sie sich auf. »Sonst noch Anrufe?«
»Bloß einer.« Ihre Stimme klang ausdruckslos. »Larry Parris hat aus Hollywood angerufen. Er rät dir dringend zum Verkauf der Filmrechte, was den Fall Carson angeht, bevor er durch ›Phönix‹ auf einmal passé ist. Er macht sich ehrlich Sorgen, weil Harry dir – wegen deiner Scheidung und so – offenbar kein Glück gebracht hat.«
»Sag ihm, daß Glücklichsein ein Talent ist.«
»Außerdem glaubt er, daß er Jaclyn Smith als Stacy Tarrant kriegen kann.«
Lord erinnerte sich an Stacy bei seiner letzten Frage vor Gericht. »Sie sieht nicht wie Stacy aus.«
»Niemand sieht wie sie aus.«
»Dann sollte er's vielleicht mal mit Jodie Foster versuchen.«
Sie sprach noch sanfter. »Du fühlst dich mies, was?«
Lord hörte die Besorgnis in ihrer Stimme. »Lieb, daß du an mich denkst, Cassie.«
»Ach, Schatz, wenn du nur kein Mann wärst...« Sie machte eine kurze Pause. »Irgendwie kann sie einem echt leid tun.«
»Irgendwie schon«, sagte er knapp. »Und ich bleibe auf diesen Filmrechten sitzen.«
»Ja, ich weiß.«
Cass verabschiedete sich und legte auf.
Nachdem Lord den Telefonstecker herausgezogen hatte, ging er ins Wohnzimmer und stellte SNI an.
Wie erwartet lief jener andere Film über Stacy.
Um sich auf den Prozeß vorzubereiten, hatte Lord sich diesen Film mindestens zwanzigmal angesehen, das letzte Mal, als er ihn ihr während des Kreuzverhörs gezeigt hatte. Kilcannon lag verletzt auf der Bühne; während die Kamera sein Gesicht näher heranholte, beugte Stacy sich über ihn. Ihre Lippen bewegten sich; dann schien Kilcannon etwas zu sagen. Sie blickte hilfesuchend in die Kamera.
Da Carsons Leben auf dem Spiel stand, hatte Lord sie gefragt, ob er ihrer Meinung nach rein rational gehandelt hatte. Aber keiner von ihnen, das war ihm jetzt klar, hatte die richtige Antwort gewußt.

SNI zeigte nochmals die Entführung.
Lord ging in die Küche zurück. Die Worte des Terroristen verfolgten ihn wie die Stimme eines Geisterbahnmonsters. »Ich bin Phönix...«
Daß er sich bereits an diesen Namen gewöhnt hatte, beunruhigte Lord.
»Gelingt es Stacy Tarrant nicht, Sie in einem einzigartigen und öffentlichen Akt der Selbstlosigkeit, dessen Einzelheiten ich morgen abend in meiner ersten Sendung bekanntgeben werde, dazu zu bewegen, fünf Millionen Dollar zu spenden, stirbt John Damone...«
In diesem Augenblick glaubte Lord zu wissen, daß die Geiseln nicht gerettet werden würden.
Er stöpselte das Telefon wieder ein und wählte die Nummer, die Cass ihm diktiert hatte.
»Hallo?« Eine Frau, die nach dem zweiten Klingeln abgehoben hatte.
»Stacy?«
»Ja?«
»Hier ist Tony Lord.«
Schweigen. »Ich war mir nicht sicher, ob Sie sich melden würden.«
Jetzt erkannte Lord die Stimme wieder, rauchig und für eine Frau ziemlich tief. »Sie sind es also wirklich.«
»Ich bin's wirklich«, bestätigte sie kühl.
»Das mit Damone tut mir leid«, sagte er.
»Schon gut«, wehrte sie ab. »Ich möchte Sie sprechen.«
Lord machte eine Pause. »Und warum?«
Das ignorierte sie. »Morgen abend ist er auf Sendung. Können Sie kommen?«
Aus dem Fernseher im Wohnzimmer drang Phönix' Stimme herüber: »Und am letzten Tag erleben Sie ihre Freilassung oder Hinrichtung – vor laufender Kamera.«
»Gut, ich komme«, antwortete Lord. »Sie haben gewußt, daß ich kommen würde.«

Teil 1

STACY TARRANT

DAS KONZERT

2. Juni des Vorjahres

1

Stacy Tarrant lag noch im Bett und kam sich wie eine Fremde in ihrer eigenen Stadt vor.
Die Vorhänge waren geschlossen, und Jamie zog sich schweigend an. Stacy dachte, daß seine Präsidentschaftskandidatur langsam eine beängstigende Ähnlichkeit mit dem Leben eines Rockstars annahm.
Und in fünfzehn Stunden würde sie zum erstenmal seit einem Jahr zwanzigtausend Leuten gegenüberstehen, vor denen sie sich schon jetzt fürchtete.
»Scheiße«, sagte sie, setzte ihre Brille auf, marschierte nackt zum Fenster und riß die Vorhänge auf.
Es war 6.00 Uhr.
Von der Sonne angestrahlter leichter Morgennebel ließ das Gewirr der Freeways wie eine Fata Morgana aussehen. Jamie wandte sich vom Spiegel ab und scherzte: »Nein, das ist Los Angeles. Aber bedeutet das irgendwas für uns?«
Stacy lächelte. »Mich interessiert mehr, wo wir heute hinmüssen.«
Hinter sich spürte sie, wie er sich in Senator James Kilcannon verwandelte: schlank, elegant, beweglich. »Wir machen eine Spritztour durch Los Angeles, San Diego, San Francisco, Sacramento und wieder nach San Francisco zurück, wo Alexis Parnell eine Cocktailparty gibt, bevor das Rockkonzert steigt, das den Triumph am kommenden Dienstag finanzieren wird. Hoffentlich.« Dem leiser und aus der Nähe gesprochenen letzten Wort folgte ein Kuß auf ihren Nacken. »Und sollte mein jungenhafter Charme nicht ausreichen, bist du auch noch dabei,

um mir die Nominierung zum Präsidentschaftskandidaten der Demokraten zu verschaffen.«
Das klang fast bedauernd, fand Stacy. Halb im Scherz fragte sie: »Hast du nicht darauf spekuliert, als wir uns kennengelernt haben?«
»Damals hast du mir erklärt, du würdest nicht singen«, widersprach er sanft. »Und die Umstände waren ja auch ziemlich merkwürdig.«
Sie drehte sich um und berührte sein Gesicht. »Weshalb das Mona-Lisa-Lächeln?« fragte er.
Sie zögerte. »Ich habe mir gerade überlegt, daß Leute wie wir genau das vom Leben bekommen, was sie verlangen.«
Seine Augen glitzerten vor Ironie und Verständnis. »Andererseits ist nichts vollkommen«, sagte er leichthin. »Nichts und niemand.« Er küßte sie und ging nach nebenan, um mit seinen schon wartenden Mitarbeitern seinen Tag zu planen.
Stacy blickte gedankenverloren auf Los Angeles hinaus.
Sie liebte diese Stadt, seitdem sie mit John Damone hierher gekommen war: eine junge Sängerin, deren erste Single gerade herausgekommen war und die nie von James Kilcannon gehört hatte. »Der Freeway ist ewig«, verkündete ein Diskjockey, als sie mit ihrem klapprigen Volvo in den dichten Verkehr einfädelte. Auch sie fing an, dicht aufzufahren und zu bremsen, zu schalten und zu beschleunigen, und als sie irgendwo in West Hollywood ein Cabrio überholte, kam aus der voll aufgedrehten Stereoanlage des anderen Wagens ihre Stimme.
Das war das erste Mal. Stacy fuhr auf den Seitenstreifen, weil sie merkte, daß sie dicht davor war, in Tränen auszubrechen.
Damals war sie fünfundzwanzig. Diesen Song hatte sie mit siebzehn geschrieben, und dazwischen lagen tausend Auftritte in schäbigen Clubs. »Wir haben so dafür geschuftet«, murmelte sie.
Und als sie ein Jahr später von ihrer ersten anstrengenden Tournee zurückkam, wurde ihr klar, daß sie jetzt Geld wie Heu hatte, und sie entdeckte in den West Hollywood Hills ein Haus im spanischen Stil, das so empörend neureich-protzig wirkte, daß sie schon bei der ersten Besichtigung grinsen mußte; eine als englischer Pub eingerichtete Bar mit Spielautomaten; gleich

neben der Sauna das Bad mit versenkter Wanne und einem Bidet; griechische Säulen rund um den Swimmingpool. Als Damone und sie dann das schwarze Schlafzimmer mit den Spiegeln entdeckten, lachte sie bereits laut.

»Sieht wie ein von Walt Disney inszenierter feuchter Traum aus«, scherzte er, und Stacy beschloß, es sofort zu kaufen. Sie ließ ihr Klavier und ihr gesamtes Sound-Equipment in das Schlafzimmer mit den Spiegeln schaffen und am Pool zwei riesige Palmen einsetzen, um darunter Songs schreiben zu können. Und nun war ihr Gesicht so berühmt wie ihre Stimme, und diese Stadt der Trugbilder war ihre Heimat. Die Stadt jetzt von Jamies Suite aus zu sehen, verwirrte sie.

Stacy hatte ihn vier Jahre später kennengelernt, als ihr drittes Album auf Platz eins stand und sie so damit ausgelastet war, Songs zu schreiben und zu touren, daß sie sich fragte, ob es nichts anderes mehr in ihrem Leben gab. Und dann hatte Damone angerufen, um in übertrieben ehrfürchtigem Tonfall anzukündigen: »Senator James Kilcannon möchte dich kennenlernen.«

Daß Unbekannte sie anriefen, weil sie berühmt war, verblüffte oder beeindruckte sie nicht mehr. »Er will Geld, stimmt's?«

»Er möchte, daß du für ihn singst – Wahlkampfspenden sind gesetzlich auf tausend Dollar beschränkt, aber wenn du in einem ausverkauften Stadion auftrittst, kannst du weitere vierhundert Riesen einspielen.«

»Aber weshalb sollte ich das *wollen?*«

»Soll ich's ihm ausrichten?«

Sie überlegte kurz. »Nein, ich sag's ihm selbst.«

Aber James Kilcannon hatte sie überrascht.

Stacy war es gewöhnt, Politiker kennenzulernen, die krampfhaft darum bemüht waren, Wärme auszustrahlen. Im Gegensatz zu solchen Leuten wirkte Kilcannon irgendwie leicht belustigt, als würde er nicht alles von sich preisgeben; dieser Zug an ihm gefiel ihr. Seine haselnußbraunen Augen waren außergewöhnlich groß, und es schien, als würde ihnen nichts entgehen; gleichzeitig wirkte er mit seinem feingeschnittenen Gesicht unmöglich jung für einen zukünftigen Präsidenten.

»Sie fragen sich, was ich von Ihnen will«, hatte Kilcannon sie

beim Lunch in Harry's Bar gefragt, während Dutzende von neugierigen Gästen zu ihnen herübersahen. »Außer dreißig Sekunden in irgendeiner blöden Fernsehsendung.«
»Ich bin nur neugierig, welche Gründe Sie haben«, antwortete Stacy lächelnd.
»Ganz einfach. Ich möchte Präsident werden und denke, daß Sie mir dabei helfen können.«
»Das glaube ich nicht. Und ich nehme Ihnen nicht ab, daß Sie das glauben.«
»Doch, das tue ich leider. Vor einem halben Jahr habe ich sie in Washington gesehen. Viele dieser Leute, die stundenlang gewartet haben, um Sie singen zu hören, würden nie im Leben auf die Idee kommen, mir ihre Stimme zu geben.«
»Das liegt daran, daß Musik und Politik zwei grundsätzlich verschiedene Dinge sind.«
»Stacy, das liegt daran, daß es jetzt zwei Amerikas gibt, und das eine, das Sie erreichen, reagiert nicht auf Worte und Ideen, sondern auf Ton und Bilder – Film, Fernsehen, Videospiele, Musik. Das gefällt mir nicht, aber ich bin nicht für diese Leute verantwortlich, sondern *Sie*.« Er sah sie herausfordernd an. »Genügt es Ihnen, ein Star zu sein, eine schöne Frau, die singen kann?«
Sie legte den Kopf schief. »Den Versuch, mir ein schlechtes Gewissen einzureden, können Sie sich sparen. Ich habe mir meinen Erfolg hart erarbeitet.«
»Damit haben Sie etwas für sich selbst erreicht«, antwortete er energisch. »Aber wenn Leute wie Sie ihre Fans nicht auffordern, sich für die Welt zu engagieren, in der sie leben, wird diese Generation irgendwann so passiv und manipulierbar, daß der nächste Hitler den Holocaust als Miniserie inszenieren könnte.«
Sie sah ihn skeptisch an. »Sie kandidieren also, damit Hitler keine Chance bei MTV bekommt?«
»Nein, ich kandidiere, um Dinge durchzusetzen, die angeblich auch *Ihnen* am Herzen liegen – wie die Rechte der Frauen, um nur ein Thema zu nennen.« Er zuckte mit den Schultern und fügte fast nonchalant hinzu: »Und weil ich mir nicht vorstellen kann, zu sterben, ohne vorher Präsident gewesen zu sein.«

Plötzlich hatte sie das Bedürfnis, ein paar ehrliche Worte mit ihm zu wechseln. »Macht Ihnen dieser starke Erfolgszwang nicht manchmal Angst?«

Einen Augenblick lang wirkte er so verwundbar, daß Stacy erkannte, daß sie ihn überrumpelt hatte. »Ihnen etwa nicht?« lautete seine Gegenfrage.

»Wer versucht, etwas zu erreichen, was andere Leute nicht schaffen, ist immer einsam«, antwortete sie leise. »Und daß man nie genau weiß, was andere gerade von einem wollen, hilft einem auch nicht eben weiter.«

Als Kilcannon das Tischtuch anstarrte, fiel ihr auf, daß seine Wimpern ungewöhnlich lang waren. »Stacy, es geht mir gar nicht darum, daß Sie für mich singen, okay?«

»Was wollen Sie dann?«

»Viel, viel mehr, glaube ich.« Er hob den Kopf und fragte ruhig: »Sind Sie heute nachmittag frei?«

Da gab es nichts mißzuverstehen. Nach längerer Pause antwortete sie: »Das ließe sich einrichten.«

Als sie gingen, stellte Stacy bei einem Blick in den Spiegel am Ausgang fest, daß sie ein sehr attraktives Paar waren.

Als er sie später im Halbdunkel in den Armen hielt, fragte sie sich, weshalb es dazu gekommen war. »Stacy?« murmelte er.

»Ja?«

»Dein Konzert hat mir *wirklich* gefallen.«

Stacy mußte laut lachen. »Du willst also doch, daß ich für dich singe.«

»Jetzt nicht mehr.« Seine Stimme wurde sanfter. »Ich will einfach mit dir zusammensein.«

Danach hatten sie sich zwei Jahre lang nur gelegentlich gesehen, wenn er seinen Kampf um die Präsidentschaftskandidatur kurz unterbrechen oder sie zwischen Tour und Aufnahmestudio ein paar Tage erübrigen konnte. Wochenlang existierte er nur als Gesicht auf dem Bildschirm; dann waren sie ein Liebespaar in dem Strandhaus, das sie gemietet hatten.

Morgens schwammen sie oder joggten am Strand, nachmittags flüchteten sie vor der Sonnenglut ins Haus und liebten sich. Jamie las ihr Gedichte vor. Yeats und Dylan Thomas. Manchmal sang Stacy ihm neue Songs vor, und er hörte nachdenklich zu.

Dazu kam, daß er neben Damone der Mann war, mit dem sie am unbeschwertesten reden konnte.
»Wie ist's für dich?« fragte Jamie sie. »Auf der Bühne.«
Sie saßen an einem weißlackierten Holztisch mit Blick auf den Ozean; die Flasche Chardonnay war halbleer.
»Es wird schwieriger«, sagte sie schließlich. »Das Publikum erwartet immer mehr von einem.«
»Nimmst du manchmal Drogen?«
»Es ist sicherer, auf sich selbst zu vertrauen.« Sie hob die Schultern. »Manchmal fühle ich mich nicht gerade großartig vor den Auftritten.«
Jamie blickte aufs Meer hinaus. »Weißt du, warum du trotzdem weitermachst?«
Stacy überlegte, wie sie das erklären sollte. »Es genügt nicht, einen Song nur zu schreiben«, sagte sie. »Erst wenn ich ihn vor anderen Leuten singe, fühle ich mich vollständig. Dieses Gefühl ist stärker als alle anderen, die ich kenne.« Als sie das sagte, wurde ihr klar, wieviel Angst sie gleichzeitig davor hatte. »Irgendwann kann ich es wahrscheinlich nicht mehr und trete eines Abends einfach nicht mehr auf.«
»Und was dann?«
Sie sah zu ihm hinüber. »Ich weiß es nicht.«
Jamie streckte seine Hand aus und strich ihr das Haar aus dem Gesicht.
Danach ruhte ihr Kopf auf seiner Schulter. Als er sprach, klang es beinahe wie ein Selbstgespräch. »Soviel Mühe, soviel Arbeit, Stacy. Aber zu welchem Zweck?«
Sie gab keine Antwort. Er wiederholte diese Frage niemals – nicht in bezug auf *ihre* Arbeit.
Ähnlich schweigsam war er, was seinen Nominierungsfeldzug betraf. Waren sie nicht zusammen, verfolgte sie, was er tat, bis sie sich unwillkürlich wünschte, daran teilhaben zu können. Aber er sprach nur selten über seine Ambitionen, und sie begann zu spüren, daß er nicht darüber reden wollte. Seine Kampagne gehörte nicht zu den Dingen, über die sie sprachen. Sie wußte nicht, wie es ihm dabei erging. Er bat sie nie um Hilfe.
Aber sie merkte, wie ihn die Kampagne verbrauchte. Manchmal lag Jamie im Liegestuhl, blickte aufs Meer hinaus und wirkte

plötzlich geistesabwesend. Dann schien er zu spüren, was in ihr vorging, und lachte über sich selbst. »Wieder mal in Gedanken woanders«, sagte er und griff nach ihrer Hand.

Reporter wimmelten sie ab. Jamies Gründe spielten keine Rolle, und Stacy wollte nicht mit anderen über ihn reden – nicht einmal mit Damone, der ihr nach Jamie immer noch am nächsten war.

Jamie gewann in New Hampshire, dann in Florida und Massachusetts, ohne Stacy zu bitten, für ihn zu singen. In diesem Vierteljahr bekam sie ihn überhaupt nicht zu sehen. Als seine Kampagne sich dann Mitte Mai nach Kalifornien verlagerte und nur ein Mann zwischen ihm und der Nominierung als Präsidentschaftskandidat der Demokraten stand, schien sein Leben hektischer als ihres geworden zu sein.

Zehn Tage vor den Vorwahlen verbrachte Jamie die Nacht mit ihr, nachdem er an einem einzigen Tag in fünf Städten gesprochen hatte.

Sie erschrak über die Veränderung, die in ihm vorgegangen war. Im Fernsehen hatte er immer vital und siegessicher gewirkt. Jetzt sah er aus, als hätten ihn die Kameras ausgesogen. Er war blaß und dünn; er hatte neue Krähenfüße in den Augenwinkeln und die ersten grauen Haare an den Schläfen.

»Du siehst verdammt schlecht aus«, stellte sie fest.

Er lag auf ihrem Sofa und verfolgte die 23-Uhr-Nachrichten wie ein müder Ehemann. »Leute über vierzig sind für ihr Gesicht selbst verantwortlich, sagen manche. Morgen werde ich dreiundvierzig.«

Stacy fand es schlimm, daß sie das nicht gewußt hatte. Sie ging in die Küche, öffnete eine Flasche Champagner und brachte sie auf einem Tablett mit zwei Gläsern herein. Jamie hatte sich aufgesetzt. Das Fernsehen zeigte seinen Konkurrenten bei einer Rede: Er las sie hölzern ab und vermurkste den Scherz zum Auftakt, den sein Redenschreiber eingeflochten hatte. Jamie betrachtete ihn beinahe mitfühlend. »Man sollte sich nie selbst vergewaltigen«, murmelte er.

»Alles Gute zum Geburtstag!«

Er drehte sich um, sah den Champagner und lächelte schief. »In meinem Alter schlafe ich davon höchstens ein.«

»Das darfst du.«
Sie saßen auf dem Sofa, und ihre Füße berührten sich. Jamie starrte in sein Glas.
»Was hast du?«
Er sah nicht auf. Schließlich sagte er: »Ich werde verlieren, Stacy.«
»Wie kannst du das wissen?«
Er nickte zum Fernseher hinüber. »Das bricht mir das Genick. Praktisch auf der Zielgeraden.«
»Du sprichst in Rätseln.« Während er zögerte, sah Stacy, daß er vom Händeschütteln geschwollene Finger hatte. »Erzähl mir alles, okay? Ich hab's satt, immer völlig ahnungslos zu sein.«
Jamie nahm einen kleinen Schluck Champagner. »Gut«, sagte er dann, »mir fehlt einfach das Geld für die letzten zehn Tage.« Seine Stimme klang unerwartet bitter. »Vor fünf, sechs Jahren kannte mich kein Mensch westlich von New Jersey. In den letzten vier Jahren bin ich durch ganz Amerika getingelt und habe Hände geschüttelt und Geld zusammengebettelt, bis ich manchmal nicht mehr wußte, wo und wer ich bin.
Jetzt bin ich endlich in Kalifornien – und wer hier siegt, hat die Nominierung in der Tasche. Noch vor drei Wochen habe ich in diesem Staat, in dem man nur mit Hilfe des Fernsehens gewinnen kann, zehn Prozentpunkte zurückgelegen. Seither habe ich Tag für Tag vier Stunden lang telefoniert, um in ganz Amerika Tausenddollarspenden zu erbetteln, das Geld in Fernsehspots gesteckt und seinen Vorsprung auf fünf Prozent verringert – bei sieben Prozent noch Unschlüssigen.« Er sah ihr zum ersten Mal ins Gesicht. »Das hat mir den Rest gegeben, Stacy. Ich bin pleite.«
Stacy kostete ihren Champagner. »Wieviel brauchst du?«
Er schloß die Augen. »Vierhunderttausend«, antwortete er. »Genau so viel, wie du nach Damones Auskunft vor zwei Jahren für einen einzigen Auftritt bekommen hast.«
Sie betrachtete sein eingefallenes Gesicht. »Schön«, sagte sie, »dafür kannst du mich nächstes Mal zum Essen einladen.« Als er die Augen öffnete, lächelte sie ihn an. »Ich kann nicht zulassen, daß du verlierst. Nicht, wenn ich's verhindern kann.«
Jamie konnte nicht lächeln. Als Stacy seine Hand ergriff, merkte sie, daß die Handfläche feucht war.

»Das hätte ich nur zu gern gesehen«, sagte Damone, als Stacy ihn am nächsten Morgen anrief. »Hat er wenigstens ein bißchen gelitten?«
»Hör zu, John, ich rufe an, um zu fragen, wie schnell wir einen Auftritt organisieren könnten.«
»Ist ihm nicht aufgefallen, daß du in letzter Zeit nicht mehr gesungen hast?«
»Er will Präsident werden, verdammt noch mal!«
»Dann hast du ihm wohl auch nicht erzählt, daß du auf deiner letzten Europatournee zehn Pfund abgenommen hast, weil du dich ständig übergeben mußtest?«
»Natürlich nicht«, sagte sie rasch. »Ich will ihm schließlich helfen, John.«
Am anderen Ende entstand eine Pause. »Damit das Geld noch was nützt, braucht er's bis nächsten Freitag.«
»Läßt sich bis dahin was machen?«
»In San Francisco – in der Arena.« Damone lachte humorlos. »Ich habe den Termin schon vor einem Vierteljahr reservieren lassen.«
Stacy legte auf.
An diesem Abend rief Jamie aus Sacramento an; im Hintergrund rief eine Lautsprecherstimme Flüge auf. »Hättest du nicht Lust, mich zu begleiten?«
»Im Wahlkampf, meinst du?«
»Mhh-hmm.« Er wirkte erholt und gut gelaunt. »Du weißt doch, daß ich dich bevorzugt behandle.«
»Ich weiß nicht recht, Jamie. Die Presse ...«
»Wenn du das für mich tust, solltest du auch daran teilhaben.«
Das hatte sie hören wollen. »Einverstanden«, sagte sie rasch. »Wo treffen wir uns?«
Zwei Tage später brachte die *L. A. Times* auf der Titelseite eine Aufnahme der beiden.
Alles war so schnell gegangen. In ihrer Suite fünfundvierzig Stockwerke über Los Angeles versuchte Stacy jetzt, sich darüber klarzuwerden, wie ihr zumute war.
Am Tag zuvor waren sie in bester Wahlkampfstimmung durchs Central Valley gefahren. Die mitfahrenden Reporter hatten ihren Spaß gehabt, und bei jedem Halt hatten sich mehr Men-

schen eingefunden. Jamie hatte angefangen, kurze Reden zu halten: Wanderarbeiter umringten ihn, während er scherzte und Yeats und Robert Kennedy zitierte, und jubelten ihm mit einer Begeisterung zu, die Stacy verblüffte.

Als sie später nach der Landung in Los Angeles zu den wartenden Limousinen hasteten, spürte Stacy, daß Jamie tatsächlich das Zeug zum Präsidenten hatte. Und auch hier warteten wieder Menschenmassen zwischen bunten Häusern und Lebensmittelgeschäften mit englischen und spanischen Whiskeyreklamen, so daß ihr Wagen nur noch im Schrittempo vorankam. Ohne an mögliche Gefahren zu denken, öffnete Jamie die Tür, stieg aus und kletterte auf die Motorhaube, während sich Hunderte von Händen nach ihm ausstreckten.

Das war ein Augenblick von schrecklicher Schönheit: Stacy hätte sich lieber abgewandt, aber sie konnte es nicht. Dann reckte irgend jemand über den Köpfen der jubelnden Menge ein Plakat mit der Aufschrift *Stacy als Vizepräsidentin* hoch. Jamie zeigte grinsend darauf, und der Fahrer öffnete das Schiebedach. Sie stand impulsiv auf und winkte, vom Gegenlicht geblendet, während die Menge »Stacy! Stacy!« rief. Ihre Gesichter konnte sie ebensowenig erkennen wie die Leute im Halbdunkel einer Konzertarena.

Aber sie blieb stehen, bis sie endlich das Hotel erreichten, in dem Jamie sprechen sollte. Sie gehörte jetzt dazu.

Dafür gab es weitere Anzeichen. Sie saß mit am Honoratiorentisch, als Jamie aufstand.

»Vielleicht erinnern Sie sich an mich«, begann er lebhaft. »Ich bin Stacy Tarrants Anheizer.«

Stacy sah überrascht auf.

Während das Publikum jubelte und klatschte, lächelte Jamie ihr zu. Sie fand, daß er nie jünger ausgesehen hatte.

Zwei Stunden später, in ihrer Hotelsuite, war sein Gesicht schiefergrau. Seine Hand war wieder geschwollen.

»Stacy«, sagte einer seiner Mitarbeiter, »Ihre Fans dort draußen werden ihn nicht schlafen lassen.«

»Ich kann mit ihnen reden . . .«

»Vielleicht warten wir erst mal ab. Die Sicherheitsleute verjagen sie irgendwann.«

Sie sah zu Jamie hinüber.
Seine Assistenten umringten ihn. Irgend jemand hatte Sandwiches bestellt; ein anderer hatte dafür gesorgt, daß die Wäscherei des Hotels in dieser Nacht durcharbeitete; im Fernsehen wirkten die Aufnahmen ihrer Wagenkolonne wie Szenen aus einem Actionfilm. Jamie deutete auf den Bildschirm. »Ein Sechzehnstundentag – und dann zählen doch nur diese dreißig Sekunden.«
»Sieht gut aus«, erklärte ihm jemand. »Total dynamisch.«
Ein rothaariger Assistent schüttelte den Kopf. »Das Ganze ist zu schräg – 'ne Menge Latinos, die zwei Berühmtheiten ankreischen. Das ist nichts für Otto Normalverbraucher.«
»Zum Teufel mit ihm«, murmelte Jamie.
»Der Tag war in Ordnung«, versicherte der erste Mann. »Die letzten Spots zeigen bloß grüne Rasenflächen und Bäume. Nicht mal Musik, nur Schauspieler und eine Stimme. Nach Stacys Konzert werden wir sie überall schalten.«
Tim Sherman, Jamies Manager für Kalifornien, kam mit den Ergebnissen seiner abendlichen Telefonumfrage herein. »Wir haben zweihundert Leute angerufen«, erklärte er Jamie. »Hauptsächlich in San Diego. Die Senioren machen sich Sorgen wegen ihrer Renten, die Frauen wegen möglicher Kriege, die Jungwähler wegen drohender Arbeitslosigkeit. Du sprichst diese Punkte morgen in deinen Reden an, und ich sage den Fernsehleuten, worauf sie achten sollen.«
Jamie nickte.
Sherman stopfte die Umfrage achtlos in seine Jackentasche. »Noch ein Wort zu deiner Fahrt auf der Motorhaube – du bist kein Stierkämpfer, verstehst du? Mir wird ganz schlecht, wenn ich daran denke, was alles hätte passieren können.«
Jamie blickte auf. »Nicht zu ändern, Tim.«
Das war deutlich genug. »So, jetzt wollen wir dem Kandidaten etwas Schlaf gönnen«, sagte Sherman laut, und im nächsten Augenblick waren sie allein.
»Wie findest du das alles?« erkundigte Jamie sich.
»Du bist gut.« Sie zögerte. »Zynisch, nicht wahr?«
»Praktisch veranlagt«, verbesserte er sie. »Politik bedeutet, andere dazu zu bringen, einen wenigstens einen Teil von dem tun

zu lassen, was man tun möchte. Auch deine Songs sind für's Publikum geschrieben, stimmt's?«

»Das ist was anderes.«

»Wirklich?« Er lächelte zweifelnd. »Könntest du auftreten, wenn niemand dich hören wollte? Würdest du weiter neue Songs schreiben?«

Stacy warf mit einer raschen Kopfbewegung ihre Mähne zurück. »Vielleicht gehöre ich nicht hierher. Das scheinen einige deiner Mitarbeiter auch zu glauben.«

»Morgen abend sind sie anderer Meinung«, versicherte Jamie ihr. Er betrachtete seine geschwollene Hand. »Sobald du singst, kaufen wir Sendezeit, um meine letzten Spots in ganz Kalifornien zu zeigen. Und vielleicht kriege ich dann endlich, was ich mir gewünscht habe, seit ich in den Kongreß gewählt worden bin.«

Stacy betrachtete ihn nachdenklich. »Meine Anwesenheit jetzt auf den letzten Metern... das hast du dir doch alles genau überlegt.«

Er lächelte sein entwaffnendes Lächeln. »Stacy«, sagte er gelassen, »ich habe mir tatsächlich alles genau überlegt.«

Sie wartete einen Augenblick. »Etwa auch, was dir zustoßen könnte?«

Er sah sie neugierig und gleichzeitig distanziert an. »Geistig oder körperlich?«

»Ich meine die Sache mit der Wagenkolonne. Tim hat recht – es war beängstigend.«

Er zuckte mit den Schultern. »Nur bei solchen Gelegenheiten bekommen mich die Leute mal wirklich zu sehen.«

»Statt nur auf dem Bildschirm?«

»Ich bilde mir gern ein, daß da ein gewisser Unterschied besteht.« Er stand auf und ging zur Schlafzimmertür. »Im Augenblick bin ich allerdings...«

»Den Unterschied gibt es wirklich, Jamie. Im Strandhaus hab' ich mir oft Sendungen mit dir angesehen.«

»Ruhig dort draußen, was?« Er drehte sich auf der Schwelle um. »Du hast mir verdammt gefehlt. Auch darüber habe ich nachgedacht.«

Stacy lächelte. »Was heißt das?«

Er erwiderte ihr Lächeln, wurde dann aber wieder ernst. »Ich weiß, daß meine Motive nie ganz eindeutig wirken. Aber ich denke, daß du das Leben im Mittelpunkt des öffentlichen Interesses gut genug kennst, um das zu akzeptieren.« Er verschwand im Schlafzimmer.

Sie war nicht müde. Tausend Eindrücke gingen ihr durch den Kopf. Als sie ins Schlafzimmer kam, schlief Jamie bereits.

Sein Haar war zerzaust wie das eines Kindes. Stacy küßte ihn auf die Stirn und machte das Licht aus.

Als sie aufwachte, war es noch nicht hell.

Sie brauchte einige Sekunden, um zu erkennen, wo sie war. Neben ihr atmete Jamie ruhig und gleichmäßig. Stacy suchte in ihrer Erinnerung nach einem Song.

Ein auf Tourneen bewährter Trick: Hatte sie Angst vor einem Auftritt und war von ihrem eigenen Adrenalin high, schrieb sie Songs, um sich daran zu erinnern, wer sie eigentlich war.

Sie erinnerte sich daran, wie sie mit fünfzehn zum ersten Mal mit einem Jungen zusammengewesen war.

Er hatte in den Berkeley Hills geparkt; von seinem Wagen aus hatten sie über die Bucht in Richtung San Francisco sehen können. Die Großstadt funkelte mit Myriaden von Lichtern; die Golden Gate Bridge war ein Lichterbogen mit zwei entgegengesetzten Verkehrsströmen.

»Ich liebe dich, Stacy.« Er war näher an sie herangerückt. »Verlaß dich ganz auf mich.«

Seine Augen waren groß wie die eines Kaninchens und so unschuldig, daß sie ihm beinahe glaubte. Sie nahm sein Gesicht zwischen die Hände.

»Ich will nur, daß du dich ein bißchen in acht nimmst. Ein bißchen Angst schadet nicht. Ich will nicht, daß du den furchtlosen Helden spielst...«

Als James Kilcannon aufgewacht war, hatte er sofort ihre Nähe gesucht.

Jetzt hörte sie Jamies Stimme von nebenan, wo er sich mit seinen Mitarbeitern beriet. Stacy blieb noch einen Augenblick allein am Fenster stehen. Dann kehrte sie der Morgensonne den Rücken zu und schlug das Notizheft auf, in das sie ihre Songtexte schrieb.

»Scared With Me«, schrieb sie als Titel und lächelte dabei über sich selbst. Sie war einunddreißig, und immer noch drückte sie ihre Gefühle in Songtexten aus.
Unter den Titel kamen die ersten Zeilen:

Please don't deceive me
That the morning will show
What it means to be lovers
When our hearts cannot know...

Plötzlich erinnerte sie sich wieder an den Morgen nach dem ersten Mal.
Als sie aufwachte, war es im Haus still gewesen; irgendwie hatte sie das in dem Gefühl bestärkt, ihre Eltern wüßten alles. Sie war schuldbewußt aus ihrem Zimmer gekommen. Heute war keine Unterhaltung zu hören, klapperte kein Frühstücksgeschirr. Statt dessen lief der Fernseher.
Ihre Eltern saßen davor. Sie kniete sich neben ihnen auf den Teppichboden. »Robert Kennedy ist ermordet worden«, sagte ihr Vater.
Einen verrückten Augenblick lang wollte Stacy alles gestehen, um Kennedy ins Leben zurückzurufen. »Schrecklich«, murmelte sie statt dessen.
Stacy klappte das Notizheft zu.
Sie war nervös – keine zwölf Stunden mehr. Stacy ging ins Bad und verzog das Gesicht, als sie im Spiegel ihre ersten Fältchen sah.
Sie duschte, setzte ihre Kontaktlinsen ein, zog sich an, machte sich zurecht und ging zu Jamie hinüber.
Er griff nach dem Telefonhörer, während Sherman ihm eine Karteikarte hinhielt. »Und warum das schon wieder?«
»Ein aufmunternder Anruf des Kandidaten. Der alte Parnell ist ein unverbesserlicher Reaktionär, und sie gibt diese Party ohnehin. Außerdem kommen wir über sie an neue Spender heran.«
Der rothaarige Assistent trat vor. »Ich habe heute morgen mit einem unserer Leute in der Bay Area telefoniert. Irgendein cleverer junger Anwalt ist dabei, Parnell und seine Zeitung wegen Diskriminierung Schwuler zu verklagen.«

Kilcannon sah zu seinem Wahlkampfmanager. »Warum hat mir keiner etwas davon erzählt?«

»Ich wußte es selbst nicht – außerdem brauchen wir das Geld, und der Terminplan läßt sich nicht mehr ändern.« Sherman musterte den Assistenten mit eisigem Blick. »Vielleicht können wir ein Treffen mit ein paar Vorzeigehomos arrangieren. *Nach* Stacys Konzert.«

Jamie sah von einem zum anderen. Während er die Telefonnummer eintippte, besah er sich die Eintragungen auf der Karteikarte. »Wieso steht hier nichts von Kindern?«

Tim Sherman nickte. »Ihr Sohn ist entführt worden, erinnerst du dich?«

»Vage.« Jamies Tonfall änderte sich abrupt. »Alexis? Hier ist James Kilcannon.« Er hörte kurz zu und lachte mehrmals. »Ich rufe nur an, um Ihnen im voraus zu danken. Ich weiß, daß Sie Colbys liberales Gewissen sind – und daß das keine leichte Arbeit ist.«

Er sah zu Stacy, verzog kurz das Gesicht, um anzudeuten, wie widerlich er sich selbst fand, und sprach weiter ins Telefon. »Ja, ich bringe sie mit – sie ist *mein* liberales Gewissen . . .«

»Schwarzer Kaffee, Stacy?«

Sie blickte lächelnd auf. Nat Schlesinger, Jamies Pressesprecher, kannte ihre Vorlieben bereits. Von allen Menschen, die sie hier umgaben, war ihr dieser schlicht wirkende Mann im verknitterten Anzug, der nur für Jamie lebte, am sympathischsten.

»Danke, Nat«, antwortete sie lächelnd. »Sie wissen immer, was ich gerade brauche.«

Während Nat zufrieden grinste, legte Jamie auf. »Was ist für San Diego geplant?« fragte er Sherman.

»Ein Rentner-Hit. Sacramento ist der Kindertagesstätten-Hit.«

»Was meint er damit?« flüsterte Stacy Nat zu.

Er beugte sich zu ihr hinüber. »Dreißig Sekunden Sendezeit für die Message, die er rüberbringen soll. Besucht Jamie eine Kindertagesstätte, wissen alle Leute, die das in den Nachrichten sehen, daß er für berufstätige Eltern eintritt.« Er sah auf, als die Tür geöffnet wurde. »Ah, auf Bob warten wir schon die ganze Zeit.«

Ein Mann, dessen zweireihiger Nadelstreifenanzug aus den Nähten zu platzen drohte, kam mit einer Videokassette hereingewatschelt. »Wer ist das?«
»Bob Lauersdorf, unser Medieneinkäufer. Er kauft das ganze Jahr über Sendezeiten für Großkunden wie Procter & Gamble ein. Dadurch hat er soviel Einfluß, daß er Jamies letzte Spots mitten in ›Dallas‹ unterbringen kann.« Nat runzelte die Stirn. »Übrigens, was ist mit Damone? Hat er alles organisiert – auch den Sicherheitsdienst?«
Er spielte an seiner marineblauen Fliege herum; Stacy erinnerte sich daran, daß er sie immer dann trug, wenn Jamie Glück brauchte. »John versteht seine Sache«, versicherte sie ihm.
Lauersdorf schob die Kassette in den Videorecorder.
Jamie stand mit den Händen in den Jackentaschen rechts neben dem Bildschirm. Stacy beugte sich vor.
Auf dem Bildschirm strich ein älterer Mann die Tür eines hübschen weißen Holzhauses liebevoll in sattem Grün. Während er die letzten Pinselstriche anbrachte, polierte eine großmütterliche Frau den Messingtürklopfer. Dann trafen sich ihre Blicke, und sie sagte mit gepreßter Stimme: »Durch diese Tür haben wir fünf Kinder ins Haus gebracht.«
Der Mann nickte traurig.
Die Kamera fuhr quälend langsam rückwärts und zeigte die beiden über einen gepflegten Rasen hinweg. Während die Alten sich an den Händen faßten, erschien vor ihnen ein Schild, auf dem *Zu verkaufen* stand. Aus dem Off sagte die Stimme eines Schauspielers: »Lassen Sie nicht zu, daß sie *Ihre* goldenen Jahre ruinieren. Wählen Sie James Kilcannon, den Garanten einer sicheren Zukunft!«
»Ein Superspot!« begeisterte sich Lauersdorf. »Beim ersten Probelauf hat 'ne alte Dame geweint.«
»Was meinen Sie damit?« murmelte Stacy.
Während Jamie zu ihr hinübersah, lächelte Lauersdorf geschmerzt. »Haben Sie seine Spots gesehen?« fragte er rhetorisch. »Zum Beispiel den, wo er mit seiner mongoloiden Enkelin zum Angeln geht und ihr von Medicare erzählt?«
Jamie äußerte sich nicht dazu. »Komm, wir müssen los«, er-

klärte ihm Sherman. »Du willst schließlich Präsident werden, stimmt's?«
Jamie sah noch immer zu Stacy hinüber. »Ich rufe John an«, sagte sie leise. »Er soll mich in San Francisco abholen, damit wir den Soundcheck machen können.«
Nachdem sie telefoniert hatte, brachen sie auf, durchquerten eilig die Hotelhalle, in der es von Kamerateams wimmelte, und lächelten für die Mittagsnachrichten.

2

Harry Carson griff in seine Sporttasche und tastete nach dem kurzen Lauf der Mauser.
In seiner Phantasie sang Stacy die letzten Takte von »Love Me Now«. Aus dem Dunkel kreischten die Fans nach einer Zugabe, während sie Kilcannon zu sich heranwinkte. Als er ins Scheinwerferlicht trat, hob Carson den rechten Arm. Aber die Pistole hatte Ladehemmung. Er war wie gelähmt.
»Harry?«
Carson fuhr zusammen. Er ertastete seine Zigaretten unter der Kladde mit seinen Gedichten und warf Damone das Päckchen zu. Damone schnippte mit dem Mittelfinger gegen den Boden des Päckchens und zog mit den Lippen eine Zigarette heraus. Selbst mit Bart sah sein Gesicht wie gehämmerte Bronze aus.
»Alles in Ordnung mit dir«, fragte Damone.
Carson merkte, daß ihm Schweißperlen auf der Stirn standen. »Mir ist stinklangweilig, das ist alles.«
»Keine Angst, bald gibt's Arbeit.« Damone sah wieder zu dem Fernseher hinüber, den er auf die Bühne gestellt hatte.
»Wir haben zu viele Verstärker«, erklärte Carson ihm.
Damone drehte sich nicht um. »Laß die Extras bis nach dem Soundcheck draußen. Brauchen wir sie nicht, kommen sie gleich wieder weg.«
Auf dem Bildschirm ging Stacy mit Kilcannon durch irgendeine Hotelhalle. Ihre hellwachen grünen Augen unter den rotblonden Locken erinnerten Carson an Beth. Als jedoch ihr Lächeln aufblitzte, sah er weg.

»Satellite News International setzt seine Live-Berichterstattung über Kilcannons Nominierungskampagne mit einer Kundgebung in San Franciscos Chinatown fort ...«

Damone wandte sich an die Crew. »Sorgt dafür, daß der Monitor aufgebaut ist und funktioniert. Ich hole Stacy mittags ab.«

Carson zündete sich eine Zigarette an, um seine flatternden Nerven zu beruhigen.

Die leere Bühne glich einem riesigen Betonbunker. Auf beiden Seiten waren vier Galerien übereinander angebracht; von der Decke hingen Scheinwerferbatterien und farbige Stoffhintergründe herab; die Crew schleppte angebeulte und zerkratzte Aluminiumkisten von der Ladebucht herauf. Die Männer arbeiteten gleichmäßig, ohne viel zu reden. Wenn sie fertig waren, würden die Scheinwerfer abgesenkt und so schräg gestellt werden, daß die Bühne einer im Dunkel schwebenden Seifenblase glich, und dann würde Stacy von Spotlights angestrahlt erscheinen.

Carson beschloß, seinem Gedicht den Titel »Golden Anniversary« zu geben.

An diesem Morgen hatte er wieder gelesen, was er nicht zu Ende bringen konnte:

Each year I remember you
Hair golden, free to live
Waiting for the camera
His golden life to give ...

Carson schloß die Augen.

Capwells Blut spritzte in seine Hände, und danach landete er in Oakland. Auf einer Tageszeitung war als Datum der 2. Juni 1970 angegeben; Carson konnte sich noch immer nicht an die sechsunddreißig Stunden vor Capwells Tod erinnern. Er starrte seine Hände an, als würde Blut an ihnen kleben.

Seine Zigarette war weit heruntergebrannt. Carson hob den Kopf und sah, daß Jesus, einer der Tontechniker, ihn beobachtete.

»Hast du'n Problem, Mann?«

Jesus zuckte mit den Schultern. »Ich brauch' bloß jemand, der mir beim Sound hilft.«

Carson drückte die Zigarette aus. »Kann ich Gedanken lesen, Jesus? Mach einfach den Mund auf.«
Der Scheißkerl war ein scharfer Beobachter. Carson klappte einen Kistendeckel auf und stieg über die Stromkabel des Soundsystems hinweg, als seien sie Stolperdrähte, die tödliche Detonationen auslösen konnten. Daß die Vergangenheit sich mit seiner Gegenwart vermischte, machte ihm weniger angst als die Tatsache, daß er keine Kontrolle darüber hatte, wenn es passierte. Tatsache war, daß ihm die Gedächtnislücke aus dem Vietnamkrieg bereits seine Tochter gekostet hatte.
Er machte sich daran, die Kiste auszupacken.
Auch die Postkarte, die Beth vor zwei Monaten geschrieben hatte, lag in seiner Sporttasche. Cathy gehe es gut, hatte sie geschrieben, und sie habe jetzt Arbeit als Kassiererin gefunden. Die Karte kam aus Columbia, South Carolina, aber Beth hatte keine Adresse angegeben. Sie wollte ihn nicht wiedersehen, schloß sie, und wisse, daß er kein Geld habe, um zum Unterhalt ihrer Tochter beizutragen. Den Abend hatte er dann mit einer Flasche Tequila verbracht.
Als Carson ein Kabel einsteckte, spürte er den Strom wie einen Revolver in seiner Hand. Das kam überraschend; einen Augenblick lang wußte er nicht, ob das zur Vergangenheit oder zur Zukunft gehörte. Dann dachte er an die Postkarte.
Er stand instinktiv auf und ging zur Bühnenmitte.
Die Leiche lag hinter ihm auf dem Boden. Carson hielt sich cool an seinen Plan.
»Wo willst du hin, Harry?«
Lautes Kreischen hinter ihm; er drehte sich nicht mal um. »Noch'n paar Kisten raufholen.«
Wenn er den Aufzug benutzte, würden sie ihn abfangen. Bis zur Treppe waren es abgezählte zwanzig Schritte.
Drei Eisentreppen hinunter, jeweils zehn Stufen, dann war er am Ausgang zur Ladebucht, wo sein Motorrad stand. Er hatte schätzungsweise weniger als dreißig Sekunden gebraucht. Das Adrenalin erzeugte ein ähnliches Hochgefühl wie eine Dosis Dexedrin.
In seiner Phantasie schwang er sich auf sein Motorrad und röhrte in die Dunkelheit davon.

Carson wuchtete sich eine weitere Kiste auf die Schulter. Diesmal benutzte er den Aufzug.
Auf der Bühne ging er wieder zu seiner Sporttasche. Daneben lag eine aufgeschlagene Zeitung vom 2. Juni, die Damone ihm geliehen hatte. Als wolle er die Worte auswendig lernen, las Carson langsam die Schlagzeile *Im Verfahren um Diskriminierung Homosexueller: Lord nimmt Parnell heute ins Kreuzverhör*, während er sich eine Zigarette anzündete.

3

Tony Lord spürte, daß die Geschworenen ihn sozusagen begleiteten, als er auf Colby Parnell zutrat.
Er blieb einen Augenblick stehen, wie ein Schauspieler, der einen besonders dramatischen Moment vorbereiten will. In dieser Sekunde nahm er alles um sich herum wahr: den Richter, der ihn anstarrte, die über die Maschine gebeugte Stenographin, seinen nervösen Mandanten, die gespannte Aufmerksamkeit der Reporter und die Geschworenen, die bereit waren, ihr Urteil zu fällen. Erst dann trat er vor.
Parnells Tweedanzug, die Clubkrawatte und die blitzblanken Schuhe sollten ihn anscheinend selbst daran erinnern, wer er war. Er berührte das Einstecktuch in der Brusttasche seines Jacketts mit zwei Fingern.
»Guten Morgen, Mr. Parnell.«
Parnell beugte sich kaum merklich vor. »Guten Morgen.«
»Sie haben hier ausgesagt, die sexuelle Orientierung meines Mandanten habe keinen Einfluß auf Ihre Entscheidung gehabt, seiner Entlassung zuzustimmen. Ist das richtig?«
»Ja, das stimmt.«
»Mein Mandant ist letztes Jahr im November entlassen worden, nicht wahr?«
»Ja.«
Lord trat links neben Parnell, so daß die Geschworenen auf der anderen Seite den Gesichtsausdruck des Zeugen und die Bewegungen seines Körpers sehen konnten. »Und Sie haben ausgesagt, der Entlassungsgrund sei seine Weigerung gewesen, sich

in ein weniger wichtiges Ressort als die Lokalpolitik versetzen zu lassen.«

Parnell faltete seine Hände. »So ist mir der Fall von Mr. Halliburton, dem Chefredakteur, vorgetragen worden.«

»Haben Sie diese Sache jemals direkt mit Mr. Cole besprochen?«

»Nein, das habe ich nicht.« Parnell berührte einen Bügel seiner dicken Hornbrille. »Ich mische mich prinzipiell nicht in Personalentscheidungen ein.«

»Aber Sie *sind* der Herausgeber der Zeitung, nicht wahr?«

»Selbstverständlich.«

»Aber Mr. Cole hat Sie um einen Gesprächstermin gebeten?«

»Ja.« Parnell machte eine Pause, als hoffe er auf eine Zusatzfrage, und sah dann, daß Lord wartete. »Ich hatte das Gefühl, dadurch könnte eine unangenehme Situation entstehen.«

»Für wen unangenehm? Für Mr. Cole?«

»Für uns beide.« Parnell suchte nach einer besseren Antwort. »Sie müssen auch meine Position in Betracht ziehen.«

»Wußten Sie bereits, daß Mr. Cole homosexuell ist, als Sie sich geweigert haben, mit ihm zu sprechen?«

»Ja.«

»Wie haben Sie das erfahren?«

»Durch eine Kombination verschiedener Umstände.« Parnell betrachtete seine Fingernägel. »Die Tatsache, daß es in seinem Scheidungsprozeß auch um homosexuelle Neigungen ging, hat dann bestimmte Tendenzen in seinen Artikeln stärker hervortreten lassen, würde ich sagen.«

Lord legte den Kopf schief. »Definieren Sie diese Tendenzen, wenn Sie so freundlich sein wollen.«

Parnell legte die Fingerspitzen seiner aneinandergelegten Hände an die Lippen – eine neue, unbehagliche Geste, die vage an ein Gebet erinnerte. Lord traf seine erste instinktive Einschätzung: Parnell mißfiel irgendein Aspekt der Lage, in der er sich hier befand, aber noch machte er *ihn* nicht dafür verantwortlich. Er blieb ruhig. »Ist Ihnen irgend etwas unklar an meiner Frage?«

Parnell nahm seine Brille ab und putzte die Gläser, während er sprach. »Was mir auffiel, war eine Konzentration auf sogenannte schwule Themen.«

»Zum Beispiel?«
»Die AIDS-Gefahr, der verhältnismäßig geringe Prozentsatz von Schwulen bei Polizei und Stadtverwaltung, die Fälle von Gewalt gegen Schwule und so weiter. Mr. Halliburton hat sich darüber beschwert, daß Mr. Cole offenbar jegliches Interesse für andere lokalpolitische Themen eingebüßt hatte.«
»Mr. Parnell, würden Sie mir widersprechen, wenn ich behaupte, daß der Bevölkerungsanteil der Schwulen hier in San Francisco nahezu zwanzig Prozent beträgt?«
Parnell setzte seine Brille wieder auf. »Nein, Sir.«
»Daß er also größer als der Anteil der hier lebenden Japaner ist?«
»Nein.«
»Und trotzdem hat vor zwei Jahren ein amerikanischer Journalist japanischer Abstammung in Ihrer Zeitung eine Artikelserie über amerikanische Internierungslager geschrieben, die im Zweiten Weltkrieg hier für Japaner eingerichtet worden waren. Haben Sie ihn wegen mangelnder Objektivität entlassen?«
»Nein, Sir.« Parnell richtete sich etwas auf. »Wir haben diese Artikelserie sogar angeregt.«
»Aber nicht Mr. Coles Artikel über Schwulenprobleme.«
»Die hat er aus eigener Initiative geschrieben.«
Lord machte eine Pause, als sei ihm gerade etwas eingefallen. »Sind Sie jemals auf die Idee gekommen, Mr. Parnell, irgendein nicht ganz objektiver Journalist hätte sich vielleicht etwas früher der Japaner annehmen sollen?«
»Einspruch!« Während seine drei Assistenten gespannte Aufmerksamkeit mimten, erhob sich John Danziger, eine weißhaarige, imposante Gestalt. »Mr. Lords sogenannte Frage ist ein krasser Versuch, Parallelen zu ziehen, die nicht existieren.«
Lord stellte fest, daß Parnell wieder nachdenklich wirkte. Bevor Richter McIlvaine dem Einspruch stattgeben konnte, sagte Lord nonchalant: »Ich ziehe die Frage zurück.« Dann fragte er weiter: »Mr. Halliburton hat nicht nur diese Beschwerde vorgebracht, nicht wahr?«
»Ganz recht.« Parnell sprach etwas energischer. »Es ging auch um Unpünktlichkeit und Unzuverlässigkeit.«
»Über welchen Zeitraum?«

»In den letzten zwei bis drei Monaten vor seiner Entlassung.«
Lord machte eine Pause und formulierte die nächste Frage besonders sorgfältig. »Würden Sie ein solches Verhalten aus eigener Erfahrung für typisch bei jemandem halten, der eine familiäre Krise durchmacht?«
Parnell blinzelte. »Einspruch«, knurrte Danziger.
»Gut, ich will die Frage anders formulieren. Mr. Parnell, würden Sie ein solches Verhalten für typisch bei einem Mann halten, der eine Krise durchlebt, die seine Beziehung zu seiner Frau zerstört hat und ihn seines einzigen Kindes zu berauben droht?«
Parnell lehnte sich zurück und starrte ihn an.
»Ich halte meinen Einspruch aufrecht.« Danziger sprach mit erhobener Stimme. »Mein Mandant ist kein Psychiater.«
»Stattgegeben.«
»Sie haben niemals versucht, die Gründe für Mr. Coles angeblichen Leistungsabfall zu erfahren?«
Parnell schüttelte den Kopf. »Dafür bin ich als Herausgeber nicht zuständig.«
Die Antwort klang weniger ablehnend als verletzt. »Und als Mensch?« fragte Lord weiter.
»Einspruch!« Danziger trat einen Schritt vor. »Ich bitte das Gericht, diese subjektive Belästigung meines Mandanten zu untersagen.«
Lord hatte noch kein einziges Mal die Stimme erhoben.
Jetzt wandte er sich an McIlvaine, aber seine Antwort war für die Geschworenen bestimmt. »Ich habe nicht versucht, Mr. Danziger aufzubringen«, sagte er in mildem Tonfall, »sondern Mr. Parnell anzuregen, darüber nachzudenken, ob es vielleicht irgendeinen Grund geben könnte, aus dem er meinem Mandanten nicht das Verständnis entgegengebracht hat, das er normalerweise wahrscheinlich aufgebracht hätte.«
McIlvaine beugte sich mit ernster Miene über den Richtertisch. »Dann sollten Sie ihn ausdrücklich danach fragen.«
Verdammter Schwachkopf, dachte Lord. Trotzdem antwortete er höflich: »Danke, Euer Ehren.« Aber er wußte, daß keinem der Geschworenen die unterschwellige Stoßrichtung seiner letzten Fragen entgangen sein konnte. Als er nun wieder zu

Parnell hinübersah, putzte der Verleger erneut seine Brille, und auf seiner Stirn standen winzige Schweißperlen. »Sagen Sie, Mr. Parnell, hat Ihre Zeitung jemals wissentlich einen Homosexuellen eingestellt?«

Parnell setzte die Brille auf. »Wir fragen nicht nach den sexuellen Vorlieben unserer Angestellten.«

Lord trat näher an ihn heran. »Wissen Sie, ob es in Ihrer Redaktion gegenwärtig Homosexuelle gibt?«

»Nein, das weiß ich nicht.«

»Sollte es also welche geben, hätten Sie es den anderen Redakteuren nicht gesagt?«

»Vermutlich nicht.« Parnell fügte trotzig hinzu: »Im übrigen frage ich auch niemanden danach.«

»Und sie bringen zu gesellschaftlichen Veranstaltungen der Redaktion keine schwulen Freunde oder Partner mit?«

Parnell wirkte erstmals verärgert. »Ich sehe keinen Anlaß, warum irgend jemand für seine sexuellen Vorlieben Reklame machen sollte.«

»Aber finden Sie es nicht bemerkenswert, daß Sie in einer Stadt, in der sich ein beträchtlicher Bevölkerungsanteil offen zu seinem Schwulsein bekennt, keinen einzigen Homosexuellen in Ihrer Redaktion haben?«

»Nein, ich würde es nicht bemerkenswert nennen.«

»Legt das nicht den Schluß nahe, daß bei Ihnen keine Homosexuellen eingestellt werden – beziehungsweise, daß diese Angst haben müssen, sich zu ihrer Neigung zu bekennen, wenn sie bereits angestellt sind?«

»Ich sehe keinen Grund zu dieser Annahme. Jedenfalls liegt das nicht an meiner Zeitung.«

»Aber das Einstellungsgespräch mit Mr. Cole hat Ihnen doch den Eindruck vermittelt, daß er heterosexuell sei?«

Parnell zögerte. »Er hat erwähnt, er sei verheiratet und habe ein Kind …«

»Und als Mrs. Cole ihrem Mann homosexuelle Neigungen vorgeworfen hat, um das alleinige Sorgerecht für ihre Tochter zugesprochen zu bekommen, hat Ihr Eindruck sich da verändert?«

»Ja.«

»Und das war im Juni vergangenen Jahres.«
»Ja.«
»Zuvor hatte Mr. Halliburton ihn mehrmals befördert.«
»Ja.«
»Und Sie haben diese Beförderungen genehmigt.«
»Auf Empfehlung von Mr. Halliburton.«
»Wann ist Ihnen Mr. Coles ›mangelnde Objektivität‹ bezüglich schwuler Themen erstmals aufgefallen?«
»Tut mir leid, aber das weiß ich nicht mehr. Ich erinnere mich aber daran, mit Mr. Halliburton darüber gesprochen zu haben.«
»Vor oder nach den öffentlichen Vorwürfen Mrs. Coles, ihr Mann sei homosexuell?«
»Danach, glaube ich.«
»Und dann ist Ihnen seine, hm, einseitige Neigung aufgefallen.«
»Ja.«
»Die Sie aber vorher nie bemerkt hatten.«
Parnell nahm erneut seine Brille ab. »Ich vermute, Mr. Lord, daß sie sich erst mit der Zeit herauskristallisiert hat.«
»Und daraufhin wollte Mr. Halliburton ihn entlassen?«
Parnell nickte.
»Tut mir leid, Mr. Parnell, aber wir brauchen eine deutlich hörbare Antwort.«
»Ja.«
»Und nachdem Sie der Entlassung zugestimmt hatten, hat Mr. Cole Sie um ein Gespräch gebeten?«
»Ja.«
»Um Ihnen die Probleme zu erläutern, die er gerade hatte, und Sie zu bitten, seinen Job behalten zu dürfen.«
»Ja.«
»Aber Sie haben sich geweigert, mit ihm zu reden.«
Parnell setzte seine Brille wieder auf und sah weg. »Ja.«
Lord wartete. Dann fragte er ruhig: »Weil Ihnen ein Gespräch mit einem Homosexuellen ›unangenehm‹ gewesen wäre?«
Parnell öffnete den Mund, um zu antworten, aber sein Anwalt unterbrach ihn. »Einspruch«, sagte Danziger. »Gestellt und beantwortet. Mr. Parnell hat bereits ausgesagt, daß etwaiges Un-

behagen seinerseits rein verwaltungstechnisch bedingt gewesen wäre.«
»Stattgegeben.«
Aber Parnell beobachtete Lord. Mit unfehlbarem Gespür für wirkungsvolle Auftritte wechselte Lord langsam auf die rechte Seite des Zeugenstandes über.
»Wenn Sie Ihr Gewissen befragen, Mr. Parnell, und berücksichtigen, was hier für die berufliche Existenz eines Mannes, der für seine Homosexualität schon einen hohen Preis bezahlt hat, auf dem Spiel steht, können Sie dann vor den Geschworenen beeiden, daß Mr. Coles sexuelle Orientierung keine Rolle bei Ihrer Zustimmung zu seiner Entlassung gespielt hat?«
Lord spürte, wie sich die Geschworenen gespannt nach vorn beugten. Parnell spielte mit seinem Einstecktuch und murmelte: »Ja.«
Lord streckte eine Hand aus. »Die Geschworenen, Mr. Parnell, sind dort drüben.«
Parnell starrte seinen ausgestreckten Zeigefinger an. »Einspruch!« rief Danziger laut dazwischen. »Ich erhebe Einspruch gegen diesen theatralischen Auftritt auf Kosten meines Mandanten.«
Seine Assistenten nickten eifrig. Aber Lord ging mit keinem Wort darauf ein. Statt dessen beobachtete er Parnell mit fragendem Lächeln und wünschte sich nur, er würde endlich zu den Geschworenen hinübersehen.
»Mr. Lord?«
Lord ließ die Stille noch einen Augenblick andauern. Ohne Parnell aus den Augen zu lassen, antwortete er: »Ich ziehe die Frage zurück, Euer Ehren. Ich denke, daß Mr. Parnell sie sich selbst stellen wird.«
Parnell blickte nicht zu den Geschworenen hinüber, sondern starrte weiter Lord an.
»Ich glaube, es ist Zeit für eine Pause«, sagte McIlvaine hastig. »Sie werden später wieder aufgerufen, Mr. Parnell.«
Als die Geschworenen nacheinander ihre Bank verließen, sahen mehrere rasch zu Lord hinüber. Aber der Anwalt war bereits auf dem Weg zu seinem Mandanten.
Cole lächelte gleichermaßen bekümmert wie dankbar; daß die

ehemals geheime Hälfte seines Daseins ihn gelehrt hatte, die Kehrseite aller Dinge zu sehen, gehörte mit zu den Gründen, aus denen er Lord sympathisch war. »Ich glaube, Sie haben ihn«, murmelte Cole.
Lord zuckte mit den Schultern. »Parnell ist auf seine Art ein anständiger Kerl, der es im Grunde nie auf Ihre Existenz abgesehen hatte. Ich habe ihm nur geholfen, sich daran zu erinnern.«
»Was jedenfalls nicht sonderlich angenehm für ihn war«, bemerkte Cole trocken.
Auch wenn sein Mandant jockeyhaft schlank und Parnell von einer gewissen dickbäuchigen Schwerfälligkeit war, ließ sich eine gewisse Ähnlichkeit der beiden nicht von der Hand weisen; sie waren beide wie aus dem Ei gepellt, und das hatte Lord dazu gebracht, sich Gedanken über den Zusammenhang zwischen zwanghafter Adrettheit und innerem Aufruhr zu machen. Jetzt legte er Cole eine Hand auf die Schulter. »Im übrigen bezweifle ich, daß Parnell sich oder Ihnen eine Fortsetzung des Ganzen zumuten will.«
»Also ein Vergleich?«
»Möglicherweise. Und wenn wir Ihren Job und Ihr ausstehendes Gehalt bekommen, können Sie vielleicht auch das Sorgerecht für Ihre Tochter erstreiten.« Um ihn aufzumuntern, fügte Lord hinzu: »Dann können Sie mich vielleicht sogar bezahlen – und deshalb lade ich Sie jetzt zum Lunch ein.«
Cole setzte schwungvoll seinen Panamahut auf; es war die erste sorglose Geste, die Lord bei ihm sah. »Gut«, antwortete Cole, »das nehme ich gern an.«
»Tony?« sagte der Gerichtsdiener. »Richter McIlvaine läßt Sie ins Richterzimmer bitten.«
»Ist Danziger auch da?«
Als der Gerichtsdiener nickte, wandte Lord sich an Cole. »Tut mir leid, Jack. Sind Sie so nett, mir ein Sandwich mitzubringen?«
»Das hat doch nichts Schlimmes zu bedeuten?«
»Nein, nein. Danziger will wahrscheinlich eine Vertagung, um seinen Mandanten wieder aufpäppeln zu können.« Lord drückte Cole einen Zehner in die Hand und machte sich auf den Weg zum Richterzimmer.

McIlvaine und Danziger sahen auf, als er den Raum betrat. »Herein mit Ihnen, Tony!« polterte der Richter.
Nach einem raschen Blick auf Danziger, der seine Ellbogen besitzergreifend auf McIlvaines Schreibtisch gestützt hatte, nahm Lord so Platz, daß sein älterer Kollege nur mit ihm sprechen konnte, wenn er sich von McIlvaine abwandte.
»John hat eine Vertagung bis Montag beantragt. Hätten Sie was dagegen?«
Lord heuchelte Überraschung. »Aus welchem Grund, John?«
In seiner schwerfälligen Art thronte Danziger geradezu auf seinem Stuhl. Deshalb ärgerte ihn offensichtlich, daß er sich jetzt zur Seite drehen mußte. »Mr. Parnell möchte über einen Vergleich nachdenken.«
»Zwecklos – es sei denn, mein Mandant bekommt sein ausstehendes Gehalt. Zusätzlich zu seinem Job, versteht sich.«
Auf Danzigers Gesicht erschienen rote Flecken. McIlvaine mischte sich hastig ein. »Ich bin sicher, daß John Ihre Forderungen an Mr. Parnell übermitteln wird«, sagte er und sah zustimmungsheischend zu Danziger hinüber.
»Als Rechtsanwalt...« Danziger sprach das Wort aus, als bezeichne es eine bestimmte Rasse – »bin ich verpflichtet, meinen Mandanten über sämtliche von der Gegenseite gestellten Forderungen zu unterrichten.«
»Unter diesen Umständen«, meinte Lord freundlich, »können Sie sich ruhig Zeit lassen.«
»Danke«, sagte Danziger zu Richter McIlvaine. Er stemmte sich von seinem Stuhl hoch, nickte vage in Lords Richtung und verließ den Raum.
McIlvaine gab Lord ein Zeichen, er solle noch bleiben. »John hat nicht viel für Sie übrig, glaube ich«, stellte er anerkennend fest.
Lord sah ihn ernst an. »Sie sind ein aufmerksamer Beobachter, Euer Ehren. Aber so ist das eben, wenn man jemanden in den Hintern tritt.«
Richter McIlvaine zog die Augenbrauen hoch und gab dann ein bellendes Lachen von sich. Lord fand es bemerkenswert, daß ein Mann gleichzeitig fromm, zynisch, gutmütig und korrupt aussehen konnte, obwohl er in Wirklichkeit nur letzteres war. Nach

dem Lachanfall wurde McIlvaine wieder ernst. »Das könnte dazu führen, daß ein eventueller Vergleich schwierig wird.«
»Schwieriger als ein verlorener Prozeß?«
»Naja, lassen wir's dabei«, sagte McIlvaine. »Aber ich habe einen bescheidenen Vorschlag zu machen, der möglicherweise den Weg zu einem Vergleich ebnen könnte – nun ja, vor allem angesichts der Tatsache, daß Ihr Mandant größte Hoffnungen auf eine Gehaltsnachzahlung zu setzen scheint.«
Lord ahnte, daß ihm dieser Vorschlag nicht gefallen würde. »Guter Rat ist stets willkommen.«
»Schön. Heute vormittag haben Sie Colby Parnell in Verlegenheit gebracht.« McIlvaine hob beschwichtigend eine Hand. »Was vielleicht nicht zu vermeiden war. Aber eine Geste des gegenseitigen Respekts ...«
»Jeder Prozeß ist ein mentaler Zweikampf, Euer Ehren. Für Artigkeiten bleibt da nicht viel Platz.«
»Dafür gibt es andere Gelegenheiten.« McIlvaine räusperte sich. »Mrs. Parnell gibt heute abend eine große Party.«
Aus irgendeinem Grund, das wußte Lord, lag dieser unglaubliche Vorschlag in McIlvaines Interesse. »Eine *Party?*«
»Ja. Für Senator Kilcannon.«
Plötzlich merkte Lord, worauf sein Gegenüber hinauswollte. »Um Spenden zu sammeln«, stellte er fest.
McIlvaine nickte. »Mrs. Parnell bewundert ihn sehr – wie übrigens auch viele meiner Freunde, wenn ich das mal so sagen darf.«
Du durchtriebener Hundesohn, dachte Lord. Du willst, daß dich dieser Scharlatan zum Bundesrichter ernennt.
»Nun, ich denke, daß Sie ihn ebenfalls gern kennenlernen würden.« Der Richter grinste. »Mal ganz abgesehen von seiner Freundin ... wie heißt sie gleich wieder?«
»Stacy Tarrant.« Der Vormittag entwickelte sich ganz und gar nicht nach Lords Gusto; nur die Erinnerung an die Sorglosigkeit, mit der Cole seinen Panamahut aufgesetzt hatte, hielt Lord davon ab, wortlos zu gehen. »Ehrlich gesagt bin ich kein großer Freund solcher Veranstaltungen. Außerdem habe ich meinem Sohn versprochen, heute abend mit ihm zum Baseball zu gehen. Es ist sein erstes großes Spiel.«

»Baseballspiele gibt's noch viele.« McIlvaine faltete die Hände. »Wie alt sind Sie, Tony?«
»Dreiunddreißig.«
»Ihre Anwaltskarriere steht noch am Anfang, und Sie haben den schwierigsten Weg gewählt, weil Sie ohne Partner auszukommen versuchen. Glauben Sie nicht, daß Sie Hilfe brauchen könnten?«
Lord bemühte sich, die Frage abzuwehren. »Ich arbeite gern allein«, sagte er leichthin. »Da kann ich mir selbst aussuchen, welche Fälle mich interessieren.«
McIlvaine wirkte gekränkt. »Trotzdem gibt es hier in San Francisco Männer aus Kilcannons Umfeld, deren Bekanntschaft Ihnen beruflich nutzen würde. Ich werde dafür sorgen, daß Sie sie kennenlernen.« McIlvaine grinste wieder. »Die Aussicht auf einen Vergleich sollte Ihnen diese kleine Artigkeit doch leichter machen. Und nach dem bisherigen Prozeßverlauf haben Sie doch allen Grund, guter Hoffnung zu sein.«
Lord erkannte, daß er diese Schmierenkomödie selbst hätte inszenieren können – bis hin zu der unausgesprochenen Warnung, daß McIlvaine es in der Hand hatte, ihn den Prozeß verlieren zu lassen, indem er den Vergleichsvorschlag nicht billigte, bei den Geschworenen gegen ihn Stimmung machte oder sie bei der Belehrung vor der Urteilsfindung negativ beeinflußte. Jetzt nahm Lord sich vor, seinerseits nach Kräften dafür zu sorgen, daß McIlvaine niemals Bundesrichter wurde. »Was kostet die Teilnahme?« fragte er kühl.
»Zweihundertfünfzig«, antwortete McIlvaine mit einer wegwerfenden Handbewegung. »Eine Kleinigkeit, wie ich gesagt habe, wenn Sie die Aussichten auf einen Vergleich in Betracht ziehen.« Er lächelte jovial. »Mir wär's ehrlich gesagt nur recht, wenn ich diesen Schwuli bald von meiner Prozeßliste streichen könnte.«
Voreingenommenheit und Mißbrauch des Richteramts, dachte Lord, abgesehen davon, daß McIlvaine genau wußte, daß er ihm nichts nachweisen konnte. »Ehrlich gesagt«, antwortete er ausdruckslos, »wär's *mir* auch recht, diesen *Schwuli* bald von Ihrer Prozeßliste runterzubekommen.«
McIlvaine grinste noch breiter. Lord addierte ein paar Zahlen:

1700 Dollar Monatsmiete für's Haus, 173 Dollar Ratenzahlung für den Wagen, 200 Dollar Schulgeld für Christopher ... Was ihn an Jack Coles Tochter erinnerte, die dieser nicht einmal besuchen durfte.

Lord stand ruckartig auf. »Ich versuche zu kommen«, sagte er und ging zur Tür. In Gedanken hatte er gerade die letzten 500 Dollar von ihrem Sparguthaben abgehoben, als der Richter ihm nachrief: »Und bringen Sie Ihre Frau mit!«

4

Jamie stieg auf die Motorhaube der schwarzen Limousine.

Sie hatten mitten in San Franciscos Chinatown haltgemacht. Stacy stand neben der Beifahrertür. Weil Assistenten, Reporter, Polizeibeamte und Geheimdienstagenten sie abschirmten, konnte sie nur wenige Gesichter sehen. Im anschwellenden Jubel nahm sie Chinatown nur als eine Mischung von Gerüchen – Schweinefleisch, Fisch und Gemüse – wahr. Sie sah chinesische Schriftzeichen und eine Frau mit einem schwarzhaarigen Baby auf dem Arm an einem Fenster im ersten Stock eines Hauses.

Jamie stand über dem Lärm, und die Fernsehkameras holten sein Gesicht in Nahaufnahme heran.

»Wie bei der Wiederauferstehung Christi«, sagte eine vertraute Stimme neben ihr.

Der New Yorker Bronxakzent war unverkennbar. Stacy drehte sich zu John Damone um, der sie spöttisch anlächelte. »Gerade gekommen?« fragte sie.

»Mhh-hmm ... dein Freund hat ja ganz schön Zulauf. Jede Menge Weiße für diese Gegend, wenn du mich fragst.«

Auch nach fast zehn Jahren ärgerte Stacy sich immer noch über seine Gabe, ihre unbehaglichsten Gedanken auszusprechen. »Ich hab' auch Chinesen gesehen.«

»Nicht viele. Aber was geht sie das Ganze auch schließlich an?«

Sie gab keine Antwort. Damone beobachtete abwechselnd Kilcannon, die Fernsehkameras und die Menge. Auf neue Situa-

tionen reagierte er mißtrauisch wachsam, seine ganze Körpersprache war aggressiv, und in seinem Gesicht gab es keinen sanften Zug mehr. Sein schwarzer Bart schien seine ausgeprägten Wangenknochen, den kühnen Schwung der Adlernase und die Falten in den Augenwinkeln noch zu betonen. Nach einem Blick zu den Hausdächern hinauf fragte er: »Welcher Idiot hat Kilcannon eigentlich erzählt, er sei unverwundbar?«
Stacys Bick wanderte nun ebenfalls zwischen der Limousine und den Hausdächern hin und her. Jamie hob gerade eine Hand; der Jubel verstummte bis auf ein paar einzelne Schreie.
»Jamie!« kreischte eine Frau.
Kilcannon grinste. »Nun ...«, sagte er in sein Mikrofon, »es ist schön, begehrt zu werden. Aber wie steht's morgen nach dem Aufwachen?«
Lautes Gelächter. Stacy sah die Reporter beifällig grinsen; ihnen gefiel es naturgemäß am besten, wenn Jamie auf seine Zuhörer einging.
»Wenn sich bis dahin nichts geändert hat, dann um so besser.« Jamie wartete lächelnd, bis Jubel und Beifall abgeklungen waren. »Ich bin hierher ins Chinesenviertel gekommen, weil der Mann, den ich als Präsidenten ablösen will, es für ein einziges großes Chinarestaurant hält. Falls er überhaupt jemals an die Leute hier denkt.«
Zustimmendes lautes Lachen. Als es verstummte, hörte Stacy das Surren der Fernsehkameras. Damone sah wieder nach oben.
»Der Präsident behauptet, farbenblind zu sein. Ich glaube, daß das stimmt ...«
»Nein!« rief jemand.
»Doch, es stimmt wirklich. Erinnern Sie sich daran, wie er einen Schwarzen in sein Kabinett aufgenommen und ihm bei der Amtseinführung mit dem Oberbürgermeister von Washington verwechselt hat?«
Wieder Gelächter. Die Kameras drängten näher heran.
»Das beweist doch klar und deutlich, daß der Präsident alle Angehörigen von Minderheiten für austauschbar hält ...« Jamies Stimme übertönte das aufbrandende Gelächter. »Falls er je einen Gedanken an sie verschwendet.«

Tosender Beifall, und Jamie machte eine Pause, um den Jubel fernsehmäßig wirken zu lassen.
Damone trat näher an Stacy heran. »Darauf versteht er sich, was?«
»Es fällt ihm leicht.« Dann sah Stacy eine Fernsehkamera auf sich gerichtet und lächelte zu Jamie auf. Am liebsten hätte sie sofort die Flucht ergriffen.
Damone starrte irgend etwas an. Sie folgte seinem Blick zu einem einzelnen Mann, der auf dem Dach eines Geschäftshauses kauerte. »Du machst mich nervös«, warf sie ihm vor.
»Das hier gefällt mir nicht. Vor allem deinetwegen.«
Jamie hob das Mikrofon wieder an die Lippen.
»Aber die Arbeitslosen dieses Viertels müssen an *ihn* denken, denn er hat sie in dem zweitklassigen Drehbuch, das er als Wirtschaftsprogramm bezeichnet, zu Statisten degradiert, die...«
Drei scharfe Knalle.
Jamie wich zurück und ließ das Mikrofon fallen.
»Nein...«, kreischte jemand.
Damone war mit einem Satz auf der Motorhaube und riß Jamie von den Beinen. Während er sich schützend über ihn warf, stieß die Menge einen kollektiven Angstschrei aus.
»Jamie!« Stacy erkannte ihre eigene Stimme kaum wieder.
In der allgemeinen Verwirrung zielten die Polizeibeamten auf Damone. Als Stacy zu den beiden vorzudringen versuchte, stieß ein Kameramann sie beiseite. Von Jamie konnte sie nur die Beine sehen; die Kamera war auf sein Gesicht gerichtet.
Ein Polizeibeamter versperrte ihr den Weg. Zwei Geheimdienstleute rissen Damone hoch.
Jamie hob langsam den Kopf.
Die beiden Männer starrten sich an. »Alles okay?« brachte Damone heraus.
Fernsehkameras surrten; die Menge drängte gegen den Polizeikordon. Jamie, der leichenblaß war, nickte den Männern zu, die Damone festhielten.
»Laßt ihn los«, sagte er. »Was war das?«
»Vermutlich Feuerwerkskörper, Senator.«
Stacy wußte nicht, ob sie weinen oder lachen sollte. »Trotzdem

vielen Dank«, sagte Jamie murmelnd zu Damone, ohne zu ihr hinüberzusehen.

Als Damone sich aufrichtete, sah sie, daß seine Unterlippe aufgeplatzt war.

»Oh, John ...«, sagte sie, dann sah sie wieder zu Jamie auf. Aber er stand wieder auf der Motorhaube, als sei nichts gewesen.

Die Kameras folgten ihm. Als der Lärm verstummte, drehte sich auch Damone wieder nach ihm um.

Jamie sprach ins Mikrofon. »Es waren bloß *Feuerwerkskörper ...*«

Erleichtertes Stöhnen aus der Menge.

»Trotzdem muß ich mir Sorgen machen. In Princeton bin ich beim Football nie von hinten geblockt worden.«

Das nervöse Gelächter wurde zu Beifall, der sich mit jeder Sekunde steigerte. Jetzt sah Jamie erstmals zu Stacy hinüber.

Sie lächelte ihm sprachlos zu.

5

Für das Gespräch mit Danziger hatte Parnell den Pacific Union Club vorgeschlagen.

Ein Lunch in ungestörter Atmosphäre, das war genau das Richtige, um ungestört reden zu können. Erst während er wartete und sich dabei ins Gedächtnis zurückrief, wie geschickt Lord ihn befragt hatte, wurde ihm klar, welche Möglichkeiten ihm blieben. Das von Lord angedeutete Trauma hatte hier begonnen – vor sechzehn Jahren.

Parnell lehnte sich zurück und erinnerte sich.

Er hatte Bridge gespielt, als ihm ein Telefon an den Tisch gebracht worden war; in dieser luxuriösen Umgebung – Eichenholz und Leder und geschultes Personal – hatte er den Anrufer zuerst für jemanden gehalten, der dem Club beitreten wollte. Mit dem leicht rasselnden Atem eines Asthmatikers hatte dieser gefragt, wann Parnell zuletzt von seinem Sohn gehört habe. Im ersten Augenblick war Parnell nur verwirrt gewesen.

»Mit wem spreche ich, bitte?« fragte er.

Der Anrufer legte auf. Nach kurzer Überlegung entschuldigte sich Parnell und ging hinaus, um seinen Anwalt anzurufen.
»Und, was *hast* du von Robert gehört?« fragte John Danziger.
»Sehr wenig.« Parnells Mund war trocken. »Er wohnt draußen am Lake Tahoe in unserer Hütte. Man kann sicher von einer gewissen Entfremdung zwischen uns reden.«
»Hervorgerufen durch . . .?«
»Diverse Meinungsverschiedenheiten. Mit siebzehn fühlt er sich zu Hause nicht mehr recht wohl.«
»Ich verstehe. Und hast du versucht, ihn zu erreichen?«
»Nein.« Parnell rückte seine Brille zurecht. »Wir reden eigentlich kaum noch miteinander.«
»Falls du auf Einhaltung des Zeremoniells bestehst«, sagte Danziger trocken, »könntest du Alexis anrufen lassen. Und halte mich doch auf dem laufenden, ja?«
Parnell hängte ein und tupfte sich mit seinem Taschentuch die Stirn ab. Ohne Alexis vorher anzurufen, wählte er die Nummer am Lake Tahoe.
Dort meldete sich niemand.
Beim Abendessen war Alexis geradezu aufgekratzt. Nachmittags hatte das Fernsehen einen ihrer alten Filme gezeigt, in dem sie neben Cary Grant einen Auftritt als Badenixe hatte. Das war nicht gerade, worauf er den ganzen Tag gewartet hatte.
Parnell entschuldigte sich, ging in die Bibliothek und telefonierte zum zweiten Mal vergeblich. Nach dem dritten Versuch am nächsten Morgen erfand er einen Ausflug nach Bohemian Grove und fuhr ohne Halt nach Tahoe durch.
Die Tür der Skihütte auf dem sonnigen Hügel stand weit offen. Als Parnell näher kam, sah er, daß das Schloß aufgebrochen war. Der unterschwellige Wunsch, keinen Sohn zu haben, jagte ihm kalte Schauer über den Rücken.
Parnell trat zögernd ein und sah einen umgefallenen Kapitänsstuhl und ein Bier neben einem angebissenen Sandwich auf dem Couchtisch. Auf dem Holzboden stand Roberts Schreibmaschine, aus der sich ein Blatt Papier nach vorn wölbte.
Die Mitteilung war kurz: *Ist Ihr Sohn eine Million Dollar wert? Nähere Anweisungen folgen.* Ohne das Telefon zu berühren,

fuhr Parnell zur nächsten Tankstelle und alarmierte das FBI. Alexis rief er nicht an.
Dann wartete er zwei Stunden lang vor der Tür der Skihütte – ständig in Angst vor der unvermeidlichen Frage der FBI-Agenten: »Warum sind Sie hier?«
Das konnte Parnell ihnen einfach nicht sagen.
Teilweise war er sich darüber selbst nicht im klaren. Die Ursachen des Ganzen, das wußte er, lagen irgendwie bei Alexis und ihm. Aber als Robert ausgezogen war, hatte Alexis und ihn das nur noch verletzt.
Begonnen hatten die Verwicklungen mit Alexis selbst.
Colby hatte sie auf der Hochzeit eines Kommilitonen kennengelernt, der im Juni des Jahres, in dem sie beide ihr Studium in Yale abgeschlossen hatten, in Newport heiratete. Auf der großen Party am Vorabend der Hochzeit war er buchstäblich mit Alexis zusammengeprallt.
Während sie mühsam ihr Gleichgewicht wiederfand, sah er, daß sie mehr als nur hübsch war. »Oh, entschuldigen Sie«, brachte er heraus. »Aber ich war in Gedanken schon auf der Heimreise nach Frisco.«
Sie lachte, und der Blick ihrer kühlen grauen Augen wirkte freundlich. »Dann sollte ich wohl lieber mitkommen«, sagte sie. »Damit Sie nicht wieder Leute umrennen.«
Ihre humorvolle Reaktion war eine Erleichterung für ihn, und er fand den Vorschlag attraktiv, bevor er sie auch nur nach ihrem Namen gefragt hatte.
Sie heiße Lexie Fitzgerald und sei Schauspielerin, sagte sie. »Und da ich nach Hollywood gehe, komme ich vielleicht tatsächlich mal übers Wochenende nach San Francisco.«
Aber als er Alexis ein Vierteljahr später mit nach Hause brachte, konnte sein Vater sich nicht für sie erwärmen. »Sie ist eine mittellose kleine Schauspielerin«, erklärte John Joseph seinem Sohn. »Sollte sich ihr Traum, ein Filmstar zu werden, nicht erfüllen, bist du ihr Trostpreis.«
Für seinen Vater zählte nicht, daß Lexie erst während ihres Studiums am Smith College zur Schauspielerei gefunden hatte und Colby zu stolz auf sie war, um sich von ihr zu trennen. Statt dessen finanzierte er ihre Wochenendbesuche zwischen kleinen

Nebenrollen bei der Fox, bis er sie sehnlicher begehrte, als er sich jemals etwas in seinem Leben gewünscht hatte. Alexis war zierlich, selbstbewußt und lebhaft und hatte so ebenmäßige Gesichtszüge, daß er ihr Lächeln, bei dem ihre kaum merklich überstehenden oberen Zähne sichtbar wurden, für einen charmanten kleinen Defekt hielt.

Daß Lexie materiell kaum etwas besaß, stärkte sein Selbstbewußtsein, und als er merkte, wie sehr sie Parties, Segeltörns und Poloturniere genoß, begann er zu hoffen, daß gemeinsame Vergnügungen die ihm fehlende männliche Anziehungskraft ersetzen könnten. Aber sie schien sich seinem Lebensstil so problemlos anzupassen, daß Colby sich fragte, ob das Leben in San Francisco wirklich *alle* ihre Wünsche befriedigte. Wenn Lexie beim Dinner im Blue Fox oder beim Tanzen im Mark Hopkins oder Fairmont bewundernde Blicke auf sich zog, schwelgte er in Phantasien, in denen es nur so von sonnengebräunten Verführern wimmelte, die es alle ausschließlich auf sie abgesehen hatten. Ein Jahr nach der Hochzeit seines Studienfreundes hatte Colby noch immer keine Erfahrungen mit Frauen.

Er spürte, daß Lexie seine Küsse erwiderte, aber ihr Verhalten lieferte keinen Hinweis darauf, ob sie sich mehr als seine Küsse wünschte. Da ihm die forsche Männlichkeit seines Vaters fehlte und er vor seiner eigenen zurückschreckte, hielt er es für sicherer, den Gentleman zu spielen, der weibliche Tugend respektierte.

Als sie dann eines Nachts vor der im Kolonialstil erbauten Villa der Parnells parkten, versuchte Colby ausnahmsweise einmal konkreter zu werden. »Vielleicht lebst du ja nicht für immer in Hollywood«, orakelte er. »Ich möchte nicht, daß sie dich dort ummodeln.«

Sie lächelte. »Du machst dir völlig falsche Vorstellungen.«

»Warum willst du dann nicht, daß ich dich dort besuche?«

Ihr Blick war so selbstbewußt kühl, daß Colby sich unbehaglich fühlte. »Weil du jemand bist, der mit all dem nichts zu tun hat. Ich möchte Hollywood und San Francisco einfach auseinanderhalten.«

»Aber was zieht dich dorthin?«

»Ich will meine Chancen wahren – zumindest für einige Zeit.

Vielleicht brauche ich die damit verbundene Aufmerksamkeit.« Sie küßte ihn auf die Wange. »Aber nichts, was ich dort tue, macht ein Leben mit dir unmöglich.«

Ihr Versprechen beruhigte ihn; erst später hörte er eine weitere Bedeutung heraus.

In den folgenden Monaten strengte Colby sich an, ihr seine Stadt und sich selbst von der besten Seite zu zeigen. Seine schuldbewußte Hoffnung gründete sich darauf, daß Alexis weniger Engagements zu haben schien; sie war mehr in San Francisco als in Hollywood. Aber er wartete ab, ohne von Heirat zu sprechen.

Im September endete die nervtötende Zeit des Wartens.

Sie hatten bei Orsi's gegessen; danach waren sie langsam zum Mark Hopkins geschlendert. In der Nähe des Fairmonts wollte sie einen Augenblick stehenbleiben. Während Colby sie vor der kühlen Brise schützte, blickte sie auf die Lichter der Boote, die langsam die Bucht durchpflügten. Eine Straßenbahn voller Touristen fuhr an ihnen vorbei und verschwand bimmelnd wieder. An seine Schulter gelehnt murmelte Lexie: »Ich liebe diese Stadt.«

Colby kämpfte gegen sich selbst an – und verlor. Er zog sie an sich und sagte: »Laß uns heiraten, Lexie ... bitte!«

Sie starrte ihn so durchdringend an, daß er schon fürchtete, seine Chance verspielt zu haben. Ihre Stimme klang heiser. »Ja, Colby. Wenn du mich haben willst.«

Er küßte sie unbeholfen. »Laß uns gehen«, flüsterte sie.

Die Nachttischlampe brannte. Als sie sich umarmten, drängte sie sich gegen ihn. Während Colby aufgeregt und verwirrt die Spaghettiträger ihres Kleides herunterstreifte, wußte er plötzlich nicht recht, ob Alexis vor Begierde oder Widerwillen zitterte. Dann hob sie die Arme und murmelte: »Komm, hilf mir.«

Alles war so schnell vorbei, daß er ein schlechtes Gewissen hatte. Ihr Gesicht konnte er nicht erkennen.

»Hat es sehr weh getan?« fragte er.

»Nein – nicht zu sehr.«

»Ich ...« Ihre neugewonnene Intimität erleichterte ihm das Eingeständnis. »Für mich war es auch das erste Mal, weißt du.«

Als sie sich an ihn kuschelte, roch er das Parfüm auf ihrer Haut. »Wenn wir erst verheiratet sind«, sagte sie, »haben wir viele Jahre und viele Male vor uns.«

Dieser Gedanke machte alles viel leichter. »Wann heiraten wir?«

»Bald.« Für Colby war das eine große Überraschung. »Ich will hier bleiben, bei dir.«

Colby erinnerte sich an ein Gespräch mit John Joseph, in dem er dieses Thema angeschnitten hatte. »Aber was ist mit deinem Vertrag?«

Sie schwieg einen Augenblick. »Den kann ich irgendwie lösen, glaube ich.«

Am nächsten Morgen teilte Colby seinem Vater mit, daß er Alexis heiraten werde. »Dann ist sie dort also gescheitert«, stellte John Joseph fest.

Colby lief rot an. »Ich habe gelernt, nicht allzuviel Zustimmung von dir zu erwarten. Deshalb habe ich mir bereits die passende Antwort zurechtgelegt.«

»Und die wäre?«

»Fuck you, Dad.«

Colby ließ ihn stehen und verließ das Haus. Sechs Wochen später erklärte Lexie ihm, daß sie ein Kind erwarte.

Im Trubel der hastigen Hochzeitsvorbereitungen genoß Colby die Trinksprüche und das wissende Schulterklopfen seiner Freunde, das ihm signalisierte, er sei ein toller Bursche und könne stolz darauf sein, Alexis für sich gewonnen zu haben. Aber der Teil von ihm, der unter dem Schweigen seines Vaters litt, begann die Monate zu zählen.

Nicht, daß dieser Teil überwog. Sobald sie verheiratet waren, schien Lexie so glücklich über ihre Schwangerschaft zu sein, daß er nicht anders konnte, als ihr Glück zu teilen. Er fühlte, daß sie ein Paar wurden, ohne auf Sex mit all seinen Unabwägbarkeiten angewiesen zu sein. Das Baby besiegelte ihre Ehe; sobald sie sich wieder lieben durften, würde die Zeit seine letzten Zweifel schwinden lassen.

Acht Monate nach dem Tag, an dem sie sich zum ersten Mal geliebt hatten, wurde Lexie von einem Jungen entbunden, der schwarzhaarig wie Colby war. John Joseph besuchte sie nicht,

um seinen Enkel zu sehen. Als Colby sich nicht für einen Namen entscheiden konnte, nannte Alexis ihn Robert. Sobald sie sich soweit erholt hatte, daß er sie wieder lieben durfte, gab es für ihn kein Halten mehr.
Als weitere Nächte folgten, in denen Alexis unter ihm zu stöhnen begann, erinnerte er sich daran, daß sie eine Schauspielerin war. Die darauffolgende Schwangerschaft beschämte ihn jedoch, denn Lexie wirkte noch glücklicher als zuvor. Als plötzliche starke Schmerzen eine Fehlgeburt ankündigten, die sie fast das Leben kostete und nach der sie keine Kinder mehr bekommen konnte, kamen sie überein, sich ganz Robert zu widmen.
Parnell, der entschlossen war, ein liebevollerer Vater als John Joseph zu sein, imitierte Alexis, indem er mit dem Baby spielte oder scherzte oder an seiner rosigen Haut roch. Aber nachts starrte er manchmal ins Kinderbettchen. Robert erwiderte seinen Blick, und Parnell hatte das eigenartige Gefühl, daß das Baby seine Zweifel kannte.
Nachteilig war auch, daß er sich als Liebhaber unbeholfen fühlte und wenig ausdauernd war. Als seine Sorge, Lexies Lust sei bloß vorgetäuscht, sich zu der Angst auswuchs, auch ihr Eheglück sei womöglich nur eine Fiktion, wurde er zwanghaft fürsorglich und kritzelte seinen Terminkalender mit Jahrestagen voll, an denen er sie mit Blumen und sorgfältig ausgewählten Geschenken überraschte. Aber wenn sie dann in ihrem luxuriösen Haus am Broadway bei einem Drink am Fenster saßen und auf die Bucht hinaussahen, spürte Parnell, daß ein Teil von Alexis noch immer in Hollywood war – oder sonstwo außerhalb seines Einflußbereichs, vielleicht bei Robert.
Sobald er sprechen konnte, begann sie kleine Theaterstücke für ihn aufzuführen, in denen sie sämtliche Rollen spielte, während Robert vergnügt mit den Händen patschte oder sie mit seinen wachen schwarzen Augen beobachtete. Schon als Vierjähriger entwickelte er eine rege Phantasie und schrieb jede zertrampelte Blume, jedes zerbrochene Spielzeug irgendeinem imaginären Freund zu, den er so lebhaft schilderte, daß Parnell dabei unheimlich zumute war. Als Alexis ihm dann einen Fernseher kaufte, begann er beim Abendessen als irgendeine Sängerin

oder Schauspielerin aufzutreten, die er gesehen hatte, und verlangte sogar, mit ihrem Namen angesprochen zu werden. Parnell sagte wenig dazu; Alexis war entzückt.

Ihre geteilte Reaktion schien Robert so anzuspornen, daß er schließlich anfing, den Lippenstift seiner Mutter zu benützen.

»Das muß aufhören«, meinte Parnell abends beim Cocktail, »bevor er deine Monatsbinden findet.«

Sie lächelte zum Fenster hinaus. »Er hat eben Phantasie. Dafür habe ich volles Verständnis.«

»Das hat nichts mehr mit Phantasie zu tun. Das ist doch nicht mehr normal.«

»Soll das etwa heißen, daß ich auch nicht normal bin?« Sie drehte sich zu ihm um. »Er ist auch dein Sohn, Colby.«

Parnell trank einen kleinen Schluck von seinem Manhattan. »Ich mache mir Sorgen um ihn, verstehst du.«

»Das ist verständlich. Aber bitte gib dir Mühe, nicht ins Fahrwasser *deines* Vaters zu geraten.« Als Parnell aufblickte, sah sie schon wieder aus dem Fenster.

Alexis schien seine Verwirrung nutzen zu wollen, um Robert noch enger an sich zu binden. Der Fünfjährige war ständig an ihrer Seite, selbst wenn sie sich auszog, und sie umarmte ihn und murmelte »Lexie-Love«, bis er anfing, ihren Kosenamen als seinen eigenen zu wiederholen. Parnell sonderte sich immer mehr von den beiden ab.

Als Parnell dann eines Abends die Redaktion verließ, fiel ihm auf, daß er nicht mit seinem Sohn spielte, so wie sein Vater nie mit ihm gespielt hatte. Auf dem Nachhauseweg kaufte er einen Baseballschläger in Kindergröße und brachte ihn Robert mit. »Hier«, sagte er.

Einen Augenblick lang war Roberts Wunsch, den Schläger zu besitzen, fast mit Händen zu greifen. Dann sah er zu seinem Vater auf, lächelte seltsam und rannte davon.

An diesem Abend begann sein rätselhaftes Gutenachtritual.

Parnell, der die Sache mit dem Baseballschläger noch nicht überwunden hatte, kam ins dunkle Kinderzimmer. Aber als er sich zum Gutenachtkuß über seinen Sohn beugte, bedeckte Robert seine Augen mit einer Hand. Der Körper des Jungen war ganz steif; Parnell wußte nicht, ob das Angst, Theater oder Abscheu war. Er richtete sich erschüttert auf und verließ den Raum. Noch Jahre später glaubte Parnell die Kinderstimme zu hören, die hinter ihm gesagt hatte: »Lexie-Love...«

Als Robert größer wurde, hörte Alexis sich seine Phantasien an, in denen er mal ein zweiter Lawrence Olivier, mal Präsident einer eigenen Republik werden wollte. Das Musikzimmer wurde sein Reich.

Alexis, die eine gute Pianistin war, spielte ihm klassische Stücke vor. Roberts Lieblingsstück, das er immer wieder hören wollte, waren die *Paganini-Variationen.* Aus irgendwelchen Gründen, die Parnell selbst nicht definieren konnte, vermied er es, den beiden Gesellschaft zu leisten, bis er sich eines Tages sagte, daß diese Verweigerungshaltung lächerlich sei. Als er abends heimkam, hörte er Alexis die *Variationen* spielen. Leise betrat er das Musikzimmer und blieb hinter seinem mit am Flügel sitzenden Sohn stehen, bis seine Frau die letzte Note gespielt hatte. Als sie danach gedankenverloren auf die Tasten starrte, berührte der zehnjährige Robert ihr Gesicht.

Alexis lächelte vor sich hin, bis sie ihren Mann sah. Robert folgte ihrem verlegenen Blick zu seinem hinter ihm stehenden Vater und stürzte aus dem Zimmer. Seine Eltern starrten sich an. »Entschuldige«, murmelte Alexis und ging hinaus, um ihren Sohn zu suchen.

In der stummen Sprache ihrer Ehe begann Parnell wahrzunehmen, daß sie Schuldgefühle hatte, weil Robert so offenkundig auf sie fixiert war. Und irgendwie schien sie immer abwesend zu sein, wenn er sie berührte. Ohne einen bestimmten Grund zur Eifersucht zu haben, spürte er, daß Alexis auf irgendeinen unbekannten Geliebten wartete. Und wenn sie sich am Fenster über dem Innenhof des Hauses anzog, wurde ihm mit an Selbstverachtung grenzender Beklemmung klar, wie sehr er fürchtete, daß ein anderer Besitz von ihr ergriff.

Er gab sich alle Mühe, gegen seine unguten Gefühle anzukämpfen. Günstig war, daß ihm nach John Josephs plötzlichem Tod die alleinige Verantwortung für die Zeitung zufiel, für die dann unter seiner Führung eine neue Aufschwungphase begann. In der Stadt passierte nur wenig Wichtiges ohne Parnells Wissen; Alexis und er führten ein angenehmes Gesellschafts-

leben – all dies lenkte ihn von seinen Zweifeln und dem unsichtbaren Etwas ab, das zwischen Robert und ihm stand.
Als Robert ins Teenageralter kam, verwandelte sich ihre Beziehung in einen klassischen Vater-Sohn-Konflikt, der Parnell mißtrauisch machte. Während der Junge mit Alexis gern in die Oper oder zu Ballettabenden ging, brachte er der Welt seines Vaters nur Verachtung entgegen und lehnte all seine Pläne für ihn ab. Obwohl Parnell ihn auf die besten Schulen San Franciscos schickte, blieben seine Leistungen konstant schlecht, und er hatte auch nie richtige Freunde.
Mit seiner Entwicklung zu einem athletischen jungen Mann verfiel Robert gegenüber der zierlichen Alexis in eine maskuline Beschützerpose, so daß Parnell aus dem Blick seines Sohnes schon bald zunehmende Gewaltbereitschaft herauslas. Robert war nicht bereit, mit einem Psychiater zu sprechen; er wollte nur das Klavierspiel seiner Mutter hören. Das Dienstmädchen fand Marihuana in seinem Nachttisch.
Parnell kam zu dem Schluß, daß es besser war, wenn sein Sohn die letzten Schuljahre auf einem Internat verbrachte.
Dieser Gedanke schien Alexis zu erschrecken. »Er ist erst fünfzehn ... er braucht uns doch noch.«
»In seinem Alter hat mein Vater mich nach Groton geschickt. Es liegt doch auf der Hand, daß hier irgend etwas nicht in Ordnung ist. Es ist egoistisch, ›nur noch ein Jahr‹ zu sagen, wenn er von Tag zu Tag merkwürdiger wird.«
Sie drehte sich zu ihm um. »Du willst ihn weghaben. Das steckt dahinter!«
Diesmal erwiderte er ihren Blick. »Ich liebe Robert nicht so, wie du ihn liebst«, sagte Parnell leise. »Und ich werd's auch nie können.«
Sie verzog das Gesicht. »Willst du mich dafür verantwortlich machen?«
»Nein, Alexis. Ich denke, daß da viele verschiedene Faktoren zusammenkommen.«
Beim Dinner teilte Parnell Robert seinen Entschluß mit.
Robert sprang auf und beugte sich mit verzerrtem Gesicht über den Tisch zu seinem Vater hinüber.
Auch Parnell erhob sich. »Robert!« rief Alexis.

Sie hatte Tränen in den Augen. Robert sah sie mit kaltem Blick an und sagte halblaut: »Du verdammtes Biest!«
Tränen liefen ihr über die Wangen. Robert trat langsam zu ihr und legte seine Stirn an ihre.
»Es tut mir leid«, flüsterte sie.
Im Kerzenlicht sah Parnell, wie sein Sohn trocken schluckte. Er schloß die Augen.
Eine Woche später reiste Robert nach Maine ab.
Aber weder dort noch drei Internate später trat so etwas wie eine Besserung ein – weder in seinem Verhalten noch in ihrem Verhältnis. Robert fing Prügeleien an und hörte nicht auf, bevor er jemandem ein paar Zähne ausgeschlagen hatte. Er war ein Einzelgänger, der sich heimlich Drogen beschaffte und nicht bereit war, sich in irgendeine Gemeinschaft einzuordnen. Mit siebzehn kam er wieder heim, nachdem er von der vierten Schule geflogen war.
Sein Lebensrhythmus änderte sich abrupt. Im Gegensatz zu früher legte Robert es nicht mehr darauf an, seinen Vater zu provozieren; statt dessen begnügte er sich damit, ihn zu beobachten. Obwohl Alexis das als Fortschritt sah, hatte Parnell dabei ganz und gar keine guten Gefühle. Er schickte den Jungen zu einem Psychiater. Kam Robert von der Therapie zurück, schloß er sich mit seinem Filmprojektor ein und sah sich alte John-Garfield-Filme an. Manchmal telefonierte er noch spät nachts und verschwand dann stundenlang. Parnell wartete darauf, daß irgend etwas passieren würde.
Alexis schien sich zuzutrauen, Robert wieder zur Vernunft zu bringen. Anfangs wehrte er ihre impulsiven Umarmungen, ihre Einladungen ins Kino oder Theater ab. Als dann jedoch Kindheitserinnerungen in ihm wach zu werden schienen – oder als er glaubte, sie genug bestraft zu haben –, begann Robert sie zu bitten, ihm Sonaten vorzuspielen. Das machte Alexis Mut, ihn in die Oper einzuladen. Er verbrachte mehr Zeit mit ihr und machte keinerlei Anstalten, sein Elternhaus zu verlassen.
»Was hat er vor?« fragte Parnell sie.
»In welcher Beziehung?«
»In der Beziehung, daß er keinen Schulabschluß hat.«

»Bitte, Colby – schick ihn jetzt nicht wieder weg. Wir verstehen uns inzwischen fast wieder so gut wie früher.«
Am nächsten Nachmittag hörte Parnell zum ersten Mal seit der Rückkehr seines Sohnes wieder *Paganini* aus dem Musikzimmer. Als Robert an diesem Abend das Haus verließ, um mit Alexis in die Oper zu gehen, lächelte er seinen Vater an. Dieses Lächeln erschien Parnell so triumphierend, daß er die halbe Nacht nicht schlafen konnte.
Während Alexis sich am folgenden Morgen anzog, schlüpfte Parnell in seinen Bademantel und stattete seinem Sohn einen kurzen Besuch ab. Keine Stunde später hatte Robert das Haus verlassen.
Ein halbes Jahr später schüttelte Parnell dem FBI-Agenten, der zur Skihütte heraufgekommen war, die Hand.
Special Agent McCarry hatte zwei weitere FBI-Agenten mitgebracht. Sie suchten die Hütte und ihre nähere Umgebung ab, während er Parnell befragte, wobei sein rotgeädertes Gesicht ausdruckslos blieb.
»Haben Sie einen Verdacht, wer das gewesen sein könnte?«
Parnell schüttelte den Kopf. »Nein. Aber daß meine Familie eine Zeitung besitzt, ist ja kein Geheimnis. Oder daß diese Skihütte uns gehört.«
»Warum hat er hier oben gelebt?«
»Seine schulischen Leistungen waren ziemlich enttäuschend.« Parnell hatte sich die Antwort sorgfältig zurechtgelegt. »Robert hatte das Bedürfnis, sich hierher zurückzuziehen. Um mit sich ins reine zu kommen.«
»Wer außer Ihnen wußte noch, daß er hier war?«
»Seine Mutter ... vielleicht noch einige unserer Bekannten. Roberts Freunde kenne ich nicht. Bis vor kurzem war er in einem Internat an der Ostküste.«
»Irgendwelche Drogengeschichten oder plötzlicher Finanzbedarf?«
»Er hat gelegentlich Marihuana geraucht. Geld hat er von seiner Mutter bekommen.«
»Irgendwelche Probleme mit Freundinnen?«
»Nein – davon weiß ich nichts.« Parnell zögerte. »Worauf wollen Sie hinaus?«

»Uns interessiert alles Mögliche.« Der FBI-Agent musterte ihn prüfend. »Zum Beispiel, ob es ungewöhnliche Konflikte zwischen ihnen gab.«
Parnell wartete.
»Und?«
»Nun, eigentlich keine besonderen. Wenn es welche gab, ging es um seine Noten in der Schule und solche Dinge.«
»Nichts Ernsteres?«
»Manchmal wirkte er unglücklich…« Parnell nahm seine Brille ab und begann sie zu putzen.
»Wie gut verstand sich Ihr Sohn mit seiner Mutter?«
Parnell sah weg. »Ziemlich gut.«
»Besser als mit Ihnen?«
Parnell setzte die Brille wieder auf. »Sie ist seine Mutter«, sagte er, als würde das alles erklären.
McCarry betrachtete ihn mit in den Hosentaschen vergrabenen Händen. »Sie haben gesagt, er habe sich oft mit Mitschülern geprügelt. Hat es auch tätliche Auseinandersetzungen zwischen Robert und Ihnen gegeben?«
»Nein … nein, dazu ist es nie gekommen.«
»Ist er seiner Mutter gegenüber in irgendeiner Weise tätlich geworden?«
Parnell schüttelte den Kopf.
»Wann haben Sie ihn zuletzt gesehen?«
»Vor einem halben Jahr.«
Der FBI-Agent hob ruckartig den Kopf. »Ist damals etwas Besonderes zwischen ihnen vorgefallen?«
»Wieso fragen Sie dauernd danach? Verdächtigen Sie mich etwa?«
»Sollten wir das?«
Parnell winkte müde ab. »Nein – natürlich nicht. Entschuldigung.«
»Was ist mit Ihrem Sohn?«
»Wie meinen Sie das?«
McCarry schien seine Worte sorgfältig zu wählen.
»Verschwindet ein Teenager, hat das oft weniger mit Geld als mit Haß zu tun – mit irgend etwas in der Familie, für das er sich rächen will.«

Parnell drehte sich zur Skihütte um. Einer der beiden anderen Agenten kam mit einem Paar Wanderstiefel in der Hand auf ihn zu. »Gehören die Ihrem Sohn?«
Parnell nickte. »Ja, das sind seine.«
Der Agent wandte sich an McCarry. »Unter dem Fenster haben wir einen Abdruck gefunden – eineinhalb Nummern größer.«
»Was ist mit Fingerabdrücken?«
»Bis jetzt nichts. Derjenige, der die Botschaft geschrieben hat, trug auf jeden Fall Handschuhe.«
Parnell sah wieder zu McCarry hinüber. »Wenn ich das richtig deute, steht außer Zweifel, daß er entführt worden ist.«
»Schon möglich. Für wie clever halten Sie Ihren Sohn eigentlich, Mr. Parnell?«
»Er hat viel Phantasie – aber wie clever er ist, kann ich nicht beurteilen.«
»Sie scheinen Robert nicht allzu gut zu kennen.«
»Wie viele Väter verstehen ihre Söhne wohl wirklich, Mr. McCarry?«
Diese Frage schien dem FBI-Agenten nicht zu gefallen. »Irgendwann wird Sie jemand auffordern, eine Million Dollar zu zahlen. Wirkt die Forderung echt, müssen Sie entscheiden, ob Sie zahlen wollen.«
»Sollte ich dabei irgend etwas beachten?«
»Mehreres. Die Lösegeldübergabe ist meistens unsere erste Chance, den Entführer zu fassen. Aber wir können nicht garantieren, daß wir ihn schnappen – oder Ihre Million sicherstellen.«
»Sagen Sie, wird in solchen Fällen nicht manchmal mit Falschgeld gezahlt?«
»Manchmal. Aber dann besteht die Gefahr, daß der Kidnapper sich an seinem Opfer rächt.«
»Was habe ich dann für eine Wahl?«
»Wenn Sie von Anfang an klarstellen, daß Sie kein Lösegeld zahlen werden, hat der Entführer Zeit, in Ruhe darüber nachzudenken und ihn freizulassen. Andererseits kann es auch sein, daß er Ihren Sohn umbringt und irgendwo verscharrt.«
Parnell rieb sich die Augen. »Ja, ich verstehe.«
McCarrys Tonfall klang etwas milder. »Haben Sie noch weitere Kinder oder Angehörige, die gefährdet sein könnten?«

»Nein – nur meine Frau Alexis.«
»Trotzdem muß ich Sie auf eine weitere Tatsache aufmerksam machen. Sie sind ein reicher Mann, Mr. Parnell. Haben Sie erstmal Lösegeld für Ihren Sohn gezahlt, gibt es keine Garantie dafür, daß dieser Kidnapper nicht weitere Forderungen stellt.«
Parnell räusperte sich. »Ich müßte meine Frau anrufen. Sie weiß noch nichts.«
»Sagen Sie ihr, daß wir auch mit ihr reden wollen.«
»Ist das wirklich notwendig? Sie wird Ihnen auch nicht mehr als ich sagen können.«
»Sie verstehen sicher, daß uns die kleinste Information weiterhelfen kann.«
»Gut, ich sag's ihr.« Parnell wandte sich ab und wollte zu seinem Wagen gehen.
»Mr. Parnell.«
»Ja?«
»In den nächsten Tagen werden uns mit Sicherheit auch ein paar Spinner anrufen. Wir brauchen eine Frage, die nur Robert beantworten kann, wenn er noch lebt. Danach können Sie Ihre Entscheidung treffen.«
Parnell wurde es fast schlecht. »Fragen Sie... fragen Sie, wie Robert als kleiner Junge von seiner Mutter genannt worden ist.«
Alexis schien außer sich zu sein, als er sie anrief. Aber als er nach Hause kam, traf er sie eigenartig gefaßt im Musikzimmer an. »Sie sind schon dagewesen«, erklärte sie ihm. »Zwei Agenten. Ich konnte Ihnen aber auch nicht weiterhelfen.«
»Alexis, was ist, wenn er seine Entführung selbst inszeniert hat?«
Sie begann zu weinen. Als er neben ihr niederkniete, schüttelte sie hysterisch den Kopf. »Er hat mich geliebt...«
Alexis lief in ihr Schlafzimmer hinauf. Der Arzt gab ihr Beruhigungsmittel.
Parnell rief Danziger an, um seinen Rat einzuholen. Aber er erklärte seinem Anwalt nicht, warum Alexis sich weigerte, mit ihm zu sprechen.
Danach folgte ein fünftägiges Drama, das kein Ende zu nehmen schien. In ihrem Vorgarten fanden Pressekonferenzen statt; Unbekannte zapften ihre Telefone an, um die Anrufe von

Trittbrettfahrern aufzunehmen; Parnell und Danziger trafen gemeinsam Vereinbarungen mit den Banken, um notfalls größere Summen in großen Scheinen zur Verfügung zu haben. Aber bis zum Abend des fünften Tages wußte Parnell nicht, ob Robert noch lebte – oder wofür er sich entscheiden würde, falls eine Lösegeldforderung einging.

Als McCarry anrief, war er in der Bibliothek. »Der Entführer hat überraschenderweise *mich* angerufen – anscheinend hat er meinen Namen im Fernsehen gehört. Das Lösegeldpaket soll morgen nacht um halb zwölf von einem Sportflugzeug auf einer Wiese in der Nähe Ihrer Skihütte abgeworfen werden. Wir konnten nicht feststellen, woher der Anruf kam, aber die Stimme klang wie von Ihnen beschrieben. Ein leicht asthmatisches Keuchen.«

Parnell zögerte. »Haben Sie ihm die Frage gestellt?«

»Ja. Er will Sie in einer halben Stunde zu Hause anrufen. Ich bin bereits auf dem Weg zu Ihnen.«

Parnell legte auf. Alexis saß im Musikzimmer, aber er brachte es nicht über sich, den Raum zu betreten.

Durch das Fenster der Bibliothek sah er zwei Autoscheinwerfer. Wenig später ließ ein Polizeibeamter McCarry ein.

»Was ist, wenn der Anrufer die Antwort weiß?« fragte Parnell, während er ihm die Hand schüttelte.

»Dann lebt Robert noch.«

Das Telefon klingelte.

Der FBI-Agent ging an den Apparat. Als Parnell sich umsah, stellte er fest, daß Alexis auf das Klingeln reagiert und den Kopf gehoben hatte.

McCarry legte den Hörer auf und sah erst zu Alexis, dann zu Parnell. Im Halbdunkel wirkte sein Blick klar und verständnisvoll.

»Lexie-Love«, sagte er.

Parnell sah ein letztes Mal zu Alexis hinüber. Das Profil der am Flügel Sitzenden hätte aus Porzellan geformt sein können.

»Ich zahle kein Lösegeld«, antwortete er leise.

»Colby?«

Parnell merkte, daß er die Augen geschlossen hatte. Er stand auf und schüttelte Danziger die Hand.

»Tut mir leid, daß ich so spät komme«, sagte der Anwalt. »Jede Menge Verkehr auf der Straße. Hast du's eilig?«

»Ja, leider. Alexis ist ziemlich nervös wegen dieser Party für Kilcannon, und ich möchte sie nicht mit den Vorbereitungen allein lassen. Ich persönlich halte nicht viel von seiner Politik, aber ...« Er zuckte hilflos mit den Schultern. »Der Mann spricht sie irgendwie an.«

Danziger lächelte. »Charisma.«

Sie bestellten Drinks. Nach einem Schluck Manhattan meinte Parnell nachdenklich: »In gewisser Beziehung ist das sogar gut für sie, glaube ich. Es bringt sie auf andere Gedanken ...«

»Natürlich.«

Parnell wechselte abrupt das Thema. »So!« sagte er. »Jetzt zu dem jungen Mr. Lord.«

»Ich habe mit ihm gesprochen.« Danzigers Tonfall klang angewidert. »Er verlangt zuviel.«

Ihre Blicke begegneten sich. »Heute vormittag hat er sich gut gehalten«, stellte Parnell ruhig fest.

»Ein zweitklassiger Auftritt. Lord ist ein Söldner, der es darauf anlegt, Schlagzeilen zu machen.«

»Was will er, John? Daß Cole seinen Job zurückbekommt?«

»*Und* sein Gehalt für die letzten Monate. Cole bemüht sich darum, das Sorgerecht für seine Tochter zugesprochen zu bekommen, und ich bin davon überzeugt, daß Lord versucht, diesen Rechtsstreit seines Mandanten von dir finanzieren zu lassen.«

»Hm, ich verstehe.«

»Du brauchst ihm kein Gehalt nachzuzahlen.« Die Stimme des Anwalts klang schärfer. »Darauf hat er keinen Anspruch!«

Parnell leerte sein Glas. »Ich bin mit dem Vergleich einverstanden.«

»Unsinn, Colby! Vom Gericht bekommt er höchstens ...«

»Du sollst zahlen, verdammt noch mal! Sieh zu, daß Lord einen Scheck bekommt.« Parnell stand auf. Das Gespräch war für ihn beendet.

6

Damone hatte so schnell reagiert, daß Stacy noch neun Jahre später eine Gänsehaut bekam, wenn sie daran dachte.

Sie hatte in einem schäbigen Club in Oakland gesungen. Im Lokal roch es nach abgestandenem Bier, und auf den Toiletten stank es säuerlich, weil die Kids sich nach Bier und Drogen übergeben mußten – Stacy konnte hören, wie sie in den Pausen kotzten. Damone blieb in der Nähe und schleppte DJs und Clubbesitzer an, die Stacy singen hören sollten. Aber am letzten Abend bestand ihr ganzes Publikum nur aus ein paar lesbischen Biker-Tussis, die Stacy mit »My Funny Valentine« für sich gewann.

Dann wartete sie im Hinterzimmer, als Damone plötzlich hereingestürmt kam.

»Haben wir unser Geld gekriegt?«

»Das kommt als nächstes. Irgendwas stimmt hier nicht – besser, du sitzt nicht länger allein hier herum.«

Der Besitzer lebte in einem Wohnwagen hinter dem Club. Im Wagen brannte Licht; der Rausschmeißer, der Stacy hätte bewachen sollen, stand an der Tür. Im Dunkel sah sie ihn mit locker herabhängenden Armen einen Schritt vortreten. Er war größer als Damone.

»Wo ist Naxos?« fragte Damone.

»Der schläft.«

»Weck ihn auf. Wir haben noch kein Geld gekriegt.«

»Dann hast du eben Lehrgeld gezahlt, Arschloch.«

Als Damone sich an ihm vorbeidrängte, zog der Mann seinen Revolver und holte aus, um ihn damit niederzuschlagen. Stacy begann zu schreien; plötzlich lag der Rausschmeißer wimmernd vor Damones Füßen und hielt sich mit einer Hand den zerschlagenen Mund. Damone hob den Revolver auf, war mit zwei, drei großen Schritten an der Wohnwagentür und trat sie ein. Stacys Schrei brach ab.

Aus dem Wohnwagen drang eine leise Stimme. Damones Stimme. Der Rausschmeißer lag stöhnend im Dreck.

Damone trat mit einem Packen Geldscheine in der Hand aus der Tür. Er blieb kurz bei dem Rausschmeißer stehen. »Jetzt hast *du*

Lehrgeld gezahlt, Arschloch«, murmelte er und stopfte ihm einen Geldschein in den Mund. Dann legte er Stacy einen Arm um die Schultern und führte sie zu seinem verrosteten Ford.
Sie waren auf dem Freeway, bevor einer von ihnen sprach. »Ich hab' dich erschreckt«, sagte er.
»Alles ist bloß so schnell gegangen.«
Damone zündete sich eine Zigarette an. »Vietnam.«
»Darüber hast du nie gesprochen.«
Das brennende Zigarettenende glühte orangerot. »Ich rede nie darüber«, sagte er schließlich.
Jetzt, während sie sich an damals erinnerte, zögerte Stacy, bevor sie das Wort an Damone richtete. »Im Ernstfall hättest du Jamie heute vielleicht das Leben gerettet«, sagte sie dann.
Sie waren nach Stacys Soundcheck im Stimmraum, wo die Gitarren der Band in Metallständern bereitstanden. Damone hatte eine mit Eiswürfeln und Bierdosen gefüllte Mülltonne hereingeschleppt. Sie hockten mit dem Rücken an der Wand auf dem Boden und tranken Bier aus Dosen, ein Ritual, das sie an den weiten Weg erinnerte, der hinter ihnen lag.
»Ich hab' ihn in Verlegenheit gebracht«, antwortete Damone. »Er hatte doch bloß Angst, er könnte im Fernsehen schlecht aussehen.«
Stacy fühlte seine Enttäuschung. »So war's nicht, John. Wirklich nicht!«
»Na ja, jedenfalls soll er in Zukunft vorsichtiger sein.«
»Das hab' ich ihm schon gesagt. Aber er ...« Stacy suchte nach Worten. »Als wollte er damit beweisen, daß es ihn wirklich gibt, John. Das macht mir angst.«
Damone nickte. Nach einer Weile fragte er: »Hat's deshalb vorhin nicht geklappt?«
»Das war bloß die Probe. Heute abend klappt alles.«
Damone hakte das Thema mit einem Schulterzucken ab. »Was ziehst du an?« fragte er weiter.
»Weiß ich noch nicht.« Stacy trank einen kleinen Schluck Bier. »Als ich den Koffer aufgemacht habe, hat meine Seidenbluse mehr nach Geisterbahn als nach Glamour ausgesehen.«
»Die Romantik des fahrenden Volkes.« Er lächelte schief. »Das alles hättest du dir nicht antun müssen, Stacy.«

»Richtig – und du hättest nicht den Road Manager spielen brauchen.«
»Wie hätte ich sonst deinen ersten Fall von Lampenfieber seit einem Jahr mitkriegen sollen? Außerdem ist es ein nostalgisches Vergnügen, den Truck zu fahren.«
Sie berührte seine Hand.
Carson, einer der Roadies, kam hereingeschlendert. Stacy lächelte ihm zu. »Danke, Harry – der Sound ist großartig.«
»Kein Problem«, antwortete Carson monoton und steuerte unbeirrbar auf die Mülltonne mit den Bierdosen zu. Stacy fand, daß er wie ein typischer Roadie aussah: schlank, muskulös, leicht verschleierter Blick, scharfe Gesichtszüge und ein dünner blonder Schnurrbart. Zugleich aber hatte er eine gewisse Reserviertheit an sich, die ein wenig unheimlich war, weil man nicht wußte, was sich dahinter verbarg. Jetzt steckte er eine Hand tief ins Eis, zog eine Flasche Tequila heraus, nahm einen großen Schluck und fuhr sich mit seinem Handrücken über den Mund.
»Hast du deine Tochter gefunden?« fragte Damone ihn.
Carsons Blick war glasig, als lege die Frage in seinem Gehirn erst einige Umwege zurück. »Noch nicht«, antwortete er schließlich und ging mit der Flasche hinaus.
»Was ist mit ihm, John?«
Damone zog die Knie an, um beide Ellbogen aufstützen zu können, und starrte auf sein Bier. »Harry macht seine Arbeit und ist soweit in Ordnung.« Er nahm einen Schluck. »Manchmal trinkt er.«
»Er ist mit dir in Vietnam gewesen, stimmt's?«
Damone warf ihr einen Seitenblick zu. »Harry ist noch nicht ganz wieder hier«, sagte er dann und genehmigte sich erneut einen Schluck.
Stacy trank ihr Bier aus. »Ab ins Hotel«, kündigte sie an. »Ich schreibe einen neuen Song.«
»Lange her, daß ich dich so nervös gesehen habe.«
»Er ist gut, glaube ich.« Sie stand auf. »Kommst du auch zu den Parnells?«
»Zu diesen Kapitalistenschweinen?« Damone warf seine Bierdose in einen Abfallkorb. »Ich zähle lieber die Abendeinnahmen. Rock 'n' Roll ist noch immer ein Cashgeschäft, weißt du

– wie die Politik.« Er sah sie fragend an. »Fürchtet Kilcannon eigentlich nicht, daß diese Wahlparty bei den Parnells die Schwulen gegen ihn aufbringen könnte?«

Stacy fühlte sich in die Defensive gedrängt. »Die Party muß ihm ja nicht gleich schaden.«

»Richtig, aber er will schließlich gewinnen.« Sein schwaches Lächeln kam zurück. »Schafft er die Nominierung, trittst du vermutlich weiter auf.«

»Er hat mich nicht darum gebeten.«

»Muß er das?« Damone lächelte noch immer – aber nicht mit den Augen. »Die Versuchung ist zu groß für dich, Stacy. Ich weiß nicht, was Kilcannon dir gibt, aber du kannst ihm nichts abschlagen.«

Stacy beugte sich über Damone und küßte ihn auf die Wange. »Bis später, John«, sagte sie und ging.

7

Die tote Zeit.

Es war kurz vor 18 Uhr, drei Stunden vor dem Konzert, und Damone zählte bereits die Einnahmen. Die Crew hockte schwatzend und Shit rauchend zusammen; Jesus hatte sich eine Nase Koks genehmigt; irgend jemand hatte Curtis dabei erwischt, wie er seine Freundin mit dem Silberblick vögelte; an der Ladebucht trieb sich eine Frau mit Baskenmütze und roten Strümpfen herum. Aber das war auch schon alles. Die erzwungene Untätigkeit machte Carson nervös.

Er griff nach seiner Sporttasche, nahm die Flasche Tequila mit und ging nach oben, um zu duschen und weiter an seinem Gedicht zu arbeiten. Die Flasche lag kühl in seiner Hand.

Curtis' Freundin stand unter der Dusche und sah völlig erledigt aus. Zugekiffte Schlampe, dachte Carson, während er einen Blick auf die grünblauen Prellungen an ihren Beinen warf. Es war leicht, sie sich tot vorzustellen.

Tot wie Capwell, der in seinen Armen wie ein angeschossener Hund gezuckt hatte. Das war vierzehn Jahre her, und das Gedicht war noch immer nicht fertig.

Mit seiner Sporttasche zu den Füßen nahm Carson zwischendurch immer wieder einen Schluck Tequila, während er darauf wartete, daß die Dusche frei wurde. Dann kam das Mädchen heraus, hob seine Sachen vom Boden auf und verschwand.
Das heiße Wasser auf seiner Haut erinnerte Carson an Vietnam.
Manchmal ist es wunderschön. Die Sonne steigt als orangerote Kugel aus dem Mekongdelta auf, und an der Küste fließt ein Meer aus Reis in ein Meer aus Wasser. Die Blumen leuchten so grell, daß einem fast die Augen weh tun; es gibt Ananas, üppig tragende Bananenstauden und Kokospalmen, in denen Affen kreischen. In der Trockenzeit kann man mit der Machete eine Kerbe in einen Riesenbambus schlagen und das herausquellende kühle Wasser trinken.
Carson stand an die Wand der Duschkabine gelehnt da und trank einen brennenden Schluck Tequila.
Ein kopfloser Affe, der an ihm vorbeifiel; Wasser, das ihnen bis zum Hals stand.
Carson starrte seine Hände an.
Daß sie nicht blutig waren, überraschte ihn immer wieder. Er konnte sich nicht an die Landung in Oakland erinnern. Wasser und Schweiß liefen ihm übers Gesicht.
Sie waren hinter ihm her – er mußte sie abhängen.
Als Carson aus der Kabine trat, verwischten seine Fußabdrücke einen des Mädchens. Während er ihn völlig auslöschte, dachte er an Cathy.
Er wußte noch genau, wie ihre Haut und ihr Haar nach der Geburt gerochen hatten. Ich werde gut für dich sorgen, hatte er sich vorgenommen.
Wasser brach über ihn herein und füllte seine Lungen.
Carson ließ den Tequila fallen.
Die Flasche zersplitterte; Carson warf sich zu Boden, sah die verschwommenen Fußabdrücke und fing seinen Fall mit beiden Händen ab. Seine Handflächen begannen zu brennen. Er hatte Blut an den Händen.
Er kroch zur Kloschüssel und übergab sich.
Als er danach am Waschbecken das Gesicht in kaltes Wasser tauchte, fiel ihm das Telefon ein.

Er zog sich langsam an und achtete darauf, kein Blut ans T-Shirt zu bekommen. Seine Arme und Beine waren wie gelähmt.
Er legte das feuchte Handtuch über die Mauser und nahm die Metalltreppe zur Bühne hinunter.
Curtis hockte neben dem Telefon auf einer Kiste. »Hast du Joan gesehen?« fragte er Carson.
»Yeah – in der Dusche. Sie war nackt, glaube ich.«
Hinter ihnen lachte Jesus.
Carson erinnerte sich an seine Tochter auf seinem Arm. Er stellte die Sporttasche zwischen seine Füße und sagte: »Mach mal Platz.«
»Scheiße, was hast du mit deinen Händen gemacht?«
»Deine Freundin hat meinen Daumen für deinen Schwanz gehalten.« Carson griff nach dem Telefonhörer und knurrte: »Hau schon ab, Mann!«
Wenn ich sie bloß finden würde! dachte er. Jesus und Curtis verdrückten sich.
»Vermittlung, Platz 270.«
Das überraschte ihn. »Äh ... Columbia, South Carolina.«
»Ja?«
»Mrs. Harry Carson. Oder vielleicht Beth Carson.«
»Haben Sie die Adresse, Sir?«
»Nein – nur Columbia.«
Er glaubte zu hören, wie im Telefonbuch geblättert wurde. »Tut mir leid, Sir. Handelt es sich bei dem Anschluß vielleicht um einen Neueintrag?«
»Yeah – ich hatte es vergessen.«
Oakland, aber er wußte nicht, wie er hingekommen war. Das Gedicht wollte nicht fertig werden.
»Ich kann leider nichts finden, Sir.«
»Winship«, sagte er. »So hieß Beth, bevor wir geheiratet haben.«
»Würden Sie das bitte buchstabieren, Sir?«
»W-I-N-S-H-I-P.«
»Tut mir leid, Sir. Kein Eintrag unter diesem Namen.«
Carson hob die Stimme. »Sie hatten doch gar keine Zeit gehabt, richtig ...«

»Tut mir *leid*, Sir.«
Carson legte auf und wählte erneut.
»Vermittlung, Platz 270 ...«
Als er den Hörer auflegte, fiel sein Blick auf die orangerote Palme, die irgend jemand an die Wand gesprüht hatte. In seinem Kopf dröhnte es.
»Wieder nichts?«
»Sie hat Angst vor mir«, sagte Carson automatisch, bevor er merkte, daß Damone hinter ihm stand. Als er sich umdrehte, bückte Damone sich und griff in seine Sporttasche.
»Kann ich 'ne Zigarette haben?«
Carsons Mund war trocken. »Yeah.«
Damone nahm das Päckchen heraus und blieb mit einer Zigarette zwischen den Lippen stehen. »Alles in Ordnung, Mann?«
Carson zuckte mit den Schultern.
Damone starrte über Carsons Schulter hinweg die orangerote Palme an. »Ich hab' die Scherben weggeräumt«, sagte er halblaut.
Carson verlagerte sein Gewicht von einem Bein aufs andere. »Ich laß es wieder ruhig angehen, John. Keine Probleme, echt nicht.«
Damone musterte ihn forschend. Carson senkte den Kopf und sah die Kiste, die Damone getragen hatte. »Soll ich sie runterbringen?« fragte er.
Damone hob die Kiste hoch. »Nicht nötig«, wehrte er ab und ging langsam in Richtung Treppe davon.
Carson wartete, bis er außer Sicht war.
Die Bühne war dunkel und leer; hier gab es nur ihn und die Lautsprecher und Verstärker und den Bretterboden. Carson ging auf die Stelle zu, wo sie stehen würden.
Plötzlich fiel ihm der zweite Vers ein, als Fragmente sich mit Fragmenten vereinten:

A soul in sunglasses
Hair golden, many plans
His life your stepping-stone
His blood upon my hands ...

Als Carson allein war, zog er die Pistole.

8

In ihrem nächsten Leben würde Stacy Klimaanlagen verbieten. In der Limousine, die sie zu den Parnells brachte, war es kälter als in Grönland. In der Hotelsuite war es ihr nicht gelungen, einen Text für ihren Song zu finden; das hatte sie so abergläubisch gemacht, daß sie zur Ablenkung die Limousine bestellt hatte, um einen Umweg durch North Beach zu fahren. Aber das Surren der Klimaanlage ging ihr auf die Nerven; wie auf einer Ansichtskarte waren die Menschen, Geschäfte und Restaurants dort draußen stumm und geruchlos.

»Könnten Sie die Fenster aufmachen?« fragte sie.

Der Fahrer hielt am Washington Square. Als die Fenster nach unten glitten, erwachte der Platz zum Leben.

Auf dem Rasen jagte ein Hund einer Frisbeescheibe hinterher, zwei Paare tranken Wein, und ein Obdachloser schnorrte Kleingeld und Zigaretten. Auf den Bänken saßen Leute, die lasen oder sich unterhielten; ein Saxophonist, der seinen Kasten für Spenden aufgeklappt hatte, spielte sanften Jazz. Dahinter ragte die Kirche St. Peter und Paul auf – ein weißer Marmorbau mit zwei Türmen. Eine leichte Brise spielte mit Stacys Haar.

Der Fahrer beobachtete sie im Rückspiegel. »Kennen Sie die Gegend?« fragte er.

»Ich bin früher oft hier gewesen.«

An Sonntagen war sie aus Berkeley herübergekommen, manchmal mit Damone. Er hatte North Beach vor ihr entdeckt – wegen seiner italienischen Gene, hatte er behauptet – und wußte, wo es den besten Käse, die beste Salami und den besten Chianti gab, in welche Kaffeehäuser oder Familienrestaurants man gehen mußte. Vor einer Bäckerei mit frischem Brot im Schaufenster hatte Stacy einmal angefangen, die Laibe zu zählen. »Nur zu!« hatte Damone sie aufgefordert. »So wie heute wirst du North Beach nie wieder erleben.«

Das sah sie jetzt. Die Restaurants wirkten eleganter und teurer, und es waren nur wenige alte Männer übriggeblieben, die die Gehsteige entlangschlurften. Zwei Frauen, die in der Nähe der Limousine auf einer Bank saßen, drehten sich um und starrten sie an.

»Früher hat's hier eine Bäckerei gegeben«, erklärte Stacy dem Fahrer. »In der Green Street. Ich wüßte gern, ob es sie noch gibt.«
Zumindest die Bäckerei war unverändert. Stacy sah auf ihre Uhr. »Bin gleich wieder da!«
Im Laden roch es nach frischem Teig, der zu Backwaren in allen denkbaren Größen und Formen verarbeitet war. Die alte Italienerin hinter dem Ladentisch blinzelte sie kurzsichtig und mit so offenbarem Nichterkennen im Blick an, daß Stacy grinsen mußte. »Früher hat es bei Ihnen Panettone gegeben«, sagte sie. »So ein rundes Gebäck aus süßem Teig.«
»Gibt's immer noch.« Die heisere Stimme der Alten war ein tonloses Zischen; sie deutete triumphierend auf ein Regal hinter Stacy. »Da drüben.«
Der Hefeteig war mit Früchten gefüllt. Stacy legte ihren Einkauf auf den Ladentisch und suchte in der Handtasche nach Kleingeld. »Das hab' ich früher oft gegessen«, fügte sie erklärend hinzu. »Unglaublich, wie gut das geschmeckt hat.«
Die Alte lächelte. »Immer noch«, sagte sie und steckte ein Plätzchen mit in die Tüte.
Stacy winkte ihr beim Hinausgehen zu. »Alles wie früher«, sagte sie zu dem Fahrer.
Er schloß die Fenster und fuhr aus North Beach hinaus.
Stacy sah auf ihre Uhr; in weniger als drei Stunden würde sie auftreten. Einen Augenblick lang wünschte sie sich, sie könnte sich das Gebäck mit Jamie teilen, ohne sich Sorgen darüber machen zu müssen, ob es unten bleiben würde. Das Plätzchen aß sie auf der Fahrt zu den Parnells.
Ihre Luxusvilla am Broadway mit Blick über die Bucht hatte zwei Stockwerke, eine kreisrunde Auffahrt und einen sorgfältig angelegten mediterranen Garten, der vage Erinnerungen weckte.
Colby Parnell hatte im Garten vor seinem Haus gestanden, daran erinnerte sie sich jetzt, und die Fragen der Reporter beantwortet. Sie und ihre Eltern hatten die Fernsehnachrichten gemeinsam verfolgt. Sein Sohn war entführt worden; Parnell hatte wie gelähmt ausgesehen. Ihre Mutter hatte ihr wortlos eine Hand auf die Schulter gelegt. Die Erinnerung an diese leichte Berührung löste bei Stacy eine weitere Assoziation aus:

der Sohn der Parnells war in dem Frühjahr verschwunden, in dem Robert Kennedy ermordet worden war.
»Könnten Sie die Nachrichten anstellen?« fragte sie.
Der Fahrer fand eine beruhigende Stimme auf einem UKW-Kanal.
»Nach dem heutigen Zwischenfall in Chinatown kehrt James Kilcannon, der sich um die Nominierung als Präsidentschaftskandidat bewirbt, nach einer mit Jubel aufgenommenen Rede auf den Stufen des Kapitols nach San Francisco zurück, um gemeinsam mit Rockstar Stacy Tarrant...«
»Danke«, sagte sie zu dem Fahrer. Als er vor dem Eingang hielt, um sie aussteigen zu lassen, öffnete ihr ein bulliger Leibwächter die Tür. Während sie noch etwas befangen dastand, tauchte Colby Parnell hinter dem Mann auf.
»Hallo.« Sie hatte das Gefühl, ihre Hand über einen gewaltigen Abgrund hinweg auszustrecken. »Ich bin Stacy Tarrant.«
Parnell ergriff zögernd ihre Hand. Stacy merkte, daß er offenbar nicht recht wußte, ob seine gewohnten Umgangsformen auch in ihrem Fall anwendbar waren. »Ihre Party ist eine wunderbare Idee«, fügte sie hinzu. »Ich freue mich schon seit Tagen darauf.«
Sein Gesichtsausdruck entspannte sich; obwohl er ein großer, kräftiger Mann war, erinnerte sein sanfter Händedruck an einen gutmütigen Mastiff. »Und wir freuen uns sehr, daß Sie kommen konnten«, antwortete er und führte sie hinein.
Die geräumige Eingangshalle nahm den größten Teil des Erdgeschosses ein. Aus dem Speisezimmer drang leises Klirren von Gläsern und Porzellan; dort traf ein Partyservice letzte Vorbereitungen. Der stille Raum, den sie jetzt betraten, war mit einem handgewebten Chinateppich und wenigen ausgesuchten Antiquitäten, die sich wirkungsvoll ergänzten, nur spärlich möbliert. Die sterile Perfektion erinnerte Stacy an ein Museum. Am Ende des Raums wandte sich eine zierliche Frau von einem der Fenster ab, die bis zu der fast fünf Meter hohen Decke hinaufreichten.
»Alexis«, sagte Parnell, »das ist Stacy Tarrant.«
Die Frau starrte sie an und lächelte dann nervös. »Zu meiner Zeit«, erklärte sie Stacy, »sind Schönheiten wie Sie Filmstars gewesen.«

»Oh, vielen Dank.«
»Das meine ich ernst.« Parnell beobachtete seine Frau mit Beschützermiene; Stacy nahm die Anspannung in ihrer Katherine-Hepburn-Stimme wahr. »Ist Senator Kilcannon mit Ihnen gekommen?«
»Im Moment müßte er noch im Flugzeug sein.« Stacy hielt ihr die Bäckertüte hin. »Aber ich habe Ihnen etwas mitgebracht.«
»Das ist für mich?« Alexis warf einen Blick in die Tüte. Ihr Lächeln wurde unbefangener, und Stacy sah jetzt auch ihren Mann lächeln. »Was ist das?«
»Panettone. Habe ich in North Beach gekauft.«
»Sind Sie von dort?« fragte Parnell.
»Nein, aber ich habe in Berkeley studiert. Von da aus ist es ja nur ein Katzensprung.«
»Colby und ich sind früher oft dort gewesen. Jetzt allerdings seit Jahren nicht mehr.« Alexis nahm die Tüte. »Danke, das ist ganz reizend von Ihnen.«
»Warten Sie lieber, bis Sie es probiert haben.«
Die Parnells lachten. Alexis drückte ihrem Mann die Tüte in die Hand und fragte: »Kannst du das irgendwo verstecken?« Er warf ihr einen raschen Blick zu, als fürchte er, den Raum zu verlassen, und entschuldigte sich dann.
Alexis' Berührung war federleicht und zurückhaltend, als sie Stacys Arm nahm. »Sie sind heute abend unser erster Gast. Darf ich Ihnen unser Haus zeigen?«
»Ich hatte gehofft, daß Sie das tun würden.« Durch das hohe Fenster sah Stacy einen parkartig angelegten Garten zwischen den beiden Flügeln des Hauses und dahinter das Panorama der San Francisco Bay. »Von so einer Aussicht habe ich schon immer geträumt.«
»Ja, sie ist faszinierend.« Sie gingen langsam die Fenster entlang. »Es muß aufregend sein, an diesem Wahlfeldzug teilzunehmen.«
Stacy hörte unterschwelliges Bedauern aus Alexis' Stimme. »Manchmal fast zu aufregend«, antwortete sie und sah dann eine geöffnete Doppeltür, hinter der ein Musikzimmer mit einem Konzertflügel lag. »Sie spielen Klavier?«

»Seit meiner Kindheit.« Alexis schien auf einmal leiser zu sprechen. »Eine wundervolle Beschäftigung, finden Sie nicht auch?«
»Und ein wundervolles Instrument.« Stacy trat an den Flügel und berührte den schwarzglänzenden Lack. »Spielen Sie mir etwas vor?«
Alexis warf den Kopf zurück. Das war die überraschte, geschmeichelte Geste einer jüngeren Frau. »Wollen Sie wirklich etwas hören?«
»Damit täten Sie mir sogar einen Gefallen. Ich bin ein bißchen nervös wegen des Konzerts, glaube ich. Ich denke, es wäre entspannend, einfach nur zuhören zu können.«
»Oh, ich verstehe...« Alexis setzte sich an den Flügel und klappte den Deckel auf. »Erfolg ist das Ergebnis harter Arbeit, nicht wahr?«
Stacy lächelte. »Auf Tournee glaube ich manchmal, daß aller Erfolg eine traumlose durchschlafene Nacht nicht aufwiegen kann.«
»Ich kann mir vorstellen, wie aufreibend das ist.« Alexis schlug einen Notenband auf. »Vor einer Million Jahren bin ich bei der Fox gewesen. Aber ich bin nie wirklich über das Stadium des Wollens hinausgekommen.«
Stacy nickte. »In gewisser Weise war das für mich die unkomplizierteste Zeit, glaube ich. Als ich wußte, was ich wollte, es aber noch nicht hatte.«
»Und jetzt haben Sie's geschafft!« Alexis sah sie an. »Entschuldigung, ich habe ganz vergessen, Sie zu fragen, ob Sie sich setzen möchten.«
Stacy zog sich einen Chippendalestuhl heran und setzte sich so hin, daß sie Alexis' Hände sehen konnte. »Ich würde gern Ihr Lieblingsstück hören«, sagte sie dabei.
Alexis schlug eine Taste an. »Kennen Sie die *Paganini-Variationen?*«
»Nein, aber ich würde sie sehr gern hören.«
»Schön«, sagte Alexis leichthin und begann.
Sie spielte gut und ausdrucksvoll. Gelegentlich schloß sie die Augen, aber sie hielt sich aufrecht, weil sie wußte, daß sie beobachtet wurde. Ihr aschblondes, silbrig schimmerndes Haar war

schulterlang geschnitten, und die Fältchen, die ihr Gesicht durchzogen, waren so fein, daß sie jünger wirkte, als sie in Wirklichkeit war. Ihre schlanke Figur machte einen zerbrechlichen Eindruck, und Stacy spürte in ihrer Erscheinung etwas, das sie nicht recht definieren konnte – eine Art verwitweter Sexualität.

»Wundervoll«, sagte Stacy, als der letzte Ton verklungen war. »Und wunderbar gespielt.«

Alexis öffnete die Augen. »Sehr freundlich von Ihnen. Wie sind Sie zur klassischen Musik gekommen?«

»Oh, praktisch zwangsläufig. Als ich vier war, hat mein Vater festgestellt, daß ich das absolute Gehör besitze. Er hat beim Klavierstimmen Töne angeschlagen – und ich wußte genau, welche es waren.«

»Was hat er dann getan?«

»Er war so aufgeregt, daß er sich sofort ans Telefon gehängt und die ganze Verwandtschaft angerufen hat, um rauszukriegen, von wem ich das haben könnte.«

»Hat er es herausbekommen?«

»Meine Großtante Dorothy besitzt ebenfalls das absolute Gehör. Sie ist Abstinenzlerin und Mitglied der John Birch Society. Dad konnte sie nicht ausstehen.«

Jetzt lachte Alexis zum ersten Mal. Sie schlug eine Taste an und sah fragend zu Stacy hinüber.

»As«, sagte Stacy prompt.

Alexis schlug noch eine an.

Stacy lächelte. »Fis«, sagte sie.

»Verdammt«, murmelte Alexis. »Sie haben's wirklich.«

Sie lachten miteinander.

»Dürfen wir die Vorstellung stören?«

Auf Parnells Gesicht, der an der Tür stand, sah Stacy eine Mischung aus Besorgnis und Erleichterung. Neben ihm stand Jamie.

Als Alexis sich mit vor Aufregung geröteten Wangen erhob, sah Stacy in ihr das Mädchen, das sie einst gewesen war. Sie streckte ihre Hand aus und sagte: »Senator, Stacy ist ein absoluter Schatz.«

Um seine Augen entstanden Lachfältchen. »Kaum zu glauben,

daß sie hoffnungslos an der Nadel hing, bevor ich sie gerettet habe, nicht wahr?«
»Kaum zu glauben«, sagte Stacy zu Alexis, »daß es Leute gibt, die ihn ernst nehmen, nicht wahr?«
Alexis lachte, drehte sich zu Stacy, küßte sie auf die Wange und nahm danach Jamies Arm. »Kommen Sie, Senator – wir müssen erst mal für Sie sorgen.«
Parnells Blick streifte den Flügel, bevor er wieder zu Jamie und seiner Frau hinübersah. Er stellte den Stuhl sorgfältig zurück.
»Danke«, sagte er zu Stacy. »Alexis spielt selten.«
»Aber sehr gut.«
Als er sie aus dem Musikzimmer begleitete, wurde ihr klar, daß ihr Konzert in weniger als zwei Stunden beginnen würde.

9

»Fünfhundert Dollar!« sagte Marcia.
Lord setzte sich in den Rattansessel. »Er hat mich in der Hand.«
Sie warf ihren BH aufs Bett. »In der Hand hat er Jack Cole.«
»Das macht keinen Unterschied.«
Sie blieb auf ihrem Marsch unter die Dusche stehen. »Dann kannst du's dir nicht leisten, als Anwalt zu praktizieren. Nicht unter solchen Umständen.«
Lord betrachtete schweigend ihren schlanken Körper und ihr von braunen Haaren eingerahmtes Fuchsgesicht mit den Sommersprossen und den braunen Augen. In diesen sieben Jahren, dachte er, hat sich ihr Aussehen praktisch nicht verändert – ich nehme es nur anders wahr.
»Was hast du, Tony?«
»Nichts.«
»Du starrst mich wieder so komisch an.«
»Einfach nur so, Marsh. Hat keinen besonderen Grund.«
Marcia verschwand im Bad. Wie jeden Tag seit Christophers Geburt würde sie sich wiegen und ihre Bauchhaut prüfend zwischen Daumen und Zeigefinger nehmen, um nach Fett zu tasten, das sie garantiert nicht angesetzt hatte. Als sie den

Kopf wieder aus der Tür streckte, fragte er: »Wieviel wiegst du?«
Sie lächelte schwach. »Neunundvierzig. Sag mal, hältst du es überhaupt für eine gute Idee, daß Jack Cole das gemeinsame Sorgerecht für seine Tochter bekommen soll?«
»Ich glaube, daß er ein guter Vater ist. Hast du Christopher gesagt, daß wir das Spiel heute abend ausfallen lassen müssen?«
»Ich dachte, dafür seist du zuständig.«
Ihr Tonfall irritierte ihn. »Wie fürs Geldverdienen?«
»Du hast dein Jurastudium. Ich habe Christopher bekommen. Ich habe mein Studium nicht...«
»Sorry.« Lord hob abwehrend eine Hand. »Mittlerweile könnten wir diese Diskussion genausogut auf Suaheli führen.«
In versöhnlicherem Tonfall sagte Marcia: »Wenn du wieder bei der Staatsanwaltschaft wärst, hättest du wenigstens ein festes Gehalt.«
»Aber ich müßte für Ralph DiPalma arbeiten.«
»*So* schlimm kann er nun auch wieder nicht sein.«
»Er ist ein Psychopath in Nadelstreifen, soviel steht jedenfalls fest.«
Marcia runzelte die Stirn. »Du hättest wenigstens zu einer Anwaltsfirma gehen können. Mit deinem Ruf hättest du dein letztes Gehalt verdoppeln können...«
»Ich kann mir auch nicht vorstellen, für jemanden wie Danziger zu arbeiten.«
Sie musterte ihn prüfend. »Oder für sonst jemanden.«
Lord stützte sich auf eine Armlehne. »Okay«, sagte er müde. »Oder für sonst jemanden.«
»Aber *warum?*«
»Das hängt mit meinem Dad zusammen, glaube ich.« Lord begutachtete das Etikett seiner Krawatte. »Er hat jeden Morgen seinen Hut aufgesetzt – und dazu sein Bürogesicht – und tagein, tagaus für diese Versicherungsgesellschaft gearbeitet. Sein Chef war ein Tyrann. In großen Abständen hat er Dad eine winzige Gehaltserhöhung bewilligt, und Dad hat sich auch noch dafür bedankt – alles wegen meiner Mutter und mir.« Er sah zu ihr auf. »Weil er das erduldet hat, bin *ich* auf einem teuren College gewesen, während er nie studieren konnte. Dafür liebe ich ihn,

und das weiß er. Aber die Vorstellung, wie er den Bückling vor seinem Boß macht, ist etwas, was ich zutiefst hasse.«
»Das ist alles lange her«, sagte sie und seufzte. »Tony, warum kannst du dich nicht einfach wie ein ganz normaler Mensch benehmen?«
»Ich besitze ein Talent.« Lord war sich peinlich bewußt, wie eingebildet das klingen mußte. »Alles, was ich brauche, ist ein großer Fall.«
Marcia schwieg für einen Moment. »Du fürchtest dich davor, durchschnittlich zu sein«, stellte sie schließlich fest.
Das stimmte so genau, daß es ihn erschreckte. »Ja.«
Sie ließ ihren Körper resigniert zusammensinken. »Ob Kapitän Ahab eine Hypothek tilgen mußte?«
»Nicht in Kalifornien.« Lord lächelte schwach. »Aber andererseits hatte er ja auch keinen Sohn.«
Marcia erwiderte sein Lächeln nicht. »Er ist unten«, sagte sie und trat unter die Dusche.
»Hi, Daddy.«
Vater und Sohn lächelten sich an. Bis auf seine von Marcia geerbten Sommersprossen war Christopher eine sechsjährige Version seines Vaters: blondes Haar, blaue Augen, selbstbewußtes Lächeln. »Ich hab' meiner ganzen Klasse erzählt, daß wir zum Baseballspiel gehen«, berichtete der Kleine stolz.
»Tatsächlich?«
»Mhh-hhm.« Christopher sah seinem Vater in die Augen. »Clifton ist böse auf mich gewesen. Er ist ein Chinese.«
»Ist er lange böse gewesen?«
»Schon ziemlich lange. Aber dann haben wir uns wieder vertragen. Manchmal sind wir Freunde, manchmal nicht. Wenn ich mit Mikie spiele.«
Er trat an sein Spielzeugregal, drehte sich dann mit einer Baseballmütze auf dem Kopf um und fragte: »Wollen wir *so* zum Spiel gehen?«
Innerlich verfluchte Lord Marcia. »Tut mir leid, aber ich glaube, wir müssen das Ganze auf morgen verschieben.«
Sein Sohn ließ die Schultern hängen; wenn Christopher müde oder enttäuscht war, fiel Lord auf, wie klein er war. »Du hast *heute abend* gesagt, Daddy.«

»Ja, ich weiß. Aber mir ist was dazwischengekommen.«
»Was denn?«
»Das ist nicht leicht zu erklären.« Lord ließ sich zu Boden sinken und klopfte mit der flachen Hand auf den Teppich neben sich. »Ich versuche einem Mann zu helfen, der große Schwierigkeiten hat.«
Christopher setzte sich mit etwas Abstand neben ihn. »Was für welche?«
»Eigentlich jede Menge. Seine Frau hat sich von ihm scheiden lassen, und dann hat er seinen Job verloren und bekommt kein Geld mehr.«
»Und du hilfst ihm, wieder Geld zu kriegen?«
»Ich versuche, ihm zu helfen, damit er's zurückbekommt. Er hat eine kleine Tochter in deinem Alter, weißt du, und seit der Scheidung erlaubt ihre Mommy nicht mehr, daß mein Freund sie besucht.«
»Warum nicht?«
»Sie ist böse auf ihn, weil ihre Gefühle verletzt worden sind. Aber ich finde, daß mein Freund mit seiner Tochter zusammensein sollte, und wenn er wieder Geld und einen Job hat, sind die Leute, die über solche Dinge entscheiden, vielleicht auch bereit, das zuzulassen.«
Lord legte seinem Sohn einen Arm um die Schultern. In diesem Augenblick klingelte das Telefon.
Er wartete, bis er wußte, daß Marcia nicht abnehmen würde, und ging dann ans Telefon neben der Treppe.
Cass war am Apparat. »Danziger hat angerufen«, teilte sie ihm mit. »Er will sich morgen mit dir treffen, um über einen Vergleich zu reden.«
Lord sah zu Christopher hinüber. Der Kleine hatte sich einen Ball geschnappt. »Um welche Zeit?«
»Mittags.«
»Erkundige dich, ob's auch vormittags geht, ja? Ich würde mir den Nachmittag gern freihalten.«
»Gut, ich frage mal nach.«
»Laß dich nicht abwimmeln«, mahnte er. »Und sag unserem Babysitter, was rausgekommen ist.«
»Viel Spaß auf der Party«, antwortete sie trocken und legte auf.

Christopher warf den Ball schräg nach oben und versuchte, ihn so von der Wand abprallen zu lassen, daß er in die chinesische Lampe plumpste, die sein Vater für ihn aufgehängt hatte. »Was passiert, wenn er reingeht?« fragte Lord. »Dann ist er weg.«
Christopher nickte begeistert. »Das wäre entzückend!«
»Entzückend?« Lord mußte grinsen. »Wo hast du denn diesen Ausdruck her?«
»Das hast *du* gesagt, als das Klo verstopft war.« Christopher blieb mit dem Ball in der Hand stehen. »Ich weiß was! Du mußt hierbleiben, bis ich ihn reinkriege.«
Lord lehnte sich lächelnd an die Wand. »Aber bis dahin bin ich vielleicht schon sehr alt.«
»Nicht *zu* alt...«
»Tony?« rief Marcia. »Der Babysitter ist da.«
»Komme sofort.« Er nahm Christopher in den Arm und küßte ihn. »So, ich muß jetzt fort.«
»Aber wir sind noch gar nicht zum Spielen gekommen!«
»Hauptsache, du bist morgen gut ausgeruht. Wir haben einen anstrengenden Tag vor uns.«
Als sie abfuhren, beobachtete Lord im Rückspiegel, wie er hinter der Fliegentür stand und winkte. Ihr von Bäumen umgebenes Haus war in den Hügel hineingebaut und hatte eine Terrasse mit Aussicht über das Noe Valley; Lord dachte bei sich, daß es weiß Gott nicht das schlechteste Zuhause für Christopher war.
»Du siehst hübsch aus«, sagte er zu Marcia.
»Ich tue mein Bestes. Außerdem freue ich mich darauf, James Kilcannon kennenzulernen. Im Fernsehen kommt er jedenfalls phantastisch 'rüber.«
Lord stellte den Rückspiegel richtig ein. »Mit oder ohne Make-up?«
»Das ist gemein, Tony. Gegen seine politischen Ansichten kann man ja nun wirklich nichts sagen.«
Als Lord sich nicht dazu äußerte, stellte Marcia das Radio an.

Stacy besah sich einzelne Gesichter und versuchte zu erraten, welches Leben dahintersteckte.

Jamie und sie standen im Salon und plauderten mit Gästen, die Alexis oder Jamies Assistenten zu ihnen brachten. Um sie herum tranken und redeten Leute, die darauf warteten, an die Reihe zu kommen. Nat Schlesinger hielt sich links neben Jamie, murmelte die Namen wichtiger Geldgeber und bugsierte sie dann zu Stacy hinüber, bevor sie ihre Zeit überzogen. Wie der Held einer Salonkomödie verstand es Jamie, seine Rolle scheinbar mühelos zu spielen; nur Stacy wußte, wie widerwärtig sie ihm war. Aber hier Menschen zu beobachten, lenkte sie von den weiteren zwanzigtausend Leuten ab, die bereits auf sie warteten.

»Das hier muß so *anders* für Sie sein«, sagte die aufgetakelte Blondine, die gerade vor ihr aufgetaucht war.

»Das macht es so interessant«, antwortete Stacy lächelnd, und dann sah die alternde Kokotte zu Jamie auf.

»Oh, Senator«, trillerte sie, »für *Sie* muß ich mir etwas besonders Kluges einfallen lassen!«

Jamie schüttelte ihr lachend die Hand. »Seien Sie einfach nett zu mir.«

Stacy war trotz ihrer Nervosität amüsiert und sah sich im Salon um. Zähne blitzten; Köpfe nickten; Lippen bewegten sich scheinbar lautlos; Kellner servierten Drinks und Champagner auf Silbertabletts. Trotzdem fiel niemand in der Menge wirklich auf.

Mehr aus Spaß vermutete Stacy, daß die Nadelstreifenträger mit den aufmerksamen Gesichtern Anwälte oder Bankiers waren; italienische Anzüge, affektierte Lässigkeit und charakterlose junge Gesichter wiesen auf Immobilienspekulanten oder Millionenerben hin, seidene Einstecktücher und aufgesetzte Lebhaftigkeit auf Restaurantbesitzer, Innenarchitekten oder Jungunternehmer, und bei grauen oder blauen Anzügen und entsprechender Leibesfülle konnte man es eigentlich nur mit älteren Selbständigen oder Lokalpolitikern zu tun haben. Einer von ihnen, ein Rothaariger mit Stiernacken und Bürstenhaar-

schnitt, sprach mit einem blonden Mann in einem beigen Leinenanzug, der ihm sichtlich ohne Begeisterung zuhörte.
Dieser Mann sieht nicht wie alle anderen aus, dachte Stacy.
Er war schätzungsweise Anfang Dreißig, und sein schmales, hageres Gesicht ließ vermuten, daß er viel Sport trieb. Mit seiner Adlernase und den eisblauen Augen hätte er für Zigaretten werben können, aber die Entschlossenheit in seinem Blick ging darüber hinaus. Besonders anziehend, das erkannte sie jetzt, war seine Gelassenheit: die gesammelte Ruhe eines Mannes, der sich und seine Gedanken vollkommen unter Kontrolle hat.
»Ich freue mich *so*, Sie kennengelernt zu habe, Miss Tarrant.«
Nat hatte die Blondine von vorhin zu ihr zurückgeschickt. »Oh, danke«, antwortete Stacy.
Als die Blondine eine Pause machte, spürte Stacy, daß ihr Gesicht nach Falten abgesucht wurde. »Nun, immerhin sind Sie in einer *seltsamen* Branche tätig. Ist da nicht Drogenmißbrauch an der Tagesordnung?«
Stacy lächelte freundlich. »Genau. Drogenmißbrauch und *Sex.*«
Die Blondine war sichtlich verblüfft; Stacy spürte Jamies Ellbogen, der sie warnend anstieß. »Aber normaler Sex«, fügte sie hinzu. »Meistens.«
»Oh, ich verstehe ...«
Stacy lächelte strahlend. »Freut mich auch, Sie kennengelernt zu haben.«
Während die Blondine konsterniert den Rückzug antrat, murmelte Jamie: »Ich wollte ohnehin nie wirklich Präsident werden.« Das klang durchaus nicht belustigt.
Stacy überlegte, ob sie ein Hors d'œuvre versuchen sollte, und beobachtete wieder die Gäste.
Die Frauen entsprachen ziemlich genau den Männern. Manche trugen Kostüme und ließen durch selbstbewußtes Auftreten erkennen, daß sie im Beruf Erfolg hatten. Andere waren so perfekt gekleidet und frisiert, daß sie unmöglich berufstätig sein konnten. Diese zweite Gruppe mißfiel Stacy; sie hielt es für geschmacklos und unaufgeklärt, sich wie eine Modepuppe aus *Vogue* zurechtzumachen. Nur die kleine Brünette neben dem Blonden konnte sie nicht richtig einordnen.

Sie hatte ein schmales, hübsches Gesicht, eine schlanke, fast hagere Figur und ein nervöses Lächeln. Wie ihr Begleiter war sie schlicht und mit Geschmack angezogen, aber die beiden verhielten sich sehr unterschiedlich. Im Gespräch mit dem rothaarigen Politiker – so hatte Stacy ihn jetzt eingeordnet – strahlte sie all die gute Partylaune aus, die der Blonde offenbar nicht aufbringen konnte. Dabei hielt sie sich unmerklich auf Abstand zu ihm. Und er sah sie kaum einmal an.
Der auffälligste Unterschied zwischen ihm und den anderen Anwesenden lag in der Art, wie er seine Umgebung beobachtete.
Sein Blick, der über die Gäste hinwegglitt, um sich dann wieder auf den Politiker zu richten, hatte etwas Seziermesserscharfes an sich. Stacy fragte sich, was er hier tat; dann fiel ihr ein, daß er irgendein Verwandter von Alexis Parnell sein mochte.
»Um Himmels willen, was haben Sie zu Nancy Pickering gesagt?« hörte sie Alexis' entgeisterte Flüsterstimme an ihrem Ohr.
»Ich hab' sie ein bißchen hochgenommen«, vertraute Stacy ihr an. »Sie war kurz davor, meinen Arm auf Einstiche zu kontrollieren.«
Alexis lachte. »Ah, *das* kenne ich auch! Ich möchte wetten, daß Colby damals auch fast geglaubt hat, ich ginge nach Hollywood, um Sam Goldwyns Geliebte zu werden.« Sie tätschelte Stacy gutgelaunt den Arm und stürzte sich wieder in die Menge. Sekundenlang sah Stacy, wie Parnells Blick ihr aus einem Kreis alter Freunde folgte, als sei sie irgendein exotischer Vogel, der wegfliegen oder im Gewühl zertrampelt werden könnte.
»Stacy.« Jamie löste sich von einem blassen, freundlich wirkenden Mann. »Darf ich dich mit George Carroll bekannt machen?«
Irgendwie gelang es ihm, das so reizvoll wie eine Reise nach Marrakesch hinzustellen. Bei diesem Gedanken mußte Stacy wieder lächeln. »Hallo«, sagte sie und schüttelte ihrem Gegenüber die Hand.
Der Rhythmus der Party schien sich zu beschleunigen; Stacy merkte, daß Jamies Mitarbeiter dafür sorgten, möglichst viele der Anwesenden mit dem Kandidaten bekannt zu machen. Die

Gesichter wechselten in so rascher Folge, daß ihr Lächeln zu einem bloßen Reflex wurde.
Eine Frau in einem Seidenkleid drückte ihr eine ihrer Schallplatten und einen Kugelschreiber in die Hand. »Ich habe meinem Sohn versprochen, ihm Ihr Autogramm mitzubringen.«
»Wie heißt er?«
»Charles.«
Sie schrieb *Für Charles* und fragte dann: »Wie alt ist er?«
»Achtzehn.«
Geh bitte zur Wahl, schrieb sie weiter. *Love, Stacy.*
Um sie herum lächelnde Gesichter und viele Hände, die geschüttelt werden wollten.
»Ich wußte gar nicht, daß Senator Kilcannon so blendend aussieht.«
Stacy legte den Zeigefinger an die Lippe. »Pst, das darf er nicht hören!«
Gelächter. Nat Schlesinger, der sie beobachtete, lächelte zufrieden. Stacy begann die Leute, die sie nur flüchtig kennenlernte, mehr zu mögen als ihre Rolle. Lampenfieber, sagte sie sich; irgendwo allein wäre dir jetzt wohler. Sie stellte fest, daß es 20.15 Uhr war, und beschloß, lieber nichts zu essen.
»Aber was wird aus dem Zahlungsbilanzdefizit?« wollte ein Mann von Jamie wissen.
»Das ist ein Zehnjahresproblem.« Jamie ließ sein Lächeln aufblitzen. »Es sei denn, die Japaner kaufen mehr von Stacys Platten. Oh, Stacy, kennst du schon …«
Als der Mann weiterging, sah Stacy rasch zu den Parnells hinüber.
Alexis war mit erhobenem Kopf auf der Suche nach weiteren Paaren, die sie Jamie vorstellen konnte. Aber als Parnell dem blonden Mann begegnete, nickte er nur und wich ihm dann aus. Stacy versuchte zu erraten, was das bedeutete, als der Blick des Blonden ihrem begegnete. Sie war es gewohnt, daß Männer befangen wegsahen, aber der hier sah nicht weg. Sein leicht amüsierter Blick zeigte, daß er den Talmiglanz dieser Veranstaltung durchschaute und genau wußte, worum es Jamie wirklich ging.
»Hoffentlich sehen wir uns bald wieder, Senator.«

Über Jamies Antwort mußte sie unwillkürlich lächeln. »Aber keine Frage – Sie kommen doch zur Amtseinführung, oder?« Dann fügte er hinzu: »Stacy, das hier ist Carla Curran, eine gute Freundin von Alexis.« Sie wandte ihren Blick von dem Blonden ab und konzentrierte sich auf das schelmische Lächeln der vierten Frau eines Kaufhauserben.

Weitere Gesichter. Um diese Zeit hätte Stacy längst hinter der Bühne auf und ab laufen müssen; sie stand jetzt seit fast zwei Stunden hier im Salon. Als sie sich erneut ruhelos umsah, war der blonde Mann verschwunden. Die Party war lauter geworden; der Zigarettenrauch hing tiefer, und die Gäste unterhielten sich nach dem zweiten oder dritten Glas mit erhobenen Stimmen. Alexis drängte sich durch die Menge und fragte Stacy halblaut: »Läuft doch recht gut, nicht wahr?«

»Wunderbar«, antwortete Stacy und hatte das Gefühl, als würde es ihr gleich übel werden.

Ob sie Alexis bitten sollte, sich in einem ruhigen Zimmer ausruhen zu dürfen? Aber ihre Gastgeberin war schon wieder unterwegs.

Als Stacy sich wieder umdrehte, sprach der blonde Mann mit Jamie.

Sein hageres, faltenloses und jungenhaft aufgewecktes Gesicht hätte ihn überall auf der Welt als Amerikaner gekennzeichnet. Die Brünette stand neben ihm – seine Frau, wie Stacy an ihren Eheringen sah.

»Sie sind also ein Freund Colbys«, sagte Jamie gerade.

»Eher ein Bekannter.« Er sprach so leise, daß Stacy sich anstrengen mußte, um ihn überhaupt zu verstehen. »Unsere Beziehung ist etwas komplizierter.«

Jamie zog die Augenbrauen hoch. »So?« fragte er leichthin. »Wie das?«

»Ich habe ihn erst heute morgen bei einem Prozeß ins Kreuzverhör genommen.«

Nat Schlesinger kam etwas näher heran. Während Jamie noch zögerte, sah Stacy ihm an, daß es hinter seiner Stirn klickte. Er versuchte, die unangenehme Situation mit einem Scherz zu entschärfen. »Dann hat meine Kampagne Sie also zusammengebracht.«

»Der Richter gehört zu Ihren Anhängern.« Sein gedämpfter Tonfall war der eines Mannes, der zu höflich ist, um anderen die Party zu verderben. »Sein Einsatz für Sie hat mich tief beeindruckt.«

Jamie stellte mit einem raschen Blick fest, daß ihnen niemand zuzuhören schien. »Was soll das heißen?«

»Genau das, was Sie vermuten.«

Die Brünette war sichtlich entsetzt. Während Jamie zu beurteilen versuchte, wie ernst die Andeutung des Unbekannten gemeint war, machte sie ruckartig kehrt und ließ den Blonden stehen.

»Sie bekommen Ihre Spende zurück«, sagte Jamie.

»Nicht nötig.« Der Mann lächelte schwach. »Freut mich, Sie kennengelernt zu haben, Senator.«

Er wollte sich abwenden.

»Sie gehören nicht gerade zu meinen Bewunderern, was?«

Der Mann sah sich nach Jamie um, als überlege er, ob eine Antwort angebracht sei. »Nicht gerade«, bestätigte er leise. »Aber mich erschreckt, wie clever Sie sind.«

Während Jamie sich eine Erwiderung verkniff, blieb der andere kurz vor Stacy stehen. »Sorry«, murmelte er und wandte sich ab.

»Jesus!« flüsterte Nat Schlesinger.

»Stacy«, erkundigte Jamie sich lächelnd, »hast du Nancy Stewart schon kennengelernt?«

11

»Zum Teufel mit dir!« fauchte sie.

Sie starrte wütend nach vorn durch die Windschutzscheibe. Lord antwortete gelassen: »Jetzt kümmern sich die anderen um McIlvaine.«

»Das war doch längst abgehakt.« Marcias Tonfall wurde ruhiger. »Ich muß sagen, daß Senator Kilcannon sehr überlegt reagiert hat.«

Lord beobachtete, wie die Scheinwerferstrahlen die Abenddämmerung zerschnitten. »Reagan ist nicht der einzige Schau-

spieler in der Politik. Allerdings der einzige, der in Filmen mitgespielt hat.«
»Du hast ihn beleidigt, Tony. Und mich gedemütigt.«
»Aber sonst hat's dir auf der Party gefallen.«
»Das war wenigstens sinnvoller, als auf deinen berühmten großen Fall zu hoffen.« Marcia beugte sich vor. »Was ist das für ein Geräusch?«
»Das Getriebe ist ausgeleiert.«
Marcia schwieg für eine halbe Minute. »Wenn du nur einmal deinen Stolz überwinden könntest«, sagte sie dann.
»Ich bin nicht der Höfling anderer Leute.«
»Und du könntest es auch nicht ertragen, für einen gehalten zu werden.« Sie wandte sich nach links. »Ich hab' gesehen, wie du Stacy Tarrant angestarrt hast.«
Lord lächelte erstmals. »Wie kommst du darauf?«
»Du *hast* sie angestarrt.« Marcia runzelte die Stirn. »Ich weiß, daß du auf diesen Typ stehst.«
»Auf welchen Typ?«
»Na ja, den großgewachsenen Model-Typ. Du kaufst ihre Platten, stimmt's?«
Lord lächelte erneut. »Das ist noch längst kein Ehebruch, Marsh.«
Sie schwieg verbissen. Nachdem sie die Market Street überquert hatten, kamen sie auf der Fahrt ins Noe Valley durch das Zentrum des schwulen Nachtlebens. Auf den Gehsteigen vor den Läden und Cafés waren Männer allein oder in Zweier- und Dreiergruppen unterwegs. Aus halbdunklen Clubs drangen Rock- oder Folkmusikfetzen nach draußen. Der animalische, haltlose Rhythmus dieser allgemeinen Suche deprimierte Lord. Er berührte Marcias Hand. »Dieses ganze Gespräch ist doch unsinnig. Wir haben eine Ehe, ein Zuhause und ein Kind.«
»Gibt's außer mir eine andere?« fragte sie leise.
»Natürlich nicht!«
Während er auf den Babysitter wartete, überlegte er, warum sie das gefragt haben mochte. Nachdem er das Mädchen bezahlt hatte, ging er in Christophers Zimmer.
Sein Sohn schlief mit dem Baseballhelm neben sich.
Lord empfand eine Art Trauer; der Tag erschien ihm so lang,

daß das Kreuzverhör Parnells schon gestern stattgefunden haben mußte. Und wann hatte er zuletzt mit Marcia geschlafen? Vielleicht war das eine Möglichkeit, für bessere Stimmung zu sorgen.
Morgen vormittag mußte er mit Danziger verhandeln. Während er Christophers traumloses Gesicht betrachtete, dachte Lord erstmals darüber nach, wie es wäre, wieder fest angestellt zu sein.
»Morgen«, versprach er seinem Sohn. »Morgen verbringen wir den Nachmittag miteinander.«
Dann machte er sich auf die Suche nach Marcia.

Alexis umarmte Stacy zum Abschied. »In Zukunft achten wir im Fernsehen auf Sie.«
Stacy küßte sie auf die Wange. »Wir kommen wieder, hundertprozentig.«
Alexis lächelte erfreut. »Das würde uns freuen.«
Parnell, der hinter ihr stand, nickte zustimmend und sagte: »Die beiden müssen jetzt wirklich los, Alexis.«
Jamie schüttelte ihm die Hand und ging dann mit Stacy zu der wartenden Limousine. Als Stacy sich umdrehte, um zu winken, stand Alexis auf halber Treppe.
Die Limousine war von Assistenten, Reportern und Secret-Service-Leuten umringt. Aus dem Halbdunkel tauchte ein weiterer Schatten auf: Nat Schlesinger. Jamie blieb bei ihm stehen. »Sorgen Sie dafür, daß sich jemand mit diesem Richter in Verbindung setzt«, sagte er halblaut. »Ich will nicht, daß es seinetwegen Schwierigkeiten gibt.«
»Wird gemacht.«
Jamie hob ruckartig den Kopf. »Los, Leute, wir haben's eilig!« Nat öffnete Stacy und ihm die Autotür.
Ein einzelner Mann hielt Jamie auf. »Nur eine Frage, Senator. Glauben Sie, daß der Versprecher Ihres Konkurrenten in bezug auf Atomwaffen mit Romneys Eingeständnis bezüglich Vietnams verglichen werden kann?«
Jamie drehte sich um. »Ach, ich weiß nicht«, sagte er lässig. »Was Gehirnwäschen angeht, dürfte bei ihm eine leichte Spülung reichen.«

Als der Reporter lachte, trat Nat hastig dazwischen. »Jamie ist müde – bringen Sie das ja nicht.«
Der Reporter wandte sich lächelnd an Jamie. »Sie sind mir was schuldig.«
»Immer.«
Nat schloß die Tür hinter ihnen. Jamie stützte einen Ellbogen auf und starrte nach draußen. Als die Limousine anfuhr, sah Stacy Alexis auf der Treppe stehen und winken. Parnell, der ihr einen Arm um die Schultern gelegt hatte, sah nicht den Wagen, sondern seine Frau an.
»Endlich«, murmelte Jamie. »Das wäre geschafft.«
Stacy sah an ihm vorbei. »Sie wirkt so zerbrechlich. Wie ein Schmetterling in einem Glaskasten.«
»Findest du?« Er sah auf seine Uhr.
Sie fuhren durch Lichtkreise von Straßenlampen. Licht und Schatten wechselten sich ab und ließen Jamies Gesicht noch hagerer erscheinen. »Gott bewahre mich«, murmelte er, »vor ehrgeizigen, frustrierten Männern.«
»Wen meinst du?«
»Diesen Lord.« Jamie starrte weiter nach draußen. »Norman Mailer hat mir mal erzählt, daß sich jeder einbildet, schreiben zu können. In Wirklichkeit glaubt jeder, er könnte Präsident sein. Was weiß jemand wie dieser Anwalt vom Leben in der Öffentlichkeit?«
»Sein Auftritt hätte schlimmer sein können, Jamie. Wenigstens hat er leise gesprochen.«
»Aber *du* hast ihn gehört, stimmt's?«
»Das spielt keine Rolle.« Stacy holte tief Luft. »Wirklich Sorgen gemacht hat mir die Sache in Chinatown.«
Er antwortete nicht gleich. Als er dann weitersprach, verriet sein Tonfall, daß er sich etwas ins Gedächtnis zurückzurufen versuchte. »Die Definition eines Fanatikers?« fragte er die Fensterscheibe. »Das ist jemand, der weitermacht, obwohl er den Grund dafür längst vergessen hat.«
Stacy, die mit ihren Ponyfransen spielte, ging nicht darauf ein. Es war 21.15 Uhr; sie war zu spät dran.
»Was *hat* Romney denn über Vietnam gesagt?« fragte sie schließlich.

»Er sei durch eine Gehirnwäsche dazu gebracht worden, den Krieg zu unterstützen.« Jamies Augen glitzerten, als er jetzt zu ihr hinübersah. »Das ist vermutlich die ehrlichste Aussage seines Lebens gewesen. Und Nixon hat sie dazu benutzt, um haushoch zu gewinnen.«

Stacy versuchte, sich ihren Auftritt vorzustellen. »Einer aus der Crew ist ein komischer Kerl«, sagte sie schließlich. »John redet nicht viel über ihn, aber er glaubt, daß er seit Vietnam einen Knacks weghat.«

»Vermutlich hat er recht.« Jamie starrte wieder die Scheibe an. »Ich habe gelegentlich mit Veteranen gesprochen. Aber sie sind nicht gut genug organisiert, um wirklich Einfluß zu haben. Was kann *ich* ausrichten, wenn sie allen anderen gleichgültig sind?«

Stacy wandte sich ab.

Sie glaubte zu hören, wie ihre Fans »Sta-*cii*« kreischten; daß sie den Song nicht hatte schreiben können, beunruhigte sie noch immer.

12

Carson stand unter dem Vorhang und kam sich vor, als bestehe er nur aus Augen und Ohren.

Vor ihm hielt der Secret Service die Bühne besetzt; Füße stampften auf den Betonboden; Fans standen vor den Toiletten Schlange, um eine letzte Linie Koks zu schnupfen; DJs und Insider aus der Branche drängten sich auf den Rampen zusammen. Carson sah und hörte sie mit seinen Nervenenden.

»Sta-*cii*...«

Die Leuchtzeiger seiner Armbanduhr standen auf 21.25 Uhr. In Columbia war es 0.25 Uhr; Cathy schlief längst.

»Sta-*cii*...«

Tageslicht.

Ein Selbstmordkommando, damit der Kompaniechef wieder mal gut aussieht. Damone ist nicht da; in der Sonne haben Capwell und er keine Chance, für Vietnamesen gehalten zu werden; die Air Force hat die Bäume entlaubt, so daß es nirgends Dekkung gibt.

»Sta-*cii*...«
Blutegel an seinen Füßen.
»She's giving me good vi-brations...«
Jemand hat das Band gewechselt.
Der verdammte Kerl hört sich seine Beach-Boys-Alben an.
»Sta-*cii*...«
Verdammte Blutsauger; Gott sei Dank, daß sie schläft.
»She's giving me ex-ci-tations...«
Capwells Blut an seinen Händen. Verkrampfte Finger.
»Sta-*cii*...«
Carson schlug unbeholfen sein Heft auf und las das Gedicht, das er fertiggeschrieben hatte:

Feeding the camera
Hair golden, spirit dead
Time circles back to you
A bullet in the head.

Seine Hände zitterten, als er die Mauser mit einer Patrone nach der anderen lud.

Die Limousine hielt hinter der Arena.
Die Ladebucht lag in blaßgelbem Scheinwerferlicht vor ihnen.
Die Secret-Service-Leute warteten bereits. Als einer von ihnen die Autotür öffnete, hörte Stacy das Echo des kollektiven Schreis aus der Arena.
»Sta-*cii*...«
Jamie begleitete sie die Rampe hinauf und ins Gebäude. Von Geheimdienstagenten umgeben, warteten sie auf den Lastenaufzug. Um sie herum bildeten Aluminiumkisten unordentliche Stapel. Am Fuß der von oben herunterführenden Eisentreppe stand ein Motorrad.
»Sta-*cii*...«
Sie zwängten sich in den Gitterkäfig. Während er an zwei Stockwerken mit Betonwänden und stählernen Laufstegen vorbei hinaufrumpelte, wurde der Schrei der Fans nach Stacy lauter. Sie sah Jamies schwaches ironisches Lächeln.
Der Aufzug ruckte und kam auf einer Seite der abgedunkelten

Bühne zum Stehen. Hier war der Schrei nach Stacy ohrenbetäubend laut.
Sie war nicht bereit.
Curtis wartete mit einer Taschenlampe auf sie. Er winkte sie zu sich heran und beleuchtete den Boden vor ihren Füßen. »Die Band ist im Backstageraum«, murmelte er.
»Sta-*cii*...«
Sie folgten dem Lichtstrahl. Im Vorbeigehen sah Stacy eine zusammengesunkene Gestalt am Telefon hocken. Als sie die Garderoben erreichten, fiel eine Tür hinter ihnen ins Schloß und dämpfte das Geschrei der Fans.
Sie waren alle da. Greg Loughery, ihr Baßgitarrist, betrachtete mit zusammengekniffenen Augen sein Instrument. Leon Brennis, der Keyboarder, grinste sie an. »John ist in deiner Garderobe«, sagte er dann.
Jamie schüttelte ihm die Hand; Stacy fand, daß er dabei etwas unsicher wirkte – wie ein Erwachsener, der mit Kindern spielt.
Sie hastete nach nebenan.
»Sta-*cii*...«
Sie schloß die Tür hinter sich.
Damone wandte sich vom Spiegel ab. »Ich hab' versucht, mir vorzustellen, wie ich ohne Bart ausgesehen habe«, stellte er trocken fest. »Wie fühlst du dich?«
»Verdammt schlecht.«
»Immerhin sind sie dort draußen.« Er lächelte spöttisch. »Erinnerst du dich noch an den Club in Oakland, in dem du aufgetreten bist?«
»Klar.«
»Zwischen damals und heute liegen mehr als nur Jahre.« Er deutete nach nebenan ins Bad; dort hing eine blaue Seidenbluse an der Tür. »Ich dachte, du hättest Lust, mal was anderes als ein Top zu tragen. Also hab' ich die Dusche laufen lassen, bis die Falten vom Dampf glattgeworden sind.«
Er war berüchtigt für seinen Sarkasmus, aber Stacy fand seine fast feminine Sensibilität noch bemerkenswerter. »Was würde ich bloß ohne dich tun, John?«
»Deine Blusen selbst bügeln.« Er blieb vor ihr stehen und berührte ihr Gesicht mit zwei Fingern. »Mach's gut, Stacy.«

Als die Tür hinter ihm zufiel, sah sie, daß er ihren Schminkkoffer vor dem Garderobenspiegel bereitgestellt hatte.
Alles würde klappen – sie durfte bloß nicht daran denken.
Stacy zog sich hastig aus. Als sie nackt vor dem Spiegel stand, fragte sie sich, ob sie nicht zu mager war. Sie fühlte die Menge jetzt auf ihrer Haut; die Vibrationen pflanzten sich wie ein fernes Erdbeben durch Böden und Decken fort.
»Sta-*cii*...«
Wieder der Schrei – leise, aber deutlich hörbar. Sie zwang sich dazu, vor dem Spiegel Platz zu nehmen und sich sorgfältig zurechtzumachen. Glänzende Lippen, betonte Wangenknochen und stark umrandete Augen, um genauso wie auf ihren Plattencovern auszusehen.
»Sta-*cii*...«
Dann stand sie auf und zog ihre Jeans an. Sie waren knalleng; die Bluse auf ihrer Haut war seidig kühl. Plötzlich hatte sie wieder das gespannte, explosive Gefühl, vor einem neuen Liebhaber zu stehen.
Sie öffnete die Tür und winkte Jamie zu sich heran.
Er sah müde aus. »Was gibt's?«
»Ich hab' vergessen, dir zu sagen, nach welchem Song *dein* Auftritt kommt. Kennst du ›Love Me Right‹?«
»Mhh-hmm.« Zum erstenmal seit Stunden lächelte er sie unbeschwert an. »Tja, Zeit für ein Geständnis: Ich hab' die Aufnahme. Dein Konzert hat mir *wirklich* gefallen, weißt du.«
Sie küßte ihn.
»›Miles to go‹«, murmelte er, »›before we sleep.‹«
Stacy wandte sich an die Band und sagte: »Los, Jungs, wir müssen raus!« Die Musiker schlenderten in Richtung Bühne.
Stacy blieb noch einmal stehen und lächelte Jamie rasch zu. Dann verschwand sie den Korridor entlang zwischen den Secret-Service-Leuten, die sich auf beiden Seiten aufgebaut hatten.
»Sta-*cii*...«
Die Bühne war dunkel. Als Jesus sie kommen sah, betätigte er ein paar Lichtschalter an der Wand.
Auf der anderen Seite des Vorhangs herrschte plötzlich erwar-

tungsvolles Schweigen, als habe die Menge ihr eigenes Geschrei verschluckt.
Curtis tauchte mit der Taschenlampe auf. Die Band bewegte sich im Gänsemarsch vor Stacy her. Alle vier Musiker blieben unbeweglich wie Wachsfiguren hinter ihren Instrumenten stehen.
»Okay«, flüsterte Curtis.
Stacy fiel auf, daß der zusammengesunkene Mann jetzt aufgestanden war, als habe sie ihn geweckt. Nun begleitete Curtis sie nach vorn; seine Taschenlampe beleuchtete die Stromkabel und den Holzboden, bis sie den Vorhang erreichten, hinter dem Stacy stehenblieb. Er gab ihr das Mikro und flüsterte: »Mach's gut!«
Sie hörte, wie seine Schritte sich nach hinten entfernten. Das einzige Geräusch kam jetzt von der anderen Seite des Vorhangs: ein leises, erwartungsvolles, gewaltiges Murmeln.
Stacy schloß die Augen und holte tief Luft. Sekundenlang empfand sie wieder den vertrauten, aber um so erschreckenderen Wunsch, dies alles nie angefangen zu haben. Dann stürmte sie auf die Bühne.
Spots blendeten sie. Stacy blieb wie erstarrt stehen und ließ den animalischen Aufschrei ihrer Fans benommen über sich hinwegfluten. Aus der Menge ragten zahllose emporgereckte Arme auf; Münder kreischten nach ihr; farbige Lichtstrahlen griffen durch Dunst und Rauch nach ihr, vereinigten sich flüchtig zu Regenbogen, leuchteten die hintersten Ecken des Saales aus und kehrten wieder zurück. Ein Großbildschirm über der Menge zeigte ihr das gigantische Abbild ihres Gesichts mit glänzenden Lippen und riesigen Augen. Stacy sah, daß sie lächelte.
»Sta-*cii*...«
Der Vorhang hinter ihr teilte sich.
Plötzlich war die Bühne in gleißend helles Licht getaucht. Die Band fetzte mit den metallischen Eröffnungsakkorden von »Equal Nights« los; die Fans kreischten freudig jubelnd auf, als sie die Melodie erkannten. Stacy holte tief Luft.
Sie begann zu singen:

»I'll take freedom
You take my nights
Long as you face me
When I turn out the lights ...«

Der kollektive Antwortschrei der Fans, ekstatisch und urzeitlich, lockte sie an die Bühnenrampe, wo Hunderte von Händen nach ihr griffen. Stacy fühlte die Kraft der Musik in ihren Lungen, spürte sie aus den Lautsprechern zurückkommen und über sich hinwegfluten, bis sie darin aufging und ihre Nervosität sich in wilde Energie verwandelte. Sie stolzierte wie elektrisiert über die Bühne. Aus dem Augenwinkel heraus sah sie, daß die Fernsehkameras ihr folgten. Hoch über den ausgestreckten Händen bewegte sich ihr Abbild, und ihr Song zerteilte das Dunkel wie ein Laserstrahl.

Sie blieb abrupt stehen.

Ihre Stimme klang hoch und rein und traurig, als sie jetzt die klagende Melodie von »Reruns at Midnight« anstimmte.

»Slivers of fantasy
On childhood's screen
Scared of believing
What I've already seen ...«

Der laute Jubel verstummte; die Fans hörten atemlos ergriffen zu. In dem Song saß eine des Stadtlebens müde Frau mit einem ehemaligen Lover vor dem Fernseher. Es ist Nacht; der Mann bittet sie, wieder ihr Liebhaber sein zu dürfen. Sie traut ihm nicht, aber sie will auch nicht allein sein. Während eine romantische Fernsehserie aus ihrer Kindheit über den Bildschirm flimmert, gibt sie zuletzt Versprechungen nach, die sie längst kennt. Stacy konnte diese Szene sehen und fühlen.

Der Song endete so traurig, wie er angefangen hatte.

Während die Fans noch schwiegen, stimmte sie »Love Me Right« an. Ihre Augen waren noch immer geschlossen.

Diesmal begleitete sie nur das Keyboard mit einigen sanften Tönen. Stacy begann mit der kristallklaren Stimme eines jungen Mädchens:

»Darling, love me, if you can
I can't wait, can you understand
Ash is the fire of yesterdays
You've got to play me as it lays...«

Jetzt fiel die Band ein.
Das Schlagzeug kündigte mit hartem Beat einen jähen Wechsel an; dann röhrte Stacy zum hämmernden Rhythmus der beiden Gitarren los:

»Learn that the fire
Lives through lovers
Before the fire
Turns to dust.
Don't make the fire
Give me others.
We'll make the fire
Burn for *us*...«

Die Fans kreischten nach ihr.
Die tobende Menge drängte nach vorn, schob sich näher und näher an die Bühne heran. Stacy stolzierte auf und ab, warf sich ruckartig herum, schrie in die emporgereckten Gesichter und lockte sie noch näher, ohne sich bewußt zu sein, daß sie kaum mehr außer Reichweite der ausgestreckten Hände war. Die Fans johlten, klatschten und tanzten wie entrückt. Irgendwo aus den letzten Reihen wurde ein dunkelhaariger junger Mann über die Schultern der Menge nach vorn weitergereicht – wie als Opfer an Stacy. Die Gerüche von Schweiß und erhitzten Leibern vermengten sich; die ganze Arena roch nach Sex.

»Learn that the fire
Lives through lovers
We'll make the fire
Burn for *us*...«

Ihre Bluse war längst durchgeschwitzt. Der dunkelhaarige Junge wurde von Schulter zu Schulter weitergeworfen, streckte die Arme nach ihr aus und rief, bis sie ihn hörte: »*Fick mich, Stacy!*«
Stacy lächelte ihm zu.
Er warf ekstatisch lachend die Arme hoch und fiel in die Menge zurück. Ihre Fans schienen langsam außer Kontrolle zu geraten. Stacy wünschte sich einen Augenblick lang, Teil dieser Masse zu sein.
Aber ebenso plötzlich, wie die zurückhaltende Einleitung sich in einen vehementen Schrei nach Liebe verwandelt hatte, wurde ihre Stimme wieder leise. Nur der Keyboarder begleitete sie noch, als sie mit rauchiger, beinahe flüsternder Stimme schloß:

»You know the fire
Lives through lovers
This night the fire
Burns in *us*...«

Stille, ehrfürchtiges Schweigen. Sie hatte ihre Fans völlig in der Hand.
»Sta-*cii*...« Eine einzelne Stimme irgendwo ganz oben unter dem Dach.
Stacy hielt eine Hand über ihre Augen. »Hi«, sagte sie.
Gelächter, dann wieder Jubel und Beifall.
»Sta-*cii*...« Immer mehr Stimmen nahmen diesen Schrei auf, vereinten sich zu einem gewaltigen Chor.
»Sta-*cii-i-i*...«
In einem Lichtkreis stehend hob Stacy eine Hand.
»Kilcannon«, sagte sie leise.
Einige Stimmen wiederholten den Namen.
»Kilcannon«, wiederholte sie.
Die Fans griffen den Namen auf. »Kilcannon...«
Ihre Stimme wurde lauter, drängender. »Kilcannon.«
»Kill-cannon...«
Stacy sah zu dem Bildschirm auf. Auf der Bühne hinter ihr löste Jamie sich aus dem Kreis seiner Leibwächter.

»Kill-*cannon*...«
Jamie kam nach vorn. Der Begrüßungsschrei ihrer Fans wurde lauter.
»Kill-cannon...«
Als Jamie neben ihr stand, hob Stacy erneut die Hand und sagte mit klarer, deutlicher Stimme: »James Kilcannon, Senator der Vereinigten Staaten von Amerika.«
Ihre Finger berührten sich.

Carson stand in dem Schatten hinter der Bühne und beobachtete die beiden.
Stacy lächelte strahlend, als sie sich an Kilcannon wandte. Sie standen im Schnittpunkt zweier Spots, während ihnen die Menge frenetisch zujubelte.
Carsons Hand zitterte.
Die Leibwächter konnten ihn nicht sehen; er konnte Damone nicht sehen.
»Kill-can-non...«
Als Kilcannon vortrat, schloß Carson die Augen. In einem Haus, das er niemals sehen würde, lag Cathy in ihrem Bett und schlief. Die Bühne unter seinen Füßen erzitterte.
»Kill-can-non...«
Auf der anderen Seite des Vorhangs hörte Carson das Surren einer laufenden Kamera.
»Kill-can-non...«
Er hatte Blut an den Händen; die Kamera surrte weiter. Die Stimmen aus der Menge, die den Namen ständig wiederholten, rollten wie schwere Brecher über ihn hinweg: »Kill-can-non... Kill-can-non... Kill-can-non...«
Carson öffnete die Augen.
Kilcannon stand erhobenen Hauptes da und lächelte, während die Fans seinen Namen riefen. Sein Haar leuchtete golden.
Stacy trat zur Seite, um die Menge ganz ihm zu überlassen. Durch das Geschrei hindurch hörte Carson weitere Kameras.
»Kill-can-non...«
Er trat einen Schritt vor. Sein rechter Arm mit der Pistole hing schlaff an seiner Seite.
Der Jubel steigerte sich zu schrillem Kreischen.

Aber er hörte keine Stimmen mehr; sein Blick war unbeirrbar auf das sechs, vielleicht sieben Meter entfernte Ziel gerichtet. Er bewegte sich roboterhaft vorwärts, um seinen Auftrag auszuführen.
Ein Schuß mußte genügen.
Noch fünf Meter. Vor seinem inneren Auge sah er seinen Fluchtweg: In dreißig Sekunden die Eisentreppe zu seinem Motorrad hinunter und in die Nacht davon. Er hob die Mauser und stützte seinen rechten Arm, indem er das Handgelenk mit der Linken umklammerte.
Sein Ziel drehte sich um. Sein Mund öffnete sich zu einem stummen Schrei.
Carson erstarrte.
Aus dem Augenwinkel heraus sah er Geheimdienstagenten auf die Bühne stürmen. Noch fünf Sekunden. Er starrte in Kilcannons Gesicht.
Drei Sekunden.
Eine Blitzlichtbirne explodierte. Kilcannons Kopf sah aus wie von einem Heiligenschein umgeben.

Time circles back to you
A bullet through the head...

Carson trat einen letzten Schritt vor und drückte ab.
Der Rückstoß der Pistole war unerwartet stark. Kilcannons Kopf flog nach hinten; die aufbrandenden Schreckensschreie nahm Carson nicht bewußt wahr.
Als die Leibwächter heranstürmten, wandte er sich nach der Eisentreppe um. Sein Fluchtweg war noch offen.
Er setzte sich in Bewegung.
Vor ihm tauchte plötzlich ein Kameramann auf und nahm ihn ins Visier.
Als habe er das schon oft geübt, ließ Carson sich auf ein Knie nieder und jagte drei Kugeln in die Kamera.
Er drehte sich um und überblickte die Bühne. Er konnte sich nicht mehr an seinen Fluchtweg erinnern.
Die Leibwächter waren kurz davor, ihn zu erreichen; Stacy kniete neben dem, was sein Ziel gewesen war.

Kilcannon, dachte er benommen, und hörte das Kreischen.
Als Carson die Mauser wegwarf, fielen sie von beiden Seiten über ihn her.

Alles war so schnell passiert.
Jamies Finger berührten ihre – eine kühle, aber trotzdem elektrische Berührung; sie gab ihm das Mikrofon; Jubel brandete über ihn hinweg.
Sie sah zum Bildschirm auf.
Jamie stand mit erhobenem Kopf da und schien sie anzulächeln. Als die Kamera jetzt den Abstand vergrößerte, um auch ihr Lächeln zu zeigen, sah sie den Mann hinter ihnen.
Er hob seine Waffe.
Die Menge kreischte. Sie hatte das Gefühl, einen Film zu sehen; sie konnte sich nicht umdrehen, um ihn Realität werden zu lassen.
Jamie warf sich herum.
Während sie aufschrie, schienen sich die Haare an seinem Hinterkopf zu sträuben.
Er brach zusammen, fiel zur Seite und blieb auf dem Rücken liegen.
Stacy warf sich schützend über ihn. Schreie zerrissen die Luft; sie schloß die Augen und wartete darauf, vom nächsten Schuß getroffen zu werden. Unter ihr hob und senkte sich Jamies Brust. Als sie nach seinem Kopf tastete, spürte sie etwas klebrig Feuchtes an ihren Fingern. Jamies Atem streifte ihre Wange.
Der zweite Schuß blieb aus.
Sie starrte ihn an.
Sein Gesicht war unversehrt. Seine Lider zitterten, dann schlug er die Augen auf.
Sie strich ihm mit den Fingerspitzen behutsam eine Locke aus der Stirn.
Seine Lippen bewegten sich. »Ist sonst jemand verletzt?« fragte er mit schwacher Stimme.
O Gott, Jamie! dachte sie. »Nein, niemand«, beruhigte sie ihn.
Seine Augen bewegten sich nach oben; Stacy wußte nicht genau, ob er sie sah oder nur hörte.
»So ein Witz«, flüsterte er. »Aber was hat das alles zu bedeuten?«

Tränen liefen ihr über das Gesicht. Sie hob den Kopf und sah sich benommen nach Hilfe um.
Seine Leibwächter drängten die Menge zurück. Ein Kameramann richtete seine Kamera zwischen ihren Beinen auf Jamie.
»Los, aus dem Weg!« brüllte Damone mit sich überschlagender Stimme.
Sie drehte sich nach ihm um. Damone und zwei Cops drangen zu ihr vor. Hinter ihnen liefen Sanitäter mit einer Tragbahre heran.
Damone kniete nieder und starrte besorgt Jamies Kopf an, unter dem sich eine Blutlache gebildet hatte.
Ihre Blicke begegneten sich. Damone war leichenblaß. »Harry«, sagte er nur.

»Tony!«
Lord kam aus der Dusche gestürzt.
Marcia saß im Bett und deutete auf den Fernseher. *»Sieh nur«*, rief sie mit schriller Stimme. »*Sieh nur*, was passiert ist!«
Lord drehte sich zum Bildschirm um.
Kilcannon lag auf der Bühne. Unter seinem Kopf glänzte eine Blutlache. Stacy Tarrant berührte seine Stirn; ihre Lippen bewegten sich, und er schien etwas zu antworten, obwohl nichts davon zu verstehen war.
»O nein!« ächzte Lord. »Das kann nicht sein!«
Marcia funkelte ihn an, als habe er kein Recht, so zu sprechen.
Lord sank wortlos auf die Bettkante.
Die Kamera schwankte.
Aus dem Hintergrund starrte ein Mann in Jeans und T-Shirt Kilcannon an, als erschrecke ihn der Anblick des Verletzten. Seine Waffe fiel ihm aus der Hand; er ließ sich widerstandslos festnehmen.
»Hoffentlich knallen sie ihn ab!« fauchte Marcia.

Stacy durfte im Krankenwagen mitfahren, während sich die Sanitäter um Jamie bemühten. Die beiden sagten kein Wort; ihre Blicke waren vielsagend genug. Das Sirenengeheul hallte in Stacys Ohren wider.
Sie konnte sich vage daran erinnern, mit dem Lastenaufzug nach unten gefahren zu sein; dabei war sie irgendwann von Damone getrennt worden. Ihre Rippen und Ellbogen schienen aufgeschürft zu sein und schmerzten.
Ihr war kalt.
Dann hielt der Wagen; die Hecktür wurde aufgerissen. Als die Tragbahre ausgeladen wurde, sah Stacy, daß die eine Locke wieder in Jamies Stirn fiel. Irgend jemand hatte sein Hemd aufgeknöpft.
»Er lebt noch«, sagte einer der Sanitäter.
Der kurze Weg zu einer zweiflügligen Glastür war von Cops gesäumt. Über der Tür stand in Leuchtschrift *Notaufnahme*.
Die Tragbahre wurde im Laufschritt weitergeschleppt. Hinter den Polizeibeamten zuckten Blitzlichter auf, dann verschwand Jamie in der Notaufnahme.
»Miss Tarrant!«
Zwei Cops streckten ihr die Hände entgegen; sie ließ sich von ihnen aus dem Fahrzeug helfen. Am Rande ihres Bewußtseins hörte sie das hartnäckige Summen von Kameras. Weitere Blitzlichter schienen direkt vor ihren Augen zu explodieren.
»Stacy!« rief eine Männerstimme. »Wie geht's ihm?«
Sie bedeckte ihre Augen mit einer Hand. Wenig später fand sie sich in einem kahlen weißgekachelten Korridor wieder. Irgend jemand berührte ihren Arm: Nat Schlesinger.
»Er ist oben«, sagte er. »Sie wollen operieren.«
Seine Augen waren rot und geschwollen. Sie starrte benommen seine glückbringende Fliege an. Als würde er eine Frage beantworten, sagte Nat: »Vielleicht hat er eine Chance, Stacy.«
Nat begleitete sie zum Aufzug. Auf der Fahrt in den dritten Stock starrten sie wortlos die Leuchtziffern an.
Polizei sperrte die ganze Etage ab. Nachdem sie die Sperre passiert hatten, führte Nat sie durch weitere gekachelte Korridore zu einem grünen Sessel neben einem Stehascher, den sie nicht brauchte.

»Ich komme wieder«, versprach er ihr. »Sobald ich etwas gehört habe.«
Stacy sah ihm nach, als er verschwand. Die Deckenleuchten waren erbarmungslos grell; sie hatte Blut an den Fingern und einem Ärmel.
Jamies Assistenten fanden sich ein: ratlose junge Männer, die mit gedämpften Stimmen sprachen. Stacy brachte es nicht über sich, sie anzusehen.
»Stacy?« fragte eine leise Stimme.
Damone stand neben ihr.
»Wie bist du hergekommen?«
»Egal. Ich wollte bei dir sein.«
Sie blickte zu ihm auf. »Warum hat er's getan, John?«
»Ich weiß es nicht.« Damone senkte den Kopf. »Stacy, jemand hat die Konzerteinnahmen gestohlen. Das Geld ist weg.«
Sie begriff nicht wirklich, was er gesagt hatte. Sie hatte nur Augen für Nat Schlesinger, der am Ende des Korridors aufgetaucht war und jetzt auf sie zukam. Er ging langsam wie ein alter Mann.
»Schon gut, John«, murmelte sie sanft, als wolle sie ihn unsinnigerweise trösten. »Er braucht das Geld nicht mehr.«

Um 3.00 Uhr saßen Lord und Marcia, die nicht schlafen konnten, noch immer vor dem Fernseher.
Im Foyer des Krankenhauses begann ein sichtlich erschöpfter Mann, der eine Fliege trug, eine vorbereitete Pressemitteilung zu verlesen.
»Senator James J. Kilcannon ist heute morgen, am dritten Juni um 2.17 Uhr, an den Folgen des gestern abend auf ihn verübten Attentats gestorben ...«
Marcia sah zu Lord hinüber; die Stimme des Mannes zitterte hörbar.
»Todesursache war ein einzelner Schuß in den Hinterkopf des Senators, der Verletzungen der Großhirnrinde verursacht hat, die ...«
Das Telefon klingelte.
Lord nahm mechanisch den Hörer ab. »Ja?«
»Tony, hier ist Ralph DiPalma.«

DiPalmas Stimme klang angespannt. »Ja«, wiederholte Lord.
»Ich bin hier im Justizpalast. Ich muß Sie bitten, sofort herzukommen.«
»Weshalb?«
»Es geht um Harry Carson – um den Kerl, der Kilcannon erschossen hat.« DiPalma machte eine Pause und atmete stoßweise aus. »Er hat eben nach Ihnen verlangt.«
Lord war zunächst sprachlos. »Gut, ich komme«, antwortete er dann. Er ließ sehr langsam den Hörer sinken.
Im Fernsehen verließ Stacy Tarrant von Kameras und Reportern bedrängt das Krankenhaus. Marcia drehte sich mit Tränen in den Augen nach ihm um. »Was gibt's?« fragte sie.
Aber Lord nahm ihre Frage nicht bewußt wahr.
»Verminderte Zurechnungsfähigkeit«, murmelte er. »Das ist die einzige Chance.«

Teil 2

TONY LORD

DER PROZESS: HARRY CARSON

Juni bis September desselben Jahres

1

Was Lord im Gedächtnis blieb, war das Sirenengeheul.

Es begann als leises Heulen, das durch sein geöffnetes Seitenfenster drang. Danach wurde es von Block zu Block lauter und hallte durch die leeren Straßen, während immer mehr Sirenen einfielen. Als er den Justizpalast erreichte, schlug die Geräuschwelle über ihm zusammen.

Eine schweigende Menge drängte sich auf dem Gehsteig und den Rasenflächen zusammen, als beobachte sie die Reflexe der Rundumleuchten der Streifenwagen: grellrote Lichtblitze, die von schwarzen Fenstern zurückgeworfen wurden. Als Lord in einer Seitenstraße parkte, sah er einen Chicano, der mit einem Montiereisen die Windschutzscheibe eines TV-Übertragungswagens einschlug. Alle anderen jedoch schienen wie gelähmt zu sein.

Auf einer von der Polizei abgesperrten Fläche am Haupteingang warteten Reporter. Als Lord sich zwischen einem Stadtstreicher und einer weinenden jungen Frau durchzwängte, versperrte ein Cop ihm den Weg, indem er ihm eine flache Hand gegen die Brust stemmte.

»*Jamie*...«, schluchzte die junge Frau.

»Ich bin Carsons Anwalt«, erklärte Lord dem Polizeibeamten halblaut.

Der Uniformierte nahm Lord den Aktenkoffer ab und zerrte ihn fast hinter sich her. In die Reporter kam Bewegung. »Hey, Tony!« rief einer von ihnen. »Verteidigen Sie den Kerl?«

Lord hastete wortlos weiter. Am Haupteingang erklärte sein Begleiter den dort stehenden Uniformierten: »Er sagt, daß er der Anwalt des Täters ist.«

Ein Wachposten gab seinen Kollegen hinter der Glastür ein Zeichen. Ein schwarzer Deputy Sheriff öffnete die Tür, nahm Lord den Aktenkoffer ab und ließ ihn eintreten. Dann fiel die Tür hinter ihm ins Schloß.

Das Foyer lag im Halbdunkel. Der Deputy Sheriff durchsuchte Lords Aktenkoffer nach Waffen, telefonierte mit DiPalma und begleitete ihn dann zum Lift. Auf der Fahrt nach oben führte sich Lord ein weiteres Mal vor Augen, daß James Kilcannon tot war.

Im sechsten Stock schloß der Deputy Sheriff die erste von mehreren Stahlgittertüren auf. Lord hörte klingelnde Telefone und Stimmengewirr.

Die Stimmen kamen aus einem Bereitschaftsraum, in dem sich Cops und Kriminalbeamte drängten. Mitten im Raum erstatteten drei Beamte der Mordkommission dem Staatsanwalt Bericht. DiPalmas nervöser Blick wanderte von einem zum anderen, bevor er sich zuletzt auf Lord konzentrierte.

Die Kriminalbeamten gingen.

DiPalma schlug sich mit einem Bleistift ganz leicht an die Vorderzähne. »Woher kennt Carson *Sie*?«

»Er kennt mich nicht.«

DiPalmas Augen glitzerten. »Wie ich höre, haben Sie eine Auseinandersetzung mit Kilcannon gehabt...«

»Reden Sie keinen Scheiß. Ich will wissen, was er gesagt hat.«

»Nichts.« Unter Druck sprach DiPalma immer zu hastig oder nicht schnell genug. »Er hat nur ständig seinen Namen und seine Adresse wiederholt.«

»Womit hat er geschossen?«

»Mit einer Mauser. Die ideale Waffe für einen Attentäter.«

Lord kniff die Augen zusammen. »Im Fernsehen hat es so ausgesehen, als sei er hinter der Bühne rausgekommen.«

»Er gehörte zu Stacy Tarrants Crew.« DiPalma sah sich rasch um und starrte dann wieder Lord an. »Sein Motorrad stand unten an der Ladebucht. Also war das Ganze ein sorgfältig vorbereitetes Attentat.«

»Vor zwanzigtausend Augenzeugen? Was war denn sein Motiv?«

DiPalma lächelte grimmig. »Während er Kilcannon erschossen

hat, sind die Konzerteinnahmen geklaut worden. Über vierhunderttausend Dollar, sagt der Manager.«
Trotz seiner Überraschung erkannte Lord, daß seine mentale Verfassung der des Staatsanwalts ziemlich ähnlich war. »Wollen Sie damit sagen, daß Sie das Ganze für eine abgekartete Sache halten?«
»Nein, aber verlassen Sie sich drauf, daß wir die Suche nach dem Geld und seinen Freunden bereits eingeleitet haben.«
»Falls es welche gibt.«
DiPalmas Augen wurden zu schmalen Schlitzen. »Er sitzt in Dan Whites Zelle – ohne Mithäftlinge, ohne Gürtel oder Bettlaken, damit er sich nicht aufhängen kann. Ich sorge dafür, daß er vor Gericht kommt!«
Lord nickte. »Was haben Sie außer der Mauser noch gefunden?«
»Eine Sporttasche – Zigaretten, Zeitung, ein Tagebuch.«
»Diese Sachen muß ich sehen.«
»Ich werd's mir überlegen.« DiPalma steckte den Bleistift ruckartig in die Brusttasche seines Jacketts. »*Falls* Sie ihn verteidigen.«
»Schon möglich«, antwortete Lord ausweichend. »Ich müßte erst mal mit ihm reden.«
DiPalma starrte ihn an. »Am besten fragen Sie ihn gleich nach seinen Freunden. Überlebenschancen hat er praktisch nur, wenn er seine Komplizen preisgibt.«
Lord erwiderte seinen Blick. »Ich werd's mir überlegen«, antwortete er halblaut.
Aber DiPalmas starrer Blick ging jetzt an ihm vorbei. Als Lord sich umdrehte, sah er den Oberbürgermeister, den Polizeipräsidenten und den Bundesanwalt. Dabei fiel ihm auf, daß DiPalma sich rasiert haben mußte, bevor er hergekommen war. »Sollte Carson Komplizen gehabt haben«, sagte DiPalma leiser, »droht ihm die Gaskammer. Sie haben gute Chancen, sich als Riesenarschloch zu profilieren.« Er wandte sich ab und hastete auf die Neuankömmlinge zu.
Lord zog eine Packung Zigaretten aus einem Automaten. Danach folgte er dem Deputy Sheriff durch weitere Stahlgittertüren zu einer kahlen weißen Zelle.

Carson trug den orangeroten Overall eines Häftlings. Er sah nicht vom Tisch auf, als sich die Zellentür hinter Lord schloß.
Lord setzte sich und betrachtete den drahtigen Mann mit dem blonden Schnurrbart und den Windhundaugen.
»Ich bin Tony Lord.«
Carson nickte kaum wahrnehmbar.
»Zigarette?«
Carsons Blick flatterte, während er eine nahm und das Filtermundstück abriß. Als könne er es nicht recht glauben, sagte Lord: »Wie ich höre, sollen Sie Kilcannon erschossen haben.«
Carson nickte leicht.
Für Lord war diese an sich bedeutungslose Bestätigung ein Schock. Carson hatte einen Mann erschossen, der vor neun Stunden noch voller Leben und Ironie gewesen war. Lord zündete sich die erste Zigarette seit vielen Jahren an und gab dann Carson Feuer.
»Warum haben Sie mich verlangt?«
»Heute...« Carson nahm einen Zug. »Ich hab' Ihren Namen in der Zeitung gelesen.«
Das klang so, als läge das schon Jahrzehnte zurück.
»Haben Sie damit gerechnet, daß Sie einen Anwalt brauchen würden?«
Keine Antwort, nur dieser ausdruckslose Blick. Lord fragte sich, ob das eine bewußte Reaktion war.
»Wann haben Sie sich entschlossen, Kilcannon zu erschießen?«
Carson schüttelte benommen den Kopf. »Weiß ich nicht.«
»Woran erinnern Sie sich?«
»Schreie.« Carsons Stimme klang seltsam unbeteiligt. »Ich hab' nach unten gesehen und sein Gesicht vor mir gehabt.«
»Erinnern Sie sich daran, auf die Kamera geschossen zu haben?«
Ein leichtes Erröten. »Mhh-hmm.«
»Warum haben Sie nicht zu flüchten versucht?«
Carsons Blick wurde starr. »Er hat uns gefilmt.«
»Uns?«
»Uns alle... dort...«
»Wie sind *Sie* dorthin gekommen?«
Carson sah zur Decke. »John Damone.«

Lord bemühte sich, beiläufig zu fragen: »Wer ist John Damone?«
»Ihr Manager.« Carson beugte sich nach vorn und drehte das abgerissene Ende seiner Zigarette wie einen Joint zusammen. »Er hat mich angeheuert.«
»Woher kannten Sie ihn?«
Carson nahm wieder einen Zug. »Aus der Army.«
»Vietnam?«
Carson machte ein überraschtes Gesicht. Er nickte.
Lords Stimme klang jetzt eindringlicher. »Wußte er, daß Sie es auf Kilcannon abgesehen hatten?«
Carson starrte ihn mit leerem Blick an.
»Damone oder *sonst jemand?*« fragte Lord scharf.
Keine Reaktion; statt dessen schien Carson sich bei jeder Frage weiter in sich selbst zurückzuziehen. Dann schüttelte er wie in Zeitlupe den Kopf.
Lord drückte seine ungerauchte Zigarette aus, ohne Carson aus den Augen zu lassen. »Hat Damone die Konzerteinnahmen geklaut?«
Carson blinzelte.
Lord beugte sich über den Tisch. »Das Geld ist weg – und der Staatsanwalt hält das für Ihr Motiv. Sollte DiPalma es bei irgend jemandem finden, den Sie kennen, beantragt er die Todesstrafe.«
Carson drückte seine Zigarette umständlich aus. »Ich weiß nichts von irgendwelchem Geld«, antwortete er leise.
»Sind Sie von jemandem bezahlt worden?«
Carson starrte den Aschenbecher an. »Nein.«
»Warum zum Teufel haben Sie ihn dann erschossen?«
Carson schien sich einen Ruck zu geben. »Er hat uns Veteranen verkauft.«
»In welcher Beziehung?«
»Er hat uns nicht geholfen. Und während des Krieges hat er Demonstrationen angeführt...«
Lord legte den Kopf schief. »Damals müssen Sie noch auf der High School gewesen sein.«
Carson nickte.
»Wo haben Sie damals gelebt?« fragte Lord ihn.

»New Jersey.«

»Sind Sie ihm jemals persönlich begegnet?«

Carsons Lippen zuckten. »Bloß heute abend.«

Lord machte eine kurze Pause. »Wo in New Jersey?«

»Monmouth County.« Das schien Nachdenken zu erfordern. »In der Nähe von Clarksburg.«

»Gibt es jemanden, der verständigt werden sollte? Sind Sie verheiratet? Soll ich Ihre Frau anrufen?«

Der ausdruckslose Blick belebte sich sekundenlang. »Danke, nicht nötig.«

Diese Antwort klang menschlicher, irgendwie einsam. »Sie muß es erfahren, Harry.«

Carson verschränkte die Arme und starrte an ihm vorbei.

»Ich habe ein paar Ratschläge für Sie«, fuhr Lord schließlich fort. »Hören Sie mir lieber gut zu.«

Carson drehte das Mundstück einer zweiten Zigarette ab.

»DiPalma«, begann Lord nachdrücklich, »braucht Ihre Verurteilung dringender, als Sie sich jemals vorstellen können. Er würde Sie sogar abhören lassen, obwohl das illegal ist. Sagen oder tun Sie also nichts, lassen Sie keine Gefühlsregung erkennen, trauen Sie keinem Mithäftling, weil jeder ein Spitzel sein könnte. Tun Sie weiter so, als seien Sie ein Kriegsgefangener – Name, Dienstgrad und laufende Nummer. Und falls Sie schauspielern, machen Sie so weiter.« Lord glaubte, hinter der Hand mit der Zigarette ein ganz schwaches Lächeln zu erkennen. Er fügte leise hinzu: »Außer im Umgang mit mir.«

Carson sah weg. Lord fragte sich, ob er sich das Lächeln nur eingebildet hatte, weil er an Kilcannons Lächeln gedacht hatte.

Er drehte sich um und winkte den Deputy Sheriff heran.

Als er wieder zu Carson hinübersah, hielt dieser ihm die Zigaretten hin.

»Ohne Filter«, sagte Lord. »Gut, ich denke daran.«

Der Deputy Sheriff trat zwischen sie, legte Carson Handschellen an und führte ihn ab. Carson sah sich nicht um.

DiPalma fing Lord ab. »Haben Sie etwas herausgekriegt?« wollte er wissen. »Irgendeinen Namen?«

»Noch nicht.« Lord zögerte, bevor er fragte: »Wo finde ich Damone?«

DiPalma reckte das Kinn vor. »Im Hotel Fairmont.«
»Danke.«
DiPalma vertrat ihm den Weg. »Sollte Carson mauern, beantrage ich die Todesstrafe.«
»Ich werd's mir merken.« Lord drängte sich an ihm vorbei und ging zum Aufzug.
Vor dem Haupteingang drängten sich noch immer Neugierige, obwohl es inzwischen längst hell war.
Reporter umringten Lord, Kameras, Blitzlichter. Alles ist zu schnell passiert, dachte er, und völlig falsch gelaufen.
»Können Sie uns sagen, ob Carson Komplizen hatte ...«
Die Frage ging in weiteren unter. Lord sprach langsam und deutlich ins nächste Mikrofon: »Mr. Carson hat mich gebeten, seine Verteidigung zu übernehmen. Ich habe vor, das zu tun.«
»Scheißkerl!« rief ein Mann vom Gehsteig aus. »Das kriegst du heimgezahlt!«
Andere stimmten ihm zu. Drei Cops bildeten einen Keil und bahnten Lord einen Weg zu der Seitenstraße, in der sein Auto stand.
Seine Windschutzscheibe war eingeschlagen.
»Trotzdem besten Dank«, murmelte Lord. Er folgte dem Gehsteig, hastete an TV-Übertragungswagen vorbei, ließ die Menge und die Uniformierten hinter sich und ging in sein eine Meile weit entferntes Büro.

Cass, die eine ungelesene Zeitung vor sich hatte, saß auf ihrem Platz. Es war 6.55 Uhr.
»Sorry«, entschuldigte sich Lord. »Es hat länger gedauert, als ich dachte.«
Cass fuhr sich mit einer Hand durch ihr kurzes rotbraunes Haar. Sie wirkte abgespannt, bedrückt. »Wie ist er?«
»Nicht ganz richtig im Kopf oder ein begnadeter Schauspieler.« Lord ließ sich in seinen Schreibtischsessel fallen und streckte die Beine aus. »Außerdem ist er ein Vietnamveteran.«
»*Das* ist sein Motiv?«
Das Telefon begann zu klingeln. »Er hat politische Gründe genannt.«
»Nicht Geld? Und das nimmst du ihm ab?«

»Man wird doch dauernd von seinen Mandanten belogen.« Lord machte eine Pause. »Die Sache mit der Politik klang wie vom Tonband. Alles andere übrigens auch.«
»Vielleicht ernährt er sich von Junk Food.«
Lord starrte sie an. »Ich weiß, daß du Kilcannon gemocht hast«, sagte er schließlich. »Aber ich kann diesen Fall nicht ablehnen.«
Cass lächelte finster. »Was sagt Marcia dazu?«
»Das kannst du dir doch denken. Sie hätte Kilcannon ebenfalls ihre Stimme gegeben.«
Das Telefon klingelte weiter. Nach einer Weile sagte Cass: »Okay, ich tue mein Bestes, um den Laden hier in Gang zu halten. Viel Zeit wirst du nicht haben.«
Lord versuchte sich vorzustellen, wie es sein würde, eine Verteidigung aufzubauen, während sie in den Medien analysiert und in Bars zerpflückt wurde. »Ich brauche auch Hilfe im Fall Carson. Und zwar sofort.«
Cass nahm übertrieben langsam den Telefonhörer ab, drückte auf die Gabel und ließ den Hörer abgenommen liegen.
»DiPalma gegenüber hat Carson sich auf eine Formel wie aus der Dienstvorschrift für Kampftruppen zurückgezogen«, berichtete Lord. »Das wirft ein interessantes Licht auf seine Denkweise.« Cass griff nach Stenoblock und Bleistift. »Am besten rufst du die Veteranenbehörde und ein paar Veteranengruppen an. Ich brauche jemanden – im Idealfall einen Psychiater –, mit dem ich über das Streßsyndrom bei Vietnamveteranen reden kann.«
»Sind das nicht etwas voreilige Schlußfolgerungen?«
»Irgendwo muß ich anfangen. Außerdem brauche ich natürlich Unterlagen über Schule, Wehrdienst und Beschäftigungsverhältnisse, etwaige Vorstrafen, psychiatrische Behandlungen und so weiter und so weiter. Ein weiterer Schwerpunkt müßten seine politischen Aktivitäten sein – falls es sie tatsächlich gegeben hat. Danach reden wir mit seinen Freunden und Verwandten. Ich vermute, daß es in New Jersey welche gibt – im Monmouth County.«
Cass notierte sich alles. »Wenn ich von Carson nichts bekomme, was Grundlage für einen Deal mit dem Staatsanwalt

sein könnte«, fuhr Lord fort, »muß ich auf schuldig oder unzurechnungsfähig plädieren. Das weiß auch DiPalma. Er wird versuchen, Carson irgendein rationales Motiv nachzuweisen – Mittäter, radikale politische Ansichten oder den Einnahmenraub – und ihn in die Gaskammer zu schicken. Damit er als unzurechnungsfähig gilt, müssen wir beweisen, daß Carson die Unrechtmäßigkeit seines Handelns nicht bewußt war.« Lord machte eine Pause. »Vielleicht kann man den Geschworenen einreden, bloß ein Verrückter könnte auf die Idee kommen, Kilcannon zu erschießen ...«

Cass äußerte sich nicht dazu. Sie betrachtete die zusammengefaltete Zeitung.

»Was gibt's?« fragte Lord.

Sie schob ihm die Zeitung hin. *Kilcannon ermordet!* verkündete die Schlagzeile auf der Titelseite. Darunter beugte Stacy Tarrant sich mit Entsetzen im Blick über ihn.

Lord starrte das Bild an. »Ich habe sie erst gestern abend kennengelernt«, murmelte er schließlich. »Mit ihr kann DiPalma jede Menge Punkte gegen mich machen.«

Cass nahm wieder Platz.

Das Telefon begann zu summen und durchbrach ihr Schweigen. »Unsere Empfangsdame braucht einen vorbereiteten Text«, sagte Lord, der sich wieder gefangen zu haben schien. »Keine Interviews oder Pressemitteilungen, solange ich nicht anders entscheide. Inzwischen fahre ich mal ins Fairmont hinüber.«

Sie runzelte die Stirn. »Willst du etwa mit Stacy Tarrant sprechen?«

»Nein, mit ihrem Manager – einen gewissen Damone. Er hat den Raub angezeigt. Und er hat Carson angeheuert, was mir Sorgen macht. Ich möchte mit ihm reden, bevor er sich allzu genaue Gedanken über das Ganze gemacht hat.«

»Ist er nicht der Mann, der mittags in Chinatown versucht hat, Kilcannon das Leben zu retten?«

»Tatsächlich?« Lord rieb sich den Nasensattel. »Das hatte ich ganz vergessen. Jedenfalls muß ich wissen, was er bei der Polizei ausgesagt hat.«

Er stand auf, um zu gehen, drehte sich noch einmal um und

nickte zu der Zeitung hinüber. »Lies sie für mich«, forderte er Cass auf, »und wirf sie dann weg, okay?«
»Okay.«
»Danke.«
Lord verließ sein Büro.

Die Busfahrt, bei der die meisten anderen Fahrgäste dösten, verlief ohne Zwischenfälle. Die Reporter in der prunkvollen Halle des Hotels Fairmont schienen sein Gesicht noch nicht zu kennen. Keiner achtete auf ihn, als er den Hörer des Haustelefons abnahm und nach Damones Zimmernummer fragte.
Er fuhr in die sechste Etage hinauf, um dem Wachmann im achten Stock nicht in die Arme zu laufen. Aber ein zweiter Wachmann, mit dem er beinahe gerechnet hatte, patrouillierte im Treppenhaus.
»Sind Sie hier Gast, Sir?«
»Nein, ein Besucher. Ich möchte in Zimmer 803.«
Der Wachmann schüttelte den Kopf. »Sorry, das ist Mr. Damones Zimmer.«
Lord zog eine Geschäftskarte aus seiner Geldbörse, schrieb *Harry Carson* über seinen Namen und fügte *Vietnam?* hinzu. »Geben Sie ihm die.«
Der Wachmann trat in den Korridor und rief irgendeinen Namen.
Während die Minuten vergingen, hatte Lord das Gefühl, als würde er das alles nur träumen. Damone würde ihn bestimmt nicht empfangen. Als zuletzt ein Cop erschien, um ihn nach oben zu führen, war Lord ehrlich verblüfft.
Die Tür neben Damones Suite wurde von zwei Polizeibeamten in Uniform bewacht.
Lords Begleiter nahm seinen Blick wahr. »*Dort* wollen Sie hin«, sagte er und deutete auf Suite 803.
Die Tür stand einen Spalt weit offen. Lord klopfte zögernd an und trat dann ein.
Die Vorhänge waren zugezogen. Auf dem Teppichboden saß im Schneidersitz ein athletisch gebauter Mann mit dunklem Teint, schwarzen Augen und schwarzem Bart. Er fixierte den

Besucher so durchdringend, daß Lord lediglich murmelte: »Ich bin Carsons Anwalt.«
Damone sah ihn weiter starr an, als wollte er damit sagen, daß jeder Kommentar auf diese Feststellung überflüssig war.
»Sorry«, sagte Lord, »aber ich versuche herauszufinden, warum er es getan hat.«
Damone erhob sich mit der bedrohlichen Geschmeidigkeit eines Boxers und zog die Vorhänge auf. »Wie kommen Sie darauf, daß ich das weiß?«
Damones latenter Zorn brachte Lord ebenso aus dem Gleichgewicht wie die bewachte Suite nebenan. Das Sonnenlicht blendete ihn.
Lord wandte sich vom Fenster ab und trat in die Raummitte. »Sie haben nie mit ihm über Kilcannon gesprochen?«
»Nein.« Im Licht waren Damones Gesichtszüge grob und hart. Nur seine Stimme klang etwas weicher. »Sagt er nicht, warum er's getan hat?«
»Noch nicht.« Lord sah, daß Damone dunkle Schatten unter den Augen hatte. »Wie hat Carson sich vor dem Konzert verhalten?«
»Nervös. Aber er hat gut gearbeitet.« Damone fügte sarkastisch hinzu: »Der Sound war erste Klasse.«
Lord wußte, daß die Geschworenen das als Beweis für kaltblütiges Handeln sehen würden. »Hat die Polizei Sie auch danach gefragt?«
»Ja.« Damone beobachtete ihn. »Aber nicht nach Vietnam.«
»Er hat mir gesagt, daß Sie hier wohnen«, behauptete Lord. »Ich hatte gehofft, Sie würden mir helfen können.«
»Was sagt *er* denn?«
Lord versuchte, der Frage auszuweichen. »Es geht mehr um sein Verhalten – er ist distanziert, fast gleichgültig. Ich denke, daß daran irgendwie der Krieg schuld sein könnte.«
Damone antwortete nicht gleich. »Nichts, was dort passiert ist«, sagte er schließlich, »rechtfertigt *das* hier.«
»Ich habe mich natürlich auch gefragt, welche Funktion er dort drüben hatte.«
Damone starrte ihn weiter an. »Wir waren in einer Spezialeinheit«, antwortete er dann.

»In welcher Einheit?«
»Wir hatten keinen Namen. Und ich erzähle keine Geschichten aus dem Krieg.«
Lord wechselte das Thema. »In Vietnam war wohl noch alles in Ordnung mit ihm?«
»Nicht unbedingt.« Damones Tonfall wurde nüchterner, ausdrucksloser. »Er hat im Militärgefängnis Long Binh gesessen. Wegen tätlichen Angriffs auf einen Offizier.«
In diesem Augenblick sah Lord sich als DiPalma, der daraus eine Neigung zu Gewalttätigkeiten konstruierte. »Ist er vors Kriegsgericht gekommen?«
Damone trat ans Fenster. »Nein.« Nach einer kurzen Pause fügte er hinzu: »Ich habe ihn rausgeholt.«
»Warum haben Sie das getan?«
»Weil wir Freiwillige brauchten.« Damone zuckte mit den Schultern. »Zuvor hatten sie uns gemeinsam nach Vietnam verfrachtet.«
»Wie ist er damals gewesen?«
»Jung.« Die schwarzen Augen blitzten, als er sich wieder zu Lord umdrehte. »Dieser Krieg ist doch nur von Kids und Schwachköpfen geführt worden.«
Lord machte eine Pause. »Später haben Sie ihn für Stacy Tarrant angeheuert.«
»Er hat nie lange Arbeit gehabt – er hat mir leid getan.« Damone sah zu Boden. »Wieder mal.«
Lord äußerte sich nicht dazu. »Hatte es irgend etwas mit Carson zu tun, als Sie Kilcannon in Chinatown umgerissen haben?«
Damone antwortete nicht gleich. »Ein Reflex, nichts weiter«, murmelte er dann.
»Ein im Krieg erworbener Reflex?«
»Ja.«
»Aber Vietnam hat nichts mit dem zu tun, was Carson getan hat.«
Damone hob den Kopf und starrte Lord an. »Wie kommen Sie darauf«, fragte er langsam, »daß irgendeine Aussage von mir Harry Carson *nützen* würde?«
Sein Tonfall zeigte Lord, daß seine Zeit ablief. »Was ist mit dem Geld?« fragte er.

Damone lächelte verbittert. »Jemand hat die Tür eingetreten und ist damit abgehauen. Damit muß man immer rechnen. Aber im allgemeinen Tohuwabohu hat natürlich niemand aufgepaßt.« In seiner Stimme schwang mühsam unterdrückter Zorn mit. »Ich hab' versagt, könnte man behaupten.«
»Soviel Geld muß einen ganzen Koffer gefüllt haben«, sagte Lord. »Wie kann jemand einfach damit weggegangen sein?«
Damone verschränkte die Arme. »Haben Sie einen Film von dem Attentat gesehen?«
»Ja.«
»Die Leute dort«, schloß er, »haben alle Stacy und Kilcannon beobachtet.«
Aus seinem Tonfall sprachen Schuldbewußtsein und Selbstvorwürfe, die gewöhnlichen Zorn weit überstiegen. »Wie geht es ihr?« fragte Lord.
Damones Miene verhärtete sich.
»Los, 'raus!« sagte er knapp.

»Weißt du noch, wo wir gestern abend waren?« fragte Marcia.
Lord aß Chili aus einer Büchse. Es war nach zehn; Christopher schlief längst. Er hatte sie seit Kilcannons Ermordung nicht mehr gesehen, hatte seit achtundvierzig Stunden nicht mehr geschlafen. Er gab keine Antwort.
Das Telefon klingelte.
Marcia meldete sich. »Er ißt gerade«, fauchte sie. »Und sparen Sie sich Ihre Anrufe in Zukunft.« Sie knallte den Hörer auf die Gabel und starrte Lord an.
»Ich kann mir vorstellen, wie dir zumute ist«, sagte er.
»Sie haben den ganzen Tag lang angerufen – nicht bloß Reporter. Irgendein Anrufer hat mir gedroht, *mich* zu erledigen, falls er dich nicht erwischt.«
Das erschreckte ihn. »Ich verständige die Polizei ...«
»Wie kannst du diesen Kerl nur verteidigen?«
Sie stand starr im Rahmen der Küchentür. »Ich kann die Dinge nicht so sehen wie du, Marsh. Obwohl ich's mir oft wünschen würde.«
»Aber endlich hast du deinen großen Fall«, stellte sie scharf fest. »Hab' ich recht?«

Er warf einen Blick auf die Zeitung neben seinem Teller. Auf der Titelseite war schwarz eingerahmt eine Botschaft des Präsidenten wiedergegeben, der Kilcannon im Leben nie hatte ausstehen können: *Wir betrauern heute den tragischen Verlust eines tapferen jungen Politikers, von dessen großen Fähigkeiten wir alle…*

»Ja«, sagte Lord langsam. »Das ist der große Fall.«

»Auch wenn es ein beschissener *Raubüberfall* ist?«

»Das ist DiPalmas Problem.« Lord starrte weiter die Zeitung an. »In gewisser Beziehung ist es besser, wenn ich nicht weiß, was mit dem Geld passiert ist. Das könnte Carson möglicherweise schaden.«

»Diese Einstellung finde ich unsympathisch.«

»Damit stehst du nicht allein.«

»Zum Teufel mit dir! *Empfindest* du denn nie etwas?«

Er sah wieder auf. »Vielleicht solltest du für einige Zeit zu deinen Eltern ziehen…«

»Ich habe nicht vor, mich aus deinem Leben zu verabschieden, bloß weil du dir diese Sache in den Kopf gesetzt hast.«

»Dann lassen wir eine Alarmanlage einbauen.«

»Wie können wir uns das leisten? Ist Carson reich?«

Lord lächelte schwach. »Diesmal gibt's nur die staatlichen Honorarsätze für Pflichtverteidiger, fürchte ich…«

»Tony, wir können keine zweite Hypothek aufnehmen. Da unterschreibe ich nicht!«

Lord beobachtete sie. »Ich rufe Tom Mulvaney im Polizeipräsidium an«, sagte er zuletzt. »Wie geht's Christopher?«

»Er ist völlig durcheinander. Die ganze Sache übersteigt sein Vorstellungsvermögen. Er kann nicht mal verstehen, warum du nicht mit ihm zum Baseball gehen konntest.«

Lord war eben erst kurz in Christophers Zimmer gewesen – und hatte sich dabei an seinen Vorsatz vom Abend zuvor erinnert.

»Laß die Finger um *seinetwillen* von diesem Fall«, forderte Marcia ihn auf. Nach einer Pause fügte sie leiser hinzu: »Schließlich hast du doch unbedingt ein Kind haben wollen.«

Jetzt konnte Lord sich nicht länger beherrschen. »Ist es nicht praktisch, immer jemanden zu haben, den man für alles verantwortlich machen kann? Verdammt, Marcia, du hättest dir doch

schon längst einen Job suchen können! Ich kann mich nicht daran erinnern, dich davon abgehalten zu haben.«
Marcia wurde blaß. »Endlich zeigst du dein wahres Gesicht«, sagte sie mit bebender Stimme.
Sie wandte sich ab. Lord, der aufgestanden war, fand keine Worte, um das einmal Gesagte ungeschehen zu machen. »Tut mir leid...«
Das Telefon klingelte wieder. Marcia fuhr zusammen, ging aber nicht an den Apparat. »Wir kaufen uns einen Anrufbeantworter«, schlug Lord vor.
Sie schwieg hartnäckig, das Telefon klingelte weiter. Lord sprach mit ihrem Rücken. »Ich muß noch mal weg.«
Das Telefon klingelte noch immer. »Um halb elf«, sagte sie ausdruckslos.
»Ja.«
Marcia schlang die Arme um ihren Oberkörper.
»Schließ hinter mir ab«, forderte er sie auf und ging.

Lord überquerte die Eisenbahngleise und fuhr zwischen langen Reihen aus Wellblechlagerhäusern am Fuß des Potrero Hill weiter. Das Viertel hätte die unattraktive Kehrseite jeder Großstadt sein können, aber hier waren die Lichter der City von San Francisco ganz nahe.
In der DeHaro Street parkte Lord vor einem Lagerhaus und ging zur Feuertreppe des großen Klinkergebäudes. Während er zum ersten Stock hinaufstieg, sah er, daß die Tür weit offen stand.
Das Innere des Lagerhauses lag still und dunkel vor ihm; als Lord es betrat, befiel ihn die unangenehme Erinnerung an Kilcannon. Dann sah er einen schwachen Lichtschein hinter einer hölzernen Trennwand.
Auf der anderen Seite der Trennwand standen ein Feldbett, ein uralter Kühlschrank, ein Ausguß und ein Ölofen. Vor einer Staffelei saß ein Mann auf einer mit Farbe bekleckstenHolzbank, um die Bierdosen herum verstreut lagen. Sein Gesicht glänzte schweißnaß.
»So«, sagte er, »der Kerl, der Kilcannon erschossen hat, ist also ein Veteran.«

Lord trat näher. »Richtig«, bestätigte er.
Der Mann legte seinen Pinsel weg. Er war groß, drahtig und trug einen Schnurrbart, und obwohl Lord ihn aus dem Fernsehen als David Haldane, den Vorsitzenden einer Gruppe von Vietnamveteranen, kannte, erinnerte ihn eine gewisse unterschwellige Intensität an Damone. Aber was Lord beunruhigte, war die Tatsache, daß er hier hauste. »Und jetzt«, stellte Haldane fest, »wollen Sie's mit der Vietnammasche versuchen.«
»Ich bin hier, um zu lernen.«
»Okay. Wissen Sie, warum Veteranen Leute umbringen, wenn's mal passiert?« Haldane schnippte mit den Fingern. »Einfach so – weil irgendwas 'nen Reflex ausgelöst hat. Mann, Carson ist mit 'ner gottverdammten Mauser zur Arbeit gekommen!«
»Ich habe nicht behauptet, bereits alles zu wissen.«
»Wissen müssen Sie was anderes.« Haldane stand auf und starrte ihm ins Gesicht. »Kein Veteran, mit dem ich gesprochen habe, ist dafür, daß dieser Kerl straffrei bleibt, bloß weil er vorgibt, unter Vietnamstreß zu leiden. Dafür steht zuviel auf dem Spiel.«
»Nämlich?«
»Das Schicksal von allen, die Kilcannon *nicht* erschossen haben.« Seine blauen Augen musterten Lord durchdringend. »Die Zahlen sind eindeutig – hundertzehntausend Selbstmorde von Vietnamveteranen, fünfzigtausend weitere Tote durch Verkehrsunfälle, bei denen nur der Fahrer im Auto saß, oder durch Drogen oder Alkohol. Diese Leute brauchen Jobs und Hilfe, nicht irgendeinen Anwalt, der versucht, Carson auf ihre Kosten freizubekommen, weil das seine einzige Chance ist.«
»Sie sollten mich lieber aufklären«, verlangte Lord. »Ich will keine Bauchlandung mit einer Taktik erleben, die möglicherweise nicht aufgeht.«
»Und was ist, wenn sie doch aufgeht? Dann zeigt ganz Amerika mit Fingern auf uns.«
»Vielleicht kann ich ganz Amerika aufklären.« Lord machte eine Pause. »Hören Sie, würden Sie's wirklich fertigbringen, Carson zu opfern, um daraus politische Vorteile zu ziehen?«
»Das wäre nicht das erste Mal«, antwortete Haldane. »Sechsundfünfzigtausendmal ist's schon passiert.«

Lord sah zur Staffelei hinüber und stellte fest, daß Haldane ein vietnamesisches Kind in Öl malte. »So kommen wir nicht weiter«, sagte er. »Und ich habe einen Veteran im Gefängnis sitzen.«

»Was wollen Sie wissen?«

»Alles, was Sie mir über Vietnamstreß erzählen können.«

Haldane zuckte mit den Schultern. »Als erstes sollten Sie sich sehr gründlich mit Carsons Leben vor, während und nach dem Krieg befassen. Die meisten Vietnamkämpfer mit schweren Streßerscheinungen leben heute ganz anders als früher – der Krieg bildet die Bruchlinie.«

»Warum?«

Haldane lächelte säuerlich. »Das ist ganz einfach, Mann. Nehmen Sie Ihre Hauskatze und fangen Sie an, Handgranaten in ihre Nähe zu werfen. Abends haben Sie dann 'ne völlig andere Katze.«

Lord machte eine Pause. »Wie ist es für Sie gewesen?«

»Ich bin während der Tet-Offensive im Eisernen Dreieck gewesen.« Haldanes Miene wirkte verschlossen. »Sie waren auf dem College, stimmt's?«

»Danach in der Law School.«

»Und ich arbeite jetzt als Nachtwächter.« Haldane zündete sich eine Zigarette an. »Viele Veteranen sind mit 'ner gewissen *Einstellung* zurückgekommen, Mann. Sie erinnern sich daran, wie die Egotrips mancher Leute ihre Kameraden in den Tod getrieben haben.«

»Konnte Carson deshalb keiner geregelten Arbeit mehr nachgehen?«

Haldane atmete aus. »Was hat er Ihnen noch erzählt?«

»Tut mir leid, aber das fällt teilweise unters Anwaltsgeheimnis.« Lord zögerte. »Sagen wir mal, es hätte etwas damit zu tun, daß Kilcannon die Veteranen gelinkt hat.«

»Damit hat er allerdings recht.« Haldane beugte sich nach vorn und zog ein Hosenbein hoch, bis Lord verfärbten Schorf sah. »Das kommt von Agent Orange, nicht von irgendeinem Hautausschlag. Das hab' ich Kilcannon gezeigt.«

»Sie haben mit ihm gesprochen?«

»Ich und ein paar andere Veteranen. Wir wollten, daß ein Senatsausschuß, dem er angehörte, Geld bewilligt, um die Spätfolgen von Agent Orange untersuchen zu lassen – Krebswucherungen, Gehirnschäden, Mißbildungen bei Neugeborenen und so weiter. Kilcannon hat versprochen, sich für unser Anliegen einzusetzen, und uns aufgefordert, uns zu organisieren. An dem Tag, an dem sie die Vorlage zurückgewiesen haben, ist er im Wahlkampf unterwegs gewesen.«

»Woher kann Carson das gewußt haben?«

»Einer der Jungs hat in einem Artikel mit der Überschrift ›Ein wunderbarer Zuhörer‹ beschrieben, wie Kilcannon uns verscheißert hat. Aber trotzdem hat sich niemand seinen Tod gewünscht.« Aus Haldanes Schulterzucken sprach lakonische Hoffnungslosigkeit. »Ich meine, was hätte das genützt?«

»Kennt jemand von Ihnen Carson?«

Haldane schüttelte den Kopf. »Ich hab' ein paar Leute in L. A. angerufen. Kein Mensch hat jemals von ihm gehört.«

»Was ist mit Damone?«

»Bloß ein Name. Zu sehr mit seinem Job beschäftigt, um Zeit für unsere Belange zu haben.«

»Immerhin hat er Carson Arbeit gegeben.«

Haldane trat seine Zigarette aus. »Das hätte er nicht tun sollen, stimmt's?«

Lord zuckte mit den Schultern. »Ich brauche einen Psychiater, der ihn untersucht. Einen guten Mann, der selbst Therapeut ist – keinen professionellen Zeugen.«

Haldane überlegte. »Am besten rufen Sie Marty Shriver in Berkeley an. Ein guter Mann, arbeitet mit Veteranen, die nicht viel zahlen können. Aber machen Sie auch Ihre Hausaufgaben.«

»Das werde ich tun.«

»Shriver wird diese Sache auch nicht gefallen. Und falls Carson Kilcannon erschossen hat, damit seine Kumpel mit der Kasse verschwinden konnten, wird niemand was mit ihm zu tun haben wollen.« Haldanes Stimme klang leicht spöttisch, als er hinzufügte: »Sie müssen so schnell wie möglich rauskriegen, was mit diesem Kerl los ist.«

»Ja, ich verstehe.«

»Yeah. Sind Sie sicher, daß Sie sonst etwas verstanden haben?«

Haldane setzte sich vor seine Staffelei. Als Lord ging, war er bereits wieder mit seinem Bild beschäftigt.
Draußen war es dunkel und kühl. Nachdem Lords Augen sich an die Dunkelheit gewöhnt hatten, stieg er langsam die Eisentreppe hinunter.
Unten hörte er ein metallisches Scheppern. Er fuhr zusammen und drehte sich abrupt um.
Dann sah er eine streunende Katze, die in einer Mülltonne wühlte. Ihre Augen glühten wie gelbe Halbedelsteine.

2

Lord und Cass sahen sich die Übertragung von Kilcannons Beisetzung an.
Der Leichnam war nach Princeton überführt worden, wo ein von SNI übertragener katholischer Trauergottesdienst stattfand. Kameras zeigten die Trauernden vor der Kirche – eine weinende alte Frau, zwei schwarze Kinder, einen Geistlichen. Dann wurde von ihren Gesichtern auf den Sarg übergeblendet.
Ein silberhaariger Senator sprach mit irischer Beredsamkeit:
»Ein Schriftsteller hat einmal über einen Romanhelden geschrieben: ›Er wurde mit der Gabe des Lachens geboren – und mit dem Bewußtsein, daß die Welt verrückt ist.‹ Jamie Kilcannon war sich nur allzusehr bewußt, daß die Welt, die er verbessern wollte, oft nichts anderes als ein Narrenhaus ist. Aber trotz des Wahnsinns erinnern wir uns an seine Gabe des Lachens...«
Die Kamera zeigte den Präsidenten und die First Lady, einen weinenden Mann mit Fliege und zuletzt Stacy Tarrant, auf der sie verharrte.
Lord beugte sich vor, um ihre trauernde Miene, ihre starre Bewegungslosigkeit genauer zu betrachten. Die Stufen zum Kirchenportal war sie ebenso gefaßt hinaufgeschritten – und so langsam, daß er den Eindruck gehabt hatte, sie wolle den Zuschauern das grausame Unrecht vorführen, daß Carson ihr angetan hatte. Jetzt fragte Lord sich, ob ihn sein Beruf so ver-

ändert hatte, daß er auf Tragödien nicht mehr normal reagieren konnte. Während er sie beobachtete, fuhr der Senator mit seinem Nachruf fort:
»Und selbst im Tode galt seine Sorge nicht ihm selbst, sondern seinen Mitmenschen, als er zuallererst fragte, ob sonst noch jemand verletzt worden sei.«
Stacys Blick wurde unruhig, dann senkte sie den Kopf.
»Jesus«, murmelte Lord.
Der Trauergottesdienst ging zu Ende.
Lord und Cass beobachteten, wie sie – wieder gefaßt – mit Damone die Kirche verließ. Auf Damones Gesicht war nicht die Spur einer Gefühlsregung zu erkennen; Lord versuchte, sich an seine Reaktionen zu erinnern, als er mit ihm gesprochen hatte.
»Wir müssen los, Cassie«, sagte er. »Die Verhandlung fängt bald an.«
Cass nickte, ohne sich gleich vom Bildschirm losreißen zu können. Als sie gingen, stieg Stacy in eine schwarze Limousine und verschwand.

Danach wirkte der Gerichtssaal wie eine Kathedrale, die formelle Anklageverlesung noch mehr als sonst wie ein feierliches Ritual. Als Richter Rainey ihm erklärte, er werde wegen Mordes an James J. Kilcannon angeklagt, starrte Carson ihn an, als spreche er Latein. Reporter und Gerichtszeichner füllten den Saal und kritzelten Notizen oder erste hastige Skizzen. Als alles vorbei war, berührte Lord Carsons Schulter. Dann wurde er von zwei Deputy Sheriffs abgeführt.
Cass starrte ihm nach. »Ich finde, er sieht bekifft aus«, erklärte sie Lord.
»Er ist vom Leben high.«
Zu seiner Erleichterung sah Lord ein kleines Lächeln.
Draußen lauerten ihnen die Reporter auf.
»Mit welcher Taktik wollen Sie ihn verteidigen?« rief jemand.
Lord und Cass hasteten weiter, bis sie plötzlich vor einem nach Parfüm duftenden Trenchcoat standen.
Da Lord nicht weitergehen konnte, hob er den Kopf und sah eine schwarze Mähne, einen ausdrucksvollen Mund und leb-

hafte haselnußbraune Augen. »Wollen *Sie* mir nicht eine Chance geben, Mr. Lord? Ich bin nicht hübsch genug, um Moderatorin zu werden.«
Dieser verfehlte Flirtversuch war so menschlich, daß Lord beinahe gelacht hätte. »Wer sind Sie?«
»Rachel Messer – Kanal sechs.«
»Okay, Rachel. Vielleicht später, wenn ich weiß, was ich sagen möchte.«
»Vielleicht kann ich Ihnen dabei helfen«, antwortete sie leichthin und trat zur Seite.
Cass hatte ihren Volkswagen in der zweiten Reihe geparkt. Lord stieg rechts ein und starrte die Menge an.
»Ich frage mich«, murmelte er, »ob der Mond vielleicht nicht der bessere Ort für einen fairen Prozeß wäre.« Sie fuhr an.
»Der Verbleib des Geldes ist noch nicht geklärt. Und DiPalma hat auch nichts über etwaige Komplizen in Erfahrung bringen können.«
»Und Carson ist nicht bereit, über Vietnam zu reden.«
Sie sah zu ihm hinüber. »Wahrscheinlich bekommen wir seine Personalunterlagen bis zu dieser Haftstrafe im Militärgefängnis. Mit etwas Glück finden wir jemanden, der dort mit ihm gesessen hat und uns davon erzählt.«
»Aber nicht Damone. Irgendwie habe ich den Eindruck, daß er Carson nicht helfen, sondern eher schaden will.«
»Vielleicht ergibt sich eine Möglichkeit, an sein Kameradschaftsgefühl zu appellieren. Später.«
»Es gibt *keine* Möglichkeit.« Während Lord das sagte, wurde ihm klar, daß er sich dieser Tatsache sicher war. »Damone handelt aus Gründen, die nur er allein kennt.«

Carson paffte eine Lucky Strike. »Vietnam?« fragte er. »Schon wieder?«
»Dinge, an die Sie sich erinnern können.«
Carson stieß lachend Rauch aus. »Wasser.«
»Naß?«
»Ja.« Das Lächeln verschwand. »Ich kann's auf meiner Haut fühlen.«
Lord kritzelte etwas auf seinen Notizblock. »Was noch?«

Carson streckte die freie Hand aus und drehte sie hin und her. »Hubschrauber, die so schwanken, bevor sie einen absetzen.«
»Wann ist das gewesen?«
»Weiß ich nicht mehr.« Carsons Arm sank herab. »Fragen Sie Damone.«
»Der will nicht mit mir reden. Wo haben Sie gekämpft?«
»Im Dschungel.« Carson schloß die Augen. »Alles ist verschwommen – dunkel. Ich hab' ziemlich viele Dexies eingeworfen.«
Die Haut um seine Augen schien sich sekundenlang zu straffen. Und dann war er weg, das sah Lord deutlich – irgendwie völlig weggetreten. Er starrte seine wertlosen Notizen an und fragte sich, ob Carson noch wußte, daß DiPalma ihn wegen Mordes in die Gaskammer bringen wollte.
»Ist das nach Ihrer Haftzeit im Militärgefängnis gewesen?« fragte er.
Carsons Augen öffneten sich.
»Ich meine das Long Binh Jail«, fügte Lord hinzu.
»Yeah, das LBJ«, murmelte Carson undeutlich.
»Was ist passiert, nachdem Damone Sie rausgeholt hat?«
Carson schüttelte langsam den Kopf. »Weiß ich nicht mehr, Mann.«
»Wie sind Sie dort reingekommen?«
»Ich hab' 'nen Lieutenant in den Hintern getreten.«
»Warum?«
»Der Scheißkerl wollte uns Leichen zählen lassen.«
»Was hat Kilcannon Ihnen getan?«
Carson drückte seine Zigarette aus. »Ich versteh' nicht, warum das so wichtig ist.«
»Das ist wichtig, weil er tot ist.«
»Die Welt ist schlecht, Mann.« Carsons Augen waren plötzlich feucht. »Ich weiß noch, wie meine Tochter auf die Welt gekommen ist – so ein hübsches Kind! Ich hab' mir echt überlegt, ob ich sie erwürgen soll, damit sie nie darunter leiden muß.«
»Wo ist sie jetzt?«
»Irgendwo. In South Carolina... Ich kann sie nicht finden.«
»Was ist passiert?«

»Ich hab' als Vater versagt. Hab' sie nicht ernähren können…«
»Was ist aus den Konzerteinnahmen geworden?«
Carson starrte seine ausgedrückte Zigarette an. »Weiß ich nicht«, sagte er zuletzt. »Hab' echt keinen Schimmer, Mann.«
Lord fragte sich, ob er ihm das glauben sollte; wirklich ansprechbar schien Carson nur zu sein, wenn es um seine Tochter ging. Halb neugierig, halb entmutigt versuchte er es mit einem Themenwechsel.
»Wie geht's Ihnen so, Harry? In der Zelle, meine ich.«
Carson überlegte. »Man fühlt sich irgendwie benommen. Keine Leute – manchmal kommt's mir vor, als würde mein Verstand bloß so rumschweben.«
»Worüber denken Sie nach?«
Carson starrte seine Hände an. »Ich versuche, mich an Dinge zu erinnern. Sie wissen schon, an *wirkliche* Dinge.«
»Was meinen Sie damit?«
Carson machte eine Pause. »Manchmal denke ich über meine Kindheit nach.«
Lord bot ihm eine weitere Zigarette an. »Was ist der erste Geruch, der Ihnen einfällt?«
»Geruch?«
»Mhh-hmm.« Lord zögerte kurz. »Ich weiß noch, wie ich meinen Großvater umarmt habe. Er trug Hemden mit gestärktem Kragen und hat für mich nach Suppe und Stärke gerochen.«
Carson lächelte schwach. Dann zündete er die Zigarette an, nahm einen Zug und schloß die Augen. Er schwieg einige Augenblicke lang.
»Erdbeeren«, sagte er.
Fünf Stunden später begann Lord seine Notizen zu diktieren. Er brachte sie in die richtige Reihenfolge und versuchte dabei, Carsons Tonfall und Stimmung so genau wie möglich wiederzugeben.

Erdbeeren.
Er war ungefähr drei Jahre alt, und der Keller war voller Erdbeeren. Durch ein kleines quadratisches Fenster drang Licht herein. Die Erdbeeren waren in Steigen gelagert; in dem etwas

feuchten, modrigen Keller rochen sie frisch und süß und reif. Er würde seiner Mutter helfen, sie in Körbchen abzupacken. Viel später, als sein Vater den Erdbeeranbau längst aufgegeben hatte, bildete Harry sich noch immer ein, seine Mutter würde nach Erdbeeren riechen.

Die Farm. Manchmal dachte er darüber nach.

Den Tagesrhythmus hatte er noch immer im Blut: Morgens um fünf Uhr Joey wecken, um mit ihm die Kühe zu melken. Während Joey sich die Augen reibt, stolpern sie durch die Morgendämmerung und machen im Stall Licht. Die Kühe stehen rechts und links des Mittelgangs. Joey füttert sie; Harry gießt die kuhwarme, nach Klee duftende Milch in die Zentrifuge, stellt das Gerät an und füllt die Milch danach in Flaschen ab. Um vier Uhr nachmittags ist er wieder mit dieser Arbeit beschäftigt, während Joey den Stall ausmistet. Kühe wissen nichts von Wochenenden.

Ihr Holzhaus stand unter Eichen und Tannen auf einem Hügel mit Blick auf die sanft gewellten Felder und Waldstücke im Herzen New Jerseys. Sonntags vor der Messe stand Harry senior vor seinem Haus, um zu sehen, was zu tun war. Als die Treppe vor dem Haus nach Zehntausenden von Schritten ausgetreten war, baute sein Vater eine neue. Ihre Bretter waren so genau zusammengefügt, daß keine Messerklinge dazwischengepaßt hätte.

So lange Harry zurückdenken konnte, hatte sein Vater zwischen der Messe, dem Mittagessen um zwei Uhr und der abendlichen Ed Sullivan Show die anfallenden Arbeiten verteilt: die Felder bestellen, den Traktor reparieren, das Stalldach instandsetzen, Mist streuen, eine neue Müllgrube ausheben oder den Brunnen reinigen. Harry und Joey hatten seine Entscheidungen nur einmal in Frage gestellt – als er mit den Tannen angefangen hatte.

Eines Sonntags, als Harry zehn war, hatte sein Vater mit einem Nachbarn über den Verkauf von ein paar Schafen gesprochen. Auf der Heimfahrt war er schweigsam und kniff nachdenklich die Augen zusammen. Sobald er den Wagen abgestellt hatte, führte er die Jungen zu dem mit Buschwerk überwucherten Stück Brachland hinter dem Haus. »Hier pflanzen wir sie hin«, sagte er. »Tannen. Um dein Studium zu finanzieren.«

»Wie soll das gehen?« fragte Harry.
»Sobald sie groß genug sind, kommen Leute und kaufen sie als Weihnachtsbäume. Mit dem Geld, das wir dafür einnehmen, ist schon mal ein Anfang gemacht.«
Das verstand Harry nicht. »Aber alle, die wir kennen, haben doch selbst genug Bäume.«
»Die Leute kommen erst noch. John Raskin hat mir erzählt, daß jemand aus New York seine Farm kaufen will. Dort soll eine Fabrik für elektrische Geräte gebaut werden.«
»Kaufen diese Leute auch Schafe?«
»Nein.« Sein Vater drehte sich nach dem Brachland um. »Wir werden sie in Reihen pflanzen. Für den Anfang erst mal fünfhundert.«
Die Bäume machten viel Arbeit. Nachdem sie Pflöcke eingeschlagen, Drähte gespannt und die jungen Tannen gesetzt hatten, erfand Harrys Vater eine Bewässerungsanlage mit Fässern, die Harry und Joey mit Wasser füllen mußten. Sie funktionierte gut genug, um reichlich Unkraut wuchern zu lassen. Während Harry in diesem schwülen Sommer Unkraut jätete, bis ihm der Rücken weh tat, war er erstmals versucht, gegen Harry senior aufzubegehren. Nur der Anblick seines Vaters, der die Tannen inspizierte, ließ ihn weiterhin schweigen.
Als Harry älter wurde, fiel ihm auf, daß sein Vater angefangen hatte, im Fernsehen die Nachrichten einzuschalten, nachdem er seine Tannen inspiziert hatte. Bisher hatte Harry senior sich darauf beschränkt, regelmäßig *Reader's Digest* zu lesen; jetzt verfolgte er im Fernsehen den Vietnamkrieg. Eines Abends kam Harry ins Wohnzimmer, wo Chet Huntley auf dem Bildschirm die Verluste des Tages bekanntgab. »Unsere Jungs scheint's hauptsächlich an Wochenenden zu erwischen«, meinte sein Vater.
»Wie kommt das?«
»Weil niemand auf sie aufpaßt.« Harry senior drehte sich um. »Die Tannen brauchen wieder Wasser.«
Ungefähr ein Jahr später, als sie vor dem Problem standen, ob sie die Schafe abschaffen sollten, sprach Harry senior zum ersten Mal vom College.
Sie waren dabei, die Tannen zu bewässern. »Wir können uns

keine Schafe mehr leisten«, stellte sein Vater fest. »Am besten versuchen wir, mehr Tomaten anzupflanzen.«
»Aber sie werden mir fehlen.«
Harry senior nickte. Er leerte seine Wassereimer aus und blieb zwischen den Tannen stehen. Die größte reichte ihm bis zum Kinn. »Sind langsamer gewachsen, als ich dachte«, sagte er. »Mindestens noch zwei Jahre.«
In seinem schwarzen Haar sah Harry erstmals graue Strähnen. »Das Unkraut müßte mal wieder gejätet werden.«
Sein Vater wandte sich an ihn. »Ich kann dich nicht nächstes Jahr aufs College schicken. Nicht gleich nach der High School.«
Harry zuckte mit den Schultern. »Eigentlich wollte ich sowieso nicht weg.«
»Raskin verkauft seine Hühnerfarm an irgendeine Firma. Das find' ich nicht richtig – jeder braucht was, wohin er zurückkommen kann.« Sein Vater bückte sich und riß Unkraut aus. »Vielleicht übernächstes Jahr.«
In seinem letzten High-School-Jahr kamen Werber, die Freiwillige fürs Militär suchten. Harrys Vater verfolgte weiter die Nachrichten im Fernsehen, ohne über den Krieg zu reden. Er wurde nur einmal wütend, als ein Jurastudent namens Kilcannon in Princeton eine Antikriegsdemonstration veranstaltete. »Sie haben nichts dagegen, daß *du* hingehst«, knurrte er. »Sie haben nur Angst, daß wir noch drüben sind, wenn sie nach dem Studium nicht mehr vom Wehrdienst zurückgestellt werden.«
Harry wußte noch gut, wie er zur Musterung nach Princeton bestellt worden war. Er und die anderen Jungs hatten sich bis auf Unterhose und Schuhe ausziehen und einen Haufen Untersuchungen über sich ergehen lassen müssen, die anscheinend beweisen sollten, daß ihr Herz schlug und sie in kleine Glasgefäße pissen konnten. Zuletzt mußten sie sich in Gruppen zu je fünfzehn Mann auf Kreuze stellen, die auf den Fußboden geklebt waren. Aus irgendeinem Grund waren Harry und irgendein schwarzer Junge mit dreizehn Studenten aus Princeton zusammen, die sich alle kannten.
Drei Ärzte in weißen Kitteln ließen sie die Unterhose ausziehen und sich nach vorn beugen. Dann sollten alle, die ein ärztliches

Attest mitgebracht hatten, das ihnen bescheinigte, für den Wehrdienst untauglich zu sein, einen Schritt vortreten. Die dreizehn weißen Jungs aus Princeton traten mit ihren Attesten vor und wurden zu weiteren Ärzten geschickt. Der schwarze Junge, der überhaupt nichts verstand, wurde ausgemustert, weil er ein verkürztes Bein hatte. Harry blieb einfach auf seinem Kreuz stehen.

Auf der Heimfahrt war er deprimiert. Aber als es Frühling wurde, ohne daß der Einberufungsbefehl gekommen wäre, vergaß er die Sache beinahe wieder. Beth Winship machte ihm das Vergessen leichter. In der High School war Beth in seiner Klasse; sie mochte ihn, sagte sie, wegen seiner guten Noten. Später mochte sie ihn wegen der Dinge, die sie in seinem Wagen trieben. Sie hatte sanfte, ein bißchen langweilige Züge, die aber von ihren grünen Augen mit Leben erfüllt wurden. Nach einiger Zeit sah Harry nur noch diese Augen.

Am Abend nach ihrer Abschlußfeier schlief Beth mit ihm. »Ich will nicht, daß du gehst«, sagte sie danach.

Ihr Körper fühlte sich warm an. »Vielleicht holen sie mich nicht so bald.«

Einen Monat später kam der Einberufungsbefehl. Sein Vater sagte nicht viel; er starrte nur die Tannen an.

Eines Abends stellte Harry sich zu ihm ans Fenster. »Viele Kids gehen nach Kanada«, sagte er. »Sie zeigen's in den Nachrichten.«

Harry senior verzog das Gesicht. »Das sind die *anderen*.«

»Beth und ich könnten auch gehen. Wir haben darüber geredet.«

»Die Farm hat uns nicht immer gut ernährt, aber ich hab' sie aus bestimmten Gründen behalten. Wer würde sich dann um sie kümmern?«

»Joey könnte sie übernehmen.«

»*Nein.*« Als sein Vater sich zu ihm umdrehte, war die Zornesader auf seiner Stirn sichtbar geschwollen. »Hast du vielleicht *Schiß*, Harry?« fragte er heiser.

Harry wandte sich wortlos ab.

Aber als er wegfuhr, um zur Army zu gehen, war es der Alte, der ihn nicht ansehen konnte.

Kurz nach 22.30 Uhr, als Lord eben fertig war, klingelte das Telefon.
»Spreche ich mit Anthony Lord?«
Eine undeutliche Stimme – ausdruckslos, ohne Akzent. »Ja.«
»Sie haben einen Sohn namens Christopher.«
Lord sprang auf. »Wer *sind* Sie?«
Am anderen Ende wurde aufgelegt.

3

»Carson«, sagte Shriver, nachdem er in Lords Notizen geblättert hatte, »ist ein Pfadfinder.«
Sie saßen in einem heruntergekommenen Viertel von Berkeley in einem ehemaligen Wohnhaus, das in Büros aufgeteilt worden war. Obwohl der Psychiater noch jung war, erinnerten Shrivers Glatze, seine übergroßen Ohrläppchen und seine Hängebacken Lord unwillkürlich an Grumpy, einen der sieben Zwerge in Walt Disneys Schneewittchenfilm.
»Pfadfinder?« fragte er.
Shriver nickte. »Es gibt zwei verschiedene Typen, die am häufigsten unter Nachkriegsstreß leiden. Der erste hat von Anfang an die Hosen voll gehabt. Der zweite ist der naive Junge, dessen Autoritätsgläubigkeit in Vietnam den Bach runtergegangen ist. Dazu könnte Harry Carson gehören.«
»Wie ist das passiert?«
»Dafür gibt's mehrere Gründe. Die jüngsten Soldaten der amerikanischen Geschichte sind in ein fremdes Land geschickt worden, um dort einen unsinnigen *und* mörderischen Krieg zu führen. Niemand hat ihnen erklären können, warum sie dort waren, und sie hatten hohe Verluste, während sie dieselben Hügel eingenommen und wieder geräumt haben. Außerdem wußten sie, daß die meisten Gleichaltrigen *nicht* dort waren. Zum Beispiel Sie, nehme ich an.«
»Mhh-hmm.«
»Sie können sich darauf verlassen, daß Carson das blitzschnell gespürt hat. Ein Grundsatz lautet: Veteranen trauen nur Veteranen. Er will nicht sagen, wer seine Freunde gewesen sind?«

»Vielleicht Damone.«
»Was aus ihnen geworden ist, kann entscheidend sein. Womit wir beim Rotationssystem wären.«
»Die dreizehn Monate im Einsatz?«
»Genau. Der durchschnittliche GI hat seine Dienstzeit in Vietnam abgerissen, als säße er in der Todeszelle: Jeder Tag, den er überlebte, war ein weiterer Schritt in den Fluchttunnel. Wer nicht mehr lange hatte, traute den Neuen nicht, weil ihre Unerfahrenheit sie alle das Leben kosten konnte, und die Neuen wollten sich nicht näher mit Kerlen einlassen, die sowieso bald abhauen würden. Deshalb haben Kids wie Carson kaum Freunde gehabt und sind häufiger als andere in Leichensäcke geschaufelt worden.«
»Nett.«
Shriver grinste sarkastisch. »Noch netter dadurch, daß ihre Offiziere mitgeholfen haben, sie reinzuschaufeln. Zu Carsons Zeit war bereits Rückzug angesagt, so daß der Krieg nur noch Berufsoffiziere interessierte, die Karriere machen wollten. Und für *diese* Kerle ist die einzige Meßlatte ihres Erfolgs die Zahl der toten Vietkong gewesen.« Er zuckte gespielt philosophisch mit den Schultern. »Um ein paar zu erwischen, muß man ein paar opfern.«
Lord zog die Stirn in Falten. »Ich stehe vor dem Problem, eine Verbindung zwischen Vietnam und der Ermordung Kilcannons herstellen zu müssen. Für einen Pfadfinder ist Carson nicht gerade auskunftsfreudig.«
»Sie tun so, als hätte er die Aussage verweigert. In Wirklichkeit können seine Erlebnisse so schrecklich gewesen sein, daß er sie verdrängt hat.« Shriver beugte sich vor und zählte die Punkte an den Fingern ab. »Erstens: Die intensivsten Kriegserlebnisse passieren oft so schnell oder sind so grausig, daß der Verstand sie gar nicht wirklich verarbeitet. Zweitens: Manche GIs haben sich so mit Heroin oder Dexedrin zugedröhnt, daß sie sich an gar nichts mehr erinnern *können* – vielleicht wie Carson. Drittens: *Woran* sie sich erinnern, ist manchmal zu schmerzlich, als daß sie darüber reden könnten – weil es traumatisch ist, weil sie Ihnen nicht trauen, weil sie sich zu sehr schämen... Und weil sie sich nicht selbst eingestehen wollen, daß sie einen Schlag weghaben.«
Lord runzelte die Stirn. »Natürlich ist Carson nicht ganz richtig

im Kopf. Aber er könnte den Vollmond anheulen und wäre trotzdem noch längst nicht unzurechnungsfähig. In Kalifornien muß bewiesen werden, daß er nicht wußte, was er tat, als er Kilcannon erschossen hat – obwohl er mit einer geladenen Pistole zur Arbeit gekommen ist.«
Shriver zuckte mit den Schultern. »Hinckley ist auch freigesprochen worden.«
»Aber von einem Bundesgericht, vor dem die Anklage seine Zurechnungsfähigkeit hätte beweisen müssen. Hier in Kalifornien muß ich beweisen, daß Carson unzurechnungsfähig war, und seit Dan Whites Freispruch ist das Gesetz noch verschärft worden. Deshalb kann DiPalma auch das FBI für sich ermitteln lassen. Außerdem kann ein Staatsgericht die Todesstrafe aussprechen.« Lord machte eine frustrierte Pause. »Ohne Carsons Unterstützung in bezug auf Vietnam habe ich nicht die geringste Chance. Niemand wird glauben, er habe diese Mauser für eine Banane gehalten.«
Shriver überlegte. »In gewisser Beziehung würde mich mehr interessieren, warum er auf die Kamera geschossen hat. *Ich* kann nicht glauben, daß er dadurch Beweismaterial vernichten wollte.« Er lehnte sich zurück und legte seine Hände aneinander. »Der Wechsel zwischen Realität und Wahnvorstellungen bei Streßpatienten ist manchmal komisch. Letztes Jahr hat ein Veteran beim Anblick der Oakland Hills plötzlich das Gefühl gehabt, wieder in Vietnam zu sein. Er hat einen Revolver aus dem Haus mitgenommen, als Fluchtfahrzeug einen vorbeifahrenden Kombi angehalten und die Frau am Steuer angewiesen, auf der Flucht vor dem Vietkong so schnell wie möglich zu fahren, ohne ein Strafmandat zu bekommen. Zuletzt ist ihnen das Benzin ausgegangen.«
Lord mußte unwillkürlich lächeln. »Und dann?«
»Er ist wegen Entführung der Frau angeklagt, aber freigesprochen worden, weil seine Tat so unsinnig war, daß sie nur mit Streß erklärt werden konnte.« Shriver betrachtete seine Fingernägel. »Leider hat er sich später erhängt.«
Lord zögerte, bevor er die entscheidende Frage anschnitt. »Falls ich auf Unzurechnungsfähigkeit plädiere«, begann er, »brauche ich einen Sachverständigen.«

Shriver blickte auf. »Ich habe noch nie vor Gericht ausgesagt.«
»Sie sind clean. Ich will nicht irgendeinen Profi aufbieten müssen.«
Shriver schüttelte nachdenklich den Kopf. »Es geht nicht nur darum, daß Geld geraubt worden ist, sondern daß der Mord geplant gewesen zu sein scheint. Und daß Kilcannon das Opfer gewesen ist. Auch wenn Sie daran zweifeln, hat Carson Ihnen ein eindeutiges Motiv genannt – Politik.« Er erwiderte Lords Blick. »Ich versuche, Veteranen mit wirklichen Problemen zu helfen. Bisher finden sie nicht allzuviel Verständnis beim Staat, der Veteranenbehörde und sogar ihren Angehörigen. Ich weiß wirklich nicht, ob ich sie jetzt mit dem berüchtigtsten Attentat seit Robert Kennedy in Verbindung bringen möchte.«
Lord merkte, wie abgespannt er war. »Manchmal«, sagte er, »habe ich das Gefühl, daß Carson bloß lästig ist.«
Shriver zuckte mitfühlend mit den Schultern. »Das ist er wohl.«
Lord beugte sich über den Schreibtisch. »Hören Sie, in weniger als drei Monaten muß ich wissen, worauf ich in seinem Fall plädieren will. Und *falls* er ein Streßfall ist, braucht er mehr als mich oder einen Sachverständigen. Er braucht eine Therapie, sonst kann dieses Verfahren in mehr als einer Beziehung gefährliche Folgen haben.« Lord machte eine Pause. »Lehnen Sie nicht gleich ab, okay? Untersuchen Sie ihn erst.«
Shriver stand auf. »Vielleicht können Sie nochmals mit ihm reden und dann wiederkommen. Von Interesse wäre vor allem, was in Vietnam passiert ist, nachdem er aus dem Gefängnis gekommen ist.«
»Danke. Genau das interessiert mich auch.« Lord schüttelte ihm die Hand. »Gibt's hier einen Hinterausgang? Ich hätte Lust zu einem Bummel über die Delaware Street.«
»Am Ende des Flurs.« Shriver zögerte. »Und weiterhin alles Gute.«
Als Lord die Straße betrat, war er zwei Blocks von seinem Datsun entfernt.
Die schwarze Limousine, die er hinter sich gesehen hatte, parkte einen halben Block hinter seinem Wagen auf der ande-

ren Straßenseite. Lord ging weiter, bis er das Kennzeichen lesen konnte, und überquerte dann die Straße.
Der Fahrer sah ihn kommen und kurbelte sein Fenster herunter. Lord beugte sich lässig hinein. »Hallo, Johnny.«
»Wie geht's, Tony?« Mit seinem roten Bart und dem frischen Teint sah Johnny Moore nicht wie ein FBI-Agent, sondern wie ein Professor aus, der gern im Freien ist. »Hätte ich's darauf angelegt, hättest du mich nicht gesehen.«
Lord nickte. »Was will DiPalma?«
»Wir ermitteln wegen deiner möglichen Verwicklung in die Mordsache Kilcannon.«
»Sag ihm, daß das Geld in der Schweiz ist.«
Moore grinste. »Daß er's nicht findet, macht ihn wahnsinnig. Allerdings hängt seine Karriere davon ab, daß er diesen Prozeß gewinnt. Außerdem vermute ich, daß er dich einschüchtern will.«
»Und nebenbei meine Zeugen identifizieren.«
Moore blickte in seinen Außenspiegel. »Behalt ihn im Auge, Tony – und jeden anderen, der dir vielleicht nachfährt. Dieser Fall wird dich nicht gerade beliebt machen.«
Lord schlug mit der flachen Hand auf die Motorhaube, ging zu seinem Wagen und fuhr los, um mit Carson zu reden.
Wie er sich bereits angewöhnt hatte, schrieb Lord auch an diesem Abend seine Notizen über das Gespräch mit Carson so exakt wie möglich nieder.

In der flimmernden Nachmittagshitze lagen die Unterkünfte in Fort Benning wie eine Luftspiegelung vor ihnen.
Alles hatte schon geradezu irreal begonnen. Die Army ließ zweitausend kahlgeschorene Rekruten zu einer glühendheißen Tribüne marschieren, wo ein katholischer Militärgeistlicher sie vor »Gottlosigkeit, Kommunismus, gefährlichen Drogen und Sex vor der Ehe« warnte. Beim letzten Punkt gab es vereinzelten Beifall.
Seitdem hatte Harrys Zug in einer Woche nur eine einzige Nacht durchschlafen dürfen, und alle waren verdammt müde und stinksauer. Nur die Briefe von Beth und die Tatsache, daß er besser in Form war als die meisten anderen, ließen ihn

durchhalten. Er konnte noch immer kaum fassen, daß er hier gelandet war.
Pullman, ihr schwarzer First Sergeant, war ein freundlicher Kerl, der Harry als erstklassigen Schützen respektierte. Aber sein Zugführer, ein Sergeant, war brutal und dumm; wenn er von Vietnam erzählte, sagte er nur, daß sie die Gooks bedingungslos hassen müßten. Harry gab ihm in Gedanken den Spitznamen »Scheißkerl« und war fest entschlossen, sich auf keinen Fall nach Vietnam schicken zu lassen.
Wie das zu machen war, fiel ihm während der Messe ein.
Der Priester-Colonel, der gegen Commies und Sex predigte, brauchte einen neuen Kirchendiener. Dieser Job versprach Sicherheit, und Sergeant Pullman wollte ihm dabei behilflich sein.
Harry wartete auf seine Versetzung.
In der letzten Woche der Grundausbildung briet der Zug in der Sonne, während Scheißkerl über die hinterhältige Taktik des Vietkongs sprach und dabei das zahme Kaninchen streichelte, das er sich zugelegt hatte. Die Rekruten waren müde; als er wiederholte, sie dürften den Dinks niemals trauen, konzentrierten sie sich auf das Kaninchen. Es war so weich und pelzig, daß man es am liebsten gestreichelt hätte; als Scheißkerl ihm die Kehle mit einem Messer durchschnitt, waren seine Augen anklagend groß.
Sie hockten angewidert da, als er es abhäutete und sie mit den Eingeweiden bewarf. Ein Stück davon traf Harry.
»Das soll euch lehren«, sagte Scheißkerl, »euer Herz nie an irgendwas zu hängen.«
Als sie unter seiner Führung abrückten, starrte Harry seinen Nacken an. »Das hat er von den Marines«, flüsterte einer der Rekruten.
Am Sonntag machte Scheißkerl die Runde, um für Staatsanleihen zu werben.
Harry konnte das Kaninchen nicht vergessen. »Danke, im Augenblick möchte ich keine zeichnen.«
»Jetzt paß mal auf, Carson. Ich erwarte hundertprozentige Beteiligung.«
Harry starrte zu Boden und schüttelte langsam den Kopf.

Scheißkerl packte ihn vorn am T-Shirt. »Wenn du nicht mitmachen willst, Waschlappen, klären wir die Sache mit den Fäusten.«
Harry sah auf. Diesmal nickte er.
Nach einem Blick in die Runde hob Scheißkerl die Fäuste. »Was ist los – du traust dich wohl nicht?« spottete er.
Harry dachte an Beth. Er suchte noch immer einen Ausweg, als Scheißkerls Faust seine Rippen traf. Harry torkelte rückwärts gegen die Außenmauer ihrer Unterkunft und sah den Sergeanten wieder angreifen.
Harry landete einen Zufallstreffer, der Scheißkerl das Nasenbein brach, und dann kam Pullman angerannt.
Während Scheißkerl sein Gesicht mit beiden Händen bedeckte, hielt Pullman Harry fest. Aus seinem Blick sprachen Verwunderung und eine Art Kummer. »Mann«, murmelte er, »der Job wär' dir *sicher* gewesen.«
Zwei Monate später landete Harry in Vietnam.

Am nächsten Morgen starrte Lord das Titelbild des Magazins *People* an. Das Photo, auf dem Stacy sich über Kilcannon beugte, war mit »Ist sonst jemand verletzt?« untertitelt.
»Noch ein Bild von St. James und der Witwe Tarrant«, murmelte Lord, »und ich muß kotzen.«
Cass beobachtete ihn. »Für dich ist ein Anruf in der Leitung«, sagte sie schließlich.
Sie drückte auf den Knopf.
»Tony? Hier ist Rachel Messer.«
Er mußte erst überlegen. »Ah, richtig – Kanal sechs.«
Sie lachte. »Ich weiß, daß ganz Amerika wartet. Aber ich will bloß mit Ihnen zu Mittag essen.«
Lord zögerte. »Was hat Carson davon?«
»Seine Verteidigung muß ein menschliches Gesicht bekommen. Vielleicht kann ich Ihnen dabei helfen.«
Er starrte schweigend das Photo mit Stacy an.
»Tony?«
»Vielleicht können Sie das wirklich.« Er warf einen Blick in seinen Terminkalender. »Wie wär's mit morgen in zwei Wochen?«

»Gut«, antwortete sie knapp. »Fournou's Oven, zwölf Uhr.«
Nachdem sie aufgelegt hatte, warf Lord die Zeitschrift in den Papierkorb und stand auf.
Cass hob den Kopf. »Wo willst du hin?«
»Ich will Harry daran erinnern, daß ihm ein Prozeß bevorsteht. Jesus, DiPalma läßt das FBI überall herumschnüffeln.«
Er kam erst am späten Abend zurück. Er saß allein im Büro und diktierte ein weiteres Fragment über Vietnam, das er Carson entlockt hatte, bevor sein Blick wieder leblos geworden war.

Der erste Sack plumpste auf die Landebahn, rollte ein kurzes Stück weiter und blieb liegen.
Das Geräusch des Aufpralls ging im Knattern von Hubschrauberrotoren unter. Die aus dem heißen, wolkenlosen Himmel anschwebenden Hueys wurden größer, kamen nacheinander heran und warfen ihre Säcke ab, ohne auf dem Asphalt aufzusetzen. Dann knatterten sie wieder in Richtung Mekongdelta davon. Die abgeworfenen Säcke blieben in willkürlichem Durcheinander auf der Landebahn zurück.
Harry fragte sich, wen oder was sie enthielten. Der Kerl aus Knoxville vor ihm begann, ein Gebet an Jesus zu murmeln; es klang so erbärmlich, daß Harry sich wünschte, er würde damit aufhören.
Inzwischen waren weitere Hubschrauber zu hören.
Selbst schuld! überlegte Harry sich – eine dreizehnmonatige Wandertour durch die beschissene Dritte Welt. Du brauchst bloß noch die Impfungen, auf die du wartest, und dein M-16.
Dies war sein dritter Tag in Vietnam, den Brief von Beth hatte er noch in der Tasche.
Harry war gemeinsam mit weiteren Ersatztruppen zur Bin Hoa Air Base geflogen worden. Es war etwa ein Uhr morgens, aber die Hitze beim Verlassen des Flugzeugs war wie ein Schlag ins Gesicht gewesen; dann überfiel ihn der Gestank von brennender Scheiße aus einer mit Kerosin übergossenen und angezündeten Latrine. Ein kaugummikauender E-6 begrüßte sie mit »Willkommen in Vietnam!« und ließ sie zu irgendeiner Unterkunft marschieren, als sei er noch in Fort Benning.
Unterwegs kamen sie an einer Gruppe von Soldaten vorbei, die

ihre Zeit in Vietnam hinter sich hatten und nun lachend im Freien vor einer Kinoleinwand hockten, auf der John Wayne mit seinen Green Berets einige Hollywood-Vietkong angriff. Harry kannte seine Mitmarschierer nicht und sah sich nicht um, weil er fürchtete, daß sie wie Angsthasen aussehen würden.

Als die zweite Welle von Hubschraubern heranknatterte, betete der Kerl aus Knoxville noch lauter. Irgend jemand sagte: »Mann, die machen doch bloß Filmaufnahmen!« Spaßvögel gab es überall. Harry sah zum Himmel auf. Das ist die 101st Airborne, dachte er, ohne sich dieser Luftlandedivision zugehörig fühlen zu können.

Gleich an diesem ersten Morgen in Vietnam hatte er einen Soldaten der 101st Airborne kennengelernt.

Der E-6 hatte sie an einigen Palmen vorbei zu einem riesigen offenen Hangar marschieren lassen, der voller Leute war, die eincheckten, auscheckten oder sich für eine Weile vor dem Krieg verkrochen. Hier gab es fliegende Händler, die Drogen, Radios und Uhren verkauften, auf ihren Rückflug wartende Soldaten, die tranken und würfelten oder pokerten, Reporter und Kameraleute, die Veteranen interviewten, einen Verkaufsstand für Limonade und Sandwiches, den Triebwerkslärm der Truppentransporter und auf Plattformen ein paar Sergeanten, die so cool und gelangweilt wirkten, als hätten sie das alles in Bewegung gesetzt. Aber was Harry wirklich beeindruckte, war eine Begegnung, die er hatte, als er losging, um sich eine Coke zu holen.

Der vietnamesische Verkäufer stellte einem GI in einem abgewetzten Arbeitsanzug eine Coke hin und wandte sich an Harry.

»Coke, GI?«

Harry nickte. Der Mann gab ihm eine lauwarme Flasche. »Die ist nicht kalt«, protestierte Harry.

»Ein Dollar.«

Harry konnte nicht beurteilen, wieviel Englisch der Vietnamese konnte. Er merkte, daß der andere GI ihn beobachtete.

»Danke«, sagte er und legte einen Dollar hin.

Als er sich umdrehte, sah er, daß der Soldat das Ärmelabzeichen der 101st Airborne trug. Die Augen in seinem faltenlosen

Gesicht starrten Harry wie aus tausend Meilen Entfernung an. Harry hatte das Bedürfnis, irgend etwas zu sagen.
»Wo bist du gewesen?« fragte er.
Der Mann nickte ins Nichts. »Custer Flats.«
Seine Stimme und seine ganze Art waren so sanft, daß Harry von einem Fuß auf den anderen zu treten begann. »Und wie war's?«
Der Mann schüttelte langsam den Kopf. Dann legte er Harry eine Hand auf die Schulter und starrte ihn mit dem Gleichmut eines Priesters an, der aus Erfahrung weiß, daß sein Segen zwecklos wäre. Harry kehrte an seinen Platz in der Schlange zurück.
Am nächsten Tag wurde er der 101st Airborne Cavalry zugeteilt.
Sie wurden zu einem Bus mit vergitterten Fenstern geführt. »Wozu die Gitter?« fragte jemand den E-6.
»Die Dinks werfen Steine und Colaflaschen, manchmal auch Handgranaten. Sogar die Kids.« Irgend jemand stellte sein Radio an und bekam »White Rabbit« von Airplane herein. Als sie den Stützpunkt verließen, fiel Harry auf, daß das ganze Gelände mit Stacheldrahtrollen gesichert war.
Sie waren den halben Tag lang unterwegs. Harry hatte noch nie ein Land mit so üppiger Vegetation und so armen Menschen gesehen. Die Straße schien nur aus Schlaglöchern und Staub zu bestehen, und die Menschen in den Lehmhütten beobachteten die Vorbeifahrenden mit müdem Fatalismus. Harry stellte sich vor, was sie sahen, bevor der Staub ihnen die Sicht nahm: eine Reihe weißer Gesichter hinter Drahtgittern. Unterwegs konnte er nur Radio hören und die anderen Soldaten riechen, es war heißer als in der Hölle.
Schließlich sah er zu seinem Nachbarn hinüber. Er saß ganz entspannt da und nickte im Takt zur Musik vor sich hin, als seien sie auf der Route 66 unterwegs. Harry hätte sich fast wieder abgewandt, aber sein Bedürfnis, mit jemandem zu reden, war stärker. »Irgendwie kommt mir alles total unwirklich vor«, murmelte er.
Der andere drehte den Kopf zur Seite. »Findest du?«
Weil Harry nicht wußte, ob der andere ihn verarschen wollte

oder die Frage ernst meinte, hielt er sicherheitshalber die Klappe. Sein Nachbar rutschte etwas tiefer, schloß dann die Augen und öffnete sie erst wieder in Long Binh. Harry fiel auf, daß seine dunklen, scharfgeschnittenen Züge auch im Schlaf nicht weicher wurden.
Auch während sie jetzt die Hubschrauber beobachteten, verzog der Kerl keine Miene.
Der nächste Chopper warf zwei Säcke ab. Einer fiel auf den anderen, und der Kerl aus Knoxville murmelte: »Ob ich schon wanderte im finstern Tal, fürchte ich kein Unglück...«
»Denn ich bin der gemeinste Mutterficker des ganzen Tals«, unterbrach ihn der Spaßvogel. »Halt's Maul, Arschloch.«
Die Schlange rückte quälend langsam bis zu einem Kartentisch vor, an dem zwei Sanitäter saßen; dort bekamen die Neuen ihre Impfungen und hasteten von den Hubschraubern und den Leichensäcken weg. Noch zwanzig Minuten, schätzte Harry, dem schlecht zu werden begann. Er versuchte, nur an Beth zu denken.
Der nächste Sack wurde abgeworfen.
Er platzte auf. Was herausquoll, hatte nichts Menschliches an sich.
Harry hörte, wie um ihn herum tief Luft geholt wurde. Einen idiotischen Augenblick lang dachte er an das Kaninchen. Dann quoll ein weiteres Stück heraus. Er wandte sich ab und würgte.
Zwei Hände packten ihn. »Nicht auf mich, Mann.«
Das war der Schwarzhaarige aus dem Bus. Er sah an Harry vorbei zu dem Sack hinüber, als habe jemand einen schlechten Witz erzählt. »Schon gut«, sagte er. »Daran gewöhnen wir uns noch.«
»Wie heißt du?« brachte Harry heraus.
»John Damone.«
Am nächsten Tag war Damone fort.
»Was ist dann passiert?« hatte Lord gefragt.
Daraufhin schien eine Klappe zu fallen. »Noch mehr Säcke«, antwortete Carson und bat, in seine Zelle zurückgebracht zu werden.

Als das Telefon klingelte, legte Lord seine Notizen weg, um den Hörer abnehmen zu können.

»Sie haben fleißig gearbeitet, Mr. Lord.« Dann folgte eine Pause. Lord erkannte die Stimme: ausdruckslos, aber trotzdem unverkennbar drohend. »Wenn Sie nicht bald aufhören, passiert *demnächst* etwas.«

Lord stellte sich vor, wie eine Hand langsam den Telefonhörer auflegte.

4

»Und?« fragte Cass. »Was hast du gesehen?«

Lord hatte drei Abende nacheinander auf einem gemieteten Videorecorder den Ablauf des Attentats studiert. Jetzt saßen sie mit einer Taubstummenlehrerin zusammen.

»Das weiß ich nicht genau«, antwortete er. »Ich möchte es von Nancy hören.«

Cass schaltete das Gerät ein.

Kilcannon fiel lautlos; Stacy warf sich über ihn. Lippen bewegten sich in Nahaufnahme – erst seine, dann ihre und zuletzt wieder seine. Bei dieser Szene runzelte die Taubstummenlehrerin die Stirn.

»Diese Stelle noch mal«, verlangte Lord.

Auf dem Bildschirm fiel Kilcannon noch dreimal, sprach jeweils zweimal und verlor das Bewußtsein. Zuletzt lehnte die Frau sich zurück und faltete die Hände.

»Können Sie wiedergeben, was die beiden sagen?« fragte er sie.

Sie räusperte sich. »Er fragt, ob sonst jemand verletzt ist.«

»Und sie?«

»Sie beruhigt ihn.«

»Was sagt er danach?«

Die Taubstummenlehrerin zögerte. »Ich weiß nicht genau, ob ich alles richtig mitbekommen habe.«

»Soll ich die Aufnahme noch mal abspielen?«

»Danke – das ist nicht nötig.« Sie warf Lord hastig einen verlegenen Blick zu. *»Er sagt ungefähr: ›So ein Witz… aber was hat das alles zu bedeuten?‹«*

»Das sagt er?«
Die Frau nickte. Lord und Cass wechselten einen Blick.
»Danke, Nancy«, sagte er. Cass begleitete sie hinaus.
Lord ließ den Film weiterlaufen.
Carson zerschoß die Kamera, deren Objektiv zersplitterte. Plötzlich füllte sein Gesicht den Bildschirm. Die Mauser hatte er schon weggeworfen; während zwei bullige Kerle ihm die Arme auf den Rücken drehten und ihn festhielten, starrte er mit offenem Mund Kilcannon an.
Als Cass zurückkam, studierte Lord noch immer Carsons Gesicht.
»Was ist mit den Unterlagen aus seiner Militärzeit?« erkundigte er sich.
Cass sah auf den Bildschirm. »Ich arbeite gerade eine Liste mit den Namen ehemaliger Angehöriger der 101st Airborne durch. Vielleicht finde ich ein paar, die gemeinsam mit ihm gedient haben.«
»*Falls* sie noch leben.« Lord drehte sich um. »Was ist mit der Zeit nach seiner Inhaftierung?«
»Darüber scheint es keinerlei Unterlagen zu geben – als sei er von der Erde verschluckt gewesen.« Sie runzelte die Stirn. »Vielleicht beantwortet Damone einen deiner Briefe.«
»Bisher läßt er nichts von sich hören.«
»Du könntest ihn unter Strafandrohung vorladen lassen.«
Er schüttelte irritiert den Kopf. »Ich kann ihn nicht aussagen lassen, ohne zu wissen, was er sagen wird. Das könnte für Carson der Sargnagel sein.«
»Benennt DiPalma ihn nicht ohnehin als Zeugen?«
»Damone steht nicht auf der Liste seiner Hauptzeugen – als hätten sie ebenfalls Angst vor ihm.«
Cass sah wieder auf den Bildschirm. »Ich nehme an«, meinte sie dann, »daß Damones Sicht dieser Dinge reichlich kompliziert wäre.«
Lord folgte ihrem Blick. Nach einiger Zeit sagte er: »Erzähl mir, was du willst, aber auf mich wirkt Carson irgendwie überrascht. Wie jemand, der nicht weiß, was er getan hat.«
Er fühlte ihre Hand auf seiner Schulter. »Für mich klingt das ein bißchen so, als wolltest du dir selbst etwas einreden.«

Lord sah noch einen Augenblick länger auf den Bildschirm. Dann stand er auf und stellte das Gerät ab. »Ich fliege nach New Jersey. Ich muß mit Carsons Mutter sprechen.«

Lord hatte eine so genaue Vorstellung von der Farm der Carsons, daß er das Gefühl hatte, an einen Ort zurückzukehren, den er aus besseren Zeiten kannte. Die Umgebung der Farm bestand aus Bürogebäuden von Computerfirmen und Häusern für ihre Führungskräfte; die Felder der Carsons lagen brach, und das Haus hätte dringend einen neuen Anstrich gebraucht. Die zur Veranda hinaufführenden Stufen gaben unter Lords Gewicht nach.
»Ich verkaufe«, erklärte Mary Carson ihm. »Joey ist nach Kanada gegangen, und von Harry hab' ich keine Hilfe zu erwarten. Mir bleibt keine Wahl.«
Ihr Gesicht war von tiefen Falten durchzogen, und sie bewegte sich müde und schwerfällig; es war nicht einfach, sie sich als die Frau vorzustellen, die nach Erdbeeren gerochen hatte. Lord lehnte an der Brüstung und beobachtete die Wolken, die sich vor die Sonne schoben. Tannen sah er keine.
»Wann ist er heimgekommen?« fragte er.
Sie kniff die Augen zusammen. »Im Juni, glaub' ich. Richtig, Juni 1970.«
»Hatten Sie ihn so früh zurückerwartet?«
»Wir haben gedacht, er hätte noch länger. Aber dann war er plötzlich wieder da, wie aus heiterem Himmel.«
»Wie ist er damals gewesen?«
Sie blickte über die Felder. »Drei Uhr morgens war's, als er aufgekreuzt ist – mit leerem Blick, fast wie geistig behindert. Wir haben in der Küche gesessen und zu reden versucht. Aber er hat nur von Sterbenden und Toten gefaselt – lauter wirres Zeug. Und seine Ausdrücke! Ich hab's zuletzt nicht mehr ausgehalten und bin nach oben gegangen.«
»Und sein Vater?«
»Der hat nicht viel gesagt. Aber ich hab' gemerkt, daß Harry für ihn wie ein Fremder war.«
»Wie hatte er sich verändert?«
»In jeder Beziehung. Er hing an der Flasche, und geraucht hat

er auch – aber bestimmt nicht bloß Zigaretten! Bestimmt hat er auch andere Sachen geschluckt. Jedenfalls hat ihn bei uns daheim nichts mehr interessiert.«

Die Eiche neben der Veranda rauschte im Wind. »Hat er vom Krieg geredet?« fragte Lord weiter.

»Nicht mal mit seinem Vater. Das lag ihm ganz schön auf der Seele.« Sie schnippte etwas abbröckelnde Farbe von der Brüstung. »Er hat den Jungen geliebt, verstehen Sie.«

»Hat Harry Ihnen jemals aus Vietnam geschrieben?«

»Anfangs sind ein paar Briefe gekommen.«

»Haben Sie die noch?«

»Ich hatte ein paar aufgehoben.« Sie schnippte erneut etwas Farbe weg. »Aber nach allem, was passiert ist, hat sein Vater sie verbrannt. Nachdem er sich freiwillig gemeldet hatte, sind sowieso keine Briefe mehr gekommen.«

»Er hat sich freiwillig gemeldet?«

»Für eine Verlängerung seiner Dienstzeit in Vietnam.«

Lord drehte sich nach ihr um. »Und später hat es eine Auseinandersetzung mit seinem Vater gegeben?«

Sie nickte vage. »Als ich eines Morgens in sein Zimmer gekommen bin, hatte er ums Bett herum lauter zusammengeknüllte Zeitungen ausgelegt. Sie haben geraschelt, als ich draufgetreten bin – und er ist hochgefahren und hat mich angebrüllt, ich sollte verschwinden.« Sie erzählte das wie eine alte Familiengeschichte, die schon allzuoft berichtet worden war. »Und genau in dem Moment ist sein Vater die Treppe raufgekommen.«

Die Wolken schoben sich zu einer schiefergrauen Decke zusammen; bald würde es regnen. »Wie hat er reagiert?« fragte Lord.

»Als ob alles, was er in sich hineingefressen hatte, auf einmal aus ihm herausbrechen würde. Er ist dunkelrot angelaufen, und er hat Harry gepackt und ihn angeschrien: ›So behandelst du deine Mutter *nie* wieder, verstanden?‹

Harry hat am ganzen Leib gezittert. ›Zum Teufel mit dir!‹ hat sein Vater gebrüllt. ›Ich bin drei lange Jahre im Krieg gewesen und trotzdem als Mann zurückgekommen.‹

Harry hat ihn bloß angestarrt und dann ein sehr häßliches Wort gesagt.«

Ihre Stimme klang heiser. Als Lord zu ihr hinübersah, hatte sie die rechte Hand erhoben, um sich zu bekreuzigen. Tränen liefen ihr übers Gesicht.
»Haben sich die beiden geprügelt?« fragte er.
Sie nickte blind. »Sein Vater hat ausgeholt und ihn verfehlt. Dann hat Harry ihn geschlagen und ist die Treppe runtergelaufen. Sein Vater blutete an der Lippe, und ich hab' sie ihm mit Harrys Bettlaken abgetupft. Sein ganzer Zorn war verflogen – er wirkte total hilflos. Und dann haben wir die Motorsäge gehört.
Wir sind ans Fenster gegangen. Von da aus konnten wir die Tannenpflanzung sehen. Harry hat die Bäume mit der Motorsäge gefällt – einen nach dem anderen.
Harry – mein Mann – hat nichts gesagt oder getan. Er hat nur die Stirn an die Fensterscheibe gelegt und mit leeren Augen zugesehen. Diese Tannen haben ihm sehr viel bedeutet...«
»Ja, ich weiß.«
»Und dann ist Harry bei Beth Winship eingezogen.«
Lord sah sie nicht an. Zuletzt fragte er: »Wissen Sie, wo ich sie finden kann?«
»Ich hab' versprochen, das nicht zu verraten.« Ihre Stimme klang hart. »Ich möchte meine Enkelin auch in Zukunft sehen, verstehen Sie.«
»Für mich wäre das eine große Hilfe.« Etwas sanfter fügte Lord hinzu: »Vor Harry ist sie vorläufig sicher.«
Sie richtete sich mit beiden Händen auf der Brüstung auf. »Warum hat er das getan, Mr. Lord?«
»Das weiß ich noch nicht.«
Nach einer kurzen Pause wandte sie sich ab. »Mein Adreßbuch ist im Haus«, sagte sie. Er hörte die Fußbodenbretter unter ihren Schritten knarren, dann wurde die Fliegentür geöffnet.
Lord blieb draußen stehen. Wie oft vor dem Regen lag ein frischer Ozongeruch in der Luft.

Die gefärbte Blondine im Coffeeshop des Flughafens sah älter aus, als Carson sie beschrieben hatte – ihr Gesicht war schwammig und schien keine Knochenstruktur zu besitzen. Aber er hatte recht, was ihre Augen betraf: Sie hatte die klarsten grünen Augen, die Lord je gesehen hatte.

»Tut mir leid, daß wir uns hier treffen müssen«, entschuldigte sie sich. »Ich will nicht, daß er erfährt, wo ich wohne. Und ich wollte nicht, daß Cathy uns reden hört.«
»Wie kommt sie damit zurecht?«
»Nicht sehr gut. Zum Glück weiß hier niemand, wer ihr Vater ist. Aber die Fernsehberichte haben sie natürlich aufgeregt.«
Lord entschied sich für die direkte Methode. »Warum haben Sie ihn eigentlich geheiratet?«
Sie lächelte schief. »Weil ich mich für Florence Nightingale gehalten habe. Ich dachte, die Liebe würde alles ungeschehen machen, was immer ihm passiert ist.«
»Wie ist er gewesen?«
Das Lächeln verschwand. »Manchmal war er richtig lieb, hat mein Gesicht zwischen seinen Händen gehalten und mir von meinen Augen erzählt. Aber dann hat er nachts neben mir gelegen und geweint, richtiggehend geschluchzt.« Sie sah an Lord vorbei. »Das sollte ich Ihnen gar nicht erzählen, aber anfangs hab' ich versucht, ihn dazu zu bringen, mich zu lieben – um ihn auf andere Gedanken zu bringen. Aber er konnte nicht, war total aggressiv deswegen, und dann hab' ich schließlich begriffen, daß er mehr als mich brauchen würde, um wieder ins normale Leben zurückzufinden.
Ich glaube, daß das nächtliche Weinen der Grund dafür war, daß er zerknülltes Zeitungspapier um sein Bett ausgelegt hat – damit seine Eltern nicht reinschleichen und ihn hören konnten. Er hat immer behauptet, er fühle sich bestens, aber er hat's an keinem Arbeitsplatz lange ausgehalten. Jeder, für den er gearbeitet hat, war nach kurzer Zeit ein Arschloch für ihn.« Sie schüttelte den Kopf. »Psychiater hat er gehaßt – genau wie sein Vater. Aber die Sache mit dem Photo hat mich dazu gebracht, mich schließlich doch um einen zu bemühen.«
»Davon weiß ich nichts.«
»Irgendein Kamerad aus Vietnam war auf dem Photo. Ein rotblonder Lockenkopf, soweit ich mich erinnere. Harry hat das Bild drei Tage lang angestarrt, als sei er irgendwie nicht richtig da. Zuletzt habe ich die Veteranenbehörde angerufen.«
»Was haben die Leute dort unternommen?«
Ihre Augen blitzten. »Sie meinten, er hätte vielleicht einen Ge-

hirntumor. Er sollte sich darauf untersuchen lassen. Aber das hat er natürlich abgelehnt.«
Lord trank noch einen Schluck Kaffee. »Können Sie sich erinnern, wann das war?«
»Juni. Das weiß ich nur, weil mir aufgefallen ist, daß Anfang Juni immer irgendwas passierte.«
»Zum Beispiel...«
Sie zögerte. »Der Streit mit seinem Vater.«
»Was noch?«
»Einmal bin ich nachts aufgewacht, weil er mir den Mund zugehalten hat. ›Ganz still‹, hat er gesagt, ›sonst finden sie uns.‹«
Sie machte eine Pause. »Das war auch im Juni. Er hat immer mit einem Messer geschlafen.«
Lord sah sie an. »Ist Ihnen sonst noch etwas aufgefallen?«
Sie zögerte erneut. »Er hat dann Gedichte geschrieben, als hinge sein Leben davon ab.«
»Er hat gedichtet?«
Sie griff in ihre Handtasche und zog ein zusammengefaltetes Stück Notizblockpapier heraus. »Eines hab' ich aufgehoben.«
»Darf ich's mal sehen?«
Sie bedeckte das Gedicht noch einen Augenblick mit ihrer Hand; dann schob sie es über den Tisch.
Carsons Handschrift war ein Gekritzel aus schrägen Buchstaben, das Lord nicht gleich entziffern konnte:

So that I can live with you
I pretend that you're the woman I saw die
In one bright flash of steel
Brought back to life, because I cry.

»Armer Harry«, sagte sie mit ausdrucksloser Stimme.
»Darf ich das behalten?«
Sie sah weg, bevor sie nickte. »Das Verrückte daran ist, daß Harry auch Cathy geliebt hat – mehr als mich, glaube ich. Aber er hat es nicht geschafft, für uns beide zu sorgen.«
»Hat ihn das bedrückt?«
»Er hat sich deswegen geschämt.« Sie sah wieder auf. »Hat seine Mutter Ihnen erzählt, wie Harry senior gestorben ist?«

»Nein.«
»Er ist bei Rodungsarbeiten unter seinen Traktor geraten und erdrückt worden. Harry hat sich seinen Tod sehr zu Herzen genommen – ich glaube, er hatte Schuldgefühle, weil er nicht auf der Farm zugegen war. Aber er hat bloß gesagt: ›Er hat's bis zuletzt versucht.‹«
»Das verstehe ich nicht.«
»Mit der Farm. Weil Harry nicht aufs College konnte, ist er nach Vietnam gegangen. Das hat alles noch schlimmer gemacht, als er nicht für Cathy sorgen konnte.«
»Hat er das gesagt?«
Sie starrte in ihre leere Tasse. »Nachdem wir uns getrennt hatten, hat er ein paarmal angerufen. Sein Freund Damone würde ihm helfen, in Zukunft würde alles besser werden. Aber da hab' ich schon zuviel Angst gehabt.«
»Wovor?«
Sie zündete sich eine schlanke Damenzigarette an – mit einer fahrigen Geste, die Lord an Carson erinnerte. »An dem Tag, an dem er dann abgehauen ist, ist Harry mürrisch durchs Haus getigert. Ich hab' ihn gebeten, damit aufzuhören, ihn immer wieder darum gebeten. Aber er hat nicht reagiert, sondern ist weiter auf und ab gelaufen.
›Laß das endlich!‹ hab' ich schließlich gekreischt.
Im nächsten Augenblick hat er sich umgedreht und mich ins Gesicht geschlagen.« Sie berührte ihre Unterlippe; Lord sah, wo sie mit mehreren Stichen genäht worden war. »Genau hier. Cathy hat heulend in ihrer Zimmertür gestanden. Ich hatte solche Angst – ich wollte bloß, daß er weggeht. ›Verschwinde!‹ hab' ich ihn angebrüllt. ›Du bist kein Ehemann, kein Vater, mit dir hat man nur die Hölle auf Erden!‹
Er hat geblinzelt, als würde sein Blick wieder klar. Er hat Cathy noch auf die Stirn geküßt, und dann ist er ohne ein Wort gegangen.«
Lord beobachtete die im Aschenbecher qualmende Zigarette.
»Wann ist das gewesen?« fragte er.
»Letztes Jahr.« Sie drückte ihre Zigarette aus. »Im Juni.«

5

»Erzählen Sie mir von Marcia«, sagte Rachel.

Das helle, luftige Restaurant war in mehrere Ebenen unterteilt. Lord trank einen kleinen Schluck Martini und antwortete zurückhaltend: »Wir sind jetzt sieben Jahre verheiratet.«

»Wie haben Sie sich kennengelernt?«

»Bei einem meiner ersten Fälle bei der Staatsanwaltschaft ging es um Kindesmißbrauch. Marcia hat eine Arbeit darüber geschrieben – sie hat damals Soziologie studiert.«

»Und Christopher ist...«

»Sechs.« Lord sah die unausgesprochene Frage in den lebhaften haselnußbraunen Augen. »Ehrlich gesagt halten Marcia und ich unsere Ehe nicht für fernsehwürdig.«

»Die Leute interessieren sich für Sie, Tony. Schließlich sind Sie jung, attraktiv – und Harry Carson hat einen weiteren jungen, attraktiven Mann ermordet, der unser Präsident hätte werden können.«

Mit diesem Vergleich war Lord durchaus nicht einverstanden. »An manchen Tagen«, sagte er, »kann ich mein Glück kaum fassen.«

Rachel legte einen Finger an ihre Lippen; Lord sah einen rotlackierten Fingernagel aufblitzen, roch ihr teures französisches Parfüm. »Hier geht's nicht um Glück, sondern um eine Notwendigkeit. Ralph DiPalma beliefert die Medien mit reichlich Material – bis hin zu Kilcannons letzten Worten an Stacy. Sie müssen verhindern, daß Carson begraben wird, bevor er tot ist.« Ihr Lächeln war selbstbewußt, als sie hinzufügte: »Und ich kann Ihnen dabei helfen.«

Lord stellte seinen Martini ab. »Woran denken Sie?«

Sie ließ den Wein in ihrem Glas kreisen. »Was Carson betrifft?«

»Mhh-hmm.«

»Daß Sie bisher Interviews verweigert haben, ist meiner Meinung nach ein krasser Fehler von Ihnen. Ich möchte der Öffentlichkeit den Fall aus Ihrer Perspektive zeigen.«

»Und was haben *Sie* davon?«

»Ich habe davon, daß mich alle sehen wollen. Weil ich Sie habe.«

Ihr fast kindlich unbekümmertes Lächeln machte Lord mißtrauisch. »Ohne meine Familie einzubeziehen?«
»Ach«, sagte sie unschuldig, »ich wollte Sie nur ein bißchen besser kennenlernen.« Sie erwiderte sein Lächeln. »Worüber möchten Sie sonst noch reden?«
Lord zögerte nur scheinbar. »Ich bräuchte ein paar Hintergrundinformationen, die Harry helfen könnten...«
»Ja?«
»Tatsächlich geht's dabei um DiPalma.«

Lord hatte Carsons Tagebuch vor sich liegen.
»Was seine Frau und seine Mutter geschildert haben«, sagte Shriver, »tritt bei Vietnamveteranen häufig auf. Wir nennen es die Jahrestagreaktion.«
»Ich kann nicht recht glauben, daß er jedes Jahr im Juni irgendein unbekanntes Trauma auslebt.«
Shriver zog die Stirn in Falten. »Das ist keine bewußte Sache. Überlegen Sie mal: Wecken irgendwelche Songs, die Sie im Radio hören, bei Ihnen manchmal bestimmte Erinnerungen, an Bettszenen oder so?«
»Klar.«
»Okay – dann spinnen Sie den Faden doch einfach weiter.«
Lord blätterte in dem Tagebuch. »Mir ist etwas eingefallen. Meine Freundin und ich haben zu Bobby Kennedys Wahlhelfern gehört und miterlebt, wie er erschossen worden ist, nachdem er die Vorwahlen hier draußen gewonnen hatte. Seit damals habe ich nie mehr an Politik oder Politiker glauben können.« Er machte eine Pause. »Jetzt wird mir klar, daß ich noch immer jedes Jahr im Juni wütend bin.«
Shrivers Blick war ironisch. »Wie alt waren Sie damals?«
Lord lächelte schwach. »Achtzehn.«
»Gut«, sagte Shriver, »versuchen wir's mal mit Fällen, in denen ein erkanntes persönliches Trauma vorliegt. Beispielsweise verüben Kinder von Selbstmördern häufig am Todestag des jeweiligen Elternteils Selbstmord. Möglich, daß Carson in seinen Erinnerungen irgendein traumatisches Vietnamerlebnis durchleidet, als sei er immer noch dort.«

»Ich finde es merkwürdig, daß Carsons Reaktionen mit seiner Rückkehr aus Vietnam zusammenzuhängen scheinen.«

»Was zu beweisen wäre. Er ist vorzeitig zurückgekommen, nicht wahr?«

»Ja. Carson behauptet jedoch, sich überhaupt nicht an seine Rückkehr erinnern zu können – und auch nicht an die Zeit unmittelbar davor. Die Unterlagen über diese letzten Monate haben wir noch immer nicht gefunden.«

»Wunderbar.« Shriver betrachtete das Tagebuch. »Was wollten Sie mich also lesen lassen?«

»Ein Gedicht in Carsons Tagebuch. Es war ziemlich schwierig, es DiPalma zu entreißen – er glaubt noch immer, Gedichte müßten sich reimen.«

»Das hätte ich auch schon erwähnen sollen – viele Veteranen schreiben Gedichte, um das Geschehene zu verarbeiten.« Shriver setzte eine Brille auf und las den Titel laut vor: »Golden Anniversary«.

Nachdem er das Gedicht überflogen hatte, hob er den Kopf. »Kilcannon war aber nicht blond«, stellte er fest.

»Carson sagt auch nicht, was das mit der Kamera bedeuten soll. Er behauptet, das Ganze sei nur ein Gelegenheitsgedicht. Aber ich fürchte, daß DiPalma es benutzen wird, um ihn für zurechnungsfähig erklären zu lassen.«

»Wie das?«

»Weil es sich so liest, als habe Carson *vorgehabt*, jemanden zu erschießen – vielleicht aus politischen Gründen.« Lord beobachtete sein Gegenüber. »Fertiggeschrieben hat er das Gedicht an dem Tag, an dem er Kilcannon erschossen hat.«

Shriver klappte seine Brille zusammen und legte sie in ihr Etui zurück. »Wird wohl Zeit, daß ich mal mit ihm rede«, sagte er dabei.

»Harry Carson«, begann Rachel, »gibt allen Rätsel auf...«

Sie stand im Justizpalast vor der Kamera und wirkte ernst und nachdenklich. Auf ihren Lippen lag ein Hauch von feuchtem Glanz.

»Die Verteidigung stellt ihn als netten Jungen vom Lande dar, der sich so grundlegend von dem Mann unterscheidet, der

James Kilcannon ermordet hat, daß es überhaupt keine Gemeinsamkeiten zwischen den beiden zu geben scheint. Der wichtigste Punkt – wie die noch im dunkeln liegenden Monate in Vietnam Carson beeinflußt haben – ist zugleich die entscheidende Frage, die sein Strafverteidiger Anthony Lord beantworten muß, bevor er auf schuldig oder nichtschuldig wegen Unzurechnungsfähigkeit plädieren kann…«

»Immerhin«, sagte Cass zu Lord, »ist jemand zur Abwechslung mal anständig…«

»Das zweite Rätsel«, fuhr Rachel fort, »betrifft die Frage, ob Lord derzeit vom FBI überwacht wird. Obwohl *TV sechs* die Autokennzeichen von angeblich an der Überwachung beteiligten FBI-Agenten bekannt sind, wollte Staatsanwalt DiPalma keinen Kommentar dazu abgeben. Von Lord selbst liegt uns folgende Äußerung vor…«

Lord saß mit gelockerter Krawatte hinter seinem mit Akten überladenen Schreibtisch; er wirkte viel jünger als vierunddreißig. »Als Jurastudent habe ich gelernt, daß Strafsachen vor Gericht verhandelt werden müssen«, sagte er ernst. »Dazu haben wir im Gegensatz zu totalitären Staaten ein freies, offenes Staatssystem, für das Mr. Carson damals nach Vietnam gegangen ist. Ich wollte, die Anklagebehörde ließe eine ähnliche Bindung an die Rechtsstaatlichkeit erkennen…«

»Oh, Tony!« Cass schüttelte lachend den Kopf. »Ich kann's nicht glauben!«

Lord drehte sich gekränkt um. »DiPalma hat versucht, uns aufs Kreuz zu legen…«

»Rachel Messer, *TV sechs*«, schloß sie, und Lord schaltete den Fernseher aus.

Cass lachte nicht mehr. »Dafür revanchiert er sich«, sagte sie.

»Viel schlimmer kann's nicht mehr kommen, Cassie.«

Lords Telefon klingelte. Er nahm den Hörer ab und meldete sich.

»Tony?« fragte ein lauter Baß.

»Mhh-hmm.«

»Hier ist Hart Taylor.« Der Präsident von SNI – aber das brauchte er nicht zu sagen. »Ich habe Sie eben gesehen. Ich finde, es wird Zeit, daß wir uns mal kennenlernen.«

Taylors privates Speisezimmer lag im obersten Stock des SNI Buildings mit herrlichem Blick über die Bucht. An den Wänden hingen gerahmte Photos von Taylor auf seinem Polopferd, auf dem Mount Whitney, mit zwei Expräsidenten, einer Filmschauspielerin und seinem Footballteam. Auf allen Photos grinste er wie Errol Flynns jüngerer Bruder.
Jetzt bedachte er Lord mit diesem Grinsen. »DiPalma haben Sie's anständig gegeben, Tony. Das war PR vom Feinsten.«
Lord trank seine Bloody Mary aus. »Ich versuche nur aufzuholen.«
»Trotzdem ist die Medienlandschaft ärmer, seit Kilcannon tot und Stacy Tarrant von der Bildfläche verschwunden ist.« Er grinste bedauernd, beinahe mitfühlend. »Das ist das erste Mal seit Jehova, daß jemand solchen Eindruck macht, indem er sich nicht zeigt.«
Lord spielte mit seinem Trinkhalm. »Ich bezweifle, daß sie groß darüber nachgedacht hat.«
»Da wäre ich mir nicht so sicher. Können Sie sich Stacys Wirkung vorstellen, wenn DiPalma sie als seine letzte Zeugin aufruft?«
Lord fragte sich, worauf er hinauswollte. »Daran habe ich auch schon gedacht«, antwortete er trocken. »Ein- oder zweimal.«
»Und genau deshalb habe ich Sie hergebeten.« Taylor beugte sich vor und sagte eindringlich: »Wir können diesen Augenblick in die richtige Perspektive bringen, Tony.«
»Wie?«
Das Grinsen kehrte mit voller Kraft zurück. »Indem wir den ganzen Prozeß landesweit übertragen.«
Lord kam sich wie ein Idiot vor. »Dazu bräuchten Sie die Einwilligung des Richters.«
»Ich bin sicher, daß wir sie bekommen, Tony – wenn *beide* Seiten zustimmen. Und Sie haben Ihre Jungfräulichkeit gestern abend verloren.« Wieder das Grinsen. »Ralph DiPalma hat heute morgen unterschrieben.«
Lord versuchte, seinen Zorn zu beherrschen. »Weil er genau weiß, daß ihm das nützen würde. Stellen Sie sich vor, Sie wären ein Geschworener, der von Kameras beobachtet wird. Wollten

Sie dann mit einem unpopulären Spruch aus der Beratung zurückkommen?«

»Das ist Ihre Chance, ganz Amerika Carsons Story zu erzählen.«

»Ich will nur zwölf Leute, bei denen ich vielleicht Verständnis wecken kann. Harry mag sein, was er will, aber fürs Fernsehen ist er nicht sonderlich geeignet.«

Taylor zuckte mit den Schultern. »Gary Gilmore war auch kein besonders großer Charmeur – und trotzdem haben sie ihn groß rausgebracht.«

»Das waren Schauspieler«, antwortete Lord. »Gilmore ist tot.«

Taylors Grinsen verschwand schlagartig. »Welche Probleme sehen Sie sonst noch?«

»Zeugen. Die Kameras ermutigen seine und schüchtern meine ein. Das weiß DiPalma nur zu genau.«

»Er weiß sogar noch viel mehr.« Taylor stand auf und wies mit ausgestrecktem Arm zum Fenster. »Das soll nicht zynisch klingen, Tony, aber wissen Sie, was das Amerika der achtziger Jahre bewegt? *Berühmtheit.*« Er sprach mit sonorer Stimme weiter. »Sind Sie erst mal berühmt, können Sie's vom Footballspieler zum Schauspieler, zum Fernsehstar und sogar zum Präsidenten bringen. Sind Sie ein Massenmörder, kommt das Taschenbuch mit Ihrer Lebensgeschichte genau rechtzeitig zum Start der Miniserie heraus; sind Sie ein berühmter junger Anwalt, können Sie's zum Senator und sogar noch weiter bringen. *DiPalma*«, wiederholte er, »weiß das alles.«

»Er weiß auch, daß der Richter sich im Frühjahr zur Wiederwahl stellen muß.« Lord blieb ruhig. »Vielleicht weiß er sogar, daß Sie letztes Jahr Verluste gemacht haben. Wegen niedriger Einschaltquoten.«

Taylor starrte ihn finster an. »Aus meiner Sicht ist ein größeres Publikum nur vorteilhaft – für uns, für Carson *und* für den Richter. Das Urteil im Fall Dan White war unpopulär, weil die Leute es nicht verstanden haben.«

»Sollten Sie den Prozeß übertragen, wird es kein unpopuläres Urteil geben.« Lord machte eine Pause. »Damit will ich sagen, Hart, daß Sie die Hand am Drücker hätten.«

Taylor setzte sich wieder. »DiPalma behauptet das Gegenteil. Auf wen soll ich jetzt hören?«
»Auf Ihr Gewissen.«
Drei Tage später beantragte SNI bei Gericht, das Verfahren live übertragen zu dürfen.

DiPalmas Hände lagen flach auf dem Konferenztisch, und seine Stimme klang präzise. »Das ist mein letztes Angebot. Schuldig wegen Mordes; lebenslänglich in einem Hochsicherheitsgefängnis. Dort bleibt er, bis er stirbt.«
»Das ist nicht viel.«
»Das einzige, was *Sie* haben, ist sein Wehrdienst in Vietnam – ohne irgendwelche Einzelheiten.«
»Und Sie haben kein Tatmotiv.« Lord beugte sich vor. »Wo sind die Mittäter, Ralph? Wo ist das Geld? Selbst Carson hätte gewußt, daß er's im Gefängnis nicht ausgeben kann...«
»Stört es Sie nicht, daß es in der allgemeinen Verwirrung ganz zufällig geklaut worden sein soll und Carson sofort Ihren Namen genannt hat? Ganz zu schweigen von seiner Pistole.« DiPalma starrte Lord an. »Plädieren Sie auf Unzurechnungsfähigkeit, riskieren Sie die Todesstrafe, ohne zu wissen, wie der Richter über den SNI-Antrag entscheiden wird. Haben Sie Pech, stehen Sie zuletzt im Fernsehen mit offener Hose da.«
»Und mit Revisionsgründen bis zum Obersten Bundesgericht. Da wird Ihr geschickter SNI-Einsatz sicher bewundert.«
DiPalma drehte beide Handflächen nach oben. »Ihr Mandant bleibt am Leben«, sagte er, »und Sie verzichten auf Vietnam. Lassen Sie mich Ihre Entscheidung wissen.«
Lord nickte. »Die erfahren Sie rechtzeitig. So oder so.«
DiPalma verließ den Konferenzraum, bevor Lord seinen Aktenkoffer zumachen konnte.

»Zwölf Stunden«, stellte Shriver fest, »und Carson kann oder will nicht über den Krieg, die Rückkehr aus Vietnam oder das Gedicht sprechen. Aber er hat sich über Psychiater ausgelassen.«
Die beiden schlenderten durch einen Park in Berkeley. »In welcher Beziehung?« fragte Lord.

»Er kann sie nicht ausstehen. Weil er völlig normal ist.«
»Spricht er über Politik?«
»Mhh-hmm, aber ich bin Ihrer Meinung – das ist eine Anleihe, die er irgendwo gemacht hat. Um Gründe nennen zu können.«
»Nennt er sie auch vor Gericht, ist er erledigt.«
Shriver fuhr sich mit der flachen Hand über seine Glatze. »Solange Sie nicht *irgend jemanden* finden, der zu seinen Erlebnissen in Vietnam aussagen kann, dürfte es äußerst schwierig sein, sie mit Kilcannon in Verbindung zu bringen oder wenigstens rauszukriegen, was er jedes Jahr im Juni hat...«
»Aber?«
»Seiner Lebensgeschichte nach ist Carson ein klassischer Streßfall – nur wissen wir nicht, was an dem bewußten Abend in seinem Kopf vorgegangen ist. Und genau das ist der Punkt, an dem DiPalma einhaken wird, um Carson und mich zu erledigen.« Shriver blieb stehen und sah sich im Park um. »Ich kann nicht sagen, daß ich Sie um Ihre Entscheidung beneide.«
Lord lächelte schief. »Beneidet wollte ich auch eigentlich gar nicht werden.«
»Was ist mit Soldaten, die in seiner Einheit waren, *bevor* er eingebuchtet worden ist?«
»Hab' noch keine gefunden. Die uns zur Verfügung gestellten Namen und Adressen sind vierzehn Jahre alt.«
»Und Damone ist noch immer nicht bereit, mit Ihnen zu reden?«
»Nein. Seit ich damals mit ihm gesprochen habe, weicht er mir bewußt aus.«
»Und auch von ihm weiß kein Mensch, was er in Vietnam getan hat.«
»DiPalma könnte es wissen. Aus irgendwelchen Gründen hat er darauf verzichtet, ihn gerichtlich vernehmen zu lassen, so daß es kein Aussageprotokoll gibt, das ich anfordern könnte. Außerdem kann ich ihn nicht als Zeugen benennen, ohne zu wissen, was er sagen wird. Nach dem jetzigen Stand ist er aus dem Verfahren ausgeschieden.«
Shriver ging ein paar Schritte. »Durchaus möglich, daß es

Dinge gibt, die Carson und Damone vergessen *wollen* – dort drüben sind ja teilweise ziemliche Schweinereien passiert.« Er verschränkte die Arme. »Eigenartig, daß es keine Unterlagen gibt.«
»Dazu hat es letzte Woche eine Anhörung gegeben. Die Army schwört, daß sie nicht existieren, und Rainey akzeptiert das. Vorteilhaft ist nur, daß es so auch keinen Beweis dafür gibt, daß Carson wegen tätlichen Angriffs auf einen Offizier eingesperrt worden ist.«
»Sie lassen ihn hoffentlich nicht in eigener Sache aussagen?«
»Kann ich nicht – schließlich weiß ich ja auch nicht, was *er* sagen würde. Außerdem fehlt unserem Nachkriegs-Harry jeglicher Charme.«
Shriver nickte. »Unser Nachkriegs-Harry«, sagte er, »ist beschissen dran. Und wir wissen beide, warum.«
Sie setzten sich auf eine Parkbank. Auf dem Rasen spielte ein Vater mit seinem Sohn Fangen; das erinnerte Lord daran, daß er und Christopher das schon seit Wochen nicht mehr getan hatten. Er wandte sich an Shriver. »Sind Sie auch drüben gewesen?«
»Vietnam?« Shriver starrte seine Schuhe an. »Soll das ein Witz sein? Ich hab' damals Medizin studiert. Übrigens heißt es, daß sie das Verfahren live übertragen wollen.«
»›Sie‹ ist richtig. Ich wehre mich dagegen. Aber ich kann nicht dafür garantieren, daß ich mich durchsetzen werde.«
Shriver blies seine Backen auf. »Klingt alles nicht sehr vielversprechend.«
»Da haben Sie recht.« Lord runzelte die Stirn. »Falls ich trotzdem weitermache – überlegen Sie sich die Sache dann anders und sagen doch aus?«
»Klar.« Shriver lächelte zum ersten Mal. »Stand das nicht von Anfang an außer Frage?«

»Tod?« knurrte Carson. »Das hat keine Zukunft, Mann. Leben? Noch fünfzig Jahre wie jetzt.«
Er wirkte entnervt; Lord fragte sich, wie viele Stunden angestrengten Nachdenkens ihn auf diese morbide Formel gebracht

hatten. »Ich will nicht leichthin die Todesstrafe riskieren«, antwortete er.
Carson zuckte mit den Schultern. »Sie brauchen in keiner Zelle zu sitzen.«
»Dann lassen Sie uns über Ihre Verteidigung reden, Harry. Erzähle ich den Geschworenen, daß Sie Kilcannon wegen seiner Politik erschossen haben, können Sie's vergessen.«
»Darum bin ich...«
»Haben Sie Beth deswegen geschlagen?« unterbrach Lord ihn. »Weil ihre politischen Überzeugungen Ihnen nicht gepaßt haben?«
Aus Carsons Mund kam eine Art Krächzen. »Oh, Mann, warum haben Sie *das* getan?«
»Wenn ich Ihnen keine Fragen mehr...«
»Sie *besucht*, mein' ich.«
»Weil ich versuche, Ihre Verteidigung zu organisieren. Schließlich haben Sie mich ja als Anwalt genommen, aus welchen Gründen auch immer.«
Carson wandte sich ab. Dann fragte er mit tonloser Stimme: »Geht's Cathy gut?«
»Beth sagt, daß sie einigermaßen zurechtkommt.«
»Beth... wie hat sie ausgesehen?«
»Ich habe sie sofort erkannt. An ihren Augen.«
Carson sank langsam in sich zusammen und bedeckte sein Gesicht mit den Händen. »Ich bin nicht verrückt – das hab' ich dem Psychiater auch schon gesagt.«
Lord beobachtete ihn. »Wir reden über Verteidigungsstrategie«, sagte er. »Lehne ich DiPalmas Angebot ab, bleibt uns nur noch übrig, auf Unzurechnungsfähigkeit zu plädieren.«
Carson schluckte trocken. »Was passiert, wenn...«
»Sie müssen sich einer Therapie unterziehen. Sind die Psychiater nach ein paar Jahren der Ansicht, Sie seien geheilt, werden Sie wahrscheinlich entlassen.« Lord machte eine Pause. »Vielleicht können Sie dann Cathy wiedersehen.«
Carson saß ganz ruhig da. Aber als er den Kopf hob und hastig nach einer Zigarette griff, zitterte seine Hand. »Okay, meinetwegen«, sagte er. »Alles ist besser als *das* hier.«

Lord war dabei, seinem Sohn gute Nacht zu sagen. Christopher, der nach Seife und einem frischgewaschenen Schlafanzug roch, sah ernst zu ihm auf. »Dad?« Er zögerte kurz. »Mikie hat gesagt, daß du ein Mörder bist. Ich hab' gesagt, daß du keiner bist.«
Lord empfand tiefe, stille Wut. »Da hast du recht gehabt. Ich habe nie einem Menschen Gewalt angetan.«
»Aber der andere Mann hat's getan, und du hilfst ihm.«
»Ja – weil ich nicht sicher bin, daß er weiß, warum er's getan hat. Unser Land hat ihn in den Krieg geschickt, Christopher. Ich glaube, daß er seitdem einen Knacks weghat.«
»Bist du im Krieg gewesen?«
Lord zog ihn an sich. »Nein.«
Christopher schwieg einen Augenblick. »Fährt der Polizist mich auch noch, wenn ich wieder in der Schule bin?«
»Schon möglich. Er fährt dich, bis diese Sache vorbei ist.«
Als Lord aufblickte, sah er Marcia mit einem Glas Wein in der Hand an der Tür stehen.
»Komme gleich«, sagte er.
Er wandte sich wieder an seinen Sohn. »Im Fernsehen kommt bestimmt auch einiges darüber. Wenn du irgendwas nicht verstehst, sagst du's mir, damit wir darüber reden können.«
»Aber du bist so oft weg.«
Lord küßte ihn auf die Stirn. »Ich versuch', wieder öfter hier zu sein, okay?«
Er blieb, bis Christopher eingeschlafen war.
Marcia saß im Wohnzimmer. Sie hielt ihr Weinglas mit beiden Händen umklammert.
»Was gibt's?« fragte sie.
Lord setzte sich neben sie. »Möglicherweise plädiere ich auf nichtschuldig, Marcia. Das würde bedeuten, daß es zu einem Prozeß kommt.«
Ihre sich weitenden Augen signalisierten Erstaunen. »Warum?«
Lord zögerte. »Ich bin ehrlich überzeugt, daß er für seine Tat nicht verantwortlich ist...«
»Mein Gott, denkst du nur noch an deinen großen Fall?«
Marcia schien selbst zu merken, daß sie fast gekeift hatte, und

nahm hastig einen Schluck Wein. Lord beschloß, ruhig zu bleiben. »Es gibt eine Menge Dinge, auf die ich durchaus schärfer wäre.«
Sie stellte ihr Glas ab. »Auf was zum Beispiel?«
»Darauf, daß du ein bißchen Verständnis zeigen würdest.«
»Das kann doch nicht dein *Ernst* sein.« An ihrer Art, dramatisch die Arme zu heben, merkte Lord, daß sie mehr als sonst getrunken hatte. »Ich akzeptiere, was du tust. Aber du verlangst von mir, so zu tun, als hätte ich keine Gefühle.«
»Das tue ich nicht. Aber schließlich habe ich auch welche.«
Sie schüttelte den Kopf. »Nicht schon wieder, Tony – laß uns nicht wieder Beweismaterial gegeneinander zusammentragen. Es muß doch auch für uns beide möglich sein, zu einem Vergleich zu kommen.«
Darüber mußte er seltsamerweise lächeln. »Vielleicht solltest du auch Jura studieren.«
»Von welchem Geld?« Marcia ließ ihre Stimme müde klingen. »Warum sagst du nicht endlich, was du willst?«
Lord erwiderte ihren Blick. »Falls ich auf Unzurechnungsfähigkeit plädiere, brauchen wir eine zweite Hypothek.«
»Für *Harry Carson?*«
»Um unsere Rechnungen bezahlen zu können. Ich werde die nächsten Monate kaum dazu kommen, andere Fälle zu bearbeiten. Wir haben unsere Hypothekenzahlungen, die neue Alarmanlage...«
»Für Harry Carson«, wiederholte sie. »Daß es dazu kommen würde, hab' ich dir schon an dem Tag gesagt, an dem du diesen Fall übernommen hast.«
Er zuckte hilflos mit den Schultern. »Wir sind pleite.«
Sie beobachtete ihn schweigend, bis er die Schultern wieder sinken ließ.
»Du hast recht«, gab er schließlich zu. »Eheliche Auseinandersetzungen haben irgendwann Ähnlichkeiten mit Gerichtsverhandlungen, bei denen nichts, was gesagt wird, ganz wahr oder ganz fair ist. Vielleicht liegt es daran, daß wir so unterschiedliche Leben führen...«
»Oh, Tony, bitte – es klingt so aufgesetzt, wenn du philosophisch wirst. So bist du doch gar nicht. Der Mann, mit dem ich

verheiratet bin, brennt doch geradezu darauf, Erfolg zu haben. Ohne Rücksicht auf Verluste.«

Er zwang sich dazu, mit seiner Antwort zu warten. »Sollte ich eines Tages über mein Leben enttäuscht sein«, erklärte er ihr, »liegt es daran, was ich getan, und nicht etwa daran, was ich versäumt habe.«

»Dann *tu's* doch!« Sie stand auf. »Also los, Tony! Ich unterschreibe für die zweite Hypothek und sehe dir weiter zu.«

Wie Lord erwartet hatte, ging Marcia rasch ins Bad, um zu duschen.

Lord saß in Jeans, kariertem Hemd und Mokassins auf dem Fußboden. Es war nach 22.30 Uhr; in seinem Büro brannte nur eine Schreibtischlampe.

Harry Carson erschoß Kilcannon stumm und silbern wie ein Roboter. Er ging zu Boden; dann berührte Stacy Tarrant seine Stirn. Lord glaubte, ihren vorwurfsvollen Blick fast körperlich zu spüren.

»Beunruhigt es Sie überhaupt nicht«, hatte DiPalma ihn gefragt, »daß Carson sofort Ihren Namen genannt hat?«

Lord schob den zweiten Film ein.

Auf der Flucht sah Carson die Fernsehkamera und ließ sich auf ein Knie nieder, um zu schießen. Als er danach aufstand, flüchtete er nicht etwa, sondern starrte weiter seine Hände an. Während Carson sich mit offenem Mund nach Kilcannon umdrehte, hielt Lord den Videofilm an.

Falls DiPalma wußte, daß Carson ein politisches Tatmotiv genannt hatte, würde er gewinnen. Andererseits war Lord sich darüber im klaren, daß er seine Bemühungen – unabhängig von taktischen Überlegungen und den Pflichten eines Strafverteidigers – moralisch nur rechtfertigen konnte, wenn sein Mandant allein gehandelt hatte und zu verwirrt gewesen war, um seine Motive richtig zu begreifen.

Lord starrte Carson an, während er über seine eigenen Motive nachdachte.

Er blieb noch einen Augenblick lang sitzen. Dann stand er auf, ging ans Telefon und wählte eine Nummer. Carsons benommener Gesichtsausdruck füllte weiter den Bildschirm.

Nach dem fünften Klingeln meldete sich eine tiefe Stimme. »Ja?«
»Hier ist Tony Lord.«
Am anderen Ende entstand eine Pause. »Woher haben Sie diese Nummer?«
»Die habe ich mir vom Gericht geben lassen. Morgen muß ich auf schuldig oder nichtschuldig plädieren.«
»Ja, ich weiß.« Die ausdruckslose Stimme klang fast feindselig. »Ich verfolge die Nachrichten im Fernsehen. Ich lese sogar Ihre Briefe.«
»Hören Sie, ich brauche Sie, um zu erfahren, was ihm drüben zugestoßen ist.«
»Fragen Sie bei der Army nach.«
»Die haben angeblich keine Unterlagen.«
Damone machte erneut eine Pause. »Dann«, erwiderte er ruhig, »sollten Sie sich mal fragen, warum.«
»Das spielt keine Rolle – ich *muß* es wissen, verstehen Sie.« Lord brachte seine letzte, leere Drohung an. »Ich kann Sie jederzeit unter Strafandrohung vorladen lassen.«
Am anderen Ende herrschte wieder Schweigen. Zuletzt ertönte ein ganz leises Klicken.
Lord starrte Carson auf dem Bildschirm an, bis er den Wählton hörte.

DiPalma war von vier Assistenten umgeben. Die fünf beobachteten Richter Rainey, ohne Lord die geringste Beachtung zu schenken.
»Fall Nummer 84-762«, verkündete der Gerichtsdiener. »Der Staat Kalifornien gegen Harry F. Carson.«
Im Saal herrschte das eigentümliche Schweigen einer dichtgedrängten Menge, die gespannt auf den Augenblick wartet, in dem die Stille gebrochen wird. Rainey, ein weißhaariger Mann, setzte sich auf, als solle er porträtiert werden.
»Mr. Carson«, sagte er mit sonorer Stimme, »der Staat beschuldigt Sie, am zweiten Juni dieses Jahres vorsätzlich auf United States Senator James J. Kilcannon geschossen und ihn ermordet zu haben. Worauf plädieren Sie?«
Carson sah fragend zu Lord hinüber. »Nicht schuldig«, erwiderte Lord. »Wegen Unzurechnungsfähigkeit.«

Die Zuhörer schienen gemeinsam tief Luft zu holen. Rainey schlug mit seinem Holzhammer auf den Richtertisch. »Gut, dann beginnt das Verfahren am ersten November.
Da es nun zum Prozeß kommt«, fuhr er mit volltönendem Baß fort, »muß das Gericht über den Antrag von Satellite News International entscheiden, das Verfahren übertragen zu dürfen. Wir teilen Mr. Lords Anliegen, daß solche Übertragungen das Recht des Angeklagten auf einen fairen Prozeß nicht beeinträchtigen dürfen, und erkennen an, daß SNI bereit ist, sich auf eine einzige Kamera zu beschränken und keine Nahaufnahmen von Zeugen zu senden.
Darüber hinaus sind wir besorgt, weil dieser Fall bereits Gegenstand massiver, unvermeidbarer Publicity gewesen ist, zu der Anklage *und* Verteidigung gleichermaßen beigetragen haben. Sehr wohl bewußt ist uns auch, daß in der Vergangenheit politische Morde zu ungesunden Spekulationen und weitverbreiteten Mißverständnissen über Gerichtsurteile geführt haben.
Sollte dieses Verfahren ähnliche Folgen haben, würde das die Tragödie noch verschlimmern. Deshalb wird dem Antrag von Satellite News International stattgegeben.«
Der Holzhammer krachte erneut nieder. Rainey erhob sich, und die Reporter strömten wie von einem Vakuum angesaugt zum Saalausgang.
Carson beobachtete den Richtertisch, an dem niemand mehr saß. Lord berührte seine Schulter. »Wir sehen uns heute nachmittag«, sagte er, bevor die Marshals kamen, um ihn abzuführen.
Dann sah Lord, wie Hart Taylor ihn aus einer der letzten Reihen angrinste.
Stumme Wut, die Lord nicht mehr beherrschen konnte, trieb ihn an Taylor vorbei, durch die Korridore und aus dem Gebäude. Und dann fand er sich auf der obersten Stufe der breiten Treppe des Justizpalasts neben DiPalma vor in der Sonne glitzernden Objektiven und Reportern wieder, die sie mit Fragen bedrängten.
In diesem Augenblick durchzuckte Lord eine Vorahnung, die rasch zur Gewißheit wurde. Jetzt würde niemandes Leben mehr unberührt bleiben – nicht seines, Marcias oder Christophers,

nicht Harry Carsons oder Beth Winships, auch nicht Stacy Tarrants. Das zu *wissen*, dachte er, und trotzdem so unsicher zu sein...

DiPalma hatte eine Hand erhoben.

»Unsere Bürger«, begann er in hektischem Tonfall, »können die rationale, wohlüberlegte Straftat eines Attentäters sehr wohl von einem in geistiger Verwirrung verübten Totschlag unterscheiden. Mr. Carson ist nicht aus Zufall oder durch einen Unfall zum Mörder geworden. Während Tausende von Menschen ihm zugesehen haben, hat er sich mit einer deutschen Mauser in der Hand hinter einen amerikanischen Senator geschlichen und ihn mit einem einzigen Schuß niedergestreckt.« Er wandte sich an Lord, damit die Kameras sie beide erfaßten, und sprach danach wieder in die Mikrofone. »Wollte man eine andere Strafe als die Todesstrafe beantragen, würde man den gesunden Menschenverstand mißachten.«

»Mr. Lord?«

Lord fühlte, wie sich sein Zorn in Entschlossenheit verwandelte. Wenn dieser Prozeß schon im Fernsehen stattfand, sollten alle sich noch lange an seine Eröffnungsworte erinnern. Während er seine Antwort formulierte, sah er, daß Rachel Messer sich nach vorn in seine Nähe drängte.

»Der Staatsanwalt«, begann Lord, »stellt Harry Carson als kaltblütigen Mörder hin, damit niemand fragt: Warum? Wir haben die Absicht, dieser Frage sehr gründlich nachzugehen.

Im Jahre 1968, als Mr. DiPalma und ich als Jurastudenten vom Wehrdienst freigestellt waren, hat der Staat einen achtzehnjährigen Jungen in den traumatischsten Krieg der amerikanischen Geschichte geschickt. Aus diesem Krieg ist ein anderer Harry Carson zurückgekommen. Und eben dieser Krieg hat uns heute hierher geführt.

Würde jemand seinen Hund um neun Uhr morgens anbinden und den ganzen Tag lang Handgranaten in seiner Nähe detonieren lassen, hätte er abends um sechs einen anderen Hund.«

Als Lord sich nun an den Staatsanwalt wandte, sprach er ruhig, aber mit getragener Stimme. »Und würden wir danach den Hund erschießen, wie es die Staatsanwaltschaft will, bräuchten wir uns nicht die Mühe zu machen, ihn zu verstehen.«

Ein halblauter Pfiff machte ihn auf Rachel aufmerksam. Als sie ihn erreichte und ihm ihr Mikrofon hinhielt, wußte Lord, womit die Nachrichtensendungen beginnen würden.
»Aber«, schloß er zuversichtlich, »ich bin sicher, daß die Geschworenen sich die Mühe machen werden.«
Rachel lächelte. Lord nickte DiPalma knapp zu und bahnte sich einen Weg durch die Menge.

DER PROZESS: STACY TARRANT

1. November bis 9. November

1

In den beiden ersten anstrengenden Prozeßwochen, in denen DiPalma den Nachweis zu führen versuchte, daß Harry Carson ein Attentäter war, wartete Lord auf Stacy Tarrant.

Seine Tage gingen ineinander über. Lord arbeitete bis nach Mitternacht, wachte nachts auf, kritzelte irgendwelche Notizen hin und nahm dann Zeugen ins Kreuzverhör, ohne mehr als nur ein paar Stunden geschlafen zu haben.

Jeden Morgen kam er an dem Sattelschlepper mit dem zwölf Meter langen SNI-Übertragungswagen vorbei, dessen silberglänzende Satellitenantenne zum Himmel gerichtet war. Von diesem Fahrzeug aus führte ein armdickes schwarzes Kabel die Treppe zur Eingangshalle hinauf – vorbei an den üblichen schlurfenden Gestalten, die geklaut hatten, um sich Drogen zu beschaffen, mißhandelten Ehefrauen, Kreditkartenbetrügern, Arbeitslosen, obdachlosen Frauen und Halbverrückten, die auf offener Straße Selbstgespräche führten und manchmal aus nichtigem Anlaß gewalttätig wurden. Aber die Kameras konzentrierten sich ganz auf ihn.

Das Stromkabel führte an den wie im Theater angeordneten Sitzen vorbei, auf denen Reporter die Verhandlung durch eine wandhohe Panzerglasscheibe verfolgten. Im Saal führte Rainey die Verhandlung von einem kugelsicheren Richtertisch aus. Rechts vor ihm saßen DiPalma und seine vier Assistenten; Lord, Cass und Carson hatten ihre Plätze links vor ihm in der Nähe der Geschworenen. Rainey hatte die Kamera hinter einem

Wandschirm aufstellen lassen, damit ihre Schwenks die Geschworenen nicht irritierten. Aber das Objektiv wirkte wie ein starres großes Auge, das Carson förmlich hypnotisierte.
Lord hatte ihm einen grauen Anzug gekauft und ihm die Haare kurz schneiden lassen, damit er äußerlich an den jungen Carson erinnerte, den die Geschworenen sich vorstellen sollten. Statt dessen spürte Lord jetzt, daß sein Starren in die Kamera die Geschworenen an die Gewalttat erinnerte, die sie hier zusammengeführt hatte.
Damit Carson eine Chance hatte, brauchte Lord unvoreingenommene Geschworene. Er bemühte sich, nur solche auszuwählen, die auf Shriver hören würden: Gegner des Vietnamkriegs, ältere Frauen mit Söhnen und jüngere Frauen, die ihn möglicherweise dem Staatsanwalt vorziehen würden. Aber DiPalma durchschaute seinen Plan. Er benutzte sein Recht, vorab Einspruch einzulegen, um drei junge Sekretärinnen, einen NASA-Wissenschaftler und eine Krankenschwester abzulehnen, deren jugendlicher Sohn sich in Therapie befand.
Nach welchen Kriterien DiPalma seine Wahl traf, war Lord ebenso klar: Bewunderer Kilcannons, ehemalige Offiziere oder Führungskräfte, Verfechter von Recht und Ordnung. Solche Leute schienen sich ihm geradezu aufzudrängen. Als nur noch ein Geschworener zu bestimmen war, benützte Lord seine letzte Möglichkeit, vorab Einspruch einzulegen, um eine Managerin abzulehnen, die ständig zu ihm hinüberlächelte; aus leidvoller Erfahrung wußte er, daß Lächler gegen den Anwalt stimmten, den sie anlächelten.
Cass beobachtete schon die nächste Kandidatin, eine streng dreinblickende ältere Frau, die ihre Bibel mitgebracht hatte. »Die mußt du loswerden«, flüsterte sie. »Irgendwie.«
DiPalma stellte durch eine zügig durchgeführte Befragung fest, daß die Frau eine unverheiratete Buchhalterin war, die noch nie im Ausland gewesen war und Psychiater nur vom Hörensagen kannte. Er lächelte anerkennend und nahm wieder Platz.
Lord erhob sich und fragte: »Sie *wissen* doch, daß Mr. Carson wegen Mordes an Senator Kilcannon angeklagt ist?«
Die dicken Brillengläser der Frau ließen ihren Blick mißtrauisch wirken. »Ja«, antwortete sie knapp.

»Aber Sie sind bereit, ihn vorerst für unschuldig zu halten.«
Sie runzelte die Stirn. »Ich weiß, daß das gesetzlich vorgeschrieben ist.«
»Wenn ich Sie richtig verstanden habe, ziehen Sie aus der Anklage den Schluß, er sei *nicht* unschuldig.«
Sie drückte ihre Bibel an sich. »Ja.«
»Euer Ehren, ich denke, wir können Miss Walker entlassen.«
Der Richter beugte sich nach vorn. »Miss Walker, wenn ich Sie auffordere, die Anklage gegen Mr. Carson zu ignorieren – werden Sie ihn dann für unschuldig halten, solange nicht das Gegenteil bewiesen ist?«
Nach kurzem Überlegen antwortete sie: »Ja.«
»Einspruch abgelehnt«, entschied der Richter. »Sie dürfen fortfahren, Mr. Lord.«
Lord sah lange genug zu Rainey hinüber, um sein Erstaunen auszudrücken, und wandte sich dann wieder an die Frau. »Wie ich sehe, haben Sie Ihre Bibel mitgebracht, Miss Walker. Beten Sie manchmal?«
Ihr Blick hellte sich auf. »Ja«, antwortete sie mit fester Stimme.
»Beantwortet Gott Ihre Gebete?«
»Er *hört* sie. Er hört die Gebete aller, die an ihn glauben.«
Lord zog die Augenbrauen hoch. »Aber spricht er zu Ihnen?«
Sie nickte resolut. »In meinen Gedanken.«
»Geschieht das, wenn Sie ihn darum bitten?«
»Nein.« Ihr Blick tadelte Lords Unverständnis. »Er spricht zu mir, wenn er's für richtig hält.«
»Auch über Entscheidungen, die Sie im täglichen Leben zu treffen haben?«
»Ja.«
Lord legte den Kopf schief. »Nehmen wir mal an, er hielte es für richtig, zu Ihnen über Harry Carson zu sprechen. Wem würden Sie gehorchen – Gott oder Richter Rainey?«
Die Frau schwieg. »Lassen Sie sich ruhig Zeit«, sagte Lord mit milder Stimme. »Ich weiß, wie schwierig diese Entscheidung wäre.«
Cass hüstelte warnend.
»Gott«, antwortete die Frau.

Lord wandte sich mit halbem Lächeln an Rainey.
»Sie sind entlassen«, entschied der Richter knapp.
Der nächste Kandidat – ein älterer Mann mit Bürstenhaarschnitt, kühlen grauen Augen und militärisch straffem Auftreten – gab seinen Namen als George Kleist an.
»Was sind Sie von Beruf?« fragte DiPalma ihn.
»Vor meiner Pensionierung war ich Kapitän zur See in der Navy.«
Lord beobachtete ihn genau, während er sich die weiteren Antworten anhörte: Kleist hatte Maschinenbau studiert; er war im Zweiten Weltkrieg ausgezeichnet worden; seine beiden Söhne waren als Manager in Führungspositionen tätig; er war seit dreiundvierzig Jahren verheiratet; seine Familie hatte niemals das Bedürfnis gehabt, einen Psychiater in Anspruch zu nehmen.
»Wenn er bleibt«, flüsterte Lord Cass zu, »wählen sie ihn todsicher zum Sprecher der Geschworenen.«
Nach kaum drei Stunden Schlaf blieben ihm jetzt nur wenige Sekunden Zeit, sich zu überlegen, wie er sich einem zwölften Geschworenen, der zu einem Alptraum werden konnte, gegenüber verhalten sollte – ohne die Möglichkeit, ihn vorab abzulehnen, und vor den Augen der ersten elf Geschworenen. Er stand auf und wandte sich an den Mann, dessen steter Blick weder Feindseligkeit noch Selbstzweifel suggerierte.
»Mr. Kleist«, begann er, »ich habe eben eine kurze Schilderung eines mustergültigen Lebens gehört. Deshalb will ich Sie nur eines fragen: Können Sie Harry Carson ansehen und ihm *und* mir versprechen, daß Sie sein Tun unvoreingenommen beurteilen werden?«
Kleist blickte langsam zu dem Angeklagten hinüber. Carson schien das zu erschrecken. Erstmals wirkte er verstört, verwundbar. Die beiden Männer starrten einander über den Abgrund aus Alter und Erfahrung hinweg an.
»Ja«, antwortete Kleist zuletzt. »Das kann ich.«
Lord nickte. »Dann sind wir uns einig, Mr. Kleist.«
Geschafft! dachte er. Und dann sah er Hart Taylor, der ihn durch das Panzerglas hindurch angrinste.

Das Verfahren begann mit der Aussage des Leichenbeschauers.

Lord wandte sich an Richter Rainey. »Ich habe Mr. DiPalma bereits versichert, daß wir die Todesursache nicht anzweifeln werden. Die Tatsachen, die er durch Dr. Boyds Aussage feststellen lassen will, könnten die Geschworenen beeinflussen, ohne das geringste zur Aufklärung des Falls beizutragen.«

Rainey zog ein finsteres Gesicht. »Die Anklage hat das Recht, ihr wichtig erscheinende Tatsachen vorzutragen.« Als Lord wieder Platz nahm, konnte er nur hoffen, daß es ihm gelungen war, die Wirkung des Bevorstehenden abzuschwächen.

Etwa in der zehnten Minute von Boyds knapper Aussage war es soweit.

»Und haben Sie«, fragte DiPalma, »den Verstorbenen fotografiert?«

»Ja.«

Während DiPalma drei Farbfotos hochhielt, sah der Protokollführer von seiner Maschine auf. »Sind das die Fotos?«

»Das sind sie.«

»Euer Ehren, ich beantrage, sie als Beweisstücke eins bis drei der Anklage zu kennzeichnen.«

»Mr. Lord?«

DiPalma legte die Fotos nacheinander vor Carson hin, der sein Gesicht abwandte. Lord starrte sie an und war froh, daß irgend jemand Kilcannon die Augen geschlossen hatte.

»Keine Einwände.«

DiPalma reichte sie an die Geschworenen weiter.

Lord beobachtete, wie sie nacheinander darauf reagierten: ein junger schwarzer Taxifahrer, eine japanische Akademikerin, ein chinesischer Geschäftsmann im Ruhestand, ein koreanischer Bauzeichner in Lords Alter, mehrere Weiße mittleren Alters, die beiden Mütter, die er doch hatte durchsetzen können, Kleist. Eine Geschworenenbank, die eher DiPalmas als seine war.

Nach einem Ballistiker, den beiden Wachleuten, die den Täter überwältigt hatten, und einer unter Tränen aussagenden jungen Frau, die aus der Mitte der ersten Reihe gesehen hatte, wie Kil-

cannon zusammengebrochen war, rief DiPalma Curtis Blake auf.
Lord sah einen Mann mit speckigem braunem Haar und scharfen Gesichtszügen, den DiPalma bestens präpariert hatte. Aber Carson betrachtete ihn so gleichmütig, als sei Blake ein Möbelstück.
»Sie haben Mr. Carson also geholfen, die Lautsprecheranlage aufzubauen?« fragte DiPalma gerade.
»Ja, Sir.«
»Wie hat er sich dabei verhalten?«
Auf der Geschworenenbank beugte George Kleist sich leicht nach vorn. »Eigentlich wie immer«, antwortete Blake. »Vielleicht ein bißchen so, als ob ihm irgendwas im Kopf herumginge.«
»Aber es war nicht so, daß er verrückt gewirkt hätte?«
»Einspruch«, knurrte Lord. »Sollte Mr. DiPalma den Zeugen als psychiatrischen Sachverständigen einführen wollen, müßte er ihn als solchen benennen.«
»Stattgegeben.«
DiPalma lächelte schwach. »Wie hat die Lautsprecheranlage funktioniert?«
»Sehr gut. Das hat Stacy nach dem Soundcheck auch gesagt.«
Lord fand, daß der Zeuge schnell und gekünstelt sprach; seine Augen bewegten sich mehr als sein Kopf. Auf Blakes Stirn glänzte ein dünner Schweißfilm.
»Was haben Sie danach getan?«
Blake zog eine unbehagliche Miene. »Hinter der Bühne rumgegammelt. Und auf Stacy und den Senator gewartet.«
»Was hat Carson gemacht?«
»Auch nichts anderes. So um sechs Uhr hat er irgendwen angerufen.«
»Wissen Sie, wen?«
»Nein.« Blake sah rasch zu Carson hinüber. »Zu Jesus und mir hat er gesagt, wir sollten abhauen.«
Lord zwang sich dazu, Carson nicht anzusehen. »Was hat er daraufhin getan?« fragte DiPalma weiter.
»Ich hab' gesehen, wie er ins Telefon gesprochen hat. Als ich dann zurückgekommen bin, war er auf einmal ziemlich still.«

»Ist er irgendwo hingegangen?«
Blake schüttelte den Kopf. »Ich weiß nur noch, daß er an der Wand hockte, als würde er auf jemand warten.«
Lord fragte sich, wie viele Stunden DiPalma gebraucht hatte, um diese Antworten mit ihm einzustudieren. Kleist hatte begonnen, sich Notizen zu machen.
»Sind Sie dabeigewesen«, fragte DiPalma, »als auf Senator Kilcannon geschossen worden ist?«
Der Zeuge sah zu Boden. »Ja, allerdings.«
»Haben Sie gesehen, wer auf ihn geschossen hat?«
Blake blickte zielbewußt zu Carson hinüber. »Harry hat geschossen. Das hab' ich selbst gesehen.«
Carson starrte in die SNI-Kamera. »Können Sie den Geschworenen schildern, was passiert ist?« forderte DiPalma Blake auf.
»Stacy hat großartig gesungen, und die Fans haben ihren Namen gebrüllt. Sie hat den Senator vorgestellt...«
»Und dann?«
»Er tritt vor. Das Publikum lacht und jubelt ihm zu. Dann hört der Jubel plötzlich auf.« Blake sprach jetzt viel langsamer. »Ich drehe mich um und sehe Harry. Er kommt mit 'ner Waffe in der Hand nach vorn – ganz cool, als ob er dabei die Schritte abzählt.«
»Was tut er dann?«
»Er bleibt ungefähr eine Sekunde lang mit erhobener Waffe stehen, als wollte er noch besser zielen...«
»Euer Ehren«, unterbrach Lord ihn scharf, »ich beantrage, diese Antwort zu streichen. Obwohl Mr. Blake darauf besteht, das Tun des Angeklagten zu charakterisieren, ist er als Pistolenschütze so wenig qualifiziert wie als Psychiater.«
»Ich finde, daß er lediglich *beschreibt*, was der Angeklagte getan hat. Die Antwort bleibt im Protokoll.«
DiPalma sah noch immer zu Blake hinüber. »Und dann?«
»Harry hat noch einen Schritt gemacht und abgedrückt.«
»Und der Senator?«
»Er ist zusammengebrochen.« Blake wandte sich an die Geschworenen. »Stacy hat sich über ihn geworfen. Dann hab' ich gesehen, daß er am Hinterkopf geblutet hat.«

Als die Geschworenen sich zur Pause zurückzogen, sah Lord zu den Reportern hinter der Panzerglasscheibe hinüber und beobachtete ihre zynisch verzogenen Lippen und die tonlosen Mundbewegungen, während sie Carson anstarrten. Er war noch magerer geworden, fand Lord – fast nur mehr Haut und Knochen. Sein Blick wirkte teilnahmslos.
»Sie müssen aufhören, in die Kamera zu starren«, erklärte Lord ihm halblaut.
Carson drehte sich zu ihm um. »Sie stört mich.«
»Außerdem machen Sie den Eindruck, als sei Ihnen alles gleichgültig.«
Carson fing an, sich die Augen zu reiben. »Nicht mein Problem.«
»Ich weiß, daß es schwierig ist, sich geduldig anzuhören, wie andere Leute einen schildern. Aber Sie müssen mir helfen, was diesen Anruf betrifft.«
»Ich wollte Beth anrufen.« Als Carsons Hand herabsank, waren seine Augen geschlossen. »Aber ich konnte sie nicht erreichen. Bloß die Vermittlung.«
»So daß die Gesprächsdaten nirgends gespeichert sind.«
Carson nickte langsam, sah dann auf und starrte Lords rote Seidenkrawatte an. »Die Krawatte ist Klasse, Mann.«
»Trotzdem vielen Dank«, sagte Lord.

Als Blake sich die Stirn abwischte, schlug Lord die widerlich süßliche Ausdünstung eines stark schwitzenden Amphetaminschluckers entgegen.
»Wie gut kennen Sie Harry Carson?« fragte er ihn.
»Na ja, ganz gut.«
»Haben Sie je mit ihm über sein Leben gesprochen?«
Blake faltete sein Taschentuch zusammen. »Er hat nie viel geredet.«
»Wissen Sie, woher er stammt?«
»Nein, Sir.«
»Oder daß er verheiratet gewesen ist?«
»Ja, Sir«, sagte Blake schließlich. »Das hab' ich gewußt.«
»Wie heißt seine Frau?«
Blake zögerte. »Das hab' ich vergessen.«

»Hat er jemals mit Ihnen über Vietnam gesprochen?«
»Nein, ich glaube nicht.«
»Wissen Sie, was Harry nach Vietnam gemacht hat?«
»Nur, daß er für Stacy gearbeitet hat.«
»Tatsächlich kennen Sie ihn überhaupt nicht, stimmt's?«
Blake tupfte sich die Stirn ab. »Ich weiß, wie er ist.«
»Wie viele Stunden haben Sie schätzungsweise mit ihm allein verbracht?«
»Das weiß ich nicht.«
»Weniger als zehn?«
»Ich hab' sie nicht gezählt.«
»So viele Stunden, wie Sie mit Mr. DiPalma zugebracht haben, um Ihre Aussage vorzubereiten?«
»Einspruch«, warf DiPalma ein. »Irrelevant.«
»Stattgegeben.«
»Hat der Angeklagte in diesen vielen oder wenigen Stunden, die Sie mit ihm verbracht haben, je James Kilcannon erwähnt?«
»Nein, Sir.«
»Und trotzdem haben Sie nach eigener Aussage gesehen, wie er auf Senator Kilcannon *geschossen* hat. Kommt es Ihnen normal vor, seine Arbeit zu tun und danach einen amerikanischen Senator vor zwanzigtausend Leuten zu erschießen?«
»Einspruch!«
Lord funkelte DiPalma an. »Hören Sie auf, mir pausenlos Knüppel zwischen die Beine zu werfen, Ralph.«
»Abgelehnt«, sagte Rainey. »Beruhigen Sie sich, Mr. Lord.«
»Mr. Blake?«
»Vielleicht war das ja für Harry normal«, sagte Blake, ohne Lord anzusehen.
»Hat er Ihnen erzählt, was ihm alles durch den Kopf gegangen ist?«
»Nein, Sir.« Als Blake ihn wieder ansah, erkannte Lord die Falle, die DiPalma ihm gestellt hatte. »Aber er hat sich was aufgeschrieben. In einem Buch.«
Lords Gehirn schien schrecklich langsam zu arbeiten. Laß dir eine Frage einfallen, dachte er, laß dir nicht anmerken, daß sie dich kalt erwischt haben. »In was für einem Buch?«

»Ich weiß bloß, daß es schwarz war.«
Angriff ist die beste Verteidigung! Lord vergrub die Hände in die Hosentaschen und betrachtete den Zeugen mit fragendem, leicht verächtlichem Lächeln. »Wie viele Speedies haben Sie an dem bewußten Tag eingeworfen?«
»Einspruch!« DiPalma stand auf. »Einschüchterung des Zeugen, unbegründete Frage, unnötige Verunglimpfung.«
Rainey nickte. »Wirklich, Mr. Lord!«
»Ich glaube, daß Mr. Blake mich versteht, Euer Ehren. Ich vermute, daß irgendein aufgeweckter Fernsehreporter sein Freizeitvergnügen bis heute abend so aufbereiten wird, daß es in jeder zweiten Familie beim Abendessen diskutiert wird.«
Rainey lief rot an. »Ich gestatte die Frage«, entschied er nach kurzer Pause.
Lord sah, wie Blake angestrengt überlegte: Was weiß dieser Mann, wie kann er mich reinlegen? »Zwei, höchstens drei«, murmelte er. »Mit meiner Freundin zusammen.«
»Was für andere Drogen?«
»'ne Prise Koks, sonst nichts.«
»Und trotzdem sind Sie bereit, uns Ihre Wahrnehmungen in bezug auf Mr. Carson anzudienen.«
Blake sah weg. »Ich weiß, was ich gesehen habe«, erklärte er den Geschworenen. »Das wissen alle.«

Sie saßen im Lafayette Park, den sie vom Justizpalast aus in Rachels MG in halsbrecherischer zehnminütiger Fahrt erreicht hatten. Der Hügel mit den Rasenflächen unter Palmen war mit wenigen schwulen Männern oder kleinen Kindern mit ihren Müttern bevölkert. Es war einer der wenigen Orte, an denen Lord zu Mittag essen konnte, ohne belästigt zu werden.
Rachel sah zu, wie Lord von seinem Apfel abbiß. »Ich habe mich gefragt, wo Marcia ist, Tony. Jedenfalls habe ich sie nicht im Saal gesehen.«
Sie hat etwas Kinetisches an sich, dachte Lord – wie ein altkluges Kind, das alle möglichen Dinge sagt, nur um zu sehen, was dann passiert. »Sie findet solche Verhandlungen deprimierend«, sagte er schließlich.

»Auf jeden Fall glaube ich, daß die Geschworenen Sie mögen.« Rachel trank einen Schluck Wein. »Haben Sie mitbekommen, daß DiPalmas und Ihre Erklärungen zu Prozeßbeginn die höchsten Einschaltquoten in der Geschichte von SNI gehabt haben?«

»Die Leute sehen sich auch Hundekämpfe an – oder Hinrichtungen.«

»Und das liegt an *Ihnen*, Tony. Ob Sie's hören wollen oder nicht, Sie sind wie fürs Fernsehen geschaffen.« Rachel beobachtete ihn. »Ich frage mich nur, ob Ihr Fall für *diese* Geschworenen ideal ist.«

Lord lachte kurz. »Sie reden ziemlich frei heraus, Rachel.«

Sie warf ihm einen merkwürdigen, fast gekränkten Blick zu. »Ich mache mir nur Sorgen. Persönlich, nicht als Journalistin.«

Lord beobachtete eine junge Mutter, die ihr kleines Mädchen an ihrer Hand die ersten unsicheren Schritte versuchen ließ. »Einen guten Zeugen haben wir immerhin gefunden«, sagte er zuletzt. »Einen Veteran, der über Harrys Dienstzeit in der 101st aussagen kann.«

»Aber sonst keinen?«

»Nein.« Lord merkte, daß er sich unbehaglich fühlte, und ging mit einem Schulterzucken darüber hinweg. »Das weiß DiPalma natürlich auch.«

Rachel schwieg einen Augenblick. »Wir sollten öfter hier draußen essen«, schlug sie dann vor.

Lord hörte auf, die Mutter und ihr kleines Mädchen zu beobachten. »Sie haben bessere Gesellschaft verdient, Rachel.« Er sah auf seine Uhr. »Ich muß wieder zurück. DiPalma wartet auf mich.«

2

Als die Verhandlung nachmittags fortgesetzt wurde, hatte DiPalma ein schwarzes Buch vor sich liegen. Während Johnny Moore als FBI-Vertreter aussagte, griff der Staatsanwalt danach. Lord spürte, daß die Geschworenen gespannt warteten.

»Was haben Sie festgestellt«, fragte DiPalma gerade, »als Sie die Seriennummer der Mauser überprüft haben?«
»Daß Mr. Carson sie etwa vier Wochen vor dem Konzert gekauft hatte.«
»Haben Sie noch weitere Gegenstände gefunden, die Mr. Carson gehört haben?«
»Unter anderem sein Motorrad. Es stand in der Ladebucht der Arena – er wäre auf und davon gewesen, wenn er es bis dahin geschafft hätte. Dann haben wir noch seine Sporttasche gefunden.«
»Was hat sie enthalten?«
»Persönliche Gegenstände... Zigaretten, ein T-Shirt, eine Zeitung.« Moore machte eine Pause. »Und eine Art Tagebuch in Mr. Carsons Schrift.«
Lord bemühte sich, gelangweilt zu wirken. DiPalma gab dem FBI-Agenten das schwarze Buch. »Ist dies das fragliche Tagebuch?«
»Ja.«
»Und was ist der letzte Eintrag?«
»Ein Gedicht.«
»Würden Sie es den Geschworenen bitte vorlesen?«
Während Carson den Tisch vor sich anstarrte, setzte Moore seine Lesebrille auf. Er starrte den Eintrag an, als sei er in Sanskrit geschrieben, und begann mit ausdrucksloser, hörbar verlegener Stimme vorzulesen:

»Feeding the camera
Hair golden, spirit dead
Time circles back to you
A bullet in the head.«

»Legt das Ihrer Ansicht nach den Schluß nahe, daß Mr. Carson vorhatte, jemanden umzubringen?«
»Einspruch«, sagte Lord fast beiläufig. »Das Gedicht sollte für sich selbst sprechen. Falls es überhaupt etwas bedeutet.«
Rainey sah zu DiPalma hinüber. »Wir möchten dem Angeklagten Vorsatz nachweisen«, sagte der Staatsanwalt.
»Einspruch abgelehnt, Mr. Lord.«

»Ja«, antwortete Moore. »In Verbindung mit weiteren Hinweisen auf eine Vorbereitung suggeriert dieses Gedicht, daß Mr. Carson etwas Bestimmtes geplant hat.«

»Und was hat Mr. Carson getan, nachdem er diese Worte geschrieben und mit einem unbekannten Dritten telefoniert hatte?«

»Er hat auf Senator Kilcannon geschossen.«

»Ist in dieser Nacht eine weitere Straftat verübt worden?«

»Einspruch!« sagte Lord rasch. »Irgendwelche sonstigen angeblichen Straftaten haben keinen Bezug zu der Tat, wegen der Mr. Carson angeklagt ist.«

»Euer Ehren«, antwortete DiPalma, »ich glaube nicht, daß es vernünftig wäre, das Umfeld von Mr. Carsons Straftat gewissermaßen unter Quarantäne zu stellen, bevor wir auch nur ein Wort darüber gehört haben.«

»Abgelehnt.«

»Die Konzerteinnahmen sind gestohlen worden«, sagte Moore. »Ungefähr vierhunderttausend Dollar.«

Lord sah, wie Kleist einen Federhalter aus der Innentasche seiner Jacke zog. »Ist das Geld wieder aufgetaucht?« fragte DiPalma.

»Nein.« Moore machte ein Pause. »Es scheint einfach verschwunden zu sein.«

»In der allgemeinen Verwirrung?«

»Möglicherweise.«

DiPalma wechselte das Thema. »Gibt es einen Film des Konzerts, den die Station KSRT zur Verfügung gestellt hat?«

»Ja, den gibt es.«

DiPalma hielt eine Filmdose hoch. »Ist das der Film?«

»Ja, Sir.«

»Euer Ehren, ich beantrage, den Film als Beweisstück dreiunddreißig der Anklage zuzulassen.«

»Das ist nicht der Film, den wir gesehen haben«, flüsterte Cass.

»Mr. Lord?« fragte Rainey.

»Keine Einwände.«

Der Film begann mit Kilcannon und Stacy. Sie lächelte ihn an, als ihre Hände sich berührten. Für Lord war das Schweigen der Geschworenen lauter als der Jubel von Stacys Fans.
Plötzlich erschien Harry Carson hinter den beiden.
Jeder seiner Schritte war gleich schnell und gleich lang; er bewegte sich wie ein professioneller Killer unbeirrbar auf Kilcannon zu.
Dann blieb er stehen, wie Blake es geschildert hatte.
Kilcannon drehte sich halb nach ihm um. Carson zielte mit der Pistole auf seinen Kopf. In diesem gräßlichen Augenblick öffnete sich Stacys Mund.
Carson trat ganz ruhig noch einen Schritt vor und drückte ab.
Die Kamera folgte Kilcannon. Stacy warf sich über ihn; der Film endete, als sie sein Gesicht berührte.
Als wieder Licht gemacht wurde, starrte Carson seine Hände an.
Moore saß blinzelnd im Zeugenstand. »Sie haben eine Zeitung erwähnt«, fragte DiPalma ruhig, »die in der Sporttasche des Angeklagten gefunden worden ist?«
»Ja, Sir.«
»War eine bestimmte Seite aufgeschlagen?«
»Eine der inneren Seiten. Der Leitartikel handelte von der Klage gegen Colby Parnell wegen Verletzung der Rechte Homosexueller. In der Überschrift war Mr. Lords Name erwähnt.«

»Ist Ihnen bekannt«, fragte Lord den FBI-Agenten, »daß es von dem Konzert einen *weiteren* Film gibt?«
»Ja«, antwortete Moore.
Lord hielt eine silberne Filmbüchse hoch. »Ist er das?«
»Ja, das müßte er sein.«
DiPalma stand hastig auf. »Wir erkennen an, daß der Film existiert und Mr. Lord eine Kopie davon hat.«
»Danke.« Lord wandte sich wieder an Moore. »Weshalb haben Sie gerade den *anderen* Film ausgewählt?«
Moore erwiderte seinen Blick ausdruckslos. »Ich habe den Film nicht ausgesucht.«
»Wer sonst?«

»Mr. DiPalma.«
»Und er hat Sie ein Gedicht vorlesen lassen, in dem jemand mit ›goldenem Haar‹ vorkommt. Fürs Protokoll: War Senator Kilcannon blond?«
»Nein, er hatte braune Haare.«
»Hatte das Gedicht einen Titel?«
»›Golden Anniversary.‹«
»Sagt Ihnen das etwas?«
»Nichts.«
»Tatsächlich wissen Sie auch nicht, was das Gedicht *bedeutet*, nicht wahr?«
»Ich kann daraus nur bestimmte Schlüsse ziehen.«
»Außerdem haben Sie die Vermutung geäußert, Mr. Carson habe sein Motorrad in der Ladebucht geparkt, weil das der kürzeste Fluchtweg gewesen wäre. Aber das wäre auch der kürzeste Weg zum nächsten McDonald's gewesen, nicht wahr?«
Moore lächelte schwach. »Das weiß ich nicht.«
»Erscheint es sehr plausibel, daß Mr. Carson – außer durch Levitation – hoffen konnte, zwanzigtausend Leuten zu entkommen?«
»*Mir* erscheint es nicht sehr plausibel.«
Lord hoffte, daß der höfliche Rhythmus seiner Zeugenbefragung dazu beitragen würde, den Eindruck des Films auf die Geschworenen abzumildern. Aus dem Augenwinkel heraus beobachtete er, wie Kleist sich wieder Notizen machte.
»Ein Zeuge hat ausgesagt, Mr. Carson habe vor der Tat telefoniert. Gibt es einen Beweis dafür, daß dieses Gespräch für den vorliegenden Fall von irgendeiner Bedeutung war?«
»Nein.«
»Und Sie können auch keinen Beweis dafür anbieten, daß ein Zusammenhang zwischen dem Diebstahl von Miss Tarrants Geld und dem Tod des Senators besteht?«
»Für das Gegenteil gibt es auch keinen Beweis.«
»Ihre Antwort lautet also, daß es keine Beweise gibt?«
»Ja«, bestätigte Moore trocken. »Es gibt keine Beweise.«
»Diebstähle passieren bei Rockkonzerten häufig, nicht wahr?«
»Das kann man durchaus so sagen.«

»Hat das FBI Mr. DiPalma während der Ermittlungen mitgeteilt, daß es keine Beweise für einen Zusammenhang zwischen dem Diebstahl und Senator Kilcannons Tod gibt?«
»Einspruch!«
»Mit welcher Begründung?« knurrte Lord. »Das fällt nicht unters Anwaltsgeheimnis.«
Rainey dachte darüber nach. »Abgelehnt.«
»Wir haben es ihm gesagt«, antwortete Moore. »Ja.«
»Wie oft hat er danach gefragt?«
Moores Mundwinkel zuckten. »Mehrmals.«
»Und er hat Sie auf Ihre Zeugenaussage vorbereitet, nicht wahr?«
»Ja.«
»Hat er dabei erwähnt, daß er vorhatte, nach dem Geld zu fragen?«
»Ja.«
Lord trat näher an den Zeugenstand und fragte: »Und haben Sie ihm noch einmal erklärt, daß es keinen Beweis dafür gibt, daß Mr. Carson etwas mit diesem Gelddiebstahl zu tun hatte?«
Während DiPalma halb aufstand, sah Moore erst ihn und danach Lord an. »Ich habe ihm gesagt«, antwortete er, »daß es keine Verbindung gibt, zu der ich als Zeuge aussagen könnte.«
Lord wandte sich an Rainey. »Euer Ehren, ich beantrage eine Neuansetzung des Verfahrens.«

Der leere Verhandlungssaal erinnerte Lord an eine Raumkapsel. Selbst der Kameramann hatte den Saal verlassen müssen.
»Mr. Lord?« fragte der Richter streng.
Lord trat vor. »Für eine auf Unzurechnungsfähigkeit aufbauende Verteidigung ist nichts vernichtender als der Beweis, daß der Angeklagte Mittäter gehabt hat. Aber Mr. DiPalma *hat* keinen Beweis. Statt dessen hat er auf diesen Geldraub angespielt, obwohl er wußte, daß er keinen Zusammenhang mit Mr. Carson herstellen konnte. Daß sein einziges Ziel die Beeinflussung der Geschworenen ist, macht ein neues Verfahren zwingend notwendig.«
»Der Antrag ist unberechtigt«, widersprach DiPalma. »Mr. Lord hat gemerkt, daß das Verfahren einen für ihn ungünstigen

Verlauf nimmt, und möchte aussteigen, bevor Miss Tarrant als Zeugin aussagt. Deshalb verlangt er, daß dieses Gericht sich zum Gespött der Öffentlichkeit macht, indem es das Verfahren neu ansetzt, obwohl keine Beeinflussung der Geschworenen vorliegt.«
Rainey nickte zustimmend und sah wieder zu Lord hinüber.
»Euer Ehren, unterschwellig ist der Eindruck entstanden, Carson habe einen Mittäter angerufen und daß der Mord und der Diebstahl miteinander in Verbindung stehen.«
DiPalma lächelte. »Warum lassen Sie ihn nicht selbst aussagen, Tony, um unsere Zweifel zu widerlegen?«
»Auch ich finde, daß eine Neuansetzung des Verfahrens unnötig ist«, stellte Rainey fest. »Antrag abgelehnt.«
Mit dieser Entscheidung hatte Lord gerechnet. Jetzt wartete er noch einen Augenblick, bevor er DiPalma ruhig fragte: »Finden Sie es nicht schäbig, Carson durch betrügerische Machenschaften in die Gaskammer zu bringen?«
»Mr. Lord!« sagte Rainey sichtlich empört. »Wenn Sie eine weitere persönliche Auseinandersetzung provozieren, bestrafe ich Sie wegen Mißachtung des Gerichts.«
»Lassen Sie mich erst ausreden!« knurrte Lord. »Ich habe Ihnen eine Chance gegeben, diesen Antrag zu vermeiden. Aber Sie haben Ralph gewähren lassen, obwohl sie genau wußten, worauf er hinauswollte. Sie haben mich bei der Fernsehübertragung, der Geschworenenauswahl und den Beweisanträgen reingelegt – aus Angst, daß Sie nicht wiedergewählt werden, falls Harry gewinnt. Aber...«
»Kein Wort mehr, verdammt noch mal!«
»Aber falls *ich* verliere, gehe ich die nächsten drei Jahre in Berufung. Noch eine einzige zweifelhafte Entscheidung, dann sind Sie der Richter, der den Kilcannon-Prozeß im Fernsehen hat platzen lassen.« Lord senkte die Stimme. »Ich muß Stacy Tarrant ins Kreuzverhör nehmen und danach einen Veteranen als Entlastungszeugen aufbieten. Von Ihnen verlange ich dieselbe Großzügigkeit, die Sie Ralph gewähren.«
DiPalma wandte sich an Rainey und schien ihn auffordern zu wollen, den Deputy Sheriff zu rufen. Aber der Richter starrte noch immer Lord an. »Sollte ich mich aus Erregung in der

Wortwahl vergriffen haben«, fügte Lord halblaut hinzu, »täte mir das natürlich sehr leid.«
Rainey setzte sich langsam auf. »Ich will es dabei bewenden lassen«, antwortete er mit monotoner Stimme. »Dieses eine Mal.«

»Unglaublich!« sagte Cass.
Es war 22.45 Uhr. »Das war meine einzige Chance«, erklärte Lord ihr. »Das Verfahren läuft schlecht für uns, und morgen ruft DiPalma Stacy Tarrant in den Zeugenstand. Rainey muß mir mehr Spielraum lassen – wenn wir nicht das Glück haben, daß Ralph den Bogen überspannt.«
»Die Geschworenen hören dir immer noch zu, glaube ich.«
»Dann werden sie ziemlich bald merken, daß ich Ihnen keinen einzigen plausiblen Grund dafür nennen kann, daß Harry nicht wußte, was er tat. In gewisser Beziehung spricht seine militärische Ausbildung eher *dafür*.« Lords Kopfschmerzen waren ein dumpfes Pochen, das hinter den Augen begann. »Ich kann dieses Gedicht nicht erklären oder eine Verbindung zu Kilcannon herstellen. Und DiPalma hält einen angesehenen Psychiater in der Hinterhand, der genau das tun soll, sobald ich fertig bin.«
Cass begann seinen Schreibtisch aufzuräumen. »Wenigstens hat dir noch kein Geschworener zugelächelt.«
»Warte nur ab, bis Stacy Tarrant ausgesagt hat.« Er sah zu ihr auf. »Willst du die Wahrheit hören, Cassie?«
»Klar.«
»Hätte *ich* mich an Harrys Stelle entscheiden müssen, wäre ich auf DiPalmas Angebot eingegangen.«
»Ja, ich weiß.« Sie richtete sich auf. »Ich muß jetzt gehen. Jeannie sagt, daß ich nie zu Hause bin.«
Lord lächelte schwach. »Gut, dann bis morgen früh.«
Sobald sie gegangen war, schaltete Lord die Fernsehkanäle durch.
Alle Stationen zeigten einen zuversichtlichen DiPalma mit dem Zusatz *Courtesy of SNI*.
Auf SNI wurde der morgige Tag in den Blickpunkt gerückt. Während eine Stimme aus dem Off die Stationen ihres Lebens schilderte, sang Stacy Tarrant in Amsterdam, wurde mit ihrem

zweiten Grammy Award ausgezeichnet, winkte mit James Kilcannon aus einer Limousine, beugte sich über seine Leiche.
»Miss Tarrant, die seit der Beisetzung nicht mehr in der Öffentlichkeit zu sehen war, sagt morgen im Prozeß gegen Harry Carson aus...«
Lord stellte das Gerät ab und ging an den Schreibtisch zurück.
Dort herrschte jetzt Ordnung: Cass hatte die Bitten um Interviews auf einer Seite gestapelt. Daneben lagen fünf Blätter gelbes Notizpapier mit Stichworten zu möglichen Fragen an Stacy Tarrant und eine Filmbüchse.
Jetzt blieb nichts mehr zu tun, als heimzufahren.
Als er das Gebäude verließ, war die Hayes Street menschenleer – die Restaurants hatten bereits geschlossen. Zwei Blocks entfernt leuchtete die angestrahlte Kuppel des Rathauses.
Lord ging in der Straßenmitte, mied Hauseingänge und geparkte Autos. Unter den Straßenlampen wurde sein Schatten länger, kürzer und wieder länger. Der leichte Nebel war unangenehm feucht und drang durch seine Kleidung.
An der nächsten Ecke blieb Lord vor seinem Datsun stehen und starrte die Windschutzscheibe an.
Wie von einem Kind oder Verrückten geschrieben stand dort in roter Farbe: *Du stirbst.*
Lord blickte sich um, ohne jemanden in der Nähe zu entdekken. Er schloß seine Tür auf, warf einen Blick auf den Rücksitz und stieg schnell ein. Während er das Gekritzel anstarrte, stellte er sich gleichzeitig Marcias Reaktion vor.
Am besten ließ er den Wagen auf der Straße stehen. Als er auf die Van Ness Street hinausfuhr, glühte die rote Schrift im Scheinwerferlicht entgegenkommender Fahrzeuge.

3

Die Geschworenen drehten sich zur Seite, um John Damone und Stacy Tarrant besser sehen zu können.
Damone stand hinter der Panzerglasscheibe, neben sich Stacy Tarrant. Trotz der Glaswand erinnerte ihr Blick ihn an die Klarheit und Direktheit, die ihm bei den Parnells aufgefallen war.

DiPalma wandte sich an die Geschworenen. »Die Staatsanwaltschaft ruft Stacy Tarrant auf.«
Sie wechselte einen Blick mit Damone. Dann trat sie vor, und ein Deputy Sheriff öffnete ihr die Glastür in der Trennwand. Stacy betrat den Verhandlungssaal.
Aus ihren Bewegungen sprach die geschmeidige Unbefangenheit einer Frau, die den Umgang mit der Öffentlichkeit gewöhnt ist. Sie trug ein schlichtes blaues Kleid, nur leichtes Make-up und weder Schmuck noch Nagellack; sie sah verwundbar aus. Trotzdem fand Lord, daß sie etwas Elektrisierendes an sich hatte.
Sie betrat den Zeugenstand, ohne Carson oder Lord anzusehen. DiPalma stellte sich so neben sie, daß Stacy die Geschworenenbank im Blickfeld hatte. Alle Geschworenen beobachteten sie. Rainey saß aufrechter als sonst; Carson starrte das Geländer der Anklagebank an, als fühle er sich zwischen Stacy und der Fernsehkamera gefangen. Im Saal herrschte gespanntes, fast explosives Schweigen.
»Geben Sie bitte Ihren vollständigen Namen an?« begann DiPalma ernst, aber freundlich.
»Stacy Lynn Tarrant.«
Die sanfte und doch rauchige Stimme verblüffte durch ihre Vertrautheit. »Und was sind Sie von Beruf?«
»Ich bin Sängerin.«
»Und Sie haben in Ihrem Beruf ziemlichen Erfolg gehabt?«
Kurzes Zögern. »Ja.«
Lord fühlte sich an ein Theaterstück erinnert; die Fragen und Antworten, selbst die Pausen dazwischen wirkten wie einstudiert. »Wann sind Sie zuletzt als Sängerin aufgetreten?«
Wieder eine Pause. »Am Abend des zweiten Juni.«
»Was ist an diesem Abend passiert?«
Sie faltete die Hände, wodurch sie noch zerbrechlicher wirkte. »Senator Kilcannon wurde an diesem Abend erschossen.«
Lord spürte, wie die Geschworenen an ihren Lippen hingen. »Wie würden Sie Ihr Verhältnis zu dem Senator charakterisieren?«
»Als sehr eng.« Sie machte eine Pause, als wische sie eine Erinnerung beiseite. »Außerdem habe ich an ihn geglaubt.«

»Wie kam es, daß er bei Ihrem Konzert zugegen war?«
Stacy hob den Kopf. »Ich wollte ihm helfen, Präsident zu werden.«
DiPalma wartete eine Sekunde lang. »Wer hat ihn erschossen?« fragte er dann.
Jetzt sah sie erstmals zu Carson hinüber. Ihr kühler, klarer Blick war so wirkungsvoll, fand Lord, daß die nun folgende ruhige Antwort fast einen Schuldspruch vorwegnahm. »Harry Carson.«
Carson starrte vor sich hin. »Wie ist das passiert?« fragte DiPalma weiter.
Sie wirkte gedankenverloren. »Ich habe Jamie dem Publikum vorgestellt«, sagte sie. »Dabei habe ich aus irgendeinem Grund zum Bildschirm hochgesehen.«
»Was hat er Ihnen gezeigt?«
»Daß Harry Carson hinter uns war.« Sie sprach, als würde die Erinnerung bruchstückweise zurückkommen. »Er hatte eine Pistole.«
»Haben Sie sich nach ihm umgedreht?«
Stacy schüttelte den Kopf. »Anfangs kam mir alles wie ein Film vor. Seine Bewegungen waren so perfekt.« Ihre rauchige Stimme klang leiser, sanfter. »Vielleicht habe ich geglaubt, daß alles würde nicht wirklich werden, solange ich mich nicht umdrehe.«
Die Geschworenen saßen wie gebannt da; Lord zwang sich dazu, nicht zu Kleist hinüberzusehen. »Was ist dann passiert?« fragte DiPalma.
»Ich habe mir eingebildet, Jamie stünden die Haare zu Berge.« Wieder eine Pause. »Als ich mich umgedreht habe, ist er zusammengebrochen.«
»Was haben Sie getan?«
»Ich habe mich über ihn geworfen.«
»Hatten Sie nicht Angst, daß Carson Sie ebenfalls erschießen würde?«
Ein leichtes Nicken mit gesenktem Blick. »Ja.«
»Aber Sie haben sich über Senator Kilcannon geworfen, um ihn zu schützen?«
Sie hob den Kopf und erwiderte DiPalmas Blick. »Ich wollte nicht, daß er stirbt«, sagte sie.

Lord sah, wie eine der Geschworenen – die japanische Akademikerin – sich abwandte. »Lebte er da noch?« fragte DiPalma weiter.
»Seine Augen waren geschlossen. Aber ich habe gespürt, wie er geatmet hat.«
»Und dann?«
»Dann habe ich ihm die Haare aus der Stirn gestrichen.«
»Aus welchem Grund?«
Stacy machte eine Pause. »Mehr konnte ich in diesem Augenblick nicht für ihn tun.«
Die Stille war fast unheimlich, fand Lord – kein Hüsteln, kein Papierrascheln, nichts.
»Hat er mit Ihnen gesprochen?«
Stacy holte tief Luft. »Er hat mich gefragt, ob sonst jemand verletzt sei.«
»Was ist dann passiert?« fragte DiPalma.
»John – mein Manager – hat zwei Sanitätern mit einer Tragbahre den Weg gebahnt. Ich bin im Krankenwagen mitgefahren.«
»Haben Sie ihn später noch einmal gesehen?«
»Ja.« Sie starrte vor sich hin, und ihre Stimme klang noch immer ungläubig. »Aber da war er tot.«
DiPalma stand starr neben ihr. Stacy blickte zu ihm hinüber, als hoffe sie, daß er irgend etwas tun werde.
»Haben Sie Harry Carson vor dem Konzert gesehen?« fragte er weiter.
»Ja.« Ihre Stimme klang tonlos. »Er hat die Lautsprecheranlage aufgebaut.«
»Das kann man doch als schwierigen Job bezeichnen, nicht wahr?«
»Ja.«
»Haben Sie mit ihm über seine Arbeit gesprochen?«
»Ja«, wiederholte sie ausdruckslos. »Ich habe ihm gesagt, der Sound sei großartig.«
»War er das?«
»Der Sound war perfekt.«
Carson beugte sich nach vorn. »Haben Sie sonst noch etwas zu ihm gesagt?« fragte DiPalma.

Stacy wich seinem Blick aus, als setzten ihr bittere Erinnerungen zu. »Ich habe mich bei ihm bedankt.«
»Was hat er darauf geantwortet?«
»›Kein Problem‹, hat er gesagt.« Aus ihrem Tonfall sprach erstmals unterdrückte Wut. »Er hat irgendwie geistesabwesend gewirkt.«
DiPalma trat näher an den Zeugenstand heran. »Hat sich Mr. Carson bei der Arbeit zu irgendeinem Zeitpunkt weniger kompetent als sonst erwiesen?«
Während Stacy eine Pause machte, wiederholte Lord in Gedanken die präzise Formulierung dieser Frage. »Nein«, antwortete sie. »Er war die ganze Zeit voll da.«
»Haben Sie sein Handeln aufgrund dieser Tatsache für rational gehalten?«
Eine zweite merkwürdige Frage, dachte Lord; irgendwie kam es ihm vor, als ob DiPalma etwas ausließ. »Ja«, bestätigte sie. »Auf jeden Fall.«
DiPalma stand jetzt neben ihr. »Selbst in dem Augenblick, in dem er auf James Kilcannon geschossen hat?«
»Ja.« Sie blickte zu Carson hinüber und sprach mit klarer, deutlicher Stimme. »Da vor allem.«
Im Saal herrschte Schweigen.
»Keine weiteren Fragen«, sagte DiPalma.

Der rote Wagen raste schräg gegen einen Spalt zwischen zwei Bodendielen, kreiselte, überschlug sich und blieb vor dem Sofa liegen.
»Das war nicht gut, Daddy«, sagte Christopher und ließ das Modellauto die Rampe hinaufrasen, die er aus einer Zeitschrift und einem Schuhkarton gebaut hatte. Es flog weit durch die Luft und landete unter dem Couchtisch.
»Nicht schlecht«, gab Lord zu. »Dafür, daß du einen Meter kleiner bist.«
Christopher lachte. »Wie groß bist du überhaupt?«
»Knapp einsfünfundachtzig.«
Sein Sohn dachte darüber nach. »Ich hab' dich neulich im Fernsehen gesehen, bevor Mommy umgeschaltet hat. Du hast einfach bloß dagesessen.«

Lord lächelte. »An manchen Tagen höre ich lieber nur zu.«
Christophers Blick zeigte, daß er das komisch fand. »Du spinnst, Daddy.«
»Und du bist der Beweis dafür.« Lord rollte das Modellauto zu Christopher zurück. »Wie ich höre, bist du in der Schule ziemlich vorlaut.«
Christophers Gesichtsausdruck veränderte sich mit dem seines Vaters. »Mir ist manchmal richtig komisch.«
»Warum?«
Christopher zuckte mit den Schultern, während er das rote Modellauto anstarrte. »Liebst du Mommy?« fragte er.
»Klar. Wieso fragst du?«
Christopher rollte den Wagen hin und her. »Sie sagt, daß du überhaupt keine Zeit mehr für sie hast.«
Auch das noch! dachte Lord. »Im Moment habe ich einfach soviel zu tun. Aber das wird wieder besser, wenn das Verfahren vorbei ist.«
»Hoffentlich ist's bald vorbei!«
»Das hoffe ich auch.« Lord packte Christopher und stemmte seinen lachenden, strampelnden Sohn mit beiden Armen hoch. »Sonst werde ich eines Tages nicht mehr mit dir fertig.«
Als sein Vater ihn wieder losließ, bemühte Christopher sich, ein finsteres Gesicht zu machen. »Können wir jetzt spielen?« fragte er dann.
»Ich muß bloß noch meine Jeans anziehen. Und du benimmst dich in der Schule, okay?«
»Okay.«
Er fand Marcia im Bett. »Was hast du?«
»Ich bin müde«, antwortete sie mit ausdrucksloser Stimme. »Im Kühlschrank liegt eine Tiefkühlpizza.«
Lord hängte seine Anzugjacke auf. »Übrigens, morgen brauche ich den Wagen.«
»Was ist denn mit deinem?«
»Vergaser.« Er drehte sich um und wollte eben fragen, was sie zu Christopher gesagt hatte, als er das Modellauto in der Diele hörte. Marcia sah ihn erwartungsvoll an. »Ich hab' mir was überlegt«, erklärte er ihr schließlich. »Wir könnten morgen abend nach North Beach fahren.«

Sie zögerte, als würde sie darüber nachdenken, ob sein Vorschlag ernst gemeint war. »Warum nicht gleich heute abend?«

Er schüttelte den Kopf. »Ich habe die Verhandlung frühzeitig vertagen lassen, damit ich Stacy Tarrant morgen ins Kreuzverhör nehmen kann, wenn ihr Eindruck auf die Geschworenen etwas nachgelassen hat. Ich muß mir überlegen, wie ich sie daran hindern kann, Harry den Rest zu geben.«

Marcia zog die Augenbrauen hoch. »Weil sie den Geschworenen so sympathisch ist?«

»Weil sie so clever ist.« Lord machte eine Pause. »Fahren wir also morgen?«

Sie starrten sich sekundenlang an. Dann senkte Marcia den Blick. »Das wäre nett, Tony.«

»Daddy!«

Lord trat in die Diele hinaus. »Achtung, er kommt!« rief Christopher, und der kleine rote Wagen kam auf Lord zugerast. Er bückte sich, um ihn abzufangen.

4

Als Lord jetzt auf Stacy zuging, spürte er die Gegenwart der vor dem Justizpalast zusammengeströmten Menge, der nach vorn drängenden Reporter, die aufgestanden waren, um besser sehen zu können, und sogar der Kamera, die ihm zu ihr folgte. Als er ihr in die Augen sah, hatte er das Gefühl, ihr Leid förmlich mit Händen greifen zu können. Einen flüchtigen Augenblick lang stellte er sich zwei in einem gläsernen Käfig gefangene Menschen vor.

»Ich bedaure, daß sich dieses Kreuzverhör nicht vermeiden läßt«, erklärte er ihr.

Sie sah ihn überrascht an. »Ich auch.«

Auf der Geschworenenbank herrschte atemlose Stille. »Sie sind Absolvention der University of California in Berkeley, nicht wahr?«

»Ganz recht.«

»Mit Musik als Hauptfach und Dramaturgie als Nebenfach?«

»Ja.«
»Wo lag der Schwerpunkt Ihrer dramaturgischen Ausbildung?«
Wie um ihm zu signalisieren, daß sie gewarnt war, machte sie eine kurze Pause. »Schauspielkunst.«
»Haben Sie auch Psychologie belegt?«
»Nicht offiziell.«
Die perfekte Zeugin der Anklage, dachte Lord, die sich an ihre Anweisung hält, nur kurze Antworten zu geben. Er sprach in ruhigem Tonfall weiter. »Sie haben ausgesagt, ihr Verhältnis zu Senator Kilcannon sei ›sehr eng‹ gewesen. In welcher Beziehung?«
Stacy erwiderte seinen Blick gelassen. »Wir waren ein Paar.«
»Über zwei Jahre lang, glaube ich.«
»Fast so lange.«
»Ich nehme an, daß Sie ihn geliebt haben.«
Ihr kurzes Zögern deutete auf Selbsterforschung hin. Lord sah ihr schon vorher an, zu welchem Schluß sie kommen würde. »Ja«, antwortete sie. »Ich habe ihn geliebt.«
»Dann muß sein Tod ein schrecklicher Schlag für Sie gewesen sein.«
Stacys Antwort war fast unhörbar leise. »Das ist er noch immer.«
»Sie haben ausgesagt, daß Sie seitdem nicht mehr aufgetreten sind.«
»Richtig.«
»Im Jahr zuvor sind Sie aber ebenfalls nicht aufgetreten.«
Stacy hielt seinem Blick unbeirrbar stand. »Schon möglich, daß ich so lange pausiert habe.«
»Weil Sie Angst vor der Öffentlichkeit hatten, wie ich gehört habe?«
Sie strich sich geistesabwesend ihre Haare aus der Stirn. Lord spürte, daß es eine unbewußte Geste war. »Alles ist schwerer geworden«, sagte sie dann.
Lord erkannte, daß DiPalma sich im Hintergrund hielt, weil er wußte, daß Stacy keine Unterstützung brauchte. Jetzt fragte er sie ruhig: »Welche Gefühle löst all das bei Ihnen in bezug auf Harry Carson aus?«

Wieder ein kurzes Zögern. Aber ihr Blick und ihre Antwort waren direkt. »Ich hasse ihn, weil er Jamie ermordet hat.«

»Haben Sie einen bestimmten Wunsch, was den Spruch der Geschworenen angeht?«

»Ja.«

»Glauben Sie nicht, daß Ihr Wunsch Ihre Aussage beeinflußt?«

»Das kann er nicht.« Ihre tonlose Stimme unterstrich ihre Worte. »Was geschehen ist, läßt sich nachträglich nicht mehr beeinflussen.«

Lord nickte mitfühlend. »Nur fürs Protokoll: Wir haben uns schon früher kennengelernt, nicht wahr?«

Sie wirkte etwas verblüfft. »Ich habe Sie schon einmal gesehen«, stellte sie richtig.

»Auf einer Party für Anhänger von Senator Kilcannon?«

Lord sah ihr an, daß sie zu verstehen begann. Für die Geschworenen war er plötzlich ein Mittrauernder, der Harry Carson verteidigte, weil er an seine Unschuld glaubte, und Stacy ins Kreuzverhör nehmen mußte, obwohl sie ähnlich dachten. Sie konnte nun preisgeben, weshalb er dort gewesen war, was auf die Geschworenen einen feindseligen Eindruck machen würde, oder die Sache mit der Party irgendwie hinter sich bringen.

»Ja«, antwortete sie kühl.

»Wann ist die Party bei den Parnells arrangiert worden?«

»Sobald ich mich dazu entschlossen hatte, das Konzert zu geben.«

»Wann haben Sie sich dazu entschlossen?«

»Etwa eine Woche vor der Party.«

»Wann haben Sie Ihren Manager davon in Kenntnis gesetzt?«

»Am nächsten Tag.« Stacy zögerte. »Damit er die Halle buchen konnte.«

Aus einem Lord nicht erklärlichen Grund schienen ihre Augen sich bei dieser Antwort zu weiten. »Also kann Mr. Carson, als er die Pistole drei Wochen vor diesem Termin gekauft hat, unmöglich gewußt haben, daß er sich in Senator Kilcannons Nähe aufhalten würde. Das hat niemand gewußt – Sie nicht, der Senator nicht, Mr. Damone nicht.«

Stacy sah weg. »Vermutlich nicht«, gab sie dann zu.

»Trotzdem sind Sie sich sicher, daß Mr. Carson am Abend des Konzerts völlig rational gehandelt hat?«
Ihre Stimme klang kräftiger. »Ja. Völlig sicher.«
»Was wissen Sie über das Vietnamstreßsyndrom?«
Sie beobachtete ihn wieder. »Sehr wenig.«
»Kennen Sie jemanden, der als Soldat in Vietnam gewesen ist?«
Ein kurzes Zögern. »Nur John Damone.«
»Hat er Ihnen von seinen Kriegserlebnissen erzählt?«
Stacy schüttelte den Kopf. »Nein. Ich glaube, er will sie vergessen.«
»Aber er erinnerte sich an Harry Carson?«
Sie machte eine Pause. »Darum hat er ihn angeheuert, ja.«
»Haben Sie sich jemals mit ihm darüber unterhalten, wie der Vietnamkrieg sich auf Mr. Carson ausgewirkt hat?«
Sie strich wieder ihr Haar zurück. Einen langen Augenblick später antwortete sie: »Einmal.«
Trotz seiner Überraschung glaubte Lord plötzlich zu wissen, warum DiPalma darauf verzichtet hatte, Damone als Zeugen zu benennen. Er brauchte eine kurze Pause, um sich die nächsten Fragen zurechtzulegen.
»Wann hat diese Unterhaltung stattgefunden?« fragte er.
Ihr Blick war aufgebracht und verwundet zugleich. »Am Tag des Konzerts.«
In der allgemeinen Stille griff Kleist nach seinem Notizbuch; die übrigen Geschworenen folgten dem Dialog mit aufmerksamen Mienen. »Weil er ›geistesabwesend‹ gewirkt hat?« fragte Lord.
Stacy nickte zögernd. »Ja.«
»Wer hat mit diesem Thema angefangen?«
Sie schien sich einen innerlichen Ruck zu geben. »Ich habe John darauf angesprochen.«
»Was hat er dazu gesagt?«
»Daß daran möglicherweise Vietnam schuld sei.«
Lord legte den Kopf schief. »Haben Sie jemandem von dieser Unterhaltung erzählt?«
Sie zögerte. »Ja. Mr. DiPalma.«
»Sonst noch jemandem?«

Stacy schwieg einen Augenblick. »Jamie.«
Lord war so verblüfft, daß er beinahe automatisch fragte: »Wann?«
»Auf der Fahrt zum Konzert.« Stacy hielt einen Moment inne. »Bevor ich gesehen habe, woran Harry Carson gedacht hat«, fügte sie leiser hinzu.
Lord zwang sich dazu, ungläubig die Augenbrauen hochzuziehen. »Das Attentat hat also Ihre Frage nach seinem Geisteszustand beantwortet?«
»Das Attentat«, erwiderte sie ruhig, »und die Art der Ausführung.«
»Aber alles ist doch ziemlich schnell passiert.«
Ihre Stimme klang noch sanfter. »Mir ist es nicht so vorgekommen.«
Lord betrachtete sie nachdenklich. »Hat Mr. DiPalma Ihnen zufällig einen Film von den Ereignissen vorgeführt?«
Sie zögerte überrascht. »Ja.«
»Und hat der Film Ihr Gedächtnis in bezug auf Harry Carsons Verhalten aufgefrischt?«
»Da gab es nichts aufzufrischen.« Sie machte eine kurze Pause. »Der Film hat meine Erinnerungen gefestigt, sonst nichts.«
DiPalma war aufgestanden; Lord warf ihm einen scharfen Blick zu. »Fürs Protokoll, Ralph: War das der Film, dessen Existenz Sie anerkannt haben, oder der andere, den Sie hier als Beweismittel vorgelegt haben?«
Der Staatsanwalt lief rot an. »Bei dem Film handelte es sich um Beweisstück dreiunddreißig.«
Lord wandte sich an Rainey. »Euer Ehren, Mr. DiPalma hat Miss Tarrant aufgefordert, Mr. Carsons Verhalten zu charakterisieren, nachdem sie eine ihm genehme Version der Ereignisse gesehen hatte. Er zwingt mich dazu, den Antrag zu stellen, daß sie und die Geschworenen sich eine zweite Version ansehen sollen.«
»Einspruch!« knurrte DiPalma. »Es kann nicht im Sinne dieses Verfahrens sein, daß Mr. Lord die Ereignisse aus seiner Sicht verdreht.«
Rainey starrte ihn mißmutig an. »Einspruch abgelehnt.«
Lord drehte sich nach Stacy um. Sie öffnete den Mund, als wollte sie etwas sagen.

DiPalmas Schuld, erklärte Lord ihr im stillen. Er hat den Bogen überspannt.
Sie sagte nichts.

Auf der Leinwand sprach sie Kilcannons Namen aus.
Die Fans reagierten. »Kil-cannon.«
Aus dem Zeugenstand beobachtete Stacy sich mit einer Mischung aus Faszination und Entsetzen. Ihre Lautsprecherstimme klang drängender. »Kilcannon.«
In der dunklen Arena wurden die ersten hochgereckten Fäuste sichtbar, die wie Kolben irgendeiner seltsamen Maschine pumpten. Über ihnen lächelte Stacy, als die Rufe lauter wurden. »Kil-*cannon.*«
Jetzt stand er neben ihr. Als ihre Hände sich berührten, hallte der kollektive Schrei mit jeder Wiederholung lauter durch Dunst, Rauch und Licht.
»Kil-*cannon*...«
Carson bewegte sich wie magisch angezogen mit seiner Waffe in der ausgestreckten Hand auf sie zu.
Dann blieb er plötzlich stehen; mit seinem letzten Schritt vor dem Schuß schien er wie aus einer Trance zu erwachen.
Kilcannon fiel. Im Gerichtssaal zuckte Stacy zusammen.
Die Kamera folgte Carson.
Er schien sich ganz und gar unbewußt zu bewegen. Dann tauchte eine Filmkamera von der Seite auf; bei ihrem Anblick reagierte er völlig verändert. Er blieb abrupt stehen, ließ sich auf ein Knie nieder und schoß dreimal. Mit dem letzten Schuß ließ er die Pistole fallen, sah verwirrt zu Kilcannon hinüber und betrachtete dann seine Hände.
»Jetzt!« sagte Lord.
Der Vorführer hielt den Film für Stacy und die Geschworenen an. Hinten war Damone aufgestanden und starrte durch die Panzerglasscheibe.
Es wurde wieder hell.
Carson saß mit gesenktem Kopf auf der Anklagebank. Stacy bewegte sich nicht; ihr benommener, angewiderter Gesichtsausdruck war dem Carsons seltsam ähnlich.
»Miss Tarrant?«

Sie sah langsam zu Lord hinüber.
Er achtete auf respektvollen Abstand. »Tut mir leid«, sagte er. »Sie sehen heute zum ersten Mal, was er getan hat, nachdem er den Senator erschossen hatte, nicht wahr?«
Ihre Stimme klang heiser. »Ja.«
»Erscheint sein Verhalten Ihnen noch immer rational?«
Mit einem Blick zu Carson hinüber schien sie irgendwelche Reserven zu mobilisieren. »Ja.«
»Aber wie wollen Sie das jemals beurteilen können?« fragte Lord eindringlich. »Oder liegt es daran, daß Sie sich *vorgenommen* haben, sein Verhalten als rational zu erachten?«
»Einspruch!«
Lord wandte sich an DiPalma, als wolle er die Geschworenen daran erinnern, wer dieses Thema angeschnitten hatte.
»Abgelehnt«, entschied Rainey und sah wieder zu Stacy hinüber.
Sie zuckte mit den Schultern, hob den Kopf und erwartete die nächste Frage.
Lord schüttelte den Kopf. »Keine weiteren Fragen.«
Er nahm Platz. Stacy verließ den Saal, ohne ihn anzusehen, und war verschwunden.

Als Lord das New Pisa betrat, war er froh, an einem öffentlichen Ort mit unbekümmerten Gästen zu sein, die einander über die Tische anlächelten, ohne einen Gedanken an ihn oder Harry Carson zu verschwenden. Danach fiel ihm auf, daß er sich für einen Tisch mit freiem Blick auf den Eingang entschieden hatte.
»Siehst du jemanden, den wir kennen?« fragte Marcia.
Er lächelte automatisch. »Nur heißhungrige Unbekannte, die auf unseren Tisch warten.«
»Du siehst müde aus.«
»Ich hab' einen langen Tag hinter mir.« Er warf Marcia einen prüfenden Blick zu. »Du hast mein Kreuzverhör verfolgt, stimmt's? Im Fernsehen, meine ich.«
Sie zögerte. »Ja.«
Die Frau, die eben hereingekommen war, paßte nicht in dieses Restaurant, fand Lord – allein, übermäßig hager, geradezu

magersüchtig. Ihre schwarzen Ponyfransen sahen wie abgehackt aus, und sie trug eine übergroße Handtasche unter dem Arm. Lord beobachtete sie, während er auf Marcias unausgesprochenen Vorwurf einging. »Ich bin weder Richter, Geschworener noch Staatsanwalt, Marsh – ich bin da, um Harry zu verteidigen. Ich *mußte* den Film zeigen.«
Sie trank einen Schluck Chianti. »Überrascht hat mich, daß du die Parnells erwähnt hast.«
Die Frau reihte sich in die Schlange der wartenden Gäste ein. »Stacy Tarrant hätte jederzeit sagen können, was sich dort abgespielt hat.« Er sah wieder zu Marcia hinüber. »Sie ist doch bloß aufgetaucht, um DiPalma zu helfen – bis hin zu ihrer Behauptung, Harry hätte vollkommen rational gehandelt. Nach diesem Auftritt haben bestimmt noch viel mehr Leute Mitleid mit ihr, aber mir ging es darum, einen Rest Zweifel am Leben zu erhalten. Und ich denke gar nicht daran, mich dafür zu entschuldigen!«
»Ich wollte keine Entschuldigung hören, Tony. Ich versuche nur, dich zu verstehen.«
Die Frau beobachtete sie. Vielleicht hast du sie auf dich aufmerksam gemacht, dachte Lord und sah wieder zu Marcia hinüber. »Ja, ich weiß«, murmelte er. »Manche Tage sind einfach scheußlich. Reden wir einfach nicht mehr darüber.«
»Das wäre mir sehr recht.«
Er legte unbeholfen seine Hand auf ihre. »Ich glaube, daß Christopher froh war, daß wir wieder mal ausgehen.«
Sie betrachtete seine Hand. »Er macht sich manchmal Sorgen, denke ich.«
»Ich manchmal auch.« Lord rang sich ein versöhnliches Lächeln ab. »Aber wir wollen ihm dazu keinen Anlaß mehr geben, einverstanden?«
»Das habe *ich* nie getan.«
Als Lord den Kopf hob, stellte er erstaunt fest, daß die Frau in der Schlange ihn und Marcia mit glänzenden, vogelartigen Augen beobachtete.
»Tony?«
Irgendwas stimmt hier nicht, dachte er träge, als die Unbekannte sich in Bewegung setzte.

Während Marcia sich umdrehte, stand er instinktiv auf. Die Frau kam mit starrem Blick auf sie zu. Ihre Handtasche hielt sie dabei schlagartig mit beiden Händen hoch.
Drei Schritte vor Lord blieb sie stehen und murmelte ausdruckslos: »Sie sind also der Dreckskerl.«
Nimm ihr die Handtasche ab! sagte er sich. Aber seine Hände wollten ihm nicht gehorchen. Marcia starrte die Unbekannte erschrocken an, und ihr Mund öffnete sich wie zu einem stummen Schrei.
Lord trat zwischen die beiden.
Die Frau spuckte ihm ins Gesicht.
Während Lord unwillkürlich zurückwich, beugte sich die Frau über den Tisch und spuckte in Marcias Weinglas.
Lord riß sie vom Tisch weg. Die Frau kreischte mit lauter Stimme wie eine Verrückte: *»Arschloch!«*
Marcia sprang auf und lief aus dem Restaurant. Lord stieß die Unbekannte grob beiseite, hastete hinter seiner Frau her und bahnte sich seinen Weg durch die wartenden Gäste, die ihn verwundert anstarrten.
Er fand sie weinend bei ihrem Wagen.
Lord legte ihr einen Arm um die Schultern. Er spürte, daß sie am ganzen Leib zitterte. »Komm, es ist wieder gut«, sagte er beruhigend. »Laß uns in irgendein anderes Restaurant gehen. Wir lassen uns doch nicht den Abend verderben, nur weil irgendeine Verrückte...«
»Das kommt alles bloß von deinem *Fall*!« brach es aus Marcia heraus. »Nichts wird mehr gut, bevor du ihn nicht endlich abgibst!«
Er hielt sie weiter fest. Marcia drehte sich zu ihm, weinte nicht mehr, verlangte eine Antwort. Merkwürdig, überlegte er sich, daß du jemanden betrachten und trotzdem ganz andere Menschen sehen kannst – Christopher, deinen Vater, sogar Stacy Tarrant.
»Das kann ich nicht«, erklärte er ihr schließlich.
Sie wandte sich ab und starrte über den Parkplatz. »Fahr mich jetzt heim, Tony.«

DER PROZESS: JOHN DAMONE

12. bis 16. November

1

Am Montagmorgen war Damone im Saal, als Lord mit Marty Shriver begann.

Damone verfolgte Shrivers Aussage so aufmerksam, als vergleiche er das Gehörte mit dem, was er selbst wußte. Lord fragte sich nervös, ob er in Stacy Tarrants Auftrag oder aus eigenem Interesse gekommen war. Die unbeantwortete Frage, was Carson und Damone in Vietnam mitgemacht hatten, zog sich wie ein roter Faden durch Shrivers Aussage.

»Ihrer Ansicht nach«, faßte Lord zusammen, »hat der Dienst in Vietnam also Harry Carson verändert.«

Shriver nickte. »Ganz klar. Die Bruchlinie ist deutlich erkennbar – seit seiner Rückkehr aus Vietnam ist er ein völlig anderer Mensch. Kindheit und Jugend lassen keinerlei Anlagen für eine so gravierende Persönlichkeitsveränderung erkennen.«

»Gilt das auch für sein Attentat auf Senator Kilcannon?«

»Ja.« Shrivers ruhige Stimme klang überzeugend. »Für mich ist es unvorstellbar, daß Mr. Carson hier säße, wenn Vietnam nicht gewesen wäre.«

»Kommt es bei Vietnamveteranen vor, daß ein ganz *bestimmtes* Trauma mit gewisser Regelmäßigkeit ihr Verhalten in der Zeit nach dem Krieg steuert?«

»Das nennt man die sogenannte Jahrestagreaktion.« Shriver wandte sich an die Geschworenen. »Sie ähnelt der Erinnerung an die Scheidung der Eltern oder den Tod eines Elternteils, ist aber viel schlimmer. Die Soldaten in Vietnam waren von dem Gedanken besessen, ein Jahr lang zu überleben, und haben die Tage bis dahin gezählt. Deshalb kommt es vor, daß ihr Unter-

bewußtsein sich wiederholt an die Jahrestage traumatischer Ereignisse erinnert – manchmal auf den Tag genau.«
»Wie zeigt sich diese Reaktion?«
»Durch Niedergeschlagenheit, Launenhaftigkeit und Reizbarkeit. Starke traumatische Erinnerungen können manche Veteranen dazu bringen, sich so zu verhalten, als seien sie noch in Vietnam.«
Lord machte eine Pause. »Paßt das Gedicht, das Harry Carson am zweiten Juni, dem Todestag Senator Kilcannons, fertiggeschrieben hat, zu dem von Ihnen skizzierten Ablauf?«
Als der Psychiater zu ihm hinübersah, wirkte Carson unruhig, eigenartig jung. »Der Titel ›Golden Anniversary‹ deutet darauf hin«, antwortete Shriver, »und die Inhalte – blondes Haar, Sonnenbrille, eine Kamera – scheinen nichts mit Senator Kilcannon zu tun zu haben.«
»Besteht ein Zusammenhang zwischen dem zweiten Juni und Mr. Carsons Erlebnissen in Vietnam?«
Shriver betrachtete Harry Carson nachdenklich. »An diesem Tag ist er aus Vietnam heimgekehrt«, antwortete er. »Gänzlich verwandelt.«

»Reden wir von Mord, Dr. Shriver«, forderte DiPalma den Psychiater ironisch auf. »Ereignen sich durch sogenannten Vietnamstreß ausgelöste Gewalttaten nicht typischerweise spontan?«
Shriver zögerte. »Das kommt vor.«
»Und sie werden durch eine wirkliche oder eingebildete Bedrohung verursacht, die Reflexe aus dem Krieg auslöst?«
»Das ist oft der Fall.«
»So daß das Opfer eher durch Zufall als durch sorgfältige Planung bestimmt wird?«
Shriver machte eine Pause. »Wie im Krieg bestimmt im allgemeinen der Zufall, wer dabei zu Schaden kommt.«
»Wir haben es hier also nicht mit einem typischen Fall zu tun?«
Lord erinnerte sich an seine eigenen ersten Fragen. »Nicht typisch«, bestätigte Shriver. »Nein.«
»Hat Senator Kilcannon Mr. Carson bedroht?«

Shriver zog eine Augenbraue hoch. »Nicht in dem Sinn, wie Sie oder ich eine Bedrohung definieren würden.«
»Können Sie ein bestimmtes Kriegserlebnis Carsons anführen, das *ihn* dazu gebracht haben könnte, Kilcannon als Bedrohung zu sehen?«
Shriver zog die Stirn in Falten. »Wie in vielen ähnlichen Fällen sind Mr. Carsons Erinnerungen bis auf einige wenige Fragmente unterdrückt. Außerdem gibt es keine Unterlagen über die letzten Monate seiner Dienstzeit. Was *nicht* ungewöhnlich ist«, fügte er nachdrücklich hinzu, »und ihm nicht angelastet werden kann.«
»Aber Sie können uns beispielsweise nicht sagen, weshalb die Erinnerung an seine Rückkehr aus Vietnam ihn dazu veranlaßt haben könnte, einen Senator zu ermorden?«
»Was mir fehlt«, antwortete Shriver, »sind Fakten, aus denen hervorgeht, wie seine Jahrestagreaktion zu dem passen könnte, was er getan hat.«
»Lassen die fehlenden Tatsachen nicht auch den Schluß zu, Dr. Shriver, daß Mr. Carson ein passendes Datum und ein nützlich betiteltes Gedicht dazu verwendet hat, einen politischen Mord zu tarnen?«
Shriver schob nachdenklich die Unterlippe vor. »Dazu hätte er seinen psychologischen Defekt, von dessen Existenz ich überzeugt bin, gut genug verstehen müssen, um ihn manipulieren zu können. Aber soviel Raffinesse traue ich ihm auf keinen Fall zu.«
»Das heißt also«, fuhr DiPalma fort, »daß er Senator Kilcannon Ihrer Meinung nach nicht erschossen hätte, wenn er *vor vierzehn Jahren* nicht irgendein traumatisches Erlebnis gehabt hätte.«
»Ohne die Ironie, ja.«
DiPalma verschränkte die Arme und spielte den Erstaunten. »Aber können Sie behaupten, Dr. Shriver, daß Mr. Carson die *Folgen* seines Schusses auf den Senator nicht begriffen hat – daß er nicht weiß, daß ein Mord Unrecht ist?«
Das war der einzige Maßstab, den Rainey die Geschworenen anlegen lassen würde; ihre neugierigen, wachen Gesichter registrierten Shrivers Zögern. »Ja, das glaube ich«, antwortete er

zuletzt. »Aber ich kann meine Überzeugung nicht durch Tatsachen begründen.«
DiPalma starrte Shriver an, als verblüffe ihn seine unbegreifliche Dummheit. »Keine weiteren Fragen«, murmelte er und ging an seinen Tisch zurück, so daß Shrivers frustrierte Miene sich den Geschworenen einprägen mußte.

Vor Gericht sprach Mary Carson mit ausdrucksloser Stimme und sah anfangs nicht zu ihrem Sohn hinüber.
»Bevor Harry nach Vietnam gegangen ist«, faßte Lord zusammen, »war er also das, was man einen ganz normalen Jungen vom Land nennen würde?«
Ihre Lippen wurden zu einem verbitterten schmalen Strich. »Er war ganz wie sein Vater.«
»Hat er irgendeine Neigung zur Gewalttätigkeit gezeigt?«
»Nein, niemals.«
»Und danach?«
»Danach war er für uns verloren.« Nach einer Pause, in der sie mit sich zu kämpfen schien, fügte sie hinzu: »Mein Mann hat das nicht überlebt. Er…«
Sie brachte ihren Satz nicht zu Ende. Als Carson sichtbar betroffen aufsah, stellte Lord fest, daß er die Augen seiner Mutter geerbt hatte.
»Das war nach der Auseinandersetzung, die Sie geschildert haben?« faßte er nach.
Sie starrte ihn an, als wundere sie sich über seine Einmischung. »Ja«, sagte sie dann. »Harry ist am selben Tag fortgegangen.«
»Wann ist das gewesen?«
Nach einem langen Blick zu ihrem Sohn hinüber wandte sie sich wieder ab. »Anfang Juni«, antwortete sie in einem Ton, der jeden Zweifel ausschloß. »Fast auf den Tag ein Jahr nach seiner Heimkehr aus Vietnam.«

»Erinnern Sie sich bitte an die Prügelei zwischen Vater und Sohn«, forderte DiPalma Mrs. Carson auf. »Hat Ihr Sohn dabei irgend etwas getan, das Ihnen gezeigt hat, daß er nicht wußte, wo er war?«
Sie warf ihm einen verständnislosen Blick zu. »Nein.«

»Oder auf wen er eingeschlagen hat?«
»Nein.« Ihr Blick wurde vorwurfsvoll. »Mein Mann hat ihn zurechtgewiesen, weil er mich beschimpft hatte.«
DiPalma nickte. »Welche Bedeutung hatten die Tannenbäume?«
»Sein Vater hatte sie gepflanzt.«
»Das Absägen war also eindeutig ein gegen seinen Vater gerichteter Racheakt?«
»Einspruch!« knurrte Lord. »Um diese Frage beantworten zu können, müßte Mrs. Carson Hellseherin sein.«
»Abgelehnt. Beantworten Sie die Frage, Mrs. Carson.«
Mary Carson setzte sich etwas auf, als würden ihr bittere Erinnerungen plötzlich neue Kräfte verleihen. »Ja«, sagte sie zuletzt, »das stimmt.«
Als Lord zu Carson hinübersah, fiel ihm auf, daß Kleist sein blaues Notizbuch durch ein rotes ersetzt hatte. Carson hielt die Augen geschlossen.

Wurde Carson mit seiner Vergangenheit konfrontiert, wirkte er sofort kleiner. Lord wußte jedoch, daß das eine optische Täuschung war, die durch Carsons Körperhaltung verursacht wurde; als Beth jetzt in den Zeugenstand trat, schien er sich in ein Schneckenhaus zu verkriechen.
Sie saß unruhig auf der Vorderkante des Zeugenstuhls. Damone beobachtete sie durch die Panzerglasscheibe.
»Vor Vietnam«, sagte Beth gerade, »ist Harry anders gewesen.«
»Anders als später?«
»Ja, aber auch anders als die Jungs, die ich sonst gekannt habe.« Ihre Stimme klang sanfter, als sie sich erinnerte. »Harry hat vieles anders gesehen, und er wußte, daß er sich dafür nicht zu schämen brauchte.«
»Wie meinen Sie das?«
»Zum Beispiel, was die Farm anging. Er wollte sie unbedingt behalten, weil er dort Dinge riechen, anfassen und fühlen konnte.« Lord spürte, daß sie sich bemühte, den Geschworenen verständlich zu machen, was sie meinte. »Er konnte alle Geräusche und Gerüche bezeichnen. Ich weiß noch, wie wir einmal zu

der Sumpfniederung auf ihrer Farm gegangen sind. Anschließend hat er mich gefragt, an welchen Geruch ich mich erinnere...«

»Einspruch«, unterbrach DiPalma sie. »Nicht die Frage betreffend.«

»Stattgegeben.«

Beth wandte sich an Rainey. »Nach wilder Minze hat es gerochen«, schloß sie.

Lord beobachtete, wie Carson mehrmals rasch zu Beth hinüberblickte, als fürchte er sich davor, sie anzusehen. »Und nach dem Krieg?« fragte Lord sie. »Hat er da auch noch auf solche Dinge geachtet?«

»Nein. Aber ich hab's ihm in mancher Beziehung noch angemerkt – als sei dieser Teil von ihm irgendwie verschüttet.« Sie nickte verlegen zu Carson hinüber. »Er hat oft im Schlaf geweint...«

»Einspruch. Nicht die Frage betreffend.«

Lord drehte sich um. »Wovor haben Sie Angst, Ralph?«

»Stattgegeben, Mr. Lord – und das reicht!« Richter Rainey wandte sich an Beth und fuhr weniger streng fort: »Sie müssen sich darauf beschränken, die jeweilige Frage zu beantworten.«

Sie nickte zustimmend. »Ich dachte, das hätte ich getan.«

Rainey war sichtlich perplex. »Sie können fortfahren, Mr. Lord.«

»Haben Sie versucht, ihn zu wecken, wenn er geweint hat?«

»Anfangs schon.« Sie sah erneut zu Carson hinüber; danach zupfte sie nervös an ihrem Kleid herum. Wie ein Raucher, der keine Zigarette hat, dachte Lord. »Als ich's mal wieder getan habe, hat er sich über mich gewälzt und mir den Mund zugehalten. ›Ganz still‹, hat er geflüstert, ›sonst finden sie uns...‹«

»Wann ist das gewesen?« unterbrach Lord sie.

»Im Juni.« Sie senkte den Kopf. »Ich hab' einfach dagelegen, mich bemüht, durch die Nase zu atmen, und sein Herz schlagen gespürt. Dann hat er auf einmal den Kopf gehoben – als wüßte er plötzlich wieder, wer ich bin. Aber er hat nie darüber reden können.« Ihr Blick streifte Carson. »Vielleicht hat er darum angefangen, Gedichte zu schreiben...«

»Einspruch.« DiPalmas Stimme klang gelangweilt. »Nicht die Frage betreffend.«
»Stattgegeben.«
»Ihr Mann hat also Gedichte geschrieben?«
»Ja.«
»Worüber?«
»Das hat er nie gesagt. Aber ich wußte, daß sie vom Krieg handelten – Tod, Sterben...«
»Haben Sie sie anderen gezeigt?«
»Ich hab' versucht, sie Harrys Mutter zu zeigen. Aber sie hat nur eines gelesen und wollte danach keine mehr sehen.«
»Das war nach der Auseinandersetzung mit seinem Vater?«
»Ja.« Diesmal sah sie Carson länger an. »Ich wollte, daß die beiden ihn verstehen.«
»Haben sie ihn verstanden?«
Beth schüttelte den Kopf. »Nein.«
Lord machte eine Pause. »Aber später ist Harry Ihnen gegenüber gewalttätig geworden?«
»Nur dieses eine Mal.« Wieder sah sie zu Carson hinüber. »Er hat so überrascht ausgesehen...«
»Was hat er getan?«
»Er ist sofort gegangen, als ich ihm gesagt habe, er sollte das Haus verlassen – es war, als würde er sich für das schämen, was er getan hatte. Aber es war nun mal passiert – und ich hatte Angst vor ihm.«
Lord kam es vor, als würde sie nicht mehr zu ihm sprechen. »Wann ist das gewesen?«
»Letztes Jahr.« Sie blickte langsam und irgendwie bedauernd zu Carson hinüber. »Seither habe ich ihn nicht mehr gesehen.«
»Können Sie sich an das Datum erinnern?« fragte Lord.
»Juni«, sagte sie zu Carson. »Zweiter Juni.«

»Als Ihr Mann Sie letztes Jahr im Juni geschlagen hat«, fragte DiPalma, »kam er Ihnen also in gewisser Weise verwirrt vor?«
»Ja.«
Er betrachtete sie mit melancholischer Skepsis im Blick. »Aber Sie wußten auch, daß er während der Grundausbildung in Fort Benning einen Sergeant zusammengeschlagen hatte.«

»Einspruch«, sagte Lord überrascht. »Das weiß die Zeugin nur vom Hörensagen – sie ist nicht in Fort Benning gewesen.«
»Euer Ehren, meine Frage ist durchaus relevant, auch wenn Zeugnis vom Hörensagen generell als unzulässig erachtet wird. Erstens würden wiederholte Gewalttaten beweisen, daß Mr. Carson dazu neigt, gewalttätig zu werden. Zweitens würden sie die von Mr. Lord vorgebrachte Vietnamstreßtheorie widerlegen.«
Rainey nickte. »Einspruch abgelehnt. Sie können die Frage beantworten, Miss Winship.«
»Er hat mir davon geschrieben.« Sie zögerte einen Augenblick. »Aber der Sergeant hat versucht, ihm Staatsanleihen zu verkaufen.«
»Deswegen hat er ihn *geschlagen*?« fragte DiPalma. »Sagen Sie, war das vor oder nach seinem Einsatz in Vietnam?«
Beth starrte in ihren Schoß. »Davor.«
DiPalma straffte seine Schultern. In mitleidigem Tonfall sagte er: »Keine weiteren Fragen.«
»Mr. Lord?«
Während Lord noch zögerte, nahm Carson seinen Kugelschreiber und schrieb *Cathy* auf seinen Block. Seine Lippen formten ein Wort: »Bitte!«
Lord stand auf. »Hat Harry ihnen auch geschrieben, daß er gesehen hat, wie dieser Sergeant einem Kaninchen die Kehle durchgeschnitten, es ausgenommen und die Rekruten mit seinen Eingeweiden beworfen hat?«
»Ja.« Ihre Stimme klang fester. »Harry konnte es nicht ausstehen, wenn Tiere mißhandelt wurden.«
Lord, der sich an die Autopsiefotos von Kilcannon erinnerte, fuhr innerlich zusammen. »Würden Sie ihn als guten Vater bezeichnen?« fragte er weiter.
»Als liebevollen Vater.« Sie sah zu Carson hinüber. »Trotz seiner Probleme hat er immer versucht, auf Cathy einzugehen.«
Lord machte eine Pause. »Wie wird Cathy mit dieser ganzen Sache fertig?«
»Einspruch. Irrelevant.«
Lord sah müde zu DiPalma hinüber. »Harmlos, meinen Sie.«
Rainey runzelte die Stirn. »Ich lasse die Frage zu.«

»Miss Winship?«
»Wegen Cathy wär's mir lieber, wenn dieser Prozeß nicht im Fernsehen übertragen würde.« Sie sah wieder zu Carson hinüber und schloß leise: »Aber sie kommt damit zurecht, glaube ich.«
»Danke, Miss Winship.«

Lord lag auf dem Bett, ohne sich zu bewegen. Marcia sah ihn nicht an.
»Alles läuft auf Damone hinaus«, sagte er schließlich. »Er weiß als einziger, was Harry bis Juni durchgemacht hat. Und DiPalma, der vermutlich weiß, daß seine Aussage für uns vernichtend sein kann, läßt ihn womöglich so lange absichtlich zur Verhandlung kommen, bis ich verzweifelt genug bin, um auf Risiko zu spielen.«
Er hörte Marcia umblättern. »Was macht das schon«, fragte sie gleichmütig, »solange er die Wahrheit sagt?«
»Ich frage mich nur, ob wir die Wahrheit hören werden.« Er starrte die Zimmerdecke an. »Heute ist mir eingefallen, was mir ein erfahrener alter Strafverteidiger vor meinem ersten Fall erklärt hat: *›Bei einem Prozeß geht es nicht um die Wahrheit, sondern darum, daß zwölf Leute für den stimmen, der die beste Story konstruiert.‹*«
»Ich dachte, das hättest du dir gewünscht, Tony. Endlich einen großen Fall, damit alle sehen, wie gut du bist.«
Lord sah zu ihr hinüber. »Ich verliere den Prozeß«, sagte er leise.
»Und dafür habe ich alles aufgegeben.« Sie klappte das Buch zu. »Alles.«
Er beobachtete sie stumm. Seit dem Vorfall mit der Unbekannten hatte sie sich unauffällig, aber spürbar abgekapselt – durch Schweigen, einen gewissen Abstand zu ihm, ein Buch auf den Knien wie jetzt. Er fand es deprimierend.
»Ich muß Christopher noch gute Nacht sagen«, murmelte er.
Im Zimmer seines Sohnes roch es schwach nach Seife und den Plüschtieren, mit denen er schlief. Letztes Jahr, als Christopher sie noch für lebendig gehalten hatte, hatte jede Nacht ein anderes auf seinem Kopfkissen schlafen dürfen.

»Daddy?«
Im Dunkel klang die Stimme seines Sohnes schläfrig. Lord küßte ihn auf die Stirn.
»Gute Nacht«, murmelte er, »laß dich nicht von den Flöhen beißen.« Das hatte sein Vater auch immer gesagt.
Es erschreckte ihn, daß es ihm egal war, ob Marcia und er miteinander schliefen.
Lord blieb im Flur stehen.
Was er vorhin über die Wahrheitsfindung bei Prozessen gesagt hatte, hatte er seit Jahren selbst praktiziert. Aber es war schmerzlich, jetzt zusehen zu müssen, wie Teile von Carsons Leben seziert und aus dem Zusammenhang gerissen wurden, um als Bausteine für die verspäteten Einsichten anderer Leute zu dienen. Alles Lügen – wie die Lügen, die Marcia und er sich erzählten, wenn sie zwei Versionen ihres gemeinsamen Lebens schilderten.
Er ging ins Schlafzimmer und nahm seine Schlüssel von der Kommode.
»Präparierst du wieder einen Zeugen?« fragte sie kalt.
»Diesmal einen guten, hoffe ich. Er heißt Bramley.«

2

Der Zeuge war stämmig und hatte runde Schultern, braune Locken und gutmütige braune Augen, mit denen er sich sorgenvoll umsah, als fürchte er insgeheim, man könnte ihn wegen irgendeiner Äußerung für einen Dummkopf halten. Nach einem Blick zu Damone hinüber wandte Lord sich ab und vergrub beide Hände in den Hosentaschen.
»Nennen Sie bitte Ihren vollständigen Namen«, forderte er den Zeugen auf.
»Robert Lee Bramley.«
»Und was sind Sie von Beruf?«
»Ich bin Buchhalter.« Da seine Stimme hell und jugendlich klang, zwang er sich dazu, monoton zu sprechen. »In Chicago.«
»Sind Sie ebenfalls Vietnamveteran?«

»Ja.«
»Wie sind Sie nach Vietnam gekommen?«
»Ich bin eingezogen worden.«
»In welchem Alter?«
»Mit achtzehn.«
»Wie lange sind Sie im Einsatz gewesen?«
Bramley sah zur Saaldecke auf. »Zweihundertvierunddreißig Tage.«
»Wurde Ihr Einsatz vorzeitig beendet?«
Ein leichtes Schulterzucken. »Nach meiner Verwundung haben sie mich zurückgeschickt.«
»Können Sie uns Ihre Rückkehr schildern?«
»Wir sind in Oakland gelandet.« Bramley machte eine Pause. »Ein paar Demonstranten haben ›Babykiller!‹ gerufen.«
Sein Tonfall war leiernd, als würde er aus einem Reparaturhandbuch vorlesen. Lord hakte nach. »Hat Ihnen die Army nach Vietnam irgendeine Therapie angeboten, um Ihnen zu helfen, in den Alltag zurückzufinden?«
Wieder ein kaum sichtbares Schulterzucken. »Nein.«
»Hätten Sie Hilfe brauchen können?«
»Ich habe immer noch Alpträume.« Er machte eine verlegene Pause. »Manchmal raste ich aus nichtigen Gründen total aus.«
»Sind Sie jetzt in Therapie?«
»Ja.«
»Weswegen?«
»Meine Frau hat mich verlassen.« Er klang irgendwie erstaunt. »Ich hab' nie mit ihr reden… ihr nie richtig erklären können, was mit mir passiert ist.«
»Aber Sie wollen versuchen, es den Geschworenen zu erklären?«
»Ja.«
»Wieso?«
Der Zeuge sah rasch zu Carson hinüber, als könne er nicht recht begreifen, daß sie beide hier waren. »Harry hat mir das Leben gerettet.«
Während Kleist sich nach vorn beugte, sah Carson weg. »Er war also in Ihrer Einheit?« fragte Lord.

»In der Hundertundersten.« Bramley sah wieder zur Saaldecke auf. »Wir sind bei Khanh Duong über die Hügel, standen hüfthoch im Gras. Es war kalt und regnerisch, und es hat Blutegel und Feuerameisen gegeben, Dschungelfieber, Leberentzündung und Parasiten...« Er brach mit einem Schulterzucken ab. »Harry kam als Ersatz für einen, der in eine Sprengfalle geraten war.«
»Haben Sie sich mit ihm angefreundet?«
»Ersatzleute haben einen leicht in Lebensgefahr gebracht. Meine einzigen Freunde waren Cook und Stillman, die waren genauso lange dabei wie ich. Harry ist mit 'nem Bild von seiner Freundin angekommen und hat jedem diese gräßliche Geschichte von dem aufgeplatzten Leichensack erzählt.« Als er wieder mit den Schultern zuckte, erkannte Lord, daß das eine Art Tic war. »Vielleicht war da ja der Kerl drin, für den er zu uns gekommen ist.«
»Wie hat er sich in der ersten Zeit angestellt?«
»Vier, fünf Tage lang ist er bloß rumgestolpert, während wir versucht haben, ein paar Vietkong zu finden.« In Gedanken schien er Tage abzuzählen. »Am sechsten Tage haben sie *uns* gefunden.«
»Einspruch. Nicht zur Frage gehörig.«
»Stattgegeben.«
Als Bramley verwirrt dreinblickte, wußte Lord, daß DiPalma weiter versuchen würde, ihn aus dem Gleichgewicht zu bringen, damit seine Schilderung leblos und bruchstückhaft wirkte. Er sah Bramley aufmunternd an und fragte: »Was ist danach passiert?«
»Wir waren im Regenwald – im richtigen Urwald mit drei Stockwerken.« Nach einer kurzen Pause sprach Bramley so monoton wie zuvor weiter. »Von irgendwoher hat ein schweres Maschinengewehr das Feuer eröffnet. Der genaue Standort war nicht richtig auszumachen, weil die Echos aus allen Richtungen gleichzeitig kamen.« Er sprach noch langsamer. »Und plötzlich sehe ich, wie die Schußspur in gerader Linie auf mich zuläuft.«
»Was ist dann passiert?«
»Na ja, ich war wie erstarrt. Jemand hat mich umgerissen. Im

Fallen hab' ich gesehen, wie der Feuerstoß das Gras an der Stelle zerfetzt hat, wo ich eben noch gewesen war.« Ein seltsames, unpassendes Lächeln. »Harry hat mich gerettet.«
»Hat das Ihre Einstellung zu ihm verändert?«
»Wir wollten durchkommen, Cook, Stillman, er und ich.« Ein verlegener Blick zu Carson hinüber. »Wir haben angefangen, uns ›Brüder‹ zu nennen.«
»Cook und Stillman – was waren das für Typen?«
»Einspruch. Irrelevant.«
Jetzt wird's Zeit, dachte Lord und wandte sich an Rainey.
»Mr. DiPalma und ich können uns gern mit ständigen Unterbrechungen weiterquälen, Euer Ehren, aber meiner Meinung nach wäre es wichtiger, wenn der Zeuge Carsons Erfahrungen in Vietnam *zusammenhängend* schildern könnte.«
Rainey schob die Unterlippe vor. »Sie können fortfahren, Mr. Lord – zumindest vorläufig.«
»Cook...« Bramley schwieg geistesabwesend, fing von vorn an. »Er war aus Kentucky, hatte 'ne Brille und große Ohren. Stillman war aus New York, immer gut drauf.«
»Wer war Ihr Bataillonskommandeur?«
»Colonel Bast.« Der Zeuge nickte vor sich hin. »Am ersten Tag hat er Harry 'nen Anschiß wegen seiner langen Haare verpaßt. Er wollte unbedingt, daß wir ins Gefecht kommen.«
»Hat er das erreicht?«
»Mhh-hmm. Eines Nachts hat er uns auf einem ungefähr hundertfünfzig Meter hohen Hügel Stellung beziehen lassen – mit Hubschraubern, damit Charlie wußte, daß wir dort waren.«
Seine Stimme blieb ausdruckslos. »Und wie ging es weiter?« fragte Lord.
»In der Dunkelheit haben wir zuerst Schreie gehört: ›Kill GI, kill GI!‹ Es nieselte die ganze Zeit. Die Hubschrauber haben unsere Reservemunition am falschen Ort abgeworfen. Sie ist bei Charlie gelandet, und wir...«
»Einspruch. Nicht zur Frage gehörig.«
»Stattgegeben.«
Bramleys Mund stand offen; er wirkte wie ein erschöpfter Läufer, dessen Gedanken nur noch auf sein Ziel gerichtet sind. »Dann ging's mit Granatwerferfeuer los. Wir vier haben zu-

sammengehockt – unzertrennlich wie Brüder, hat Stillman gesagt. Eigentlich ziemlich blöd, weil die ganze Zeit Leichenteile durch die Luft geflogen sind. Verwundete haben geschrien…«

»Was geschah dann?«

»Gegen ein Uhr morgens kam der Vietkong.« Das Schulterzukken wirkte krampfartig. »Von allen Seiten – wir haben sie im Licht der Leuchtkugeln gesehen.«

»Hat Ihre Einheit Verluste erlitten?«

»Die meisten von uns sind gefallen. Stillman hat 'ne Kugel durchs Auge gekriegt.« Bramley kratzte sich an der rechten Schläfe.

»Danach hat's Cook an der Wade erwischt…«

»Und Harry?«

»Der hat Stillman über Cook gezerrt.« Er machte eine Pause, als erinnere er sich an etwas. »Wenn der Vietkong einen überrannt hat, hat er die Gefallenen mit dem Bajonett durchbohrt, um sicherzugehen, daß sie auch wirklich tot waren.«

»Sind Sie überrannt worden?«

»Nein.« Wieder ein Schulterzucken. »Bast hat unsere Stellung von unserer Artillerie unter Beschuß nehmen lassen.«

»Was ist aus Cook geworden?«

»Den hat ein Sanitätshubschrauber abgeholt.«

»Wo ist Colonel Bast zu diesem Zeitpunkt gewesen?«

»In seinem Gefechtsstand. Er ist später mit fünf Choppern als Geleitschutz und 'nem Kriegsberichterstatter gekommen.«

»Was hat er gemacht?«

»Er hat sich mit einem Fuß auf 'nem toten Vietkong fotografieren lassen«, berichtete Bramley leidenschaftslos. »Bis er gekommen ist, sind aus den Augen und Ohren der Toten schon Fliegen gekrochen. Es war grauenhaft.«

»Und was war mit Harry?«

»Der hat neben Stillman gestanden und den Colonel bloß wortlos angestarrt.« Nach einer Pause hob Bramley wieder den Kopf. »Dann hatte es Bast plötzlich sehr eilig. Er hat jemandem befohlen, Stillman wegzuschaffen und ist zu seinem Hubschrauber zurückgegangen.«

»Was haben Sie danach getan?«

»Wir haben den Hügel aufgegeben und sind ins Lager abgerückt.«
»Und Cook?«
»Der ist nach drei Wochen zurückgekommen.«
»Haben Sie noch mal mit Colonel Bast zu tun gehabt?«
Ein Nicken. »Ja, beim nächsten Unternehmen. Auch da ging's um 'nen Hügel.«
»Was ist dort passiert?«
»Nichts – sie sind nie gekommen.« Er sah mit seinem unerklärlichen Lächeln an Lord vorbei. »Ein blöder Vietkong hat den Kopf rausgestreckt, und Harry hat ihn aus sechzig, siebzig Meter Entfernung getroffen. Er ist ins Gras zurückgefallen und verschwunden – wie in 'ner Schießbude.«
»Tot?«
»Mhh-hmm.«
»Woher wissen Sie das?«
»Bast ist später aufgekreuzt und wollte, daß jemand losgeht und diesen Vietkong findet, damit er ihn als tot melden konnte.« Ein rascher Blick zu Carson hinüber. »Also hat er Harry losgeschickt.«
»Was haben Sie getan?«
»Cook und ich, wir wußten, daß sie auf der Lauer liegen würden...«
»Sie sind mit Harry mitgegangen?«
»Yeah.«
»Haben Sie den Toten gefunden?«
»Mhh-hmm. Aber in seiner Nähe haben vier seiner Kameraden gewartet.«
»Was ist dann passiert?«
»Cook hat 'nen Bauchschuß abgekriegt.« Bramleys monotone Stimme wurde leiser. »Harry hat zwei Vietkong erledigt, und ich hab' einen erwischt. Der vierte hat mich ins Knie getroffen.«
»Wer hat ihn erschossen?«
»Harry. Im Fallen hat der Vietkong noch sein Bajonett in Cooks Schädel gestoßen. Das war ganz merkwürdig – ich hatte ihn noch nie ohne Brille gesehen.«
»Wie sind Sie zurückgekommen?«

»Harry hat mich wie ein Feuerwehrmann über die Schulter genommen, und dann hat ein Scharfschütze mich am Arm getroffen.« Bramley betrachtete sein linkes Handgelenk. »Harry ist im Zickzack weitergerannt – ich hab' den Puls an seinem Hals gespürt und Kugeln pfeifen gehört. Für mich hat's 'ne Ewigkeit gedauert, bis wir wieder in unserer Stellung waren.«

Lord fiel auf, daß er diesmal nicht mit den Schultern gezuckt hatte. »Und wie ging es weiter?«

»Er ist zurückgelaufen, um Cook zu holen. Total verrückt war das. ›Er ist tot, Mann!‹ hab' ich ihm nachgebrüllt. Ein paar der Jungs haben geschossen, um Harry Feuerschutz zu geben. Um ihn herum sind überall feindliche Kugeln eingeschlagen – fast wie im Kino. Bast hat sich alles nur angesehen.

Harry hat's geschafft, Cook zurückzubringen.

Cook sah eigentlich richtig friedlich aus, na ja, aber er war von oben bis unten voll Blut. Harry hat ihn wie ein Kind auf den Armen getragen und ist vor Bast stehengeblieben.

Keiner hat was gesagt; alle haben gewartet, bis Harry wieder zu Atem gekommen war. Man konnte sehen, daß er vor Wut schlucken mußte, aber er hat ganz leise geredet. ›Hier ist Ihr Toter, Sir‹, hat er gesagt und Cook dem Colonel zu Füßen gelegt.

Bast hat Cook noch angestarrt, und in dem Moment hat Harry ausgeholt und ihm seinen Gewehrkolben ins Gesicht gerammt...«

Bramley stockte. Während Lord wartete, liefen ihm plötzlich Tränen übers Gesicht, und er zuckte mit den Schultern.

»Wissen Sie«, fügte er unter Tränen hinzu, »*ich* hätte ihn abgeknallt.«

Carson rieb sich mit Daumen und Zeigefinger die Augen.

»Danke, Mr. Bramley.« Lord drehte sich um und beobachtete die Geschworenen.

Kleists Hand mit dem Kugelschreiber war über dem Notizbuch erstarrt. »Wir machen zehn Minuten Pause«, entschied Rainey.

»Sie arbeiten seit zehn Jahren bei der gleichen Firma, nicht wahr?« fragte DiPalma den Zeugen.
Bramley, der die Fassung wiedergewonnen hatte, nickte zustimmend. »Ja.«
»Haben Sie schon mal auf jemanden geschossen?«
Bramley schien sich dazu zu zwingen, den Kopf zu senken. »Nein.«
»Oder Ihre Frau geschlagen?«
»Nein.«
»Oder sonst jemanden?«
»Nein.«
»Wie hat Colonel Bast ausgesehen?«
»Rotes Gesicht, ziemlich bullig, kurzes braunes Haar.«
»Haben Sie ihn jemals mit einer Sonnenbrille gesehen?«
»Es hat immer geregnet.«
DiPalma verschränkte die Arme. »Wissen Sie von irgendeinem Zusammenhang zwischen den von Ihnen geschilderten Ereignissen und der Ermordung von Senator James Kilcannon?«
Bramley blickte langsam auf. »Ich weiß nur«, sagte er mit gepreßter Stimme, »was Harry zugestoßen ist.«
Di Palma zögerte, verzichtete dann aber auf weitere Fragen. »Danke, das genügt mir.«
»Eine kurze Ergänzung, Euer Ehren.« Lord stand auf, sah zu Damone hinüber und wandte sich dann an Bramley. »Was ist mit Harry passiert, nachdem er Colonel Bast geschlagen hatte?«
»Er ist ins Long Binh Jail eingeliefert worden.«
»Haben Sie ihm dorthin geschrieben?«
»Die Briefe sind zurückgekommen.« Bramley machte eine Pause. »Es war, als ob er verschwunden wäre.«
Lord drehte sich um, sah Cass hinter der Panzerglasscheibe und nickte ihr zu. Sie berührte Damones Schulter und übergab ihm einen Briefumschlag.
»Mr. Lord?«
Damone blickte von der Vorladung unter Strafandrohung auf und sah zu Lord hinüber.
»Keine weiteren Fragen.«

3

Auf Lords Fernsehschirm wechselten sich Bilder ab: der weinende Bramley, Carson, der den Kopf zur Seite drehte, Damones kantiges Profil, während er gespannt von einem zum anderen sah.

Als sie sich gegenübergestanden hatten, war Lord einmal mehr die stählerne Härte seines Gesichts aufgefallen – die durchdringenden schwarzen Augen, die tiefen Falten in den Augenwinkeln. »Bevor Sie morgen aussagen, müssen wir…«, hatte Lord begonnen.

»Sie haben sich für diesen Weg entschieden«, hatte Damone ihn knapp unterbrochen. »Morgen wird sich zeigen, was Sie davon haben.« Deshalb saß Lord jetzt da und entwarf für seinen Hauptzeugen Fragen, von denen er nicht wußte, wie dieser sie beantworten würde. Normalerweise war das ein Kardinalfehler, den höchstens Anfänger machten.

Das Telefon klingelte.

Ein Reporter, dachte Lord instinktiv – auf seinem Schreibtisch lagen Dutzende von Gesprächsnotizen. Er nahm den Hörer ab.

»Mr. Lord?«

Eine ausdruckslose, trotzdem bedrohliche Stimme, die sich Lord tief eingeprägt hatte.

»Ja?«

»Sie haben unsere Warnung erhalten.« Jetzt folgte eine Pause, als wollte der Anrufer Lord Zeit geben, die Mitteilung zu verarbeiten.

»Wenn Sie weitermachen…«

Ein leises, fast zögerndes Klicken. Lord legte auf und zog die Vorhänge zu.

Was ihn vor allem beunruhigte, war die Intelligenz, die hinter diesen Anrufen steckte. In geschickt gewählten Abständen sorgsam eingestreute Reize – Christophers Name, sein Wagen, die langen Abstände dazwischen. Und immer rief er im denkbar schlimmsten Augenblick an.

Er wußte nicht, wie lange er so dagestanden hatte, als er das Echo hörte.

Lord ging ins Vorzimmer hinaus, um zu horchen. Hinter der Tür mit ihrer altmodischen Verglasung aus bleigefaßten Fünfecken war der Korridor dunkel. Das Echo waren Schritte, die rasch näher kamen.

Vielleicht war es der Hausmeister, vielleicht auch Cass, die noch einmal zurückgekommen war. Aber dann verstummten die Schritte auf einmal.

Er knipste das Licht an.

Eine formlose, in zahlreiche Fünfecke unterteilte Gestalt mit dunklem Haar, die irgend etwas in der Hand hielt. Lord tastete nach einem schweren Gegenstand.

Fingerknöchel klopften an die Scheibe.

»Tony?«

Eine halblaute Frauenstimme. Als er die Tür öffnete, stand Rachel Messer mit einer Flasche Champagner vor ihm.

Sie trug einen Regenmantel, und ihr Haar hing ihr ins Gesicht.

»Darf ich reinkommen?«

Lord senkte den Kopf, schlug sich mit der flachen Hand an die Stirn und begann zu lachen.

»Was ist daran so komisch?«

»Ich habe gerade einen Drohanruf bekommen.« Er schüttelte den Kopf und mußte über sich selbst lächeln. »Verdammt, langsam packt mich der Verfolgungswahn.«

Sie kam herein und schloß die Tür hinter sich. »Was für einen Anruf?«

»Jemand, der mich seit Wochen belästigt.« Er betrachtete sie stirnrunzelnd. »Wie sind Sie an dem Wachmann vorbeigekommen?«

»Ich hab' mich als Ihre Frau ausgegeben.« Ihr Regenmantel öffnete sich, als sie lächelnd mit den Schultern zuckte. »Er hat mich nach Waffen abgetastet.«

Lord beobachtete sie. »Sie haben sich nicht gerade die ideale Nacht ausgesucht.«

»Ja, ich weiß. Ich habe bei Gericht Ihre Zeugenliste eingesehen. Gestern war Damone noch nicht drauf.« Sie machte eine Pause. »Sie versuchen jetzt, die Lücken auszufüllen, nicht wahr? Aber Sie wissen nicht, was er sagen wird.«

Er lächelte schwach. »Sie werden's noch weit bringen, Rachel.«

»Und was ist mit Ihnen?«

Lord atmete aus und spürte, wie die Wirkung des Adrenalinschubs nachließ. »Ich glaube, das ist die schlimmste Nacht meiner bisherigen Laufbahn.«

Rachel ging an ihm vorbei und stellte den Champagner auf den Schreibtisch. »Ja, ich weiß«, sagte sie. »Deshalb bin ich hier.«

Ihr Blick war ernst, als sie sich umdrehte. Während Lord sie schweigend betrachtete, verzog sie die Lippen zu einem verlegenen Lächeln.

Das Telefon klingelte wieder.

Lord sah rasch zum Telefon und dann wieder zu Rachel hinüber, die wartend dastand. Das Telefon klingelte weiter.

»Nicht hier«, sagte er.

Ihr Apartment war mit den Luxusdingen ausgestattet, mit denen sich Alleinstehende umgeben – signierte Drucke, eine Stereoanlage für tausend Dollar, ein Messingbett. Lauter Dinge, die Lord sich nicht mehr leisten konnte und aus denen er sich nichts mehr machte. Alles sehr elegant und luxuriös, aber irgendwie nicht sein Stil. Sie zündete die beiden Kerzen neben ihrem Bett an.

»Der Champagner wird warm«, sagte sie lächelnd.

Er öffnete die Flasche und ließ den Korken langsam herausgleiten, damit nichts überschäumte. Dabei fiel ihm ein, daß dieser Trick auch Marcia bei ihrem ersten Rendezvous imponiert hatte.

»Kein Tropfen daneben«, sagte Rachel.

»Das muß man im Handgelenk haben.« Irgendwie kam er sich vor, als spiele er in einem Film mit, den er schon einmal gesehen hatte.

Rachel sah ihn über den Rand ihres Glases an. Lord hatte das Gefühl, daß sie zu einem Entschluß gelangte.

Er hatte vergessen, wie es war, in der Wohnung einer Frau zu sein. Vergessen, wie dies hier war.

Er küßte sie. Ihre Lippen waren weich, fordernd, weckten Erinnerungen.

Rachel erhob sich und blieb vor ihm stehen. Dann fing sie an, sich langsam auszuziehen.

Ihr Körper war zierlicher, als ihre Energie ihn wirken ließ. Ein Knöchelkettchen verfing sich in ihrem Strumpf.
Lord kam sich plötzlich egoistisch vor.
»Augenblick.« Er kniete vor ihr nieder, fand den Verschluß und öffnete ihn.
Sie küßte ihn und tastete dabei nach seinem obersten Hemdknopf.
Die Bettwäsche war kühl und duftete zart. Nur ihr Körper war warm.
»O Gott, Tony…«
Er hatte das seltsame Gefühl, sich verirrt zu haben. Er wußte nur, wo er sie berühren mußte. Leises Stöhnen zeigte, was ihr am besten gefiel. Es war Ermunterung und Führung zugleich.
Als er in sie eindrang, zog sie ihn an sich.
Er bewegte sich mit ihr, blieb aber trotzdem beherrscht, als stehe ein Teil seines Ichs weiter abseits. Er küßte sie wie entschuldigend auf den Hals und schloß die Augen. Wenig später fühlte er, wie sie ihren Höhepunkt erreichte – und im nächsten Augenblick einen zweiten gemeinsam mit ihm.
Danach tranken sie Champagner.
»Unglaublich, Tony! Du liebst, wie du aussiehst.«
»Ängstlich?« scherzte er. »Oder müde?«
Sie lächelte. »Schön. Und hellwach.«
Auch das hatte er vergessen: Sein unausgesprochenes, kaum jemals reflektiertes Bewußtsein, ein guter Liebhaber zu sein. Aber er war verwirrt, fühlte sich fehl am Platz.
»Warum so schweigsam?« fragte sie lächelnd. »Postkoitale Tristesse?«
Und schlechtes Gewissen. »Wohl kaum«, sagte er leichthin. »Das beste erste Mal der Weltgeschichte.«
Danach trat eine längere Pause ein.
»Wie steht's mit dir und Marcia, Tony?«
Das brachte ihn in die Gegenwart zurück. In sein Schuldbewußtsein mischte sich jetzt Bedauern darüber, daß sie die falsche Frage gestellt hatte.
»Das ist kein Thema für heute abend, Rachel. Wirklich nicht.«
»Hör zu, ich versuche bloß rauszukriegen, wie du funktionierst.«
Lord überlegte, ob Marcia schwanger geworden war, um ihn

für ihre Abhängigkeit verantwortlich machen zu können. Und dann fragte er sich, was er hier verloren hatte – mit Harry Carsons Schicksal in seinen Händen, mit einem wichtigen Zeugen, auf den er sich vorbereiten mußte, mit Heim und Familie. Christopher. »Nicht weiter wichtig«, wehrte er ab.

Sie beobachtete ihn. »Willst du gehen?«

»Vielleicht wär' das jetzt besser.«

Sie blies die Kerzen aus. Auf dem Nachttisch blieben zwei halbvolle Champagnergläser zurück.

»Wo willst du hin?« fragte sie.

»Bloß zu meinem Wagen.«

Auf der Rückfahrt von Pacific Heights sprachen sie über alle möglichen unverfänglichen Themen. Lord merkte, daß Rachel sorgfältig abwog, was sie sagte, um ihn spüren zu lassen, daß sie ihn wollte, ohne dabei gleich an eine feste Beziehung zu denken. Erfahrung, dachte er. Von Natur aus war sie jedenfalls nicht der vorsichtige Typ.

Auf der Hayes Street sah Lord den Wagen – einen grünen Kombi, der hinter seinem Datsun parkte.

Lord konnte nicht reagieren. Lies das Kennzeichen, sagte er sich benommen. Er konnte nicht sprechen, als Rachel neben dem Kombi hielt.

Im nächsten Augenblick sah er Marcia durch die Scheibe des anderen Wagens.

Ihr Gesicht war blaß und verkniffen. Ihre Lippen bewegten sich, aber er verstand nicht, was sie sagte. Rachel faßte ihn an der Schulter.

»Wer ist das, Tony?«

»Marcia.«

Dann sah Marcia ruckartig geradeaus. Der Kombi stieß zurück, fuhr mit quietschenden Reifen an und raste davon. Seine Schlußlichter verschwanden um die nächste Ecke.

»Tut mir leid, Tony.« Als Lord weiter nach draußen starrte, berührte Rachel seine Schulter. »Irgendwann hätte sie es doch erfahren müssen.«

Lord drehte sich ungläubig nach ihr um. Was er vermutete, spiegelte sich in ihren Augen. Er wandte sich ab und stieß die Beifahrertür auf.

In der Diele brannte kein Licht; der einzige Lichtschein kam aus ihrem Schlafzimmer. Als Lord an Christophers Zimmer vorbeiging, konnte er das gleichmäßig tiefe Atmen seines Sohnes hören.
Die Schlafzimmertür wurde aufgerissen. Marcia sah zerbrechlich, verletzt und rachsüchtig aus. Ihre Haare hingen strähnig herab.
»Komm mir bloß nicht zu nahe, du Dreckskerl!«
Er sah zu Christophers Zimmer hinüber. »Nicht hier«, sagte er halblaut – und merkte dann, daß er das schon zu Rachel gesagt hatte.
»Scheißkerl!« Ihre gepreßte Stimme zitterte. »Ich wußte die ganze Zeit, daß du eine andere hast.«
Ein Teil von ihr will, daß Christopher uns hört, dachte er – sie will mich verletzen, indem sie zeigt, daß sie verletzt ist. Leise schloß er die Tür des Kinderzimmers.
»Es hat nie eine andere gegeben«, murmelte er unbeholfen. »Bis heute abend nicht. Ich weiß, wie du dir jetzt vorkommen mußt...«
»Du bist ein gefühlloser, eiskalter Lügner, und du hast keine Ahnung, wie ich mich fühle!«
Sag irgendwas, dachte er, irgendwas anderes. »Warum bist du hingefahren?«
»Jemand hat angerufen – ein Mann.« Sie hob den Kopf. »Er hat mir gesagt, mit wem du weggefahren bist – und wo ich Gelegenheit hätte, sie zu sehen.«
Er kämpfte gegen eine leichte Übelkeitswelle an. »Das ist so schwer zu erklären, Marsh. Ich weiß nicht, ob ich das jetzt kann...«
»Fahr doch zu ihr, damit ihr weiterbumsen könnt!« fauchte sie. »Aber ich will nicht, daß du mich jemals wieder anfaßt!«
Sie stand mit verschränkten Armen vor ihm. »Das ist ja wohl schon seit Wochen klar«, antwortete er.
»Wenn *das* deine Entschuldigung ist...«
»Ich habe keine. Bitte, nicht hier...«
»Dann verschwinde!«
»Nicht solange Christopher schläft.«
»Dann sag's ihm – auf der Stelle! Oder ich tu's selbst.«

Ihre scharfen, unnachgiebigen Worte klangen eingeübt, als sei sie von der Dramatik ihres Wutausbruchs berauscht.
»Marsh, laß Christopher aus der Sache heraus.«
Sie trat einen Schritt auf ihn zu. »Das ist deine einzige Sorge, was? Immer nur *er*...«
»Versuch nicht, ihn für deine Zwecke zu benutzen, Marsh. Versuch nicht, ihn...«
Sie flüchtete ins Schlafzimmer. Dort griff sie nach etwas, drehte sich blitzschnell um und warf seinen Wecker nach ihm. Lord duckte sich im letzten Augenblick. Der Wecker knallte gegen Christophers Tür.
»Jetzt reicht's!« knurrte Lord. »Laß den Unsinn, verdammt noch mal!«
Die Tür hinter ihm öffnete sich. Christopher, der sichtlich erschrocken war, versuchte zu lächeln, das Ganze als Witz hinzustellen, während er ängstlich seinen Vater ansah. Lord schloß ihn in die Arme. »Zurück in die Falle, Kleiner.«
»Was ist denn los?«
Lord sah über die Schulter seines Sohnes zu Marcia hinüber. »Meine Schuld«, murmelte er. »Ich hab' Mommys Gefühle verletzt, darum ist sie jetzt böse. Aber nicht auf dich.«
Marcia stand bewegungslos da. Als er sich rasch abwandte und Christopher in sein Zimmer trug, fiel hinter ihnen die Schlafzimmertür ins Schloß. Christopher saß auf der Bettkante und rieb sich die Augen.
»Jetzt habe ich ein Problem«, sagte Lord leise. »Wo soll ich schlafen?«
Sein Sohn klopfte mit der flachen Hand auf die Matratze. »Hier«, brachte er heraus, während Lord ihn in den Arm nahm.
Lord spürte den Herzschlag seines Sohnes, sein gleichmäßiges Ein- und Ausatmen. Wie beängstigend muß es für ein Kind sein, dachte er, wenn Menschen, von denen es abhängig ist, so aufgebracht und verwirrt sind?
»Ich liebe dich«, flüsterte er. »Alles wird wieder gut. Ich verspreche es dir.«
Zuletzt schlief Christopher ein. Lord tat die ganze Nacht kein Auge zu.

Während sein Sohn noch schlief, duschte Lord im Gästezimmer und rasierte sich für die Gerichtsverhandlung.
Im Haus herrschte eine unheimliche Ruhe. Wären die Glassplitter im Flur nicht gewesen, hätte Lord alles für einen Alptraum halten können.
Marcia stand in Jeans und einem Rollkragenpullover in der Küche und trank Kaffee. Die Morgensonne schien mitleidlos hell durch das Fenster.
»Ich will, daß du ausziehst«, sagte sie. »Und zwar sofort.«
Das klang noch immer wie aus einem Drehbuch. Er sah ihr in die Augen. »Nicht ohne Christopher.«
Sie funkelte ihn an. »Du könntest ihn ja nicht mal versorgen.«
»Ich liebe ihn. Den Rest werde ich lernen…«
»Typisch! *Das* ist alles, was dir Sorgen macht.«
»Nein.« Zögernd suchte er nach Worten. »Weißt du, heute nacht sind mir eine Menge Dinge durch den Kopf gegangen. Erinnerungen, lauter Erinnerungen. Nur die Zukunft konnte ich mir nicht vorstellen – jedenfalls nicht so, wie du sie mir vor Augen geführt hast.«
»Bis auf Christopher.«
»Ich kann ihn nicht hierlassen. Nicht nach letzter Nacht.«
Sie stellte ihre Tasse ab. »Es tut mir leid, Tony, aber du bekommst ihn nicht.«
Er konnte nicht denken, nur noch reagieren. »Das hast du nicht zu entscheiden.«
»Wirklich nicht?« Sie baute sich selbstbewußt vor ihm auf. »*Ich* habe ihn großgezogen, während du Prozesse geführt und andere Frauen gebumst hast. Solltest du versuchen, das Sorgerecht einzuklagen, wird er mit vor Gericht gezerrt. Und *du* weißt besser als jeder andere, wie das ist, nicht wahr?«
Lord spürte, wie ihm kalter Zorn die Kehle hochstieg. »Letzte Nacht«, sagte er ruhig, »hab' ich einfach nicht glauben können, was ich getan hatte. Aber jetzt kann ich's.«
Sie wandte sich ab.
Lord küßte seinen Sohn, bevor er ging, und verließ dann das Haus, bevor Christopher sein Gesicht sehen konnte.

4

Nicht mehr daran denken! ermahnte Lord sich. Bis heute abend fällt dir schon irgendwas ein.

Carson, der neben ihm saß, erwiderte Damones Starren mit besorgtem Blick. Lord berührte die Schulter seines Mandanten und stand auf.

»Nennen Sie bitte Ihren vollständigen Namen.«

»John Anthony Damone.«

Ein weicher Baß, aus dem schlummernde Energien sprachen.

»Sie waren in Vietnam?«

»Ja.«

»Was ist Ihr gegenwärtiger Beruf?«

»Ich bin Stacy Tarrants Manager.«

Sein Tonfall bewies, daß er die Vernehmung als eine Art Duell betrachtete. »Haben Sie mitgeholfen, Senator Kilcannon zum Krankenwagen zu bringen«, fragte Lord, »nachdem er bei dem Konzert verletzt worden war?«

»Ja.«

»Und zuvor haben Sie ihn in Chinatown bei einer Rede von der Motorhaube einer Limousine gerissen?«

»Ja.«

»Aus welchem Grund?«

»Ich habe Feuerwerkskörper für Schüsse gehalten.«

Lord warf ihm einen fragenden Blick zu. »Waren Sie ein Bewunderer des Senators?«

»Nein.«

Damones leicht verächtlicher Unterton war nicht zu überhören.

»Weshalb haben Sie's dann getan?«

Damone kniff die Augen zusammen. »Reflexe«, antwortete er knapp.

Kleist beugte sich nach vorn, als spüre er die Feindseligkeit in Damones Stimme. »Die auf Vietnam zurückzuführen sind?« fragte Lord weiter.

»Ja.«

Lord wurde das Gefühl nicht los, daß sie sich gegenseitig belauerten. Außerdem war er sich darüber im klaren, daß seine nächste Frage hochriskant war, was den Verlauf des Prozesses

und Carsons Schicksal anging. Dann stellte er sie trotzdem: »In welcher Funktion sind Sie in Vietnam eingesetzt gewesen?«
Damone legte die Handflächen aneinander und berührte mit den Fingerspitzen seinen Bart. Mit unverändert ruhiger Stimme antwortete er: »Ich war ein Killer.«
Das Wort traf wie ein Keulenschlag. Lord überspielte seine Überraschung, indem er Damones Aussage richtigzustellen versuchte: »Sie sind an der Front gewesen, meinen Sie.«
Aber Damone schüttelte langsam den Kopf. »Ich meine, daß ich Leute ermordet habe. Genau das war mein Auftrag.«
Darauf war Lord nicht gefaßt gewesen, aber er durfte sich jetzt nicht aus dem Konzept bringen lassen. »Wer hat Ihnen diesen Auftrag gegeben?«
»Ein CIA-Agent. Ein gewisser Glennon.«
Rainey beugte sich zu Damone hinüber und schien eine Zwischenfrage stellen zu wollen. Lord fragte widerstrebend weiter: »Wie hat er Sie angeworben?«
»Ich war bei der Ausführung eines Befehls verwundet worden.« Lord hörte seinen leicht spöttischen Unterton heraus. »Glennon hat mir mehr Unabhängigkeit versprochen.«
»Haben Sie allein gearbeitet?«
Damone zögerte. »Nein, in Dreierteams.«
Lord glaubte zu fühlen, wie die Geschworenen förmlich erstarrten. »Wo hat Glennon die anderen gefunden?«
»In Militärgefängnissen. Er ist zu Inhaftierten gegangen, denen eine Anklage wegen Mordes oder schwerer Körperverletzung drohte, und hat sie vor die Wahl gestellt.«
Mehrere Geschworene sahen zu Carson hinüber. Lord fragte mit ruhiger Stimme: »Hat er auch Harry Carson vor diese Wahl gestellt?«
»Nein.« Damone machte eine Pause. »*Ich* habe ihn angesprochen.«
»Weshalb?«
»Weil ich ihn kannte – von unseren ersten Tagen in Vietnam.«
»Wissen Sie, warum er sich darauf eingelassen hat?«
»Er wollte heiraten.« Nach einem kurzen Blick auf Carson

sagte Damone mit schrecklicher Ironie: »Harry hätte verdammt lange sitzen müssen.«
DiPalma, der die ganze Zeit über geschwiegen hatte, mußte wissen, daß die letzten drei Antworten tödlich gewesen waren. Aber Lord blieb nichts anderes übrig, als die Vernehmung zu Ende zu bringen.
»Wie hat Ihr Team gearbeitet?« fragte er ruhig.
Damones Miene verriet erst Überraschung, dann Entschlossenheit. »Wir sind nachts mit Schals, Messern und Handgranaten in der Nähe von irgendwelchen Dörfern abgesetzt worden.« Er machte eine Pause, bevor er kühl hinzufügte: »Und wir hatten einen Plan, auf dem eingezeichnet war, wo sich die Leute aufhielten, auf die Glennon es abgesehen hatte.«
Lord spürte, daß der letzte Satz eine Warnung enthielt – oder eine Herausforderung. Er vergrub beide Hände in den Hosentaschen. »Und wie sind Sie vorgegangen?«
»Wir haben uns dort eingeschlichen, wo die Leute geschlafen haben.«
Selbst aus Damones Schweigen schien unterdrückte Gewalttätigkeit zu sprechen. »Und dann?« fragte Lord zögernd.
»Wir haben ihnen die Nase zugehalten, damit sie den Mund öffnen mußten, um Luft zu kriegen.« Sein lakonischer Tonfall klang fatalistisch. »Dann haben wir ihnen die Schals tief in den Mund gestopft, damit sie nicht schreien konnten, und ihnen die Kehle durchgeschnitten.«
Im Saal herrschte betroffenes Schweigen.
Lord starrte Damone an. »Um was für Leute handelte es sich bei den Opfern?«
»Um Vietkong-Agenten.« Damones Stimme klang gelangweilt und spöttisch. »Glennon hat uns die Namen von einer CIA-Computerliste vorgelesen.«
Trotz seines Schocks erinnerte Lord sich daran, was Shriver ihm erzählt hatte. »Hat er Ihnen auch Drogen gegeben?«
Damone beobachtete ihn aufmerksam. »Dexedrin«, antwortete er schließlich. »Und anderes Zeug, das die Franzosen zurückgelassen hatten.«
»Wie hat es gewirkt?«
»Es hat Hemmungen abgebaut – und sich auf das Erinnerungs-

vermögen ausgewirkt.« Ein kurzes, bitteres Lächeln. »Glennon wollte nicht, daß seine Leute allzuviel empfanden oder sich später an Einzelheiten erinnerten.«

Lord zögerte. »Warum erinnern *Sie* sich an diese Dinge?«

Das Lächeln verschwand. »Ich hab' keine Drogen gebraucht«, antwortete Damone ruhig.

»Aber Harry Carson?« fragte Lord.

Damone nickte langsam. »Unsere Arbeit lag ihm nicht besonders.«

Eine ironische Feststellung, die trotzdem fast mitleidig klang.

»Wann hat sich das herausgestellt?«

Wieder das schwache Lächeln. »Beim ersten Einsatz.«

»Worum ging es dabei?«

»Wir sollten einen Steuereintreiber des Vietkong ermorden.«

Lord legte den Kopf schief. »Hatte Harry Carson dabei einen bestimmten Auftrag?«

»Er sollte die Frau des Burschen umbringen.« Damone machte eine Pause. »Glennon wollte, daß er ›naß‹ zurückkam.«

»›Naß‹?« wiederholte Lord automatisch.

»Er sollte ihr die Kehle so durchschneiden, daß ihr Blut auf ihn spritzte«, sagte Damone mit gepreßter Stimme. »Glennon wollte den Beweis sehen.«

Carson bedeckte sein Gesicht mit den Händen. Alle anderen – Rainey, Kleist, der Protokollführer – schwiegen betroffen. Der letzte Funken Hoffnung auf ein normales Kreuzverhör war erloschen; Damones Dialog mit Lord war ätzend scharf und explosiv geworden.

»Bleiben wir bei der Frau«, sagte Lord. »War eine solche Vorgehensweise üblich bei ihren Aufträgen?«

Damone nickte knapp. »Glennon hat sogar darauf bestanden, daß wir die Angehörigen erledigen.«

»Aus welchem Grund?«

Die Geschworenen sahen wieder zu Damone hinüber. »Sie hätten schreien und gehört werden können«, sagte er.

Lord ballte die Hände in den Hosentaschen. »Ist irgendwas schiefgegangen?«

»Die Frau ist jung gewesen.« Damones Blick streifte Carson.

»Harry hat's nicht fertiggebracht, ihr die Kehle durchzuschneiden.«
»Haben Sie's getan?«
»Capwell, unser Fährtensucher.« Damone faltete die Hände. »Danach hat er seine Messerklinge an Harrys Gesicht abgewischt und ihm zugeflüstert: ›Jetzt schickt Glennon dich nicht zurück.‹«
Lord sah, wie die japanische Geschworene sich an die Kehle griff. »Was hat Harry Carson getan?«
»Wir haben ihn mit zurückgebracht.«
Aus dem Augenwinkel heraus nahm Lord wahr, daß Kleist sich etwas notierte; die anderen sahen überall hin – nur nicht zu Carson hinüber. »Wie hat Glennon reagiert?«
Damone hob den Kopf. »Capwell hat ihn belogen.«
»Hätte er Harry Carson tatsächlich ins Gefängnis zurückgeschickt?«
»Das wäre nicht das erste Mal gewesen.« Damone machte eine Pause. »Und das hat Capwell natürlich gewußt.«
Lord zog seine Hände aus den Hosentaschen. »Und danach«, fragte er weiter, »hat Harry Carson die von Glennon angebotenen Drogen geschluckt?«
Aus Damones Antwort sprach wieder unterschwellige Ironie. »Er wußte, daß wir auf ihn angewiesen waren.«
Kleist hörte zu schreiben auf.
Lord trat vor, um die Blicke der Geschworenen auf sich zu ziehen. »Wie lange war Carson mit Ihnen zusammen?«
Damone sah zum ersten Mal weg. »Nur bis zu dem Sondereinsatz«, sagte er. »Fand ausnahmsweise tagsüber statt.«
»Warum tagsüber?«
»Glennon wollte ihn gefilmt haben.«
Lord runzelte die Stirn. »Weshalb?«
»Ein Journalist hatte herausbekommen, daß es Todesschwadronen der CIA gab – unter dem Decknamen ›Phönix-Programm‹. Glennon wollte unser Team zur Lösung ihres PR-Problems einsetzen.«
»Wie?«
»Ein Kriegsberichterstatter sollte filmen, wie wir einen lebenden Vietkong zurückbrachten. Nur daß der Kerl eben nicht nachts filmen konnte.«

»Glennon hat Sie also tagsüber losgeschickt?«
Diesmal schien die Pause Bedauern auszudrücken. »Er hat Capwell und Harry losgeschickt.«
»Aber nicht Sie?«
»Das war ein Selbstmordkommando.« Damone war offenbar entschlossen, diesmal Lords Blick standzuhalten. »Ich habe Glennon gesagt, er könne ja versuchen, mich eigenhändig umzubringen.«
»Was hat er daraufhin getan?«
»Er hat mir lieber eine Besorgung aufgetragen. Ich hab' Harry aufgefordert, mitzukommen.«
»Warum hat er's nicht getan?«
»Capwell hat gesagt, er sei ihm was schuldig.«
»Was ist dann passiert?«
Damone zuckte mit den Schultern. »Ich bin abgehauen.«
»Und als Sie zurückgekommen sind?«
Wieder ein Schulterzucken. »Mit Capwell war's aus. Sie hatten ihn in einen Leichensack gelegt.«
»Wie ist er gestorben?«
»Verblutet.« Der hartnäckige Blickkontakt hatte etwas von Selbstzüchtigung an sich. »An einer Schußwunde.«
»Wer hat Ihnen das gesagt?«
Damone zögerte. »Ich hab' den Sack aufgemacht.«
Das unterbrach den Rhythmus von Lords Fragen. Er spürte, daß die Geschworenen – und Carson – warteten.
»Haben Sie Glennon gefragt, was passiert war?«
Damones Blick verfinsterte sich. »Er hat sich geweigert, darüber zu reden.«
»Hat er seinen Film bekommen?«
»Das weiß ich nicht.«
»Wo war der Kameramann?«
»Den hab' ich nie mehr gesehen.«
»Und Harry Carson?«
»Weg.« Damone schnalzte mit den Fingern. Das unerwartete Geräusch ließ die Anwesenden zusammenzucken, bevor er hinzufügte: »Glennon hat ihn heimgeschickt – einfach so!«
Lord wartete. »Hat er Ihnen irgendwann erzählt, was bei diesem Einsatz passiert ist?«

»Das weiß er nicht mehr.«
Als Lord sich umdrehte, starrte Carson seine Hände an.
»Wann hat dieser letzte Einsatz stattgefunden?« fragte Lord ruhig.
Damone blickte lange zu Carson hinüber. »Am ersten Juni«, sagte er.

»Mr. Lord hat vergessen, Sie etwas zu fragen«, begann DiPalma. »Ist Harry Carson bei Ihren Einsätzen zum Killer geworden?«
Damone beugte sich vor. »Ja.«
»Wie viele Menschen hat er umgebracht?«
»Fünf.«
DiPalmas Miene wirkte verächtlich. »Auch Frauen?«
Damone schien darüber nachzudenken. »Nein, nur Männer.«
DiPalma schien etwas sagen zu wollen, hielt dann aber inne und fragte: »Mit welcher Waffe?«
»Nach dem ersten Einsatz hat Glennon ihm erlaubt, 'ne Mauser zu benutzen.«
DiPalma machte eine Pause, um diese Antwort wirken zu lassen. »Hatte er dabei eine bestimmte Methode?«
Damone sah zu Boden. »Er hat sie in den Kopf geschossen.«
Lord beobachtete, wie DiPalmas Überraschung sich in Zuversicht verwandelte. »Wie hat er die Leute identifiziert, die er erschießen sollte?«
»Glennon hat uns Fotos gegeben.«
DiPalma verschränkte die Arme. »Carson hat sich also die Gesichter seiner Opfer gemerkt?«
»Ja.«
»Trotz der Drogen?«
»Ja...«
»Und danach hat er genau die Zielperson ermordet, auf die er es *abgesehen* hatte?«
Lord wußte, daß das der Kernpunkt war. Damone sah weg und schien zu überlegen, bevor er leise antwortete: »Außer wenn sich jemand geirrt hat.«
Dieser tödliche Scherz war so getarnt, daß DiPalma ihn im Zeitlupentempo zu verstehen schien.

»Aber Sie haben ihn trotzdem angeheuert?« fragte er dann, verwirrt und wütend zugleich.
Damones gelassene Ruhe suggerierte plötzlich Selbstbeherrschung. »Ich wußte, was er durchgemacht hatte«, antwortete er. »Aber nicht, was er tun würde.«
»Und Sie wissen auch nicht, was bei diesem Sondereinsatz passiert ist?«
»Nein.«
»Oder ob er *überhaupt* passiert ist?«
»Ich hab' Capwell gesehen.« Damone blieb gelassen. »Irgendwas war mit ihm passiert.«
DiPalma lief rot an. »Wissen Sie von irgendwelchen Auswirkungen dieses Einsatzes in bezug auf den Mord an Senator Kilcannon?«
Damone sah zu Carson hinüber. »Das weiß nur Harry«, antwortete er schließlich.
Als Carson seinem Blick auswich, zog DiPalma für die Geschworenen die Augenbrauen hoch. »Dann habe ich keine weiteren Fragen an Mr. Damone«, sagte er zu Lord und nahm wieder Platz.
Lord trat langsam an den Zeugenstand. »Glennon«, sagte er. »Wie alt war er?«
»Ende Zwanzig.«
»Wie würden Sie ihn beschreiben?«
»Als typischen All-American Boy – er hat in seiner Hütte dauernd Beach-Boy-Alben gespielt.« Damone machte eine Pause. »Seine Vietnam-Zulage hat er gespart, um sich später zu Hause einen Porsche kaufen zu können.«
Die Beschreibung war ein solches Zerrbild dessen, was Lord erwartet hatte, daß er in Damones Blick nach irgendeinem herzlosen Flunkern suchte. Aber Damones Augen lachten nicht, sie lächelten nicht einmal.
»Wie hat er ausgesehen?« fragte Lord.
»Südkalifornien.« Damones Stimme klang jetzt leiser. »Er hatte sich die Haare blond gefärbt.«
»Und seine Augenfarbe?«
»Blau.« Damone zögerte, bevor er hinzufügte: »Aber er trug meistens eine Sonnenbrille.«

Im Saal herrschte atemloses Schweigen.
»Wo könnte ich ihn erreichen, glauben Sie?« fragte Lord.
Damone sah zu Boden. »Er ist tot.«
Das klang so bestimmt, daß Lord innerlich zusammenzuckte. »Wissen Sie das sicher?«
»Ich hab' ihn gesehen.« Damones Augen glänzten unnatürlich, als er jetzt Lords Blick erwiderte. »Er ist verblutet – genau wie Capwell.«
Lord lief ein kalter Schauder über den Rücken. »Wodurch?« fragte er automatisch.
Der Ausdruck in Damones Augen blieb unverändert. »Jemand hat ihm die Kehle durchgeschnitten«, sagte er ruhig.
Sein Blick hielt Lord gefangen. »Hat Harry Carson das gewußt?«
»Nein.« Damones Stimme war kaum lauter als ein Flüstern. »Ich wollte keine schlimmen Erinnerungen wecken.«
Carson stand der Mund offen, und auf seinem Gesicht zeigten sich Schock und Verwirrung. Lord sah Rachel hinter der Panzerglasscheibe; dabei fiel ihm plötzlich ein, daß es besser wäre, um Christophers willen nicht ausgerechnet jetzt zu verreisen.
»Euer Ehren.« Lord erkannte seine eigene Stimme kaum wieder. »Angesichts dieser letzten Aussage des Zeugen beantrage ich eine Vertagung, um Gelegenheit zu haben, einen unter Umständen vorhandenen Film über den letzten Einsatz des Angeklagten ausfindig zu machen.«
Rainey starrte Damone an, der seinerseits noch immer Lord beobachtete.
Dann murmelte der Richter fast geistesabwesend: »Dem Antrag wird stattgegeben.«

DER PROZESS: TONY LORD

19. November bis 1. Dezember

1

In zehntausend Meter Höhe kam es Lord so vor, als würde sich sein Leben in einem Schwebezustand befinden, weil das Verfahren hinter und zugleich vor ihm lag.

Als er an Bord der 747 nach Washington gegangen war, hatte er die Blicke einiger Passagiere auf sich gespürt. Jetzt saß er ohne Sitznachbar in der abgedunkelten Kabine und starrte Hinterköpfe und einzelne Leselampen an.

Es gab keinen Glennon, hatte der CIA-Justitiar ihm mitgeteilt, zumindest keine auf diesen Namen lautende Personalakte. Aber Lord hatte in Carsons Augen einen blonden Mörder gesehen, der mit durchschnittener Kehle verblutet war.

Es gab keinen Glennon, das wußte er, weil John Damone ihn umgebracht hatte.

»Einen Cocktail, Sir?«

Eine niedliche Stewardeß stand lächelnd neben ihm. Lord bestellte einen Martini.

Während er den Inhalt des Plastikbechers kreisen ließ, überlegte er, ob ihr Lächeln nur in seiner Einbildung besonders freundlich gewesen war.

Warum ist die Sache mit Rachel passiert? fragte er sich.

Aus Übermüdung, Einsamkeit oder Angst? Oder deshalb, weil seine Ehe eine reine Zweckgemeinschaft geworden war, die nur noch aus dem Begleichen von Rechnungen und endlosen Vorwürfen bestand? Und dazu kam Christopher, der hilflos zwischen den Fronten stand.

Dummkopf! sagte er sich. Nach einem einzigen Martini zerfließt du vor Mitleid mit Christopher. Jetzt, wo Marcia weiß,

daß sie dich nur durch ihn verletzten kann. Warum hast du nicht einfach gelogen?
Dann fragte er sich plötzlich, warum Damone nicht hatte aussagen wollen?
Ein Eiswürfel klatschte in seinen Plastikbecher.
Lord schrak zusammen und sah zu der Stewardeß auf. »Noch einen Cocktail?« fragte sie.
»Ja, bitte.«
Sie goß geschickt ein. »Sie sind doch Anthony Lord, stimmt's? Der Anwalt?«
Ein hagerer Mann in den mittleren Reihen wandte sich zu ihnen um. Lord nickte – und dachte gerade noch rechtzeitig daran, daß er auch lächeln mußte.
»Alles Gute!« Nach einem Blick auf seinen Ehering ging sie weiter. Der hagere Mann sah zu, wie Lord einen Schluck von seinem Martini nahm.
Um dich herum verändert sich alles, dachte Lord. Du weißt nicht, was passieren wird, und hast Angst.
In Washington warteten Fernsehkameras auf ihn.
»Mr. Lord«, rief jemand, »rechnen Sie damit, den Film zu finden?«
Lord war von den Drinks leicht benommen. Er blinzelte in die Scheinwerfer, ohne die Gesichter dahinter zu erkennen. »Ich hoffe es«, antwortete er. »Harry Carson hat wenigstens soviel Glück verdient.«
Er bahnte sich seinen Weg durch die Meute, fuhr mit einem Taxi ins Hotel und rief Christopher an.
»Hallo«, antwortete seine eigene Stimme. »Hier spricht Tony Lord. Weder Marcia noch ich können im Augenblick ans Telefon kommen...«
»Christopher?« fragte Lord, während das Tonband des Anrufbeantworters weiterlief.
»Aber wenn Sie eine Nachricht hinterlassen wollen...«
Scheißapparat! Lord sprach lauter. »Christopher, hier ist Daddy... Geh bitte dran!«
»Daddy?«
Die Stimme seines Sohnes, der das Gerät abgestellt hatte, klang vorsichtig. »Na, wie geht's so?« fragte Lord erleichtert.

»Gut.«
»Ist ja prima.« Lord lächelte ins Telefon und versuchte, die Entfernung mit gespielter Munterkeit zu überbrücken. »Ich bring' dir was mit«, versprach er seinem Sohn. »Eine Überraschung.«
»Okay.«
Bin ich als Siebenjähriger am Telefon auch so mundfaul gewesen? fragte Lord sich. Oder geht Christopher auf Distanz zu dir? »Was machst du gerade, Sohn?«
Eine Pause. »Mommy läßt mich ›Dawn Rider‹ anschauen. Meine Lieblingssendung.«
Warum hast *du* das nicht gewußt? fragte Lord sich. »Schön, dann will ich dich nicht länger davon abhalten, Kleiner. Ich hab' bloß angerufen, um dir zu sagen, daß ich dich liebe.«
»Okay.« Ich liebe dich auch, fügte Lord an seiner Stelle hinzu. Dann schloß Christopher: »Bye.«
Lord ließ den Hörer sinken und starrte das Telefon an.
Durch den Anruf bei Marcia hatte ein Unbekannter ihm mehr angetan, als alle Drohungen bewirkt hätten. Wer konnte ihn so intelligent hassen?
Lord sperrte seine Zimmertür zweimal ab.
In seiner Jackentasche steckte ein Bündel Gesprächsnotizen – Anrufe von Reportern, der letzte von Rachel. Lord warf sie in den Papierkorb und rief die Rezeption an, um zu sagen, daß er für niemanden zu sprechen sei.
Danach lag er auf dem Bett und betrachtete das surrende Klimagerät, eine Gideon-Bibel, den angeschraubten Fernseher. SNI brachte die Höhepunkte des Verfahrens.
Lord beobachtete sich wie einen Fremden. Er sah einen beredten, geschickt argumentierenden Anwalt – was eine Illusion war, weil er gegen DiPalma verlor. Nachdem er den Fernseher abgestellt hatte, konnte er nicht einschlafen.
Am nächsten Morgen suchte er das Filmarchiv der US-Army auf.
Es war ein riesiges Lagerhaus mit langen grünen Stahlregalen, die von Neonröhren in fahles Licht getaucht wurden. An einem Ende befanden sich Karteischränke mit asiatischen Ortsnamen, Bataillonsnummern und vagen Datumsangaben. Lords Mut

sank, als er sah, welche Mengen von Material hier archiviert waren. Er würde den Film niemals finden.
Die Höflichkeit, mit der er empfangen wurde, bestärkte seinen Verdacht. Ein junger Angestellter erklärte ihm in rasender Eile das Katalogisierungssystem; langsam nahm das Ganze kafkaeske Dimensionen an. Er saß in der Falle, vor sich das Verfahren, das darauf wartete, beendet und verloren zu werden.
In einem engen Nebenraum war für ihn ein Filmprojektor aufgebaut worden. Dort saß Lord mit den Filmbüchsen des jeweiligen Tages und sah sich halbvergessene Erkundungsvorstöße an – schwarzweiße Stummfilme, in denen Menschen töteten und getötet wurden. Aber keiner zeigte Carson.
Bei der Rückkehr ins Hotel lauerten ihm Reporter auf und fragten, was er gefunden habe. Lord legte sich Standardantworten zurecht und schaffte es irgendwie sogar, seinen Frust zu unterdrücken. Nach dem ersten Abend im Hotelrestaurant ließ er sich das Essen vom Zimmerservice bringen.
Am Vormittag des vierten Tages fand Lord den Film.

Ein neunzehnjähriger, mit Drogen vollgepumpter Junge mit vor Angst eckigen Bewegungen – und unverkennbar Carsons Augen.
Als Lord ihm jetzt gegenübersaß, beobachteten ihn dieselben, aber inzwischen viel älteren Augen. »Sie sehen müde aus«, stellte Carson fest.
Lord bemühte sich, seine Anspannung zu verbergen. »Na ja, der lange Rückflug...«
Carson klopfte den Tabak seiner Zigarette fest, ohne Lord aus den Augen zu lassen.
»Es gibt einen Film, Harry.«
Die Pupillen schienen größer zu werden. »Zeigt er, was passiert ist?«
»Teilweise.« Lord gab ihm Feuer. »Können Sie sich an irgend etwas erinnern?«
»Capwell...« Carsons Hand zitterte. Er inhalierte tief und atmete den Rauch aus. »Er blutet...«
»Und dann?«
Ein flackernder Blick. »Ich lande in Oakland.«

Carson schien die Zigarette zwischen seinen Fingern vergessen zu haben. »Ich möchte, daß Sie sich den Film ansehen«, sagte Lord schließlich.
Ein rascher, weniger tiefer Zug. »Wann?«
»Morgen.« Lord zögerte. »Im Zeugenstand.«
Carson riß die Augen auf. »Vor allen Leuten?«
»Ja.«
Eine Hand zitterte, wurde von der anderen bedeckt. »Warum gerade dann?«
»Um Ihnen bei Ihrer Aussage zu helfen.«
Die Zigarette brannte weiter. »Das will ich nicht«, murmelte Carson.
»Was wollen Sie nicht?«
An Carsons Hals erschienen rote Flecken. »Wissen, was damals passiert ist.«
»Warum nicht?«
»Was ich noch davon weiß ... was John gesagt hat. Ich will nicht mehr daran denken.«
Lord beobachtete ihn – in die Enge getrieben, ängstlich. »Gibt es irgend etwas, das Sie mir nicht erzählt haben? Vielleicht etwas, das Sie Damone anvertraut haben?«
Carson starrte die lang gewordene Zigarettenasche an und schüttelte den Kopf. »Wozu, Mann?« murmelte er zuletzt. »Warum soll ich reden?«
»Weil ich keine Beweise dafür habe, daß Sie nicht geplant haben, Kilcannon zu erschießen.« Lord beugte sich vor und fügte eindringlich hinzu: »Sie sind unsere einzige Hoffnung, Harry ...«
»Dann zeigen Sie mir den Film. Vorher.«
»DiPalma wartet auf Sie.« Lord machte eine Pause. »Zeige ich Ihnen den Film vorher, behauptet er, wir hätten uns gemeinsam eine dazu passende Story ausgedacht. Mir wäre es lieber, Sie würden versuchen, sich erst vor Gericht zu erinnern – was immer dabei herauskommt.«
Carson öffnete den Mund, brachte aber kein Wort heraus.
Lord legte ihm eine Hand auf den Arm. »Sie haben gesagt, daß Sie Cathy eines Tages wiedersehen möchten, wenn alles überstanden ist. Ich kann nicht beurteilen, wie die Sache morgen

ausgehen wird, aber vielleicht ist es ein Schritt in die richtige Richtung.«

Nach langem Schweigen nickte Carson endlich.

Lord wartete vergeblich darauf, daß seine eigene Spannung nachlassen würde.

»Gut, dann müssen wir uns vorbereiten.« Er nahm Carson die Zigarette weg, bevor sie ihm die Finger versengte. »Ich spiele jetzt DiPalma.«

Irgend etwas stimmte nicht an der ganzen Geschichte.

Lord trank seinen Milchshake aus und starrte die Decke des Motelzimmers an. Er hatte die Rolle des Anklägers erfolgreich gespielt, zu erfolgreich für seinen Geschmack. Aber es würde DiPalma schwerfallen, Carson ein Tatmotiv nachzuweisen.

Warum hatte Carson an dem Abend, an dem er Kilcannon erschossen hatte, von Politik gesprochen, wenn er kein rationales Motiv für seine Tat hatte? Um seine eigene Verwirrung zu kaschieren?

Wer hatte Marcia angerufen?

Sein Blick fiel auf den in letzter Minute am Flughafen gekauften Teddybären, der noch in seinem Koffer lag. Auf seiner Armbanduhr war es 12.01 Uhr – viel zu spät, um Christopher noch anrufen zu können.

In neun Stunden würde der Prozeß weitergehen, und er würde alles auf eine Karte setzen. Jetzt wartete er in einem Motelzimmer in der Nähe des Gerichtsgebäudes. Er hatte sich unter dem Familiennamen seines Vaters eingetragen: unter dem ursprünglich polnischen Namen, den sein Vater erst später hatte ändern lassen.

Eine weitere Bienenwabe, dachte er. Ein weiterer Fernseher. Er knüllte den leeren Milchshakekarton zusammen.

Er mußte gewinnen. In seinem Leben war kein Platz für eine weitere Niederlage.

2

Im Saal herrschte Schweigen.
Der Gerichtsdiener hatte eine Hand am Lichtschalter. Die Zuhörer – unter ihnen auch Shriver – waren aufgestanden und drängten sich hinter der Panzerglasscheibe zusammen. Auf der anderen Seite der Scheibe wandten sich die Geschworenen der noch leeren Filmleinwand zu. Kleist hatte seinen Notizblock weggelegt. DiPalma und seine Assistenten bildeten eine schweigende Phalanx. Hinter dem Panzerglas sah Lord Rachel mit Hart Taylor; beide beobachteten Carson.
Er hatte sich Lords rote Seidenkrawatte geliehen; er tastete ständig wieder nach dem Knoten.
»Harry«, sagte Lord, »ich möchte, daß Sie auf die Leinwand sehen.«
Wie aus einer Art Reflex heraus nickte Rainey für ihn; danach bewegten sich Carsons Augen, dann sein Kopf.
Lord sah, daß die Fernsehkamera seiner Blickrichtung folgte. Ein Spiegelkabinett, dachte er – und merkte dann, daß er vergessen hatte, das Zeichen zu geben. Er sah zu dem Vorführer hinüber und nickte dem Gerichtsdiener zu.
Im Saal wurde es dunkel. Auf der Filmleinwand liefen Zahlen nach unten.
Dann ein Bild: verbrannte Baumstämme, silbrig schwarz und weiß. Als die Kamera schwenkte, erschien eine Gestalt.
Carson war als Vietnamese getarnt.
Er ging gebückt und verbarg sein aschblondes Haar unter einem kegelförmigen Strohhut. Seine Aufmachung hätte eher komisch als furchterregend gewirkt, wenn die Bäume und sein ausdruckslos starrer Blick nicht gewesen wären.
Der Aufnahmewinkel vergrößerte sich.
Zwei wie Carson verkleidete Männer bewegten sich mit ihm durch den verkohlten Wald. Der fehlende Ton ließ diese Szene surreal erscheinen; die Mittagssonne hätte der Mond sein können.
Sie rückten zueinander auf: Carson, ein Funker und ein dritter Mann mit Hakennase und auffällig weißen Zähnen, der jetzt grinsend nach vorn wies. Das mußte Capwell sein.

Die Kamera folgte seiner ausgestreckten Hand.
Am Fuß eines Hügels wurde der verbrannte Wald wieder zu üppigem Dschungel, dessen Baumkronen ein fast undurchdringliches Dach bildeten. Ungefähr eine Meile weit entfernt lag eine Lichtung mit strohgedeckten Hütten, auf der Leinwand eine Handbreit von Capwells Fingerspitze entfernt.
Carson sah zu ihm hinüber und nickte.
Die Kameraführung war gut, der Film erstaunlich professionell. Während die Kamera ihnen folgte, setzten die drei Männer sich mit Messern, Macheten und Sturmgewehren in Bewegung. Das Dorf verschwand aus ihrem Blickfeld; dann erreichten sie den Regenwald.
Vor ihnen befand sich dichtes Unterholz mit seltsam geformten Ranken und Blättern. Carson schwang seine Machete und begann, sich den Weg in Richtung Dorf zu bahnen.
Plötzlich wurde die Leinwand dunkel.
Das Auflitzen einer Machetenklinge in einem Sonnenstrahl, eine Anpassung der Blende ans Dunkel unter den Bäumen. Die drei Männer tauchten als schemenhafte Gestalten auf, und die Bilder erzeugten beinahe Platzangst: dichtes, formloses Laub, nur wenige Armlängen Sicht, der hektische Rhythmus von Messerschneiden, die das Dunkel zerhackten. Eine der Gestalten – Carson – ließ sich auf die Knie sinken, um auszuruhen, und die andern folgten seinem Beispiel.
Während Capwell sich mit dem Handrücken über die Stirn fuhr, holte die Kamera Carsons Fuß in Großaufnahme heran. Er war barfuß; ein Blutegel wurde zu einem Fleck, als Carson mit der flachen Hand draufschlug. Er fixierte die Kamera mit feindseligem Blick.
Capwell zog ihn hoch.
Sie hackten sich weiter ihren Pfad durch den Dschungel. Das Licht schien förmlich zu dampfen.
Lord wartete gespannt.
Plötzlich warf sich der Funker zur Seite. Ein ovales Etwas, das wie eine Handgranate aussah, rollte zwischen seine Beine. Carson riß sein Gewehr hoch. Der Rückschlag war deutlich sichtbar, und aus den Bäumen krachte etwas herunter. Im Gerichtssaal war ein erschrockenes Keuchen zu hören.

Die Kamera schwenkte wild.
Auf dem Urwaldboden lag der kopflose Kadaver eines Affen. Capwell bückte sich, griff nach der Handgranate und hielt sie für die Kamera hoch. Sein Grinsen war unnatürlich starr. Die Handgranate war eine kleine Kokosnuß.
Er drehte sich zu Carson um; ihre Köpfe bewegten sich im Gleichtakt. Lord stellte sich vor, wie sie nach dem Echo des Schusses horchten und abzuschätzen versuchten, wie weit er zu hören gewesen war.
Der Funker kam wieder auf die Beine und rückte seine Traggurte zurecht. Seine Finger schienen ihm nicht recht zu gehorchen. Als Capwell ihm die Kokosnuß zuwarf, prallte sie von seiner Brust ab.
Die drei Männer bildeten einen Halbkreis, starrten einander im Halbdunkel an und versuchten, eine Entscheidung zu treffen.
Capwell nickte Richtung Dorf.
Carson drehte sich etwas zur Seite, blickte in die gleiche Richtung. Dann nickte er langsam.
Im Gerichtssaal blickte Lord zu Carson hinüber. Der Lichtstrahl des Projektors lag zwischen ihnen; in seinem reflektierten Licht wirkte Carsons Gesicht gelblich, älter, während er zusah, wie der Junge, der er einmal gewesen war, sich weiter seinen Weg in Richtung Dorf bahnte.
Die drei Männer wirkten jetzt nervöser; sie blieben alle paar Meter stehen, um zu lauschen.
Plötzlich steckten sie ihre Macheten in die Gürtel zurück. Als sie weiterschlichen, veränderten sich die Lichtverhältnisse: Die Konturen wurden schärfer, und im Dunkel zu ihren Füßen wurden Buschwerk und feuchter Waldboden erkennbar.
Hinter Carson war die von Blättern eingerahmte Lichtung zu sehen.
Die Kameraeinstellung blieb minutenlang unverändert. Sie fing harmlose Szenen aus dem Dorfleben ein: scharrende Hühner, einige Kinder, eine Frau, die vom Wasserholen kam. Normal, sogar banal – außer daß keine Männer zu sehen waren.
Carson und Capwell steckten die Köpfe zusammen. Capwells Lippen bewegten sich stumm; irgendwie ahnte Lord, daß er

eine Warnung flüsterte. Carsons Augen lagen tief in ihren Höhlen.
Sie sahen gemeinsam auf seine Uhr. Lange Schatten verrieten, daß es später Nachmittag war.
Dann stürmten die drei Männer mit hölzernen Bewegungen aus dem Dschungel.
Das Dorf bestand nur aus acht oder neun Hütten, die einen gemeinsamen Hof umgaben. Die Frauen und Kinder standen still und wandten sich ab, so daß die Kamera nur ihre Rücken erfaßte. Drei Männer kamen auf das Dorf zu: in leichter vietnamesischer Baumwollkleidung, die für Einheimische viel zu groß war, und mit schußbereiten Sturmgewehren.
Sie machten sich daran, die Hütten zu durchsuchen.
Die Kamera konzentrierte sich auf Carson.
Er und sein Team sicherten sich nach allen Seiten und drangen in eine der Hütten ein.
Die Hütte war düster, eng und mit drei Polsterstühlen und einem Flechtwerktisch möbliert. An einer Wand hing ein Farbporträt Ho Chi Minhs; darunter stand eine zur Hälfte mit Seifenwasser gefüllte Waschschüssel, neben der eine Schere und ein Rasiermesser lagen. Der primitive Laden eines Dorffriseurs, vermutete Lord.
Carson starrte den Tisch an.
Dort stand neben einer Flasche mit Reiswein eine Tonschale. Aber die Flasche schien leer zu sein. Carson griff gierig nach der Tonschale; Flüssigkeit lief ihm übers Kinn, als er sie mit einem Zug leerte.
Die Kamera schwenkte weiter. Eines der Stuhlpolster wies eine Vertiefung auf.
Carson berührte sie kurz und drehte sich zu den anderen um. Lord las ihm von den Lippen ab, was er sagte: »Warm.«
Capwell fuhr herum, als habe ihn etwas erschreckt. Plötzlich rannten alle drei an der Kamera vorbei – Carson mit einer Granate in der Hand.
Die Kamera machte wild schwankend an der Tür halt.
Draußen waren die Frauen und Kinder spurlos verschwunden. Fünf oder sechs mit Gewehren bewaffnete Männer stürmten

auf die Hütte zu. Als Carson und sein Team ins Freie kamen, eröffneten sie sofort das Feuer.
Der Kopf des Funkers flog nach hinten; Capwell brach zusammen, Carson warf seine Handgranate.
Die Kamera hielt ihre Wurfbahn fest: eine weite Parabel, an deren Ende die Vietkong auseinanderliefen, als sie in ihre Mitte fiel. Die Staubwolke der ersten Detonation hing noch in der Luft, als die zweite Handgranate explodierte.
Danach waren auf dem Hof nur noch Tote zu sehen.
Die Kamera machte einen langsamen Schwenk durchs Dorf.
Der Funker war auf den Rücken gefallen. Kopfschuß. Seine Beine zuckten noch. Die Kamera bewegte sich weiter.
Carson hielt Capwell in den Armen und preßte beide Hände auf einen dunklen Fleck auf seiner Brust. Als er versuchte, ihn hochzuziehen und auf die Beine zu stellen, fiel Capwells Strohhut herunter und gab den Blick auf sein lockiges Haar frei.
Carson starrte ungläubig in die Kamera. Sein Mund öffnete sich, dann griff er nach dem Funkgerät des Toten. Endlich bekam er es zu fassen und warf sich den Traggurt über die Schulter.
Capwells Augen bewegten sich, als versuche er, alles mitzubekommen.
Diesmal gelang es Carson, sich mit ihm aufzurichten. An den Schatten der beiden Männer sah Lord, daß die Abenddämmerung eingesetzt hatte.
Carson machte sich daran, Capwell im Rückwärtsgang in den Urwald zu schleppen.
Sie bewegten sich unendlich langsam. Capwells Kopf lag an Carsons Brust, und er blickte gelegentlich zu ihm auf. Carson liefen die Tränen übers Gesicht, während er weiterstolperte; an seinen Händen klebte Blut, das Capwell jetzt auch aus einem Mundwinkel lief. Dann erreichten sie den Rand des Dschungels: Erst verschwand Carson, dann Capwell, dessen nackte Füße zwei Schleifspuren hinterließen. Dann wurde die Leinwand dunkel.

Als es im Saal wieder hell wurde, saß Carson bewegungslos da. Nur seine Lider bewegten sich, während er blinzelnd die Leinwand anstarrte.

»Wie ist es weitergegangen?« fragte Lord ihn. »Woran erinnern Sie sich?«
Carson reagierte nicht; die Blicke der Geschworenen ließen nervöses Mitgefühl erkennen.
»Harry?«
Er sah mechanisch zu Lord hinüber.
»Was fällt Ihnen als erstes ein?«
Carsons Gesicht war verzerrt. »Äh...«
Lord bemühte sich, seine Blockade zu durchbrechen. »Vietkong?« fragte er drängend.
Carson sah zur Saaldecke auf. »Später sind noch mehr gekommen.«
»Wo?«
»Im Dschungel.« Ein Murmeln. »Nachts.«
Lord steckte beide Hände in die Hosentaschen. »Was ist passiert?«
»Ich hab' sie erschossen.« Carson rieb sich mit zwei Fingern die Stirn. »Dann haben wir's bis zu den Reisfeldern geschafft. Der Reis bewegte sich raschelnd im Wind...« Bei dieser merkwürdig poetischen Erinnerung schienen sich seine Augen zu weiten.
»War es da immer noch Nacht?« fragte Lord.
»Äh... ja.«
»Wie lange haben Sie bis zu den Reisfeldern gebraucht?«
Ein seltsames, überraschendes Lächeln. »Sehr lange.«
Lord beobachtete ihn. »Wo ist der Kameramann gewesen?«
Das Lächeln verschwand. »Bei uns.«
»Können Sie sich an seinen Namen erinnern?«
Schweigen. »Nein.«
Lord zögerte kurz. »Hat Capwell noch gelebt?«
»Ich hab' ihn verbunden.« Carsons Stimme klang geistesabwesend. »Ich konnte nicht feststellen, ob er blutet...«
»Konnte er gehen?«
»Ich hab' ihn getragen.« Carson senkte den Kopf. »Sein Gesicht war voller Blut.«
Lord trat etwas näher an den Zeugenstand. »Die Vietkong«, begann er. »Haben sie...«
»Er hat gestöhnt.« Carson sah wieder auf. »Einer hat ihn gehört.«

Kleist zog seinen Notizblock näher zu sich heran, ohne jedoch zu schreiben. »Wer?« fragte Lord.
»Ein Vietkong, der sich im Reis versteckt hatte...« Seine Stimme wurde unhörbar leise.
Lord beugte sich nach vorn. »Was ist dann passiert?«
»Ich hab' Capwell aus dem Wasser gezogen...«
Los, red schon weiter! dachte Lord. »Wohin?«
»In den Schlamm am Feldrand.« Carson zögerte. »Er hat weiter gestöhnt...«
Lord nickte aufmunternd. »Was haben Sie danach gemacht?«
»Ich...« Ein Zögern, dann plötzlich Klarheit. »Ich hab' ihm den Mund zugehalten und ihn mit Morphium vollgepumpt.«
»Sie hatten Morphium dabei?«
»Ja, auch für den Fall, daß man in Gefangenschaft geriet. Dann konnte man ihnen erst mal nichts erzählen, konnte sich an nichts erinnern...«
Lord hatte ein flaues Gefühl im Magen. »Hat es geholfen?«
»Yeah.« Wieder ein seltsames Lächeln. »Er wollte ein Bier.«
»Bier?«
»Schlitz.« Carson schüttelte ungläubig den Kopf. »Mitten im gottverdammten Delta, während wir von Charlie gejagt werden...«
»Was haben Sie daraufhin unternommen?«
Carson schloß kurz die Augen. »Ich hab' ihn mit dem Kameramann zurückgelassen.«
Rainey hatte die Lippen zu einer schmalen Linie zusammengekniffen. »Ist er in Gefangenschaft geraten?« fragte Lord.
Eine lange Pause. »Nein.«
Einmal mehr kamen die Worte merklich widerstrebend. Lord trat neben ihn. »Was ist passiert?«
Carson wich seinem Blick aus. »Ich hab' mich versteckt, bis Charlie rauskam. Er hat mit seinem Gewehr auf sie gezielt...«
Als er nicht weitersprach, fragte Lord ruhig: »Der Vietkong hat sie erschossen?«
Carson öffnete den Mund; er brachte erst keinen Ton heraus und antwortete dann: »Ich hab' ihm die Kehle durchgeschnitten.«

Im Saal herrschte atemlose Stille.
Als Carson weitersprach, klang in seinem Tonfall leichte Verwunderung mit. »Für mich war es das erste Mal...«
Lord stellte sich vor ihn, um ihm zu helfen. »Und die anderen...?«
»Ich hab' den toten Vietkong ins Reisfeld geschleppt und ihm den Kopf nach hinten gedrückt, damit Wasser in seine Kehle laufen konnte.« Carsons Blick war starr. »Wenn die Lungen sich mit Wasser füllen, versinkt der Tote und bleibt unten, versteh'n Sie...«
»Sie wollten verhindern, daß er gefunden wird?«
»Seine Lungen sind vollgelaufen, und Capwell hat weiter von seinem Bier gefaselt.«
Lords Kehle war ausgedörrt. Die Geschworenen starrten vor sich hin, eine Geschworene hatte die Hände vors Gesicht geschlagen, und die Zuhörer hinter der Panzerglasscheibe waren zu einem schweigenden Steinfries erstarrt. Lord merkte, wie er ihre Reihen nach Damone absuchte.
Als er sich wieder zum Zeugenstand umdrehte, wirkte Carsons Blick wacher als zuvor. »Capwell«, sagte Lord. »Was haben Sie mit ihm gemacht?«
Carson schien sich an etwas zu erinnern. »Hätten wir ihm den Mund noch länger zugehalten, wäre er erstickt.« Eine kurze Pause. »Ich hab' dem Arschloch von Kameramann gesagt, daß er die Finger von ihm lassen sollte.«
Lord sah ihm in die Augen. »Konnten Sie ihn weitertransportieren?«
Carson starrte zu Boden. »Ich hab' Glennon über Funk gerufen.«
»Was haben Sie zu ihm gesagt?«
»Ich hab' behauptet, wir hätten den Film und den Gefangenen, den wir zurückbringen sollten. Er sollte ein Patrouillenboot schicken und uns abholen lassen.« Ein schwaches, verlegenes Lächeln. »Und ich hab' gesagt, sie sollten Bier mitbringen.«
»Wollte Capwell immer noch ein Bier?«
»Yeah, anfangs schon.« Carsons Stimme wurde leiser. »Ich hab' ihn in den Armen gehalten, und dann ist er still geworden.«
Lord musterte ihn prüfend. »Ist Glennon gekommen?«

»Mit drei anderen.« Carson sprach wie in Trance. »Mit 'nem Patrouillenboot, vor Tagesanbruch.«
Das klang irgendwie endgültig. »Was ist dann passiert?«
»Ich hab' mir von Glennon ein Bier geben lassen und etwas davon in Capwells Mund gekippt.« Carson machte eine ungläubige Pause. »Es ist einfach wieder rausgelaufen.«
Irgend jemand gab ein Hüsteln von sich.
»Wie hat Glennon darauf reagiert?« fragte Lord beklommen.
Carson biß sich auf die Unterlippe. »›Du verlogenes Arschloch!‹ hat er mich angebrüllt. ›Er ist tot! Du hast mich wegen 'ner gottverdammten Leiche herkommen lassen!‹«
Lord rieb sich geistesabwesend den Nasensattel. »Haben Sie versucht, sich zu rechtfertigen?«
Ein leichtes Kopfschütteln. Carson streckte seinen Arm aus, als halte er eine Pistole in der Hand, und antwortete: »Ich hab' die Mauser gezogen, um ihn zu erschießen.«
»Haben Sie abgedrückt?«
Carson starrte seinen Arm an. »Sie haben mich festgehalten.«
»Und dann?«
»Glennon hat mich mit Morphium vollgepumpt.«
Lord konnte kaum atmen. »Erinnern Sie sich, was danach passiert ist?« fragte er heiser.
Carson ließ seinen Arm sinken. Er hing schlaff herab. »Ich bin daheim. Meine Mutter ist sauer auf mich, weil ich sie angebrüllt hab'...«
Seine Stimme wurde immer leiser, bis er ganz verstummte. Carson saß unbeweglich da. Auch im Saal herrschte Schweigen.
»Und woran erinnern Sie sich«, fragte Lord zuletzt, »was den Abend betrifft, an dem Sie den Senator erschossen haben?«
Carson schüttelte den Kopf. »Oh, Mann...«
»Was fällt Ihnen ein, wenn Sie daran zurückdenken?«
Carson zog abwehrend die Schultern hoch. »Stimmen, lautes Gebrüll... immer wieder... mein ganzer Kopf hat davon gedröhnt...«
»Was haben Sie gehört?«
»›Kill Glennon, kill Glennon...‹« Die Stimme wurde lauter, überschlug sich fast und sank zu einem Flüstern herab. »›Kill Glennon.‹«

Lord fühlte, wie ihm ein kalter Schauder über den Rücken lief. »Was ist dann passiert?«
»Ein Blitzlicht.« Die Stimme zitterte. »Ich hab' ihn gesehen.«
»Wen?«
»Ich hab' auf seinen Kopf geschossen.« Carson schluckte. »Die Kamera war da ...«
»Wie damals im Einsatz?«
»Als ich mich umgedreht habe, lag er auf der Bühne, und Stacy war über ihm ...«
»Kilcannon?«
»Ja ...« Carson rieb sich die Stirn. »Mein Gott, ich kann nicht glauben, daß er tot ist ...«
Lord starrte ihn an. »Wer?«
»Er.« Carson ließ den Kopf sinken. »Glennon ...«
Seine Schultern zuckten. Dann schlug er die Hände vors Gesicht und begann zu schluchzen.
Lord sah über seinen Kopf hinweg zu Rainey hinüber. »Keine weiteren Fragen«, erklärte er dem Richter.

Die Geschworenen nahmen wieder Platz und starrten Carson mit ernsten Mienen an. Er saß mit gefalteten Händen da und schien seine Umgebung kaum wahrzunehmen. DiPalma, dessen ganze Haltung nervöse Anspannung verriet, beobachtete ihn scharf. Lord fuhr zusammen, als Rainey mit seinem Holzhammer auf den Richtertisch schlug.
»Mr. DiPalma?«
Im nächsten Augenblick war DiPalma auf den Beinen und trat rasch auf Carson zu. »Heute morgen«, begann er, »hat Mr. Lord uns einen Film gezeigt. Wann haben Sie ihn erstmals gesehen?«
Gut, dachte Lord. Carson strich nervös seinen Schnurrbart glatt. »Heute morgen.«
DiPalmas Überraschung zeigte sich in kurzem Zögern. »Wann haben Sie erstmals von dem gehört, was in dem Film vorkommt?«
Carson sah ihn nicht an. »Ich hab' gar nichts davon gehört.«
Kleist notierte sich etwas. Nach einer frustrierten Pause setzte DiPalma eine skeptische Miene auf.

»Sie haben die Mauser vier Wochen vor dem Konzert gekauft, nicht wahr?«
Carson beugte sich leicht nach vorn. »Ja.«
Lord faltete die Hände. DiPalma erkundigte sich fast beiläufig: »Haben Sie dabei an Glennon gedacht?«
Carson schien zusammenzuzucken. »Das weiß ich nicht.«
»Aber es war die erste Schußwaffe, die Sie seit Vietnam gekauft haben, nicht wahr?«
»Ja, das stimmt wohl.«
Während Carson murmelnd antwortete, legte Lord seine Hände auf die Knie, wo die Geschworenen sie nicht sehen konnten. »Und wann haben Sie erstmals erfahren«, fragte DiPalma weiter, »daß am zweiten Juni ein Konzert stattfinden würde, zu dem Senator Kilcannon erwartet wurde?«
»Äh…« Carsons leise Stimme erstarb. »Das weiß ich nicht mehr.«
DiPalma zog ein finsteres Gesicht. »Haben Sie dabei an Glennon gedacht?«
Carson schüttelte den Kopf, als versuche er, gegen seine Benommenheit anzukämpfen. »Das weiß ich nicht.«
»Wie haben Sie von dem Konzert erfahren?«
Als Carson zögerte, starrten ihn die Geschworenen, die bisher ernst, fast in sich gekehrt zugehört hatten, mit abrupter Aufmerksamkeit an. »John wird's mir erzählt haben«, murmelte Carson. »Damone.«
DiPalma stemmte beide Arme in die Hüften. »Und wann haben Sie sich erstmals vorgenommen, Senator Kilcannon zu erschießen?«
»Einspruch!« Lord stand sofort auf. »Bisher ist nicht bewiesen worden, daß der Angeklagte überhaupt *beabsichtigte*, auf den Senator zu schießen.«
Rainey betrachtete Carson stirnrunzelnd. »Stattgegeben.«
DiPalma wandte sich mit einem schwachen Lächeln an Carson. »An diesem Morgen haben Sie die Pistole mit zur Arbeit genommen. Haben Sie das sonst auch getan?«
Carson zögerte. »Nein.«
»Sie haben sie niemandem gezeigt, richtig?«
Carson schüttelte den Kopf. »Nein, eigentlich nicht.«

»Oder jemandem erzählt, daß Sie diese Waffe hatten?«
Er schüttelte weiter den Kopf, als wolle er DiPalmas Fragen abwehren. »Nein...«
»Haben Sie *dann* vorgehabt, den Senator zu erschießen?«
Lord merkte, daß er seine Knie umklammerte. Sieh ihn an, verflucht noch mal! dachte er. Carsons Stimme wurde höher. »Das weiß ich nicht...«
»Sie *wissen* es nicht.« DiPalma richtete sich mit gespieltem Staunen auf. »Sie wollen den Geschworenen weismachen, daß Sie Senator Kilcannon vor zwanzigtausend Menschen auf offener Bühne erschossen haben, ohne zu wissen, wie Sie mit einer Waffe in der Hand dorthin gekommen sind?«
»Einspruch.« Diesmal bemühte Lord sich, in gelangweiltem Ton zu sprechen. »Der Zeuge hat erst vorhin bei direkter Befragung seine Gemütsverfassung unmittelbar vor dem Schuß geschildert.«
Die Kamera richtete sich auf Rainey. »Stattgegeben«, entschied er. Lord sah DiPalmas Augen böse glitzern.
»Schön«, sagte der Staatsanwalt zu Carson. »Wo sind Sie am Morgen dieses Tages aufgewacht?«
»Äh...« Carsons Stimme klang hell, überrascht. »Im Holiday Inn.«
»Haben Sie an diesem Morgen geglaubt, in Vietnam zu sein?«
Shriver, der hinter dem Panzerglas in der vordersten Reihe saß, sah wütend aus. Carson starrte den Fußboden an. »Äh... nein.«
»Haben Sie geduscht und sich rasiert?«
»Ja.«
»Haben Sie *dabei* an Vietnam gedacht?«
»Äh...« Carson sah kurz auf und rieb sich die Augen. »Im Wasser hab' ich manchmal Angst. Woran ich gedacht hab', weiß ich nicht mehr...«
DiPalma machte eine kurze Pause, als überspringe er eine seiner vorbereiteten Fragen. »Wie sind Sie zum Konzertgebäude gekommen?«
»Mit meinem Motorrad.«
»Kannten Sie die Strecke bereits?«
»Äh... ich hab' jemand gefragt, glaub' ich.«

DiPalma kniff die Augen zusammen. »Was haben Sie dort in der Arena getan?«

»Ich hab' mitgeholfen, die Lautsprecheranlage aufzubauen.«

Carsons Stimme klang monoton. DiPalma lächelte wieder, als wolle er den Angeklagten erneut fragen, ob er geglaubt habe, sich in Vietnam zu befinden. Aber dann fragte er plötzlich scharf: »Haben Sie in der Zeitung einen Artikel über Mr. Lord gelesen?«

Carson schloß die Augen. »Ja ...«

»Weil Sie dachten, Sie würden einen Anwalt brauchen?«

Carson schüttelte den Kopf.

»Los, antworten Sie!« drängte DiPalma.

»Ich weiß es nicht.«

»Warum nicht?« fragte DiPalma leiser. »Weil Sie geglaubt haben, in Vietnam zu sein?«

Carson wandte sich ab. »Das weiß ich nicht.«

DiPalma starrte ihn an. »Haben Sie Ihr Motorrad an der Ladebucht abgestellt?«

»Ja.«

»Und haben Sie später von der Arena aus telefoniert?«

»Ja.«

»Wen haben Sie angerufen?«

»Beth ...« Carsons Augen blieben geschlossen. »Aber ihre Nummer war nicht im Telefonbuch.«

»Haben Sie das von der Auskunft erfahren?«

»Ja.«

»Von welcher Auskunft?«

»South Carolina ... Columbia.«

Mit einem Kopfschütteln ging DiPalma zur nächsten Frage über. »Sagen Sie, Mr. Carson, wer hat die Konzerteinnahmen gestohlen?«

Die Frage schien Carson zu erstaunen; irgendwie wirkte er niedergeschlagen. Dann murmelte er tonlos: »Das weiß ich nicht.«

DiPalmas Blick war kalt. »Können Sie sich erinnern, welche Haarfarbe Senator Kilcannon hatte? War er blond?«

Carson rieb sich mit zwei Fingern die Stirn. »Nein, er hatte dunkle Haare.«

»Hat er Sie sonstwie an Glennon erinnert?«
Carson hob langsam den Kopf. »Ich hab' dauernd an ihn denken müssen.«
»An wen?«
Carsons Stimme klang plötzlich wieder aufgebracht. »An Glennon ...«
»Sie haben James Kilcannon bereits hinter der Bühne gesehen, nicht wahr?«
»Ja.«
»Haben Sie ihn als Senator Kilcannon erkannt?«
»Ja.«
»Haben Sie gewußt, daß Sie bei einem Rockkonzert waren?«
Carsons Stimme klang brüchig. »Ja ...«
DiPalma trat näher an den Zeugenstand heran. »Haben Sie zu *diesem* Zeitpunkt die Absicht gehabt, ihn zu ermorden?«
Ein Schauder schien Carson zu durchlaufen. »Das weiß ich nicht.«
»Das wissen Sie nicht?« fragte DiPalma ungläubig. »Warum haben Sie dann die Mauser mitgebracht?«
Kleist beugte sich gespannt nach vorn. Lord beobachtete, wie Shriver im Zuschauerraum den Mund öffnete, als wolle er für Carson sprechen, der langsam und deprimiert den Kopf schüttelte, bevor er antwortete. »Ich *weiß* es nicht.«
»Sie ... wissen ... es ... nicht.« DiPalma trat bei jedem Wort einen Schritt näher. »Aber nach dem Mord an James Kilcannon haben Sie Mr. Lord als Anwalt verlangt?«
Carsons Antwort klang fast beschämt. »Ja.«
DiPalma sprach nicht sofort weiter, als wolle er den Augenblick wirken lassen. Dann fragte er ganz ruhig: »Haben Sie in diesem Augenblick geglaubt, in Vietnam zu sein?«
Carson schüttelte den Kopf. »Nein«, antwortete er laut und deutlich. »Ich war im Gefängnis.«
DiPalma nickte zufrieden. »Richtig«, murmelte er schließlich, »genau da waren Sie.«
Lord stand auf. »War das eine Frage?« erkundigte er sich.
DiPalma, der noch immer Carson anstarrte, lächelte ein kleines verächtliches Lächeln. »*Keine* weiteren Fragen«, sagte er und nahm wieder Platz.

»Sie haben an diesem Tag auch ein Gedicht fertiggeschrieben«, begann Lord. »Es trägt den Titel ›Golden Anniversary‹. Sind darin Kameras erwähnt?«

Carson wich seinem Blick aus. »Ich glaube schon . . . ja.«

Lord trat näher an den Zeugenstand heran. »Was haben Sie getan, nachdem Sie auf den Senator geschossen haben?«

»Ich hab' mich umgedreht . . .« Carsons Stimme klang kräftiger. »Dann hab' ich die Kamera gesehen.«

»Und was haben Sie getan?«

Carson zuckte verwirrt mit den Schultern. »Ich hab' auf sie geschossen.«

»Anstatt zu flüchten?«

Carson verzog das Gesicht: »Ja.«

Lord sah ihn durchdringend an. »Weshalb?«

Carson schüttelte den Kopf, als könne er seine Handlungsweise im Nachhinein selbst nicht begreifen. Mit heiserer, verlegener Stimme erwiderte er: »Ich weiß es nicht.«

Lord machte eine kurze Pause, um diese vier Worte auf die Geschworenen wirken zu lassen. »Weshalb?« wiederholte er dann ruhig. »Weil Sie glaubten, in Vietnam zu sein?«

Carson schloß die Augen. »Ich weiß es nicht«, antwortete er mit gequälter Stimme. »Ich weiß es einfach nicht.«

3

Gegen Ende des Verfahrens hatten die Psychiater das Wort. Obwohl ihre Aussagen von entscheidender Wichtigkeit waren, ignorierte Carson sie, als habe er jegliches Interesse an seinem weiteren Schicksal verloren.

»Glennon«, antwortete Shriver auf eine Frage Lords, »ist der fehlende Mosaikstein.«

Lord stellte befriedigt fest, daß seine Aussage bestimmt und selbstsicher klang. »Inwiefern hat sich Glennon Ihrer Meinung nach auf Carsons Leben seit Vietnam ausgewirkt, Doktor?«

»Er hat ihn vierzehn Jahre lang verfolgt.« Shriver wandte sich an die Geschworenen und zählte die einzelnen Punkte an den Fingern ab. »Erstens: Glennon war das Symbol all jener grauenhaften Dinge, die Carson in Vietnam tun mußte – wie sein Gedicht beweist, das er für Beth geschrieben hat. Zweitens: Die halb verdrängte Erinnerung an Capwells Tod hat sich mit Wut und Fassungslosigkeit über den Tod weiterer Freunde vermischt – *und* mit Schuldgefühlen, weil er überlebt hat, ohne sie zu rächen. Drittens: Die Arbeit für Damone hat ihn unbewußt immer wieder an Glennon erinnert.« Shriver machte eine Pause, wobei er seinen vierten Finger berührte. »Bedenken Sie, daß Glennon für Harry Carson erst im Laufe dieses Verfahrens gestorben ist. Davon handelt auch ›Golden Anniversary‹.«

Lord fiel auf, daß Kleist mit der Miene eines Mannes zuhörte, der sich zu entscheiden versucht. »Inwiefern hat Glennon den Anschlag auf James Kilcannon beeinflußt?«

»Er hat den Ausschlag gegeben.«

»Auch dahingehend, daß Harry Carson eine Schußwaffe bei sich hatte?«

Shriver nickte. »Hier scheint ein klassischer Fall der sogenannten Jahrestagsreaktion vorzuliegen – im Zusammenwirken mit den Drogen, die Carson in Vietnam genommen hat. Sie haben sein Erinnerungsvermögen beeinträchtigt *und* dazu beigetragen, daß ihm zeitliche Abläufe verkürzt erscheinen. Deshalb wußte er oft auch nicht, warum er bestimmte Dinge getan hatte – nehmen Sie den Streit mit seinem Vater oder den Vorfall mit seiner Frau. Es ist anzunehmen, daß er auch nicht wußte, warum er die Pistole mit zur Arbeit genommen hatte.«

Lord fühlte, daß die Zuschauer, die Kamera, die Geschworenen sie beobachteten. »Und was hat sich in jenem Augenblick ereignet, als er abgedrückt hat?«

»Carson war dazu ausgebildet, bestimmte Leute durch Kopfschuß zu erledigen, und genau das hat er getan. Für ihn ist der von Miss Tarrant angestimmte rhythmische Schrei ›Kil-cannon!‹ zur Aufforderung ›Kill Glennon!‹ geworden.« Shriver machte eine Pause und sah nachdenklich zu Carson hinüber. »An sich ein tragischer Fall. Harry Carson hat am Jahrestag seines Versuchs, den Richtigen umzubringen, den falschen Mann erschossen.«

Carson berührte seinen Schnurrbart, ohne aufzusehen.

»Bei unserem ersten Gespräch«, sagte Lord zu Shriver, »habe

ich Sie gefragt, wie Veteranen teils im normalen Alltag, teils in ihren Kriegserinnerungen leben können. Erinnern Sie sich noch an das Beispiel, das Sie mir genannt haben?«

»Ja.« Shriver rückte seine Brille zurecht. »Ich habe den Fall eines Veteranen erwähnt, der eine Kombifahrerin in seine Gewalt gebracht hat, weil er dachte, daß der Vietkong hinter ihm her wäre. Sie sollte ihn in Sicherheit bringen – aber gleichzeitig nicht so schnell fahren, daß die Polizei sie anhalten würde.

Der Mann ist wegen Entführung angeklagt worden. Nach Überzeugung eines sachverständigen Psychiaters gab es für diese Straftat keine rationale Erklärung – für den Veteran waren Einbildung und Wirklichkeit miteinander verschmolzen. Die Geschworenen haben sich seiner Auffassung angeschlossen und den Angeklagten freigesprochen.«

Lord machte eine Pause. »Und was hat der Veteran danach getan?« fragte er dann.

Shriver sah zu Carson hinüber. »Er hat sich erhängt.«

»Mich würde interessieren«, begann DiPalma, »wie Sie die rationalen Dinge erklären, die Harry Carson bis zum Augenblick seines Schusses auf den Senator getan hat.«

Shriver runzelte die Stirn. »Erklären kann ich sie nicht, sondern lediglich wiederholen, was ich bereits ausgesagt habe – daß Streßgeschädigte oft scheinbar normal funktionieren können.«

»Mir fällt auf, daß Sie das Wort *scheinbar* benutzen.« DiPalma stemmte beide Hände in die Hüften. »Ist es nicht auch denkbar, daß Carson den festen Vorsatz hatte, den Senator zu erschießen?«

»Natürlich ist das möglich«, sagte Shriver in einem Tonfall, der erkennen ließ, daß er das stark bezweifelte.

DiPalma sprach lauter. »Und ist es darüber hinaus nicht denkbar, daß Carson bei der Ausführung seines Plans zeitweilig an bestimmte Details eines Erlebnisses aus dem Vietnamkrieg erinnert worden ist?«

Shriver zögerte. »Ja, das wäre denkbar.«

»Vielleicht sogar, daß er das alles nur erfunden hat?«

Shrivers Stimme nahm einen scharfen Ton an. »Vorstellbar, aber äußerst unwahrscheinlich.«

»Aber möglich?«
Shriver nickte widerstrebend. »Ja.«
DiPalma sah zu Carson hinüber, der mit abgewandtem Blick auf der Anklagebank saß. »Keine weiteren Fragen.«

Dr. George Ford war eine stämmige Gestalt mit schwarzer Hornbrille, breitem Gesicht und dicken Lippen. Er lehrte in Berkeley, schrieb wissenschaftliche Artikel und hatte eine florierende Praxis; sein fast barscher Tonfall suggerierte, daß er seine Aussage vor Gericht als unliebsame Unterbrechung seiner sonstigen Arbeit empfand.
»*Meiner* Ansicht nach«, sagte Ford energisch, »gibt es keinen Grund, Carsons Verhalten zur Tatzeit als nicht rational anzusehen.«
DiPalma nickte. »Selbst im Licht bestimmter Ereignisse in Vietnam?«
»Ja.« Ford blickte in die Kamera. »Verstehen Sie mich bitte nicht falsch – was Mr. Carson dort erlebt hat, ist sicher alles andere als glücklich oder fair gewesen. Aber das Leben ist zu vielen Menschen unfair, ohne daß diese dadurch die Fähigkeit einbüßen, rationale Entscheidungen zu treffen.« Ford wandte sich an die Geschworenen. »Kurz gesagt: Ich glaube nicht, daß ein vierzehn Jahre zurückliegendes Trauma ihn dazu gebracht hat, bei einem Rockkonzert einen Prominenten, den er persönlich nicht kannte, zu ermorden.«
DiPalma zog eine Augenbraue hoch. »Was ist mit der sogenannten ›Jahrestagsreaktion‹?«
»Nun, traumatische Vorfälle können durchaus intensive Erinnerungen auslösen.« Ford schürzte die Lippen. »Aber die Vorstellung, diese eine Erinnerung könnte ihm von morgens bis abends zugesetzt und ihn dazu gebracht haben, eine Waffe zu tragen, erscheint mir reichlich phantastisch.«
»Gilt das auch für den Moment, in dem er abgedrückt hat?«
Ford zuckte schwerfällig mit den Schultern. »Mag sein, daß in dieser Sekunde irgend etwas bestimmte Assoziationen in ihm ausgelöst hat. Aber wie ist es soweit *gekommen*?« Er schürzte erneut die Lippen. »Wir haben es hier mit einem Mann zu tun, der Erfahrung darin hat, nach stunden- oder tagelanger Pla-

nung bestimmte Menschen umzubringen. Und deshalb gehe ich davon aus, daß sein Handeln in diesem Moment durchaus rational war.«
Er ist gut, dachte Lord – Kleist hatte wieder angefangen, sich Notizen zu machen. »Können Sie uns erklären«, fragte DiPalma jetzt, »aus welchen Motiven heraus Attentäter handeln?«
»Einspruch!« warf Lord ein. »Dr. Ford soll hier Vermutungen über die Motive anderer anstellen, um die Geschworenen in bezug auf Harry Carson negativ zu beeinflussen.«
»Ich will nur die Meinung eines Fachmanns einholen«, sagte DiPalma energisch. »So wie Sie es bei Dr. Shriver getan haben.«
»Abgelehnt«, entschied Rainey.
»Sie meinen Motive außer Geld?« fragte Ford. Als DiPalma nickte, fuhr er fort: »Die Sucht, berühmt zu werden, ist ein Motiv, politische Gegnerschaft ein weiteres. Obwohl den meisten von uns ein Mord widerwärtig erscheint, sind das häufig vorkommende Motive, die viele Attentäter gemeinsam haben.«
»Selbst wenn der Attentäter sie niemals ausspricht?«
Ford musterte Carson. »Ganz recht.«
»Danke«, sagte DiPalma zufrieden, bevor er sich nach Lord umdrehte.

Lord stand auf und betrachtete Ford, bis er spürte, daß die Geschworenen langsam ungeduldig wurden. »Wie würden Sie Ihren Beruf beschreiben, Doktor?«
»Als arbeitsreich und vielseitig.«
»Gehören zu Ihren Patienten auch Vietnamveteranen.«
»Natürlich.« Ford wirkte irritiert. »In meiner beruflichen Laufbahn habe ich Veteranen aus vier Kriegen behandelt.«
Auch aus dem Krimkrieg? hätte Lord beinahe gefragt. »Mit Streßerscheinungen?«
»Nun, Streßerscheinungen können *Bestandteil* ihrer Probleme sein – aber jeder Fall liegt natürlich anders.«
Lord musterte ihn prüfend. »Trotz Ihrer verantwortungsvollen Tätigkeit haben Sie auch Zeit gefunden, in Strafverfahren als Sachverständiger auszusagen?«

Ford machte eine Pause. »Gelegentlich.«
»In wie vielen Fällen?«
»Das weiß ich nicht genau.«
Lord legte den Kopf schief. »Könnte die Zahl sechsundfünfzig ungefähr zutreffen?«
Ford schürzte die Lippen. »Schon möglich.«
Lord lächelte schwach. »Vielleicht wäre es einfacher, die Fälle zu zählen, in denen Sie zugunsten der Angeklagten ausgesagt haben.«
»Nein, das glaube ich nicht.« Ford war jetzt sichtlich aus der Fassung gebracht. »Wie Sie angedeutet haben, bin ich ein vielbeschäftigter Mann und...«
»Versuchen Sie's mal mit sieben.«
Ford starrte ihn an. »Sie haben offenbar nachgezählt...«
»Was haben diese Angeklagten tun müssen, um Sie zu beeindrucken?« unterbrach Lord ihn gelassen. »Mußten Sie erst wie Hunde bellen, um glaubwürdig zu wirken?«
»Einspruch!« fauchte DiPalma. »Belästigung des Zeugen.«
Lord drehte sich zu ihm um. »Lassen Sie ihn antworten«, verlangte er. »Schließlich ist das Leben zu vielen Menschen unfair...«
Rainey schlug mit seinem Holzhammer auf den Richtertisch. »Mr. Lord, ich wäre Ihnen dankbar, wenn Sie etwas mehr Zurückhaltung üben würden. Dem Einspruch wird stattgegeben.«
Aber die Geschworenen hörten wie gebannt zu. »Stimmt es«, fragte Lord mit unterdrücktem Zorn in der Stimme, »daß bei vier dieser Angeklagten zuvor paranoide Schizophrenie diagnostiziert worden war?«
Ford setzte sich auf. »Paranoide Schizophrene«, verkündete er, »interessieren mich besonders.«
»Aber nicht Vietnamveteranen?«
»Nein.« Das war die knappe, rasche Antwort eines Mannes, der jemanden loswerden möchte. »Nicht als solche.«
Nun lächelte Lord wieder. »Danke«, sagte er höflich. »Keine weiteren Fragen.«

Vor den Schlußplädoyers hatte Rainey eine Verhandlungspause anberaumt.
Lord saß allein am Verteidigertisch. »Hallo«, sagte Cass hinter ihm.
»Hi. Danke übrigens für die Informationen über Ford.«
»Ich hab' dein Kreuzverhör im Fernsehen verfolgt«, sagte sie und nahm Platz. »Du warst ziemlich überzeugend.«
»Ich mußte dafür sorgen, daß er schlecht aussieht.« Lord spürte, wie seine Hochstimmung verflog. »Von seiner vorgefaßten Meinung wäre er nie abzubringen gewesen.«
Cass betrachtete ihn nachdenklich. »Weißt du«, sagte sie, »als ich zum ersten Mal miterlebt habe, wie ein Verteidiger auf Unzurechnungsfähigkeit plädiert hat, habe ich immer auf *die* Antwort gewartet. Aber die gibt es nicht, stimmt's?«
»Nein.« Lord sah rasch zur Geschworenenbank hinüber. »Am Ende wird immer abgestimmt.«

Die Geschworenen warteten. Ihre Mienen blieben undurchsichtig, aber ihre nervöse Aufmerksamkeit war unverkennbar.
Als DiPalma sich zum Plädoyer erhob, hielt er ein aufgeschlagenes Nachrichtenmagazin in der Hand.
»Ladies und Gentlemen, das Ziel der Verteidigung ist es gewesen, Harry Carson als Opfer hinzustellen. Aber das Opfer ist nicht hier.« Er machte eine Pause, klappte das Magazin zu und hielt es hoch. »Das Opfer war Senator James Kilcannon.«
Auf dem Umschlag von *Newsweek* grinste Kilcannon mit leicht zerzaustem Haar und jungenhaftem Lächeln in die Kamera. »Für Millionen Menschen seiner Generation, für weitere Millionen Angehörige aller Rassen und Bevölkerungsschichten war er der letzte große Hoffnungsträger der amerikanischen Politik.«
Während die Geschworenen zusahen, legte DiPalma das Magazin mit dem Titelbild nach unten beiseite.
»Das alles«, fuhr er leise fort, »hat Harry Carson in einem einzigen Augenblick zerstört.
Er hatte eine Waffe, und er hat vierzehn Stunden lang auf seinen Moment gewartet. Er hat seine Absichten getarnt, indem er

wie sonst gearbeitet hat. Und als die Gelegenheit günstig war, hat er die Bühne betreten und James Kilcannon mit einem genau gezielten Schuß in den Kopf ermordet.«

DiPalma richtete sich auf, als versuche er, seine Emotionen dadurch in Schach zu halten. »Mr. Lord«, sagte er, »muß Ihnen *beweisen*, daß Harry Carsons Tat, die ich im übrigen nach wie vor als vollkommen rational betrachte, die Folge einer tiefsitzenden geistigen Verwirrung gewesen ist.

Nun, Mr. Lord hat jedenfalls nachgewiesen, daß sein Mandant keineswegs perfekt ist.« DiPalmas Stimme klang verächtlich, als er jetzt zu Carson hinübersah. »Und als bester Beweis dafür steht die Tatsache, daß Harry Carson die Flucht mißglückt ist.

Aber hat ihn selbst dann die *Vernunft* im Stich gelassen?

Nein – denn er hat einen Anwalt verlangt, dessen Namen er vierzehn Stunden zuvor in der Morgenzeitung gelesen hatte. Und jetzt will Sie dieser Anwalt glauben machen, sein Mandant habe nur gemordet, weil er vor vierzehn *Jahren* in Vietnam Schreckliches durchgemacht hat.«

DiPalma wandte sich erneut an die Geschworenen. »Damit beleidigt Lord alle anderen, die dort gekämpft und gelitten haben, in krasser, ja geradezu unglaublicher Weise. Aber auch Beleidigungen bringen ihn nicht weiter, denn hier geht es nicht darum, ob Mr. Carsons dortige Erlebnisse unser Mitgefühl verdienen... und auch nicht darum, ob sie seinen Geisteszustand oder sein Zivilleben beeinflußt haben.

Wie der Richter Sie noch belehren wird, muß Mr. Lord den Beweis erbringen, daß Harry Carson im Augenblick des Schusses auf James Kilcannon – nicht in irgendeinem anderen Augenblick – nicht gewußt hat, was er tat *und* daß es unrecht war.

Und aus diesem Grunde sollen Sie vergessen, was Harry Carson *getan* hat, und nur glauben, was er *sagt* – allerdings in bezug auf Vietnam.«

In inzwischen vertrauter ungläubiger Pose stemmte DiPalma eine Hand in die Hüfte. »Oder genauer gesagt: Er stellt den Mord an James Kilcannon als seltsames mentales Mißverständnis, als die alljährliche Wiederholung eines versuchten Mordes

in einem Reisfeld hin.« Nach kurzer Pause fügte er eindringlich leise hinzu: »Als die Wiederholung eines angeblichen Mordversuchs an einer schemenhaften Gestalt, die Harry Carsons Leben für immer verändert haben soll.«
Zu sarkastisch, fand Lord. Vielleicht konnte er da einhaken. Aber die Geschworenen hörten aufmerksam zu; DiPalmas Argumentation tat ihre Wirkung. »Selbst wenn wir nichts über Mr. Carsons gelassen rationales Verhalten vor dem Mord wüßten, würde dieser Erklärungsversuch nie und nimmer greifen. Aber wir *wissen*, was er getan hat. Und was kann Mr. Lord in die Waagschale werfen? Nichts als ein Gedicht des Angeklagten und seine drei Schüsse auf eine Fernsehkamera.
Aber bedeutet das wirklich, daß Harry Carson irrtümlich gemordet hat? Oder genauer gefragt: *Beweist* es, daß er nicht wußte, was er tat?
Sich diese Fragen auch nur zu stellen, ist ebenso absurd wie Spekulationen darüber, wozu er eine Pistole brauchte, um die Lautsprecheranlage für Stacy Tarrant aufzubauen.«
DiPalma trat an seinen Tisch und schien sich kurz zu sammeln. »Als James Kilcannon im Sterben lag, hat er Miss Tarrant noch gefragt: ›Ist sonst jemand verletzt?‹ Zum Glück waren weder sie noch andere verletzt – zumindest nicht körperlich. Aber der Schaden ist nie mehr gutzumachen, denn Harry Carson hat nicht nur einen Mann, sondern die Hoffnung – und das *Recht* – eines freien Volkes vernichtet, seine Führer selbst wählen zu können.«
DiPalma griff langsam nach der Zeitschrift und zeigte den Geschworenen noch einmal Kilcannons Porträt. »James Kilcannon ist tot«, erklärte er ihnen. »Harry Carson hat ihn ermordet. Und im Namen der Gerechtigkeit muß er sich dafür verantworten.«

Lord wandte sich mit seinen ersten ruhigen Worten an Kleist. »Ich hoffe, daß Sie alle Mr. DiPalma aufmerksam zugehört haben. Er ist nämlich ein hochbegabter und erfahrener Staatsanwalt, der hier sehr treffend ausgeführt hat, worum es bei diesem Verfahren *nicht* geht.«

Die Geschworenen, deren Interesse geweckt war, hörten gespannt zu.
»Hier geht es nicht darum«, fuhr er fort, »ob Harry Carson Senator Kilcannon erschossen hat. Das weiß jeder.
Und es geht auch nicht darum, ob sein Tod Trauer und Wut ausgelöst hat. Das steht ebenfalls fest.
Nein, dieser Fall stellt uns vor eine einfache Frage, die Sie beantworten müssen: Warum?
Warum ist aus einem einfachen Jungen vom Lande, einem friedlichen Bürger, der berechtigte Hoffnungen auf seine Zukunft haben durfte, der Mann geworden, der James Kilcannon erschossen hat?
Was«, fragte Lord mit plötzlichem Zorn in der Stimme, »ist denn Mr. DiPalmas Ansicht nach sein Motiv gewesen?
Sich hier vor Gericht verantworten zu müssen?«
Die Geschworenen fuhren überrascht zusammen, als er plötzlich auf Carson deutete.
»Wo ist der Profit, die Passion oder das Prinzip, das als Motiv für diese Tat herhalten könnte?
Keines dieser Tatmotive trifft hier zu.« Lord wandte sich wieder den Geschworenen zu und fixierte sie einzeln. »Dieser angeblich rationale, kaltblütig ausgeführte Mord war in Wirklichkeit ein sinnloses Verbrechen – und Harry Carson ist sein letztes Opfer.
Und genau das«, fügte er leiser hinzu, »möchte der Staatsanwalt Sie vergessen machen.
Statt dessen hat er unterstellt, das in Vietnam erlittene Trauma meines Mandanten sei nur ein Ablenkungsmanöver, um Sie dazu zu bringen, Harry Carsons *Tat* bei der Urteilsfindung zu ignorieren. Aber ich bitte Sie lediglich, gemeinsam mit mir über bestimmte *andere* Dinge nachzudenken, die er getan hat – und über ihre Bedeutung.
Ich kann nicht glauben, daß der sogenannte Mordversuch im Reisfeld nur eine Ausrede sein soll.
Auch sehe ich die tätliche Auseinandersetzung mit seinem Vater – genau ein Jahr später – nicht als ein Versuch, sich ein Alibi zu verschaffen.
Es will mir nicht in den Kopf, daß er nur an seine Verteidigung

gedacht haben soll, als er im Juni *vergangenen* Jahres seine Frau geschlagen und seine Tochter bei ihr zurückgelassen hat.
Sollte ich mich irren, wären das Gedicht und die Schüsse auf die Kamera nur die letzten Bausteine seines Alibis.« Lord blickte langsam zu DiPalma hinüber, während Carson zusammengesunken zwischen ihnen hockte. »Sollte ich mich irren«, wiederholte er mit ruhiger Ironie, »wäre Harry Carson von Anfang an ungewöhnlich clever gewesen. Und sehen Sie sich an, *was* er dadurch alles gewonnen hätte!«
Die beiden Männer starrten sich quer durch den Gerichtssaal an, bevor Lord sich wieder an Kleist wandte.
»Was James Kilcannon angetan worden ist, kann nicht ungeschehen gemacht werden. Harry Carson kann in diesem Verfahren nur hoffen, daß Sie ihn ansehen und sich dabei die einfache Frage stellen: Warum?« Lord machte eine Pause, um dann leise zu schließen: »Und zuletzt, davon bin ich überzeugt, werden Sie die Antwort finden – nicht schuldig wegen Unzurechnungsfähigkeit.«
Lord blieb noch stehen. Während er die Geschworenen beobachtete, sah er Kleist kaum merklich lächeln.
In diesem Augenblick war Lord sicher, verloren zu haben.

4

Christopher sah zu, wie Lord Kleidungsstücke in einen Koffer warf. »Ich möchte, daß du *hier* lebst, Daddy.«
Lord richtete sich auf und starrte seinen Koffer an. »Ich bin bloß vorläufig bei Laura und Ray – bis Mom und ich wieder besser miteinander auskommen.«
»Versprochen?«
Lord wußte, daß sein Sohn dicht davor war, in Tränen auszubrechen. Er drückte ihn an sich, bevor Christopher sein Gesicht sehen konnte. »Es ist nicht deine Schuld, Kleiner. Schuld bin allein ich.«
Christophers dünne Arme umschlangen seinen Hals. Als Lord ihn absetzte, lief er in sein Zimmer.

Kurz darauf kam er mit einem gerahmten Schulphoto von sich zurück. »Hier. Damit du nicht allein bist.«
Lord versuchte zu lächeln. »Danke, Schatz«, sagte er heiser. »Das kommt auf meinen Nachttisch.«
Christopher sah ihn prüfend an. »Hast du auch ein Photo von Mommy?«
»Nein, aber ich lasse mir eins von ihr geben.« Lord nahm ihm das Bild aus der Hand und ließ sich auf die Knie nieder. »Weißt du eigentlich, was der schönste Tag meines Lebens war?«
Christopher beugte sich vor. »Welcher?«
»Der Tag deiner Geburt.«
Marcia wartete an der Haustür. »Ziehst du bei *ihr* ein?«
Er schüttelte den Kopf. »Wir haben seit damals nicht mehr miteinander gesprochen.«
Sie kniff mißtrauisch die Augen zusammen. »Ich habe nicht die Absicht, mir Christopher mit dir zu teilen«, erklärte sie ihm schließlich, »falls du es darauf anlegen solltest.«
»Hör zu ...«
»Ich habe bereits mit einem Anwalt gesprochen, Tony. Von wegen gemeinsames Sorgerecht ... diesmal bekommst du deinen Willen nicht!«
Er sah den Flur entlang. »Und wenn ich mich dagegen wehre? Mißbrauchst du unseren Sohn dann wieder als Waffe?«
Sie wirkte mühsam beherrscht. »Ich tue, was nötig ist, um meine Rechte zu verteidigen.«
Lord starrte sie an. »Jesus!« sagte er nur und verließ das Haus.
Im Gästezimmer seiner Freunde packte Lord den Koffer aus. Er setzte sich für einen Augenblick auf die Bettkante, um das Bild seines Sohnes zu betrachten. Dann griff er nach dem Telefonhörer und rief Cass an.
»Noch nichts«, antwortete sie. »Sonst hätte ich dich angerufen.«
»Klar. Okay.«
Cass machte eine Pause. »Die Sache mit den Lächlern, Tony«, sagte sie dann, »das ist doch nichts als dummes Gerede.«

Lord saß vier Tage lang in seinem Büro herum und wartete auf den Spruch der Geschworenen.
Sie konnten sich nicht einigen, soviel war klar, und mit jedem Tag wurde eine Neuansetzung des Verfahrens wahrscheinlicher.
Lord schlief schlecht.
Am Nachmittag des vierten Tages rief Cass an. »Du mußt sofort rüberkommen!« verlangte sie nervös.
Als Lord eintraf, war Carson bereits vorgeführt worden.
Der Gerichtsdiener kündigte Richter Rainey an. Lord stand benommen auf. DiPalma war auffällig blaß; Carson trat von einem Fuß auf den anderen. Die Geschworenen nahmen ihre Plätze ein, ohne irgend jemanden anzusehen.
Kleist stand in der Mitte der vordersten Reihe.
Hinter der Panzerglasscheibe drängten sich die Reporter. Die Kamera blieb auf Rainey gerichtet. Ein sorgenvoller Schatten lag auf seiner Miene, und irgendwie wirkte er kleiner als sonst.
»Sind Sie zu einem Spruch gelangt?« fragte er.
»Ja«, antwortete Kleist mit grimmiger Miene. Seine Stimme bebte leicht, aber sein Blick blieb unbeirrbar auf Rainey gerichtet.
»Verkünden Sie ihn bitte«, forderte Rainey ihn auf.
Kleist straffte seine Schultern. »Nicht schuldig«, sagte er. »Wegen Unzurechnungsfähigkeit.«

In den nächsten Minuten nahm Lord alles nur verschwommen wahr.
Plötzlich redeten alle laut durcheinander, während die Reporter hinaus zu den Kameras oder an die Telefone stürzten. Kleist nickte ihm zu, und andere Geschworene folgten seinem Beispiel, aber keiner von ihnen lächelte. Carson sah zu Boden, als Lord ihm eine Hand auf die Schulter legte.
»Immerhin ein Anfang«, erklärte Lord ihm.
Carson starrte weiter auf seine Füße. »Danke«, murmelte er, bevor Rainey sich mit seinem Holzhammer Gehör verschaffte.
Sobald wieder Ruhe im Saal herrschte, verfügte er Carsons Einweisung in eine geschlossene Anstalt. Zwei Deputy Sheriffs führten ihn ab.
Damit war das Verfahren zu Ende.

Cass umarmte ihn linkisch. »Du hast's geschafft, Tony!«
»Zusammen mit dir.«
Sie starrte ihn kopfschüttelnd an. »Ich hole den Wagen«, sagte sie und verschwand.
Als Lord sich umwandte, sah er DiPalma.
Sie standen einander gegenüber – Sieger und Verlierer –, und Lord erinnerte sich leicht verblüfft daran, daß er größer als der Ankläger war. Er streckte ihm wortlos die Hand hin.
DiPalma, dessen Blick Zorn und Beschämung verriet, starrte sie nur an.
Lord ließ den Arm sinken. Er zuckte mit den Schultern und ging auf die Glaswand zu.
In der großen Eingangshalle drängten sich Reporter und Neugierige.
»He, Tony...«
Lord bahnte sich einen Weg durch Blitzlichter, Fernsehkameras und Mikrofone. »Sie haben mir das Bild ruiniert!« jammerte jemand, dann erreichte er den Ausgang.
Draußen bildeten weitere Kameras einen Halbkreis, der ihm den Weg abschnitt. Die breite Treppe, der Gehsteig und sogar die Straße... alles schwarz von Menschen. Lord war klar, daß er sich an diese Szene erinnern würde, solange er lebte.
»Tony«, rief eine Stimme, »wie beurteilen Sie den Ausgang des Verfahrens in bezug auf die Sache der Vietnamveteranen?«
Lord holte tief Luft. »Die Vietnamveteranen«, antwortete er, »haben James Kilcannon nicht erschossen. Was sie *und* Harry Carson brauchen, ist die Einsicht darüber, was wir dort von ihnen verlangt haben.«
Ein weiteres Mikrofon. »Aber halten Sie den Spruch der Geschworenen für gerechtfertigt?«
Lord nickte. »Der Spruch der Geschworenen ist gerecht und mutig. Dafür verdienen sie höchste Anerkennung...«
»Manche Leute glauben, DiPalma habe versagt.«
»Er hat bloß kein Tatmotiv finden können.« Lord lächelte humorlos. »Man kann nicht einfach eines erfinden.«
»Tony!«
Eine vertraute Frauenstimme. Als Lord sich nach ihr umdrehte, sah er John Damone an der Wand des Gebäudes lehnen.

Damone nickte ihm mit schwachem Lächeln zu.
»Hier drüben!«
Lord erwiderte seinen Blick noch eine Sekunde länger, bevor er sich der Fragestellerin zuwandte.
Vor ihm stand Rachel, die ihm ihr Mikrofon hinhielt. »Wie fühlen Sie sich jetzt?« fragte sie.
»Müde.«
Sie trat einen Schritt näher an ihn heran. »Empfinden Sie keine persönliche Genugtuung?«
Während ihre Blicke sich begegneten, spürte Lord, daß Damone ihn noch immer beobachtete. »Für mich ist der Fall schon Geschichte«, sagte er, ließ sie stehen und bahnte sich seinen Weg durch die Menge.

Teil 3

TONY LORD und STACY TARRANT

DIE SIEBEN TAGE DES PHÖNIX

8. bis 14. April des folgenden Jahres

Erster Tag: Montag

1

Keine 24 Stunden nach Stacy Tarrants Anruf saß Lord in einem Flugzeug nach Los Angeles.

Damit er verreisen konnte, hatte er am Abend zuvor bis in die Nacht hinein mit Cass zusammengesessen. Unter dem Schock der von Phönix vor laufender Kamera verübten Tat hatten beide rasch und schweigsam gearbeitet.

Lord hatte eine Liste von Terminen erstellt, die abgesagt werden mußten; Cass hatte die Prozeßakten der kommenden Woche herausgesucht und ihm die am Samstag eingegangene Post vorgelegt. Auf SNI liefen einmal mehr die Bilder von Alexis Parnells Entführung.

Bei heruntergedrehter Lautstärke schien Phönix' verzerrte Stimme aus weiter Ferne zu kommen.

»Gelingt es Stacy Tarrant nicht, Sie in einem einzigartigen und öffentlichen Akt der Selbstlosigkeit, dessen Einzelheiten ich morgen abend in meiner ersten Sendung bekanntgeben werde, dazu zu bewegen, fünf Millionen Dollar zu spenden, stirbt John Damone ...«

Als Lord sich umdrehte, um die Szene zu beobachten, stolperte Alexis erneut vor der Hecktür des weißen Kastenwagens der Terroristen.

»Was Alexis Parnell betrifft, können Sie in den kommenden Tagen vor dem Fernseher darüber urteilen, wie genau ihr Mann meine Forderungen erfüllt. Am siebten Tag ihrer Gefangenschaft werden Sie dann darüber abstimmen, ob sie leben oder sterben soll ...«

Während das Zoomobjektiv ihr vor Entsetzen starres Gesicht

heranholte, blickte die zu Boden gegangene Frau in die Kamera auf.
»Und am letzten Tag erleben Sie ihre Freilassung oder Hinrichtung – vor laufender Kamera.«
Das Bild wechselte. Eine nächtliche Szene mit den Umrissen einer menschlichen Gestalt in dunklem Gras. Dann beleuchtete ein Scheinwerfer ihr Gesicht: Colby Parnell mit verbundenen Augen und einem Knebel, unter dem eine Tonbandkassette sichtbar war.
Aus dem Lautsprecher kam jetzt Rachel Messers Stimme.
»Heute am frühen Morgen«, begann sie, »hat SNI Colby Parnell nach einem Anruf von Terroristen von einem einsamen Hügel im Sonoma County gerettet. Aber wie die Polizei hat Parnell keine Ahnung, wer die Entführer gewesen sind oder wohin sie seine Frau verschleppt haben könnten. Einen Tag nach der Entführung scheint Phönix spurlos verschwunden zu sein.
Stacy Tarrant hat es bisher abgelehnt, sich öffentlich zu den Forderungen des Terroristen zu äußern ...«
Nach einem Blick zu Lord hinüber stellte Cass den Fernseher noch leiser.
»Ich frage mich, warum sie dich angerufen hat«, murmelte sie dabei.
»Keine Ahnung.« Er stand auf und stellte den Fernseher ab. »Noch ein Anruf, Cassie, dann begleite ich dich zum Auto.«
Lord nahm den Hörer ab und wählte. Als Marcia sich meldete, sagte er: »Ich bin's, Marsh. Hör zu, ich möchte dich um einen Gefallen bitten.«
»Welchen?«
»Ich habe Christopher versprochen, diese Woche mit ihm ins Kino zu gehen, aber ich muß für ein paar Tage verreisen, und ...«
»Wieder ein großer Fall?«
Lord wartete einen Augenblick. »Nun, jedenfalls würde ich gern heute mit ihm gehen.«
»Ausgeschlossen!« Ihre prompte Ablehnung klang wie eingeübt. »Fred und ich gehen mit ihm hin. Ich will nicht, daß er mitbekommt, was im Augenblick im Fernsehen läuft.«

»Er und ich haben uns darauf gefreut, Marsh...«
»Das kannst du *ihm* sagen«, unterbrach sie ihn.
Lord hörte, wie sie den Hörer hinlegte und zu Christopher sagte: »Tony will mit dir reden.«
»Daddy?« Die Stimme seines Sohnes klang enttäuscht. »Ich hab' Mommy gesagt, daß du mit mir in *Star Games* gehen willst...«
Lord konnte sich vorstellen, wie sein Siebenjähriger ins Telefon murmelte, während Marcia neben ihm stand. »Du möchtest den Film wirklich gern sehen, stimmt's?«
»Na ja, Mikie sagt, daß er gut ist...«
»Dann kannst du ihn mir erzählen, okay? Und vergiß nicht, dich bei Fred zu bedanken.«
»Okay.«
Christophers Stimme klang etwas gedämpft. Lord wünschte sich, er könnte sein Gesicht sehen. »Ich liebe dich, Christopher.«
»Ich dich auch.«
»Gut, dann laß mich noch mal mit Mom reden.«
»Okay.« Eine weitere Pause. »Bye.«
»Bye.«
»Was gibt's?« fauchte Marcia.
Lord brachte den Hörer näher an seine Lippen. »Zwei Dinge, Marsh. Erstens kannst du diesem Idioten sagen, daß ich euch beide vor Gericht bringe, wenn er wieder angetörnt fährt, während mein Sohn im Auto sitzt. Zweitens dulde ich nicht länger, daß du Christopher für deine Zwecke mißbrauchst. Ich will nicht, daß du ihn wie ein gottverdammtes Waisenkind mit seinem Koffer vor dem Haus warten läßt, wenn ich ihn abholen komme...«
»Ich will nicht, daß du dieses Haus betrittst, hast du verstanden?«
»Hör zu, ich...«
Marcia legte auf.
Lord lehnte sich in seinen Stuhl zurück. »Jesus!«
Cass hatte scheinbar interessiert in ihrer Adressenkartei geblättert. Als sie jetzt aufsah, stand in ihren Augen hinter der goldgeränderten Brille ein fast verlegener Ausdruck. »Marcia spielt

ihn gegen dich aus, was?« Als er keine Antwort gab, fügte sie hinzu: »Und du zahlst auch noch dafür.«

»Ich wollte, daß Christopher in seiner gewohnten Umgebung bleiben kann.« Lord schüttelte den Kopf. »Dumm ist Marcia jedenfalls nicht. Sie weiß genau, wie weit sie gehen kann.«

»Cole hast du das gemeinsame Sorgerecht für seine Tochter verschafft...«

»Gerichtsverhandlungen entsprechen vielleicht meiner perversen Art, mich zu amüsieren, aber Christopher möchte ich davor bewahren.« Lord schlüpfte in seinen Trenchcoat. »Hab' ich dir schon erzählt, daß *People* einen Artikel über unsere Scheidung bringen wollte?«

Cass beobachtete ihn. »Wer sie in dieser Nacht angerufen hat«, fragte sie dann, »läßt sich wohl nicht mehr feststellen?«

»Nein.« Lord merkte, daß er den dunklen Fernsehschirm anstarrte. »Ich hab' Mist gebaut – mehr ist dazu nicht zu sagen.«

Sie verließen schweigend das Büro.

Neben ihrem Auto stehend erkundigte Cass sich noch: »Wie geht's übrigens Harry?«

Lord zuckte mit den Schultern. »Nicht besonders gut. Marty Shriver sagt, daß er kaum Interesse zeigt.«

»Vielleicht braucht er nur Zeit.« Sie stieg ein, steckte den Zündschlüssel ins Schloß und kurbelte das Fahrerfenster herunter.

»Du bist nervös, nicht wahr, Tony?«

»Mhh-hmm. Wegen Damone, Alexis *und* Stacy Tarrant. *Von ihr und Parnell will Phönix mehr als nur Geld – die Fernsehübertragung, die er vorhat, geht weit über einen gewöhnlichen Erpressungsversuch hinaus.*«

»Und du weißt nicht, ob du ihr helfen kannst.«

Lord vergrub seine Hände in den Manteltaschen. »Sie wird unter ziemlicher Anspannung stehen, und das einzige wirkliche Gespräch zwischen uns beiden hat im Zeugenstand stattgefunden, als ich sie dazu gezwungen habe, sich diesen Film anzusehen. Eine zwanglose Unterhaltung konnte man das ja nun wirklich nicht nennen.«

Cass nickte. »Da hast du allerdings recht.«

»Weißt du, was komisch ist? Ich kann gar nicht mehr zählen, wie oft ich in den vergangenen zehn Monaten von irgendwel-

chen Idioten gefragt worden bin: ›Wie ist Stacy Tarrant eigentlich wirklich?‹ Als ob ich das wüßte!«
Cass sah ihn nachdenklich an. »Aber *sie* glaubt anscheinend, daß du ihr helfen kannst, Tony.« Dann lächelte sie plötzlich und warf ihm eine Kußhand zu. »Alles Gute!« sagte sie, ließ den Motor an und fuhr davon.
Auf dem Flug nach Los Angeles hörte Lord jetzt, wie die beiden Männer vor ihm über die Entführung diskutierten.
»Ich glaube nicht, daß dieser Phönix das schafft«, meinte der erste.
»Technisch ist es möglich, sagt einer meiner Kollegen«, erklärte ihm sein Nachbar, »aber dazu braucht man eine Satellitenschüssel. Sie wissen schon … wie auf den Übertragungswagen, die das Fernsehen hat.«
Der erste Mann ging nicht darauf ein. »Mir tut vor allem die Entführte leid. Ich meine, die Parnells haben doch schon ihren Sohn verloren.« Er machte eine Pause. »Aber vielleicht machen sie es mit ihr nur wie mit Patty Hearst und lassen sie dann laufen.«
»Bisher weiß noch niemand, was dieser Kerl will.«
»Er hat angekündigt, daß er seine Forderungen heute abend stellen wird. Auch in bezug auf diesen anderen Kerl – Stacys Freund oder was er sonst ist.«
»Yeah, das hat sie jetzt davon«, murmelte der andere nachdenklich. »Das sag' ich meinen Kids oft, wenn sie irgendwelche Rockstars anhimmeln … erst werden sie berühmt, und dann sitzen sie bis zum Hals in der Scheiße.«
Der älteren Frau neben Lord fiel sein melancholischer Gesichtsausdruck auf. »Sie hat mir wirklich leid getan«, meinte sie. »Sie hat irgendwie sympathisch gewirkt, obwohl sie seit dem Prozeß praktisch nicht mehr in der Öffentlichkeit erschienen ist. Aber der hat sie bestimmt auch sehr belastet.«
Lord nickte. »Vermutlich«, murmelte er und verfiel wieder in Schweigen.
Die Frau musterte ihn prüfend. »Entschuldigung«, sagte sie dann. »Kenne ich Sie nicht von irgendwoher?«
Lord schüttelte lächelnd den Kopf. »Nein, sonst würde ich mich an Sie erinnern.«

Seine Nachbarin lächelte geschmeichelt. Sie zog eine religiöse Schrift aus ihrer Handtasche und drückte sie Lord in die Hand. »Sie scheinen ebenfalls ein netter Mensch zu sein«, sagte sie. »Vielleicht haben Sie Lust, das hier mal zu lesen.«
Dieser Augenblick weckte in Lord Erinnerungen daran, wie seine Mutter ihn in der Messe beobachtet hatte – zweifelnd, aber hoffnungsvoll. Er bedankte sich und schlug die Broschüre auf. Für den Rest des Fluges gab er vor, darin zu lesen, während er darüber nachdachte, wie er eine Frau, die ihn bestimmt haßte, in einem so schwierigen Fall wie Damones Entführung beraten sollte. Zwischendurch blätterte er gelegentlich um.
Als sie von Bord der Maschine gingen, legte seine Nachbarin ihm eine Hand auf den Arm. »Gott segne Sie!«
Lord lächelte erneut. Sobald sie außer Sicht war, ließ er die Broschüre in den nächsten Papierkorb fallen.
Einzelne Leute starrten ihn neugierig an, aber zum Glück wußte kein Reporter, daß er hier war. An den Zeitungskiosken drängten sich Neugierige, um die Schlagzeilen zu lesen. Eine Boulevardzeitung brachte Photos von Alexis und Stacy, um den Aufmacher »Das tragische Leben zweier Frauen« dramatisch zu illustrieren; eine Aufnahme, die den gefesselten und geknebelten Parnell zeigte, stammte von SNI. Lord hielt sich nicht länger als nötig auf dem Flughafen auf. Stacy hatte sich geweigert, den letzten Tag der Dreharbeiten zu verschieben; ihre Limousine brachte ihn zu den Paragon-Pictures-Studios.
Auf der Fahrt durch das Marmortor sah er Fans, Reporter und Fotografen, die auf Stacy warteten. Ein merklich verblüffter Wachmann suchte seinen Namen auf einer Liste, telefonierte zweimal und stellte ihm danach einen Passierschein mit dem Vermerk *Atelier 12 – Anthony Lord für Stacy Tarrant* aus.

Stacy schloß die Augen, während sie auf Lord wartete.
Sie saß für sich allein in einem Regiestuhl und bereitete sich darauf vor, ihre letzte Szene zu wiederholen. Schritte und Stimmen hallten durch das riesige Atelier; einige Augenblicke lang erschien ihr das, was John Damone zugestoßen war, wirklicher als die Tatsache, daß sie – noch dazu als Schauspielerin – hier war.

Immerhin, sagte Stacy sich voll nervöser Ironie, habe ich meine neue Karriere Lord zu verdanken.
Begonnen hatte alles am Abend nach ihrem Kreuzverhör durch Lord, als sie mit John in ihrer Suite im Mark Hopkins gesessen und ins Leere gestarrt hatte.
»Irgendwie hab' ich die ganze Zeit neben mir gestanden«, hatte sie gemurmelt. »Lord hat eine Frage nach der anderen gestellt, und ich hab' mich antworten gehört.«
Damone zündete sich eine Zigarette an. »Mit dem Film hat er dich total aus dem Gleichgewicht gebracht.«
»Wie hat er das bloß tun können?«
»Du bedeutest ihm nichts.« Damones Stimme klang weder ärgerlich noch überrascht. »Das gilt natürlich auch für Kilcannon. Lord will unbedingt gewinnen.«
»Glaubst du, daß er gewinnt?« fragte sie.
»Nein.« Damone kniff die Augen zusammen. »Nicht ohne fremde Hilfe.«
Stacy machte eine Pause. »So kann ich nicht weiterleben, John«, sagte sie dann. »Mir kommt alles so sinnlos vor...«
»Du solltest wieder auftreten.«
»Das kann ich nicht.«
Er zuckte mit den Schultern. »Je länger du pausierst...«
»Nein.« Sie stand ruckartig auf. »Ich habe miterlebt, wie er ermordet worden ist... ich kann keine Bühne mehr betreten!«
»Hast du Angst, daß irgendein Psychopath dich erschießt?«
Stacy zögerte. »Ich fürchte die Sekunde davor«, antwortete sie. »Wenn ich weiß, daß es passieren wird.«
Damone beugte sich nach vorn, um die Zigarette auszudrükken. »Und du kannst noch immer nicht schreiben?«
»Doch, ich kann schreiben – über absurde, sinnlose Tode.« Stacy schüttelte den Kopf. »*Damit* will ich kein Geld verdienen.«
Damone stand auf, trat an die Bar und schenkte sich einen Drink ein.
Sie war kurz davor, in Tränen auszubrechen. »Der Teufel soll Lord holen!« sagte sie erbittert.
Damone schob die Unterlippe vor. »Ein Mann, den ich angestellt hatte, hat ihn umgebracht, Stacy. Lord hat bloß alles wieder aufgewühlt.«

Als sie aufsah, stand er mit dem Drink am Fenster und starrte nachdenklich hinaus. »Mark Steinberg hat angerufen«, sagte er schließlich. »Er will dich sprechen.«
Sie erinnerte sich daran, wie sie Jamie das Haar aus der Stirn gestrichen hatte, und schwieg einen Augenblick, bevor sie fragte: »Der Regisseur?«
»Ihm ist es egal, daß du keine Ausbildung als Schauspielerin hast.« Damone drehte sich nach ihr um. »Willst du mit ihm reden?«
Stacy schüttelte den Kopf. »Nein – nicht heute.«
Damone musterte sie prüfend, sah sich dann in ihrer Suite um und begann zu packen. Stacy flog noch am selben Abend nach Los Angeles zurück.
Am nächsten Morgen vor Tagesanbruch hatte sie zum erstenmal einen Traum, der sich noch oft wiederholen sollte.
Er begann ohne Ton. Sie stand auf der Bühne, als Carson, der von der Menge hochgehoben wurde, plötzlich mit einer Pistole auf ihr Gesicht zielte. Während sie darauf wartete, erschossen zu werden, blickte Carson an ihr vorbei und nickte. Im nächsten Augenblick zuckte die Waffe in seiner Hand; auf dem Bildschirm über ihnen sah sie Jamie zusammenbrechen.
Als sie sich nach ihm umdrehte, war der Vorhang gefallen, und sie waren allein. »Ein schlimmer Scherz«, flüsterte Jamie. »Aber was hat er zu bedeuten?« Dann wachte sie auf. Im ersten Augenblick war sie noch so schlaftrunken, daß sie im Dunkel eine Hand ausstreckte, um ihn zu berühren.
In den folgenden Nächten wiederholte der Traum sich mehrmals. Aber Damone war beim Prozeß; sie konnte mit niemandem über ihren Traum reden.
Eine Woche später, als er von dem Prozeß zurück war, gab Damone ihr Steinbergs Drehbuch.
Sie sprachen nicht über Stacys wiederkehrenden Traum oder seine Aussage vor Gericht. Solange der Prozeß gegen Carson andauerte, studierte Stacy das Drehbuch, als hinge ihr Leben davon ab. Sie kritzelte die Seiten mit Anmerkungen voll, lernte die Kürzel für alle Einstellungen und versuchte, sich den Film Bild für Bild vorzustellen.
Die Story war einfach. Eine junge Mutter erfährt nach der

Scheidung von ihrem Mann, daß sie sterbenskrank ist. Ihr Exmann, den sie verabscheut, wird ihre kleine Tochter aufziehen. Sie versucht unbeholfen, ihn zu lehren, ein guter Vater zu sein, bis sie zuletzt einander und damit auch sich selbst verstehen. Der Film endete damit, daß die Mutter ihre Tochter zu ihm schickt, damit sie in Zukunft bei ihm lebt.

Am Tag nach der Urteilsverkündung trafen Damone und Stacy sich mit Steinberg.

An diesem Morgen hatte Steinberg ihr ohne Angabe von Gründen angeboten, die Besprechung zu verschieben. Als Stacy ablehnte, fuhr er zu ihrem neuen Zufluchtsort in Malibu hinaus. Niemand erwähnte den Prozeß oder versuchte, Konversation zu machen; Steinberg hatte auch keinen Blick für Damone übrig.

»Sie haben das Drehbuch gelesen«, begann er.

Stacy nickte. »Aber ich habe seit dem College nicht mehr Theater gespielt.«

»Andererseits sind Sie auch kein Model von einundzwanzig Jahren.« Seine Stimme klang nüchtern. »Das bedeutet, daß ich Ihnen vieles nicht erst erzählen muß.«

Stacy lächelte schwach. »Lassen Sie mich noch mal darüber schlafen, ja?«

Am nächsten Morgen teilte sie Steinberg mit, sie sei bereit, die Rolle zu übernehmen, wenn die Medien von den Dreharbeiten ausgeschlossen blieben. Als die Arbeit begann, konzentrierte sie sich völlig auf ihre Rolle.

Daraus sprach auch Unsicherheit, denn der männliche Hauptdarsteller war ein Schauspieler, der in Yale studiert hatte. Aber Stacy forderte sich rücksichtsloser als jemals während ihrer Karriere als Sängerin. Während sie versuchte, die Gefühle einer Mutter zu ergründen, war sie oft so gedankenverloren, daß im Atelier atemlose Stille herrschte.

Damit Stacy sich entspannen konnte, ließ Steinberg ihr ein Klavier in ihren Trailer stellen. Das war ihre einzige Musik. Ihr Leben folgte einem bestimmen Rhythmus: Sie studierte das Drehbuch, spielte ihre Szenen, bis Steinberg damit zufrieden war, und stellte sich dann die nächste Szene vor. An den Wochenenden schrieb sie sich neue Ideen auf. Aber sie sah sich keine der tagsüber gedrehten Szenen an und interessierte sich nicht einmal dafür, was aus ihrem Film werden würde, wenn er fertig war.

Erst gestern – kurz bevor die Schreckensnachricht von Damones Verschwinden sie erreicht hatte – war Stacy klargeworden, was dieser Film für sie bedeutete.

Wie immer seit Jamies Tod war sie vor Tagesanbruch allein aufgewacht. Sie setzte sich auf, starrte ins Dunkel und versuchte, ihren wiederkehrenden Traum zu enträtseln.

Danach stand sie auf, machte sich einen Espresso und trat mit der Tasse in der Hand auf ihre Veranda über dem Pazifik.

Das gehörte zu ihrem Morgenritual; sie weinte nicht mehr. Sie blickte über den Ozean hinaus, genoß das würzige Kaffeearoma und war unbewußt noch immer mit dem Traum beschäftigt.

Die Meeresluft war frisch und salzhaltig. Im ersten Licht des neuen Morgens trabte ein Jogger die Brandungslinie entlang. Etwa hundert Meter vom weißen Strand entfernt wogte Seetang bei jedem Wellenschlag. Als sie wieder den Strand entlangblickte, war der Jogger verschwunden.

Stacy kehrte ins Haus zurück, um ihre Yogaübungen zu machen, die wie immer eine gute halbe Stunde dauerten; danach brauchte sie weitere vierzig Minuten, um zu duschen und sich die Haare zu waschen. Trotzdem war es erst 7.30 Uhr, als sie fertig angezogen war.

Wie ein Häftling, überlegte sie sich, der darauf angewiesen ist, das Wochenende mit allen möglichen zeitraubenden Gewohnheiten hinter sich zu bringen. Sie griff nach dem Telefonhörer und rief ihren Chauffeur an. »Könnten Sie mich heute etwas früher abholen?« fragte sie. »Mein Termin ist erst um zehn, aber ich möchte mir das Studiogelände einmal ansehen, solange dort niemand unterwegs ist.«

Während ihr Fahrer, unter dessen Jacke sich sein Revolver abzeichnete, die Limousine langsam durch das weitläufige Gelände rollen ließ, sah Stacy neugierig nach draußen.

Das Studiogelände der Paragon Pictures war malerisch wie die englischen Cotswolds. Viele der Bauten stammten noch aus den zwanziger Jahren. Sie fuhren an einer für Rudolf Valentino im Tudorstil erbauten Villa vorbei, die unpassenderweise unter Palmen stand – ein krasser Stilbruch, der sie an ihr Haus er-

innerte, das sie nach Jamies Tod aus Sicherheitsgründen hatte verkaufen müssen. Danach fuhren sie durch eine Straße aus den zwanziger Jahren.
Hier stimmte alles bis ins letzte Detail: Ein Billardsalon, Ladenschilder mit goldenen Lettern auf schwarzem Grund, der Klinkerbau eines schäbigen Hotels mit verwitterter Aufschrift, ein Gewirr unterschiedlich hoher Kamine und Schornsteine, eine gußeiserne Wendeltreppe, Kopfsteinpflaster, eine Pferdetränke, Gaslaternen... Jeweils einen Straßenblock lang wirkten eine Gasse in einem Slumviertel, eine Wohn- und Geschäftsstraße in Brooklyn, die Main Street einer Pioniersiedlung im mittleren Westen und eine Allee durch ein Villenviertel wie sorgsam gehütete Relikte einer vor kurzem untergegangenen Zivilisation. Dann bog die Limousine um die letzte Ecke, und Stacy sah die Gerüste hinter den Fassaden. Sie wußte nicht recht, warum sie dieser Anblick deprimierte.
Steinberg wartete vor dem Verwaltungsgebäude. Als die Limousine hielt, öffnete er Stacy die Autotür.
»Hi«, sagte er. »Wo ist Damone?«
»Ich habe seit drei, vier Tagen nicht mehr mit John telefoniert. Hätte ich ihn mitbringen sollen?«
»Er wollte die Szene, die ich dir vorführen will, auch sehen.«
Stacy verzog das Gesicht. »Wenn er clever ist, hat er sich die Sache anders überlegt.«
Steinberg sah auf seine Uhr; er war der einzige Mann, den sie kannte, der auch im Stehen den Eindruck von Bewegung erwecken konnte. »Okay, wir geben ihm noch zehn Minuten.«
Er führte sie an dem in Eiche gehaltenen Empfang vorbei und einen Korridor mit modernen Wandgemälden entlang in den privaten Vorführraum.
Diesen Raum durfte kein Unbefugter betreten; selbst Stacy hatte ihn noch nie gesehen. Als Steinberg die Tür aufschloß und Licht machte, erschien er ihr fast wie ein Bunker: spärlich möbliert und schwach beleuchtet. Mit einem hochflorigen roten Teppichboden, weißen Wänden und vier Reihen Ledersesseln wirkte dieser Raum leer wie eine Bühne oder ein verlassener Gerichtssaal. Von der Projektionsfläche aus stieg der Boden zur Rückwand hin an, in die im oberen Drittel das Fenster des Vor-

führraums eingelassen war. Dort oben stand neben dem Projektor die undeutlich erkennbare Gestalt eines Filmvorführers.
»Ich komme mir wie eine politische Gefangene vor«, sagte Stacy.
Steinberg lief ruhelos auf und ab. Er trug Jeans, Adidas-Turnschuhe und ein T-Shirt aus Disneyland; mit Bart, randloser Brille und glänzendem Anarchistenblick erinnerte er an einen Studenten im letzten Semester, der niemals schläft. Wie immer kaute er geistesabwesend, aber so energisch auf einem Stück Kaugummi herum, daß Stacy sich fragte, ob er seit der Filmhochschule auf demselben Stück herumkaute.
Sie saß da und beobachtete ihn. »Wie sieht's heute morgen mit deinem Grundumsatz aus?«
Er grinste, ohne stehenzubleiben. »Wie bei 'ner Python – ich könnte zweiundvierzig Snickers essen, ohne überhaupt was davon zu merken.«
»Was soll diese Vorführung eigentlich? Hast du vergessen, daß du nicht wolltest, daß ich mir unsere tagsüber gedrehten Szenen ansehe? Du hast behauptet, davon bekäme ich bloß Hemmungen...«
»Du hast dir diese Privatvorführung verdient, finde ich.« Er steckte seine Hände in die Hüfttaschen seiner Jeans. »Ich hab' noch keine Anfängerin erlebt, die so verbissen gearbeitet hat wie du.«
Stacy zuckte mit den Schultern. »Ich hab's getan, um mein seelisches Gleichgewicht wiederzufinden, Mark.«
Er schüttelte leicht den Kopf und lief dann wieder auf und ab.
»Du machst mich nervös«, sagte sie.
»Wo steckt Damone überhaupt?«
»Glaubst du, daß ich ihn irgendwo versteckt halte?« Als Steinberg keine Antwort gab, nickte sie zu dem Projektor hinüber. »Ist die Szene, die du mir zeigen willst, so schlimm?«
Er blieb kurz stehen und sah sie an. »Okay«, sagte er dann und drehte sich zu dem Fenster in der Rückwand um. Der Vorführer verstand sein Zeichen, nickte und ließ die Raumbeleuchtung allmählich erlöschen.
Ein Lichtstrahl traf die Projektionsleinwand. Stacy erinnerte sich an die Filmvorführung im Gerichtssaal, aber bevor sie län-

ger an Carson denken konnte, erschien ihr Gesicht auf der Leinwand.
Steinberg ließ die außerhalb der chronologischen Reihenfolge gedrehte Schlußszene des Film vorführen, in der Stacy als Mutter ihre Tochter zu ihrem Exmann brachte. Ihr Dialog handelte bewußt nüchtern von Allerweltsdingen wie Zähneputzen und Reiseproviant, so daß seine Wirkung von Nuancen abhing. Stacy hatte ihre eigenen Manierismen weitgehend zurückgenommen; jetzt sah sie befriedigt, daß ihre Zurückhaltung bewirkte, daß der Augenblick für sich selbst sprach. Sie knöpfte der Kleinen mit konzentrierter Normalität den Mantel zu. Dann sah sie ihrer Tochter ins Gesicht und strich ihr mit zwei Fingern die Stirnfransen zurecht.
Diese rührende Geste kam völlig überraschend; Stacy konnte sich nicht daran erinnern, das getan zu haben. Sie mußte trokken schluchzen – und zugleich wurde ihr unbewußt klar, daß sie für die Kamera geschaffen war. Erst als die Leinwand wieder dunkel wurde, sah sie Steinberg neben sich sitzen.
Im Halbdunkel des noch schwach beleuchteten Vorführraums war sein Gesichtsausdruck schwer zu enträtseln.
»Du bist auf dem Weg zum Filmstar«, sagte er schließlich. »Es wird Zeit, daß du das erkennst.«
Sie wich seinem Blick aus.
»Daran führt kein Weg vorbei, Stacy. Die Chefs der Paragon haben schon vor Wochen angefangen, sich die tagsüber gedrehten Szenen vorführen zu lassen. Sie sind derselben Meinung.«
Sie schüttelte den Kopf. »Ich habe bei den Dreharbeiten zuviel an Jamie gedacht.«
»Das war bei deiner jetzigen Gemütsverfassung unvermeidlich.«
»Trotzdem hätte ich versuchen sollen, anders zu sein.«
»Selbst wenn du dich bemüht hättest, wärst du nicht davon losgekommen.« Steinberg zögerte. »Dieser Fernsehfilm von dir und Kilcannon ... er hat dich zu einer zweiten Jackie Kennedy gemacht. Was du auch tust – ganz Amerika wird dich in Zukunft in dieser Rolle sehen.«
Sie hob abwehrend die Hände. »Um Himmels willen, dann wäre ich eine Ikone, keine Schauspielerin!«

»Wenn du dich versteckst, machst du alles nur schlimmer!« Seine Stimme klang leidenschaftlicher als je zuvor. »Du mußt noch einen Film drehen ... und noch einen und noch einen, bis du eine Schauspielerin *bist*!«
Stacy konnte sich nicht erklären, warum ihr diese Vorstellung fast peinlich war. »Hör zu«, sagte sie schließlich, »ich *kann* nicht mal Kinder kriegen.«
Steinberg stand auf und nickte dem Vorführer zu, der wieder Licht machte. »Paß auf, ich hab' 'ne Idee«, sagte er lächelnd. »Du sagst deinem Chauffeur, er soll uns ein bißchen spazierenfahren. Wir gehen irgendwo zum Brunch, trinken einen Schluck Champagner und bereden die Sache. Das ist allmählich überfällig.«
Sie schüttelte den Kopf. »Danke, Mark, aber ich wäre heute eine schlechte Gesellschafterin – mir geht zuviel durch den Kopf.« Obwohl er schon leicht gekränkt wirkte, fügte sie hinzu: »Außerdem möchte ich lieber auf John warten.«
Er zuckte mit den Schultern. »Okay, dann ein andermal.«
Während sie noch überlegte, wie sie den Enttäuschten trösten konnte, klopfte es an der Tür. Ein Wachmann steckte den Kopf herein. »Miss Tarrant?«
»Ja?«
»Zwei FBI-Agenten möchten Sie sprechen.« Der Mann schüttelte verständnislos den Kopf. »Es scheint um Mr. Damone zu gehen. Die beiden haben mich gefragt, ob wir einen Fernseher haben ...«

»Stacy?« Jemand berührte leicht ihre Schulter.
Sie riß erschrocken die Augen auf; vor ihr stand Jack Harris, der Produktionsassistent.
»Eben ist angerufen worden«, teilte er ihr mit. »Lord ist hier.«

Am Ende des Labyrinths aus Filmbauten ließ Stacys Chauffeur Lord vor einem Ateliergebäude aus den dreißiger Jahren aussteigen. Das Innere des Gebäudes glich einer großen Scheune mit schallisolierten Wänden, armdicken Stromkabeln, die sich über den Holzboden schlängelten, und Laufstegen und Scheinwerfern unter der Decke. Hinter einem Stahlschreibtisch, der als Empfang diente, standen zwei Wachmänner und blockierten den Durchgang zwischen ein paar Stellwänden, hinter denen gedreht wurde. Lord gab der Empfangsdame seinen Zettel und hörte zu, wie sie ein weiteres Telefongespräch führte.

»Sie sind Anthony Lord«, sagte jemand.

Das war keine Frage. Lord drehte sich um und sah zwischen den Uniformierten einen asketisch wirkenden Mann in Arbeitshemd und ausgebeulter Khakihose stehen. »Richtig«, bestätigte er.

»Ich bin Jack Harris.« Er starrte Lord stirnrunzelnd an. »Stacy ist gerade bei der vierten Klappe ihrer letzten Szene. Sie hat Schwierigkeiten damit – also müssen Sie wahrscheinlich noch etwas warten.«

»Das wundert mich nicht.« Als Harris sich mit verdrießlicher Miene halb abwandte, fragte Lord rasch: »Darf ich mitkommen?«

Harris musterte ihn schweigend. »Sie hat Sie hergebeten«, sagte er schließlich.

Lord folgte ihm durch die Absperrung und eine Reihe teilweise aufgebauter Interieurs: die schmucklose Eingangshalle eines Apartmentgebäudes, eine Ecke in einer Kindertagesstätte, eine Bar mit Wandleuchtern aus Muranoglas, eine moderne Einbauküche und ein ganz in gebrochenem Weiß gehaltenes Wohnzimmer mit Halogenspots und abstrakten Bildern an den Wänden. Nur an den im Hintergrund hörbaren Stimmen merkte Lord, daß sie sich dem Drehort näherten.

Als Lord ein halbes Büro verließ, hatte er plötzlich Stacy Tarrant vor sich.

Sie saß mit geschlossenen Augen in einem Regiestuhl, während eine Maskenbildnerin sie schminkte, um Spuren von Übermüdung zu verdecken. Lord blieb etwa drei Meter von ihr entfernt stehen. Als die Maskenbildnerin mit ihr fertig war, öffnete Stacy die Augen und sah ihn.

Ihr kühler Gesichtsausdruck blieb unverändert, während sie ihn musterte; dann wandte sie sich der Maskenbildnerin zu und dankte ihr halblaut.

Ein Summer ertönte einmal, zweimal. Ohne mit Lord gesprochen zu haben, stand Stacy auf und betrat ein Restaurant mit russischem Dekor, dessen Decke nur zur Hälfte vorhanden war. Die andere Hälfte bestand aus hellem Segeltuch, das indirektes Licht durchließ.

»Das ist der Russian Tea Room«, erklärte Harris Lord und führte ihn weiter.

Etwa zwanzig Personen waren um sie herum beschäftigt. Eine schwarze Assistentin mit einem Handfunkgerät versuchte, jemanden zu erreichen; der Kameramann probierte Einstellungen aus; drei Beleuchter experimentierten mit den Blenden ihrer Scheinwerfer; zwei Tontechniker hielten Mikrofone an langen Stangen. An einem gedeckten Tisch saßen ein blonder Mann und eine schlanke Frau in Stacys Größe, um die Stars während einer Beleuchtungsprobe zu doublen. In ihrer Nähe sah Lord Mark Steinberg mit Stacy und dem männlichen Hauptdarsteller reden. Niemand lächelte.

Stacy, die dem Regisseur aufmerksam zugehört hatte, nickte schließlich. Eine Assistentin stellte zwei Weingläser auf den Tisch, und die beiden Hauptdarsteller nahmen die Plätze ihrer Doubles ein. Die Stimmen wurden leiser; die Kamera fuhr näher heran; Scheinwerfer leuchteten die Szene aus; Mikrofone wurden über den Tisch gehalten. Die Atmosphäre erinnerte Lord an einen Operationssaal. Stacy saß unbeweglich da.

Wieder ein lauter Summton. Auf einmal herrschte Stille; jetzt begann sie zu sprechen.

Lord verstand bald, worum es in dieser Szene ging. Obwohl Stacy und ihr Partner sich nicht leiden konnten, hatten sie sich getroffen, weil sie etwas von ihm brauchte oder wollte. Eine spannungsgeladene Szene, die Steinberg sich offenbar bewußt bis zuletzt aufgehoben hatte: Stacy spielte eine unter Druck stehende Frau, die sich eine emotionslose Argumentation zurechtgelegt hatte; sie starrte beim Sprechen die Tischdecke an und fuhr mit dem Zeigefinger über den Rand ihres Weinglases.

Ihr Partner stellte ihr ungeduldige Fragen. Nun klang ihre Stimme gepreßt, und sie reagierte noch beherrschter, noch eingeübter. Lord wußte nicht recht, ob diese Reaktion wirklich nur gespielt war.

Dann stellte ihr Partner eine Frage zuviel.

Ihr Blick funkelte, als sie von ihrem Weinglas aufsah und ihm ins Gesicht starrte. »Verdammt!« Obwohl sie leise sprach, kamen die Worte klar und nachdrücklich. »Ich *brauche* dich!«
»Aus!« sagte der Regisseur energisch. »So war's gut, Leute! Die Sache ist im Kasten!«
Stacys Partner drückte ihr die Hand. Irgend jemand begann zu klatschen; der Applaus breitete sich aus, bis Stacy verwirrt aufsah. »Super!« rief Steinberg ihr grinsend zu.
Sie rang sich ein Lächeln ab, stand vom Tisch auf und umarmte ihn. »Ich rufe dich an«, sagte er.
»Okay.«
Dann wandte Stacy sich den anderen zu. Sie drückte allen die Hand, umarmte einige und küßte ihre Maskenbildnerin auf beide Wangen. Als sie schließlich auf ihn zukam – mit gesenktem Kopf, aber noch immer leicht lächelnd –, glaubte Lord das Vakuum zu spüren, das sie jetzt betrat.
Ihr Lächeln verschwand, als sie vor ihm stehenblieb. »Ich bin bereit«, sagte sie.

»Sie waren ausgezeichnet«, sagte Lord.
Stacy nickte dankend. Dann sah sie wieder durch die getönten Scheiben ihrer Limousine nach draußen.
»Warum haben Sie mich angerufen?« fragte er.
Sie wandte sich ihm zu und musterte ihn. Lord wirkte gealtert; daß das vergangene Jahr auch bei ihm Spuren hinterlassen hatte, erschien ihr nur gerecht.
»Gestern vormittag«, antwortete sie schließlich, »haben mir alle möglichen Leute Ratschläge erteilt. Die FBI-Agenten, der arme Mr. Parnell... sogar Ralph DiPalma hat mich angerufen.« Sie wandte sich ab und sprach leise weiter. »Ich will John zurückhaben. Um das zu erreichen, brauche ich einen unabhängigen Berater.« Ihre Hand umklammerte die rechte Türlehne, während sie ihn ansah. »Sie *kennen* John«, fuhr sie fort. »*Und* die Parnells, die SNI-Leute und die in San Francisco für diesen Fall zuständigen Stellen. *Dafür* sind Sie der richtige Mann, und deshalb habe ich Sie um Hilfe gebeten.«
Lord kniff die Augen zusammen, während er die schalldichte Glasscheibe zwischen ihnen und dem Chauffeur begutachtete.

Schließlich fragte er: »Warum glaubt Phönix, daß Sie sich zu einem ›einzigartigen Akt der Selbstlosigkeit‹ hinreißen lassen werden, um Damone zu retten?«
»Wir kennen uns schon seit Ewigkeiten.« Sie spielte nervös mit ihren Ponyfransen. »John ist ein Einzelgänger – ich bin wahrscheinlich der Mensch, der ihm am nächsten steht.«
»Hat er keine Angehörigen?«
»Nicht im üblichen Sinn. John ist als Waise bei verschiedenen Pflegeeltern aufgewachsen – und deshalb bei der Army gelandet.« Sie schüttelte den Kopf. »Wenn ich daran denke, was er alles durchgemacht hat...«
»Als Toter ist er für Phönix wertlos«, stellte Lord fest. »Zumindest vorläufig.«
Sie starrte ihn aufgebracht an. »Sie sind ihm etwas *schuldig*, verdammt noch mal...«
»Schon gut«, wehrte Lord ab. »Wie ist die Entführung nach Ansicht des FBI abgelaufen?«
So konnte es nicht weitergehen, das erkannte Stacy deutlich; Haß war ein Luxus, den sie sich nicht erlauben durfte, bis John wieder in Sicherheit war. »Bei ihm ist eingebrochen worden«, antwortete sie schließlich. »Das Haus ist verwüstet worden, sein Wagen war noch da.«
»Sonst noch etwas?«
»Ich war zu durcheinander, um mir viel zu merken.« Sie starrte an ihm vorbei zu den Lichtern von Malibu hinüber. »*Sie* haben Alexis gesehen...«
»Ich versuche nur, mir vorzustellen, wer ihn entführt haben könnte – und wie.«
Sie merkte, wie ihr die Bilder von Alexis' Entführung wieder zusetzten. »Welche Rolle spielt das jetzt noch?« murmelte sie.
Lord antwortete nicht gleich. »Das hängt davon ab«, sagte er dann, »was der Entführer letzten Endes von Ihnen verlangen wird.«
Stacy merkte, wie krampfhaft sie die Armlehne umklammerte.
Auf ihrer Armbanduhr war es 19.20 Uhr.

2

Es war 19.37 Uhr.
Phönix lehnte an der Wand des Schuppens und beobachtete, wie die Wolken ihre Farbe veränderten. Die im Pazifik versinkende Sonne färbte sie erst rosa, dann in dunkler werdende Rottöne. Als das Rot zu Grau verblaßte, wußte er, daß die Suchflugzeuge ihn nicht mehr ausmachen konnten. Er wandte sich ab und öffnete die beiden Tore.
Dahinter waren zwei schüsselförmige Satellitenantennen – eine Sende- und eine Empfangsantenne – auf den Himmel gerichtet. Von den Antennen führten dicke Kabel zu seinem Übertragungsraum mit Monitoren, Tonbandgeräten und Farb- und Tonmischpulten. Das leise Brummen des Notstromaggregats machte ihn nervös.
Es war 19.40 Uhr.
Noch zwanzig Minuten, ein ganzes Land in atemloser Erwartung, und er wußte noch immer nicht, ob alles funktionieren würde.
Um sich zu beruhigen, dachte Phönix daran, wieviel Glück er seit dem Nachmittag gehabt hatte, an dem er Alexis Parnell entführt hatte.

Begonnen hatte das Unternehmen kurz vor Tagesanbruch in einem verlassenen Kalksteinbruch drei Autostunden nördlich des Entführungsortes.
Die drei Männer hatten dort seit dem Vorabend mit dem weißen Kleinbus gewartet. Sie hatten ihn in Rhode Island gegen Barzahlung gekauft, die Fahrgestellnummer weggefeilt und das Fahrzeug mit New Yorker Kennzeichen versehen, die sie von einem Schrottplatz gestohlen hatten. Vor einigen Jahren hatten sie Phönix in Boston gebeten, ein Drogengeschäft zu finanzieren; damals hatte er sie mit dem Vorschlag geködert, sie an einer Entführung zu beteiligen, die Millionen Dollar Lösegeld einbringen würde.
Jetzt sollten sie seinen Plan ausführen. Die Männer waren von Massachusetts aus nach Westen gefahren, ohne zu wissen, wer entführt werden sollte. Wie Phönix trugen sie ständig Handschuhe.

Im Licht einer Taschenlampe begannen sie, die Reifen ihres weißen Kleinbusses gegen die seines schwarzen Busses auszutauschen. Dann stiegen sie wortlos hinten ein. Die Schlüssel lagen auf dem Fahrersitz für ihn bereit.
In der Morgendämmerung ließ er seinen schwarzen Bus stehen und folgte der aus dem Steinbruch herausführenden steilen Schotterstraße.
Später hielt der weiße Kleinbus auf einem verlassenen Lagerplatz, der etwa vierzig Meilen vom Landsitz der Parnells entfernt war. Dort warteten sie weitere fünf Stunden, schwitzten in der Frühlingssonne und besprachen nochmals alle Einzelheiten seines Plans. Auf dem abgelegenen Platz sah sie niemand.
Punkt 14.00 Uhr fuhr Phönix mit ihnen weiter zu den Parnells. Seine Kehle war wie ausgedörrt. Als der rote Klinkerbau ihres Wachhäuschens vor ihnen auftauchte, merkte er, daß er das Lenkrad auf dem letzten Stück der einsamen Landstraße mit beiden Händen umklammert hatte.
Wenige Meter vor dem schmiedeeisernen Tor zog er sich die Strumpfmaske über den Kopf und holte die Mauser unter seinem Sitz hervor. Als er dann plötzlich mit quietschenden Reifen bremste, zeigte sich am Fenster des kleinen Gebäudes der Kopf eines Mannes. Phönix sprang mit einem Satz aus dem Wagen und hob mit beiden Händen seine Pistole. Der Wachmann hinter der Scheibe, in der Phönix sich wie in einem Spiegel sah, starrte ihn und seine Waffe erschrocken an.
Sie standen sich bewegungslos gegenüber. Phönix hatte Mühe, seine aufsteigende Panik zu unterdrücken – er durfte den Mann nicht erschießen, solange das Tor versperrt war.
Er winkte ihn mit herrischer Geste heraus.
Der Wachmann gehorchte zögernd und trat mit erhobenen Händen ins Freie. Als er durchs Tor kam, schlug Phönix ihn mit dem Pistolengriff nieder.
Er warf sich den Bewußtlosen über die Schulter, schleppte ihn hinter die Büsche am Tor, fesselte ihn mit dem Nylonseil, das er von seinem Gürtel losmachte, und knebelte ihn. Was im Zeitlupentempo abgelaufen zu sein schien, hatte nur vier Minuten gedauert. Er rannte zu dem Kleinbus zurück und fuhr wie zuvor in gleichmäßigem Tempo auf der Straße weiter.

Eine Meile nach dem Tor zweigte eine Feuerschutzschneise nach rechts von der Straße ab. Phönix folgte ihr. Als er wieder anhielt, waren sie etwa eine halbe Meile weit bergauf gefahren. Links unter ihm war durch eine Reihe Eichen hindurch der Tennisplatz zu sehen.

Der Platz lag fünfzig, sechzig Meter vom Haus entfernt – und gut eine Meile hügelaufwärts von ihrem Standort. Auf dem Weg, der sich zum Tennisplatz schlängelte, erkannte er zwei Gestalten in Weiß. Als er sein Fernglas hob, beugte sich die Frau nach vorn und faßte an den Saum ihres Tennisrocks. Ihr blondes Haar leuchtete in der Sonne.

Er schluckte trocken.

Dann ließ er sein Fernglas sinken, stieg langsam aus und ging nach hinten, um die Hecktür aufzusperren.

Die drei Männer blinzelten ins Sonnenlicht und reckten ihre steifen Glieder. Zwei luden Gewehre aus, einer die Videokamera; zuletzt hoben sie gemeinsam das Motorrad heraus. Phönix gab ihnen ein Zeichen, ihm zu den Bäumen zu folgen. Dort studierte er aus sicherer Deckung das vor ihnen abfallende Gelände, das er schon vor Wochen nachts erkundet hatte, während die Parnells schliefen. Wie damals tarnten Unterholz und Geländeeinschnitte die Route, auf der er den Tennisplatz erreicht hatte.

Phönix nickte zufrieden, wies dem Kameramann seinen Platz an und machte mit den beiden anderen Männern einen Uhrenvergleich. Während die Parnells zu spielen begannen, zogen sie Strumpfmasken über ihre Köpfe; auf ein Handzeichen hin setzten sie sich hügelabwärts in Bewegung.

Es fiel ihm schwer, sich jetzt auf seine Aufgaben zu konzentrieren.

Nachdem er gewendet hatte, fuhr er die Feuerschutzschneise zurück und brauchte über zwanzig Minuten, um die Straße zu erreichen.

Um 15.57 Uhr erreichte er das jetzt unbewachte Tor.

Während er es öffnete, stellte er sich die beiden mit Gewehren bewaffneten Männer in der letzten Senke unterhalb des Tennisplatzes vor. Sie konnten die Spieler nicht sehen, sondern nur ihre Stimmen und das regelmäßige helle *Plop!* der Tennisbälle auf Darmsaiten hören.

Phönix zog sich die Strumpfmaske über.
Wie in einem Traum fuhr er an dem von Trauerweiden gesäumten künstlichen See vorbei und ließ den Bus durch die Allee aus Kirschbäumen rollen, die Parnell hatte anpflanzen lassen, um seiner Frau eine Freude zu machen. Eine der rosa Blüten fiel auf die Windschutzscheibe und blieb einen Augenblick am Scheibenwischer hängen; dann mündete die Allee in eine Auffahrt zwischen gepflegten Rasenflächen.
Als Phönix den Weg verließ und über den Rasen weiterfuhr, stürmten die beiden maskierten Bewaffneten den Tennisplatz.
Die Spieler erstarrten; Phönix hätte am liebsten laut gejubelt. Dann drehte Parnell sich nach dem Motorengeräusch seines Fahrzeugs um, als hoffe er, gerettet zu werden.
Phönix sprang aus dem Kleinbus und hatte im selben Augenblick die Videokamera auf seiner Schulter.
Parnell holte erschrocken tief Luft; Alexis sah wie gelähmt in die Kamera. Dann traten die Bewaffneten links und rechts neben sie. Einer fesselte ihr die Hände, während der andere ihr seinen Revolver an die Schläfe hielt.
Phönix begann sie zu filmen.
Als Parnell die Kamera surren hörte, drehte er sich danach um und stieß hervor: »Nehmen Sie *mich*!«
Alexis hatte Tränen in den Augen. Nach einem flehenden Blick zu Parnell hinüber stolperte sie, als sie von den beiden Männern zur Hecktür des Fahrzeugs gestoßen wurde.
Die Zeit schien stillzustehen.
Noch während sie halb kniend zu ihm aufsah, empfand Phönix diesen Augenblick, als sei es sein letzter: die Frau mit den gefesselten Händen, die von der Nachmittagssonne geworfenen langen Schatten, die grünen Wellen der in der Ferne verschwimmenden Hügel, die Geometrie des Tennisplatzes mit seinen weißen Linien. Dann setzte Parnell sich in Bewegung, hob zögernd eine Hand.
Phönix ließ rasch die Kamera von der Schulter gleiten und zog seine Mauser.
»Nein!« rief Alexis.
Ohne sich umzudrehen, setzte Phönix ihrem Mann die Mün-

dung seiner Waffe auf die Stirn. Parnells Unterkiefer fiel herab; die Maskierten neben ihm schienen zusammenzuzucken.
Phönix holte weit aus und schlug den Griff seiner Waffe an Parnells Schläfe. Parnell sacke zusammen. Seine Brille fiel neben ihm in den Sand.
Phönix zertrat sie langsam und methodisch, bevor er wieder zu Alexis hinübersah, die langsam den Kopf hob. Ihre Augen weiteten sich, während sie den Maskierten anstarrte, der ihren Mann niedergeschlagen hatte.
Er wandte sich von ihr ab und machte seinen Komplizen ein Zeichen.
Die beiden Männer, die bisher untätig dagestanden hatten, machten sich rasch an die Arbeit. Sie fesselten Parnell, verbanden ihm die Augen, warfen ihn in den Bus und legten seiner Frau eine Augenbinde an. Nachdem sie ihre Waffen und die Kamera eingeladen hatten, zogen sie Alexis zu sich hinein, bevor Phönix die Hecktür zuknallte. Er lief nach vorn, steckte seine Mauser unter den Fahrersitz, stieg ein und gab Gas.
Vor ihm lag der fast eine Meile lange Kiesweg bis zum Tor; dort begann die zwölfstündige Flucht, deren Zeitplan genau eingehalten werden mußte. Jetzt war es 16.11 Uhr.
Das schmiedeeiserne Tor mit dem Wachhäuschen rückte näher und näher. Auf der Straße hielt plötzlich ein Motorradfahrer und stieß das Tor auf, ohne erst abzusteigen. Phönix bremste scharf und brachte den Kleinbus zum Stehen.
Der Motorradfahrer hielt den Videofilm hoch, den er aufgenommen hatte. Auf dem Gepäckträger hinter ihm war eine zweite Kamera befestigt.
Phönix stieg aus, lief nach hinten und öffnete die Hecktür.
Während die beiden Männer aus dem Kleinbus seine Maschine ins Fahrzeug wuchteten, rannte der Motorradfahrer mit Phönix hinter die Büsche in der Nähe der Einfahrt. Der Wachmann lag so da, wie Phönix ihn verlassen hatte: bewußtlos und gefesselt. Sie packten ihn an Armen und Beinen, schleppten ihn zu ihrem Kleinbus und warfen ihn neben Parnell auf den Wagenboden. Danach setzte der Motorradfahrer sich zu den beiden anderen an die rechte Seitenwand. Alexis, die zusammengesunken in einer Ecke hockte, wandte ihnen ihr Gesicht zu, als versuche sie

zu erraten, was um sie herum vorging. Phönix warf ihr seine Strumpfmaske vor die Füße und knallte die Tür zu.
Als er weiterfuhr, sah das Tor wie vorher aus.
Sein Herz raste noch immer.
Er atmete mehrmals tief durch und gab etwas weniger Gas. In den kommenden acht Stunden mußte er zusehen, daß er nicht durch zu schnelles Fahren auffiel.
Die Landstraße, auf der er blieb, schlängelte sich durch Felder und Weideland, über sanft ansteigende Weinberge, vorbei an moosbewachsenen Eichen. Der Gegenverkehr blieb spärlich. Mit tief in die Stirn gezogenem Hut wirkte Phönix wie ein Farmer, der in Gedanken bei seinen Schafen oder Rindern ist. Er fühlte die Hitze im hinteren Teil des Fahrzeugs, die Angst der dort Eingeschlossenen und seine eigene.
Auf dieser einsamen Landstraße, die durch Sonoma County nach Nordwesten führte, blieb er noch eine halbe Stunde.
Die Sonne stand tief zwischen den ersten brandgeschwärzten Baumstämmen. Vor einigen Jahren hatte hier ein verheerender Waldbrand gewütet; die über Buschwerk und jungen Eichen und Fichten aufragenden verkohlten Tannenskelette ließen ihn leicht erschaudern.
Phönix beugte sich aufmerksam nach vorn, sah die knorrige Eiche, an der er abbiegen mußte, und verließ die Landstraße.
Während der Kleinbus dem Fahrweg folgte, der zwischen jungen Eichen und verkohlten Tannen bergauf weiterführte, sank die Abenddämmerung herab. Im letzten Tageslicht war das baufällige Farmhaus kaum zu erkennen.
Phönix hielt einige hundert Meter von den verfallenen Gebäuden, holte die Mauser unter seinem Sitz hervor, ging nach hinten und öffnete die Hecktür.
Seine drei Komplizen starrten ihn an. Alexis lag zusammengekrümmt neben ihrem Mann. Während sie leise wimmerte, nahm er Parnell, der alles wehrlos mit sich geschehen ließ, über eine Schulter und griff mit der freien Hand nach einer im Wagen stehenden Sporttasche.
Er schleppte Parnell hügelaufwärts zu einer Gruppe von Eichen, die im Mondschein dunkel, fast schwarz über ihm aufragten. Die einzigen Geräusche waren das an- und abschwellende

Zirpen der Grillen, sanftes Blätterrauschen, wenn ein Windhauch die Zweige bewegte, und das leise Stöhnen Parnells, der noch immer seine Augenbinde trug.
Phönix ließ ihn unter einer Eiche zu Boden gleiten und befreite ihn von seinem Knebel. Parnells Stimme war ein Krächzen.
»Warum . . .?«
Phönix schob ihm den Lauf seiner Waffe zwischen die Zähne. Während der Gefesselte dumpf gurgelnd den Kopf von einer Seite zur anderen drehte, drückte Phönix ab.
Das Klicken des ins Leere schnellenden Schlagbolzens klang unnatürlich laut.
Parnell schluchzte, als er den Pistolenlauf wieder herauszog. Phönix kniete neben ihm nieder, holte zwei Videokassetten aus der Sporttasche und befestigte sie mit Bindfaden um seinen Hals. Danach zwängte er Parnell eine Tonkassette zwischen die Zähne und band sie mit dem Tuch fest, das als Knebel gedient hatte. Parnell würgte, verschluckte sich mehrmals und atmete zuletzt gleichmäßig, als Phönix ihn auf die Seite wälzte.
Phönix stand auf und ging betont langsam zurück, damit sein Herzschlag sich beruhigen konnte.

Eine Stunde später fuhr Phönix wieder in den Steinbruch hinunter. Als er unten hielt, ragte sein schwarzer Kleinbus keine drei Meter vor ihm auf.
Er öffnete die Hecktür des weißen Fahrzeugs und hörte Alexis gedämpft schluchzen.
Sie war leichter, als er gedacht hatte; unter dem Tennisrock waren ihre Beine kalt. Als er sie zu dem schwarzen Wagen trug, wurde ihr Schluchzen zu keuchendem Atemholen – wie bei einem gejagten Tier, das sich nicht durch seine eigenen Laute verraten will.
Die drei Männer stiegen mit ihrer Ausrüstung bei ihr ein, so daß in dem abgesperrten weißen Kleinbus nur der bewußtlose Wachmann zurückblieb.
Phönix suchte mit zusammengekniffenen Augen den Nachthimmel nach Hubschraubern oder Überwachungsflugzeugen ab, horchte auf Triebwerksgeräusche.
Morgen würde irgend jemand einen Kleinbus entdecken, des-

sen Besitzer sich nicht feststellen ließ, in dem nur die Fingerabdrücke der Entführten zu finden waren und dessen Reifenspuren an den beiden Tatorten zurückgeblieben waren. Ein perfekter Kreis, der ins Nichts führte – wenn es Phönix gelang, weitere acht Stunden lang nicht gefaßt zu werden.

Wenige Minuten später fuhr der schwarze Kleinbus aus dem Steinbruch auf die Landstraße hinaus und nach Westen in Richtung Highway 101 weiter. Nun kontrollierte Phönix immer häufiger die Tankanzeige.

Sein Tank war noch fast voll, als er den Highway 101 erreichte und nach Norden abbog, um in Richtung Humboldt County weiterzufahren.

Nur fünf Autostunden entfernt, aber trotzdem ein ganz anderes Land – einsam, unwirtlich, Fremden gegenüber verschlossen und feindselig.

Unterwegs sah Phönix immer wieder auf die Nadel der Tankanzeige.

Er wußte, daß er erst tanken konnte, wenn er schon weit im Humboldt County war; Alexis konnte schreien, irgendwer konnte sich an den schwarzen Kleinbus erinnern.

Die Nadel näherte sich der Mittelstellung.

Vier Stunden lang fuhr er quälend langsam in Richtung Humboldt County. Die Schnellstraße wurde zu einem schmalen Asphaltband, und die Landschaft veränderte sich: Statt weiter Hügellandschaften herrschten enge Täler vor, die Eichen wichen Tannen, die wenigen Siedlungen wurden kleiner und kleiner, und die Straße stieg immer mehr an, bis sie am Eel River einem Felsband dreißig Meter über dem Fluß folgte. Die dunkle Waldstraße vor ihm hätte ebensogut in Alaska liegen können.

Die Nadel der Tankanzeige bewegte sich auf E zu.

Bis zu seinem sicheren Versteck – einer abgelegenen, seit Jahren nicht mehr benutzten Jagdhütte – waren es noch einige Stunden zu fahren. Er hatte die Hütte von einem Immobilienmakler in Garberville gekauft, bei dem er mit Hornbrille, Ohrringen und Südweststaatenakzent als Großstadtflüchtling aufgetreten war.

Zwanzig Meilen vor Garberville stand die Nadel der Tankanzeige über dem roten Strich bei E.

Er schaltete das Autoradio ein und fand den Sender Garberville.
Die näselnde Countrymusik ging ihm so auf die Nerven, daß er den eingeblendeten Nachrichtenblock geradezu als Erleichterung empfand. Die heruntergeleierten Meldungen interessierten ihn erst, als die Stimme des Nachrichtensprechers plötzlich fast aufgeregt klang.
»Zum Schluß noch eine Eilmeldung aus Napa County: Das dortige Sheriff's Office meldet das Verschwinden des Verlegers Colby Parnell und seiner Frau Alexis, beide aus San Francisco. Vermißtenmeldung erstattet hat John Danziger, der Rechtsanwalt der Parnells, der bei ihnen zum Abendessen eingeladen war. Die zuständigen Stellen gehen davon aus, daß das Ehepaar beim Tennisspielen entführt worden ist...«
Phönix tastete unwillkürlich nach seiner Mauser.
Er kurbelte das Fenster herunter, um wieder einen klaren Kopf zu bekommen. Sein T-Shirt war durchgeschwitzt; die kalte Nachtluft auf Gesicht und Brust fühlte sich eisig an. Zu seiner Rechten ragten Redwoods auf; links fiel das Felsengelände steil zum Eel River ab. Außer seinem Fahrtziel gab es hier kein geeignetes Versteck.
Nach einer Gefällestrecke knickte die Straße rechtwinklig ab und führte über eine Brücke mit dem Hinweisschild *Humboldt County*. Als Phönix nach einem Blick auf das Schild erneut die Tankanzeige kontrollierte, stand die Nadel auf E.
Wenig später passierte er die Ausfahrt Garberville, ohne zum Tanken in den Ort zu fahren. Das Wasser des Flusses, den er jetzt rechts neben sich hatte, glänzte im Mondschein wie Obsidian.
Phönix verließ den Fluß und bog zwischen zwei Redwoods auf eine unbefestigte Nebenstraße ab.
Während das Fahrzeug durch Schlaglöcher holperte, glitten seine Scheinwerfer über massive schmutzigrote Baumstämme hinweg. Die unebene Fahrbahn, auf der er mit zehn Meilen in der Stunde dahinkroch, erforderte seine ganze Aufmerksamkeit. Das Radio war inzwischen verstummt.
Die Nadel der Tankanzeige rutschte unter den roten Strich bei E, während er auf der zwischen den Redwoods ansteigenden

Straße langsam acht Meilen weiterfuhr. Auf dem Scheitelpunkt der Waldstraße lag eine schwarze Senke vor ihm – ein Tal ohne Lichter. Die Straße bog leicht nach Süden ab.

Phönix folgte ihr und nahm dabei den Fuß vom Gaspedal.

Er fuhr mehrere Meilen weit im Leerlauf bergab und bremste zwischendurch nur wenig, um Benzin zu sparen. Dann führte die Straße in einer Senke über eine Holzbrücke, die den stillen Mattole River überspannte. Unmittelbar hinter der Brücke verkündete ein Schild: *Honeydew, 50 Einwohner.* Mitten im Ort stand ein altmodischer General Store mit einer Zapfsäule.

Phönix hielt davor, fuhr sich mit dem Handrücken über die Stirn und hupte dann.

Im Laden wurde Licht gemacht, dann zeigte sich an einem der Fenster ein Gesicht. Schließlich erschien ein Mann im Overall, aber ohne Hemd, der auf den Kleinbus zuging. Phönix stellte sich vor, wie seine Komplizen Alexis festhielten, ihr den Mund zuhielten.

»Sorry«, sagte er entschuldigend. »Die Tankanzeige scheint hin zu sein.«

Der Mann nickte. »Hab' deinen Bus erkannt. Dich allerdings nicht. Du siehst anders aus.«

Phönix gab ihm zehn Dollar. »Ich fühl' mich auch anders.«

Bei jedem Klicken der Handpumpe wartete er auf einen Laut von Alexis.

»Acht Gallonen«, sagte der Mann.

»Danke.« Phönix ließ den Motor an und beobachtete, wie der Mann nach drinnen verschwand. Auf seiner Stirn standen wieder Schweißperlen.

Dreißig Meter weiter hielt er vor der einzigen Telefonzelle im Ort und stieg aus.

Er warf vier Quarters ein und wählte eine Nummer, die er auswendig gelernt hatte. In der Leitung summte es leise; nach dem dritten Klingeln meldete sich eine Frauenstimme: »Satellite News International.«

Phönix legte ein Taschentuch über die Sprechmuschel.

Er teilte ihr rasch, aber mit ruhiger Stimme mit, wo Colby Parnell zu finden war.

Etwa hundert Meter hinter der Telefonzelle bog Phönix auf die

Zufahrt zu seiner Jagdhütte ab. Nach knapp zwei Meilen kam er ans erste Gatter.
Es war ein gut anderthalb Meter hohes verzinktes Stahltor, das mit einer schweren Kette und einem Zahlenschloß gesichert war. Im Licht seiner Taschenlampe öffnete Phönix das Schloß, wickelte die Kette ab, fuhr durchs offene Tor und sicherte es hinter sich wieder.
Vor ihm führte ein an sich nur für Geländewagen geeigneter schmaler Weg steil zur King Range hinauf. Der kleinste Fehler beim Fahren konnte sie viele hundert Meter in den Abgrund stürzen lassen; aber die Stunden, in denen er sich die Gefahrenstellen eingeprägt hatte, mußten sich jetzt bezahlt machen.
Vor ihm lagen noch drei weitere Gatter; während der Fahrweg schmaler und steiler wurde, dachte Phönix an seine vielen Fahrten auf dieser Strecke zurück.
Seine technische Ausrüstung hatte er Stück für Stück unter verschiedenen Namen bei verschiedenen Firmen – teils in anderen Bundesstaaten, teils im Ausland – gekauft und stets bar bezahlt, damit ihn niemand binnen einer Woche als den Käufer identifizieren konnte.
Er hatte alles bestens geplant. Nach seiner letzten Fahrt stand dort oben ein ähnlicher Satellitensender, wie er für die Übertragung des Verfahrens gegen Harry Carson benutzt worden war. Die Leute im General Store in Honeydew hatten sich an den Anblick seines Fahrzeugs gewöhnt, kannten Phönix unter falschem Namen und ordneten ihn als harmlosen Spinner mit Ohrring und Hornbrille ein. Und er hatte sich die Strecke von Honeydew bis zu seinem Sender so gut wie irgend möglich eingeprägt.
Nun wurde der Fahrweg steiler. Links ragten Felswände mit einzelnen Tannen auf, rechts gähnte eine Hunderte von Metern tiefe Schlucht. Im Scheinwerferlicht wurde eine kleine Kaskade sichtbar, deren Wasser sich strudelnd über den Weg ergoß. Jetzt durchquerte das Fahrzeug den Bach; seine Räder drehten kurz durch, faßten wieder und trieben den Wagen voran, während hochspritzendes Wasser die Windschutzscheibe sekundenlang undurchsichtig machte.

Hinter dem Bach stieg der Weg noch steiler an. Als Phönix sah, daß Nacht und Wasser bewirkt hatten, daß er zu langsam geworden war, um diese Steigung schaffen zu können, trat er das Gaspedal ganz durch. Der Motor heulte protestierend auf.
Genau auf dem Scheitelpunkt der Steigung befand sich das letzte Gatter.
Mit laut brummendem Motor arbeitete der Kleinbus sich die Steigung hinauf, aber seine Geschwindigkeit fiel zu rasch ab. Im Scheinwerferlicht schien das Eisentor immer langsamer näher zu kommen. Drei, vier Meter vor dem Gatter drehten die Räder erneut durch.
Das Fahrzeug verlor zentimeterweise an Boden und rutschte dann mit einem Ruck schräg rückwärts weg.
So hing es quälende Augenblicke lang in labilem Gleichgewicht zwischen dem Gatter und der Schlucht, während die Reifen Schlamm und lose Steine wegschleuderten. In den wenigen Sekunden, die noch blieben, bevor der Wagen in die Schlucht stürzen würde, *mußten* die Räder wieder greifen.
Ein Zittern ging durch den Kleinbus, als die durchdrehenden Reifen faßten.
Der Wagen kroch wieder bergauf – einen halben Meter, dann einen und noch einen –, bis das weniger steile Wegstück unmittelbar vor dem Gatter erreicht war. Als er dort die Handbremse anzog, hielt sie zum Glück.
Phönix stieg mit weichen Knien aus. Er stieß das knarrende Tor auf, stützte sich darauf und warf einen Blick hinter sich in die Schlucht.
Minuten später fuhr er auf der Cookie Ridge über Bergwiesen, bevor die Spur durch dichten Wald weiterführte, in den kaum ein Strahl Mondlicht fiel. Der Weg war jetzt nicht mehr viel breiter als das Fahrzeug; im Scheinwerferlicht peitschten Tannenzweige gegen die Windschutzscheibe, als wollten sie nach Phönix greifen, während ihm der würzige Duft von Tannenharz in die Nase stieg.
Dann war der Waldrand erreicht, und der Wagen fuhr in den Mondschein hinaus.
Vor Phönix lag eine Wiesenfläche, die sich über einen Bergrükken hinzog, so daß auf beiden Seiten nur Himmel und Sterne

zu sehen waren. Die Luft hier oben war frisch; der Kleinbus folgte der weiterhin leicht ansteigenden Fahrspur zu den Tannen auf dem höchsten Punkt des Bergrückens. Fünfzig Meter vor ihnen hielt Phönix. Als er mit der Mauser im Gürtel ausstieg, war das Gras unter seinen Füßen taunaß. Im Halbdunkel der Mondnacht schienen Wald, Wiese und Himmel vor seinen Augen zu verschwimmen.

Er ging nach hinten und öffnete die Hecktür. Ein Mann kam an die Tür; die beiden anderen folgten ihm zögernd und starrten wie er nach draußen. Die nachtdunkle Weite machte sie schweigsam.

Phönix gab ihnen von der Wiese aus ein Zeichen, daß sie aussteigen sollten.

Sie kletterten steif aus dem Bus und zogen Alexis von der Ladefläche. Phönix deutete auf die vor ihnen aufragenden Tannen. Die Männer schleppten die halb Bewußtlose auf die Bäume zu. Phönix, der ihnen mit geringem Abstand folgte, erinnerten sie an eine kleine Gruppe Verwundeter.

Als er die Pistole hob, stolperte Alexis und ging zu Boden.

Phönix drückte ab.

Der Schalldämpfer verwandelte den Schußknall in ein kurzes, trockenes Knacken; dann warf der Mann links außen einen Arm hoch. Als der nächste Mann ein Zittern spürte, sah er zu seinem Freund hinüber, der jetzt zusammenbrach, und fiel im nächsten Augenblick über ihn. Nur der dritte Mann wußte, was passiert war.

Als er sich herumwarf, schoß Phönix ihn ins Herz.

Danach ging er langsam auf die Erschossenen zu. Der dritte Mann lag auf Alexis. Sie wimmerte, als Phönix ihn von ihr herunterwälzte. Er stellte angewidert fest, daß sie nach Urin roch.

Er schleppte die drei Leichen nacheinander unter die Tannen und warf sie in das Grab, das er für sie ausgehoben hatte. Bis er das Grab zugeschaufelt und alle Spuren so gut wie möglich beseitigt hatte, war eine weitere halbe Stunde vergangen. Als er danach erneut auf die Wiese hinaustrat, kündigte sich schon der Tag an.

Im Nordwesten – jenseits des im ersten Tageslicht weißlich blau

schimmernden Ozeans – stieg eine ferne Küste mit einem markanten Felsen aus dem Meer: Kap Mendocino, der westlichste Punkt Kaliforniens. Das niedrige Gras unter seinen Stiefeln glänzte.
Er lud Alexis in den Bus und fuhr nach Westen weiter.
Tannen auf dem Bergrücken versperrten ihm die Sicht aufs Meer, und die Jagdhütte lag noch in ihrem Schatten. Aber er mußte damit rechnen, daß schon bald Flugzeuge, von denen er nicht genau wußte, ob sie ihn suchten, über ihn hinwegfliegen würden.
Im Licht der aufgehenden Sonne fuhr er mit Alexis zu seiner Jagdhütte.

Phönix trug sie hinein.
Im Halbdunkel nahm er die einzelnen Elemente seiner Umgebung wie Teile eines Puzzlespiels wahr: eine Photolampe, einen Holzofen, mit Tannenharz abgedichtete Balkenwände, seine Matratze auf dem Boden, eine Mausefalle, ein mit Verdunklungspapier zugeklebtes Fenster, einen alten Kühlschrank mit ungleichmäßigem Arbeitsgeräusch, sein Photo von Stacy Tarrant. Und den Fernseher.
Er sperrte den zweiten Raum auf.
Die ganze Einrichtung bestand aus einem schmalen Feldbett, einem kleinen Kühlschrank und der provisorischen Dusche, die er an die Wasserversorgung der Hütte angeschlossen hatte. In einer Nische hingen hinter einem Vorhang die Kleidungsstücke, die er für sie gekauft hatte.
Phönix legte sie auf das Feldbett und zog sich die Strumpfmaske über den Kopf.
Er löste langsam ihre Handfesseln und nahm Alexis dann die Augenbinde ab.
Ihr stummer Blick war mehr als nur ein Starren. Ihr Schock saß so tief, daß sie ihn überhaupt nicht wahrzunehmen schien. Nur ihr flaches Atmen bewies, daß sie noch lebte.
Er spürte, daß er zitterte.
Dann wandte er sich ab und sperrte die Tür zwischen ihnen zu.
Vierundzwanzig Stunden lang gestattete er sich kein einziges

Mal, in ihre Nähe zu kommen. Er schlief allein, wachte auf, um sich Alexis auf SNI anzusehen, hörte seine verstellte Stimme und fühlte seine Macht wachsen. Und er wartete darauf, daß Angst und Isolierung sie soweit veränderten, daß er mit ihr tun konnte, was er wollte.

An diesem Morgen hatte er seine Strumpfmaske erneut übergezogen und ihre Tür aufgesperrt.

Sie lag auf dem Feldbett und hatte ihre Wolldecke bis zu den Schultern hochgezogen. Ihr Haar hing in fettigen Strähnen um ihr Gesicht.

»Bitte ...«

Er legte einen Zeigefinger auf die Lippen unter der Maske und trat auf sie zu. Sie blieb unbeweglich liegen.

Phönix streckte langsam einen Arm aus und zeigte nach nebenan in sein Zimmer.

Alexis begriff nicht gleich, was er wollte. Als sie endlich aufstand, wirkte sie erschöpft und gleichgültig, machte aber trotzdem einen Bogen um ihn. Halb geistesabwesend, halb gleichgültig schien sie nur zu fürchten, er könnte sie verletzen oder töten.

Ihr Blick flackerte, als sie seine Kamera sah.

Sie war vor einem Segeltuchstuhl aufgebaut, der vor einem als Hintergrund an die Wand genagelten schwarzen Tuch stand. Alexis nahm ohne weitere Aufforderung Platz. Der Stuhl war zu groß für sie; diese Tatsache und ihr Gesichtsausdruck ließen sie völlig hilflos wirken.

Phönix stellte die Kamera ein, um sein Videoband zu komplettieren.

Aber das Licht war schlecht. Nach kurzem Überlegen richtete er die Photolampe auf Alexis. Der Effekt gefiel ihm; vor dem dunklen Hintergrund wirkte sie so noch kleiner, noch zerbrechlicher.

Er trat vor und hängte ihr das Mikrofon um den Hals.

Sie saß voll stummer, ängstlicher Geduld da. Als er wieder zurücktrat, berührte sie das um ihren Hals geschlungene Kabel.

»Was soll ich tun?« flüsterte sie.

Er deutete hinter der Kamera stehend auf das Mikrofon. Was sie sagte, spielte keine Rolle; allein ihre Stimme würde genü-

gen, um Parnell tausend Qualen erleiden zu lassen. Während er seine Kamera scharfstellte, blieb ihr Blick ausdruckslos. Dann fuhr sie sich automatisch mit einer Hand durch das Haar.
Phönix begann zu filmen.

Jetzt stand er mit dem Videoband in der Hand vor der Hütte und wartete darauf, daß der letzte Widerschein der Abenddämmerung verschwand. Hinter ihm brummte gleichmäßig das Notstromaggregat.
Er glaubte zu spüren, wie ganz Amerika auf seine Übertragung wartete. Vor allem Colby Parnell und Stacy Tarrant.
Es war 19.48 Uhr.
Die Übertragung klappt! sagte er sich.
Ihre theoretischen Grundlagen konnte man beim Militär, in Kursen zur Erwachsenenbildung oder im Selbststudium aus Fachbüchern lernen. War die Sendeantenne präzise ausgerichtet, strahlte sie einen Mikrowellenimpuls aus, der den SNI-Satelliten in einer Viertelsekunde erreichte und Bild- und Tonsignale übertrug. Muhammad Alis Boxkämpfe, Fürstin Gracias Beisetzung und sogar Stacys Konzerte im Ausland waren so übertragen worden. Aber es hatte keine Möglichkeit gegeben, *diesen* Übertragungsraum ohne seine Geisel zu testen.
Es war 19.52 Uhr.
Klappte die Übertragung, würde sich das Entsetzen, das er durch Alexis hervorrufen konnte, verzehnfachen; klappte sie nicht, mußte er versuchen, SNI die Videobänder irgendwie zuzuspielen, was gefährlich war und als Zeichen von Schwäche aufgefaßt werden würde. Nur Satellitenübertragungen konnten die Illusion von schwerbewaffneten Wachen, von seinem Herzschlag abhängigen Sprengladungen, von zwei hilflosen Geiseln untermauern. Während Stacy und Parnell das FBI zurückhielten, konnten zweihundert Millionen Amerikaner die Überraschungen miterleben, die er für sie vorbereitet hatte.
Es war 19.55 Uhr.
Hinter dem Verdunklungspapier sah Alexis das SNI-Abendprogramm. Die Nacht war kühl und still herabgesunken.
Phönix betrat den Übertragungsraum.
Es war 19.57 Uhr.

Das Videoband in seiner Hand wartete darauf, gesendet zu werden.
Er zögerte noch einen Augenblick. Dann schob er die Kassette in den Recorder und sah zum Monitor auf. Farbstreifen erschienen und wurden zu einem Bild. Er holte tief Luft, stellte den Kontrast nach, wartete einige Sekunden lang und betätigte einen Schalter.
Es war 20.00 Uhr.

3

Stacy Tarrants Strandhaus war mit modernen Grafiken, Bucharateppichen, Mingvasen und originellen Kuriositäten eingerichtet, die sie offenbar auf Impulse hin gekauft hatte – ein handgeschnitztes Kaninchen, ein Zeitschriftenständer mit alten *New Yorkers* und einem *Rolling Stone*, ein uraltes Harmonium. Obwohl alles sorgfältig arrangiert war, sah man den Sachen an, daß sie besser in ein anderes Haus gepaßt hätten; Lord vermutete, daß sie für dieses hier nichts dazugekauft hatte. Zugezogene Vorhänge versperrten ihm den Blick aufs Meer.
Im Bücherregal gegenüber dem weißen Ledersofa stand ein kleines Gerät aus der Anfangszeit des Farbfernsehens. Stacy saß ganz vorn auf der Sofakante, Lord hatte einen Arm aufgestützt. Beide warteten schweigend.
»Um die Geiseln nicht zu gefährden«, las Rachel Messer in salbungsvollem Tonfall ab, »ist SNI bereit, von Phönix überspieltes Material auszustrahlen. Zugleich möchten wir an dieser Stelle den Präsidenten zitieren: ›Dieser Akt des elektronischen Terrorismus hat zivilisierte Menschen in aller Welt entsetzt und ist von ihnen verdammt worden. Keine Idee kann dadurch verbreitet, kein Zweck dadurch erreicht werden, daß unschuldige Männer und Frauen öffentlich gequält werden . . .‹«
Lord fragte sich, wie viele Millionen sie jetzt sahen.
Auf Stacys Wanduhr war es 20.03 Uhr.
Um seine Nervosität zu überspielen, begutachtete Lord das Bücherregal. Storybände von Ann Beattie, mehrere Bücher über Psychologie, einige Stapel Notenbände. Keine Plaketten oder

Goldene Schallplatten. Kein Photo von Kilcannon oder sonst jemandem.
Als er wieder auf den Bildschirm sah, zeigte SNI Filmausschnitte. Ein jüngerer Parnell berichtete vom Verschwinden seines Sohnes; dann beugte Stacy sich über Kilcannon, und Carson starrte auf sie herab.
Es war der Film, den Lord im Gerichtssaal hatte vorführen lassen.
Sie saß unbeweglich da, ohne den Blick vom Bildschirm zu wenden. Es tat weh, sie zu beobachten; Lord wußte plötzlich, daß ihre Selbstbeherrschung nur gespielt war.
»Das ist nur Füllmaterial, Stacy.«
Sie starrte ihn an. »Was ...«
»Ich wollte damit sagen, daß er möglicherweise nicht senden kann.«
Rachels Stimme klang erstaunt. »Wir haben ein Bild ...«
Beide konzentrierten sich auf den Fernseher. Anfangs war die Gestalt auf dem Bildschirm grau, körnig und verschwommen, so daß Lord unwillkürlich an Neil Armstrong auf dem Mond denken mußte. Dann wurde sie zu einem Maskierten, der verkündete: »Ich bin Phönix ...«
»Nein«, flüsterte Stacy, »das kann nicht wahr sein!«
Die Stimme des Terroristen war offenbar elektronisch verzerrt. »Ich habe John Damone und Alexis Parnell in meiner Gewalt. Mein Tod würde binnen fünfzehn Sekunden auch ihren auslösen ...«
Lord stand auf und blieb leicht nach vorn gebeugt stehen; Stacy ballte die Fäuste.
»Die einzige Hoffnung«, erklärte Phönix, »liegt in bedingungsloser Kooperation.
Beide Geiseln werden unter auf sie zugeschnittenen Bedingungen freigelassen oder hingerichtet. Diese Bedingungen sind politisch: Stacy Tarrant und Colby Parnell müssen denen helfen, die unter die Räder eines mörderischen Wirtschafts- und Sozialsystems geraten sind – den Armen, den Arbeitslosen, den Soldaten, die die Sonderinteressen jener vertreten, die von ihrem Tod profitieren. Nur Stacy Tarrant kann Damone retten; nur Parnell kann seine Frau vor der öffentlichen Hinrichtung

bewahren. Und nur *Sie* können den beiden helfen – über SNI.
Es wird keine Verhandlungen geben.
Parnell und Tarrant müssen über SNI öffentlich erklären, daß sie meine Bedingungen annehmen, sonst werden die Geiseln hingerichtet.
Und *Sie* alle werden über ihr Tun zu Gericht sitzen.
John Damone bleibt nur am Leben, wenn es Stacy Tarrant gelingt, Sie zu überreden, fünf Millionen Dollar für Hungernde und Obdachlose zu spenden.«
Er machte eine kurze Pause.
»Das tut sie«, fuhr er langsam und deutlich fort, »indem sie am Abend des elften April in der Arena in San Francisco auftritt – an der Stätte ihres letzten Konzerts.«
Lord hörte sie scharf Luft holen. Er zwang sich dazu, sie nicht anzusehen.
»Dieses Konzert wird von SNI übertragen. Nur während ihres Auftritts kann sich das Publikum telefonisch zu Spenden verpflichten.
Kommen dadurch fünf Millionen Dollar an Spenden zusammen, werde ich John Damone freilassen.
Sollte dieser Betrag nicht zusammenkommen, richte ich ihn am nächsten Abend hin, während ganz Amerika gemeinsam mit ihr zusieht.
Sparen Sie sich Ihr Mitleid. Beide haben von Stacys Erfolgen profitiert, ohne andere daran teilhaben zu lassen. Hätten sie das getan, wäre mein Eingreifen nicht notwendig gewesen.
Aber jetzt ist es notwendig.
Morgen abend um zwanzig Uhr wird Stacy Tarrant persönlich auf SNI zu sehen sein, um Ihnen zu sagen, ob John Damone Aussichten hat, die nächste halbe Stunde zu überleben . . .«
Lord fühlte leichte Übelkeit in sich aufsteigen. Als er zu Stacy hinübersah, hatte sie Tränen in den Augen.

Parnell berührte die wunde Stelle, wo die Waffe des Terroristen seinen Kopf getroffen hatte.
Sein Schädel brummte, und er hatte weder gegessen noch geschlafen. Seine Erschöpfung glich einem schweren Fieber, in

dem sich Benommenheit und lichte Momente abwechselten. Danziger und der rotbärtige FBI-Agent erschienen ihm wie Fremde, die in einem vagen, deprimierenden Traum in seine Bibliothek eingedrungen waren. Während sie hier vor dem Fernseher hockten, warteten draußen Reporter.

Das Fernsehbild wurde dunkel.

In diesem Augenblick hatte er das unheimliche Gefühl, wieder im Gras zu liegen – mit Tau auf dem Gesicht, während seine Gedanken ausschließlich darum kreisten, was dieser Verrückte Alexis antun würde. Er wälzte sich auf die Seite, um den in seinem Mund angesammelten Speichel abfließen zu lassen, und fühlte, daß sein Gehirn unter Sauerstoffmangel litt. Er kämpfte darum, am Leben zu bleiben, um sie retten zu können.

Er würgte krampfhaft, bekam keine Luft mehr. War dem Ersticken nahe.

Schritte.

Halluzinationen. Kurz vor dem Ende.

Laub raschelte.

»Schnell, sonst erstickt er!«

Gleißend helles Licht, als ihm die Augenbinde abgenommen wurde, dann löste jemand den Knebel, und er holte keuchend Luft.

Eine Kamera filmte ihn.

»Alles in Ordnung«, hatte die schwarzhaarige Frau gesagt. »Wir sind von SNI...«

Auf dem Bildschirm erschien wieder der Maskierte.

Für Parnell, der jäh in die Gegenwart zurückgeholt wurde, war dies ein doppelter Schock.

»Ob Alexis Parnell leben oder sterben wird«, verkündete Phönix vor laufender Kamera, »hängt von ihrem Mann ab.

Colby Parnell ist ein Multimillionär. Der Preis für seine Frau, die er angeblich liebt, muß weit höher sein als die Almosen, die er für wohltätige Zwecke spendet.

Damit wir diesen Preis festlegen können, legt Colby Parnell Ihnen unmittelbar nach Stacy Tarrant im Fernsehen seine Steuererklärungen der letzten zwanzig Jahre und seine in diesem Zeitraum geleisteten Spenden für wohltätige Zwecke offen. Dann bilden Sie und ich uns gemeinsam ein Urteil über seine

Großzügigkeit. Zugleich ergründen wir die wahren Motive – in Dollar und Cent ausgedrückt – für die von seiner Zeitung immer wieder geübte Kritik an Hilfsprogrammen für Unterprivilegierte.
Und danach entscheiden wir, was angemessen ist.
Am dritten und fünften Tag des Verfahrens gegen ihn werde ich ihm jeweils um zwanzig Uhr spezifische Bußen auferlegen. Kommt er diesen Auflagen nicht am Tag nach der Sendung nach, wird Alexis Parnell hingerichtet.
Auch dabei werden *Sie* seine Richter sein. Am vierten und sechsten Tag des Verfahrens berichte ich Ihnen wie immer um zwanzig Uhr, ob er seinen Verpflichtungen nachgekommen ist. Wie Stacy Tarrant muß er sich davor hüten, mir irgendwie zu mißfallen, sonst wird seine Frau am nächsten Abend vor laufender Kamera hingerichtet.
Gelingt es ihm jedoch, sie am Leben zu erhalten, stimmen *Sie* nach seinem Bericht am sechsten Tag mit Unterstützung von SNI über ihr weiteres Schicksal ab.
Und am siebten Tag erleben Sie ihre Freilassung oder Hinrichtung mit – live.«
Das Bild wechselte.
»Mein Gott«, flüsterte Parnell.
Alexis wirkte erschöpft, zerbrechlich. Parnell, der an die Augenblicke zurückdachte, bevor er von SNI aufgefunden worden war, fürchtete schon, sie sei völlig gebrochen. Dann bewegten sich ihre Lippen. »Bitte . . .«
Parnell stand auf.
»Bitte, Colby – hol mich hier raus.«
Der Bildschirm wurde dunkel. Als Danziger zu ihm hinübersah – betroffen, aber zugleich halb fragend –, wußte Parnell, daß er an Robert dachte.
Parnells Stimme war heiser, und er konnte keinem der beiden Männer ins Gesicht sehen.
»Versucht nicht, sie zu retten«, brachte er heraus. »Ich tue *alles*, was er verlangt.«

Obwohl die Übertragung seit gut einer Minute beendet war, hatte Stacy noch kein Wort gesagt.

»Eine Terroristen-Miniserie«, murmelte Lord nachdenklich.
Stacy, die aufgestanden war, drehte sich ruckartig um und schlug ihm ins Gesicht.
Ihr Blick funkelte. Lord, der Blut auf der Lippe schmeckte, war sich darüber im klaren, daß ihr Schlag eine instinktive Reaktion gewesen war – als habe Phönix sie daran erinnert, wie sehr sie ihn doch haßte.
Schwer atmend trat Stacy einen Schritt zurück. Dann wandte sie sich ab und ging auf die Terrasse hinaus.
Lord stellte den Fernseher ab und ließ ihr einige Augenblicke Zeit, bevor er ihr nach draußen folgte.
Sie stand mit gesenktem Kopf am Geländer, das sie mit beiden Händen umklammerte. Obwohl Lord ihr Gesicht nicht sehen konnte, erriet er, daß sie still weinte.
Er blieb einige Schritte hinter ihr stehen. »Ich bin gekommen, um Ihnen zu helfen«, sagte er. »Das will ich noch immer.«
Sie hob den Kopf und starrte auf den Pazifik hinaus. »Ich muß das Konzert unter allen Umständen geben – so viel steht wohl fest.«
»Sie wollten, daß ich Sie berate, wie Sie Damones Freilassung bewirken können. Der erste Schritt muß sein, daß Sie verlangen, ihn zu sehen, wie Parnell vorhin Alexis gesehen hat...«
»Ich *will* aber keine Forderungen stellen. Ich will, daß er am Leben bleibt.«
»Vorläufig hat Phönix noch nicht bewiesen, daß John lebt. Bevor er das nicht tut, dürfen Sie nicht klein beigeben und ihm irgendwas versprechen.«
Sie drehte sich nach ihm um. Ihr Gesicht blieb im Dunkel, und sie sprach leiser als zuvor. »Sie glauben, daß Phönix ihn bereits umgebracht hat, nicht wahr?«
Lord wünschte sich, er könnte ihren Gesichtsausdruck sehen. »Ich glaube«, antwortete er schließlich, »daß Sie Ihre Forderung stellen müssen, um genau das zu verhindern.«
»Ich weiß nicht...« Sie zog die Schultern hoch. »Das muß ich mir erst durch den Kopf gehen lassen.«
Er wartete einen Augenblick länger. »Unabhängig davon müssen wir nach San Francisco fliegen. Um mit dem FBI *und* SNI zu reden.«

Sie rieb sich mit Daumen und Zeigefinger die Augen. Nach einiger Zeit murmelte sie: »Gut, dann bis morgen.«

Lord, der ihre Einsamkeit fühlen konnte, fragte sich, ob seine Gegenwart ihre Situation noch schlimmer machte. »Könnte Ihr Chauffeur mich ins Hotel fahren?«

»Natürlich. Sie brauchen dem Wachmann nur zu sagen, daß er ihn rufen soll.«

Lord war bereits auf dem Weg zur Tür, als er ihren Blick zu spüren glaubte und sich umdrehte. Tatsächlich beobachtete Stacy ihn. »Ich bin nicht Harry Carson«, erklärte er ihr. »Ich weiß nichts über seine Motive. Darüber sollten Sie sich im klaren sein.«

Sie gab keine Antwort. Als Lord ging, hörte er das tiefe, gleichmäßige Rauschen der Brandung hinter sich.

Zweiter Tag: Dienstag

Reporter stürmten die breite Treppe vor dem Federal Building in San Francisco herab. Während Stacy sie aus der Limousine heraus beobachtete, vermengten ihre Gesichter sich zu einer surrealen Collage. Von rechts kam ein Pressefotograf vor dem Hintergrund der Beton- und Glasfassade des Gebäudes über die Plaza gerannt. Als er seine Kamera hob und eine Blitzlichtaufnahme machte, um die getönten Scheiben der Limousine zu durchdringen, zuckte sie zusammen, weil sie sich an ihren Traum mit Carson erinnerte.

»Alles in Ordnung?« fragte Lord.

Sie nickte, ohne ihn anzusehen, und öffnete ihre Tür.

Einen abergläubischen Augenblick lang schienen die vielen Reporter und Kamerateams zu bedeuten, daß Damone tot war. Sie blieb desorientiert stehen. »Hey, Stacy«, rief jemand, »werden Sie für ihn singen?«

Laß dir das nicht von Phönix antun, dachte sie – nicht in der Öffentlichkeit. »Kommen Sie, da müssen wir durch«, sagte sie halblaut zu Lord und setzte sich in Bewegung. Dann waren auch schon Polizisten da, die sie die Treppe hinaufbegleiteten. Unterwegs wurden erstaunte Ausrufe laut, als die Menge sah,

wer ihr Begleiter war. Da Stacy wußte, daß sie mit Lord fotografiert werden würde, hielt sie den Kopf gesenkt.
Neben dem Eingang sah die SNI-Reporterin mit den haselnußbraunen Augen Lord zwischen zwei Polizeibeamten stehend entgegen. »Na, wenn das kein seltsames Paar ist!« sagte sie zu ihm. Stacy bemerkte den scharfen Blick, mit dem Lord sie musterte, und dann waren sie im Gebäude.
Die Eingangshalle mit dem gefliesten Boden war steril und rechtwinklig. Als eine Lifttür sich öffnete, erkannte Stacy unter den Aussteigenden Parnell.
Er hatte eine häßlich verfärbte Beule an der Schläfe; sein eleganter Maßanzug und das zur Krawatte passende Einstecktuch in der Brusttasche machten alles irgendwie noch trauriger.
Als sie dann vor ihm stand, konnte sie sich nicht an seinen Vornamen erinnern. Sie berührte seinen Arm und sagte beinahe flüsternd: »Ich hoffe, daß Alexis nichts zustößt.«
Seine Augen waren geschwollen. »Und Mr. Damone.«
Als sie nickte, beugte Parnell sich zu ihr hin. »Bitte«, sagte er halblaut, »tun Sie nichts, was die beiden gefährden könnte.«
Stacy merkte, daß Lord sie beobachtete. »Darauf können Sie sich verlassen«, antwortete sie.
Er drückte ihr die Hand. Dann gingen sie mit ihren Anwälten weiter: Stacy zum Lift; Parnell nach draußen, wo die Reporter warteten.

Sie saßen in einem fensterlosen Konferenzraum – abgeschirmt von den unablässig klingelnden Telefonen und den zusätzlichen FBI-Agenten, von denen es in den Büros und auf den Korridoren nur so wimmelte. Lord und Stacy gegenüber saßen Ralph DiPalma, ein rotbärtiger FBI-Agent namens Moore und Bundesanwalt David Johnson, ein hagerer Mann mit mißtrauischem Blick und sorgenvoller Miene.
»Da die Ermittlungen vom FBI geführt werden«, sagte Lord eben, »würde mich interessieren, was Mr. DiPalma hier zu suchen hat.«
Johnson zögerte. »Der Bundesanwalt hat mir gestattet«, erwiderte DiPalma rasch, »wegen etwaiger Zusammenhänge

zwischen John Damones Entführung und dem Mord an Senator Kilcannon zu ermitteln.«

Lords Gesichtsausdruck blieb unverändert, als Stacy jetzt zu ihm hinübersah; das Wissen, daß hinter dieser coolen Fassade ein messerscharfer Verstand arbeitete, faszinierte und verärgerte sie zugleich. »Gibt es darauf irgendwelche Hinweise, Ralph? Ich möchte in keinen Interessenkonflikt geraten, der für Miss Tarrant Nachteile hätte.«

Während DiPalma ihn irritiert anstarrte, fiel Stacy auf, daß der FBI-Agent die beiden merkwürdig wachsam beobachtete. »In beiden Fällen«, antwortete DiPalma, »kann Miss Tarrant als Opfer betrachtet werden. Und der Diebstahl ihrer Konzerteinnahmen ist noch immer nicht aufgeklärt.«

Lord schob die Unterlippe vor. »Sollten Sie auf einen Zusammenhang stoßen«, sagte er höflich zu Johnson, »wäre ich Ihnen dankbar, darüber unterrichtet zu werden.«

Johnson rutschte auf seinem Stuhl hin und her. »Soweit das möglich ist, Mr. Lord.«

Moore wandte sich an Stacy. »Die Ermittlungen werden von Washington aus geführt«, erklärte er ihr, »aber ich bin der in San Francisco für diesen Fall zuständige Agent. Im Augenblick sammeln wir weitere Informationen über Damone, und Sie scheinen der einzige Mensch zu sein, der ihm wirklich nahegestanden hat.«

Stacy zögerte, weil DiPalmas Anwesenheit sie nervös machte. »John ist immer ein ziemlich defensiver Typ gewesen, hat sich immer etwas abgeschottet«, sagte sie schließlich. »Als ob allzu große Nähe ihn verletzen könnte.«

Moore zog die Augenbrauen hoch. »In welcher Beziehung?«

Stacy merkte, daß ihre schlaflos verbrachte Nacht sie reizbar gemacht hatte. »Ich glaube nicht, daß er als Kind allzuviel Liebe bekommen hat. Und dann Vietnam... Wahrscheinlich hat ihn das auch geprägt.«

»Hat sich das auf seine Arbeit ausgewirkt?«

Stacy schüttelte den Kopf. »Das Erstaunlichste an ihm war seine Überzeugungskraft – wenn er etwas gesagt hat, haben ihm die Leute geglaubt. Aber er hat keinen Wert darauf gelegt, selbst bekannt oder berühmt zu werden, sondern immer nur für mich gearbeitet.«

»Möchten Sie einen Kaffee oder sonst etwas?«
»Nein, vielen Dank.« Stacy machte eine Pause. »Sie kennen ihn eben nicht – und ich rede von ihm, als sei er tot.« Sie sah zu Moore hinüber. »Glauben Sie, daß er noch lebt?«
Moores klare blaue Augen erwiderten ihren Blick. »Tut mir leid, aber das wissen wir nicht...«
»Ich habe Miss Tarrant vorgeschlagen«, warf Lord ein, »wenigstens darauf zu bestehen, daß Phönix ihr Damone vor laufender Kamera zeigt.«
Der FBI-Agent beobachtete weiter Stacy. »Was ist, wenn ihn das verärgert?« murmelte sie. »Dann stirbt John.«
Nach einem Blick zu Lord hinüber wandte Moore sich wieder an Stacy. »Wir stimmen Mr. Lords Ratschlag zu, denn das ist sogar ein gewisser Schutz für Damone. Wenn Phönix glaubt, ihn am Leben erhalten zu müssen, damit Sie das Konzert geben, tut er es vielleicht wirklich.«
Stacy schloß kurz die Augen. »Gut, ich werd's versuchen.«
Moore nickte und schien sich um ein neutraleres Thema zu bemühen, diesmal in der Gegenwartsform. »Hat Damone außer Musik irgendwelche Interessen?«
»Manchmal hat er das Bedürfnis, alles hinter sich zu lassen.« Sie fuhr sich mit einer Hand durchs Haar. »Er hat einen Pilotenschein und unternimmt oft Reisen. Und wenn ihm das Großstadtleben auf die Nerven geht, macht er Trekkingtouren durch die Sierra – ungefähr einmal im Monat vier bis fünf Tage lang...«
»Allein?«
»Ich nehm's an.« Stacy lächelte flüchtig. »Er hat mal gesagt, solange meine Schallplatten sich verkauften, brauche er keine Freunde.«
Als Moore ihr Lächeln nicht erwiderte, fühlte sie sich isoliert.
»Hat er *irgendwelche* anderen Freunde?« fragte der FBI-Agent. »Vielleicht aus seiner Zeit in Vietnam?«
Stacys Lächeln verschwand. »Außer Harry Carson?« erkundigte sie sich kühl.
Moore sah wieder zu Lord hinüber. »Ja.«
»Das glaube ich nicht – er hat's nie gemocht, daran erinnert zu werden.« Sie machte eine Pause. »Weshalb?«
»Der Entführer muß von ihrer engen Beziehung zu Damone

gewußt haben. Unter Umständen ist das die einzige Spur, der wir nachgehen können.«
Sie schüttelte verlegen den Kopf, als sei ihr das Auf und Ab ihrer Gefühle selbst peinlich. »Tut mir leid – tatsächlich habe ich gestern den ganzen Abend lang an nichts anderes denken können.«
Während Moore nickte, fühlte sie sich von den anderen beobachtet. Lord brach das allgemeine Schweigen. »Miss Tarrant bleiben noch zwei Tage Zeit. Halten Sie es für denkbar, seinen Sender bis dahin aufzuspüren?«
Johnson runzelte die Stirn. »Das wäre theoretisch möglich. Aber bis nächstes Jahr haben die Russen den einzigen Satelliten, der dazu imstande wäre.«
»Hat schon jemand Verbindung mit ihnen aufgenommen?«
»Ja, das Außenministerium. Aber die Russen haben sich geweigert, weil das ihre nationale Sicherheit gefährden könnte. Wegen des politischen Inhalts von Phönix' erster Sendung vermutet Washington, daß die Russen ihren Spaß an der Sache haben.«
Stacy fühlte sich an ein surrealistisches Theaterstück mit stundenlangen absurden Dialogen erinnert, das mit schockierenden Gewalttaten enden würde. »Sie müssen eine Vorstellung davon haben, wo sich der Sender befinden könnte«, hakte Lord nach.
Johnson sah zu Moore hinüber.
»Wir schließen darauf«, sagte der FBI-Agent, »daß Phönix sich irgendwo in Nordkalifornien aufhält. Aber solange wir nicht wissen, wer er ist, oder einen Hinweis bekommen, der seinen Aufenthaltsort betrifft, ist das ein Riesengebiet, und eine flächendeckende Suchaktion mit Hubschraubern könnte ihn so verschrecken, daß er untertaucht. Da wir nur verdammt wenig Zeit haben ...«
»Würden Sie versuchen, die Geiseln zu befreien, falls ein Hinweis dieser Art eingeht?«
»Das wäre problematisch. Colby Parnell hat sich nachdrücklich gegen einen Rettungsversuch ausgesprochen – immerhin ist nicht auszuschließen, daß seine Frau oder sonst jemand dabei zu Tode kommen könnte. Ich weiß, worauf du hinauswillst, Tony, aber es gibt keine realistische Chance für eine erfolgreiche Rettungsaktion.«

»Was würde es den Geiseln nützen, wenn seine Identität bekannt wäre?«
»Könnten wir dadurch rauskriegen, *wo* er ist, könnten wir überlegen, ob wir sein Versteck umstellen und mit ihm verhandeln wollen.« Moore machte eine Pause. »Tatsache ist, daß wir in jedem Fall bessere Karten haben, wenn wir ihn identifizieren können.«
»Wie wollt ihr das anstellen?«
»Wir haben über vierhundert Agenten im Einsatz, die sämtlichen Hinweisen nachgehen, festzustellen versuchen, wo Senderbestandteile gekauft worden sind, die Akten potentieller Terroristen durchkämmen und die vergangenen zehn Jahre im Leben aller Beteiligten unter die Lupe nehmen. Deshalb habe ich vorhin auch nach Damone gefragt.«
Moore lehnte sich zurück, bis er Lord und Stacy im Blickfeld hatte.
»Bestenfalls bleiben uns zwei Tage bis zu ihrem Konzert – und fünf bis zum Termin für Alexis. Und je nervöser Phönix wird, sagen unsere Psychologen, desto eher verübt er einen impulsiven Mord. Sollte einem von euch also etwas einfallen, das uns zu ihm führen könnte, erwarte ich sofort einen Anruf.« An Stacy gewandt fügte er leiser hinzu: »Sollten wir nicht weiterkommen, sind Sie Damones einzige Hoffnung, fürchte ich.«
Stacy brachte kein Wort heraus; tatsächlich gab es nichts mehr zu sagen. Sie nickte, ohne zu Lord hinüberzusehen.

Phönix rauchte Marihuana und sah sich seinen Auftritt an.
Die Fernsehbilder waren eine Collage aller seiner Hoffnungen: sein unter der Strumpfmaske unkenntliches Gesicht, Menschentrauben vor Fernsehern in Bars und auf Flughäfen, die Verurteilung seiner Tat durch den Präsidenten. Millionen warteten gespannt darauf, was er als nächstes tun würde.
Bis zu seinem Verschwinden war jeder Akt dieses Dramas genau geplant gewesen – aber er wußte selbst nicht, wie es enden würde.
Diese Ungewißheit war erregend. Sie gehörte zu der Herausforderung, die er sich selbst gestellt hatte. Sein Verstand und seine Instinkte gegen ihre, bis er zuletzt den Höhepunkt erkannte,

den er ihnen bieten würde. Den ultimativen Schöpfungsakt eines Improvisationsgenies.

Er sah zu der abgesperrten Tür hinüber.

Sie lag dahinter, die Hauptperson seines Dramas, deren panische Angst ihn wie ein Magnet anzog. Das Lächeln auf seinem Gesicht verflog.

Sein Plan sah vor, sie fürs Finale aufzusparen. Aber wie konnte er dem Publikum die letzte Sensation bieten, auf die es warten würde, wenn er sie am Leben ließ?

So viel hing davon ab, was er im SNI zu sehen bekam.

Phönix nahm einen weiteren Zug und konzentrierte sich wieder auf den Bildschirm.

SNI zeigte jetzt Stacy, während ein Kommentator Vermutungen darüber anstellte, ob er es schaffen würde, sie um John Damones willen auf die Bühne zurückzuholen.

Dann ihr Gesicht in Großaufnahme.

Sie und ein blonder Mann bahnten sich ihren Weg durch eine Menge. Die Stimme der Reporterin mit den haselnußbraunen Augen schien aus tausend Meilen Entfernung zu kommen.

»Bei ihrer Rückkehr aus dem selbstgewählten Exil ist Miss Tarrant heute in überraschender Begleitung ins Federal Building gekommen ...«

Dann erkannte Phönix, wer der Mann an ihrer Seite war: Tony Lord.

Phönix starrte ihn ungläubig an.

»Beide wollten sich nicht dazu äußern. Aber obgleich Lord den Mörder von Senator James Kilcannon, Miss Tarrants früherem Gefährten, erfolgreich verteidigt hat, war aus zuverlässiger Quelle zu erfahren, daß Miss Tarrant sich seine Dienste gesichert hat, um mit seiner Hilfe die Freilassung John Damones zu erreichen ...«

Phönix zertrat den Joint unter seinem Stiefelabsatz. Ihr Photo stand noch immer neben seiner Matratze. Er hielt es in beiden Händen und kämpfte gegen den Impuls an, es zu zerfetzen.

Dann nagelte er ihr Gesicht wütend an die Wand über seinem Schlafplatz.

Auch vor dem Mark Hopkins warteten Reporter – SNI hatte herausbekommen, wo Stacy wohnte. Warum können sie nicht warten? fragte sie sich. In drei Stunden komme ich zu ihnen.
Lord wandte sich vom Fenster ab. »Wir müssen in Ruhe miteinander reden«, sagte er. »Mögen Sie Sandwiches?«
»Irgendwas.«
»Okay, wir fahren weiter«, wies er den Chauffeur an. »Die California Street entlang.«
Als sie davonfuhren, sah Stacy aus dem Augenwinkel heraus eine Frau hinter ihnen herlaufen. »Wohin fahren wir?«
Lord zuckte mit den Schultern. »Vorläufig improvisiere ich noch.«
Sie fuhren den Nob Hill hinunter, überquerten die Van Ness Street und folgten der Washington Street, die an einem Park, eleganten Apartmentgebäuden aus den zwanziger Jahren, Stadthäusern und Konsulaten vorbeiführte. Außerhalb des Stadtzentrums trägt San Francisco noch immer menschliche Züge, dachte Stacy – und erkannte dann das Viertel, in dem die Parnells ihr Haus hatten. Sie wandte sich vom Fenster ab.
»Wie wär's mit 'nem Bier?« fragte Lord.
Sie hielten vor einem Lebensmittelgeschäft. »Bloß keines, wo ›light‹ draufsteht«, sagte sie schließlich.
Er warf einen Blick in seine Geldbörse und verzog das Gesicht. Stacy gab ihm einen Zehner.
Durchs Fenster sah sie, daß Lord vom Geschäft aus mit jemandem telefonierte. Dann kam er mit einer Papiertüte zurück und wies den Chauffeur an, noch zwei Blocks weit nach Norden zu fahren.
Sie hielten vor der Garage eines weißen Apartmentgebäudes aus den dreißiger Jahren. »Vielleicht nehmen wir besser mein Auto«, schlug Lord vor.
In der Nähe der Ausfahrt stand ein klappriger Datsun. Als Stacy ausstieg, sah sie, daß er mit einer Alarmanlage gesichert war.
Lord merkte, daß sie zögerte. »Der Wagen ist okay«, versicherte er ihr. »Das Radio funktioniert noch.«
»Ich hätt's lieber ruhig.«
Lord fuhr aus der Garage, nahm eine Abkürzung durchs Presidio und ließ den Wagen dann zu einem Strand am Ausgang der Bucht hinunterrollen. Dort parkte er mit Blick aufs Meer; in einiger Entfernung sah Stacy einen Streifenwagen stehen.

»Viel schönere Aussicht als in jedem Restaurant«, behauptete Lord und gab ihr ein Bier und ein Sandwich.
Stacy nahm einen Bissen und sah wieder nach draußen. Dünne Nebelschleier verwandelten die untergehende Sonne in eine orangerote, verschwommene Kugel. Ein Terrier trabte von seinem Besitzer verfolgt die Brandungslinie entlang; ein junges Paar sammelte Treibholz für ein Strandfeuer. Rechts verengte sich der Ozean zum Golden Gate; links lag eine mit Zypressen bewachsene felsige Landzunge, deren bunte Häuser im Licht der untergehenden Sonne leuchteten.
Lord folgte ihrem Blick. »So stelle ich mir eine italienische Küstenstadt vor«, sagte er. »Vielleicht Portofino.«
»Sie sind noch nie dort gewesen?«
»Nein, ich komme statt dessen hierher.« Er lächelte flüchtig. »Wenn ich meinen Sohn für mich habe.«
Stacy stellte fest, daß er keinen Ehering mehr trug. »Als ich in seinem Alter war«, erzählte Lord weiter, »hat meine Mutter bei Woolworth ein Ölgemälde mit dem Golden Gate gekauft. Ich glaube, daß ich damals beschlossen habe, eines Tages hierher zu kommen – ich wußte nicht, daß es hier so kalt ist, daß man diesen Blick vom Auto aus genießen muß. Aber Christopher kann nie genug davon bekommen.«
Daß Lord ausnahmsweise nicht auf der Hut zu sein schien, machte Stacy unsicher. »Worauf hat DiPalma angespielt?« erkundigte sie sich schließlich. »Glaubt er wirklich, daß Carson etwas mit diesem Fall zu tun hat?«
Lord kniff die Augen zusammen. »Schwer zu sagen – immerhin befindet Harry sich als Patient in der geschlossenen Abteilung einer staatlichen Nervenheilanstalt.«
»Vielleicht ist die Sache doch etwas komplizierter.« Ihre Stimme veränderte sich. »Mein Gott, wissen Sie noch, was Moore gesagt hat? Hier geht's um *zwei* Menschenleben!«
Lord warf einen Blick auf ihr angebissenes Sandwich. »Bis zu Ihrem Fernsehauftritt bleibt nicht mehr viel Zeit, und wir müssen überlegen, was Sie sagen werden . . .«
»Ich habe Sie nie gebeten, darüber zu entscheiden, worüber wir sprechen sollen.«
Lord beobachtete, wie sie ihr Sandwich weglegte. »In diesem

Fall«, sagte er gelassen, »sollte Ihnen während des Prozesses aufgegangen sein, daß DiPalma immer zu weit geht. Das tut er grundsätzlich.«
Stacy merkte, daß sie rot wurde. »Und Sie warten einfach, bis er's tut – grundsätzlich. Aber das bedeutet noch längst nicht, daß er immer unrecht hat.«
»Am besten diskutieren wir diese Sache gleich jetzt aus.« Lords Stimme klang angespannt. »Verschwörungstheorien sind der letzte Ausweg für Leute, die nicht aufgeben können. DiPalma kann nicht aufgeben, weil er den Prozeß verloren hat. Sie können nicht aufgeben, weil Sie Kilcannon verloren haben. Was mir, ob Sie's glauben oder nicht, im übrigen sehr leid tut.«
»Es tut Ihnen *leid*...«
»Allerdings!« bestätigte Lord. »Trotz aller Vorteile, die mir der gewonnene Prozeß Ihrer Meinung nach eingebracht hat. Und ich habe es bedauert, Sie mit diesem Film konfrontieren zu müssen, soweit mir das als Verteidiger Harry Carsons möglich gewesen ist. Aber ich würde es wieder tun, weil es meine Pflicht war. Warum hassen Sie mich also – wegen des Films, wegen des Urteils oder weil ich einmal zugegeben habe, kein Bewunderer Kilcannons zu sein?«
Stacy fiel es schwer, ihre Beherrschung zu bewahren. »Aus allen drei Gründen«, sagte sie leise. »Aber mich erschreckt, wie clever Sie sind.«
Lord wirkte sekundenlang verblüfft, während Stacy darüber staunte, daß sie seine im Gespräch mit Jamie gemachte Äußerung zitiert hatte. Dann lächelte er humorlos. »Mit anderen Worten: Sie werfen mir vor, einen Prozeß gewonnen zu haben, obwohl ich wußte, daß mein Mandant schuldig war?«
»Ja.«
»So was kommt vor. Aber glauben Sie mir wenigstens, wenn ich Ihnen sage, daß ich wirklich nicht weiß, wovon DiPalma redet? Jetzt sind *Sie* meine Mandantin, und das nehme ich ebenso ernst wie Moore. Von Alexis und Damone ganz zu schweigen.«
Stacy wandte sich ab – ausgelaugt, erschöpft, unerklärlich verlegen. »Bitte weiter.«

»Als erstes müssen Sie entscheiden, ob Sie dieses Konzert geben wollen. Ich weiß nicht recht, ob Sie das tun sollten.«
Das lenkte sie von ihrem Zorn ab. Sie sah sich wieder hinter dem Vorhang stehen, aber der Drang, vor Tausenden aufzutreten, schien etwas aus einem anderen Leben zu sein. »Wenn John noch lebt«, antwortete sie, »bleibt mir gar nichts anderes übrig.«
»Ich frage mich, ob Phönix ihn nicht vielleicht freiläßt, wenn es nichts zu gewinnen gibt. Und an Sie kommt in Zukunft keiner mehr heran – weder er noch sonst jemand.«
»Genauso hat es Colby Parnell versucht, als damals sein Sohn entführt worden ist.« Stacy wandte sich ihm zu. »Haben Sie ihn heute nachmittag gesehen?«
Lord zuckte resigniert mit den Schultern. »Sie hängen ziemlich an ihm, stimmt's? An Damone, meine ich.«
Sie starrte durch die Windschutzscheibe nach vorn. Die inzwischen fast untergegangene Sonne färbte die Nebelschleier graurosa, während das Strandfeuer des jungen Paars gelblich flackerte. Stacy fröstelte unwillkürlich.
»Ja«, sagte sie, »das stimmt.«
»Wie haben Sie sich kennengelernt?«
»John hat im Rahmen eines Programms zur Weiterbildung von Vietnamveteranen in Berkeley studiert. Nach einiger Zeit hat er sich an der Organisation von Rockkonzerten für Studenten beteiligt. Ich hatte angefangen, in Clubs aufzutreten, und er hat sich damals überlegt, was er nach dem Studium tun sollte. Eines Abends ist er zu mir gekommen ...«
Die Sonne war jetzt im Meer versunken. Lord zögerte, bevor er fragte: »Ist er auch Ihr Liebhaber gewesen?«
Stacy sah zu ihm hinüber. »Das haben Sie mich schon einmal gefragt«, stellte sie mühsam beherrscht fest. »Allerdings in bezug auf Jamie.«
Lord atmete hörbar aus. »Irgend jemand erpreßt Sie, Stacy – auf besonders scheußliche und intime Weise. Ich muß wissen, womit er Sie möglicherweise in der Hand hat.«
Sein Gesichtsausdruck war finster. Wie Jamies, dachte sie plötzlich, als wir zum Konzert gefahren sind. »Darauf kommt's nicht an«, wehrte sie ab. »Wenigstens vorläufig nicht. Können wir jetzt fahren?«

Lord zuckte mit den Schultern und ließ den Motor an. Zwei Scheinwerferpaare erhellten den Strand – seines und das des Streifenwagens. Stacy beobachtete sie und durchlebte im stillen erneut, was sie nicht gesagt hatte.

Am offenen Fenster ihres Apartments stehend, fühlte sie Johns Lippen auf ihrem Nacken.

In diesem Augenblick nahmen ihre Sinne alles in ihrer Umgebung wahr: die Nacht, Berkeley, den Herbstgeruch, das Kitzeln seines Barts. Dann drehte sie sich halb überrascht um; es war sein erster Annäherungsversuch.

Während John sie küßte, spürte sie seinen Brustkorb, seine Arme, dann seine Erektion. Sie schloß die Augen.

Seine Hand lag auf ihrer Brust.

Im nächsten Augenblick machte Stacy sich aus seiner Umarmung frei. »Nein . . .«

Das schien ihren leeren Weingläsern, der Platte mit sanfter Carly-Simon-Musik, ihrem ungemachten Bett eine veränderte Bedeutung zu geben. Schwer atmend stand John vor ihr.

Sie bemühte sich, beherrschter zu wirken. »Das wäre nicht richtig. Nicht für das, was wir wollen.«

Seine Stimme klang heiser. »Wir könnten beides haben . . .«

»Ich will keinen Manager, der zugleich mein Lover ist.« An seinen Augen konnte sie sehen, daß er verletzt war. »Es liegt nicht an dir«, versicherte sie ihm, »sondern allein an mir. Ich möchte dich auch in zehn Jahren noch kennen, okay?«

John lächelte schief und verbittert. »Darf ich dich zitieren, wenn irgendwann ein anderer Kerl aufkreuzt?«

Ihre nervöse Anspannung verwandelte sich langsam in Enttäuschung. »Jede andere Beziehung wäre nur vorübergehend«, antwortete Stacy. »Zwischen uns soll alles so bleiben, wie es ist. Bitte!«

Er beobachtete sie aus einem Schritt Entfernung. Etwas in seinem Blick wirkte so traurig und niedergeschlagen, als habe er sie seit Jahren umworben und sei nun abgewiesen worden. Sie kam sich egoistisch vor – und viel jünger als einundzwanzig.

»Laß das, John!«

Wieder das verbitterte Lächeln. »Ich habe ein Problem, was Zurückweisungen angeht. Du provozierst es geradezu.«
Sein Schmerz und sein latenter Zorn beunruhigten sie. »Mir wär's lieber, wenn du offen mit mir darüber reden würdest.«
Er ließ sich aufs Bett fallen, blieb mit den Schultern an die Wand gelehnt sitzen und starrte vor sich hin. Seine heisere Stimme mit dem New Yorker Akzent klang ausdruckslos, als sei er in Gedanken weit weg.
»Wenn ich an meine Kindheit zurückdenke«, begann er halblaut, »erinnere ich mich an Sonnenlicht auf dem Haar meiner Mutter. Es ist immer dasselbe Bild: schwarzes Haar, dunkler Teint.
Sie hört in unserer schäbigen kleinen Wohnung eine Frank-Sinatra-Platte und wartet auf meinen Vater.
Er ist abgehauen, weil er's satt hatte, für mich sorgen zu müssen. Ich weiß noch gut, was er ihr alles vorgeworfen hat – ich sei ein unnützer Esser, ein Mühlstein um seinen Hals, daß sie mich hätte abtreiben lassen sollen. Ich hab' mich in meinem Zimmer verkrochen und mir vorgestellt, er sei gar nicht mein Vater, oder davon geträumt, eines Tages viel größer und stärker als er zu sein.«
Stacy sah zu ihm hinüber, weil sie sich fragte, ob er das vielleicht alles nur erfand, um sie ins Bett zu bekommen. Aber er hatte die Augen geschlossen, als fühle er sich in seine Kindheit zurückversetzt.
»Auch nachdem er uns verlassen hatte, hat sie sich öfters mit ihm getroffen und bei ihm übernachtet. Wenn sie zurückgekommen ist, hat sie mich jedesmal umarmt – wie um sich zu entschuldigen. Aber mein Verdacht, daß sie eines Tages auch abhauen würde, ist immer stärker geworden.
Als ich dreizehn war, ist er zurückgekommen. Ich hab' die beiden an der Tür miteinander flüstern hören. Und ich erinnere mich noch gut an den Blick meiner Mutter – so ruhig, so cool.«
Damone zuckte mit den Schultern. »Sie haben mich zurückgelassen. Ich hab' sie beide nie wiedergesehen.«
Seine Augen blieben geschlossen. Stacy merkte, daß seine Geschichte zu Ende war, aber sie wußte noch immer nicht, wieviel sie davon glauben sollte. Sie saß unbeweglich, verwirrt da.
»Das tut mir leid«, sagte sie schließlich – und kam sich vor, als hätte sie genau das Falsche gesagt.

Als er jetzt die Augen öffnete, glänzten sie feucht. »Inzwischen komme ich damit zurecht«, sagte er. »Ein Teil meines Ichs haßt ihn noch immer, genauso, wie ich mich gleichzeitig nach Zuneigung sehne. Das hat mich in Vietnam und später beim Akkern für die Zulassungsprüfung zum Studium und im College motiviert. Als ob ich eine Familie hätte, für die es sich lohnt, Erfolg zu haben.«
Während Stacy ihn stumm betrachtete, veränderte sich sein Blick.
Sie berührte zögernd sein Gesicht. Er senkte langsam den Kopf, bis seine Stirn an ihrer lag.
Wenige Augenblicke später stand Damone auf und ging, ohne dazu aufgefordert worden zu sein.
Er sprach nie wieder über diesen Abend, auch berührte er Stacy nie wieder – außer als ihr Freund, der er geworden war. Während sie jetzt die Lichter des SNI Buildings anstarrte, ohne sie richtig wahrzunehmen, fragte Stacy sich, was passiert wäre, wenn sie sich damals geliebt hätten.
»Wir sind da«, sagte Lord.

Alexis trank einen kleinen Schluck Wein.
Er hatte Brot, Käse und Obst auf den Tisch unter dem Fernseher gelegt. Aber sie rührte keinen Bissen an, bevor er sich nicht zurückgezogen hatte. Sie trug noch immer ihr schmuddeliges Tenniskleid.
»Der Countdown im Fall Phönix«, sagte Rachel auf dem Bildschirm. »Der zweite Tag.«
Als Stacy Tarrant erschien, beugte Phönix sich vor. Nach endlos langem Warten auf ihre Antwort waren seine Nerven zum Zerreißen gespannt. Aus dem Augenwinkel heraus nahm er wahr, daß Alexis rasch zu Stacys Photo hinübersah.
Stacy blickte mit der für sie charakteristischen Direktheit in die Kamera. Trotzdem wirkte sie verwundbar, fand er – eine Frau, die gegen ihren Willen Härte zeigen mußte. Das rührte ihn an.
»Was ich zu sagen habe, ist einfach«, begann sie. »Ich gebe das Konzert.«
Ihre Stimme klang beherrscht, nur rauchiger als sonst und nicht

sehr deutlich. Während er erleichtert aufatmete, wandte Alexis sich mit ängstlichem Blick von dem Photo an der Wand ab.
»Sie wissen, wieviel John mir bedeutet. Sie wissen auch, daß ich singen werde, wenn er noch lebt.« Stacy machte eine Pause und sprach in verändertem Tonfall weiter. »Ich verlange nur, daß Sie mir das zeigen.«
Mehr als ihre Worte ließ diese kleine Pause ihn den grausamen Anschlag auf sie bereuen, den er vorbereitet hatte. Er fragte sich sekundenlang, ob er die schon fertig daliegenden Videoaufnahmen von Damone wirklich verwenden konnte. Dann erinnerte er sich daran, daß sie sich hilfesuchend an Tony Lord gewandt hatte.
»Ich möchte ihn nur einmal sehen«, schloß Stacy ihren Appell. »Ich warte morgen abend auf Ihre nächste Sendung.«
Als das Bild wechselte, sah er Alexis zusammenzucken.
Parnell saß an einem Schreibtisch, hatte einen Stapel Papiere vor sich und wartete offenbar auf ein Zeichen. Als es kam, blinzelte er kurz.
Danach begann er, mit belegter Stimme aus seinen Steuererklärungen vorzulesen.
»Im Jahre neunzehnhundertfünfundsechzig«, sagte er, »hat unser Einkommen rund dreihundertfünfundsiebzigtausend Dollar betragen. Für wohltätige Zwecke – von Haus- und Kleidersammlungen abgesehen – haben wir neuntausendzweihundert Dollar gespendet...«
Er sah an sich herab, tastete nach dem Mikrofon, das mit einer Klemme an seiner Krawatte befestigt war. Alexis legte eine Hand auf ihre Brust.
»Sechsundsechzig«, fuhr Parnell fort. »Einkommen dreihundertneunundsiebzigtausend, Spenden rund elftausend.«
Nach jeder kurzen Mitteilung holte er keuchend tief Luft. »Siebenundsechzig«, fuhr er mühsam fort. »Einkommen dreihunderteinundsiebzigtausend... Spenden zehntausend.«
Alexis starrte das Fernsehbild an. Auf Parnells Oberlippe standen Schweißperlen.
»Achtundsechzig...« Seine Stimme versagte.
Phönix beobachtete, daß Alexis den Atem anzuhalten schien. Ihr Mann hielt die Steuererklärung mit beiden Händen fest.

»Achtundsechzig«, krächzte er. »Einkommen vierhundertelftausend...«
Alexis' Lippen öffneten sich, während Parnell schluckte.
»Spenden...« Er räusperte sich, bevor er verlegen schloß: »Zweitausend.«
Die Steuererklärung glitt ihm aus den Händen.
Parnell starrte sie scheinbar verständnislos an, bevor er ruckartig den Kopf hob. »Das war das Jahr, in dem unser Sohn Robert...«
Phönix beobachtete den schmerzlichen Ausdruck auf Alexis' Gesicht. Parnell versagte fast die Stimme. »Wenn Sie wüßten, wie sehr wir darunter gelitten haben...«
Als er sich von der Kamera abwandte, schien Alexis' Blick sich zu verhärten. Parnell sah nochmals in die Kamera; sein Mund öffnete sich wie zu einer stummen Bitte, aber er brachte kein Wort heraus.
Jetzt war er sich seiner Sache sicher. Er konnte Parnell im Fernsehen zugrunde richten – gewissermaßen als Bestandteil seiner Unterhaltungssendung. Vor den Augen seiner Frau.
Phönix fragte sich, wie diese Erfahrung sie verändern würde.
Während sie zusah – beschämt, aber trotzdem außerstande, den Blick vom Bildschirm zu wenden –, griff Parnell langsam nach der nächsten Steuererklärung. »Neunundsechzig«, las er stokkend vor. »Einkommen rund fünfhunderttausend...«

Dritter Tag: Mittwoch

Stacy fuhr hoch. Dann erstarb der Schrei, von dem sie aufgeschreckt war, in ihrer Kehle.
Ihr Herz raste. Als sie ihre Haare zurückstrich, war ihre Stirn feucht. Die Bettdecke lag heruntergestrampelt auf dem Fußboden.
»Verdammt noch mal!« murmelte sie.
Sie knipste die Nachttischlampe an und tastete nach ihrer Brille. Der neue Tag kündigte sich als etwas hellerer Streifen um die Vorhänge herum an. Geschlafen hatte sie nicht länger als zwei Stunden.

Während Stacy die Vorhänge aufriß, dachte sie an den letzten Morgen, an dem sie mit Jamie aufgewacht war.
»Sie können nicht loslassen«, hatte Lord gesagt, »weil Sie Kilcannon verloren haben.«
Der Morgen kam blaugrau über die Dächer und versprach einen sonnigen Tag. Sie fragte sich, ob John ihn ebenfalls sehen konnte – und ob er für ihn ähnlich aussah.
»Phantasie«, hatte Jamie ihr gegenüber einmal behauptet, »ist ein Fluch.«
In dreizehn Stunden würde sie wissen, ob John noch lebte.
Sie trat an die Stereoanlage, stellte eine New-Wave-Station ein und setzte sich danach auf die Bettkante. Langsam hatte sich ihr Herzschlag wieder beruhigt.
Ihr Traum hatte wie üblich angefangen.
Sie trat in der Arena auf; wie zuvor hob die Menge Carson hoch, der mit seiner Pistole auf sie zielte und so eine unaufhaltsame Lawine von Ereignissen in Gang setzte. Carson, der an ihr vorbeisah, schoß auf jemanden hinter ihr; sie drehte sich um und sah Jamie sterbend daliegen; er fragte sie, was das alles zu bedeuten habe. Diesmal hatte der Traum jedoch nicht hier geendet. Als Carson auch auf sie geschossen hatte, war sie nach Damone rufend aufgewacht.
Er war der einzige, dem sie jemals von dem Traum erzählt hatte.
»Du wirst diesen Traum so lange haben«, hatte John nach einiger Zeit gesagt, »bis du wieder singst.«
Sie wünschte sich, sie könnte ihm jetzt anvertrauen, wieviel Angst sie hatte.

Lord lief schneller.
Vor ihm stieg die Pacific Avenue zwischen viktorianischen Stadthäusern mit spitzen Giebeln, prunkvollen Villen, schattenspendenden Bäumen und gepflegten Vorgärten stetig an. Die Straße war ruhig – wenig Autos, zwitschernde Vögel, ein paar Kinder auf dem Weg in ihre Privatschule. Etwas weiter vor ihm wartete die alte Dame, die er schon kannte, geduldig darauf, daß ihr Pudel sein Geschäft verrichtete.
Lords Nike-Laufschuhe klatschten auf den Gehsteig. Als er

nach links auf die noch steilere Pierce Street abbog, sah er sich nach den Häuserzeilen um, die sich eine Meile weit bis zum blauen Halbrund der Bucht hinunterzogen. Dann nahm er den Hügel in Angriff.
Am oberen Ende der Pierce Street lag ein kleiner Park. Als Lord darauf zulief, sah er auf einer Parkbank einen bärtigen Mann sitzen, der Kaffee trank und die Morgenzeitung las. Aus seinem Thermosbecher stieg leichter Dampf auf.
Als Lord in die Anlage getrabt kam, legte der Mann seine Zeitung weg. Lord blieb bei ihm stehen, betätigte die Stoppvorrichtung seiner Armbanduhr und sagte schweratmend: »Neunundzwanzig Minuten.«
»Für welche Strecke?« fragte Moore.
»Fünf Meilen – ich werde schneller.«
»Muß man auf der Flucht vor den Kameras auch sein.« Moore warf einen Blick auf seine Zeitung; unter der Schlagzeile *Tarrant und Parnell sagen ja* waren Lord und Stacy beim Betreten des Federal Building mit der Bildunterschrift *Ein erstaunliches Paar* abgebildet.
Lord setzte sich. »Die haben einfach keinen Sinn für Humor.«
Der FBI-Agent musterte ihn prüfend. »Warum hat sie ausgerechnet *dich* gewollt, Tony? Mal ganz ehrlich, ja?«
»Du meinst, welche Erklärung ich dafür habe?« Lord machte eine Pause. »Meiner Theorie nach glaubt sie, daß ich irgendwas über Carson weiß, das sonst niemand weiß.«
Moore kniff die Augen zusammen, während er in seinen Kaffee blies. »Weißt du etwas?«
»Nichts, was mit dieser Sache in Verbindung stehen könnte.« Lord fiel auf, wie das taubedeckte Gras glitzerte. »Andererseits sehe ich nicht, wie ich dir als sein Anwalt etwas erzählen *könnte*, selbst wenn ich etwas wüßte.«
»Früher hätte man eine solche Situation als moralisches Dilemma bezeichnet. Immerhin könntest du uns möglicherweise helfen, diesen Kerl daran zu hindern, noch zwei Leute zu ermorden.«
Lord starrte schweigend über die Hausdächer hinweg zu einem einlaufenden Zerstörer hinüber. »Wie kann er sich die Geräte

für seine Übertragung besorgt haben«, fragte er schließlich, »ohne sie zu stehlen?«
»Gegen Barzahlung.« Moore beobachtete ihn aus dem Augenwinkel heraus. »Wo er sie gekauft hat, wissen wir nicht.«
Lord sah zu ihm hinüber. »Was *hat* DiPalma, Johnny?«
»Eine Stinkwut.« Moore grinste, aber sein Blick blieb ernst. »Er fühlt sich von dir aufs Kreuz gelegt – stell dir vor, wie *dir* zumute wäre, wenn du derjenige wärst, der den Fall Carson verloren hat. Phönix bietet ihm die letzte Chance, dich öffentlich fertigzumachen – ansonsten kann er sich schon mal auf seine Abwahl einstellen.«
»Wenn das alles wäre, würde das FBI nicht mitspielen.«
Moore zuckte mit den Schultern. »›Was ist, wenn er recht hat?‹ fragt Johnson ständig. ›Wie stehen wir dann da?‹ Der Druck aus Washington ist unglaublich... Mir persönlich sind Fragen, die ich nicht beantworten kann, immer zuwider.«
Lord starrte ihn forschend an. »Hat Damone an seiner eigenen Entführung mitgewirkt?« fragte er ruhig.
Moore schraubte die Thermosflasche auf und goß sich Kaffee nach. »Vermutet *sie* das?«
»Ich glaube nicht, daß sie schon auf diese Idee gekommen ist.« Lords Tonfall wurde schärfer. »Los, raus mit der Sprache, Johnny!«
Der FBI-Agent lächelte schwach. »Soviel wir wissen, hat es keine Vorbereitungen zur Flucht, keine auffälligen finanziellen Transaktionen, keine Verbindungen zu bekannten Spinnern gegeben. Seit dieser reizenden kleinen Episode in der Army tatsächlich nichts Auffälliges mehr.« Moores Blick blieb ausdruckslos. »Aber vielleicht hast du eine Idee, warum Damone seine Karriere und ein beträchtliches Vermögen für einen solchen Irrsinn aufs Spiel setzen sollte? Zumal er mit einem Opfer dieser Erpressung eng befreundet ist und das andere nicht persönlich kennt.«
Lord wußte keine Antwort. »Gut, nehmen wir mal an, er ist tatsächlich entführt worden«, sagte er dann. »Wie hat Phönix das geschafft?«
»Mit brutaler Gewalt. Die Haustür ist aufgebrochen worden, und am Eßtisch haben wir Spuren von Damones Blut gefun-

den.« Moore trank einen Schluck Kaffee. »Heute morgen haben wir in seiner Einfahrt Reifenspuren gesichert, die zu dem Kleinbus passen, mit dem Alexis Parnell entführt worden ist.«
»Ihr habt ihn gefunden?«
»Gestern abend, nicht allzuweit vom Tatort entfernt. Und den Wachmann – er lebt, ist aber als Zeuge wertlos. Der Maskierte hat ihm 'ne Heidenangst eingejagt.«
»Fingerabdrücke?«
»Mhh-hmm. Von dem Wachmann, den beiden Parnells *und* Damone. Seine sind weniger klar, vielleicht älter.« Moore machte eine Pause. »Vielleicht ist er tot.«
Lord schwieg zunächst. Nach einiger Zeit sagte er: »Vielleicht hat Damone zu fliehen versucht und ist dabei umgekommen – oder er ist beseitigt worden, weil er doch zu gefährlich war. Für Phönix wäre es viel einfacher, sich allein auf Alexis zu konzentrieren. Ich an seiner Stelle würde Damone offen gesagt keine Sekunde länger als unbedingt nötig am Leben lassen.«
»Heute abend wissen wir mehr.«
Lord steckte beide Hände in die Taschen seines Jogginganzugs. »Was ist mit den Parnells?« fragte er langsam. »Eine Familie, zwei Entführungsopfer. Könnte es derselbe Kidnapper gewesen sein?«
Moore überlegte kurz. »Diese erste Entführung liegt siebzehn Jahre zurück, Tony. Und die Fährte ist absolut kalt – nicht mal die Leiche ist damals gefunden worden.«
»Wer hat die Ermittlungen geleitet?«
»Frank McCarry. Aber er ist letztes Jahr gestorben. Damals sind am Tatort keine Fingerabdrücke gefunden worden, und der oder die Täter haben anders gearbeitet – kein Aufsehen, keine Politik. Es ging nur um Geld für die Freilassung des Jungen.«
»Wußte McCarry, warum Parnell sich geweigert hat, Lösegeld zu zahlen?«
»Aus seinen Aufzeichnungen geht hervor, daß es in der Familie Probleme gegeben haben muß – der Junge ist ein halbes Jahr vor der Entführung von zu Hause ausgezogen. Parnell versichert jedoch, er habe damals die Lösegeldzahlung aus demselben Grund verweigert, aus dem Sie Stacy davon abgeraten haben, Lösegeld für Damone zu zahlen. Das hat allerdings nicht

sonderlich gut geklappt.« Moore blickte über die Bucht hinaus. »Parnells Auftritt gestern abend hat ja Bände in der Hinsicht gesprochen.«
»Wie wird er privat damit fertig, Johnny?«
»Gar nicht.«
Lord dachte darüber nach. »Weißt du«, murmelte er schließlich, »ich hoffe fast, daß er tot ist.«
»Damone?«
»Ja.«
»Du machst dir ihretwegen Sorgen, stimmt's?« Moore sah zu ihm hinüber. »Genauer gesagt fürchtest du, daß niemand Phönix daran hindern kann, sich in die Arena einzuschleichen und sie umzulegen.«
Sie starrten einander an. »Ihr wißt nicht, wer Phönix ist oder wie er aussieht«, sagte Lord. »Stell dir bloß vor, was er aus Parnell rausholen könnte, indem er Stacy etwas antut.«
Der FBI-Agent zog die Augenbrauen hoch. »Hat sie sich *das* schon überlegt?«
»Sie redet nicht darüber. Aber dieser Gedanke muß ihr gekommen sein – siehe Kilcannon.«
»Und wenn er ihrer Forderung bezüglich Damones nachkommt?«
»Dann hoffe ich, daß ihr sie schützen könnt.«
»Vor zwanzigtausend Leuten? Natürlich lassen wir die Bühne von Cops bewachen, postieren Scharfschützen auf den Laufgängen und suchen alle Konzertbesucher mit Metalldetektoren nach Waffen ab. Aber auch das ist keine Garantie, weil Phönix eine versteckte Bombe oder Plastiksprengstoff zünden und vielleicht unerkannt entkommen könnte.« Moore trank seinen Kaffee aus. »Hundert Millionen Menschen werden ihren von SNI übertragenen Auftritt sehen – ziemlich verlockend für einen Psychopathen, der dieses Arschloch meiner festen Überzeugung nach ist.«
»Du glaubst nicht an politische Motive?«
»Manchmal kommt beides zusammen. Aber wenn ich ebenso sicher wüßte, was er wirklich will, wären wir seiner Identifizierung einen großen Schritt näher.« Moore machte eine Pause. »Was er bisher getan hat, ist für eine gewöhnliche Erpressung

viel zu riskant – folglich scheint er die weltweite Aufmerksamkeit zu brauchen, die er sich gesichert hat. Und das macht ihn von Tag zu Tag unberechenbarer.«

»Weil es ihn zu neuen Höchstleistungen anspornt?«

Moore nickte. »Er muß sich jeden Abend selbst übertreffen. Und niemand weiß, was ihn so verärgern oder erregen könnte, daß er explodiert.«

Lord sah wieder über die Bucht hinaus. »SNI ist sein Partner geworden«, stellte er nach einer Pause fest. »Heute morgen haben sämtliche Fernsehstationen nichts anderes als SNI-Material gebracht, und als ich das Haus verlassen habe, haben mir auf dem Gehsteig ganze Horden von Reportern und Kamerateams aufgelauert. Wie man hört, soll die Innenstadt gestern abend um zwanzig Uhr fast menschenleer gewesen sein.«

»Alles wird mit jeder Stunde nur noch schlimmer. Und da wir bisher praktisch nichts über Phönix wissen, kann ich nicht mal behaupten, wir seien ihm auf der Spur.« Moore betrachtete ihn nachdenklich. »Ich wollte davon nicht vor deiner neuen Mandantin anfangen, aber DiPalma hat in bezug auf Carson eine Frage aufgeworfen, die vielleicht nur du beantworten kannst – zumindest rechtzeitig. Ich kann dir nicht vorschreiben, was du tun sollst, aber du weißt, daß wir alle eingehenden Informationen nutzen werden, um ihn irgendwie zu stoppen. Deshalb wäre mir wohler, wenn ich wüßte, daß du weiter darüber nachdenkst...«

Lord rieb sich den Nasensattel. »Okay«, sagte er schließlich. »Danke für den heimlichen Treff.«

»War mir ein Vergnügen.« Moore schraubte seine Thermosflasche zu. »Was sagt dir übrigens sein Name?«

»Ein mythischer Vogel.« Lord stand auf. »Soviel ich mich erinnere, hat er sich auf einem Scheiterhaufen verbrannt und ist dann aus seiner eigenen Asche aufgeflogen.«

»Was fällt dir noch dazu ein?«

Lord drehte sich nach ihm um. »Natürlich der Prozeß gegen Carson.«

Alexis hörte zu sprechen auf.

Phönix beobachtete sie von seinem Platz hinter der Kamera aus.

Er mußte klar denken, durfte sich nicht von Gefühlen leiten lassen. Daß sie jetzt zu seiner Waffe wurde, erforderte auch, daß er sie vor sich schützte.
Während er Alexis beobachtete, schien ihn Stacy von dem Foto herab über ihre Schulter hinweg anzustarren. Ein verwirrendes Doppelbild. Volle Lippen, makelloser Teint, klare Augen. Die Phantasiegeliebte jedes Mannes ... und die Frau, die er für sich auftreten lassen mußte.
Jetzt war sie mit Tony Lord zusammen.
Lord war kaum weniger intuitiv veranlagt als Phönix; das hatte sich während des Verfahrens gegen Carson deutlich gezeigt. Daß er selbst sie zu Lord getrieben hatte, war eine qualvolle Erkenntnis, die ihm jetzt den Schlaf raubte.
Er winkte Alexis zu sich heran.

Wie vor Lords Apartment war auch der Gehsteig vor seinem Büro von Reportern, Kamerateams und Übertragungswagen blockiert. Aber er drängte sich durch die Menge, ohne eine einzige Frage zu beantworten.
Cass hielt eine Videokassette hoch. »Das Gericht hat eine Kopie des Films freigegeben«, sagte sie.
»Endlich! Hast du Stacy angerufen?«
»Mhh-hmm. Sie ist jetzt im Mark Hopkins und bespricht mit Bill Graham die Vorbereitungen für ihr Konzert. Du möchtest sie sofort anrufen, wenn sich irgendwas in bezug auf Damone ergibt.«
Lord warf einen Blick auf die gelben Gesprächsnotizen auf seinem Schreibtisch. »Alle wegen Phönix?«
Cass nickte. »Vor allem Interviewwünsche.« Sie machte eine Pause. »*Us* will eine Titelgeschichte über Stacy und dich bringen.«
Er starrte sie an. »Eine groteske Idee!«
»Weniger verrückt als andere – *People* wollte Marcia.«
Beide lächelten flüchtig. »Für alle gilt die gleiche Antwort«, entschied Lord dann. »Kein Kommentar, bevor beide Geiseln wieder frei sind. Moore glaubt, daß wir nichts Schlimmeres tun können, als Phönix neue Ideen zu liefern oder ihn zu verärgern.«

»Klar.« Sie verließ den Raum.
Lord rief Marty Shriver an.
Die Stimme des Psychiaters klang überrascht. »Ich habe das Ganze im Fernsehen verfolgt«, sagte er schließlich.
»Deswegen rufe ich eigentlich an. DiPalma macht Andeutungen, Phönix habe etwas mit Harry zu tun.«
Am anderen Ende herrschte verblüfftes Schweigen. »Gibt es irgendeinen Grund für diese Annahme?«
»An sich nicht. Aber unter diesen Umständen müßte jemand mit Harry reden.«
»Wie stellen Sie sich das vor? Soll ich ihn etwa fragen: ›Gibt es irgendeine Verbindung zwischen Ihnen und dem schlimmsten Verrückten der achtziger Jahre?‹ Mann, ich versuche noch immer, ihn aus Vietnam zurückzuholen!«
»Sein Zustand hat sich also nicht gebessert?«
»Nein. Er schweigt eisern.«
Lord zögerte. »Hören Sie«, sagte er dann, »*Sie* müssen mit ihm darüber reden. Ich kann nirgends hinfahren, ohne daß die Medien rauszukriegen versuchen, was ich dort will. Das käme einer Vorverurteilung Harrys gleich.«
»Was Sie von mir verlangen, macht alle unsere Bemühungen um ihn mit einem Schlag zunichte ...«
»Meine Lage ist unmöglich, Marty, und diese Frage muß gestellt werden.« Lord machte eine Pause. »*Vor* Stacy Tarrants Konzert, versteht sich.«
Er konnte Shriver beinahe denken hören. »Und dann?«
»Rufen Sie mich an.«
Am anderen Ende entstand eine Pause. »Okay, ich sage ein paar Termine ab«, entschied Shriver, »und fahre morgen vormittag hin.«
»Danke.«
Shriver legte auf.
Lord stellte seinen Videorecorder an und schob die Kassette ein.
Auf dem Bildschirm starteten Carson und zwei weitere Männer einen fünfzehn Jahre zurückliegenden Entführungseinsatz, indem sie sich zwischen kahlen Bäumen hügelabwärts vorarbeiteten.

Wenig später griff Lord erneut nach dem Telefonhörer.
Am anderen Ende klingelte es mehrere Minuten lang. Während Carson auf dem Bildschirm ins Dorf stürmte, meldete sich eine gestreßt klingende Sekretärin: »Vorzimmer Hart Taylor.«

Phönix stieß die Tür auf und winkte Alexis mit einer Handbewegung ins Freie.
Sie nahm zögernd das Mikrofon ab und zwängte sich langsam an ihm vorbei.
Das grelle Sonnenlicht blendete sie. Phönix legte ihr eine Hand zwischen die Schulterblätter und schob sie sanft ins Freie.
Alexis stolperte ins Gras. Als sie sich umdrehte, deutete er auf den mit Tannen bewachsenen Hügelrücken, wo er die drei Männer begraben hatte.
Das Halbdunkel unter den Tannen war feucht und kühl. Hier unter Bäumen fühlte Phönix sich ruhiger; sie lenkten ihn von Lord und Stacy ab.
Alexis hastete vor ihm her und sah sich zwischendurch immer wieder kurz um.
Er zündete sich einen Joint an und atmete den Rauch durch die Mundöffnung seiner Maske aus. Von hinten gesehen wirkte sie weit jünger; die leichte Hose und der schwarze Rollkragenpullover, die er für sie gekauft hatte, paßten wie erwartet genau. Der erste wie parfümiert schmeckende Hit stieg ihm geradewegs in den Kopf.
Sie starrte den Joint an.
Phönix nahm einen weiteren Zug und machte ihr ein Zeichen, sie solle weitergehen. Um ihn nicht aus den Augen lassen zu müssen, bewegte Alexis sich seitlich und stolperte dabei über das frisch ausgehobene Erdreich.
Sie blieb stehen und sah nach unten, während Phönix darauf wartete, daß sie verstand, was sie vor sich hatte. Dann veränderte sich ihr Blick – sie wußte, wovor sie stand.
Ihre Arme waren steif angewinkelt, als sie sich jetzt zu ihm umdrehte. Ein leichter Windstoß bewegte die Tannen über ihnen und ließ sie kaum wahrnehmbar rauschen. Alexis' Gesicht wurde kreidebleich, während er wieder an seinem Joint zog und zusah, wie sie sich ihren eigenen Tod vorstellte.

Er stellte ihn sich sekundenlang ebenfalls vor; dann trat sie langsam von dem frisch aufgeworfenen Erdreich zurück.
Als er darüber hinwegstieg, bewegte sie sich weiter rückwärts, so daß der Abstand von vier, fünf Schritten zwischen ihnen beibehalten blieb. Sie merkte nicht, daß sie schon die letzte Baumreihe erreicht hatte.
Er bedeutete ihr wortlos, daß sie sich von ihm abwenden sollte. Ein Schauder durchlief ihren Körper, aber sie gehorchte.
Dann starrte sie überrascht in die Ferne, als das in der Nachmittagssonne glitzernde Meer vor ihr sichtbar wurde. Sie machte instinktiv einen Schritt vorwärts, blieb dann stehen und sah sich um. Er deutete nach vorn; als sie unter den Bäumen hervortrat, leuchtete ihr Haar in der Sonne.
Sie blieb erneut stehen, und der Wind spielte mit ihrem Haar. Alexis schien darauf zu reagieren: Sie richtete sich etwas auf und strich sich eine Haarsträhne aus der Stirn. Auch ihre Blässe verschwand allmählich. Phönix wünschte sich, er könnte seine Maske abnehmen, um Wind und Sonne auf seinem Gesicht zu fühlen.
Er gab ihr widerstrebend ein Zeichen, den Rückweg anzutreten.
Als sie wieder an ihm vorbeiging, sah er, daß sie noch immer nicht recht wußte, ob sie nur spazierengehen oder doch ermordet werden sollte. Obwohl ihre Angst sie allmählich in seinem Sinne verwandelte, spürte er, wie plötzlich ein Anflug von Wut in ihm hochstieg.
In der Hütte stieß er sie in ihren Raum und schloß die Tür ab. Sperrte sich selbst aus.
Während er sich den nächsten Joint drehte, malte er sich aus, wie er sie gegen Parnell benutzen konnte.
Alles klappte wie geplant. Nachdem die Angst nun begonnen hatte, ihr die Vergangenheit zu erschließen, brauchte er nur noch SNI für seine Zwecke einzuspannen.

Hart Taylor stand auf, um Stacy zu begrüßen, als sie mit Lord sein privates Speisezimmer im SNI Building betrat.
»Wäre der Anlaß nicht so schrecklich«, sagte er, »wäre Ihr Besuch mir ein Vergnügen.« Hart nickte grinsend zu der neben

ihm stehenden jungen Frau mit haselnußbraunen Augen hinüber. »Tony, Sie kennen Rachel Messer. Wir haben sie TV-6 abgeworben.«
Ihre Blicke begegneten sich. »Meinen Glückwunsch«, sagte Lord nach kurzer Pause. Als Rachel sie dann prüfend musterte, nachdem sie recht kühl »Hallo!« gesagt hatte, war Stacy sich sicher, daß Lord und sie etwas so Einfaches – oder Kompliziertes – wie Sex verband.
Taylor erklärte Lord noch immer lächelnd: »Rachel ist bei uns für den Phönix-Countdown zuständig.«
»Ist das Ihre Bezeichnung dafür?« fragte Lord. »Ziemlich reißerisch.«
Jetzt wirkte das Lächeln angestrengt. »Nur ein journalistisches Kürzel«, behauptete Taylor. »Jedenfalls bin ich froh, daß Sie dieses Treffen vorgeschlagen haben.«
Der Ober führte sie zu einem Tisch mit wundervollem Panoramablick auf die Bay Bridge. Autoscheinwerfer bildeten zwei endlose Lichterschlangen über dem Wasser, das sich als weite schwarze Fläche hinter den im Vordergrund stehenden Wohntürmen ausbreitete. Im Anschluß an das Fenster sah Stacy eine tiefe Nische, die mit bequemen Sitzmöbeln und einem fast wandgroßen Bildschirm als privater Vorführraum eingerichtet war.
»Möchte jemand einen Cocktail?« fragte Taylor.
Lord sah zu Stacy hinüber. »Nicht heute abend. Danke.«
»Wie Sie wollen.« Taylor breitete die Hände aus. »Sie haben einen Gedankenaustausch vorgeschlagen ...«
Lord nickte. »Miss Tarrant bemüht sich, Damone vor einem Terroristen zu retten, dessen Identität niemand kennt. Da er seinen Plan nur mit Unterstützung des Fernsehens verwirklichen kann, haben Sie möglicherweise eine Vorstellung von seinen Fähigkeiten, von seinen wahren Absichten, vielleicht sogar davon, was für ein Mensch er ist.«
»Darüber habe ich nachgedacht, seit Sie angerufen haben.« Taylor legte die Fingerspitzen seiner Hände aneinander und beugte sich zu Stacy hinüber. »So widerwärtig sein Vorhaben ist, so brillant ist sein Eröffnungszug gewesen. Er entführt Alexis an einem Wochenende, an dem ansonsten nicht viel passiert,

und hinterläßt ein spektakuläres Videoband, das natürlich weltweit als Aufmacher dient. Zugleich kündigt er das spannendste aller möglichen Dramen an – Leben oder Tod. Und indem er den Ausgang des Dramas von zwei Prominenten abhängig macht, gewinnt er hundert Millionen ›Geschworene‹, die über das Urteil abstimmen sollen.«

Stacy fröstelte unwillkürlich. Sie verschränkte ihre Arme und wechselte einen stummen Blick mit Lord.

»Danach«, fuhr Taylor fort, »beginnt Phönix mit allabendlichen Übertragungen, um die Geschworenen darüber auf dem laufenden zu halten, wie genau seine Forderungen erfüllt werden. Und er versteht es, die Spannung noch zu steigern, indem er für jede Folge eine Überraschung ankündigt – bis hin zur möglichen Ermordung einer Geisel. Man wagt nicht, eine einzige zu versäumen, sondern bleibt bis zum bitteren Ende dabei.«

Stacy fiel peinlich auf, daß sein Tonfall fast bewundernd klang.

»Vermutlich«, sagte sie leise, »hätte er bei Ihnen eine Zukunft als Programmdirektor.«

Taylor starrte sie an, ohne zu lächeln. »Tatsächlich versteht er den durchschnittlichen Programmdirektor ausgezeichnet, glaube ich. Weil Sie so prominent sind, Stacy, kann Joe Shmoe von der Station X ein Dutzend Videoclips aus dem Archiv bringen – auch den Film mit Senator Kilcannon. Das gilt auch für die erste Entführung in der Familie Parnell. So ist Phönix ihm behilflich, sein Programm zu gestalten ...«

»Dafür kann ich Ihnen ein konkretes Beispiel nennen.« Rachel, die erstmals sprach, hatte ein gewisses Leuchten in den Augen. »Heute nachmittag hat eine Presseagentur gemeldet, daß ein Sender in East Lansing Alexis' alte Filme als ›Alexis Parnell Film Festival‹ bringt.«

Stacy starrte sie an. »Rachel will damit sagen«, warf Taylor rasch ein, »daß die Sache Ähnlichkeit mit ›Krieg der Welten‹ hat, wobei Phönix als Orson Welles auftritt.« Er fügte in fast vertraulichem Tonfall hinzu: »Ich glaube, daß er die Medien in- und auswendig kennt und den Instinkt eines großen Entertainers besitzt. Vielleicht ist er sogar ein Genie.«

»Wie hoch sind gestern abend die Einschaltquoten bei Stacy und Parnell gewesen?« warf Lord ein.

Taylor hatte Mühe, seine Zufriedenheit zu verbergen. »Die endgültigen Zahlen sind noch nicht ermittelt. Aber laienhaft ausgedrückt dürften es etwa achtzig Prozent aller Fernsehzuschauer gewesen sein.«
»Wie hoch liegt Ihr Anteil um zwanzig Uhr normalerweise?«
Taylor zögerte. »Bei sechs Prozent.«
»Und dazu kommt, daß andere Stationen Ihre Clips übernehmen – immer mit einem Hinweis auf SNI.«
»Aber natürlich kostenlos.«
Lord legte den Kopf schief. »Hat sich Phönix' Aktion auf Ihre Werbeeinnahmen ausgewirkt?«
»Schwer zu sagen. Gewiß, wir haben Anrufe von Werbekunden bekommen, die …«
»Ich frage mich nur«, unterbrach Lord ihn, »ob Phönix auch das weiß.«
Stacy sah Rachels schwaches Lächeln, bevor Taylor sich an sie wandte. »Wir sind ebenfalls Geiseln, Stacy. Hätte ich die Übertragung verweigert, wären John Damone und Alexis Parnell jetzt tot.«
Sie ging nicht darauf ein. »Haben Sie vor, noch mehr über Phönix zu bringen?«
»Nichts, was über den Rahmen unserer Nachrichtensendungen hinausgeht. Vielleicht ein Feature über die Parnells …«
»Sonst nichts?«
Taylor legte einen Zeigefinger an die Lippen. »Wir haben überlegt, etwas über Sie zu bringen, um vor dem Konzert Sympathie für Sie zu erwecken. Schließlich hat es Nachrichtenwert, und Sie werben gewissermaßen um Stimmen. Oder eigentlich um Spenden.«
»Vielleicht«, warf Rachel ein, »könnten wir ein Interview mit Ihnen bringen.«
Stacy warf ihr einen kurzen Blick zu. »Nein, danke.«
Während Rachel zu Lord hinübersah, warf Stacy einen Blick auf ihre Armbanduhr. In einer Viertelstunde, dachte sie fast ungläubig, werde ich sehen, was dieser Terrorist mit John angestellt hat.
»In diesem Zusammenhang eine dringende Bitte«, sagte Lord zu Rachel, »weil ich wie Hart der Überzeugung bin, daß Phönix

seinen Plan auf Medienwirksamkeit angelegt hat.« Er wandte sich an Taylor. »Was ich will, ist einfach: keine Interviews, Spekulationen oder Features, die über das von Phönix kommende Material hinausgehen. Keine vertraulichen Informationen von DiPalma oder sonst jemandem. Keine Videoclips über die Ermordung Kilcannons. Absolut nichts über Stacy. Allgemein nichts, was Phönix irgendwie aufregen, verärgern oder auf neue Ideen bringen könnte, bevor beide Geiseln unversehrt befreit sind.«

Taylor schüttelte den Kopf. »Das liefe auf eine Nachrichtensperre hinaus, Tony, die kein Journalist akzeptieren kann. Ich persönlich weigere mich, anzuerkennen, daß wir für bestimmte Entwicklungen verantwortlich sein sollen, nur weil wir über sie berichten.«

»Tatsächlich? Hat SNI vor dem Urteilsspruch im Fall Carson nicht seine Zuschauer befragen lassen, wofür sie stimmen würden?«

Taylors Blick streifte Stacy. »Nur einmal.«

»Wissen Sie zufällig noch, welcher Zeuge die höchsten Einschaltquoten gehabt hat?«

»Vermutlich Stacy, Damone – und natürlich Carson ...«

»Mir ist nämlich heute morgen aufgefallen, daß der Videofilm von Alexis Parnells Entführung weitgehend mit dem Film über Carsons letzten Einsatz identisch ist.«

Stacy und Taylor starrten ihn an. »Diesen Film haben Sie ausgegraben«, stellte Taylor nachdrücklich fest. »Sie haben ihn vorführen lassen, um Stacy zu überrumpeln ...«

»Dadurch habe ich Millionen ihre Trauer um James Kilcannon gezeigt. Und dann habe ich John Damone in den Zeugenstand geholt.« Lord schüttelte zweifelnd den Kopf. »Während ich Carson verteidigt habe, haben wir Phönix gewissermaßen ein Publikum geschaffen. Wahrscheinlich haben wir ihm sogar das Drehbuch geliefert – ›mit freundlicher Genehmigung von SNI‹.«

»Alexis hat in dem Prozeß keine Rolle gespielt ...«

»Doch, die Parnells sind erwähnt worden. In einer Frage, die ich Stacy gestellt habe.« Lord beobachtete ihn. »Wir sind wieder dort, wo wir im Fall Carson schon einmal gestanden haben,

Hart. Ich kann nur hoffen, daß Sie diesmal anders reagieren werden.«
Lord überrascht einen immer wieder, dachte Stacy. »Trotz unserer Meinungsverschiedenheiten im Fall Carson«, antwortete Taylor, »können Sie SNI nicht für jeden Psychopathen verantwortlich machen, der durch irgendwelche von uns gebrachte Nachrichten auf verrückte Ideen kommt.«
»Aber dieser eine hat sich an Sie gewandt, und Sie berichten jetzt ausführlich über ihn.« Lord beugte sich nach vorn. »Das ist gefährlich, Hart. Und wenn Sie so weitermachen, sind Sie moralisch mitverantwortlich für alles, was er tut.«
Während Rachel ihn seltsam unbeteiligt beobachtete, verschränkte Taylor die Arme. »Falls Damone noch lebt«, antwortete er schließlich, »sind wir bereit, Ihre Bitte zu prüfen.«
Stacy wartete noch einen Augenblick. »Es ist auch meine Bitte.«
Taylor sah zu ihr hinüber. »Gleich zwanzig Uhr«, warf Rachel ein.
Taylor nickte Stacy zu, stand auf und ging voraus.
Stacy folgte ihm und ging dabei neben Lord her. »Sie sind gegen die Fernsehübertragung gewesen?« murmelte sie.
»Und wie!« Er nickte nachdrücklich. »Darauf hat Ihr Freund DiPalma bestanden.«

Parnell und Danziger saßen in Moores Dienstzimmer. Als Moore seinen Fernseher einschaltete, leuchteten die Bodenfliesen grünlich im Widerschein des Bildschirms.
»Wir empfangen ein Bild«, sagte der Moderator. Als Parnell aufblickte, sah er zwischen Danziger und Moore den verschwommenen Kopf eines Maskierten.
»Mr. Parnell«, begann die verzerrte Stimme. »Ihre Spenden für wohltätige Zwecke sind eine Beleidigung für alle Bedürftigen. Sie entlarven Ihre Politik als bloße Selbstverherrlichung.
Die Geschworenen und ich werden Ihnen helfen, Ihr Gewissen wiederzufinden.«
Parnell beugte sich etwas nach vorn. Bitte, dachte er, laß sie mich nur sehen.
»Alle, die Ihre finanzielle Unterstützung brauchen, werden auf-

gefordert, bis morgen mittag – Pazifikzeit – bei SNI anzurufen. Aus ihren Reihen wählt die Fernsehgesellschaft die fünf Bedürftigsten aus und transportiert sie nach San Francisco. Unmittelbar nach Miss Tarrants Konzert treten diese fünf mit Ihnen im SNI auf, um die Leiden derer zu symbolisieren, die von einer Gesellschaftsordnung erdrückt werden, die Leuten wie Ihnen erlaubt, sie zu ignorieren. Während die Geschworenen zusehen, wählen Sie einen der fünf aus, der die Spende erhält, die Sie jetzt für angemessen halten. Im Interesse Ihrer Frau hoffe ich, daß die Geschworenen damit einverstanden sein werden.«

Das Bild wechselte, und nun sah er endlich Alexis – diesmal schwarz gekleidet.

Parnells Angst wich erschöpfter Erleichterung. Ihre Lippen öffneten sich, schlossen sich, öffneten sich wieder. »Colby.« Sie spuckte dieses Wort beinahe aus. »So ist es damals für Robert gewesen.«

Danziger drehte sich halb nach ihm um. Parnell fühlte sich plötzlich hilflos, konnte weder sprechen noch sich bewegen. Er starrte wortlos auf den Bildschirm und kämpfte gegen Tränen an. Dann verschwand Alexis, und er wandte sich vom Bildschirm und Danziger ab.

Stacy nahm wahr, daß Lord hinter ihren Sessel getreten war. »Keine Angst, ich steh's durch …«, murmelte sie kaum hörbar.

Auf dem Bildschirm erschien ein weiteres Gesicht, das eines Mannes.

»Jesus!« flüsterte Lord.

Der Mann war Damone.

Während Taylor einen Telefonhörer umklammerte, gruben Stacys Fingernägel sich in ihre Handflächen. Über Damones Bart zeichnete sich eine dunkle Schwellung ab, und er hatte eine mit Schorf bedeckte Stelle an der linken Schläfe. Dort ruhte die Mündung einer Schrotflinte.

»Stacy«, sagte er nachdrücklich. »Tu's nicht!« Nach kurzer Pause, in der außerhalb des Bildschirms etwas zu passieren schien, war seine Stimme weniger fest. »Tu's nicht …«

Stacy saß starr da, als könnte jede Bewegung ihm schaden, und er verschwand wieder.
Phönix nahm seine Stelle ein. Die Stimme unter der Maske klang dumpf verzerrt, als er in lapidarem Ton sagte: »Er hat noch einen Tag zu leben, Miss Tarrant. Sie haben die Wahl.«
Der Bildschirm wurde dunkel. »Was soll der Scheiß?« knurrte Taylor ins Telefon. »Wie sollen wir mit dieser Lawine von Anrufen fertig werden?«
Stacy drehte sich instinktiv nach Lord um. Während Rachel die beiden beobachtete, schüttelte er langsam den Kopf.
»Ich muß das Konzert geben«, erklärte Stacy ihm.

Alexis studierte das Gesicht vor ihr mit gespannter Aufmerksamkeit. John Damones Gesicht.
Als der Bildschirm dunkel wurde, blickte sie ängstlich zu Phönix hinüber. Er las Alexis eine stumme Frage von den Lippen ab.
Sie bildeten lautlos die Worte: »Wo ist er?«
Phönix setzte die Spitze seines Zeigefingers an die rechte Schläfe. Dann krümmte er ihn langsam, als betätige er den Abzug einer Schußwaffe.
Alexis wurde kreidebleich. Sie konnte nicht sehen, daß er unter seiner Maske grinste.

Vierter Tag: Donnerstag

1

Phönix hörte sie in der Dunkelheit atmen.
Er schloß die Tür hinter sich. Das Schloß schnappte leise klikkend ein; im nächsten Augenblick veränderte sich die Atmung.
Als er an das Feldbett trat, war eine Bewegung unter der Wolldecke zu ahnen. Er fühlte, daß sie zu ihm aufsah.
Phönix kniete nieder und öffnete den Kühlschrank neben ihrem Bett.
Der schwache Lichtschein erschreckte sie. Beide Hände umklammerten die bis zum Hals hochgezogene Wolldecke; ihr

Blick war angsterfüllt. Fast konnte er ihren jagenden Puls fühlen.
Er nahm eine Birne aus dem Obstfach des Kühlschranks und hielt sie ihr hin.
Sie starrte ihn verständnislos an. Dann griff sie langsam nach der Birne, ohne ihn aus den Augen zu lassen.
Während sie zögernd hineinbiß, schlug Phönix die Decke von ihren Beinen zurück. Sie lag stocksteif und starrte ihn über die Birne hinweg an. Als er ihre nackten Knöchel berührte, bekam sie eine Gänsehaut.
Seine Hand lag still. Er fragte sich, was sie dabei empfand, stellte sich vor, wie es wäre, wenn Parnell sie so sehen könnte.
Dann fesselte er ihr sorgfältig die Knöchel mit einem Seil, das er mitgebracht hatte.
Als er fertig war, sah er zu ihr auf. Sie biß erneut von der Birne ab, als wolle sie damit erreichen, daß er am Fußende des Betts blieb.
Phönix wartete. Dann richtete er sich auf, legte eine Handfläche gegen ihren Oberkörper und drückte sie sanft nach hinten.
Sie lag ängstlich wartend da. Er stand über sie gebeugt, zog ein zweites, in Schlaufen gelegtes Seilstück aus dem Gürtel und hielt es dicht über ihrer Kehle zwischen den Händen gespannt.
Alexis schüttelte den Kopf, legte ihre Handgelenke aneinander und hielt sie ihm hin.
Er fesselte ihre Handgelenke ebenso sorgfältig wie zuvor die Fußknöchel.
Als Phönix fertig war, schloß er die Kühlschranktür. Nun war es in dem kleinen Raum wieder dunkel.
Er blieb noch einen Augenblick über das Feldbett gebeugt stehen und fragte sich, ob ein Teil ihres Ichs sich wünschte, daß er bliebe . . . und warum. Er fragte sich, ob sie ihm dankbar dafür war, daß sie noch lebte.
Dann wandte er sich ab, verließ den Raum und sperrte Alexis ein.
Er nahm die Maske ab und rasierte sich vor dem Photo von Stacy Tarrant. Dann setzte er seine Brille und seinen breitkrempigen Hut auf.

Draußen war es noch dunkel. Er ließ den Motor des Kleinbusses an und fuhr über die Wiese davon. Zum Glück kannte er den Weg so gut, daß er die Scheinwerfer nicht brauchte. Bis er den Rand der Schlucht erreichte, würde der Tag angebrochen sein. Der Tag ihres Konzerts.

Regentropfen begannen auf die Windschutzscheibe zu klatschen.

Lord und Cass saßen bei einer Tasse Kaffee. Es war 7.15 Uhr, aber draußen war es noch nicht richtig hell, und ein böiger Nordwestwind peitschte Regenschauer gegen die Fenster.

»Okay«, sagte Lord, »du hast meine Aktennotiz über Johnny Moore gelesen.«

Sie nickte. »Irgendwie versucht Moore, dir einen Teil der Verantwortung für den Fall zuzuschieben. Berücksichtigt man, was sie zu erreichen versuchen, ist das 'ne Menge Druck.«

»Zugegeben. Aber aufgrund welcher Theorie?«

»Daß du etwas weißt oder vermutest, das auf eine Verbindung zwischen Harry und Phönix schließen läßt, aber nichts sagen darfst, weil deine Informationen unters Anwaltsgeheimnis fallen.« Sie machte eine Pause. »Bestimmt tippen sie auf die gestohlenen Konzerteinnahmen.«

»Die meine ganze Verteidigung widerlegen würden.«

Cass trank einen Schluck Kaffee und beobachtete ihn über den Tassenrand hinweg. »Das denken sie vermutlich auch.«

»Diese Möglichkeit habe ich heute morgen gegen halb zwei wieder mal ausgeschlossen. Seine Jahrestagsreaktion ist einfach von zu vielen Leuten bestätigt worden. Außerdem ist es zu extrem, gleich einen Präsidentschaftskandidaten zu ermorden, nur um einen Diebstahl zu tarnen. Und Harry schwört, nichts davon gewußt zu haben ...«

»Geflunkert hat er allerdings auch«, warf Cass milde ein, »als er ein politisches Motiv vorgeschoben hat.«

»Überleg dir mal, wie der Diebstahl abgelaufen sein muß! Harry kann das Geld nicht geklaut haben – und auch kein anderer, der nach dem Schuß auf Kilcannon in der Arena geblieben ist.« Lord trank seinen Kaffee aus. »Das entlastet im übrigen auch Damone, seinen einzigen bekannten Freund. Folglich ist Harry das Opfer einer größeren Verschwörung geworden, für die es keine Beweise gibt.«

»Und was glaubst du?«

»Daß Moore etwas weiß oder vermutet – vielleicht in bezug auf den Diebstahl –, das er mir nicht offen sagen will, weil ich Harrys Anwalt bin. Aber ich weiß nicht, worum es geht.«

»Vielleicht«, meinte Cass schließlich, »glaubt er an einen persönlichen Racheakt.«

»Das Problem ist nur, daß mir keiner einfällt, der Stacy, Damone und beide Parnells auch nur gekannt hat – von Haß auf alle vier ganz zu schweigen.« Lord warf einen Blick auf die neueste Ausgabe von Time auf seinem Schreibtisch; auf dem Titelbild ließ Phönix Stacy und Parnell als Marionetten tanzen. »Nein, ich glaube, daß der Prozeß gegen Carson das Bindeglied ist. Wenn der Kerl bloß kein so verdammter Sadist wäre!«

Cass zog die Augenbrauen hoch. »Wie hat sie gestern abend reagiert?«

»Sie ist sehr still geworden.« Nach dem Kurzauftritt Damones hatte Lord Stacy schweigend ins Mark Hopkins zurückgefahren und unterwegs seine Befürchtungen wohlweislich für sich behalten. »Ich glaube, daß ihr erst gestern richtig klargeworden ist, daß sie heute in der Arena auftreten soll.«

»Ob sie überhaupt noch singen kann?« Cass warf einen Blick in seine Tasse. »Mehr Kaffee?«

»Klar. Danke.«

Als sie ins Vorzimmer hinausging, blinkte ein Lämpchen an Lords Telefon. Im nächsten Augenblick steckte Cass den Kopf herein und sagte hastig: »Dieses Gespräch solltest du entgegennehmen, glaube ich.«

»Wer ist dran?«

»Das sagt er nicht, Tony.« Cass war sichtlich durcheinander. »Nur daß dich interessieren wird, was er zu sagen hat.«

Lord nahm den Hörer ab.

»Mr. Lord?«

Im nächsten Augenblick erkannte er die Stimme wieder. Der unbekannte Anrufer, der ihm schon während des Prozesses gedroht hatte.

»Ja?« fragte er.

»Sie hätte sich nie an Sie wenden dürfen.« Lord hörte ein leises Summen, als handle es sich um ein Ferngespräch. »Wenn sie singt, wird sie ihr Konzert nicht beenden.«
Am anderen Ende wurde aufgelegt.

Lord wählte langsam ihre Nummer.
Nach dem siebten Klingeln meldete sich eine bekifft klingende Männerstimme. »Yeah?«
»Kann ich Marcia sprechen?«
»Wer sind Sie?«
»Tony Lord.«
»Yeah?« Lord stellte sich vor, wie der Mann sich im Bett aufsetzte. »Hören Sie, hier ist Fred, und ich glaube nicht, daß sie mit Ihnen reden will, Mann. Ihre Auftritte in dieser Horrorshow im Fernsehen sind der reinste Alptraum . . .«
»Dafür kann ich nichts. Bitte, ich muß sie dringend sprechen.«
Der andere holte hörbar tief Luft, als wolle er so seine Duldsamkeit beweisen. »Passen Sie mal auf, Tony – die Sache ist folgendermaßen. Ich hab' schlimme Dinge über Sie gehört, wissen Sie? Zum Beispiel haben Sie Christopher auch an Tagen, die keine Besuchstage waren, von der Schule abgeholt.«
Lords Hand umklammerte den Telefonhörer. »Lassen Sie mich das mit ihr besprechen.«
»Ist nicht drin, Mann. Marcia ist im Augenblick verwundbar – sie fühlt sich bedroht, wenn Sie ihr . . .«
»Das liegt daran, daß ich ein richtiger Schuft bin«, unterbrach Lord ihn halblaut, »der dabei ist, die Unterhaltszahlungen an sie einzustellen. Darum schlage ich vor, daß Sie sie jetzt Nagel für Nagel vom Kreuz abnehmen und ihr behutsam den Hörer ans Ohr halten.«
Am anderen Ende entstand eine Pause. Lord hörte gedämpfte Stimmen, dann sagte Marcia: »Hallo, Tony.«
»Hallo. Entschuldige, daß ich störe, aber ich brauche deine Hilfe.«
»Worum geht's?«
»Leider um ein schlimmes Thema.« Lord zögerte. »Es geht um den Anruf, den du in der Nacht bekommen hast, in der wir uns getrennt haben. Erinnerst du dich daran?«

Ihr Tonfall wurde eisig. »Wie könnte ich den vergessen?«
»Wie hat die Stimme geklungen?«
»Hör zu, ich erinnere mich nicht gern daran.« Marcia machte eine Pause. »Warum willst du das wissen?«
»Ich glaube, daß dieser Mann mich vorhin wieder angerufen hat.«
Marcia schien zu überlegen. »Eine ausdruckslose Stimme«, stellte sie kühl fest. »Sehr präzise. Aber weich, irgendwie gedämpft.«
»Ohne Akzent?«
»Richtig.«
Lord schwieg einen Augenblick. »War es der gleiche Mann, der dich an dem Abend, an dem ich den Fall übernommen hatte, bedroht hat?«
Sie überlegte wieder. »Das ist so lange her, und ich hab' die beiden nie miteinander in Verbindung gebracht. Ich weiß es nicht.«
Lord atmete aus. »Okay. Vielen Dank.«
»Du kannst mir danken, indem du zu Fred etwas höflicher bist.«
Lord machte eine Pause. »Bei Christophers Geburt habe ich nicht an Fred in der Vaterrolle gedacht«, sagte er ruhig. »Sondern an mich.«
»Dann hättest du mir treu bleiben sollen.« Ihre Stimme klang scharf. »Allerdings hast du Stacy Tarrant ja nie für unattraktiv gehalten.«
»Sie ist nur eine Mandantin, Marsh.«
»Dann droht dir diesmal ausnahmsweise kein Loyalitätskonflikt.« Ihr Tonfall wurde sanfter. »Good bye, Tony.«
Nachdem sie aufgelegt hatte, drückte Lord auf einen Knopf an seinem Telefon und wählte eine weitere Nummer.

Regen deprimierte sie.
Das war schon immer so gewesen, auch als sie noch ein Kind gewesen war und keine Ängste außer kindlichen gekannt hatte. Sie wußte noch gut, wie sie in ihrem Zimmer am Fenster gesessen und sich eingebildet hatte, er würde nie mehr aufhören.
Als sie sich vom Fenster abwandte, fiel ihr Blick auf das zerwühlte Bett.

Sie wußte nicht, was sie an dem Traum am meisten entsetzte: daß er ständig wiederkehrte – oder daß sie jetzt am Ende ermordet wurde. Sie konnte John nicht fragen, was er darüber dachte. Sie mußte in elf Stunden singen und wußte nicht, ob sie das konnte.

Das Telefon klingelte.

Die einzigen Anrufer, deren Gespräche durchgestellt wurden, waren Bill Graham und Tony Lord. Sie nahm den Hörer ab und meldete sich.

»Hi, Stacy...«

»Haben Sie etwas von John gehört?«

»Leider nicht. Aber ich muß Sie sprechen.«

»Ich bin dabei, mein Programm zusammenzustellen. Ich weiß wirklich noch nicht, was ich singen werde...«

»Die Sache ist dringend.«

Stacy zögerte und sah dabei wieder zu ihrem Bett hinüber. »Ich will hier raus.«

Lord schien zu überlegen. »Dann treffen wir uns am besten in meiner Wohnung. Sie ist für beide von uns in zehn Minuten zu erreichen, und die Reporter ziehen ab, sobald ich morgens das Haus verlasse.«

Lords Apartment schien mit Möbeln eingerichtet zu sein, die seine Frau ihm bei der Scheidung überlassen hatte – und mit einigen wenigen Dingen, an denen sein Herz hing. Beim Hereinkommen sah Stacy ein gerahmtes Kandinsky-Plakat über dem Bücherregal, dessen Inhalt erkennen ließ, wann er zuletzt Zeit zum Lesen gehabt hatte: Sexualpolitik, eine Biographie Robert Kennedys, Der Archipel Gulag, etliche Vonnegut-Titel. Einige Kinderbücher ließen vermuten, daß er seinem Sohn noch immer vorlas; das Schulphoto daneben zeigte einen blonden Jungen, der Lord so ähnlich sah, daß Stacy zu ihrer Überraschung unwillkürlich lächelte.

»Unglaublich!« sagte sie. »Er scheint gar nichts von Ihrer Frau zu haben.«

»Ah, richtig, Sie haben sie ja damals gesehen.«

»Vor allem ihren Rücken – sie ist gerade gegangen.« Stacy setzte sich neben ihn. »Was ist so dringend?«

Lords Blick wirkte unsicher. »Heute morgen hat mich jemand angerufen. Um Ihnen zu drohen.«
Stacy strich sich ihre Ponyfransen aus der Stirn; dieser Reflex kam ihr vor, als imitiere sie sich selbst. »Was hat er gesagt?«
»Daß Sie das Konzert nicht beenden würden. Weil Sie mich engagiert haben.«
Sie zuckte automatisch mit den Schultern. »Eigentlich überrascht mich das nicht besonders. Ich meine, mit solchen Spinnern muß man rechnen...«
»Er hat sich schon früher bei mir gemeldet, Stacy. Während des Verfahrens.«
»Um Sie zu bedrohen?«
Lord nickte. »Er hat immer die schlimmsten Augenblicke abgepaßt. Zum Beispiel vor Damones Zeugenaussage.«
Stacy blickte auf. »Dann versucht er es jetzt mit mir, das ist alles.«
»Außerdem hat er mich beschattet, Stacy.« Lord machte eine Pause. »In der Nacht vor Ihrer Zeugenaussage hat er eine Nachricht an meinem Auto hinterlassen – nur um mir das mitzuteilen. Auf der Heimfahrt ist mir klargeworden, daß er genausogut eine beim Anlassen gezündete Sprengladung hätte anbringen können. Dann säße ich jetzt nicht mehr hier.«
Sie strich mit übertriebender Sorgfalt den Saum ihres Kleides glatt. »Aber er hat's nicht getan.«
»Richtig. Er hat eine andere Möglichkeit gefunden, mir zu schaden.«
»Wodurch?«
»Das war eine private Angelegenheit, die hier keine Rolle spielt. Aber als er heute morgen wieder angerufen hat, mußte ich Sie informieren. Das hat er gewußt.«
Stacy sah aus dem Fenster. Die Regenschauer waren bei abflauendem Wind zu gleichmäßigem Dauerregen geworden, der bestimmt nicht so bald aufhören würde. »Glauben Sie, daß er etwas mit Phönix zu tun hat?«
»Seine clevere Bösartigkeit ist unverwechselbar. Aber ich weiß nicht, was Phönix' Motive gewesen sein sollten, Carsons Verteidigung zu verhindern, oder warum er jetzt nicht will, daß ich Sie berate. Und ich verstehe nicht, warum er Sie wegen des Konzerts bedroht.«

Sie hob ihre gefalteten Hände ans Kinn, während sie sich ihm zuwandte. »Aber Sie wollten vorher doch auch nicht, daß ich singe, nicht wahr?«

Lord sah weg, dann wieder zu ihr hinüber. »Da Phönix verlangt, daß die Konzerteinnahmen für wohltätige Zwecke gespendet werden müssen«, antwortete er schließlich, »profitiert er nicht direkt von Ihrem Konzert. Aber er lockt Sie dadurch gewissermaßen aus Ihrer Deckung. Das bietet Möglichkeiten, die ich nicht ignorieren kann.«

Stacy schüttelte den Kopf. »Ich habe ihm bereits meine Zusage gegeben. Lasse ich mich von irgendeinem Spinner zu einer Absage bewegen, stirbt John, daran hat er keinen Zweifel gelassen.«

»Ich weiß nicht recht, ob er bloß ein Spinner ist.«

»Ich habe Angst, okay?« Sie stand auf und trat ans Bücherregal.

Stacy hörte, daß er ebenfalls aufstand. »Glauben Sie etwa, die hätte ich Ihnen nicht angemerkt?«

»Sie wird erst dadurch wirklich, daß wir darüber reden. Und das macht alles noch schlimmer.« Sie drehte sich nach ihm um. »Wie soll ich damit fertig werden, wenn ich heute abend nicht auftrete und dann John nie wiedersehe? Oder vielleicht Alexis?«

Lord legte den Kopf schief. »Das weiß ich auch nicht.«

»Es geht nicht anders. Tony, helfen Sie mir, dieses Konzert zu geben.« Sie lächelte müde und ironisch. »Tu ich's nicht, kommt keiner mehr mit mir aus – nicht mal ich selbst.«

Es war 16.10 Uhr.

Lord stand oben im zweiten Rang der Arena, hundert Meter von der Bühne entfernt. Die übereinander gestaffelten beiden Ränge zogen sich hufeisenförmig um das Parkett, auf dem sich fünftausend Fans drängen würden. Während unten Reinigungspersonal mit Kehrmaschinen unterwegs war, dröhnte »Lucy in the Sky with Diamonds« aus den Lautsprechern. Die Stimmen der Beatles hallten von den Stahlbetonwänden wider; die riesige Arena wirkte kalt und unpersönlich.

An einem Ende des Hufeisens, etwa wo Kilcannon gestanden

hatte, schleppte eine Crew Kisten von der Ladebucht auf die Bühne. In den Pausen zwischen einzelnen Songs hörte Lord ihre Schritte und die aufschnappenden Schlösser von Metallkisten.
Nach einiger Zeit bewegte er sich zur Ausgangsrampe. Auf dieser Route gelangte er zwei Ebenen tiefer auf den das Parkett umgebenden Korridor. Dort wandte er sich nach rechts und ging weiter, bis der letzte Eingang hinter ihm lag. Die drei Polizisten, die das letzte Stück des Korridors blockierten, ließen ihn mit einem Nicken passieren. Nun hatte er auf beiden Seiten Türen vor sich: hinter den linken führten Treppen auf die Bühne, hinter den rechten lagen Büros.
Lord blieb vor der letzten Bürotür stehen. Sie schien ein neues Schloß bekommen zu haben; in die flache Vertiefung daneben hätte vermutlich ein Stiefelabsatz gepaßt.
Er wandte sich ab, öffnete die Tür gegenüber und stieg die Treppe zur Bühne hinauf.
Vor dem Telefon, das Carson benutzt hatte, blieb er stehen und sah auf seine Armbanduhr. In weniger als vier Stunden sollte das Konzert beginnen, und hier war niemand in der Nähe, der ihn hätte belauschen können.
Er wählte rasch Shrivers Nummer. »Ich komme eben von Harry zurück«, sagte der Psychiater. »Ich habe versucht, Sie zu erreichen...«
»Was hat er gesagt?«
»Nichts. Er hat sich völlig eingekapselt – sich strikt geweigert, darüber zu reden.«
Lord machte eine Pause und beobachtete dabei die Arbeiter auf der Bühne. »Wissen Sie, warum?«
»Vielleicht hab' ich ihn beleidigt.« Shrivers Stimme klang müde. »Vielleicht sonstwas.«
»Okay. Vielen Dank.«
»Alles Gute für heute abend.«
Lord legte auf.
Vor ihm erteilte Curtis Blake seiner Crew Anweisungen. Die Männer arbeiteten schweigsam, in Gedanken woanders. Wo Kilcannon zusammengebrochen war, hatte jemand den Blutfleck mit Schleifpapier entfernt; an dieser Stelle war das Holz sichtbar heller.

»Hallo, Curtis.«
Ein zurückhaltendes Nicken. »Hallo, Mr. Lord.«
»Ihre Leute arbeiten schnell. Woher wissen sie, welche Kiste wohin gehört?«
Curtis zuckte mit den Schultern. »Das merkt man meistens an der Form.«
»Und am Gewicht?«
»Yeah. Manchmal.«
Lord nickte. »Heute bauen Sie später als sonst auf, nicht wahr?«
Curtis sah kurz zu dem hellen Fleck hinüber. »Stacy wollte keinen Soundcheck.«
»Braucht sie denn keinen?«
Wieder ein Schulterzucken. »Wahrscheinlich macht die Band nachher einen.«
»Dann will ich Sie nicht länger stören.« Lord folgte seinem Blick. »Übrigens ließe sich das mit etwas Wachs verdecken.«
Curtis starrte ihn an. Dann nickte er langsam und drehte sich wieder nach seiner Crew um, während Lord die Eisentreppe zur Laderampe hinunterstieg. Draußen sah er den SNI-Übertragungswagen mit seinen Satellitenantennen stehen. Ein Kamerateam filmte Stacys Fans, die trotz des Nieselregens mit stoischer Geduld eine lange Schlange bildeten. Hinter einer von der Polizei errichteten Absperrung entluden Curtis' Leute einen Lastwagen und schleppten die Kisten, die zuvor einzeln kontrolliert wurden, zum Lastenaufzug hinüber.
Lord wandte sich ab und stieg die Eisentreppe drei Stockwerke hinauf.
Johnny Moore, der noch über ihm stand, besprach mit zwei Polizeischarfschützen, wo sie Position beziehen würden. Lord wandte sich ab, um weiter die Crew zu beobachten.
Nach einiger Zeit hörte er Moore die Eisentreppe herunterkommen. Als die Schritte hinter ihm zum Stehen kamen, sagte Lord: »Ich find's gut, daß ihr alles kontrolliert, was reingeschafft wird.«
»Hier kommt keine Bombe rein, Tony – nicht während meiner Schicht.« Der FBI-Agent sprach halblaut weiter: »Noch immer nichts, was den Anruf betrifft?«
»Mhh-hmm.«

Moore machte eine Pause. »Und was ist mit der Frage, die DiPalma aufgeworfen hat?«
»Außer dem Prozeß sehe ich keinen Zusammenhang.« Er drehte sich um. »Ich habe gehofft, eure vierhundert Mann starke Truppe würde bald mehr vorzuweisen haben.«
»Oh, Phönix ist heute außerhalb von Gilette, Wyoming, gesehen worden. Leider war es nur ein Jäger mit 'ner Sturmhaube.« Moore zog ein finsteres Gesicht. »Wir kriegen massenhaft Hinweise, von denen keiner was taugt, und sind in den letzten zwei Tagen keinen Schritt weitergekommen.«
»Wunderbar.« Lord lehnte sich ans Geländer. »Das Konzert fängt in dreieinhalb Stunden an.«
»Ein richtiges Großereignis.« Moore lehnte sich neben ihn. »Draußen auf dem Parkplatz hat irgendein Arschloch Phönix-T-Shirts verkauft.«
»Jesus!«
»Wir haben ihn weggejagt. Weißt du übrigens, daß der Eintritt heute abend frei ist? Stacy und die Direktion der Arena laden zu diesem Konzert ein.«
»Wenigstens gibt's dann keine Einnahmen zu klauen.« Lord beobachtete weiter die Crew. »Wenn wir schon mal hier sind, könntest du mir eigentlich erzählen, wie das letztes Mal passiert ist. Ich hab' nämlich keine richtige Vorstellung davon – und weiß erst recht nicht, was Harry davon gehabt hätte ...«
»Daraus hast du ziemlich Kapital geschlagen, Tony.«
»Zum jetzigen Zeitpunkt«, sagte Lord ruhig, »ist das keine sehr nützliche Feststellung.«
»Meine Theorie entsteht eigentlich erst. Ich kann dir natürlich sagen, was die Ermittlungen ergeben haben – ich hab' gestern den ganzen Abend lang Akten gewälzt.« Moore folgte Lords Beispiel und begann die Crew zu beobachten. »Nach dem Schuß hat sich das gesamte Wachpersonal auf Kilcannon konzentriert – kein Mensch hat das Büro bewacht, als Damone mit den Sanitätern angerannt kam. Nach Ansicht der Polizei hat jemand das Türschloß mit einem Tritt aufgesprengt, sich den Geldsack geschnappt und die Tür wieder zugezogen, damit alles ganz normal aussah. Danach ist er im allgemeinen Chaos unerkannt entkommen.«

Unter ihnen holte Jesus Suarez eine weitere Kiste aus dem Lastenaufzug. Während er die Bühne überquerte, stellte Lord fest: »Es gibt keinen Zeugen, der jemanden mit einem Geldsack gesehen haben will.«
»Nach allgemeiner Überzeugung waren die Leute viel zu entsetzt, um auf so was zu achten, Tony.«
Jesus klappte den Kistendeckel auf. Lord spürte, wie Moore, der eben noch den Roadie beobachtet hatte, jetzt ihn anstarrte, als versuche er, seine Gedanken zu lesen.
»Natürlich«, sagte Lord schließlich, »könnte irgend jemand das Geld in einer Kiste abtransportiert haben.«
Moores Augen glitzerten. »Also jemand aus der Crew ...«
»Sind diese Leute überprüft worden?«
»Mehr oder weniger – nach dem Attentat auf Kilcannon sind die polizeilichen Ermittlungen wegen des Diebstahls ziemlich schlampig geführt worden. Aber die Polizei hat die Crew vernommen und ihren Lastwagen und die herumstehenden Kisten beschlagnahmt. Leider ergebnislos.«
»Schade. Das war der beste Tip, den ich auf Lager hatte.«
»Trotzdem eine Idee.« Moore beobachtete weiter Jesus. »So übel ist der Gedanke gar nicht.«

2

Stacy Tarrant stieg aus der Limousine.
Sie trug Jeans und ein Khakihemd und hatte eine Reisetasche in der Hand, als sie jetzt auf den Hintereingang neben der Ladebucht zuging. Diese Szene kam ihr wie eine Wiederholung ihres Traums vor, aber in der Menge war es still – und sie war allein.
Die zu ihrem Schutz abgestellten Polizeibeamten begleiteten sie die Rampe hinauf; dann schloß sich das Scherengitter des Lastenaufzugs hinter ihr.
Es war 19.30 Uhr, und sie hatte nichts von Lord gehört.
Der Aufzug hielt ruckend. Auf der dunklen Bühne erwartete Curtis sie mit seiner Taschenlampe.
Sie wechselten einen stummen Blick. Dann nickte Stacy und

folgte ihm zu den Garderoben. Unterwegs sah sie instinktiv zum Telefon hinüber. Aber dort stand niemand.

Die Band wartete schon. Sie umarmte einen nach dem anderen, Leon Brennis zuletzt. »Danke fürs Kommen«, sagte sie dabei.

»Kein Problem, Stace.« Leons Handbewegung schloß die anderen ein. »Wir haben geprobt, was du mir gesagt hast. Ist dir noch was eingefallen?«

»Nein. Aber wir gehen die Liste vor dem Auftritt noch mal durch.«

Als er nickte, küßte Stacy ihn auf die Wange und ging zu ihrer Garderobe weiter.

Sie öffnete die Tür und erwartete fast, Damone am Spiegel stehen zu sehen. Dann rückte sie sich den Hocker zurecht. Es fiel ihr schwer, sich vorzustellen, daß dies ihr unwiderruflich letzter Auftritt sein würde.

In der Garderobe war es totenstill.

Stacy begann, sich wie in Trance zurechtzumachen. Lipgloss, übertrieben viel Augen-Make-up, alles in der schwachen Hoffnung, daß Lord wegen irgend etwas anrufen würde, das ihren Auftritt verhindern würde. Auf ihrer Armbanduhr war es 19.45 Uhr.

Ihre Hand glitt ab.

»Mist!« sagte sie halblaut. Als sie die kleine Bürste mit Wimperntusche erneut hob, sah sie ihre Finger zittern.

Jemand klopfte an die Tür.

Sie fuhr zusammen. »Ja?«

Die Tür wurde geöffnet. Lord erschien auf der Schwelle.

Ihr Herz schlug einen Augenblick höher. Aber ihre Hoffnung schwand ebenso rasch, wie sie aufgeflammt war. Dann sah sie, daß er ein Dutzend Rosen in der Hand hielt.

»Wenn sie Ihnen nicht gefallen«, sagte er leichthin, »hab' ich Päonien draußen.«

»Nein – sie sind wundervoll. Aber kommen Sie doch herein.«

»Nur ganz kurz.« Als er den Strauß auf ihren Spiegeltisch legte, sah sie zwischen den Rosen einen kleinen Umschlag.

Sie beugte sich nach vorn, zog ihn heraus und begann ihn aufzureißen. »Ich kann anscheinend nicht sonderlich gut mit Ihnen

reden«, erklärte Lord ihr dabei, »außer wenn es um irgendwelche Katastrophen geht. Deshalb wollte ich's diesmal mit Blumen sagen.«
Die Karte trug seine Handschrift.
»Gehen Sie heute abend mit mir essen?« fragte sie. Darunter stand ein P. S.: »Ich finde Sie eigentlich sehr nett. Aber Sie machen mich manchmal ein bißchen nervös.«
Stacy griff lächelnd nach dem Strauß und steckte ihre Nase in die Rosen. »Gut, Sie laden mich ein«, schlug sie vor, »und ich vergesse die zehn Dollar, die sie mir noch schuldig sind.«
Sie war überrascht, wie Lords Grinsen sein Gesicht veränderte – es war so jungenhaft sorglos, daß sie sich wünschte, es öfters zu sehen.
Dieser Gedanke verwirrte und beschämte sie. »Ich bin wirklich hungrig«, antwortete er, »darum will ich Sie nicht länger aufhalten. Alles Gute, ja?«
»Okay. Danke.«
Er blieb an der Tür stehen. »Moore und die Cops haben die Arena hermetisch abgeriegelt. Also dürfte Ihr größtes Problem sein, wie Sie erfahren, daß Sie aufhören können.«
»Ganz so weit bin ich noch nicht.«
»SNI gibt ein Dutzend Telefonnummern für Spendenwillige an und blendet danach laufend Zwischenergebnisse ein. Ich stehe mit einem Taschenfernseher rechts von Ihnen auf dem Laufgang. Sehen Sie gelegentlich zu mir auf. Sobald über fünf Millionen eingegangen sind, hebe ich eine Hand.«
»Gut.« Sie zögerte. »Die Rosen sind wirklich schön. Vielen Dank, Tony.«
»Nichts zu danken«, sagte er fast verlegen und schloß die Tür hinter sich.
Sie starrte die Blumen sekundenlang an, ohne sie richtig wahrzunehmen. Dann nahm sie einen Block mit gelben Haftnotizen aus ihrer Handtasche und kritzelte einige Songtitel darauf.
Draußen waren Leon und Greg dabei, ihre ursprüngliche Liste durchzugehen. »›Equal Nights‹ nehmen wir als zweite Nummer«, erklärte sie ihnen, »damit der Anfang nicht zu melancholisch wird, okay?«
Leon nickte. »Sonst noch was?«

Stacy gab ihm den gelben Zettel. »Ich hab' ein paar meiner Nachtclubnummern gestrichen. Sollte mir noch ein anderer Song einfallen, sag' ich's euch einfach.«
»Kein Problem, Stace. Aber kommst du wirklich ohne festes Programm zurecht?«
»Unser heutiger Auftritt muß nicht perfekt sein – bloß anders als sonst. Warten wir's ab, was dabei rauskommt.«
Sie folgte ihnen den Korridor entlang.
Während sie im Hintergrund wartete, führte Curtis die Musiker auf die Bühne und leuchtete dann Leon mit der Taschenlampe, damit er den Zettel mit den Songtiteln an sein Keyboard kleben konnte.
Stacy stand allein hinter dem Vorhang und sah sich um.
In der Nähe des Telefons war ein Kameramann postiert, der über ihre Schulter hinweg filmen würde, wie sie auf die Bühne trat. Über sich auf dem Laufgang erkannte sie Lords schemenhafte Gestalt. Eine Ebene höher stand einer der zu ihrem Schutz abgeordneten Polizeischarfschützen; Stacy sah seinen Mützenschirm und die Umrisse eines Gewehrs mit Zielfernrohr.
Sie verschränkte die Arme und starrte vor sich hin, während wieder Angst in ihr aufwallte. Dann sah sie einen Lichtfleck vor ihren Füßen. Curtis wartete auf sie.
Er sah auf seine Armbanduhr. Stacy nickte ihm zu, und sie setzten sich gemeinsam in Bewegung. Auf der anderen Seite des Vorhangs herrschte unwirkliches Schweigen.
Stacy blieb hinter dem Vorhang stehen. Curtis zog sich geräuschlos zurück; sie nahm die wartende Kamera fast körperlich wahr und spürte das nur zwanzig Meter von ihr entfernte unsichtbare Publikum. Sie war wie gelähmt.
Sie trat zwei Schritte zurück, blickte zu dem Scharfschützen auf und erkannte Lord auf seinem Platz.
Zum Teufel damit!
Stacy sah zu Curtis hinüber. »Vorhang auf!« verlangte sie dann.

Lord sah ihr an, wieviel Angst sie hatte.
Dann trat sie ins Scheinwerferlicht, während ihr Gesicht auf dem Großbildschirm über dem Publikum erschien, und begann »Reruns at Midnight« zu singen.

Bei den ersten Takten klang ihre Stimme zittrig. Sie sang, ohne sich zu bewegen: eine schlanke Gestalt in Jeans und Khakihemd mit hochgekrempelten Ärmeln. Auf dem Bildschirm wirkten ihre großen blauen Augen verwundbar; aus diesem schlichten Beginn sprach eine Schutzlosigkeit, die bei früheren Konzerten nie angeklungen war. Die Arena vor Stacy war dunkel – Rauch, dichtgedrängte Menschenmassen, Schweigen. Drei weitere Kameras.

Lord warf einen Blick auf den winzigen Bildschirm seines Taschenfernsehers. Unter Stacys Gesicht war noch keine Zahl eingeblendet. Wahrscheinlich versagt ihre Stimme, dachte er, oder sie selbst hält nicht durch; irgendwas passiert sicher. Er beugte sich über das Geländer, um nach dem Scharfschützen zu sehen.

Unter ihm sang Stacy weiter. Ihm fiel auf, daß ihre Stimme rauher, älter, etwas rauchiger klang.

Selbst nach dem ersten Song erschien keine Zahl auf Lords Bildschirm; es gab auch keinen Applaus.

Stacy blickte zu ihrem Gesicht auf dem Großbildschirm auf. »So geht's nicht«, sagte sie leise.

Vor ihr herrschte Schweigen, als hielten alle Zuhörer den Atem an. Stacy sah sich um. »Könnte jemand diesen Bildschirm ausschalten«, fragte sie, »und statt dessen die Saalbeleuchtung anknipsen?«

Als es in der Arena hell wurde, war zu sehen, daß auch auf den Rängen sämtliche Zuhörer aufgestanden waren.

Sie starrte die Stelle an, wo Kilcannon zusammengebrochen war; Lord erkannte, daß sie die Verfärbung sehen mußte.

Dann blickte Stacy zu dem Großbildschirm auf. »Mit diesem Ding vor mir«, sagte sie, »habe ich das Gefühl, vor einem Spiegel zu singen. Dabei will ich nicht mich, sondern euch sehen!«

Der Bildschirm wurde dunkel. Sie schien zu überlegen; dann sprach sie mit klarer, ruhiger Stimme weiter.

»Ihr könnt euch vielleicht vorstellen, wie schlimm es für mich ist, hier zu stehen. Aber ich bin glücklich, daß ihr gekommen seid. Und wenn wir einen Augenblick gemeinsam schweigen könnten, wär's auch für mich leichter, mein Hiersein zu verkraften.«

Auf dem kleinen Fernsehschirm sah Lord, wie sie den Kopf senkte und die Augen schloß. Das Publikum folgte ihrem Beispiel.
Noch immer keine eingeblendete Zahl.
Stacy sah wieder auf. »Vor ein paar Minuten«, begann sie, »hat mir jemand gesagt, daß ich ihn nervös mache. Ich denke, daß er sich auf diese Weise dafür entschuldigen wollte, daß er nicht immer den richtigen Ton trifft – und mich auf etwas seltsame Art beruhigen wollte.« Sie lächelte schwach. »Darum wollte ich euch als erstes sagen, daß ihr mich auch ein bißchen nervös macht.«
Ein leises Murmeln zeigte, daß ihre Art beim Publikum ankam.
Sie strich sich die Ponyfransen aus der Stirn. »Vorhin – hinter der Bühne – hab' ich rauszukriegen versucht, wie ich überhaupt hierher geraten bin.
Das hängt teilweise damit zusammen, daß ich mit elf oder zwölf heillos in Paul McCartney verknallt war. Richtig kindlich verknallt, so daß ich sogar die Uhr in meinem Zimmer vorgestellt hab', um immer zu wissen, wie spät es in London war.« Wieder das flüchtige Lächeln. »Und dann' hab ich mir überlegt, daß Paul mich niemals beachten würde, wenn ich nicht auch berühmt würde. Darum hab' ich angefangen, selbst Songs zu schreiben.«
Die über den Fans liegende Spannung schien sich allmählich zu lösen.
»Aber ich hab' nicht geahnt«, fuhr sie leiser fort, »daß ich Gedanken und Gefühle hatte, die ich nur dadurch ausdrücken konnte. Immer in der stillen Hoffnung, daß ihr eines Tages für mich dasein würdet.« Sie trat an die Rampe. »Und ihr seid noch immer für mich da.
Aber eines Tages habe ich eure Gesichter nicht mehr gesehen. Als das passiert ist, hatte ich Angst, daß ihr nicht mehr kommen würdet.
Solche Ängste können vieles durcheinanderbringen – unter anderem auch meine Vorstellung von euch.
Deshalb ist dies eine Art Entschuldigung.«
Auf Lords kleinem Bildschirm blendete SNI unter ihrem Gesicht als bisherigen Spendenbetrag 400 000 Dollar ein.

»Aber zugleich ist noch etwas anderes passiert«, fuhr Stacy fort. »Auch mein sonstiges Leben ist schemenhaft an mir vorübergezogen – ich hab' kaum mehr hingesehen. Vermutlich hat mich das letztes Jahr im Juni hierher geführt. Ich wollte an etwas Größerem teilhaben, und ihr seid wieder für mich dagewesen.«

Sie machte eine Pause und starrte den Fleck auf dem Bühnenboden an. »Was passiert ist, wißt ihr«, sagte sie leise, »und während ich versucht habe, damit zurechtzukommen, haben die Medien sich auf meine Tragödie gestürzt. Und nun hat jemand eine neue Möglichkeit entdeckt, daraus Gewinn zu schlagen.«

Stacy hob ruckartig den Kopf. »Schon vor dieser Sache ist mir der Medienrummel echt auf die Nerven gegangen. Schließlich steht fest, daß nicht ich die Hauptleidtragende dieser Tragödie war.

Das ist eine weitere Sache, bei der ich eure Hilfe brauche. Bringt irgendein Magazin auf dem Umschlag ein Bild von mir, auf dem ich ein trauriges Gesicht mache, kauft ihr's einfach nicht, okay?« Sie lächelte plötzlich. »Boykottiert Tragödien!«

Überraschtes Lachen, dann lauter Beifall.

Stacy legte den Kopf schief. »Wißt ihr, als ich Paul McCartney dann tatsächlich kennengelernt habe, war er bereits verheiratet.«

Während ihre Zuhörer wieder lachten, merkte Lord, daß er unwillkürlich lächelte.

»Ich weiß nicht, was das genau bedeutet, aber ich glaube, daß man daraus eine Lehre ziehen kann.«

Sie wirkte jetzt lockerer. »Darum gebe ich dieses Konzert eigentlich für mich selbst«, fuhr sie fort. »Nicht um dem zu entkommen, was hier passiert ist, denn ihr seid großartig gewesen. Sondern nur, weil ich inzwischen alt genug bin, um anders als früher ausdrücken zu können, was ich empfinde. Und darauf bin ich vielleicht sogar ein kleines bißchen stolz.«

Stacy hielt das Mikrofon näher an ihre Lippen. »Aber bevor ich weitersinge«, sagte sie leise, »möchte ich euch bitten, mir bei etwas zu helfen, das ohne eure Hilfe nicht zu schaffen ist.

Ich wäre stolz, wenn ihr mir helfen würdet, John Damone zu befreien.
Er ist seit über zehn Jahren mein Freund, und wir lieben uns auf unsere Weise. Darum bin ich heute abend hier.«
Auf Lords kleinem Bildschirm kletterte der Spendenbetrag auf 675 000 Dollar.
»Vielleicht klingt heute manches nicht so toll, aber diesmal hab' ich eine gute Ausrede dafür.« Stacy machte eine Pause, während ihr Blick über die Zuhörer hinwegglitt. »Trotzdem«, schloß sie leise, »gefällt's euch hoffentlich.«
Bevor die Fans applaudieren konnten, drehte sie sich nach der Band um, die mit »Equal Nights« loslegte. Stacy hob das Mikrofon an die Lippen und begann zu singen.
Lord fiel auf, daß die Band das Tempo etwas zurückgenommen hatte. Ihre Stimme war nicht so kräftig wie früher, aber er fand sie besser als je zuvor.
Der kleine Bildschirm zeigte, daß sie lächelte.
Unter Stacys Gesicht waren 1 100 000 Dollar eingeblendet. Ein Teil des Publikums begann mitzusingen; als der Song endete, war der Gesamtbetrag auf 1 500 000 Dollar gestiegen.
Lord fragte sich, wie lange sie durchhalten würde.
Die Fans jubelten ihr zu. Stacy schüttelte mit einer raschen Kopfbewegung ihr Haar zurück. »Danke«, sagte sie atemlos. »Als nächstes ...«
Lord hörte ein dreimaliges lautes Knallen.
Aus dem Publikum kamen Schreie; Stacy richtete sich auf, trat unwillkürlich zwei, drei Schritte zurück.
Lord, der jetzt den Gang entlanglief, sah zu seiner Erleichterung, daß Stacy unverletzt zu sein schien. Sie stand aufrecht da und starrte ins Publikum.
Rechts von der Bühne hatten die Fans jemanden unter sich begraben. Dort schien es Prügel zu geben, bis mehrere Polizisten sich einen Weg durch die Menge bahnten und einen blonden jungen Mann befreiten. »Freiheit für El Salvador!« schrie der Blonde, als er abgeführt wurde.
Einer der Cops hielt einen silbern glänzenden Gegenstand hoch. »Bloß 'ne Schreckschußpistole!« rief er beruhigend.
Wie in Chinatown, dachte Lord.

Stacy stand starr vor Entsetzen da und sah dem blonden jungen Mann nach. Das Publikum schien wie erstarrt auf ihre Reaktion zu warten.
Lord, der an seinen Platz zurückgekehrt war, sah ihr Gesicht auf dem Bildschirm.
Ihre Augen blitzten zornig, als der junge Mann hinausgeschleppt wurde. »El Salvador ist eine Sache«, sagte sie aufgebracht ins Mikrofon. »Aber du bist was anderes.«
Die Fans quittierten ihre Bemerkung mit nervösem Lachen. Auf dem Bildschirm sprang der Gesamtbetrag auf 2 300 000 Dollar.
Stacy wandte sich an ihre Fans. »Laßt mir 'nen Augenblick Zeit, okay? Ich muß erst wieder in Stimmung kommen.«
Sie sprach kurz mit Leon. Danach begann die Band »Love Me Right« zu spielen.
Diesmal war der Beat ein sanfter, ins Ohr gehender Rhythmus, und Stacy sang ungekünstelt locker. Nach den ersten Takten bewegte sich ihr Körper wie von selbst, so daß ihre Haare flogen.
Auf seinem kleinen Bildschirm sah Lord sie wieder lächeln.
Den Schluß sang sie langsamer, eindringlicher:

»You know the fire
Lives through lovers
This night the fire
Burns in us.«

Die Arena hallte von lautem Jubel, Beifall und Pfiffen wider – alles Reaktionen normaler Fans.
Der Gesamtbetrag sprang mit einem Satz auf 4 100 000 Dollar.
Lord starrte diese Zahl verblüfft an. Noch ein Song, dann hatte sie es geschafft! Er beugte sich über das Geländer.
»Was möchtet ihr hören?« fragte Stacy die Menge.
»›Desperado‹!« schlug ein Mann vor.
Sie verzog im Scherz das Gesicht und wandte sich an Leon.
»Können wir das?«
»Ich schon.«
Laß den Unsinn! dachte Lord. Leon spielte die Einleitung, und Stacy begann mit sanfter, rauchiger Stimme, als singe sie ein Liebeslied:

»Desperado
You know you ain't getting younger
Your pain and your hunger
Are driving you home ...«

Sie traf ein paar Noten nicht richtig, wirkte etwas unsicher. Begleitet wurde sie nur von Leon am Keyboard.

Auf dem Bildschirm blinkte die magische Zahl 5 000 000. Während Lord auf das Ende des Songs wartete, wurde ihre Stimme kräftiger. Bei der letzten Strophe war sie rein und strahlend schön wie zu Stacys besten Zeiten.

Jubelnder Beifall brandete über sie hinweg. Sie verbeugte sich dankend und sah dann zu ihm auf.

Lord hob eine Hand.

Stacy nickte kaum merklich. Ihre Fans jubelten weiter.

Sie wartete, bis der Beifall abgeklungen war. »Okay.« Sie lächelte. »Und was kommt jetzt?«

Lord starrte sie ungläubig verblüfft an. »›My Funny Valentine‹!« rief eine Frau.

»Das hab' ich vor neun Jahren gesungen.« Stacy hielt sich eine Hand über die Augen und suchte die Frau, die den Songtitel gerufen hatte. »Warst du dabei?«

»Ja!«

»Weißt du«, sagte Stacy langsam, »ich find's echt schmeichelhaft, daß du dich daran erinnerst.«

Sie nickte Leon zu und begann zu singen.

Ihre Version machte den Text peppiger, zog ihn leicht ins Komische. Als Lord nervös das Publikum absuchte, sah er, daß Johnny Moore ihn beobachtete.

Während sie sang, schien sich in der Arena allgemeine Harmonie auszubreiten. Erst gegen Ende des Songs ließ ihre Stimme etwas nach.

Sie legte eine Hand an ihre Kehle. »Nach dem nächsten Song mach' ich lieber Schluß«, sagte sie lächelnd, »sonst verderb' ich's mir noch ganz mit euch.«

Die Fans protestierten lachend. Stacy, deren Lächeln verschwunden war, wartete geduldig, bis wieder Ruhe herrschte.

»Vor einigen Minuten«, fuhr sie fort, »hat jemand mir ein Zeichen gegeben, daß wir unser gemeinsames Ziel erreicht haben. Für alles, was ihr für mich und John Damone getan habt, kann ich euch nicht genug danken.« Sie blickte in die Kamera. »Ich möchte allen von Herzen danken.«

Als sie nach einer Pause weitersprach, klang ihre Stimme kühler. »Jetzt wird's Zeit«, sagte sie, »daß John und Alexis zurückkommen.«

In der Arena war es totenstill.

Nach einem Riff des Drummers legte Stacy mit ihrer unbekümmert frechen Version von »That'll Be the Day« los:

»That'll be the day
When you make me cry
You say you're gonna leave me
You know it's a lie
'Cause that'll be the da-a-ay
When I die . . .«

Stacy breitete lachend die Arme aus. Die Fans stimmten jubelnd in ihr Lachen ein, und dann geriet die Menge in Bewegung. Die Band legte richtig los, der Drummer bearbeitete seine Becken, und das Publikum sang bis zur letzten Zeile mit:

»That'll be the da-a-ay
When I die.«

Stacy blieb unbeweglich stehen, als die Fans jetzt anfingen, ihren Namen zu rufen.

So ging es minutenlang weiter. Als die Rufe allmählich abklangen, stand sie noch immer auf der Bühne.

»Ich liebe euch«, sagte sie, und damit war das Konzert zu Ende.

Hätte sie mich nur nicht so aus dem Gleichgewicht gebracht! dachte Phönix.

Als das Bild wechselte, sah er, wie Alexis' Gesichtsausdruck sich ebenfalls veränderte.

Auf dem Bildschirm saß Parnell steif wie eine Wachsfigur zwi-

schen fünf nervösen Bittstellern, drei Männern und zwei Frauen. Alexis beobachtete ihn wie hypnotisiert.
Parnell sprach mit stockender Stimme. »Die Entscheidung, vor die Sie mich gestellt haben, ist zu schwierig.« Er warf einen Blick auf den Notizzettel in seiner linken Hand. »Viel zu schwierig...«
Phönix begann über seine Verwirrung zu lächeln.
»Äh, dies ist Valencia Cruz aus Taos, New Mexico.« Parnell nickte verspätet zu der drahtigen, dunkelhäutigen Frau neben ihm hinüber. »Sie hat sechs Kinder«, las er weiter vor, »und einen Mann, der seinen Job und damit auch seine Krankenversicherung verloren hat. Sie ist an Leukämie erkrankt und braucht eine kostspielige Knochenmarktransplantation, um weiter für ihre Familie sorgen zu können...«
Alexis errötete, als die Frau ihn anstarrte.
»Neben ihr sitzt Reverend Howell...« Der Schwarze im Khakihemd beugte sich zu Parnell hinüber, um ihn zu korrigieren. Parnell kniff die Augen zusammen, während er seine Notizen zu entziffern versuchte. »Harlell Cleveland«, verbesserte er sich, »aus Washington, DC. Reverend Cleveland leitet ein erfolgreiches Rehabilitationsprogramm für drogenabhängige Jugendliche, das durch die Streichung staatlicher Zuschüsse vor dem Aus steht...«
Parnell sprach einen Augenblick rascher. »Links neben mir sitzt Theresa Licavoli aus Saint Louis, Missouri. Äh... Theresa bemüht sich um die Unterbringung älterer Mitbürger, die keine Angehörigen mehr haben...« Die neben ihm sitzende, sichtlich nervöse Frau mit den scharfen Zügen sagte ihm etwas ins Ohr. Er warf ihr einen konsternierten Blick zu und murmelte dann: »Äh... wie Ms. Licavoli mir mitteilt, betrifft dieses Problem viele Tausende alter Menschen in ganz Amerika...«
Bisher, dachte Phönix, hat SNI sehr gut ausgewählt. »Rechts neben mir«, fuhr Parnell stockend fort, »habe ich David Feldstein von hier... aus San Francisco. David ist Direktor einer Hilfsorganisation, die an sozial schwache Familien Lebensmittel verteilt, aber deren Förderung vor kurzem eingestellt worden ist.« Parnell sah von seinen Notizen auf. »Mr. Feldstein möchte ein kurzes Statement abgeben...«
»Es ist ein Skandal«, sagte der Bärtige sofort, »daß wir Milliar-

den für die Rüstung verschleudern und gleichzeitig unsere Mitmenschen hungern lassen.«
Parnell nickte wortlos; ob er dadurch Zustimmung ausdrücken oder Feldstein zum Schweigen bringen wollte, wurde nicht recht klar. Dann sah er wieder auf seinen Notizzettel.
Er starrte ihn mehrere Sekunden lang an.
»Zuletzt«, fuhr er zögernd fort, »komme ich zu Jon Gustafson aus Bemidji, Minnesota ...«
Seine Lippen bewegten sich tonlos; dann murmelte er: »Mr. Gustafson ist Vorsitzender der Vereinigung ›Eltern ohne Kinder‹ ...«
Parnell fuhr sich geistesabwesend mit dem Handrücken über die Stirn. Während ihr Mann schwieg, sah Phönix, wie verkniffen Alexis' Gesicht war.
»Äh, dabei handelt es sich um eine Vereinigung von Eltern, deren Kinder entführt worden sind ...«
Phönix begann zu lachen.
Diese Laute ließen Alexis zusammenfahren. Sie drehte sich mit Tränen in den Augen nach ihm um.
»Vor drei Jahren«, sagte Parnell hölzern, »ist Mr. Gustafsons vierjähriger Sohn ... von seiner geschiedenen Frau entführt worden. Seither hat er über hunderttausend Dollar ausgegeben, um Matthew wiederzufinden ...«
Im nächsten Augenblick versagte seine Stimme. Alexis liefen die Tränen übers Gesicht.
Irgend jemand bei SNI, sagte Phönix sich, ist ein Genie!
»Daher«, fuhr Parnell um Fassung ringend fort, »hat er ... äh ... eine Vereinigung gegründet, deren Computer alle Informationen auswertet, die zur Auffindung entführter Kinder führen könnten ...«
Der stämmige Braunhaarige beugte sich nach vorn. »Marie«, sagte er in die Kamera, »falls du jetzt zusiehst, bitte ich dich: Bring Matt wieder heim. Ich verspreche dir, nichts gegen dich zu unternehmen; ich will ihn nur wiedersehen ...«
Parnell starrte ihn an, wandte sich dann ab, als habe ihm jemand ein Zeichen gegeben, und sah wieder auf seinen Notizzettel. »Äh ... die Begegnung mit diesen vier ... fünf Menschen hat mich tief beeindruckt.« Er sah rasch zu Gustafson hinüber. »Es ist schwierig, sich zwischen ihnen zu entscheiden ...«

Er schob seine Brille mit dem Zeigefinger hoch. »Ich habe beschlossen, jedem von ihnen zweihunderttausend Dollar zu geben. . . .
Darüber hinaus möchte ich etwas . . . äh . . . Persönliches tun.« Parnell dachte verspätet daran, daß er Gustafson ansehen mußte. »Jon, ich möchte Ihrer Vereinigung weitere zweihunderttausend Dollar spenden – zur Erinnerung an meinen eigenen entführten Sohn Robert . . «
Sie war blaß, stellte Phönix fest, und zitterte am ganzen Leib.
Alexis stand ruckartig auf. Vor Wut und Verbitterung bildeten ihre zusammengekniffenen Lippen eine schmale Linie. Sie hatte Mühe, auch nur ein einziges Wort herauszubringen. »Bitte . . .«
Er hängte ihr instinktiv das Mikrofon um und trat hinter die Kamera, um sie sprechen zu lassen.
Irgend etwas an der ersten Entführung, das fühlte er mit wachsender Erregung, hatte sie Parnell entfremdet. Irgend etwas, das er wie eine alte Wunde aufreißen konnte.

Lord war einfühlsam genug, um zunächst noch auf dem Laufgang zu bleiben.
Unter ihm sah Stacy sich in der jetzt leeren Arena um und betrachtete nachdenklich die Stelle, an der Kilcannon zusammengebrochen war. Dann ging sie ohne aufzublicken in Richtung Garderobe davon.
Die Musiker warteten am Eingang des Korridors. Als Stacy sie nacheinander umarmte, wurde daraus eine gemeinsame Umarmung. Danach legte sie Leon Brennis und Greg Loughery ihre Arme um die Schultern und ging mit der Band in den Stimmraum.
Erst jetzt fing die Crew an, die Lautsprecher und Verstärker abzubauen. Moore beobachtete sie von seinem Platz an der Bühnenrückwand.
Als die Band wieder zum Vorschein kam, kletterte Lord die Eisenleiter vom Laufgang hinunter. Die Musiker schlenderten zum Ausgang. Leon Brennis nickte Lord im Vorbeigehen grinsend zu.
Im Stimmraum war niemand mehr.

Lord klopfte an die Tür von Stacys Garderobe und hörte ein undeutliches »Herein!«.
Stacy drehte sich auf ihrem Hocker nach ihm um.
Er schloß die Tür hinter sich. »Zwei wie Sie«, meinte er anerkennend, »könnten ein Dutzend andere an die Wand singen.«
Ihr schwaches Lächeln verschwand sofort wieder. »Hoffentlich ist es das gewesen, was John braucht.«
Lord nickte. »Noch immer hungrig?«
»Ich weiß nicht recht. Eigentlich bin ich zu abgespannt, um etwas zu essen.«
»Klar«, sagte er automatisch und merkte im selben Moment, wie enttäuscht er war.
Stacy beobachtete ihn unsicher. »Könnten Sie mich irgendwohin fahren, Tony? Limousinen und Hotels stehen mir allmählich bis hier.« Sie legte einen Zeigefinger an die Kehle.
Er zog die Augenbrauen hoch. »Wohin genau?«
»Mir gehört ein Strandhaus, von dem keiner was weiß.« Sie machte eine Pause. »In Sea Ranch, ungefähr drei Stunden von hier.«
Lord schob die Unterlippe vor. »Nachts ist das 'ne ziemlich lange Fahrt.«
»Im Haus ist reichlich Platz.« Sie strich sich die Haare aus dem Gesicht. »Sie könnten dort übernachten.«
Er setzte sich auf die Kante des Garderobentischs. »Gegen ein Dinner zu zweit kann niemand was haben«, stellte er fest. »Aber ansonsten spricht einiges dafür, daß Sie durch mich nur Probleme kriegen.«
»Bisher ist nichts passiert.« Sie lächelte schwach. »Auch in Zukunft wird nichts passieren.«
Er nickte langsam. »Dann sollten Sie Johnny sagen, wo Ihr Haus liegt«, schlug er vor. »Er weiß gern Bescheid, wo Sie sich aufhalten.«
Stacy lächelte noch immer. »Kein Problem«, antwortete sie und griff nach ihrer Handtasche.
Sie gingen miteinander auf die Bühne hinaus. Lord blieb an der Rampe stehen und sah sich in der leeren Arena um, während Stacy mit Moore sprach. Dann setzte sie sich in Richtung Ladebucht in Bewegung.
Der Blick, mit dem Moore jetzt Lord musterte, war eigenartig,

fast mitleidig. Er trat einen Schritt vor, als Lord an ihm vorbeigehen wollte.
»Andererseits«, murmelte er, »hätte er die Kohle wegschaffen können, bevor er auf Kilcannon geschossen hat.«

Alexis erschien Phönix wehrlos, nachdem sie vor seiner Kamera zu ihrem Mann gesprochen hatte.
Er beobachtete, wie der Zorn, der sie dazu motiviert hatte, langsam wieder abklang. An seine Stelle trat das verlegene Bewußtsein ihrer neuen Intimität.
Bildest du dir das alles nur ein? fragte Phönix sich. Ist das nichts als ein aus deiner Einsamkeit geborener Wunschtraum? Oder sind es unterdrückte Gefühle, die uns unsichtbaren Fäden gleich miteinander verbinden?
Ihre Hand bewegte sich leicht. Nur ein kurzes Zucken, als suche sie in ihrer Verwirrung Körperkontakt, um etwas Trost oder Wärme zu finden. Als ob die Ereignisse sie Parnell entfremdet und ihm nähergebracht hätten.
Er blieb hinter seiner Kamera und kämpfte gegen Angst und Begehren an. Schließlich wußte er nicht, ob er seine eigenen Wünsche nur auf Alexis projizierte; hätte er jetzt ihre Hand ergriffen, hätten sich ungeahnte Komplikationen ergeben können.
Einige Augenblicke lang wünschte er sich, sie könnte sein Gesicht sehen, ihn sehen, wie er wirklich war.
Aber das durfte sie nicht.
Er hob seine Hand mit gewaltiger Willensanstrengung und wies auf die Tür.
Sie schloß kurz die Augen, und Phönix fühlte ihre Einsamkeit wie seine eigene.
Trotzdem durfte er sich nicht darauf einlassen, in Erfahrung zu bringen, ob aus dieser Reaktion die Willenlosigkeit einer Gefangenen, ihr Wunsch nach Nähe oder bloße Selbstverachtung sprach.
Sie wandte sich ab – fast gebrochen, fand er bedauernd – und ging in die Richtung, in die er gezeigt hatte.
Nachdem er die Tür abgesperrt hatte, lehnte er sich dagegen und spürte sie hinter sich.

Anfangs ließ er das SNI-Programm nur laufen, um sich abzulenken.
»Unabhängig davon, ob dieses Konzept seinen Zweck erfüllen wird«, sagte eine Reporterin vor der Arena, »war es für Stacy Tarrant zumindest in einer Beziehung ein persönlicher Triumph. Aber wie sie persönlich darüber denkt, werden wir vermutlich nicht so bald erfahren...«
Auf dem Bildschirm wurde Stacy von zwei Polizeibeamten zu einem weißen Datsun eskortiert.
»Nach dem Konzert hat Miss Tarrant die Arena mit ihrem Rechtsanwalt Anthony Lord verlassen.« Die Reporterin machte eine Pause. »Leider stand sie uns nicht zu einem persönlichen Kommentar zur Verfügung...«
Phönix stellte das Gerät aufgebracht ab und fühlte seinen Zorn tief in sich wachsen. Danach entstand aus Haß und Selbstzweifeln allmählich eine Alternative zu dem bisher geplanten Höhepunkt seines Dramas.
Wenn er darauf verzichtete, Alexis vor laufender Kamera umzubringen, konnte vielleicht ein anderer ihre Stelle einnehmen.

Fünfter Tag: Freitag

Die Morgensonne weckte Lord.
Als er die Steppdecke zurückschlug, hörte er Balken knarren und erinnerte sich daran, daß er sich im ersten Stock befand. Das alte Strandhaus war ein luftiger Bau aus Holz und Glas mit Erkern, Dachfenstern und Öffnungen zum Erdgeschoß, in dem Stacy schlief. Die durch das offene Fenster hereinkommende Seebrise roch nach Salz und Tang.
Lord trat ans Fenster und blickte über den mit Strandhafer bestandenen hundert Meter breiten Dünenstreifen aufs Meer hinaus. Die ersten Sonnenstrahlen ließen das Wasser glitzern und beleuchteten zerklüftete blaugrüne Felsen. Gegen niedrige Riffe anbrandende Wogen brachen sich schäumend. Ihr dumpfes Tosen erreichte Lord jeweils mit einigen Sekunden Verspätung.
Er lehnte sich aus dem Fenster und sah die Küste entlang. Ab

hier, neunzig Meilen nördlich von San Francisco, wurde die Pazifikküste wilder und setzte sich dann ähnlich gegliedert bis nach Humboldt County fort. Nach Süden hin waren die letzten Ausläufer der Coastal Range mit windschiefen Zypressen bewachsen. Der Strandhafer auf den niedrigen Dünen wogte im Morgenwind.
Es war 6.20 Uhr, und Lord hatte nur etwa fünf Stunden geschlafen.
Auf der Fahrt von seinem Apartment hierher waren sie beide ziemlich schweigsam gewesen. Was Moore über den Diebstahl der Konzerteinnahmen gesagt hatte, ging Lord nicht mehr aus dem Kopf.
Er setzte sich auf die Bettkante, nahm den Hörer des Telefons auf seinem Nachttisch ab und wählte.
»Tony?« Cass' Stimme klang noch verschlafen. »Wo steckst du überhaupt?«
»Ich hab' Stacy nach Sea Ranch gefahren.« Er achtete darauf, nicht zu laut zu sprechen. »Hör zu, Cassie, ich möchte, daß du das Atascadero anrufst. Sag ihnen, daß ich Harry heute abend nach der Sendung oder morgen so früh wie irgend möglich sprechen muß.«
»Irgendwas nicht in Ordnung?«
»Schon möglich.« Lord gab ihr die Telefonnummer. »Ruf zurück, sobald du einen Termin hast.«

Stacy erwachte langsam aus tiefem, traumlosem Schlaf. Es dauerte einen Augenblick, bis sie wußte, wo sie war und wie sie hierher gekommen war; dann machte der Gedanke, daß sie Lord heute außerhalb des gewohnten Umfelds sehen würde, sie plötzlich nervös.
Sie fand ihn auf der L-förmigen Fenstersitzbank im Wohnzimmer. Er trug zu Jeans einen grünen Rollkragenpullover und trank Kaffee. Das Meer schien ihn zu faszinieren.
Lord brauchte eine Sekunde, um sich nach ihr umzudrehen – als sei ein Teil seines Ichs woanders. Dabei hatte er so viel Ähnlichkeit mit Jamie, daß sie Mühe hatte, sich ihre Verwirrung nicht anmerken zu lassen.
»Beinahe«, gab er lächelnd zu. »Ich hab' mir gerade überlegt,

daß es unmöglich wäre, längere Zeit das Meer zu beobachten und dann noch von sich selbst beeindruckt zu sein.«
Während er einen Schluck Kaffee trank, lehnte Stacy sich an einen Balken. »Mein Gott«, sagte sie schließlich, »ich bin so erleichtert, daß ich fast Schuldgefühle habe.«
Er legte den Kopf schief. »Sie haben alles getan, was menschenmöglich war. Nur meinen Kaffee haben Sie noch nicht probiert.«
Sie goß sich einen Becher ein und setzte sich in die Ecke, wo die beiden Fenster zusammenstießen. »Wie lange sitzen Sie schon hier?«
»Seit ein paar Stunden.« Er sah sie mit neugierig wachem Blick an. »Auf Sie wirkt das Meer wohl ähnlich?«
»Manchmal.« Sie trank einen Schluck Kaffee und blickte dabei auf den Ozean hinaus. »Wenn ich mir manchmal klein und unbedeutend vorkomme, fange ich an, meine nähere Umgebung zu betrachten. Ob wenigstens sie noch in Ordnung ist.«
»Klar.« Lord sah sich um. »Ein herrliches Fleckchen Erde. Zum Nachdenken und für alles andere.«
»Ich bin immer gern hier gewesen. Mein Vater hat oft gesagt, er könnte gut auf Leute verzichten, denen es hier nicht gefallen würde.«
»Das Haus hat Ihren Eltern gehört?«
Stacy schüttelte den Kopf. »Sie haben es jeden Sommer als Ferienhaus gemietet. Ich hab' oben unter dem Dach geschlafen, die Balken knarren gehört und mir eingebildet, es würde uns gehören. Für mich stand schon damals fest, daß wir eine besondere Beziehung zu diesem Haus hatten.« Sie machte eine Pause, als schwelge sie in Erinnerungen. »Vor fünf Jahren hab' ich dann einen Immobilienmakler beauftragt, darauf zu achten, ob es jemals zum Verkauf angeboten würde. Als es dann soweit war, hab' ich's innerhalb von zwei Tagen gekauft.«
»Ein schnell erfüllter Wunsch.«
»Die beiden längsten Tage meines Lebens...«, antwortete Stacy automatisch. Aber dann erzählte sie doch nicht weiter.
Er beobachtete sie über den Becherrand hinweg. »Die Warterei bis zwanzig Uhr ist echt schlimm«, sagte sie schließlich. »Ich kann's kaum erwarten, die beiden zu sehen.«

Lord nickte und sah wieder aufs Meer hinaus. »Machen wir später einen Strandspaziergang?« schlug er nach einiger Zeit vor. »Sie kennen sich hier bestimmt bestens aus.«

Phönix starrte die abgesperrte Tür an und zog gierig an seinem Joint.
Er fing an, sie sich auf der anderen Seite vorzustellen, wie sie auf ihn wartete. Er hatte kein Auge zugetan.
Ob sie daran denkt, fragte er sich, was sie gestern abend gesagt hat?
Er wußte, daß Gefangene in ihrer Hilflosigkeit das Bedürfnis haben, sich mit ihren Wärtern zu identifizieren. Aber er hatte nicht ahnen können, daß ihn dieses Wissen in einen Zwiespalt stürzen würde: Obgleich Millionen Menschen ihn beobachteten, war Alexis das einzige Publikum, das er wirklich sah. Sie erlebten dies alles nur zu zweit.
Er rauchte weiter und versuchte, sich mit Stacys Photo abzulenken. Aber es erinnerte ihn nur wieder an Lord.
Dann sah er nochmals zu der geschlossenen Tür hinüber.
Sekundenlang bewegte er sich nicht, schob seine Entscheidung weiter hinaus. Aber sein Bedürfnis, ihre Gefühle zu erfahren, war zu stark.
Er ging langsam zur Tür und öffnete sie.
Alexis war wach.
Sie beobachtete ihn vom Feldbett aus, ohne zu ahnen, daß sich durch ihre Aussage vor der Kamera vieles verändert hatte – oder daß ihr Verhalten in den nächsten Augenblicken ihm bei der Entscheidung helfen würde, wer leben und wer sterben sollte. In ihrer Starrheit glichen sie zwei Steinfiguren auf einem Wandfries, von denen die eine nicht wußte, daß sie vor eine Wahl gestellt werden würde, während die andere auf ihre Antwort wartete.
Phönix wandte sich ab und ließ die Tür hinter sich offen. Er trat ins Freie, nahm die Maske ab und warf sie auf die Bank unter dem Vordach.
Dann blieb er stehen, um zu überlegen. Ihre Chancen, ihm zu entkommen, waren sehr gering, obwohl sie das möglicherweise nicht wußte. Aber sein weiteres Verhalten würde davon abhän-

gen, ob sie einen Fluchtversuch unternahm – oder freiwillig blieb, um so ihr Leben zu retten.
Phönix stieg in seinen Kleinbus und fuhr davon, damit der Akt begann, dessen Ende sie für ihn schreiben würde.

Sie schlenderten auf die Landzunge hinaus, unter deren Steilküste das Meer glitzerte. Einmal blieb Stacy stehen, um wild wachsende Blumen zu bewundern.
»Dad und ich sind oft hier spazierengegangen«, erzählte sie ihm. »Er hat die Natur geliebt, auch die kleinsten Dinge, und ist wundervoll geduldig gewesen. Seine Erklärungen waren eigentlich weniger wichtig als seine ganze Art, die Dinge zu sehen. So habe ich ständig von ihm gelernt.«
Lord spürte, daß sie das Bedürfnis hatte, einfach mit irgend jemandem zu reden. »Eltern und Kinder sind oft interessant«, meinte er. »Manche meiner Eigenschaften, die ich in Christopher wiedererkenne, sind Eigenschaften meines Vaters. Nur ist Christopher manchmal ein richtiger Klugscheißer.«
»Durch Vererbung oder durch äußere Einflüsse bedingt?«
»Letzteres. Mein Vater ist ein sehr netter Mann.«
»Also kein Rechtsanwalt?«
»Nein, aber er hat meine Berufswahl sehr sportlich aufgenommen. Weil wir gerade davon sprechen – wo sind die Seehunde, die Sie mir versprochen haben?«
Stacy führte ihn auf einen Felsvorsprung hinaus, gegen den das Meer von beiden Seiten anbrandete. An der äußersten Spitze sagte sie: »Dort unten.«
Die kaum aus dem Wasser ragenden Felsen waren voller Seehunde; weitere graubraune Köpfe tauchten auf der Suche nach freien Plätzen aus der Brandung auf. Stacy hob ihr Fernglas an die Augen. Sie lächelte, während sie die Tiere beobachtete, und hielt das Fernglas dann Lord hin.
Er stellte es auf zwei Seehunde ein, die eben aus dem Wasser kamen. Sie stemmten sich glitschig naß hoch, ließen sich klatschend auf den Felsen fallen und streckten ihre Flossen von sich, um sich zu sonnen. Gelegentlich sahen sie als vollkommene Pazifisten neugierig, aber trotzdem faul zu den Menschen auf. »Woran sie wohl denken mögen?« fragte Lord.

»Fressen. Schlafen. Sex – in der Paarungszeit.«
»Sie scheinen keine Angst vor uns zu haben.«
»Dabei werden sie viel gejagt. Aber sie sehen, daß wir ihnen nicht gefährlich nahe sind.«
»Gejagt?«
»In Fischernetzen gefangen und erschlagen, erschossen oder harpuniert.« Sie setzte sich neben ihn ins Gras. »Bei unserem ersten Aufenthalt haben wir am Strand einen erschossenen Seehund gefunden. Ich hab' erst wieder hingehen können, als die Flut ihn mitgenommen hatte.« Sie machte eine Pause. »Ich hab' wochenlang davon geträumt, weil ich mir nicht vorstellen konnte, wer so was tun würde.«
Irgend etwas an ihrem Tonfall brachte Lord dazu, sich ihr zuzuwenden.
Sie hatte eine Blume gepflückt, mit der sie jetzt nervös spielte. »Das Problem zwischen uns beiden«, murmelte sie dabei, »hat nicht nur mit dem Prozeß zu tun. Schuld daran ist auch etwas, von dem ich Ihnen bisher nichts erzählt habe.«
Lord fand, daß ihre Augen dunkler als sonst waren. »Warum erzählen Sie's mir nicht jetzt?« schlug er vor.
Stacy zögerte einen Augenblick. »In letzter Zeit habe ich einen wiederkehrenden Traum, in dem Carson Jamie erschießt – immer wieder.«
»Wie es tatsächlich passiert ist?«
»Nicht ganz genau.« Sie spielte weiter mit der Blume. »Bevor Carson abdrückt, sieht er hinter die Bühne und nickt. Das kann ich mir einfach nicht erklären.«
»Und Sie wissen auch nicht, was es für Sie bedeutet?«
»Nein. Aber ganz zuletzt stellt Jamie mir genau diese Frage.«
Lord beobachtete sie. »Können Sie sich erinnern, wann Sie diesen Traum zum ersten Mal gehabt haben?«
»Ja.« Sie blickte zu ihm auf. »Am Morgen nach Ihrem Kreuzverhör vor Gericht.«
Er kniff die Augen zusammen. »Können Sie sich das erklären?«
»Nein.«
Lord sah zu den Seehunden hinüber. »Was soll ich dazu sagen?« fragte er schließlich.

»Ich erwarte nicht, daß Sie etwas dazu sagen.« Als er sich umdrehte, begegnete er ihrem Blick. »Bleiben Sie einfach eine Weile hier, okay? Auch darum hab' ich Ihnen gerade jetzt davon erzählt.«

Würde sie noch da sein, fragte Phönix sich, wenn er zurückkam?

Er fuhr viele Meilen weit durch die Berge, ohne seine Umgebung richtig wahrzunehmen, während er darauf wartete, das herauszubekommen. Als er dann wieder die Bergwiese erreichte, war die über zweihundert Meter entfernte Jagdhütte nicht größer als ein Puppenhaus.

Hundert Meter vor der Hütte bremste er und nahm sein Fernglas aus dem Handschuhfach. Er hatte vor Aufregung feuchte Hände.

Sie saß auf der Bank unter dem Vordach.

Er starrte durch das Fernglas und betrachtete ihr Gesicht, ohne daß sie seines sehen konnte. Sie schien dem Kleinbus erwartungsvoll entgegenzusehen.

Sie war dageblieben. Sie wartete auf ihn.

Er blieb unbeweglich sitzen. Für einige Augenblicke konnte er sich einbilden, sie bewundere sein Genie, sei mehr als nur eine Gefangene und habe ihm den Vorzug vor Parnell gegeben.

Aber wenn sie sein Gesicht sah, mußte er sie töten.

Einige Zeit lang blieben ihre Positionen unverändert: Phönix wußte nicht, wie lange er stillsitzen und sie beobachten konnte, statt dem Drang nachzugeben, das Gaspedal durchzutreten und weiterzufahren.

Plötzlich begriff Alexis, warum er noch wartete.

Sie stand auf und sah zu ihm hinüber. Dann ging sie langsam und widerstrebend in die Hütte zurück. Als die Tür sich – offenbar ganz leise – hinter ihr schloß, durchlief ihn ein Zittern.

Er spürte, daß seine Kehle wie ausgedörrt war, während er zur Hütte weiterfuhr. Als er ausstieg und die Fahrertür zuknallte, rechnete er fast damit, daß Alexis auf der Schwelle erscheinen würde. Wünschte es sich fast.

Aber das einzige Geräusch kam von seinen Schritten – bis er ruckartig stehenblieb.

Seine Maske lag auf der Bank neben der Stelle, an der Alexis gesessen hatte.
In diesem Augenblick wurde ihm klar, daß sein Drama nicht mit Alexis, sondern mit Tony Lord enden würde.

Es war später Nachmittag. Sie saßen trübselig bei einem verspäteten Imbiß in Stacys Küche. In den letzten Stunden hatte Lord ihr einiges über seine Ehe und seinen Sohn erzählt; wie Stacy wußte, war das als Ablenkung gedacht, um sie auf andere Gedanken zu bringen. Aber daß er dabei menschlicher wirkte, rief ihr erst recht alles ins Gedächtnis zurück.
Stacy merkte, daß sie längere Zeit geschwiegen hatte, und brach zögernd ihr Schweigen.
Bei den Parnells«, sagte sie halblaut, »haben Sie zu Jamie gesagt, er sei erschreckend clever. Wie haben Sie das gemeint?«
Lord wirkte im ersten Augenblick überrascht; dann betrachtete er sie nachdenklich. »An sich hab' ich wenig Lust, darüber zu diskutieren.«
»Das ändert nichts an meiner Vorstellung von ihm.« Stacy zögerte. »Vermutlich wollte ich fragen: Warum haben Sie das gesagt?«
Lord griff nach seinem Weinglas und dreht es zwischen den Fingern hin und her. »Gut, wie Sie wollen«, sagte er schließlich. »Es hat nämlich mehr mit mir zu tun als mit ihm.«
Er lehnte sich zurück und spielte weiter mit seinem Weinglas. »Als junger Mann habe ich an Politik und Politiker geglaubt«, begann er. »Vor dem Mord an Robert Kennedy wollte ich selbst einer werden. Dann habe ich wie viele andere Leute gemerkt, daß wir angefangen hatten, Männer zu Präsidenten zu wählen, die das Geld für die größten Werbefeldzüge und die cleversten halbminütigen Medienereignisse hatten – ohne dabei viel über sie und ihre Ziele zu erfahren. Ich war jung und hatte eine Menge Ideale. Diese Ernüchterung habe ich ziemlich persönlich genommen.
Okay, das alles hat James Kilcannon nicht erfunden. Aber er wußte genau, welche Zahnräder bei diesem Mechanismus ineinander greifen, und er hat alles getan, das Spiel mitzuspielen.« Lord zögerte und betrachtete weiter sein Glas. »Ich habe ihn nicht persönlich gekannt, aber es war offensichtlich. Und

die wirklich Cleveren sind am gefährlichsten – zumindest für sich selbst –, weil der Konflikt zwischen Ehrgeiz und Selbstverachtung sie zu zerreißen beginnt.« Er sah auf. »Oder finden Sie das zu überheblich?«

Stacy zögerte noch. »Nein«, sagte sie schließlich.

»Als Sie mich an diesem Abend gesehen haben, war ich ziemlich aufgebracht, weil einem meiner Mandanten übel mitgespielt worden war. Seither habe ich einiges über Ehrgeiz und den Druck, unter dem Kilcannon gestanden haben muß, dazugelernt.« Er machte eine Pause. »Genug, um meine damalige Äußerung zu bedauern.«

»Bedauern Sie auch, Harry Carson verteidigt zu haben?«

»Was mich angeht, nein. Aber ich bedaure, wie sich das ganze für Christopher ausgewirkt hat.« Er sah weg. »Und nicht nur für ihn allein.«

»Dann sind Sie also von Anfang an von Ihrer Verteidigung überzeugt gewesen?«

Lord kniff die Augen zusammen. »Welcher wirklich zwingende Grund hätte dagegen gesprochen?« Er zuckte mit den Schultern. »Wer als Verteidiger auf Unzurechnungsfähigkeit seines Mandanten plädiert, weiß hinterher nie genau, warum er gewonnen oder verloren hat.«

Stacy sah ihn an. »Sie haben also gelernt, damit zu leben.«

»Den Ausschlag hat eigentlich die Sache mit dem Datum gegeben.« Er rieb sich den Nasensattel. »Wie sind Sie eigentlich auf den zweiten Juni gekommen?«

»Zufällig. Wie ich vor Gericht ausgesagt habe, hat Jamie mich erst eine Woche vorher gebeten, dieses Konzert zu geben. Also habe ich John angerufen.«

»Hat Kilcannon das Datum vorgeschlagen?«

Stacy beobachtete ihn prüfend. »John hatte den Termin reservieren lassen«, antwortete sie langsam. »Er hat immer behauptet, ich würde eines Tages singen, um Jamies Wahlfeldzug zu finanzieren.«

»Das hat er ganz richtig erkannt.« Als Lord jetzt mit den Schultern zuckte, sah Stacy, daß sein Blick, den sie aus dem Gerichtssaal kannte, nichts von dem preisgab, was er gerade dachte.

Das Telefon klingelte.

Stacy nickte zu dem Klingeln hinüber und bat Lord, an den Apparat zu gehen. Er nahm den Hörer ab und meldete sich.

»Mit Harry gibt's ein Problem«, erklärte Cass ihm.

Lord sah rasch zu Stacy hinüber, die das Geschirr abräumte. »Welches?« fragte er.

»Harry will mit niemandem sprechen. Er hat sich völlig abgekapselt...«

»Hör zu, diese Sache ist wirklich dringend!« Als Stacy zu ihm hinübersah, fuhr Lord ruhiger fort: »Sag ihnen, daß ich morgen früh komme, um mit ihm zu reden.«

Während sie einander beobachteten, fragte Cass: »Hast du irgendwas rausgekriegt, Tony?«

Er zögerte. »Hoffentlich nicht.«

Stacy wandte sich ab, um die Reste in den Kühlschrank zu stellen.

»Sonst noch was?« fragte Lord nach kurzer Pause.

»Moore hat angerufen«, berichtete Cass. »Heute morgen hat die FBI-Dienststelle in Tulsa einen Anruf von einem Mann bekommen, der sich als Phönix ausgegeben hat. Er hat verlangt, daß SNI die ersten fünf Minuten seiner nächsten Übertragung streng vertraulich aufzeichnet. Für eine ›Privatvorführung‹, hat er gesagt.«

»Hat er einen Grund dafür genannt?«

»Nein.«

Lord sah Stacys linke Hand auf dem Griff der Kühlschranktür ruhen.

»Dann müssen wir eben warten«, erklärte er Cass.

Parnell war allein zu Hause und wartete. Es war 19.30 Uhr.

Die Vorhänge waren zugezogen, und sein Fernseher lief ohne Ton. In seiner Phantasie lag Alexis um Hilfe rufend unter ihrem Entführer.

Er traute seinen eigenen Reaktionen nicht mehr. Die sechs Tage seit ihrem Verschwinden erschienen ihm wie Jahre. An diesem Morgen hatte er nicht einmal mehr die Willenskraft aufgebracht, sich zu rasieren.

Seine Stimmung schwankte zwischen beängstigenden Extremen. In vorübergehender Hochstimmung träumte er davon, sie

werde dankbar und zutiefst verändert heimkommen. Und danach wußte er wieder, daß sie vor laufender Kamera sterben würde.
Plötzlich fiel ihm der Revolver in der mittleren Schublade seines Schreibtischs ein.
Er zog langsam die Schublade auf und nahm den Revolver in die Hand. Dann zielte er mit der Waffe auf eine imaginäre Gestalt. In seiner Vorstellung kniete Phönix um Gnade winselnd vor ihm.
Parnell jagte ihm aus nächster Nähe eine Kugel durch den maskierten Kopf.
Das Klicken des ungeladenen Revolvers brachte ihn in die Wirklichkeit zurück. Er wurde dafür bestraft, das war ihm in diesem Augenblick bewußt, daß er Robert in Gedanken ermordet hatte.
Als er die Treppe hinaufstieg, merkte er, daß er die Stufen zählte.
Sie hatte Roberts Zimmer unverändert gelassen: mit den Rockplatten, dem Projektor, dem Photo von John Garfield. Vom Fenster aus sah er Alexis durchs Fenster ihres eigenen Ankleideraums.
Reiß dich zusammen, Colby!
Er verließ rasch das Zimmer. Als er wieder die Bibliothek betrat, war es 19.45 Uhr.
Er legte den Revolver weg. Nachdem er die Lautstärke aufgedreht hatte, setzte er sich hin, als warte er auf einen im Programm angekündigten Film. Aber die zehn Minuten kamen ihm endlos lang vor.
Um 20.01 Uhr war nichts von Phönix zu sehen.
Parnell ballte die Hände zu Fäusten. Dieser Kerl ließ ihn absichtlich zappeln, ließ ihn aus reinem Sadismus darüber im ungewissen, ob seine Frau noch am Leben war.
Um 20.06 Uhr zeigte SNI eine Wiederholung von Stacy Tarrants Kreuzverhör durch Lord. Parnell empfand jede einzelne Frage als Qual.
Als das Bild wechselte, stand er ruckartig aus dem Sessel auf.
Alexis liefen Tränen übers Gesicht. »Ich hab' dich mit diesen Leuten beobachtet, Colby ...«

Während er auf sie zutrat, versagte ihre Stimme, und dann hob sie ihr Gesicht der Kamera entgegen.
»Du hast ihnen in Roberts Namen Geld gegeben.« Aus ihrer Stimme sprachen Wut und Verachtung. »Warum hast du das nicht getan, als er noch gelebt hat...?«
Parnell, der unwillkürlich zurückzuckte, glaubte zu wissen, was passiert war: Er hatte so oft und so lange gespürt, daß sie das dachte, daß er sich jetzt eingebildet hatte, sie habe es ausgesprochen. Aber dann hörte er die verzerrt klingende Männerstimme gelassen hinzufügen: »Wohltätigkeit beginnt in der eigenen Familie...«
Alexis hatte es vor Fremden ausgesprochen. Vor Millionen von Unbekannten.
»Morgen«, fuhr der Maskierte fort, »stimmen die Geschworenen darüber ab, ob ich das letzte überlebende Mitglied Ihrer Familie verschonen oder hinrichten soll. Aber bis dahin müssen Sie zwei abschließende Sühnetaten vollbracht haben.
Als erstes lassen Sie fünf Millionen Dollar in nicht gekennzeichneten Scheinen bereitstellen, über deren Verwendung Sie weitere Anweisungen von mir erhalten.« Der Maskierte trat etwas näher an die Kamera heran. »Danach beantworten Sie auf SNI die Frage Ihrer Frau.
Sollten Sie sich weigern, ist sie Sekunden später tot.«
Parnell sank dort auf den Teppich, wo er sich vorhin Phönix kniend vorgestellt hatte, und begann zu schluchzen.

Stacy saß mit gefalteten Händen auf der Bank vor dem großen Fenster. Lord mußte sich beherrschen, um nicht tröstend nach ihrer Hand zu greifen.
Die Mündung der Schrotflinte steckte in Damones Mund. Nur seine Augen bewegten sich.
Phönix sprach mit eintöniger Stimme weiter.
»Auch John Damones Überleben hängt davon ab, daß zwei Bedingungen erfüllt werden. Erstens muß Stacy Tarrant den Gegenwert ihrer Konzerteinnahmen folgenden Vereinigungen spenden: Greenpeace, dem Komitee für Abrüstung, der Organisation Homes for the Homeless und dem Programm Food for People...«

»Ja«, sagte Stacy atemlos. »Einverstanden!«
»Die zweite Bedingung muß ihr Anwalt Anthony Lord erfüllen …«
Stacys Finger zuckten, als sie zu Lord hinübersah.
»Nur er kann bewirken, daß John Damone und Alexis Parnell freikommen – falls die Geschworenen dafür stimmen, Alexis am Leben zu lassen. Morgen abend um zwanzig Uhr fünfzehn tritt er bei SNI vor die Kamera, um Miss Tarrants Antwort zu überbringen und seine Bereitschaft zu erklären, meine Anweisungen, die ich noch erteilen werde, genau zu befolgen.«
Stacy zuckte zusammen, als das Telefon klingelte. »Hören Sie weiter zu«, sagte er rasch. »Ich gehe dran.«
»Sollte Mr. Lord sich weigern, sterben beide Geiseln morgen abend um einundzwanzig Uhr vor laufender Kamera …«
»Ja?« knurrte Lord ins Telefon.
»Hier ist Johnny«, sagte Moore. »Einen Teil seiner Forderungen hat er uns bereits auf einem Videofilm zukommen lassen.«
»Was will er?«
»Das Geld.« Der FBI-Agent machte eine Pause. »Er verlangt dich als Kurier, Tony.«
Lord setzte sich. »Hat er auch gesagt, warum?« fragte er beklommen.
»Er will vermeiden, daß wir ihm einen Agenten unterjubeln. Dich kennt er aus dem Fernsehen.«
Das lähmte ihn förmlich. »Nehmt ihr ihm das ab?«
»Der Grund klingt logisch. Ihm kommt's darauf an, es mit einem Amateur zu tun zu haben.«
»Habt ihr schon eine Ahnung, wer er sein könnte?«
Wieder eine Pause. »Nein, wir haben keine.«
Lord fiel nichts ein, was er noch hätte fragen können.
»Sobald du den Film gesehen hast«, fuhr Moore schließlich fort, »müssen wir miteinander reden. Für dich gibt es da einiges zu bedenken.«
Lord stand auf und trat an die Wohnzimmertür. Aber die Telefonschnur war zu kurz, als daß er Stacy hätte sehen können.
»Scheiße.«
»Yeah, tut mir echt leid.« Moore wartete einen Augenblick. »Wann kommst du morgen vorbei?«

»Erst gegen Mittag.«
»Geht's nicht früher?«
»Nein«, antwortete Lord und legte auf.

Phönix ging in seinem Übertragungsraum auf und ab und stellte sich vor, was Lord jetzt dachte. Er würde versuchen, sich die Gründe aufzuzählen, die dafür sprachen, diese Forderung zu erfüllen, und dann seine Überlebenschancen abwägen – auch mit Rücksicht auf seinen Sohn.
Er blickte zu Alexis hinüber. Sie saß noch immer halb von ihm abgewandt vor dem Fernseher. Wo er Bewunderung brauchte, sah er jetzt Zweifel.
Er starrte sie an, bis sie seinen Blick erwiderte.
Ihre Lippen öffneten sich, formten Worte. Ihr Blick verwandelte ihre Frage in eine Feststellung: »Sie bringen Lord nicht um.«
Phönix schüttelte den Kopf, so erleichtert war er darüber, daß sie nichts für ihren Mann erbeten hatte. Aber dann hielt er rasch wieder inne – als fürchte er, sie könnte spüren, daß er log.
Als sie jetzt aufstand und auf ihn zutrat, war er zu keiner Reaktion imstande.
Sie kam mit starrem Blick wie in Trance näher. Er merkte ihr an, wie verzweifelt sie Zuspruch und Wärme suchte. Keine zwei Schritte von ihm entfernt zögerte sie jedoch.
In seiner Phantasie bemühte sie sich, ihn durch die Maske hindurch zu erkennen. Riß sie ihm vom Gesicht.
Mit dem letzten Rest Selbstbeherrschung schüttelte er den Kopf und deutete zur Jagdhütte hinüber.
Sie blieb noch einen Augenblick stehen, als warte sie auf irgendein weiteres, ein neues Zeichen. Bitte, dachte er, laß mich in Ruhe. Bleib am Leben, um Lords Antwort zu hören.
Sie wandte sich ab, sah sich noch einmal kurz um und ging dann in Richtung Hütte davon.
Er wagte fünf Minuten lang nicht, ihr dorthin zu folgen. Als er die Hütte erreichte, stand die Tür ihres Zimmers noch offen.
Er holte tief Luft, durchquerte mit wenigen Schritten den Raum und sperrte sie wieder ein. Seine Stirn ruhte sekundenlang am glatten Holz der Tür.

Dann gaben seine Knie nach, und er fand sich auf dem Fußboden wieder.
Noch achtundvierzig Stunden, dachte er, um sie am Leben zu erhalten und auf Tony Lord zu warten.

Sie saßen auf der Veranda des alten Strandhauses. Glühwürmchen leuchteten auf und erloschen wieder, und das Zirpen der Grillen übertönte das dumpfe Rauschen der Brandung. Die kühle Abendluft versprach reichlich Tau.
»Habe ich auch eine Stimme?« fragte sie ihn.
Lord sah zu ihr hinüber. »Ich will nicht, daß Sie's tun«, sagte sie leise.
Er legte den Kopf schief. »Nicht mal für Damone?«
»Ja.« Sie ließ eine längere Pause entstehen. »Was ich für ihn tue, ist etwas anderes.«
»Was ist mit Alexis? Erst gestern haben Sie mich gefragt, wie Sie damit fertig werden sollten, wenn einem der beiden etwas zustieße.«
Stacy zögerte. »Und was ist mit heute?« fragte sie. »Denken Sie nicht mehr daran, was Sie mir von Ihrem Sohn erzählt haben?«
Lord wußte keine Antwort. Dann ließ das schrille Klingeln des Telefons sie zusammenfahren.
Diesmal stand sie rasch auf und ging hinein. Er hörte, wie sie sich meldete, und folgte ihr, als sie dann nicht weitersprach.
Sie hielt ihm wortlos den Hörer hin. Sobald er ihn in der Hand hielt, trat sie einige Schritte zurück.
»Harry möchte dich sprechen«, teilte Cass ihm knapp mit.
Lord beobachtete weiter Stacy. »Hat er gesagt, warum?«
»Nein. Aber gleich nachdem Phönix von dir gesprochen hatte, hat er einem Anstaltsarzt erklärt, er habe sich die Sache anders überlegt.«
Stacys Bewegungslosigkeit spiegelte seine eigene Reaktion wider. »Ich fahre so schnell wie möglich hin«, sagte er zuletzt und legte auf.
Sie bewegte sich noch immer nicht. »Was gibt's?«
»Carson will mit mir reden.«
»Weshalb?«

»Das weiß ich nicht.« Lord zögerte. »Er ist mein Mandant, Stacy.«
Stacy sah zu Boden. Im nächsten Augenblick hob sie ruckartig den Kopf und strich sich die Haare aus der Stirn. »Ich lasse mich von meinem Fahrer abholen«, sagte sie kühl.

Sechster Tag: Samstag

Seine Fahrt nach Süden zum Atascadero State Mental Hospital dauerte sieben Stunden. Es war noch dunkel, als Lord dort ankam, ohne in dieser Nacht eine Minute geschlafen zu haben.
Der Komplex war von einem drei Meter hohen Maschendrahtzaun umgeben. Lord fuhr durchs Tor und parkte vor einem dunklen rechteckigen Gebäude, vor dessen Eingang ein bewaffneter Posten stand.
Ein zweiter Wachmann führte ihn über die abgetretene Treppe in ein Labyrinth aus neonbeleuchteten Gängen mit Sichtmauerwerk und hellgrauen Bodenfliesen. Das Echo ihrer Schritte erinnerte Lord an die Nacht, in der er Harry Carson damals kennengelernt hatte.
Am Ende des Hochsicherheitstrakts befand sich eine abgesperrte Stahltür. Durch das in die Tür eingelassene Fenster sah Lord einen Stahlrohrsessel und einen niedrigen Tisch mit Kunststoffplatte. Carson saß auf einem abgewetzten Sofa, dessen Bezug vermutlich einmal grün gewesen war, und klopfte mit dem Ende seiner Zigarette auf die Tischplatte. Dieser Rhythmus schien nur einen Zweck zu haben: ihm die Zeit zu vertreiben.
In einer der benachbarten Zellen begann jemand zu schreien. Carson reagierte nicht auf die Schreie, als der Wachmann die Tür aufsperrte, um Lord einzulassen. Die Leuchtstoffröhre an der Decke flackerte.
»Wir bekommen nie einen gemütlichen Raum, in dem wir uns in Ruhe unterhalten können, stimmt's, Harry?« fragte Lord ruhig.
Carson gab keine Antwort. Während die ins Schloß fallende Tür die Schreie abschnitt, nahm Lord ihm gegenüber im Sessel

Platz. Mit ausdrucksloser Stimme, die im Vergleich zu seinem anfänglichen Tonfall schroff klang, forderte er Carson auf: »Erzählen Sie mir von Damone.«

Carson hörte auf, den Tabak seiner Zigarettte festzuklopfen. Es entstand eine Pause. Um sie zu überbrücken, steckte Carson sich die Zigarette zwischen seine Lippen. Er riß ein Streichholz an, nahm einen tiefen Zug und antwortete leise: »John hat mich aufgefordert, Kilcannon zu erschießen.«

Lord schloß unwillkürlich die Augen. Zunächst – eine Minute oder nur wenige Sekunden lang – war er sprachlos.

»Weshalb?« fragte er dann.

»Für Beth und Cathy.« Carson atmete Rauch aus. »John wußte, daß ich nicht für sie sorgen konnte.«

Lord lehnte sich zurück. Irgend etwas in seinem Blick bewog Carson dazu, den Kopf zu senken.

»Weil Sie es ihm erzählt hatten.«

Carson nickte kläglich. »Mit ihm konnte ich reden, Mann – er hat gesagt, er leide auch unter solchen Erinnerungen, die sich immer an bestimmten Tagen einstellten.« Er machte eine Pause, suchte nach Worten. »Wissen Sie, John hat verstanden, warum ich Beth geschlagen habe . . .«

Lord äußerte sich nicht dazu. »Wann hat er zum ersten Mal von Kilcannon gesprochen?«

»Das war später – ein paar Monate, bevor es passiert ist.« Carson betrachtete das glühende Ende seiner Zigarette. »Anfangs sollte ich bloß mal nachdenken.«

»Welchen Grund hat er dafür angegeben?«

»Ein Kamerad aus Vietnam – den Namen hat er mir nie gesagt – wollte Kilcannon beseitigen lassen. Wegen seiner Politik, hat John gesagt.« Carson drückte seine nur halb gerauchte Zigarette aus. »Wie ich es Ihnen beim ersten Mal erzählt habe.«

Lord zog einen Kugelschreiber aus der Hemdtasche. Er ließ ihn einmal klicken.

»Und Sie haben eingewilligt.«

Ein verlegenes leichtes Schulterzucken. »John hat gewußt, daß ich's konnte.«

Lord merkte, daß er ihn anstarrte. »Hat er Ihnen das Datum genannt?«

»Nein – erst mußte feststehen, ob Stacy ein Konzert geben würde. Noch beim Kauf der Mauser hab' ich irgendwie gehofft, sie würd's nicht tun…«
»Wann hat er Ihnen gesagt, daß sie auftreten würde?«
»Ungefähr 'ne Woche vorher.« Carson schluckte nervös. »Nur, daß es der falsche Zeitpunkt war. Ich hab' John gewarnt, daß ich dann oft nicht ganz klar im Kopf bin – mich nicht richtig konzentrieren kann…«
»Was hat er dazu gesagt?«
»Das sei dann eben Pech, sonst nichts.« Carson sah wieder zu Boden. »Er hat mir 'ne halbe Million Dollar geboten.«
Lord brauchte einen Augenblick, um sein eigenes Schweigen wahrzunehmen.
»Wie sollten Sie das Geld bekommen?« fragte er ruhig.
»Das Geld hatte der andere Kerl. Nach drei Jahren – wenn ich John bis dahin nicht verpfiffen hatte – sollte Beth das Geld kriegen.« Daran schien Carson sich zu klammern. »Wie in ›The Millionaire‹, hat er gesagt. Ohne zu erfahren, wem sie's zu verdanken hatte.«
Lord rieb sich den Nasensattel. »Und Sie haben ihm blindlings vertraut?«
»Ich hatte ihn in der Tasche – ich hab' als einziger davon gewußt.« Carson blickte auf, als erwarte er eine Bestätigung, und ließ dann wieder den Kopf hängen.
»Wann haben Sie sich zur Tat entschlossen?«
»Erst am Morgen davor.« Carsons Stimme sank zu einem Murmeln herab. »Er hat mir den Artikel über Sie gezeigt. Er hatte gehört, Sie seien gut…«
Lord äußerte sich nicht dazu.
»Tut mir leid, Mann.«
»Erzählen Sie mir einfach, was passiert ist.«
Carson war bemüht, sich zusammenzureißen. »Alles war genauso, wie ich's vor Gericht erzählt hab'. In meinem Kopf wirbelte alles durcheinander – die Arbeit, Vietnam, Beth, Glennon…« Er schüttelte den Kopf. »Es war einfach der falsche Zeitpunkt; sogar beim Abdrücken hab' ich nicht klar denken können. Und dann die Scheißkamera…«
Lords Kugelschreiber klickte erneut.

»Wer hat das Geld gestohlen?«
»Von dem Diebstahl hab' ich nichts gewußt.« Carson beugte sich vor und rieb sich die Augen. »Als Sie mir erzählt haben, was an dem Abend noch passiert ist, hab' ich mir ausgerechnet, daß es das für Beth bestimmte Geld war.«
Lord wartete einen Augenblick. »Die anderen haben gehofft, Sie würden dabei umkommen, Harry. Auf der Flucht erschossen.«
Carsons Hand sank herab.
»Aber Sie haben Mist gebaut«, erklärte Lord ihm nüchtern. »Indem Sie auf die Kamera geschossen haben. Darum ist es zum Prozeß gekommen.«
Carsons Finger zitterten, als er eine neue Zigarette aus der Packung nahm. Er steckte sie zwischen die Lippen und murmelte: »Ich hab's Ihnen sagen müssen...«
»Das kommt zehn Monate zu spät.« Lord riß ein Streichholz an und hielt es ihm hin. »Würde ich weitererzählen, was ich jetzt weiß, kämen Sie wegen Meineids und danach wegen Mordes an Kilcannon vor Gericht. Vor ein Bundesgericht.«
Carsons Zigarette berührte nicht ganz die Flamme.
»Sie haben Glück«, erklärte Lord ihm ruhig, »denn das Anwaltsgeheimnis schützt Sie weiterhin. Aber dadurch wird mein Problem nur noch komplizierter, nicht wahr?«
Carson war kreidebleich geworden. Lord zog seine Hand zurück und blies das Streichholz aus.
»Erzählen Sie mir von Phönix.«
»Von dem hab' ich nie was gehört.« Sein Blick wirkte aufrichtig. »Aber als der Kerl John entführt hat, hab' ich mir überlegt, ob das was mit unserer Sache zu tun haben könnte. Als ob plötzlich alles den Bach runterginge...«
Lord nickte. »Ich bezweifle, daß Sie ihn wiedersehen werden – und ebenso unwahrscheinlich ist, daß Beth das Geld je zu sehen bekommt.«
Carson ließ den Kopf hängen. »Ich will nicht, daß Sie umkommen, Mann...«
Darauf wußte Lord keine Antwort. Sein Schweigen schien auf Carsons Schultern zu lasten.
Schließlich sah er fast verlegen auf. »Wollen Sie's ihnen doch sagen?«

Lord steckte seinen Kugelschreiber ein. »Ich glaube nicht, daß ich das kann«, antwortete er ruhig.
»Warum nicht?«
Lord beobachtete weiter sein Gesicht. »Weil ich Ihr Anwalt bin, Harry«, sagte er leise, »und von Anfang an recht gehabt habe. Sie sind geisteskrank.«

An die vierstündige Rückfahrt nach San Francisco konnte Lord sich später kaum erinnern.
Er hatte keine Zeit, zur Ruhe zu kommen und nachzudenken. Erst als er von Reportern und Kamerateams umringt vor dem Federal Building ausstieg, wurde ihm klar, daß er unter anderem seine Vorstellung von sich selbst eingebüßt hatte. Er drängte sich an Rachel vorbei, ohne sie auch nur anzusehen.
Im ersten Stock hatte das FBI einen Arbeitsplatz für eine zweite Rezeptionistin eingerichtet, die Bürgeranrufe mit Hinweisen auf Phönix weiterleitete. Moore holte Lord schweigend ab und ließ ihn einen Blick in den großen Lagerraum werfen, in dem mehrere Agenten vor zahlreichen Telefonen, einem Fernseher, zwei Terminals und einer Wandkarte der Vereinigten Staaten und Kanadas saßen. Farbige Stecknadeln zeigten, wo Phönix angeblich überall gesehen worden war.
»Wir haben mit über fünfhundert Anrufern gesprochen«, erläuterte Moore halblaut. »Aber wir warten noch immer auf einen, der brauchbare Informationen hat.«
Auf dem Fernsehschirm konnte Lord beobachten, wie er vor wenigen Minuten das Gebäude betreten hatte. »Hier im Federal Building«, sagte Rachels Stimme, »steht Anthony Lord vor einer Entscheidung, von der viele Leben abhängen können...«
»Laß mich den Film sehen«, verlangte Lord.
Moore führte ihn wortlos in den Konferenzraum.
Dort saßen Johnson und DiPalma vor einem Videorecorder. Keiner der beiden stand auf.
»Wir wissen, daß Sie mit Carson gesprochen haben«, sagte DiPalma.
Lord sah auf den Bildschirm. Nach einem Blick zu den anderen hinüber schaltete Moore das Gerät ein.

»Dies ist eine Privatvorführung«, begann Phönix, »für Anthony Lord.«
Er trug wieder seine schwarz gesäumte Maske. Die verzerrte Stimme klang unerbittlich.
»Leistet Parnell wie verlangt Sühne, die von den Geschworenen gebilligt werden muß, übergebe ich seine Frau und John Damone für fünf Millionen Dollar in bar.
Ihre Übergabe erfolgt nur an Sie allein.«
Irgendwie konnte Lord noch immer nicht recht glauben, was er hörte. Er bemühte sich, die Augen des Maskierten zu erkennen.
»Indem SNI mir die Möglichkeit gegeben hat, Sie von einem FBI-Agenten zu unterscheiden, hat der Sender Sie zum idealen Kurier gemacht. Ich werde keinen anderen akzeptieren...«
Hinter den Augenschlitzen seiner Maske war keine Farbe auszumachen; Lord hatte sich nur eingebildet, er habe schwarze Augen.
»Unmittelbar nach Parnell«, wies die Stimme ihn an, »geben Sie Miss Tarrants Einverständnis und Ihren eigenen Wunsch bekannt, die Geiseln ›zurückzuholen‹.
Tun Sie das nicht, sterben die beiden unmittelbar nach Ihrer Weigerung.
Wenn Sie es tun, verlängert sich ihr Leben um einen weiteren Tag, während ich Ihnen privat mitteile, welcher Route Sie folgen müssen, damit wir uns treffen können.«
Während Phönix eine Pause machte, holte die Kamera ihn in Großaufnahme heran. »Sollten Sie am Ende dieser Route nicht allein erscheinen, können Sie morgen abend zusehen, wie die beiden sterben.«
Er verschwand.
Lord sank auf einen Stuhl.
Die anderen beobachteten ihn. Schließlich fragte er Moore: »Traust du ihm einen Mord vor laufender Kamera zu?«
Moore nickte wortlos.
»Was hat Carson Ihnen erzählt?« wollte DiPalma wissen.
Lord erwiderte seinen Blick nicht gleich. »Was Carson mir erzählt, fällt unters Anwaltsgeheimnis, Ralph. Das wissen Sie so gut wie ich.«

DiPalmas Stimme klang erregt. »Wenn Sie etwas über Phönix wissen...«
»Verdammt noch mal, Carson weiß nicht, wer er ist...«
»Was ist mit dem Geldraub?« fragte Moore ruhig.
Lord sah zu ihm hinüber. »Carson hat nichts damit zu tun gehabt.«
Der FBI-Agent schwieg nachdenklich. Lord beobachtete, wie er die Möglichkeiten erwog, die seine Antwort offenließ.
»Sie haben die Verpflichtung«, stellte DiPalma fest, »uns zu helfen, damit wir versuchen können, ihn vor morgen aufzuspüren.«
Lord beobachtete weiter Moore. »Hat Parnell das Geld?«
Moore nickte. »Er will dich sprechen.«
»So weit bin ich noch nicht.« Lord erkannte seine eigene Stimme kaum wieder. »Erzähl mir, wie ein FBI-Agent den Austausch durchführen würde.«
»Er würde Phönix das Geld geben, die Geiseln mitnehmen und abhauen. Ohne Tricks, ohne Waffe.«
»Könnte ihm jemand folgen?«
»Das kommt darauf an, wohin die Route führt.« Moore beugte sich nach vorn. »Reden wir nicht weiter von hypothetischen Möglichkeiten, Tony. Du erfährst die Route erst, nachdem du zugestimmt hast...«
»Und machen Sie dann einen Rückzieher«, knurrte DiPalma, »ist es Ihre Schuld, wenn die beiden einen Tag später ermordet werden. Womit wir wieder bei meiner Frage wären.«
Lord konzentrierte sich weiter auf Moore. »Nehmen wir mal an, ich hätte die Route erfahren, Johnny. Würdest du lieber versuchen, Phönix an diesem letzten noch verbleibenden Tag zu schnappen, oder mich mit dem Geld losschicken?«
Moores Blick streifte DiPalma; dann sah er wieder zu Lord hinüber. Die beiden verstanden sich wortlos.
»Müßte ich zwischen diesen Möglichkeiten wählen«, antwortete Moore schließlich, »würde ich dich losschicken.«
Lord spürte, daß er nickte. »Dann denke ich darüber nach«, sagte er und ging, ohne sich von Johnson und DiPalma zu verabschieden.

Ohne zu wissen, wohin er fahren sollte, bahnte Lord sich einen Weg durch die Reportermeute. Stacy schien tausend Meilen weit entfernt zu sein.

Ein schlechter Witz, dachte er. Aber was hat das alles zu bedeuten?

Als er ins Noe Valley abbog, blieben ihm noch sechs Stunden Zeit für seine Entscheidung.

Fred saß auf der Veranda und las ein Taschenbuch mit dem Titel Positive Selbstverwirklichung.

»Wo ist Christopher?« fragte Lord.

»Drinnen.« Fred reckte das Kinn vor. »Jetzt hören Sie mal gut zu, Tony. Wir wollen nicht, daß Sie vorbeikommen, wenn's nicht Ihr Wochenende ist – ganz gleich, was gerade mit Ihnen los ist.«

Lord trat auf die Veranda und baute sich vor ihm auf. »Lesen Sie einfach weiter«, sagte er, »dann merken Sie kaum, daß ich da bin.«

Er wandte sich ab und ging ins Haus.

Christopher war allein im Wohnzimmer und spielte mit seinen Autos. Seine Augen leuchteten auf, als er Lord sah, aber dann blickte er rasch den Flur entlang.

Lord nickte lächelnd in diese Richtung. »Ist deine Mommy da? Heute ist nämlich genau der richtige Tag, um mit dir in den Park zu fahren.«

Christopher sprang auf. »Du kannst hier warten«, sagte er. »Ich frag' sie gleich ...«

»Hallo, Tony.«

Marcia trug einen Bademantel. Lord sah, daß sie ihre Frisur geändert hatte – wie immer, wenn sie deprimiert war.

»Die neue Frisur steht dir gut«, behauptete er.

Ihr abweisender Blick zeigte, daß sie wußte, was er dachte. »Was willst du?«

»Mit Christopher rausgehen.«

»Wir haben nicht mit deinem Besuch gerechnet.« Ihr Blick wurde sanfter. »Mich wundert's, daß du nicht zu beschäftigt bist.«

»Das kommt vielleicht noch. Später.«

Christopher stand etwas abseits und beobachtete sie. Marcia fragte halblaut: »Was verlangt er von dir?«

»Ach, nichts Besonderes.« Nach einem raschen Blick zu seinem Sohn hinüber zog Lord die Augenbrauen hoch. Marcia schüttelte den Kopf.
»Morgen habe ich vielleicht keine Gelegenheit mehr, weißt du«, erklärte er ihr.
Marcia starrte die Hände in seinen Hosentaschen an. »Na gut«, sagte sie schließlich. »Bringst du ihn bis sechzehn Uhr zurück?«
»Ja.«
»Okay, ich verlaß mich darauf.«
Christopher stand plötzlich neben ihm. Marcia betrachtete ihren Sohn, dann Lord, und verschwand wieder in ihrem Schlafzimmer.
Als sie um die Ecke fuhren, fragte Christopher: »Mußt du verreisen, Daddy?«
»Vielleicht. Aber nicht lange.«
Sein Sohn zögerte. »Aber du bleibst immer mein Dad, richtig?«
»Natürlich.« Lord lächelte zu ihm hinüber. »Mich wirst du nicht wieder los.«
Sie fuhren zum Golden Gate Park – vorbei an Museen, Radfahrern und blühenden Kirschbäumen – und parkten am Polo Field, einer weiten Rasenfläche mit Footballtoren an den beiden Querseiten. Während Christopher wartete, holte Lord ihren Football aus dem Kofferraum.
»Dad«, fragte sein Sohn ihn dabei, »warum läßt Mommy mich heute nicht fernsehen?«
Lord zögerte. »Weiß ich nicht«, behauptete er und drehte sich dann mit dem Football um. »Aber wenn Jungen unter acht Jahren zu viele Cartoons sehen, können sie keine Pässe mehr fangen.«
»Ich schon!« widersprach sein Sohn, und dann warf Lord den Football.
Christopher umklammerte ihn mit beiden Händen. »Klasse!« rief Lord.
Christopher rannte lachend über den Rasen. Lord hatte ein flaues Gefühl im Magen. Bloß noch fünf Stunden. Eine Stunde mit seinem Sohn.

Genieß diese Zeit mit ihm, sagte er zu sich selbst. Sorg dafür, daß er Spaß daran hat.
In der Nähe eines Torpfostens spielten sie Fangen. Während ihr Spiel seinen Rhythmus fand, erkannte Lord, daß die Sprints, das Werfen und das Fangen auch eine Art Gespräch waren. Sein Sohn hatte noch nie so gut geworfen.
Christopher fing den orangeroten Ball, hielt ihn an sich gedrückt und legte in einer für seinen Vater typischen Geste den Kopf schief. »Warum siehst du mich so an, Daddy?«
»Ich hab' daran gedacht, wie gut du heute spielst.«
»Du hast aber traurig ausgesehen.«
Lord schüttelte den Kopf. »Wenn man einen Jungen hat, beobachtet man gern, was aus ihm wird. Es macht Spaß, dir zuzusehen, wie du größer und besser wirst.«
Sein Sohn richtete sich etwas auf. »Wenn ich später auch einen kleinen Jungen habe, bringe ich ihn hierher – genau wie du.«
»Das wird ihm bestimmt gefallen.«
»Kommst du dann auch mit?«
Er spürt was, dachte Lord. »Natürlich.«
»Gut.« Christopher machte eine nachdenkliche Pause. »Dann kannst du uns zusehen.«
»Zusehen?«
»Yeah.« Als die Augen seines Sohnes blitzten, wurde Lord klar, wie begriffsstutzig er gewesen war. »Weil du dann schon zu alt bist, um mitspielen zu können.«
Christopher ließ den Ball fallen und rannte davon.
Lord nahm die Verfolgung auf. »Christopher Lord«, rief er laut, »ich nehme dich gefangen!«
»Nein.«
»Und kitzle dich, bis du um Gnade bittest . . .«
Christopher mußte lachen. Dann konnte er nicht mehr, wurde atemlos langsamer und mußte sich von seinem Vater einholen und ins Gras reißen lassen. Die beiden lachten einander ins Gesicht; dann begann Lord, seinen Sohn an den Rippen zu kitzeln.
»Wiederhole, was ich dir vorsage«, verlangte er. »Ich werde meinen Daddy immer . . .«
Christopher, der quietschend strampelte, keuchte atemlos: »Ich werde meinen Daddy immer . . .«

»Mit größter Ehrfurcht behandeln.«
»Mit größter ... und so weiter.«
Lord umarmte ihn noch eine Sekunde länger. »Danke«, sagte er ernst. »Du bist wieder frei.«
Christopher sprang auf und lief davon, um den Ball zu holen. So spielten sie weiter Fangen, bis die übers Feld fallenden Schatten länger wurden.
Noch vier Stunden.
»Wir müssen fahren«, erklärte Lord seinem Sohn.
Christopher ließ die Schultern hängen. »Hast du keine Lust mehr?«
Lord traute seiner Stimme nicht. »Doch, natürlich«, sagte er dann. »Aber ich hab's deiner Mommy versprochen.«
Christopher beobachtete sein Gesicht. »Noch einen letzten Paß, okay?«
Als der orangerote Football in hohem Bogen durch die Luft segelte, glaubte Lord schon, er habe zu weit geworfen. Christopher stolperte zuletzt nur noch, und als der Ball irgendwie doch in seinen Händen landete, wäre er beinahe hingefallen. Dann kam er durchs Tor zurückgetrabt und warf dabei den Ball nonchalant über seine Schulter – ganz wie der frechste Halfback aller Zeiten.
Lord lief lachend hinter seinem Sohn her. »Wo hast du das denn her?« wollte er wissen.
»Aus dem Fernsehen«, antwortete Christopher triumphierend. Sein Blick wurde hoffnungsvoll. »Noch einen, okay?«
Lord schüttelte den Kopf. »Nein«, sagte er, »man soll immer aufhören, wenn's am schönsten ist.«
Auf der Heimfahrt lehnte Christopher seinen Kopf an Lords Schulter. Er wurde schweigsam, als sie dann in seine Straße einbogen.
Lord parkte in der Einfahrt und sah Fred auf der Veranda sitzen und sie beobachten. Christopher wandte sich an seinen Vater.
»Weißt du noch, wie wir mal an den Strand gefahren sind«, fragte er, »und Mommy im Auto geblieben ist, weil sie gefroren hat?«
»Klar. Wir haben uns die Decke über den Kopf gezogen. Darunter haben wir wie in einem Zelt gesessen – wir konnten niemanden sehen, und niemand konnte uns sehen.«

»Können wir das mal wieder machen?«
»Mhh-hmm.« Lord küßte ihn auf die Stirn. »Nicht vergessen: Nächstes Wochenende ist unser Wochenende!«
Sein Sohn zögerte. »Kann ich den Football bis dahin behalten? Für uns beide?«
»Das würde mir gefallen.« Reiß dich zusammen! dachte Lord und umarmte ihn rasch. »Ich muß jetzt fahren, Sohn.«
»Bye«, sagte Christopher und stieg aus.
Zu schnell, sagte Lord sich. Dann warf sein Sohn den Football über seine Schulter, rannte auf die Veranda und drehte sich nach Lords Lächeln um.
»Heb sofort den Ball auf«, wies Fred ihn mit väterlicher Autorität und einem Blick zu Lord hinüber an.
Du und ich, nahm Lord sich im stillen vor, werden uns demnächst mal unterhalten.
Sein Sohn kam zurück, um den Ball zu holen.
Er hob ihn auf und sah dabei Lord an. Hinter dem Glas bildeten seine Lippen die Worte: »Ich liebe dich.«
»Ich dich auch«, antwortete Lord.
Christopher wandte sich ab, nahm den Football unter einen Arm und steckte die Hände in die Hosentaschen. So marschierte er an Fred vorbei und verschwand im Haus.

Sie saßen unter den Tannen am Waldrand.
Das Meer glitzerte in der Nachmittagssonne. In weiter Ferne markierte der weiße Punkt eines Segels die Trennungslinie zwischen Wasser und Himmel. Nur Phönix wußte, daß an der unüberwindbar steilen Felsklippe vor ihnen eine im Buschwerk verborgene Strickleiter hing, über die ein alter Schmugglerpfad erreichbar war, der zu dem einsamen Strand hinunterführte. Dort unten würde er sie gefesselt zurücklassen, wo sie auf ihre Retter warten konnte. Phönix wünschte sich, er könnte ihr das schon jetzt sagen.
Sie warteten schweigend auf Lords Antwort.
Er hatte nur noch Bier. Sie trank ihres mit nicht recht passender Geziertheit, wobei der Flaschenrand kaum ihre Lippen berührte, und ohne zu wissen, daß dies seine Lieblingsmarke war. Er fragte sich, ob sie wahrnahm, daß seine Augen darüber lä-

chelten. Oder ob sie erriet, daß er keinen Joint rauchte, weil sie das nicht mochte.
Die Zeit verstrich unendlich langsam, und er hatte seine Armbanduhr in der Hütte vergessen.
Ihre Uhr war eine Cartier. Er merkte, wie sehr sie sich wünschte, einen Blick auf ihre Uhr werfen zu können, und wie sie fürchtete, ihn dadurch gegen sich aufzubringen. Es machte ihn traurig, sie dabei zu beobachten.
Sie hob langsam ihren linken Arm, bis das Handgelenk auf dem Knie lag. Ihr Blick glitt übers Meer hinweg und fixierte zuletzt einen Punkt oberhalb der Uhr. Zuletzt senkte sie die Wimpern, um ihren Blick aufs Zifferblatt zu tarnen.
Dann nahm sie aus dem Augenwinkel heraus wahr, daß er sie beobachtete.
Ihre Hand zuckte zurück, als habe sie sich verbrannt. Ihre angstgeweiteten Augen richteten sich auf sein Gesicht.
Er wagte nicht, ihren Blick zu erwidern; statt dessen bedeckte er ihre Hand mit seiner.
Sie versuchte zu lächeln.
Er stand rasch auf und zog sie mit sich hoch. Als sie ihn verwirrt anstarrte, mußte er sich beherrschen, um sie nicht in die Arme zu schließen.
Bitte, forderte er ihren Mann im stillen auf, tue, was ich verlange. Lord kann ihren Platz einnehmen.
Er wandte sich ab und ging zur Hütte voraus.
Sie folgte ihm mit wenigen Schritten Abstand. Als sie das Grab erreichten, machten sie einen Bogen um die Grube, deren Wände der Regen teilweise zum Einsturz gebracht hatte. Auf der anderen Seite streifte ihre Hand erneut wie hilfesuchend seine.
Als er die Türe öffnete, zog sie der Fernseher magisch an. Seine eigene Stimme empfing sie.
»Sollte Mr. Lord sich weigern, sterben beide Geiseln morgen abend um einundzwanzig Uhr vor laufender Kamera . . .«
Auf dem Bildschirm verließ Tony Lord das Federal Building und drängte sich hastig durch die wartenden Reporter und Kamerateams. Er schien sie kaum mehr wahrzunehmen.
»Obwohl Lord Phönix' Bedingungen bereits kennt«, fuhr die

SNI-Reporterin fort, »werden sie zunächst noch geheimgehalten. Gemeinsam mit seiner Geldforderung dürften sie jedoch gewisse Risiken in sich bergen...«
Lord schob ein Mikrofon beiseite und erreichte seinen Wagen.
»Wie aus verläßlicher Quelle verlautet, wird die Rolle Lords in diesem Fall durch den Besuch kompliziert, den er dem Attentäter Harry Carson heute vor Tagesanbruch im Atascadero State Mental Hospital abgestattet hat...«
Phönix stand abrupt auf.
»Ob Lord den Inhalt dieser Unterredung mitteilen kann und wie sie sich auf seine Entscheidung auswirken könnte, ist bis zur Stunde nicht bekannt.«
Während Phönix zusah, wie Lord einstieg und wegfuhr, fragte er sich sorgenvoll, wieviel Lord wissen oder vermuten konnte – und ob er trotzdem kommen würde.
Jetzt mußte er kommen. Nicht bloß um Alexis' willen, sondern auch um Phönix' willen.
Er sah instinktiv zu ihr hinüber.
Als spüre sie seine Nervosität, hielt sie ihm ihr Handgelenk so hin, daß er ihre goldene Cartier ablesen konnte.
Noch drei Stunden.

Lord kam es vor, als sehe er in ein Kaleidoskop: Sein Sohn verschwand im Haus; an einer Kreuzung erkannte ihn ein Fremder; Kameras surrten, als er in die Garage fuhr; die unnatürliche Stille seines Wohnzimmers.
Er hatte das Gefühl, an einem einzigen Tag ein halbes Leben hinter sich gebracht zu haben. Christopher hatte viel älter ausgesehen als auf seinem Schulphoto.
Kilcannon.
Er empfand Trauer, für die ihm jetzt keine Zeit blieb. Am wenigsten für Selbstmitleid.
In einer Stunde würde er zu SNI fahren.
Lord begann mechanisch mit seinen Vorbereitungen für den Studiobesuch. Er ging unter die Dusche. Er legte Anzug, Hemd und Krawatte heraus. Und er wunderte sich darüber, daß das Gewohnte imaginär wirken konnte.

Endlich fragte er sich, warum er sich etwas aus Alexis machen sollte.
Er stand vor dem Spiegel und band sich die Krawatte.
Das Telefon klingelte. Er meldete sich hastig.
»Mr. Lord?«
Lord sank aufs Bett. »Hallo, Mr. Parnell.«
»Ich warte die ganze Zeit auf Ihren Anruf.« Sein Tonfall klang irritiert. »Wissen Sie, was ...«
»Entschuldigung.« Lord versuchte, Parnells Gründe zu verstehen. »Sie können es moralische Feigheit nennen. Ich wollte mich nicht noch mehr belasten ...«
»Aber er bringt sie vor meinen Augen um! Bitte, Sie müssen ...«
»Verdammt noch mal, ich muß überhaupt nichts!«
»Bitte ...« Parnell versagte fast die Stimme. »Bitte, ich flehe Sie an ...«
Lord zwang sich dazu, ruhig zu sprechen. »Das würde ich an Ihrer Stelle auch tun. Ich versuche nur zu begreifen, welche anderen Verpflichtungen ich habe ...«
»Was könnte jetzt wichtiger sein?«
Lord schwankte zwischen Müdigkeit und Zorn. »Ich habe einen siebenjährigen Sohn«, antwortete er knapp.
Am anderen Ende herrschte Schweigen. »Einen Sohn«, wiederholte Parnell dann.
»Ja.«
»Ich verstehe.« Parnell hatte sich wieder beruhigt. »Was er von Ihnen verlangt, ist ... sehr schwierig. Ich hatte gehofft, Sie würden mir Ihre Entscheidung schon vorher mitteilen können.«
»Tut mir leid, Mr. Parnell. Ich kann nur hoffen, daß ich wissen werde, was ich zu tun habe ...«
»Sie denken also darüber nach?« warf Parnell rasch ein.
Lord biß die Zähne zusammen. »Ja.«
»Ich danke Ihnen. Allein dafür ...«
»Good bye«, sagte Lord. Es dauerte noch einen Augenblick, bis Parnell auflegte.
Lord griff nach dem Telefon und warf es an die Wand.
Es knallte von dort auf den Fußboden. Während Lord es anstarrte, piepste der Wählton.

Reiß dich zusammen, ermahnte Lord sich. Mit Nachdenken kommst du weiter.

Als jemand an der Wohnungstür klingelte, piepste das Telefon noch immer.

Er legte den Hörer auf, öffnete dann die Tür und ließ die Sicherheitskette eingehakt. »Der Portier hat mich reingelassen«, sagte Moore. »Du hast gerade telefoniert.«

»Richtig. Parnell hat angerufen«, knurrte Lord und machte ihm auf.

Während der FBI-Agent sich im Wohnzimmer in einen Sessel fallen ließ, blieb Lord stehen. »Bourbon findest du im Regal über dem Kühlschrank«, erklärte er Moore. »Willst du einen Drink?«

»Nein, danke.«

»Was kann ich also für dich tun?«

Moore sah zu ihm auf. »Irgendwie fühlst du dich für diese Sache verantwortlich. Solltest du mir doch etwas erzählen können...«

»Nichts, was dir helfen könnte, Phönix bis morgen zu fassen.« Lords Stimme klang schärfer. »Was sollte sich daran in ein paar Stunden geändert haben?«

Der FBI-Agent schob die Unterlippe vor. »Heute nachmittag hat deine Freundin Rachel den Besuch bei Carson gemeldet.«

Lord setzte sich. »DiPalma?« fragte er schließlich.

»Vermutlich – seine Logik ist leicht verständlich. Sollte Carson etwas gewußt haben und Phönix jetzt wissen, daß du es weißt, ist es für dich um so gefährlicher, ihm gegenüberzutreten.« Moore beobachtete seine Reaktion. »DiPalma will dich weichmachen, um die Informationen zu bekommen, die er braucht, um Carson zu erledigen.«

»Und du?«

»Ich finde, daß du das wissen solltest. Bevor du dich entscheidest.«

Lord wandte sich ab und starrte aus dem Fenster. »Zum Teufel mit dir«, murmelte er tonlos. »Du hast ihn dazugeholt.«

Er hörte, wie Moore in die Küche ging und wieder zurückkam. Als Lord sich umdrehte, stand er mit einem Glas Bourbon in der Hand da.

»Richtig«, bestätigte Moore, »aber da hab' ich noch nicht geahnt, wie sich das auswirken würde.«
»Trotzdem nutzt du's jetzt aus...«
»Hör zu, schon bevor DiPalma deiner Freundin Rachel diesen Tip gegeben hat, haben die anonymen Anrufe, von denen du erzählt hast, mir Sorgen gemacht. Ich fürchte, daß Phönix es auf dich abgesehen hat.«
Lord stand wieder auf und trat ans Fenster. »Als du hier reingeplatzt bist«, sagte er dann, »hab' ich gerade über Alexis nachgedacht.«
Moore wartete einen Augenblick: »In welcher Hinsicht?«
»Über die Tatsache, daß sie ihrem Mann immer feindseliger gegenübertritt. Seit der Sendung von gestern abend hab' ich richtig Mitleid mit Parnell.«
»Das ist 'ne alte Story. Gefangenschaft verändert Menschen so weit, daß sie sich mit ihren Entführern identifizieren, und das Ganze muß sie natürlich an die Gefangenschaft ihres Sohnes erinnern. Für den Parnell damals kein Lösegeld zahlen wollte.«
Lord vergrub beide Hände in den Hosentaschen, machte einige ziellose Schritte durch den Raum und blieb vor dem Photo von Christopher stehen.
»Was hast du also vor, Tony?«
»Ich weiß es noch nicht.« Lord starrte weiter das Photo an. »Ich hab' versucht, mir vorzustellen, wie es wäre, sie sterben sehen zu müssen...«
Der Satz endete mit einem Schulterzucken. Lord glaubte zu spüren, wie Moore ihn beobachtete.
»Was ist mit Damone?« fragte Moore schließlich.
Lord drehte sich nach ihm um. »Was ist mit ihm, Johnny?« lautete seine Gegenfrage.
Moore studierte Lords Gesichtsausdruck. Danach stellte er sein Glas ab.
»Ich fahr' dich zu SNI«, schlug er vor.

Ihre Cartier zeigte 19.46 Uhr an.
Auf dem Bildschirm bahnte Tony Lord sich mühsam einen Weg durch die Neugierigen auf der SNI Plaza.

»Vor wenigen Augenblicken«, berichtete die Reporterin gerade, »hat Anthony Lord Mühe gehabt, sich durch die riesige Menge zu drängen, die zusammengeströmt ist, um die Hauptpersonen des erschreckendsten Dramas der Fernsehgeschichte mit eigenen Augen zu sehen.
Die Spannung ist außergewöhnlich hoch. Um die Geiseln zu schützen, hat SNI eingewilligt, von Phönix überspieltes Material – später möglicherweise sogar Bilder von ihrer Hinrichtung – zu senden, das ein nationales Psychodrama ausgelöst hat...«
Als hätten sie Angst davor, einander anzusehen, starrten sie die Folge von Standphotos an, die auf Lord folgten: Phönix vor der Kamera; Stacys erste Begegnung mit Lord; Parnell bei der Verlesung seiner Steuererklärungen; Stacy mit gesenktem Kopf während ihres Konzertes; Parnells betroffener Blick zu Gustafson hinüber; Damone mit dem Lauf einer Schrotflinte im Mund. Der Kommentar dazu kam von Rachel Messer.
»Während Stacy Tarrant und Colby Parnell darum gekämpft haben, zwei Menschen zu retten, die sie lieben, haben wir Dinge miterlebt, die fast zu persönlich waren, um öffentlich gezeigt zu werden: Stacys Anstrengungen, das durch den Tod von James Kilcannon ausgelöste Trauma zu überwinden; das überraschende Eingreifen Anthony Lords; den gemeinsam erlittenen, aber trotzdem entzweienden Schmerz der Parnells über ihren verlorenen Sohn Robert...«
Alexis begann trocken zu schlucken. Das letzte Standphoto zeigte sie im Tennisdreß bei ihrer Entführung.
»Und nun wartet das größte Publikum der Fernsehgeschichte darauf, Alexis Parnell durch eine Abstimmung retten zu können, deren Ergebnis Phönix jedoch nur berücksichtigen will, wenn Parnell und Lord auch seine endgültig letzten Forderungen erfüllen. Aber die andere Möglichkeit – ihre Hinrichtung vor laufender Kamera in etwas mehr als einer Stunde – ist so irrwitzig, daß sie alle menschliche Vorstellungskraft übersteigt...«
Ihre Armbanduhr zeigte 19.55 Uhr an.
Auf dem Fernsehschirm verschwamm ihr Gesicht, wurde durch das von Rachel Messer ersetzt.

»Oben«, fuhr sie fort, »warten Parnell und sein Anwalt in einem Büro neben dem Senderaum. Und obwohl Lord und Special Agent John Moore die Übertragung im SNI-Regieraum verfolgen, hat Lord sich bisher geweigert, mit jemand anderem als Phönix zu sprechen ...«
Ihre Hand griff nach seiner.
Er wandte sich ihr zu, weil er ihre Geste spürte. Als er zu lächeln versuchte, schmerzte es ihn, daß sie das nicht sehen konnte.
»Stacy Tarrant scheint untergetaucht zu sein.« Rachel machte eine Pause. »Ob das mit einer von Lord getroffenen Entscheidung oder vielleicht mit Harry Carson zusammenhängt, weiß bisher niemand ...«
Alexis schien zu spüren, daß er plötzlich wie gelähmt war. Sanft, als fürchte sie eine Zurechtweisung, berührte sie seine Schulter.
»Aber schon sehr bald«, fuhr Rachel fort, »werden wir erfahren, wofür Parnell sich entschieden hat.«
Alexis' Haut fühlte sich kühl, fast kalt an. Als sie sich wieder dem Bildschirm zuwandten, wurde ihre Hand steif.
Parnell saß allein vor den Kameras. Er hatte Ringe unter den Augen, und seine schwammige Gestalt war gebeugt, als liege eine schwere Last auf seinen Schultern. Auf seiner Stirn glänzten Schweißperlen.
Er sprach nicht gleich. »Phönix«, sagte er dann mit dumpfer Stimme.
Irgendwie, dachte Phönix, nimmst du sie dadurch um so intensiver wahr.
»Wie sehr ...« Parnell holte keuchend Luft und nahm einen neuen Anlauf. »Wie sehr Sie mich hassen müssen ...«
Du sollst sie retten, verdammt noch mal!
»Bitte, hassen Sie nicht auch sie.« Seine Stimme versagte. »Ich ... ich habe die fünf Millionen Dollar bereitstellen lassen ...«
Parnell schüttelte verständnislos den Kopf. »Sie verlangen von mir«, murmelte er, »etwas sehr Persönliches zu erläutern ...«
Phönix setzte sich ruckartig auf. Parnell zwang sich jetzt dazu, in die Kamera zu starren.

»Das kann ich nur, indem ... ich mit meiner Frau spreche. Als säße sie mir jetzt gegenüber ...«
Ihre Hand bewegte sich nicht mehr.
»Lexie ...«
Phönix merkte, daß er eine Gänsehaut bekam. Er konnte sie nicht mehr ansehen.
»Ich hätte dir diese Enthüllung weiß Gott lieber erspart. Robert und ich ...«
Was würde er sagen? Was würde sie denken?
»Du bist so schön gewesen ...« Während ihre Nägel sich in Phönix' Schulter gruben, stieß Parnell hervor: »Ich habe geglaubt, er sei nicht von mir ...«
Sie stand zitternd auf.
Auch er war jetzt auf den Beinen. Plötzlich kreischte sie das Fernsehbild ihres Mannes an: »Du Scheißkerl, er war dein Kind ...«
Parnell schlug die Hände vors Gesicht.
Sie war kreidebleich. Ihre Stimme schien von den Wänden des kleinen Raums widerzuhallen.
»Er war unser Kind ...«, flüsterte sie Phönix zu.

»Jesus«, sagte Lord.
Er stand mit Moore hinter zwei großen Kontrollpulten, die mit Technikern besetzt waren, vor denen eine Wand aus Fernsehschirmen aufragte. Alle zeigten Parnell aus unterschiedlichen Winkeln und Entfernungen.
»Verzeih mir ...«, bat er seine Frau murmelnd.
»Kamera zwei«, sagte der Produzent, »und halten.«
Bis auf einen Bildschirm zeigten alle die Nahaufnahme von Parnell, der sein Gesicht mit den Händen bedeckte. Lord wandte sich ab und ließ Moore stehen.
Am Ende des Korridors erschien Danziger, der Parnell aus dem Senderaum führte.
Lord ging im Halbdunkel auf die beiden zu.
Parnell brauchte einen Augenblick, um zu erkennen, wen er vor sich hatte. Als er wegsah und nachdenklich seine Brille berührte, erinnerte Lord sich an sein Kreuzverhör. Es schien viele Jahre zurückzuliegen.

»Tun Sie's jetzt?« fragte Parnell.
Lord zögerte. »Wir müssen unter vier Augen miteinander reden.«
»Bitte, er wartet auf Ihre Antwort...«
»Es ist fast halb neun, Mr. Parnell. Uns bleibt nicht mehr viel Zeit.«
Danziger, der sich bisher nur auf seinen Mandanten konzentriert hatte, nickte Lord zu. »Da hinten gibt's ein Büro, in dem wir gewartet haben«, sagte er.
Der kleine Raum war nur mit einem Tisch und zwei Stühlen möbliert. Als die beiden Männer sich setzten, sah Lord, daß Parnell sich beim Rasieren geschnitten hatte. Während Danziger die Tür von außen schloß, starrte Parnell auf Lords Uhr. Die Armbanduhr zeigte 20.23 Uhr an.
»Sie verlangen viel von mir«, stellte Lord halblaut fest. »Ich soll eine Frau, die ich nicht kenne, vor einem Terroristen retten, vor dem ich ehrlich gesagt eine Heidenangst habe – und das jetzt, wo Ihre Frau diesem Kerl geradezu in die Hände zu arbeiten scheint.«
Parnell wurde rot. »Sie ist seine Gefangene...«
»Aber sie stellt sich auch gegen Sie, so daß ich nicht mal weiß, wie sie reagieren wird, wenn ich auftauche. Vielleicht wendet sie sich dann sogar gegen mich.« Lord machte eine Pause. »Wenn Sie mir nicht genau erklären können, warum das alles passiert ist – und was Phönix gegen Sie in der Hand hat –, muß ich Sie leider enttäuschen.«
Parnells Hand zitterte. »Bitte, ich habe vorhin öffentlich erklärt, was...«
»Ich kenne meinen Sohn jetzt seit sieben Jahren, Mr. Parnell. Ich habe bessere Gründe dafür, Christopher zu lieben, als nur die Tatsache, daß er mein Kind ist.«
Parnell sah den Minutenzeiger auf 20.27 Uhr vorrücken.
»Er...« Seine Kehle war wie ausgedörrt. »Roberts Beziehung zu Alexis war einfach zu eng.«
Parnell sprach nicht weiter. Er schämte sich seiner Tränen, die Lord erschreckten, weil sie so plötzlich kamen. Er kniff die Augen zusammen.
»Zu eng«, wiederholte Lord leise.

Parnell schluckte. »Das hat immer zwischen uns gestanden... schon als kleiner Junge hat er mich gehaßt. Wenn ich in sein Zimmer gekommen bin, hat er sich die Augen zugehalten. Er hat sich jahrelang die Augen zugehalten und bloß auf sie gewartet...«

Lord beobachtete einen Schauder unterdrückter Emotionen. Wider Erwarten sprach Parnell jedoch nicht weiter.

»Warum ist Robert dann von zu Hause ausgezogen?« fragte er.

Parnell schob seine Brille hoch. »Es hat einen Vorfall gegeben...«, begann er, aber dann konnte er nicht weitersprechen. Tränen liefen ihm übers Gesicht.

Lord sah, daß seine Armbanduhr 20.29 Uhr anzeigte, aber Parnell achtete nicht mehr darauf.

Seine Stimme ließ Lord fast zusammenzucken. »Sie hat sich immer am Fenster angezogen«, murmelte er. »Manchmal hat ihre Haut in der Sonne richtig geleuchtet...« Seine Stimme wurde immer undeutlicher. »So war es auch an dem Morgen, an dem ich in Roberts Zimmer gegangen bin...«

Als Lord aufsah, war Parnell kreidebleich.

»Seine Sachen lagen auf dem Bett. Er hat am Fenster gestanden, durch dessen Vorhang wir beide Alexis sehen konnten.« Parnells Augen weiteten sich, als erinnere er sich an seinen damaligen Schock. »Als er sich umgedreht hat, habe ich gesehen, was sie für ihn geworden war.«

Lord starrte die Tischplatte an. »Darum haben Sie ihn aus dem Haus gejagt...«

»Ich habe ihm eine Vereinbarung angeboten.« Das klang beschämt. »Ich habe ihm gesagt, daß sie nichts davon erfahren würde, unter einer Bedingung... er sollte das Haus noch am selben Morgen verlassen.«

Lord musterte ihn prüfend. »Weiß sie davon?« fragte er.

»Ja.« Parnell hob den Kopf und wandte sich dann plötzlich ab. »Es hat sie angewidert«, murmelte er. »Angewidert...«

Lord begriff langsam die erschreckende Wahrheit. »Sie haben es ihr gesagt«, stellte er fest. »Bevor er damals entführt worden ist.«

Parnell nickte krampfhaft. »Später haben wir nie mehr darüber reden können.« Seine heisere Stimme wurde lauter. »Wie denn auch, als ich mich geweigert habe, Lösegeld für ihn zu zahlen, und sie sich zu sehr geschämt hat, um mir zuzureden, es doch zu tun ...«

Lord konnte ihn nur anstarren. Als Parnell sich ihm wieder zuwandte, war sein Gesicht tränenüberströmt.

»Ich geb's zu«, stieß er keuchend hervor, »manchmal habe ich mir gewünscht, er wäre tot.«

Er weinte aus Schuldbewußtsein, das merkte Lord ihm an. Parnell konnte seinem Blick nicht standhalten. »Diese Bestie hat wieder alles in ihr aufbrechen lassen. Ohne ihn wäre das nie passiert. Niemals ...«

Für einen Augenblick dachte Lord an Carson. Er fühlte sein eigenes Schweigen auf ihnen lasten.

»Bitte, Mr. Lord, es war nicht ihre Schuld. Alexis hat es nicht verdient, so zu sterben ...«

Lord berührte seinen Arm, um ihn zum Schweigen zu bringen. Parnell ließ stumm den Kopf hängen. Dabei fiel sein Blick auf Lords Armbanduhr.

Es war 20.34 Uhr.

Auf Alexis' Cartier war es 20.35 Uhr.

Sie saß vor dem Fernseher, und Phönix stand hinter ihr. Er brachte es nicht über sich, ihr Gesicht zu beobachten.

»In diesem Augenblick«, berichtete Rachel, »führt Parnell ein Gespräch unter vier Augen mit Anthony Lord ...«

So warten zu müssen, erfüllte Phönix mit der ängstlichen Wut eines Kindes, dessen Eltern die Tür abgesperrt haben. Er bildete sich ein, ihren Herzschlag fühlen zu können.

Bitte, du Dreckskerl. Laß sie leben!

Aus diesem Wunsch heraus stellte er sich vor, wie er sie an dem einsamen Strand zurückließ, damit sie gerettet werden konnte, sobald er SNI anrief. Vielleicht noch immer mit dem heimlichen Begehren, bei ihm zu bleiben, während er mit Lord verschwand, um seine letzte Sendung vorzubereiten.

Über SNI würde er bekanntgeben, daß Alexis in Sicherheit war. Aber bei dem darauf folgenden Kameraschwenk würde Lord auf ihrem Platz sitzen.

Während zweihundert Millionen Menschen zusahen, würde er

Lord die Mauser an die Schläfe setzen und langsam den Abzug betätigen.
Er würde die Kamera weiterlaufen lassen, und seine Gedanken verharrten jetzt bei dieser Einstellung; er war so von den Bildern vor seinem inneren Auge überwältigt, daß er Mühe hatte, sich vorzustellen, was danach zu tun war.
Als erstes mußte er Lord begraben.
Plötzlich würde er allein sein. Er würde seinen Übertragungsraum abbauen, alles im Eel River versenken und den Kleinbus bei der Jagdhütte zurücklassen, als habe dort oben ein weiterer namenloser Einsiedler gehaust, der irgendwann spurlos verschwunden war. Und er würde SNI anrufen, um mitzuteilen, wo Alexis zu finden war. Sie würde ihm fehlen.
Dann die Flucht.
Zwei Wochen in der Wildnis des Humboldt Countys, während sie ihn jagten. Dann eine nächtliche Flucht von Kalifornien nach Mexiko.
Wieder bei Nacht die heimliche Landung auf den Cayman Islands. Dann die Stunden bis Tagesanbruch mit der Mauser als einzigem Schutz.
Am nächsten Morgen um 9.00 Uhr würde er eine bereits ausgewählte Bank mit fünf Millionen Dollar in seinem Rucksack betreten.
Die Bank würde keine Fragen stellen. Sie würde seine Millionen über fünf verschiedene Staaten telegraphisch auf ein Nummernkonto in der Schweiz überweisen. Wie zuvor schon für viele andere Kunden.
Danach würde er wochenlang als Rucksacktourist am Strand hausen, von dort aus beobachten, wie sich die immer weiträumigere Fahndung totlief, und sich fragen, wie sie jetzt lebte. Und er würde auf den Flug nach Genf warten, der für sein weiteres Schicksal entscheidend sein konnte.
Dort gab es einen verschwiegenen Facharzt für Plastische Chirurgie, und Phönix hatte sein Gesicht noch nie recht gefallen.
Aber das alles – und vor allem ihr Leben – hing davon ab, daß Lord kam.
Vor seinem inneren Auge erschien wieder Lord, der auf ihrem Stuhl starb.

Als das Bild wechselte, hatte Lord im SNI-Studio Parnells Platz eingenommen.
Phönix berührte instinktiv Alexis' Schulter. Ihr Schauder durchlief auch ihn.
Aus Lords Blick sprach finstere Direktheit. »Ich will mich kurz fassen«, sagte er. »Erstens haben Sie verlangt, daß Stacy Tarrant den Gegenwert ihrer letzten Konzerteinnahmen bestimmten Organisationen spendet. Das wird sie tun ...«
Während er die Augen schloß, drang Lords Stimme wie durch einen Nebel an sein Ohr. »Zweitens haben Sie verlangt, daß ich die Geiseln ›zurückhole‹.« Lord machte eine Pause. »Das werde ich tun.«
Alexis sank gegen ihn.
Er fühlte sein Herz rasen.
Als sie schließlich zu ihm aufsah, blendete SNI die Telefonnummern ein, die Zuschauer anrufen konnten, um ihre Stimme abzugeben. Als Hintergrund dienten Photos: Alexis als lächelndes Filmsternchen; Alexis am Tag ihrer Hochzeit mit Parnell; Alexis mit ihrem Mann und ihrem kleinen Sohn ...
»Bitte«, flüsterte sie.
Sie legte einen Finger auf seine Maske und zog sanft die Konturen seines Gesichts nach. Er zitterte, als die Fingerspitze seine Wange berührte.
Als ihre Hand unter die Maske glitt, war er außerstande, sie daran zu hindern.
Auf dem Bildschirm erschien eine Computergraphik. Neunzig Prozent der Zuschauer, die in den ersten drei Minuten angerufen hatten, wollten, daß Alexis am Leben blieb.
Ihr Zeigefinger folgte mit ganz leichtem Druck dem Schwung seiner Lippen.
Er stand wie gelähmt da, während sie die Falten in seinen Augenwinkeln, die wieder geschlossenen Lider und zuletzt den Nasenrücken ertastete.
Sie hielt inne, als sie die Tränen auf seinen Wangen spürte.
Unter seiner Haut kribbelte es. Er glaubte zu spüren, wie sie ihn betrachtete.
Er öffnete die Augen.
Sie starrte die Sehschlitze seiner Maske an.

Ihre Hand kam darunter hervor. Dann fuhr sie mit den Fingerspitzen ganz leicht über den groben Stoff unter den Sehschlitzen. Bestimmt spürte sie dabei, wie ihm der Atem stockte ...
Phönix stand wie gelähmt da und sah sie als zwei unbewegliche Gestalten unter einer einzelnen nackten Glühbirne dastehen. Beide warteten darauf, daß der andere sich bewegte.
Sie drückte langsam den groben Stoff an sein Gesicht.
In seinen Schläfen pochte das Blut. Ihre Lippen öffneten sich, als sie die Farbe seiner Augen sah.
Phönix hatte keinen Blick mehr für den Fernseher. Er sah nur noch Alexis.
Ihre Hand zitterte, als sie jetzt die Maske über seinen Mund hochzustreifen begann.
»Nein!« rief er aus.
Sie wurde leichenblaß.
Der Klang seiner Stimme ließ nur ihn selbst erstarren. Ihre Hand bewegte sich weiter.
»Nein«, flüsterte er, und dann sah sie ihm ins Gesicht.
Während er wie vor den Kopf geschlagen einen Schritt zurückwich, fiel seine Maske zwischen ihnen zu Boden.

Als Lord aus dem Senderaum auf den schwach beleuchteten Gang trat, wartete dort Stacy auf ihn.
Sie standen sich einen Augenblick schweigend gegenüber. Im Halbdunkel konnten sie sich fast ungestört fühlen.
»Ich hab' versucht, dich anzurufen«, sagte sie mit leiser Stimme. »Aber du bist nicht zu Hause gewesen, und danach war ständig besetzt. Also bin ich hergefahren.«
Lord wußte nicht, was er sagen sollte. »Hast du schon mal einen Tag erlebt«, fragte er schließlich, »an dem du das Gefühl hattest, dein ganzes Leben – und das einiger anderer Leute – wäre im Zeitraffer an dir vorbeigezogen?«
»Ja. Aber ich bin daran schuld, daß du in diese Lage geraten bist.«
»Nein«, widersprach er. »Das ist allein meine Schuld.«
Sie hielt den Kopf leicht schief, als versuche sie mitzubekommen, was er nicht gesagt hatte. Dann murmelte sie: »Carson hat dir etwas über John erzählt.«

»Dieser Traum...« Er vergrub beide Hände in den Hosentaschen und lehnte sich an die Wand. »Du hast Damone verdächtigt, stimmt's? Von Anfang an.«
»Nicht bewußt – ich habe es immer wieder verdrängt.« Sie wollte sich die Haare aus der Stirn streichen, aber ihre Hand sank kraftlos herab. »Irgendwie wollte ich dich auf seine Fährte setzen, glaube ich. Wahrscheinlich, weil ich anfangs geglaubt habe, du wüßtest etwas über ihn.«
»Das höre ich von allen Seiten.«
Stacy sah weg. »Was Carson dir heute morgen erzählt hat, hast du noch nicht gewußt, stimmt's?«
»Nein.«
»Oh, Tony..«, begann sie. Dann lehnte sie sich ihm gegenüber an die Wand. »Es tut mir leid, daß alles so gekommen ist...«
»Mach dir nicht zu viele Gedanken.« Er lächelte schwach. »Aber weißt du, was ich mir wünsche?«
Sie zuckte mit den Schultern. »Nein.«
Er wartete, bis sie ihn wieder ansah. »Daß wir Freunde werden und uns niemals wieder Fragen stellen müssen. Jedenfalls nicht solche.«
Während sie ihn nachdenklich betrachtete, erschien Moore am Ende des Korridors.
Lord nickte ihm zu. Stacy drehte sich um, erkannte Moore und wandte sich wieder an ihn.
»Ich fahre nach Sea Ranch zurück«, sagte sie leiser. »Ich möchte, daß du nachkommst. Später, wenn du wieder Zeit hast.«
»Klar.«
Sie sah ihn sekundenlang nur an. Dann berührte er leicht ihre Schulter, wandte sich ab und ging auf Moore zu.
Moore sah zu Stacy hinüber. »Fertig?« fragte er Lord.
»Mhh-hmm.«
Sie gingen zum Lift und traten in die Kabine. Als er sich umdrehte, beobachtete Stacy sie vom Korridor aus, bis sich die Türen schlossen.

»Wir versuchen, dir zu folgen«, sagte Moore abschließend. »In sicherem Abstand.«
Sie saßen in dem schäbigen Motelzimmer, das Moore als Versteck für sie ausgesucht hatte: eine Stehlampe, zwei Sessel, draußen Verkehrslärm, SNI halblaut im Hintergrund. Ein Telefon, auf dessen Klingeln sie ständig warteten.
Lord wandte sich vom Telefon ab. »Für wen sicher?«
»Für dich und die Geiseln.« Moore beugte sich nach vorn. »Wir können dich und deinen Wagen mit einem winzigen Sender ausstatten und die Signale verfolgen. Auf diese Weise sieht Phönix uns nicht, aber wir wissen, wo du zu finden bist. Und wenn die Übergabe nicht allzu kompliziert ist, können wir in der Nähe sein – vor allem in einem bewohnten Gebiet.«
»Weiß er das nicht auch?«
»Schon möglich.« Moore machte eine Pause. »Wir haben Hubschrauber, Jeeps, sogar Flugzeuge. Es gibt kaum einen Punkt, den wir nicht erreichen können.«
Während Lord schwieg, drang Rachel Messers Stimme aus dem Lautsprecher. »Trotz der vom FBI verhängten Nachrichtensperre ist bekannt, daß Phönix nur Anthony Lord als Kurier akzeptieren will. Am Vorabend der letzten Übertragung, die mit der von dem Terroristen angedrohten Hinrichtung Alexis Parnells enden könnte, ist Lord untergetaucht...«
»Mein privater Tragödienchor«, murmelte Lord.
Der FBI-Agent stand auf und stellte den Ton ab.
»Mir kommt's vor, als läge ich auf einem Förderband«, erklärte Lord ihm nach einiger Zeit. »Dabei habe ich mein Leben lang nichts mehr gefürchtet, als eine Situation nicht unter Kontrolle zu haben.«
Moore nickte wortlos. Als Lord wieder zum Telefon hinübersah, war es 5.50 Uhr.
Seit einigen Stunden war dies das erste Mal, daß sie wieder über Phönix sprachen.
Die Zeit dazwischen hatte Lord an die Diskussionen in seiner Studentenzeit erinnert, in denen junge Menschen sich an einem fremden Ort, der eine ungewisse Zukunft barg, wie hilfesu-

chend an Vertrautes geklammert hatten. Sie sprachen über Lords ehemalige Frau und Moores gegenwärtige; über Moores zwei Jahre als verdeckter Ermittler bei den Weathermen, in denen seine erste Ehe zerbrochen war; über Lords Hoffnungen in bezug auf Christopher; über Moores am Wellesley College studierende Tochter, die der ganze Stolz ihres Vaters war. Und darüber, was sie beide hätten anders machen sollen.

»Ich verstehe nicht, wie du diesen Job aushalten kannst«, sagte Lord jetzt. »Die ewige Warterei...«

»Oh, die Arbeit ist interessant, wenn man sich für Menschen interessiert – und an die Nachteile gewöhnt man sich.« Moore betrachtete ihn prüfend. »Die moralische Zweischneidigkeit deines Jobs würde mich viel mehr belasten.«

Ihre Blicke begegneten sich; dann zuckte Lord mit den Schultern. »Meinst du nicht, daß das auch auf verdeckte Ermittlungen zutrifft?«

»Ist das deine Rechtfertigung?«

»Früher hab' ich teilweise so gedacht.« Lord machte eine Pause. »An manchen Tagen hab' ich das Gefühl gehabt, die einzige Hoffnung meiner Mandanten zu sein – aber das kommt mir jetzt verdammt eingebildet vor. Wäre Christopher nicht, könnte ich sang- und klanglos abtreten. Ein anderer würde meinen Platz einnehmen, das wäre alles.«

Moore sah zum Telefon hinüber. »Und dabei denkst du nur an Christopher?« fragte er nach einiger Zeit.

Lord blickte starr an ihm vorbei und stellte fest, daß es hinter dem Vorhang hell zu werden begann.

»Das verblüfft mich, Tony, wenn ich mir überlege, was sie dir gegenüber empfinden sollte. Ich hab' den halben Freitag damit vergeudet, mich zu fragen, womit du diesen Haupttreffer verdient hast.«

Lord spürte, daß er lächelte. Wegen dieser Bemerkung – und weil Moore ihn aufzuheitern versuchte.

Das Telefon klingelte. Während Lord zusammenfuhr, schien Moore sehr langsam nach dem Hörer zu greifen.

»Ja?« fragte er und hörte zunächst schweigend zu. »Okay, ich weiß, wo das ist.«

Lord glaubte, eine heisere Männerstimme zu hören. Während

Moore zuhörte, starrte er nacheinander die Wand, den Fernseher und seine Armbanduhr an.
Dann bewegten seine Augen sich nicht mehr.
Lord spürte, wie seine Magennerven sich verkrampften. Plötzlich schien es kalt geworden zu sein.
»Gut, ich rufe zurück«, sagte Moore und legte auf.
Er betrachtete sekundenlang seine Schuhspitzen. Lord zwang sich dazu, keine Fragen zu stellen.
»Er hat unsere Dienststelle in Boston angerufen.« Moores Stimme klang ausdruckslos. »Heute morgen um sechs. Du sollst in vier Stunden losfahren.«
»Wohin?«
»Zu einer Waldlichtung an der Route 101.« Moore sah zu ihm auf. »Vier Meilen nach einer Brücke über den Eel River.«
Lord rieb sich den Nasensattel. »Humboldt County.«
»Du sollst Shorts und ein T-Shirt tragen«, fuhr Moore fort. »Er will verhindern, daß du eine versteckte Waffe bei dir hast. Das Geld liegt in einem Rucksack im Kofferraum deines Wagens. Auf der Lichtung befindet sich ein Toilettenhäuschen mit Telefon. Um sechzehn Uhr wirst du dort angerufen und erfährst, wohin du fahren mußt, um weitere Anweisungen zu bekommen. Er beobachtet dich mit einem Gewehr und einem Bearcat-Scanner – das ist ein Gerät, das Peilsignale ortet.« Moore faltete die Hände. »Rufst du jemanden an oder empfängt er ein Signal, erschießt er erst dich und dann sie.«
Lord beobachtete seine Hände. »Mit anderen Worten«, sagte er schließlich, »ihr könnt mir nicht folgen.«
Lord wandte sich ab. Auf dem Bildschirm bewegten sich Rachels Lippen, ohne daß ein Laut zu hören war.
»Wohin bin ich deiner Meinung nach unterwegs?«
»Irgendwann wird er dich zu Fuß weitergehen lassen, auf einer Route, die er oder seine Leute überwachen können, damit feststeht, daß dir niemand folgt. Wahrscheinlich wird er erst nach Einbruch der Dunkelheit zu dir stoßen.«
Lord war aufgestanden und steckte beide Hände in die Hosentaschen.
»Du mußt hellwach sein, Tony. Und präg dir die Route genau ein. Das kann von entscheidendem Vorteil für dich sein.«

»Was hindert ihn daran, mich umzulegen?«
Moore zögerte. »Besser für ihn, wenn er Alexis freiläßt. Und dich.«
Lord trat an den Fernseher und stellte ihn ab.
Als er wieder zu Moore hinübersah, kamen ihm die Augen des anderen unnatürlich vergrößert vor.
»Ich bin nie ein Fatalist gewesen, Johnny.«
»Wir können versuchen, das Telefon abzuhören. Dann bekommen wir seine Anweisungen mit.«
»Das ist alles?«
Moore betrachtete seine gefalteten Hände. »Solange du mit dem Auto unterwegs bist«, sagte er schließlich, »können wir dich vermutlich von einem in großer Höhe fliegenden Flugzeug aus verfolgen. Dann wissen wir wenigstens, wann du wohin gefahren bist.«
»Und nach Einbruch der Dunkelheit?«
»Werden wir dich wohl oder übel aus den Augen verlieren.«
Lord setzte sich auf die Bettkante.
Der FBI-Agent holte tief Luft. »Sobald du am Zielpunkt bist, achtest du auf möglichst viel Abstand – kommt er zu nahe an dich ran, hast du keine Chance. Versuch nicht etwa, sein Gesicht zu sehen; falls er dir nicht schaden will, trägt er die Maske, damit du ihn später nicht identifizieren kannst. Wichtig ist, daß du ihn dazu bringst, dir Alexis zu zeigen.«
»Und wenn er's nicht tut?«
»Dann ist irgendwas faul.« Moore betrachtete ihn nachdenklich. »In dem Fall sieh zu, daß du die Beine in die Hand nimmst.«
Lord runzelte die Stirn. »Ohne Alexis?«
»Du sollst uns helfen, sie zurückzuholen. Läßt du dich umbringen, ist niemandem geholfen ...«
»Ich komme bestimmt nicht weit«, stellte Lord mit leiser Stimme fest, »und ihr findet mich nie. Oder sie.«
»In den Hosenbund deiner Shorts wird ein Minisender eingenäht, den du mit kurzem Druck zwischen Daumen und Zeigefinger aktivieren kannst.« Moores Tonfall blieb nüchtern. »Seine Reichweite beträgt fünf Meilen. Empfangen wir das Signal, kommen wir schnellstens dorthin. So besteht wenigstens eine kleine Chance, daß du uns zu Alexis führst.«

Lord, der sich die Schläfen rieb, konnte sich nicht vorstellen, diesen Raum zu verlassen.
»Es gibt noch eine weitere Möglichkeit«, fuhr Moore ruhig fort. »Ich kann deinen Platz einnehmen.«
Als Lord jetzt zu ihm hinübersah, spiegelte sich der ganze Ernst der Lage in Moores Augen.
»Hör mir mal zu, Tony. Du bist ein Amateur, und ich bin es gewöhnt, beruflich Risiken auf mich zu nehmen. Ich kann versuchen, Phönix vor die Wahl zu stellen: Ich oder keiner.« Moore machte eine Pause. »Phönix hat einen Grund genannt, warum er darauf besteht, daß gerade du kommst«, fügte er langsam hinzu. »Wer weiß, ob er nicht auch jemand anderen akzeptiert?«
Lord merkte, daß er Moores forschenden Blick nicht standhalten konnte.
»Für einen Wechsel ist es jetzt zu spät«, sagte er schließlich. »Wenn ich zurück bin, kannst du mich zu 'nem Drink einladen.«

Um elf Uhr überquerte Lord die Golden Gate Bridge am Steuer einer vom FBI gestellten weißen Limousine. Zu einem T-Shirt trug er Laufshorts, in deren Hosenbund eine flache silberne Scheibe genäht war. Moore hatte ihm seine Laufschuhe aus seinem Apartment geholt.
Von San Francisco bis zum Eel River waren es fast 300 Meilen – die letzten fünf Stunden, deren Lord sich sicher war. Die beiden ersten verstrichen wie im Traum; ab der Ausfahrt nach Sea Ranch blieben die vertrauten Gebiete hinter ihm zurück.
Weit vor ihm stiegen Berge in grünen Wellen auf. Lord registrierte sie auf einer Bewußtseinsebene, die er nicht völlig akzeptieren konnte: Die letzten zweiundsiebzig Stunden waren zu hektisch gewesen, und er hatte nur sechs davon geschlafen. Aber der schwarze Kaffee, von dem er vier Tassen getrunken hatte, machte ihn unnatürlich hellwach.
Die Sonne würde um 19.12 Uhr untergehen.
Irgendwo hoch über ihm befand sich Moore in einem Sportflugzeug. Aber die Zeit bis zur Abenddämmerung verrann rasch, während der Verkehr um ihn herum abnahm.
Denk an Alexis.

Die vierspurige Schnellstraße verengte sich auf nur zwei Fahrbahnen. Die Berge wurden höher, die Schatten länger, das Gelände hügeliger. Hier draußen bestand die Zivilisation aus vereinzelten Kirchen, Kühlhäusern, Tankstellen und Pick-ups mit Gewehrhalterungen. Mit fünf Millionen Dollar im Kofferraum an ihnen vorbeizufahren, erschien ihm fast surreal.
Plötzlich begann die Straße steil anzusteigen und sich in engen Kurven talaufwärts zu winden. Links von ihm floß der Mendocino River durch eine tiefer werdende Schlucht; Redwoods mischten sich zwischen die Riesentannen auf den Steilhängen; von Frühjahrhochwassern mitgerissene Felsblöcke türmten sich bis zum Straßenrand auf.
Auf seiner Armbanduhr war es fast 14 Uhr.
Eine Stunde lang fuhr Lord durch diese ständig wechselnde Szenerie aus Licht und Schatten, Felsen und weißschäumendem Wasser bergauf weiter. Etwa ab 15 Uhr hatte er nicht mehr den Mendocino River, sondern den tieferen und breiteren Eel River neben sich, und die Berge stiegen so steil an, daß er das Gefühl hatte, sie könnten über ihm zusammenstürzen. Die Tannen waren verschwunden; an ihrer Stelle ragten gewaltige Redwoods auf, deren bis zur Straße reichende grün-braune Wand das Tageslicht blockierte. Der Himmel wurde zu einem schmalen hellen Band über dem Eel River.
Lord war sich darüber im klaren, daß die Redwoods vermutlich nur zu bald eine Beobachtung aus der Luft unmöglich machen würden. Er bekam feuchte Handflächen, während er ungezählte Male bremste, kuppelte, schaltete und wieder Gas gab.
15.30 Uhr. In einer halben Stunde würde er Phönix' Stimme hören.
Vor ihm knickte der Flußlauf plötzlich ab.
Lord sah erst die Brücke, dann den dichten Redwoodbestand jenseits des Flusses. Einige Sekunden später las er auf einem Hinweisschild Humboldt County.
Hinter der Brücke begann der Wald. Lord hatte das Gefühl, eine Kathedrale zu betreten – riesig, dunkel, still. Er warf einen Blick auf den Meilenzähler, um zu wissen, wann er vier Meilen zurückgelegt hatte. Er fuhr jetzt langsamer, war bereits müde. Sein Magen knurrte mehrmals vernehmlich.

Um 15.50 Uhr erreichte er die als Kontaktpunkt angegebene Lichtung an der Straße.
Der kleine Parkplatz war verlassen. An der Außenwand des Blockhauses mit zwei Toiletten hing unter einem schützenden Vordach ein Münztelefon. Die Redwoods in der näheren Umgebung ragten so hoch auf, daß kein Sonnenstrahl den Boden der Lichtung erreichte.
Lord hielt wenige Meter von dem Telefon entfernt.
Als er das Fenster herunterkurbelte, roch es draußen nach Rinde und verrottenden Nadeln. Er blieb am Steuer sitzen.
Auf der Lichtung war es still. Lord suchte seine Umgebung mit den Augen ab, ohne jemanden zu sehen. Aber das Buschwerk am Waldrand wuchs so dicht, daß er nur zehn, höchstens fünfzehn Meter weit sehen konnte.
Lord zwang sich dazu, nicht auf seine Uhr zu starren.
Hoffentlich sind seine Anweisungen unkompliziert, dachte er. Hoffentlich können Moores Leute sie abhören. Hoffentlich ist alles schnell vorbei.
Sein Blick ging zwischen Windschutzscheibe und Rückspiegel hin und her; die Stille zerrte für Minuten, die er nicht zählte, an seinen Nerven. Schließlich sah er doch widerstrebend auf seine Armbanduhr.
Es war 16.05 Uhr.
Dann hallte das Schrillen des Telefons von den Bäumen wider.
Lord blieb sitzen.
Es klingelte noch zweimal, bevor er ausstieg und die Fahrertür hinter sich offenließ – den Zündschlüssel in der Hand, Phönix' Blick als Angstgefühl im Nacken. Sein Mund war trocken, als er den Hörer abnahm.
»Lord«, meldete er sich.
Ein Tonband lief mit einem Klicken an.
»Dies ist eine Tonbandaufzeichnung«, sagte die verzerrte Stimme, »die Sie über ein Funktelefon aus zwanzig Metern Entfernung erreicht...«
Der Schock saß so tief, daß Lord instinktiv nach dem winzigen Sender in seinem Hosenbund tastete.
»So nah kann der Tod sein. Wäre Ihnen jemand gefolgt – mit

Hilfe eines Peilsenders oder sonstwie –, hätten Sie dieses Telefon gar nicht erst erreicht. Aber ich will nicht hier mit Ihnen zusammentreffen oder Ihnen Anweisungen geben, die abgehört werden könnten.«

Während Phönix eine Pause machte, fühlte Lord seine letzten Worte regelrecht auf seiner Haut brennen.

»Zwanzig Schritte hinter einem verbrannten Baumstamm am Rand der Lichtung finden Sie einen Kassettenrecorder. Sie spielen die Kassette ab, ohne das Gerät von der Stelle zu bewegen.«

Lord hielt den Hörer instinktiv etwas vom Ohr weg und versuchte, eine zweite Stimme zu hören.

Er horchte noch immer, als der Wählton die Stille zerschnitt.

Sein ängstlicher Blick glitt über die Bäume, suchte Brandspuren und hielt Ausschau nach irgendeiner Bewegung. Aber er sah nichts als Dutzende von Baumstämmen, hörte nur das Piepsen des Wähltons.

Lord hängte den Hörer ein und bemühte sich, seine Fassung zurückzugewinnen.

Danach suchte er die vor ihm stehenden Bäume sytematisch von links nach rechts ab.

Fast genau vor ihm am Rand der Lichtung stand ein Baumriese, der von einem Blitzschlag getroffen worden war.

Während Lord langsam darauf zuging, stellte er sich vor, wie Phönix über ihn lachte.

Hinter dem Baum war das Unterholz lichter. Zwanzig Schritte, während er sich fragte, ob er beobachtet wurde.

Lord zählte die Schritte halblaut mit. Sein Rücken brannte, als wäre von hinten eine Waffe auf ihn gerichtet.

Eine rote Plastikbox.

Mit geschlossenem Deckel lag sie schräg vor ihm im Moos. Neben einem zerbrochenen Zweig, auf den Phönix getreten sein mußte.

Lords schweißnasse Finger hatten Mühe, den Deckel zu öffnen.

Die Box enthielt einen Kassettenrecorder und eine Kassette. Um die Kassette war das Metallband einer Damen-Cartier geschlungen.

Lord dachte, daß ihr Handgelenk sehr schmal sein mußte. Schweiß lief ihm über die Stirn und brannte in seinen Augen. Auf der Cartier war es 16.14 Uhr.

Lord schob die Kassette ein und drückte die Play-Taste. »Ich werde Alexis Parnell nur freilassen«, begann die Stimme, »wenn Sie diese Anweisungen genau befolgen ...«

Während Lord weiter zuhörte, hob er ruckartig den Kopf und sah sich um. Phönix' Stimme schien von allen Seiten zwischen den Bäumen hervorzukommen.

»Aber nicht vor Einbruch der Dunkelheit«, fuhr die Stimme fort, »und an keinem Ort, der mit Autos oder Jeeps zu erreichen ist ...«

Der Schweiß auf Lords Gesicht kühlte ab.

»Sobald Sie diese Kassette abgespielt haben, gehen Sie zu Ihrem Wagen zurück. Sollten Sie auch nur versuchen, das Telefon zu erreichen, sind Sie tot, bevor Sie den Hörer in der Hand halten. Auch Alexis überlebt dann meine letzte Sendung nicht.«

Lord drehte sich langsam einmal um sich selbst.

»Sie fahren auf der Straße dreihundertfünfzig Meter nach Norden weiter, bis links ein unbefestigter Weg abzweigt, auf den Sie abbiegen werden.

Es bleibt Ihnen nichts anderes mehr übrig, als Alexis zu holen oder sie sterben zu lassen.«

Er stand jetzt still, hörte aufmerksam zu.

»Der Weg führt durch Redwoods auf einen Hügelrücken weiter. Danach fahren Sie einige Minuten über offenes Gelände.

Wir können Sie überall sehen.

Sollten Sie irgendwo halten, stirbt sie. Sollten Sie unseren Treffpunkt nicht bis Sonnenuntergang erreichen, stirbt sie ebenfalls.

Hören Sie gut zu.«

Lord zwang sich dazu, seinen aufflammenden Zorn zu unterdrücken und sich zu konzentrieren.

»Vom Hügel aus führt der Weg in ein Tal hinunter und über eine Brücke. Sechs Meilen hinter der Brücke biegen Sie nach links auf einen ehemaligen Forstweg ab. Unmittelbar nach der ersten Kurve haben Sie ein Eichenwäldchen vor sich.« Phönix machte eine Pause, um die Bedeutung des Gesagten noch zu unterstreichen. »Sie parken so unter den Bäumen, daß Ihr Wagen aus der Luft nicht zu sehen ist. Dann holen Sie den Rucksack aus dem Kofferraum und stecken diese Kassette hinein. Ich werde Sie dabei beobachten. Nehmen Sie diese Kassette nicht mit, bekommen Sie Alexis nicht.«

Kein Hinweis. Nichts, was Moore finden, was ihn auf seine Spur führen konnte.

»Durch das Eichenwäldchen führt ein Fußweg, dem Sie fünf Meilen weit nach links folgen.

Am Ende des Weges stoßen Sie auf einen entwurzelten Baumstumpf, der an ein riesiges Löwenhaupt erinnert. Dort warte ich auf Sie.

Erreichen Sie ihn bis Sonnenuntergang, bleibt sie am Leben.«

Auf Alexis' Cartier war es 16.23 Uhr.

»Beeilen Sie sich«, sagte die Stimme eindringlich leise. »Sie haben einen weiten Weg vor sich, und jede Minute zählt.«

Danach herrschte plötzlich wieder tiefes Schweigen.

Während das Band ohne Ton weiterlief, wurde Lord einmal mehr nur zu bewußt, wie clever Phönix war.

Er legte den Kopf in den Nacken und versuchte, die Stämme der Redwoods in seiner Nähe bis zu den Wipfeln zu verfolgen. Aber er konnte nicht erkennen, wo sie aufhörten.

Sobald er die Lichtung verließ, auf der sein Wagen stand, konnte niemand mehr seine Route aus der Luft verfolgen.

Er blieb sekundenlang unbeweglich stehen. Nur seine Augen bewegten sich.

Moore hatte ihm eingeschärft, sich zu merken, wo er gewesen war. Er hatte gut reden! Obwohl Lord keine dreißig Meter von seinem Wagen entfernt war, wußte er nur ungefähr, in welche Richtung er zurückgehen mußte.

Er nahm die Armbanduhr und den Recorder mit, setzte sich zögernd in Bewegung und merkte dann, daß das Halbdunkel unter den Bäumen rechts vor ihm heller wurde.

Lord hatte unwillkürlich die Luft angehalten. Jetzt atmete er langsam aus und trat auf die Lichtung hinaus.

Beim Anblick des Telefons blieb er stehen. In seiner näheren Umgebung war nichts zu sehen oder zu hören.

Auf ihrer Cartier war es 16.35 Uhr.
Lord versuchte sich vorzustellen, wie ihr zumute sein mußte. Wie dankbar sie sein würde.
Das Telefon lockte noch immer. Er kämpfte gegen die Versuchung an, hinzulaufen und es zu benutzen, um Hilfe zu rufen.
Keine Zeit.
Er wandte sich ab und ging zu seinem Wagen. Seine Finger waren steif, als er den Motor anließ.
Nach einem Blick in den Rückspiegel fuhr er bis zur Straße. Dort hielt er einen Augenblick, vergewisserte sich, daß der Recorder mit der Kassette auf dem Beifahrersitz lag, und fuhr schließlich nach Norden weiter.
Als er wieder von der Straße abbog, erschien dieser zweite Waldweg ihm wie ein Tunnel.
Schwere Äste hingen bis fast zur Windschutzscheibe herunter. An einigen Stellen schien die feuchte Luft sich im Halbdunkel zu Nebelschwaden zu verdichten. Schon nach wenigen Metern mußte Lord die Scheinwerfer einschalten.
Als die Temperatur sank, wurde der Nebel dichter.
Der Wagen kroch mit nur zehn Meilen Geschwindigkeit dahin – ein leicht zu treffendes Ziel. So fuhr er endlose Minuten lang zwischen gigantischen Redwoods hindurch, deren Äste erschreckend plötzlich aus den Nebelschwaden auftauchten. Erschöpft, übermüdet und mit der Angst im Nacken, jeden Augenblick erschossen zu werden, hielt Lord nach verdächtigen Gestalten, jähen Bewegungen, bewaffneten Männern unter den Bäumen und in seinem Rückspiegel Ausschau.
Er macht dich systematisch fertig. Du bist übermüdet, dir ist kalt, du bist so erledigt, daß er leichtes Spiel mit dir hat, wenn er dir endlich gegenübertritt.
Auf ihrer Armbanduhr war es 17.30 Uhr.
Die Nebelschwaden gerieten in Bewegung, wurden heller und lösten sich auf. Das versetzte Lord sekundenlang in Hochstimmung. Er lebte noch!
Das konnte nur bedeuten, daß auch Alexis noch am Leben war.
Lord gab wieder etwas mehr Gas.

Während die Redwoods allmählich wieder Tannen Platz machten, führte der Weg, den Lord zu schnell fuhr, einige Meilen weiter bergauf. Der dumpfe Schmerz in seinem Nacken wurde zu einem Pochen in seinen Schläfen.

Moore mußte den Wagen vor fast zwei Stunden aus den Augen verloren haben, überlegte er sich – und seitdem fuhr er auf einer aus der Luft nicht einsehbaren Route nach Westen. Als der Weg auf einem Hügelrücken seinen höchsten Punkt erreichte, hielt Lord an.

Unter ihm wand sich ein Fluß durch ein Tal zwischen sanften Hügeln.

Ab hier war sein Auto wieder aus der Luft zu erkennen.

Die Sonne würde etwa noch eine Dreiviertelstunde lang dem Horizont entgegensinken, um dann unterzugehen. Je langsamer er fuhr, desto größer waren Moores Chancen, ihn aus der Luft zu entdecken – und desto geringer Alexis' Überlebenschancen.

Er hatte vergessen, wohin er fahren mußte.

Von bohrenden Kopfschmerzen geplagt, spielte Lord die Kassette erneut ab. Es schien länger zu dauern als beim ersten Mal.

Ein Forstweg, sechs Meilen nach der Brücke. Dann fünf Meilen weit zu Fuß bis zu einem entwurzelten Baumstumpf, der an ein Löwenhaupt erinnerte.

Als er bergab weiterfuhr, war es 18.20 Uhr.

In den folgenden zehn Minuten kroch Lord in nervenaufreibendem Schneckentempo talwärts, weil er hoffte, Moores Flugzeug werde in der Nähe kreisen und seinen Wagen wieder entdekken. Vor ihm am Himmel war nichts zu sehen, was ein Flugzeug hätte sein können.

Hinter der Holzbrücke über dem Fluß standen ein Laden mit Tankstelle und zwei Häuser. Und eine Telefonzelle am Straßenrand.

Lord fuhr langsamer, starrte das Telefon an.

Nicht weit entfernt ragte eine Bergkette auf; jenseits des Flusses lagen sanfte Hügel. Wer hier anhielt, war aus allen Richtungen leicht zu beobachten.

Während die Telefonzelle in seinem Rückspiegel kleiner wurde,

folgte die Straße einer Biegung des Flusses. Im nächsten Augenblick war die Telefonzelle verschwunden.
Noch vierzig Minuten bis Sonnenuntergang.
Lord gab wieder Gas. Er hatte Moore soviel Zeit gelassen wie irgend möglich.
Minuten später hatte er den Forstweg gefunden.
Er bog rasch unter Roterlen ab, die seinen Wagen wieder unsichtbar machten. Als er in das Eichenwäldchen einfuhr, bildeten die Äste ein geschlossenes Laubdach über dem Wagen, so daß Lord alle Hoffnung aufgeben mußte, Moore könnte ihn hier noch entdecken.
Lord spürte, wie seine Haut prickelte, als er die Kassette aus dem Recorder nahm.
Dann stieg er aus, schloß den Kofferraum auf, steckte die Kassette in den prallvollen Rucksack und schwang ihn sich auf den Rücken. Er vergeudete keine Sekunde damit, einen Blick in den Rucksack zu werfen.
Vor ihm lagen fünf Meilen – die äußerste Reichweite des in seinen Hosenbund eingenähten Minisenders –, die er in dreiunddreißig Minuten zurücklegen mußte. So schnell war er fünf Meilen querfeldein noch nie gelaufen.
Er trabte durch das Wäldchen weiter, erreichte den Gegenhang und sah dort, daß der Fluß nicht mehr parallel zur Straße, sondern unter ihm verlief. Am diesseitigen Ufer war undeutlich ein Fußweg zu erkennen.
Lord hastete bergab, rutschte mehrmals aus, hielt sich an Zweigen fest und fiel beinahe auf den Weg.
Vom Hügel aus konnte er beobachtet oder beschossen werden. Auf der anderen Seite versperrte der von Birken gesäumte Fluß ihm den Fluchtweg.
Tief im Westen stand eine schon rötliche Sonne, die in einer halben Stunde vom Abendhimmel verschwinden würde.
Lord rannte in Richtung Sonnenuntergang los.
Seine Wadenmuskeln waren steif, weil er sich nicht aufgewärmt hatte. Mit jeder Minute sank die Sonne etwas tiefer, während der Fluß vor ihm breiter wurde. Aus dem Augenwinkel heraus sah er eine endlose Birkenreihe an sich vorbeiziehen.
Er lief gleichmäßig weiter.

Falls er es schaffte, würden sie in der Abenddämmerung zusammentreffen, so daß Phönix nach seiner letzten Sendung im Schutz der Dunkelheit verschwinden konnte. Der ideale Zeitpunkt, um Alexis freizulassen – oder einen erschöpften Geldboten umzubringen.

Noch zwanzig Minuten bis Sonnenuntergang, dann eine Viertelstunde. Er stellte sich vor, wie er aus der Luft aussehen mußte: ein winziger Punkt, den Moore bei nachlassendem Tageslicht nicht mehr ausmachen konnte.

Am Horizont schien der untere Rand der Sonnenscheibe das Wasser zu berühren. Ein frischer Wind war aufgekommen, der Lords naßgeschwitzten Körper kühlte.

»Bitte, Mr. Lord. Alexis hat es nicht verdient, so zu sterben ...«

Der untere Rand der Sonnenscheibe tauchte ein. Der Flußlauf zwischen den Birken wurde allmählich breiter und schien in der Ferne weiß gefleckt zu sein.

Lord lief schneller. Der kalte Gegenwind brachte jetzt ein neues Geräusch mit sich: ein aus weiter Ferne kommendes dumpfes, gleichmäßiges Brausen.

Die weißen Flecken mußten Schaumkronen sein.

Wärend er auf sie zurannte, wurde das Brausen tiefer, der Wind bitterkalt. In der rechten Wade fühlte er ein Stechen, das erste Anzeichen eines Wadenkrampfs. Die Sonne war schon halb untergegangen.

»Aber du bleibst immer mein Dad, richtig ...?«

Die Schaumkronen wurden größer, schienen aus einem orangeroten Streifen auf dem Fluß zu kommen. Aber der Weg vor Lord führte leicht ansteigend über eine Düne, die den Strand verdeckte; nur das stetige dumpfe Brausen ließ ahnen, wie stark die Brandung sein mußte.

Sobald er stehenblieb, würden seine Waden sich im eiskalten Wind verkrampfen.

»Ich fahre nach Sea Ranch zurück«, hatte sie gesagt. »Ich möchte, daß du nachkommst. Später, wenn du wieder Zeit hast.«

Denk an Alexis.

Wo der Fluß in den Pazifik mündete, saßen die Schaumkronen

auf fünf Meter hohen Brechern. Die Düne, auf die er zurannte, schien durch eine Brandung aufgeworfen worden zu sein, die er nicht sehen konnte.

Die Sonne war nur mehr eine schmale liegende Sichel.

Noch eine Minute. In Gedanken war er jetzt bei Phönix.

»Phönix hat einen Grund genannt, warum er darauf besteht, daß gerade du kommst. Wer weiß, ob er nicht auch jemand anderen akzeptiert?«

In einem schmerzhaften Endspurt erreichte Lord den Dünenkamm.

Vor ihm lag ein Strand, wie er noch keinen gesehen hatte.

Schwarzer Sand war meilenweit mit den Stämmen abgestorbener Redwoods übersät, die von der Brandung an den Strand geworfen und dort von Wind, Sonne und Salzwasser gebleicht worden waren. Manche lagen wie Gebeine von Mastodonten übereinander; andere waren von den Elementen in moderne Skulpturen verwandelt worden. Die Rinde der noch nicht lange am Strand liegenden Baumstämme löste sich in langen Streifen ab.

Lord blieb keuchend stehen, um den Strand abzusuchen.

Auf beiden Seiten wirres Durcheinander, so weit das Auge reichte. Wogen brandeten durch zerklüftete Felsspalten, ergossen sich schäumend über den Sand und rissen beim Zurückströmen die an der Brandungslinie liegenden Baumstämme mit, die dann von der nächsten Woge wieder landeinwärts geworfen wurden. Aufstiebende Gischt erreichte Lord noch in fünfzig, sechzig Meter Entfernung. Wind und Salzwasser ließen seine Augen brennen.

Plötzlich hörte er zu suchen auf.

Links von ihm schien ein riesiger Wurzelstock unter einem vom Wind ausgehöhlten Augenloch ein weit aufgerissenes Löwenmaul zu bilden.

Aber dort war niemand.

Der Strand schien menschenleer zu sein.

Die beiden Flußufer wurden hier von mit Buschwerk bewachsenen Felswänden gebildet. Als Fluchtwege standen ihm nur der Weg, auf dem er gekommen war, und der sich nach Süden hinziehende Strand offen. Seine Wadenmuskeln begannen in der Kälte steif zu werden.

Er sollte bei dem Löwenhaupt warten.
Lord erinnerte sich an Moores Anweisungen und setzte sich in Richtung Meer in Bewegung, um soviel Entfernung und so viele Baumstämme wie möglich zwischen sich und die Stelle zu bringen, an der Phönix sich zeigen wollte. Er blieb erst an der Brandungslinie stehen. Die Gischt war so dicht, daß er die schiefergrauen Felsen und den rötlichen Schimmer des Sonnenuntergangs auf dem Wasser kaum sehen konnte.
Er kehrte der Brandung den Rücken zu.
In der Abenddämmerung wirkten die grünen Berge gelblichbraun. Das Tosen hinter ihm machte ihn beinahe taub; bei jedem neuen Aufprall stellte er sich vor, er könnte von einer Woge erfaßt und mit aufs Meer hinausgerissen werden. Sein Herz raste.
Auf der Düne stand jetzt eine Gestalt.
Sie trug keine Maske. Die beiden starrten einander in der rasch herabsinkenden Abenddämmerung an.
Die Gestalt – ein Mann – war allein.
Er hatte etwas über der Schulter hängen; etwa in Gürtelhöhe baumelte ein kastenförmiger Gegenstand. Er schien dunkelhaarig zu sein und trug keinen Bart.
Sein Gesicht konnte Lord nicht erkennen.
Der Mann hob einen Arm und winkte ihn zu sich heran.
Lord lief ein kalter Schauder über den Rücken.
Eine Welle klatschte gegen seine Waden, riß ihn rückwärts mit sich. Als er sein Gleichgewicht wiedergefunden hatte und erneut aufsah, war der Mann nur noch als Schemen zu erkennen.
Der Wind pfiff um seine Ohren; seine Beine waren vor Kälte fast gefühllos. Es war geradezu unheimlich, wie schnell das letzte Tageslicht schwand.
Lord legte beide Hände an den Mund. »Ich will Alexis sehen!« rief er laut. Der Wind schien seine angestrengte Stimme mit sich fortzutragen.
Der Mann blieb unbeweglich stehen. Der Mond hinter ihm wurde größer, gewann an Leuchtkraft.
Lord wartete auf irgendein Zeichen, irgendeine Bewegung.
Aber die Gestalt verharrte bewegungslos.

Lord zitterte vor Kälte.
»Wo ist sie?« rief er laut.
Der Mann antwortete nicht, bewegte sich nicht. Dann veränderte sich das Licht, so daß seine Umrisse zu verschwimmen schienen. Lord wußte nicht mehr genau, ob er ihn noch wirklich sah.
Er kniff die Augen zusammen, um besser zu sehen.
Wo Phönix gestanden hatte, blitzte im ersten Mondlicht etwas Metallisches auf.
Lord ließ den Rucksack langsam von seinen Schultern gleiten und hielt ihn an einem Gurt in der rechten Hand. Undeutlich nahm er wahr, daß Phönix auf ihn zukam.
Seine freie Hand tastete nach dem Minisender.
»Halt!« rief er laut. »Erst will ich Alexis sehen!«
Die Gestalt wurde deutlicher. Der Mann kam näher.
»Kommt er zu nahe an dich ran, hast du keine Chance ...«
Für seine Entscheidung blieben ihm nur noch wenige Sekunden.
Sie konnte irgendwo in der Nähe versteckt sein. Möglicherweise führte Phönix ihn zu ihr, sobald er das Geld hatte.
»Du sollst uns helfen, sie zurückzuholen. Läßt du dich umbringen, ist niemandem geholfen ...«
Der Abstand zwischen ihnen verringerte sich weiter.
Moore hatte ihm geraten, den Sender zu aktivieren und das Weite zu suchen, sobald Phönix auftauchte. Und darauf zu hoffen, daß das FBI sie finden würde – und Alexis mit ihnen.
»Ich muß sie sehen!«
Keine Antwort. Schritt für Schritt trat Phönix aus dem Dunkel, den Mond hinter sich. Eine Silhouette mit einem auf Lord gerichteten Gewehr.
Noch zwanzig Meter.
»Halt!«
Fünfzehn Meter.
Lord aktivierte den Sender.
Die Gestalt erstarrte; der Kasten an seinem Gürtel war ein Scanner.
Lord warf sich nach links, schleuderte den Rucksack in die Brandung und rannte davon.

Seine Schritte waren unbeholfen und schmerzhaft. Ein rascher Blick über die Schulter zeigte ihm, daß Phönix sich ins Meer stürzte, um das Geld zu bergen.
Lord bemühte sich, den Abstand zwischen ihnen zu vergrößern, und blieb nahe am Wasser, wo die Brandung seine Fußabdrücke auslöschte. Schäumende Ausläufer einzelner Wellen umspülten seine Beine bis zu den Knien und versuchten, ihn ins Meer zu reißen. Vor ihm brach sich eine riesige Woge von mindestens drei Meter Höhe. Lord stolperte durch ihre starke Rückströmung weiter. Von links schoß ein mitgerissener Baumstamm heran. Da er nicht mehr ausweichen konnte, versuchte er, im richtigen Augenblick hochzuspringen.
Der Baumstamm traf seine Waden.
Er fiel zur Seite, klatschte in den nassen Sand und wurde von der nächsten Woge erfaßt.
Eiskalte Dunkelheit, kein Gefühl mehr für oben und unten, gefangen in einem Mahlstrom, der seine Lungen füllte und ihn mit sich aufs Meer hinausriß. Lord ruderte mit Armen und Beinen, bekam keine Luft mehr und bemühte sich verzweifelt, den Kopf aus dem Wasser zu bekommen.
Etwas krachte gegen seine Rippen und warf ihn zur Seite. Er umklammerte es blindlings mit einem Arm.
Der Baumstamm trieb mit ihm an den Strand zurück.
Dort ließ er los, fiel in der Brandung auf Hände und Knie, hustete schmerzhaft und griff sich mit einer Hand an die Rippen.
Hinter ihm brach sich eine weitere Woge.
Als er torkelnd auf die Beine kam, klatschte sie mit Urgewalt gegen seinen Rücken.
Während Lord sich verzweifelt bemühte, sein Gleichgewicht zu bewahren, warf die Woge ihn nach vorn, so daß er in ihre harmlos schäumenden Ausläufer fiel.
Er blieb keuchend und nach Atem ringend liegen.
Im Mondlicht war Phönix eine schemenhafte Gestalt, die mit einem über dem Kopf gehaltenen Bündel aus dem Meer auftauchte. Er war ungefähr sechzig, siebzig Meter entfernt.
Lord raffte sich auf und lief. Neben ihm schäumten Wellen an den Strand; seine Schritte waren bleischwer; er zitterte vor Kälte und Erschöpfung.

Vor ihm brach sich eine riesige Woge.
Er schlug einen Haken, um ihr auszuweichen. Plötzlich hörte er ein Hämmern hinter sich; zugleich sah er das Wasser neben sich mehrmals in gerader Linie aufspritzen.
Ein auf seine Beine gezielter Feuerstoß aus einem Schnellfeuergewehr, der ihn nicht töten, sondern nur verwunden sollte.
Über die Schulter hinweg sah er Phönix näher kommen.
Lord streifte seine Laufschuhe ab und rannte schräg über den Strand, um in der Dunkelheit Schutz zu suchen.
Vor ihm ragte eine steile Felswand aus dem Sand auf; der Weg dorthin war mit abgestorbenen Baumstämmen in Silber und Schwarz übersät. Er hastete zwischen ihnen weiter, stolperte immer wieder und war auf weitere Schüsse gefaßt. Der Strand vor ihm war kalt und farblos – eine Mondlandschaft.
Die Schüsse blieben aus.
Zehn, zwölf Meter vor ihm lagen Baumstämme zu einem wirren Haufen aufgetürmt.
Als er sich umdrehte, sah er hinter sich nur Dunkelheit. Vielleicht war Phönix mit dem Geld – und Alexis – verschwunden. Vielleicht war sein Rettungsversuch fehlgeschlagen. Sieh zu, daß du am Leben bleibst, hatte Moore gesagt.
Lord zog den Kopf ein und lief zu den Baumstämmen hinüber. Seine nackten Füße wirbelten Sand auf; seine Wadenmuskeln waren so verhärtet, daß jeder Schritt weh tat. Die Baumstämme rückten näher.
Mit letzter Kraft hechtete Lord über den vordersten Stamm.
Kopf und Oberkörper kamen über das Hindernis hinweg, aber dann blieb er mit einem Fuß hängen und knallte in den Sand. Während Lord sich zu befreien versuchte, kam er sich wie ein Tier in einer Schlagfalle vor.
Als er endlich frei war, kroch er zurück und blickte über den Baumstamm. Er fragte sich, ob Alexis irgendwo in der Nähe war. Und er hielt Ausschau nach Phönix.
Nichts zu sehen.
Hoffentlich findet Moore uns bald! dachte Lord. Aber dann durchfuhr ihn ein eisiger Schreck.
Wenn Phönix die Jagd auf ihn fortsetzte, war der Minisender ein todbringender Feind.

Seine Zähne klapperten, während er die Shorts abstreifte und tief unter einen Baumstamm stopfte.
Danach hastete er in T-Shirt und Unterhose tief gebückt von dem verräterischen Sender weg. Er kroch beinahe unter die nächsten Baumstämme, sah sich um und robbte dann nach vorn in Deckung.
Hier gab es keine weiteren Baumstapel. Nur einen mächtigen abgestorbenen Stamm vor ihm. Er bewegte sich seitlich auf den Baumstamm zu, kroch hastig darüber und ließ sich auf der anderen Seite in den Sand fallen.
Lord schlang die Arme um seinen Oberkörper, als könne er sich so wärmen, und sah zu den Baumstämmen hinüber, unter denen er gelegen hatte.
Mondlicht glitzerte auf der Brandung und den schaumgekrönten Wellen. Die abgestorbenen Baumstämme verliehen der Szenerie einen bizarren, surrealen Anstrich.
Zwischen ihnen bewegte sich eine schwarze Gestalt.
Vor mondbeschienenem Hintergrund hob sich ein Mann ab. Er drehte suchend den Kopf von einer Seite zur anderen.
Phönix' Art, sich zu bewegen und sein Gewehr schußbereit zu halten, erinnerte Lord an Carson.
Trotz des Brausens der Brandung trug der Wind ein leises Piepsen zu ihm hinüber. Das mußte der Scanner sein.
Phönix blieb stehen und starrte die Bäume an, unter denen Lord versteckt gewesen war.
Er trat einige Schritte darauf zu. Als das Piepsen lauter wurde, schien sein Blick die nähere Umgebung abzusuchen.
Lord drückte das Gesicht in den Sand und machte sich noch kleiner.
Phönix beobachtete die Baumstämme und wartete auf ein Geräusch, eine Bewegung.
Nur das Piepsen seines Scanners war zu hören. Er verstellte irgend etwas an seinem Gewehr, während er darauf wartete, daß sich sein Opfer durch irgendeine Unachtsamkeit verriet.
Dann stand Phönix vor den Baumstämmen.
Er bückte sich. Als er wieder hochkam, hielt er die Laufshorts, die Lord ausgezogen hatte, in der Hand.
Er begann, sie in Fetzen zu reißen.

Als er den Scanner fand, legte er ihn dicht unter die Gewehrmündung auf den Baumstamm. Der Schußknall ließ Lord zusammenzucken. Das Piepsen des Scanners verstummte.
Lords Gesicht war feucht und sandig. Vielleicht hatte Phönix jetzt genug von dem Spiel. Lord hatte sein Gesicht bisher nicht gesehen, hätte ihn nicht identifizieren können.
Die schemenhafte Gestalt bewegte sich langsam und vorsichtig weiter. Etwas links von ihm, acht bis zehn Meter entfernt.
Phönix versuchte noch immer, ihn aufzuspüren.
Der Baumstamm wurde nach unten hin dicker. Lord kroch auf dieses Ende zu, weil er hoffte, darunter ein Versteck zu finden.
Während Phönix versuchte, die gesamte Umgebung im Auge zu behalten, kam er Schritt für Schritt näher. Jetzt starrte er in Lords Richtung.
Lord lag unbeweglich wie ein weiterer Baumstamm.
Noch ein Schritt, dann noch ein paar, bis Phönix an ihm vorbei war.
Dann blieb er stehen und hob das linke Handgelenk, um seine Uhr ablesen zu können.
Ein Jäger unter Termindruck.
Lord richtete sich kniend auf.
Phönix suchte den Strand vor ihnen mit den Augen ab. Lord kam auf die Beine und machte sich daran, ihn geduckt zu umgehen. Wegen der Wadenkrämpfe hinkte er.
Als Phönix den Kopf wieder zur anderen Seite drehte, war Lord bereits außerhalb seines Blickfeldes und kam lautlos näher.
Phönix suchte weiter den Strand ab; zwanzig Schritte von ihm entfernt gelangte Lord genau in seinen Rücken und blieb stehen.
Zwischen ihnen lag ein keulenförmiges Stück Treibholz.
Lord humpelte weiter, bückte sich danach. Das Heulen des Windes und das Tosen der Brandung übertönten seine Schritte.
Er biß die Zähne zusammen und richtete sich mit der Keule in der Hand auf.
Phönix trat einige Schritte vor: eine breitschultrige Gestalt mit kraftvoll geschmeidigen Bewegungen. Lords Beine waren so steif, daß sich der Abstand zwischen ihnen nur quälend langsam verringerte.

Noch drei Meter.
Lord bewegte sich geduckt weiter. Phönix konnte sich jeden Augenblick umdrehen.
Zweieinhalb Meter.
Während Lord die Keule hob, fixierte sein Blick den Nacken des vor ihm Stehenden.
Zwei Meter.
Phönix' Schultern spannten sich. Lord holte mit seiner Keule aus.
In diesem Moment warf sich Phönix herum.
In den Zehntelsekunden, in denen er überlegte, ob er Lord gleich hier am Strand erschießen sollte, traf die Keule seine Stirn. Ein dumpfer Aufprall, ein schmerzhafter Schlag, der sich durch Lords Arme fortpflanzte, und ein Knall, als ein Schuß fiel. Gleichzeitig klappte Phönix torkelnd zusammen und ließ sein Gewehr fallen.
Lord warf sich auf ihn.
Sein Schädel rammte die Rippen des Terroristen. Lord stürzte sich laut schreiend auf ihn, ohne das Gesicht seines Gegners erkennen zu können.
Phönix traf seine Luftröhre mit einem Handkantenschlag.
Der Schrei wurde zu einem erstickten Gurgeln. Während Lord nach Atem rang, krachte ein Ellbogen gegen sein Kinn und warf ihn in den Sand. Er spürte, daß seine Unterlippe aufgeplatzt war, und schmeckte Blut.
Phönix kroch auf das Gewehr zu.
Lord richtete sich kniend auf, bekam die Füße des Terroristen zu fassen, zerrte verzweifelt an ihnen, ohne verhindern zu können, daß Phönix das Gewehr erreichte, riß an seinen Beinen und krallte sich in seinem Rücken fest.
Dann umklammerte er mit beiden Händen seinen Hals.
Phönix spannte alle Muskeln an, drehte und wand sich unter Lord und versuchte, sich soweit umzudrehen, daß er schießen konnte. Lords Hände rutschten allmählich ab.
Mit gewaltiger Anstrengung schaffte es Phönix, sich unter Lord auf den Rücken zu drehen, das Gewehr mit einer Hand zu heben und mit einem Finger fast den Abzug zu erreichen, während er mit der anderen Hand auf Lord einschlug. Die einzigen

Geräusche waren das Heulen des Windes und das Tosen der Brandung.
Lords Daumen ertasteten seinen Kehlkopf, drückten mit verzweifelter Kraft zu.
Das Gewehr bewegte sich nicht weiter. Dann glitt es Phönix langsam aus der Hand.
Ein letztes kraftloses Aufbäumen, bei dem seine Fingernägel über Lords Handrücken kratzten. Aus dem Dunkel kam ein ersticktes Röcheln.
Vor Anstrengung keuchend beugte Lord sich über das Gesicht des Terroristen.
Er sah in John Damones Augen.
Während Damone ihn mit weit aufgerissenen Augen anstarrte, fühlte Lord seine Halsschlagader pulsieren und hörte sich selbst krampfhaft schlucken. Damone bekam keine Luft mehr.
Lord griff nach dem Gewehr, setzte die Mündung an Damones Schläfe.
Unter ihm zitterte Damone, als seine Lungen sich keuchend wieder mit Luft füllten.
»Wo ist sie?« fragte Lord heiser.
Damones Augen schlossen sich.
In den langen Sekunden, in denen Lord schweigend auf seine Antwort wartete, spürte er, wie sich der Herzschlag seines Gegners mit seinem eigenen vermischte.
Damones Kopf bewegte sich von einer Seite zur anderen und wieder zurück. Nur einmal.
In diesem Augenblick nahm Lord nur den Abzug wahr, an dem sein Zeigefinger lag, während seine freie Hand weiter Damones Hals umklammerte.
»Warum ...?«
Damone öffnete die Augen, um seinen starren Blick zu erwidern. Seine mit leiser Stimme gegebene Antwort klang wie eine Verwünschung, als er einfach sagte: »Weil sie mein Gesicht gesehen hat.«

Parnell legte den Telefonhörer auf.
Die Standuhr zeigte 20.55 Uhr an. Irgendwie erschien es ihm wichtig, daß er sich die genaue Zeit einprägte.

Durch einen Vorhangspalt sah er Polizisten, die Neugierige zurückdrängten, Fernsehscheinwerfer und die schwarzhaarige Frau, die ihm mehrmals wegen Interviews zugesetzt hatte, vor einer Kamera. Sie sprach hinter ihm auf dem Bildschirm: »In wenigen Minuten dürfte Klarheit über das Schicksal John Damones und Alexis Parnells herrschen ...«

Er stellte den Ton ab und bildete sich dann ein, nochmals zu hören, was Moore ihm mitgeteilt hatte.

FBI-Agenten hatten Lord an einem einsamen Strand aufgefunden: völlig erschöpft, halbnackt, mit einem Gewehr an Damones Hinterkopf. Damone, der unbekannte Feind.

Seine Fußspuren führten zu einem alten Schmugglerpfad und dann zu einer Strickleiter, mit der sich eine Steilwand überwinden ließ. Oberhalb der Felswand lag unter Tannen versteckt eine Jagdhütte.

In der Hütte stand ein von Scheinwerfern angestrahlter Stuhl vor einer Videokamera. Aber Alexis lag unter den Tannen in einem flachen Grab.

Parnell schwieg, während er sich ihre letzten Augenblicke vorstellte.

Diesmal weinte er ausnahmsweise nicht.

Seine Hand war ruhig, als er eine Nummer wählte.

»Hallo?« sagte Danziger.

»Hier ist Colby«, begann er – und merkte dann, wie unsinnig das war. »Sie ist tot, John.«

Die Ausdruckslosigkeit seiner Stimme überraschte ihn. Nur Danzigers Schweigen ließ ihn wieder Schmerz empfinden.

»Colby, ich komme sofort ...«

»Sorg einfach nur dafür, daß ich nicht belästigt werde. Bitte.« Parnell machte eine Pause, während er sich die kommende Nacht vorstellte. »Ich lege den Hörer neben das Telefon, sonst finde ich überhaupt keine Ruhe.«

Danziger zögerte. Was er meinte, war nur allzu klar, als er leise fragte: »Kommst du wirklich allein zurecht?«

»Ja. Vielen Dank.«

»Gut, ich verstehe«, murmelte Danziger. »Mein herzliches Beileid, Colby. Tut mir schrecklich leid, daß es so gekommen ist ...«

»Ja, ich weiß«, antwortete Parnell leise und drückte auf die Gabel, um die Verbindung zu trennen.
Er legte den Hörer auf die Schreibunterlage neben seinen Revolver.
Dann griff er mit geschlossenen Augen nach der Waffe.
Er hatte ihn an diesem Morgen geladen, daran erinnerte er sich jetzt, nachdem er mit Danziger telefoniert hatte. Um sie beschützen zu können, sobald Lord mit ihr zurück war.
Er hatte damit gerechnet, daß Alexis verändert sein würde. Aber er hatte Danziger gebeten, Psychiater ausfindig zu machen, die auf solche Fälle spezialisiert waren, anstatt hier gemeinsam mit ihm zu warten. Die Therapie sollte am besten gleich am nächsten Tag beginnen.
Seine Hand umklammerte den Revolvergriff.
Alexis war vor ihm gestorben – in Angst und Schmerzen. Ihm war klar, daß er sich dessen bewußt sein würde, solange er lebte.
Ebenso klar war ihm, daß er das nicht würde ertragen können.
Er setzte den Revolver an seine Schläfe.
Die Waffe blieb dort, bis Parnell mit sich ins reine gekommen war.
Als er wieder aufstand, waren zwei Stunden vergangen.
Ein Blick aus dem Fenster zeigte ihm weitere Polizisten, noch mehr Reporter und die Schwarzhaarige, die wieder – oder noch immer – vor der Kamera stand. Auf dem Bildschirm bewegten ihre Lippen sich tonlos; Parnell spürte ihre Verwirrung fast körperlich. Das bestätigte ihn in seinem Entschluß.
Aber erst waren gewisse Vorkehrungen zu treffen. Er mußte alles sorgfältig planen.
Er ging an seinen Schreibtisch zurück.
Nachdem er sich die Adresse des Justizpalasts aus dem Telefonbuch aufgeschrieben hatte, wählte er eine weitere Nummer.
»Danke für Ihren Anruf bei MUNI«, begann die Tonbandstimme. »Sollten Sie eine Fahrplanauskunft benötigen, nennen Sie bitte Ihren gegenwärtigen Standort und Ihr Fahrtziel . . .«
Die Tonbandstimme erinnerte ihn an Phönix.
»MUNI Information«, meldete sich ein Mann.

»Guten Abend«, sagte Parnell höflich. »Können Sie mir bitte sagen, wie ich von der Broderick Street – in der Nähe des Broadways – zur 850 Bryant Street komme?«
»Um welche Zeit, Sir?«
»Nachts.« Parnell sah auf die Uhr. »Nach Mitternacht.«
Zögern. »Brauchen Sie eine tägliche Verbindung?«
»Nein, nur dieses Mal.«
»Werktags oder am Wochenende?«
»Wochenende.«
Parnell hörte, wie am anderen Ende in einem Fahrplan geblättert wurde, und wartete nervös.
»Yeah, okay... Sie gehen zur Kreuzung Jackson und Divisadero. Dort nehmen Sie die Nummer drei Jackson zur Van Ness und steigen dann in den Zweiundvierziger nach Süden um. Der fährt die Bryant entlang...«
Parnell schrieb mit, was der Mann sagte. »Drei Jackson«, wiederholte er. »Ab Van Ness mit dem Zweiundvierziger...«
»Richtig«, sagte der Mann und legte auf.
Parnell steckte den Zettel in seine Hemdtasche und legte den Hörer wieder neben das Telefon.
Er ging ins Schlafzimmer hinauf, wählte eine Krawatte und sein ältestes Sportsakko aus und fand einen Hut, den er nur selten trug. Dann öffnete er die Schiebetür des Schranks mit den Mänteln.
Ihre Pelze und Kaschmirmäntel erinnerten ihn an Alexis.
Plötzlich hatte er wieder Tränen in den Augen. Er zog seinen Trenchcoat vom Bügel und schloß die Tür.
Als er ins Erdgeschoß zurückkam, war die Menge vor seinem Haus noch größer geworden. Die Schwarzhaarige stand noch immer vor der Kamera.
Parnell zog eine Schreibtischschublade auf, nahm den Presseausweis heraus, den seine Mitarbeiter ihm auf der letzten Neujahrsparty geschenkt hatten, und steckte ihn in eine Manteltasche. Die andere hing unter dem Gewicht seines Revolvers herunter.
Als er sich abwandte, sah er die Frau auf dem Bildschirm und stellte den Ton lauter.
Ihre Stimme klang angestrengt. »Wir warten noch immer auf

die von Phönix angekündigte letzte Sendung oder verläßliche Informationen über das Schicksal der Geiseln. Vorläufig können wir Ihnen nur versprechen, daß wir live auf Sendung bleiben, bis dieses schreckliche Drama zu Ende ist...«

Parnell verließ das Haus über die Terrasse und blieb kurz stehen, um sich in der Dunkelheit zu orientieren. Das Nachbarhaus, dessen Garten er durchqueren mußte, um zur Broderick Street zu gelangen, war unbeleuchtet. An der Mauer zwischen den beiden Grundstücken stand ein Kirschbaum, den er vor vielen Jahren selbst gepflanzt hatte.

Er umklammerte einen Ast, stellte einen Fuß in die Gabel des Y-förmigen Baums und zog sich hoch. Beinahe wäre er abgerutscht; seine Arme zitterten, als der Baum sich unter seinem Gewicht bog. Aber er streckte sein anderes Bein aus, schob es über die Mauerkrone und verlagerte sein Gewicht. Im nächsten Augenblick lag er vor Anstrengung keuchend auf der Mauer.

Im Nachbarhaus schlug ein Hund an.

Parnell, dem das Herz bis zum Hals klopfte, ließ sich von der Mauer gleiten und kam auf allen vieren auf. Dabei fiel der Revolver aus der Manteltasche. Er tastete den Rasen in seiner näheren Umgebung verzweifelt mit beiden Händen ab.

Halogenscheinwerfer tauchten den Garten in gleißend helles Licht.

Dicht neben ihm lag der Revolver.

Parnell steckte ihn hastig ein, kam wieder auf die Beine und rannte von Scheinwerfer zu Scheinwerfer: ein Schatten mit einem Hut vor dem Gesicht. Aus dem Augenwinkel heraus nahm er wahr, daß hinter ihm ein Vorhang zur Seite gezogen wurde, als er die Treppe zur Broderick Street erreichte.

Als er verschwand, hörte der Hund zu kläffen auf.

Auf der Broderick Street war nach Mitternacht niemand mehr unterwegs.

Parnell hastete weiter, rutschte auf dem regennassen Asphalt aus und hatte Mühe, sein Gleichgewicht zu bewahren, bis die Straße am Fuß des Hügels wieder eben verlief.

Reiß dich zusammen! sagte er sich. Mach dich nicht verdächtig! Er fuhr sich mit seinem Taschentuch über die Stirn; plötzlich war er ein gutgekleideter Exzentriker, der in aller Ruhe einen nächtlichen Spaziergang machte. Einen Straßenblock nach rechts zur Divisadero; einen weiteren steil zum Broadway hinauf. Ständig in Angst vor einem Streifenwagen, dessen Besatzung ihn kontrollieren könnte. Sein Atem kam keuchend, und seine Brille beschlug.

Sie hatte ihn ermahnt, Gymnastik zu machen.

Während er seine Brille trockenrieb, sah er den Broadway entlang zu ihrem Haus hinüber. Auf beiden Straßenseiten waren Scheinwerfer aufgereiht; Neugierige und Sensationslüsterne versperrten eineinhalb Blocks weit beide Fahrbahnen. Über ihnen ragte das weiße Gitterwerk einer SNI-Satellitenantenne auf.

Er wandte sich ab.

Noch ein ebener Straßenblock, danach einer hügelabwärts. Dann kam ein Bus mit eingeschaltetem Leuchtschild auf ihn zu. Nummer 3 Jackson.

In einem Bus würde ihn niemand erkennen.

Parnell nahm hastig die Brille ab. Er hatte vor Aufregung feuchte Hände.

Der Bus hielt neben ihm. Als sich die Tür zischend öffnete, konnte Parnell das Gesicht des Busfahrers nicht erkennen. Er nannte sein Fahrtziel und zog mit unbeholfenen Fingern einen Schein aus seiner Geldbörse.

»Das ist ein Fünfer, Sir.«

»Ja, ich weiß.«

»Wir geben nicht heraus. Sechzig Cent, bitte.«

»Das ist schon in Ordnung. Nehmen Sie ihn einfach.«

Parnell fühlte, daß der Mann ihn argwöhnisch betrachtete, während er nach dem Geldschein griff. Er senkte den Kopf.

In seinem Blickfeld erschien eine Hand mit einem schmalen Pappstreifen.

»Hier – Ihre Umsteigekarte.«

»Ja, richtig.« Parnell griff verspätet danach. »Danke.«

Einige vage Gestalten hoben die Köpfe und starrten ihn an. Parnell setzte sich hastig neben eine Schwarze, die eine Perücke mit glatten roten Haaren trug.

Der Bus rumpelte die Fillmore Street entlang – vorbei an Häusern mit leeren Fensterhöhlen und an Spirituosengeschäften, deren blinkende Leuchtreklamen Parnell nicht lesen konnte –

und bog dann auf eine ihm unbekannte andere Straße ab. Auch dort lungerten schwarze Gestalten ziellos zwischen Spirituosengeschäften herum.
Parnell wandte sich an seine Nachbarin. »Entschuldigung«, sagte er. »Sind wir schon in der Nähe der Van Ness Street?«
»Wollen Sie dorthin?«
»Ja, ich muß dort umsteigen.« Parnell zögerte. »Das müßte ich wohl dem Fahrer sagen ...«
Nach einem Blick nach draußen zog die Frau an einer Leine über den Fenstern. Vorn beim Fahrer schlug ein Gong an, und wenig später hielt der Bus an der nächsten Haltestelle.
»Sie sind da«, erklärte sie Parnell.
»Vielen Dank«, murmelte er, bevor er sich erhob und aus dem Bus stolperte.
Auf der Straße setzte er seine Brille wieder auf, um sich zu orientieren.
Er war wieder allein, fröstelte jetzt und beobachtete die vorbeifahrenden Autos. Mehr und mehr fühlte er sich hilflos in dieser Stadt, die er nie richtig gekannt hatte.
Es war schon nach halb zwei.
Während weitere Minuten verstrichen, wartete Parnell einsam und unentschlossen. Ein Gefühl lähmender Leere stieg in ihm auf.
Ein weiteres Leuchtschild, das mit den nächsten Autos näher kam. Die Nummer 42.
Kurz bevor der Bus hielt, nahm Parnell wieder die Brille ab. Er hielt dem Fahrer unsicher seine Umsteigekarte hin, bevor er sich auf eine freie Sitzbank hinter ihm fallen ließ.
Der Bus kroch Block für Block weiter und sammelte Streuner und Betrunkene auf, die im trüben gelben Licht der Einstiegsbeleuchtung die Stufen heraufwankten. Parnell, der gelegentlich aus dem Fenster starrte, empfand einen flüchtigen Triumph bei dem Bewußtsein, daß ihn keiner erkennen würde, weil er nicht hierher gehörte. So ging es durch einen Bezirk mit Lagerhäusern und baumlosen, menschenleeren Straßen weiter, der ihm so fremd und kalt wie die Zukunft erschien, die jetzt durch Damones Schuld vor ihm lag.
Aber zuvor würde er John Damone gegenübertreten.

Der Bus bog auf die Bryant Street ab.
Sie war kahl, unbelebt wie die anderen. Als Parnell wieder nach vorn sah, glaubte er plötzlich zu wissen, daß Damone längst anderswo eingeliefert worden war. Dann setzte er seine Brille wieder auf.
Zwei Blocks vor ihm wurde der Justizpalast von Streifenwagen mit roten Blinkleuchten abgeriegelt. Parnell erinnerte sich an Fernsehberichte aus der Nacht, in der Carson eingeliefert worden war. Er griff nach der Leine, konnte sich aber nicht dazu überwinden, sie zu ziehen.
Der Bus fuhr weiter, während Parnell sich die Nase an der Scheibe platt drückte. Draußen waren Schaulustige, Reporter, Kamerateams und ein weiterer Satelliten-Übertragungswagen mit dem SNI-Zeichen zu sehen.
Parnell kniff die Augen zusammen.
Als der Bus jetzt langsamer fuhr, sah er auf der anderen Straßenseite die Schwarzhaarige stehen.
Sie schien eine Meinungsverschiedenheit mit ihrem Kameramann zu haben. Während er den Haupteingang des Gebäudes anvisierte, deutete sie sichtlich aufgeregt in die Seitenstraße, in der sich die Einfahrt zur Tiefgarage befand.
Parnell riß an der Leine.

Es wurde zwei Uhr, bevor Stacy die Scheinwerfer von Lords Wagen sah.
Seit seinem Anruf hatte sie mehrmals Holz nachgelegt, damit das Kaminfeuer nicht ausging, und sich vergeblich bemüht, das Gehörte zu verarbeiten. Ihr Fernseher blieb weiter auf SNI eingestellt: die Filme von Alexis, die als Füller ausgestrahlt wurden, bis endlich feststand, was ihr zugestoßen war, machten alles, was Stacy wußte, aber nicht akzeptieren konnte, noch unheimlicher. Und trotzdem erschien es ihr respektlos, diese Bilder abzustellen, die Alexis lebend zeigten; nur Filmausschnitte mit John Damone konnte sie nicht ertragen.
Als sie die Tür öffnete, stand Lord mit dick geschwollener Unterlippe vor ihr und schien duch sie hindurchzusehen. Er war blaß und blaugefroren, als sei ihm seit Stunden kalt.
Stacy legte langsam ihren Kopf an seine Brust.

Seine Arme umschlossen sie fest.
So blieben sie einen Augenblick stehen. Dann führte Stacy ihn ans Kaminfeuer und brachte ihm einen Schwenker mit Cognac. Neben ihnen erschien Rachel auf dem Bildschirm.
»Eine Hinrichtung vor laufender Kamera wird es nicht geben«, sagte sie mit aufgeregt hoher Stimme. »Wir haben jetzt die Bestätigung, daß Phönix tatsächlich verhaftet worden ist und nach San Francisco gebracht wird. Aber das FBI hat bisher weder seine Identität bekanntgegeben noch unsere Fragen nach dem Schicksal von Alexis Parnell, John Damone oder Anthony Lord beantwortet...«
Lord nahm einen großen Schluck und starrte ins Feuer.
»Nach dir«, murmelte er dann, »hab' ich meinen Sohn angerufen. Er hat geglaubt, ich sei in San Francisco, und wollte wissen, ob wir wie versprochen an den Strand fahren. Ich hab' ja gesagt und dann behauptet, ich müßte dringend weiter. Dabei hab' ich bloß in einer Telefonzelle gestanden. Meine Stimme hatte sich überhaupt nicht verändert – aber mir sind Tränen übers Gesicht gelaufen. Ich weiß nicht mal, warum.«
Sie hörte schweigend zu.
»Tut mir leid, daß es so gekommen ist, Stacy.«
Jetzt brachen Wut und Entsetzen aus ihr hervor. »Zehn Jahre meines Lebens«, sagte sie leise, »und ich weiß nur, daß ich jetzt nie mehr unbefangen an ihn zurückdenken kann. Gott, wie er mich gehaßt haben muß!«
»Eher das Gegenteil.« Lord trank noch einen Schluck Cognac. »Ich glaube, daß er sehen wollte, was du alles für ihn auf dich nehmen würdest.«
»Aber Alexis...«
»Da ist irgendwas schiefgegangen.« Seine Stimme klang ausdruckslos. »Ich weiß nur nicht, was.«
»Schiefgegangen«, wiederholte sie leise.
Lord beobachtete weiter die tanzenden Flammen, als könne er sich nicht von ihnen losreißen.
»Er hätte mich sofort erschießen können«, stellte er fest. »Aber er wollte es unbedingt vor laufender Kamera tun.«
Stacy schwieg nachdenklich. »John wollte dich beseitigen«, sagte sie dann, »aber sein erstes Opfer war Jamie, nicht wahr?«

Lord zuckte kaum merklich zusammen. In ihrer Gefühlsverwirrung aus Schmerz, Entsetzen und Verrat spürte Stacy, daß sie richtig vermutet und zugleich etwas sehr Verletzendes gesagt hatte. Sie griff nach seinem Cognacglas und trank ebenfalls einen kleinen Schluck.

»Als ich ihn gefragt habe, warum er Alexis ermordet hat«, murmelte Lord, »hat er nur geantwortet: ›Weil sie mein Gesicht gesehen hat.‹«

Stacy lief ein kalter Schauder über den Rücken. Als Lord nicht gleich weitersprach, hörte sie wieder Rachels Stimme.

»Wie wir inzwischen erfahren haben, sitzen selbst zu dieser späten Stunde noch immer Millionen von Amerikanern vor ihren Fernsehern, um einen ersten Blick auf Phönix werfen zu können ...«

Lords Gesichtsausdruck war verändert, als er sich vom Kamin abwandte. »Als er das gesagt hat, Stacy, hat er ohne New Yorker Akzent gesprochen ...«

»Was willst du damit andeuten?«

Als er jetzt aufstand und sich dem Fernseher zuwandte, war die Nacht in der Umgebung des Justizpalasts plötzlich in rotes Licht getaucht.

In der Ferne erschienen rote Lichter, die ohne Sirenengeheul blinkten und rasch näher kamen.

Parnell blieb mit Herzklopfen an der Ecke stehen, weil er nicht wußte, wohin er sich wenden sollte.

Die Reporter und Kamerateams auf der anderen Straßenseite schienen ähnlich verwirrt zu sein; auch sie schwankten zwischen dem Haupteingang und der Einfahrt zur Tiefgarage. Dann beobachtete er, daß die Schwarzhaarige sich mit ihrem Kameramann in Richtung Tiefgarage in Bewegung setzte.

Parnell klemmte sich die Klarsichthülle mit dem Presseausweis an seinen Mantel. Die Blinklichter kamen zu schnell näher, um noch vor dem Haupteingang halten zu können.

Er hastete über die Bryant Street und hinter der Reporterin her, während die Autokolonne am Haupteingang vorbeifuhr.

Ein ganzes Rudel anderer Reporter kam von dort herübergerannt und schob sich zwischen ihn und die Schwarzhaarige.

Parnell lief hinter ihnen her die Seitenstraße entlang und die Rampe zur Tiefgarage hinunter.
Als die ersten Blinklichter um die Ecke bogen, war er bereits unten.
In der schwach beleuchteten Tiefgarage parkten um diese Zeit nur einige Dutzend Fahrzeuge. Am unteren Ende der Einfahrtsrampe bog die Horde, deren Schritte über den Betonboden hallten, scharf nach links zu den Aufzügen ab. Parnell sah uniformierte Polizisten, die dort Wache hielten, und hinter diesem Kordon bereits die schwarzhaarige Reporterin mit ihrem Kameramann, der mit einer Schulter an der Wand lehnte. So hatte er die haltenden Streifenwagen genau im Bild.
Hinter ihm rollten Fahrzeuge mit roten Blinkleuchten die Rampe herunter.
Die Reporter drängten sich schiebend und stoßend vor den Aufzügen zusammen und bildeten im Kampf um die besten Plätze eine geschlossene Mauer, die ihm den Weg versperrte.
Er löste sich von der Meute und lief nach Atem ringend zwischen zwei Reihen geparkter Autos parallel zu der Wand mit den Aufzügen weiter.
Als er sich umsah, tauchte gerade der erste Streifenwagen hinter der Meute auf und wurde langsamer, um keinen der sich vordrängenden Reporter zu überfahren.
Parnell lief schneller.
Als er in Richtung der Schwarzhaarigen lief, waren sie durch vier Reihen Autos getrennt. Während Parnell sich zwischen ihnen hindurchzwängte, öffnete sie den Mund, und der Mann neben ihr hielt die Kamera mit beiden Händen über seinen Kopf. Was sie sagte, ging in dem allgemeinen Stimmengewirr unter.
Er war noch eine Reihe von ihr entfernt, etwa eineinhalb Meter hinter ihr.
Der erste Wagen hielt.
Jetzt hörte Parnell die Reporterin ins Mikrofon sprechen: »In wenigen Sekunden werden wir endlich Phönix' Gesicht zu sehen bekommen...«
Während sie sich auf die Zehenspitzen stellte, sprangen drei Deputy Sheriffs aus dem Streifenwagen und sicherten den Weg zum Aufzug. Danach rollte der zweite Wagen heran.

Parnell hastete mit weichen Knien durch die letzte Reihe weiter und stand dann hinter ihr. Vor ihm bewegten sich Köpfe: ihrer, der eines Polizisten, der des Kameramanns. Keiner achtete auf ihn.
Zwischen ihren Schultern tat sich eine Lücke auf.
Die hintere Tür des zweiten Wagens schien sich im Zeitlupentempo zu öffnen.
Moore stieg aus und sah sich nach dem dritten Wagen um, aus dem weitere Deputy Sheriffs sprangen. Heftiges Blitzlichtgewitter, während Reporter ihn mit Fragen bestürmten.
Parnell folgte dem Beispiel der Schwarzhaarigen und konzentrierte sich wieder auf den zweiten Wagen.
Auf dem Rücksitz wartete ein weiterer Mann, von dem bisher nur die Beine und der untere Teil des Oberkörpers zu sehen waren.
Moore beugte sich hinein, um ihn am Arm zu fassen. Der andere tauchte aus dem Fahrzeug auf. Als erstes sah Parnell die mit Handschellen gefesselten Hände, danach muskulöse Unterarme und den gesenken Kopf. Schwarzes, glattes Haar.
Parnell umklammerte seinen Revolver, aber er hatte nicht die Kraft, ihn aus der Manteltasche zu ziehen. Die Kamera begann zu surren.
Dann stand Damone auf, und Parnell sah sein Profil.
Parnell stand völlig verwirrt, wie vor den Kopf geschlagen da.
Die Frau streckte ihre Hand mit dem Mikrofon aus und rief dem Mörder zu:
»Warum . . .?«
Als er sich ihr zuwandte, sah er Parnell hinter ihr stehen.
Parnell hob den Revolver, während er noch immer ungläubig das Gesicht des Täters anstarrte. Dann folgten Moore und die Reporterin dem Blick des Mörders, aus dem ein schreckliches Wiedererkennen sprach. Während Rachel laut aufschrie, setzte Moore sich in Bewegung, um sich zwischen die beiden zu werfen.
Robert Parnell hob instinktiv seine gefesselten Hände, um seine Augen zu bedecken.
Ein Schauder aus Abscheu und Horror durchlief Parnell und pflanzte sich bis zum Abzug seiner Waffe fort.

Der Schuß hallte aus dem Lautsprecher ihres Fernsehers.
Gleichzeitig taumelte der Mann, den Stacy als John Damone kannte, einen Schritt rückwärts und brach zusammen. Zwischen seinen Fingern quoll Blut hervor.
»Er hat ihn erschossen!« kreischte Rachel. »O Gott, er hat ihn erschossen ...«
Moore rannte auf sie zu. Nach einem wilden Schwenk, um ihm zu folgen, fand die Kamera Parnell.
Er starrte mit seinem Revolver an der Schläfe in die Kamera. Dann wandte er sich fast verlegen zur Seite, bevor er abdrückte.
Stacy und Rachel schrien gemeinsam auf.
Parnells leblos gewordener Blick fixierte Moore. Der FBI-Agent fing ihn auf, als er zusammenbrach, dann umringten weitere Kameras die beiden.
Auf Rachels Bluse zeichnete sich ein Blutfleck ab. »Colby Parnell hat sich erschossen«, wiederholte sie mit fast hysterischer Stimme. »Er hat Phönix vor unser aller Augen erschossen ...«
Die Kamera schwenkte zu ihm hinüber.
Damone lag bewegungslos auf dem Rücken. Der dunkle Fleck unter seinem Kopf sah wie der unter Jamies aus.
Stacy wandte sich ab und vergrub ihr Gesicht an Lords Brust. Sie hätte nicht sagen können, wer von ihnen mehr zitterte.

Folgen:
April–September

Sie blieben noch zwei Tage in Sea Ranch.

Lord bekam leichtes Fieber und schlief unruhig; Stacy sorgte für ihn. Da sie Colby Parnells Tat miterlebt hatten und jetzt wußten, wer Damone wirklich gewesen war, hatten sie nicht mehr den Wunsch, darüber zu sprechen. Keiner von ihnen brachte es fertig, den Fernseher anzustellen. Sie gingen auch nicht miteinander ins Bett.

Am dritten Morgen, als es Lord wieder besserging, tranken sie auf der Bank am Fenster Kaffee. Lord hatte mit Moore telefoniert; die Parnells würden an diesem Vormittag beigesetzt werden; ein Vergleich zahnärztlicher Unterlagen hatte bestätigt, daß Damone ihr Sohn gewesen war.

Stacy war auffällig schweigsam; der Schock über das Erlebte sprach noch aus ihrem Blick.

»Es geht nicht nur um John«, sagte sie schließlich. »Sondern auch darum, daß Colby und Alexis tot sind – und daß alles, was er getan hat, sinnlos gewesen ist.«

Lord starrte eine Zeitlang aufs Meer hinaus. »Wirklich alles?« fragte er dann.

Stacy beobachtete ihn aufmerksam, als wolle sie sich sein Gesicht für immer einprägen. »Das Leben geht weiter, Tony – aber über manche Dinge werden wir nie richtig miteinander reden können, nicht wahr?«

Er zögerte, weil er nach einer Antwort suchte. »Es gibt massenhaft andere Themen. Ich könnte mir vorstellen, daß mir tagsüber etwas einfällt und ich dich sofort anrufe, um dir davon zu erzählen.«

»Manchmal bin ich am Telefon ein bißchen unbeholfen.« Sie ließ ihn nicht aus den Augen, während sie einen Schluck Kaffee trank. »Vermutlich liegt's daran, daß man aufs Reden angewiesen ist, und wenn ich verwirrt bin, drücken meine Worte nicht aus, was ich eigentlich denke.«
Lord zuckte verlegen mit den Schultern. »Wir könnten es ja mit Telepathie versuchen...«
»Oder mit Briefen.« Zum ersten Mal seit Tagen lächelte Stacy wieder. »Falls ich deine Schrift lesen kann.«

Als Lord wieder ins Büro kam, umarmte Cass ihn und küßte ihn auf die Wange. »Das muß für die nächsten fünfzig Jahre reichen«, meinte sie lächelnd.
»Um das zu erleben, hab' ich mir das alles angetan.«
Draußen warteten noch immer Reporter und Kamerateams; auf seinem Schreibtisch stapelten sich Bitten um Interviews und Anfragen wegen möglicher Buchveröffentlichungen.
»Du bist ein Held, Tony.«
»Ich bin mir nie wie einer vorgekommen.«
Er schob die Gesprächsnotizen beiseite und versuchte, wie gewohnt zu arbeiten. Dann kam Cass herein und berichtete, Rachel Messer sei am Telefon und verlange ein Exklusivinterview.
»Ich bin froh, daß ich noch lebe«, murmelte Lord. »Hat sie noch immer nicht genug?«
»Was soll ich ihr sagen?«
»Stell ihr einfach diese Frage. Die müßte sogar sie verstehen.«
Als sie leise die Tür hinter sich schloß, wußte Lord recht gut, daß er auch deshalb zornig war, weil er sich durch Carsons Schuld als Betrüger fühlen mußte.
Wenig später diktierte er eine kurze Pressemitteilung, in der er lediglich sagte, daß er nichts zu sagen habe.
Sein Statement erschien am nächsten Morgen in den Zeitungen, die gleichzeitig Vermutungen über ein von ihm geplantes Buchprojekt anstellten. An diesem Abend wich sein Sohn am Strand kaum von seiner Seite; Lord fragte sich, ob er jemals wieder eine Brandung würde hören können, ohne dabei an Robert Parnell denken zu müssen.

Am Sonntag brachte er Christopher zu Marcia und Fred zurück, fuhr nach Hause und schrieb an Stacy.

»Nichts hat sich verändert«, erklärte er ihr. »Außer mir.

Ich möchte in Ruhe über alles nachdenken können und mehr Zeit für Christopher haben. Aber ich habe eine Menge Fälle aufzuarbeiten, bin wie gewohnt jedes zweite Wochenende mit ihm zusammen und habe das letzte Wochenende zum Teil im Büro verbracht, um für seinen Unterhalt aufkommen zu können.

Mir ist endlich klargeworden, was mein Dad bestimmt schon immer gewußt hat: daß die meisten Erwachsenen ihr Leben nur über längere Zeiträume hinweg ändern können – selbst wenn sie wissen, was sie tun sollten.

Anscheinend begreife ich ziemlich langsam.

Ich beneide dich nicht, wenn ich mir vorstelle, was du in bezug auf Damone empfinden mußt. Aber deine Erfolge helfen dir hoffentlich darüber hinweg, denn du gehörst zu den wenigen Menschen, die tun können, was sie als richtig erkannt haben – wenn sie's erst mal erkannt haben. Ich hoffe, daß dir das im Laufe der Zeit helfen wird.

Meine Gedanken sind ständig bei dir.«

Stacys schwungvolles Gekritzel auf dem Briefumschlag erinnerte ihn an ihr Profil mit den ins Gesicht fallenden Haaren. Er lächelte unwillkürlich.

»Meine Freude darüber, daß du geschrieben hast«, antwortete sie, »ist ungefähr das einzige, dessen ich mir sicher bin. Ich wollte, ich könnte dir und Christopher etwas von meiner Zeit schicken. Die Leere nach Jamies Tod ist wie eine Frage, die wohl nie ganz beantwortet werden wird.

Wegen der Sache mit John weiß ich nicht, ob ich jemals wieder imstande sein werde, mich auf mein Gespür für Menschen oder Dinge zu verlassen.

Einer der Gründe, weshalb ich ihn hasse, ist die Tatsache, daß ich manchmal vergesse, ihn zu hassen.

Ein weiterer Grund ist mein Zorn auf mich selbst. Während er ein Jahrzehnt lang meine Karriere gefördert hat, war es für mich bequemer, mich nicht näher für einen Mann zu interessie-

ren, den ich zu kennen glaubte. So habe ich das Ungeheuer, das er in seinem Innersten gewesen sein muß, auf Menschen gehetzt, die mir nahegestanden haben.
Wie viele darunter gelitten haben, ist schwer zu beurteilen. Ich weiß nur, daß der Preis, den ich gezahlt habe, gering gewesen ist.
Ich werde niemals akzeptieren können, daß das, was wir an jenem Abend gesehen haben, unvermeidlich gewesen sein soll.
Entschuldige, daß ich dich mit all diesen Dingen belästige. Aber mit wem sollte ich mich sonst aussprechen?«
Nach kurzem Nachdenken rief Lord Moore an.
»Ich brauche ein paar Informationen über Robert«, begann er.
»Kommt darauf an.« Moores Stimme klang ausdruckslos. »Die Sache mit dem Einnahmenraub ist wieder aktuell – weil Robert damit die Entführung finanziert haben könnte. Unter anderem versucht DiPalma, Carson eine Mittäterschaft nachzuweisen.«
Lord rieb sich den Nasensattel. »Du würdest mir einen persönlichen Gefallen tun, Johnny – um Stacy zu helfen.«
Sie sprachen eine Zeitlang miteinander. Als Lord dann auflegte, empfand er die Aussichtslosigkeit seiner eigenen Lage – in einer Zwickmühle zwischen Stacy und Carson – wieder besonders stark.
»Was mich an Robert Parnell beeindruckt«, schrieb er ihr schließlich, »ist die große Mühe, die er sich gegeben hat, um seine wahre Identität zu tarnen.
Von Moore weiß ich, daß er sich die Geburtsurkunde eines toten Kleinkindes beschafft hat – der echte John Damone ist in einem Waisenhaus in der Bronx gestorben –, um in der Army dienen und später als ehemaliger GI in Berkeley studieren zu können. In den sechziger Jahren war das alles ziemlich einfach: Radikale und Drogenhändler hatten für alle, die untertauchen oder sich nur der Wehrpflicht entziehen wollten, ein Netzwerk zur Beschaffung falscher Papiere aufgebaut. Robert hat diesen Vorgang nur umgekehrt.
Zwei Wochen vor seiner vorgetäuschten Entführung ist er unter dem Namen John Damone als Freiwilliger zur Army gegangen.

Moores Überzeugung nach wollte er das Lösegeld verstecken und seinen Dienst als Freiwilliger ableisten, um nach zwei Jahren – mit neuer Identität versehen – das Geld aus dem Versteck zu holen.
Als sein Vater sich geweigert hat, Lösegeld zu zahlen, hat Robert den Rest seines Planes trotzdem verwirklicht – ein Beweis dafür, wie flexibel er war.
Von seiner schauspielerischen Begabung abgesehen, kann man sicher sagen, daß er auf seine Art genial war.
Während in ganz Amerika nach dem Entführten gesucht wurde, hat Robert seinen Schliff als Rekrut bekommen; niemand ist auf die Idee gekommen, ihn bei der Army zu suchen. Nach Ansicht der zuständigen Stellen war Robert spurlos verschwunden, von seinen Entführern ermordet. Und die Army hat John Damone eine makellose neue Identität verschafft.
Als du ihn kennengelernt hast, hatte er seine Rolle schon sieben Jahre lang gespielt. Du hattest keine Chance, seine Täuschung durchschauen zu können. Auch von den Cops und Anwälten, die später mit ihm zu tun hatten, hat sie niemand durchschaut, am allerwenigsten wohl ich selbst.«
Lord legte den Füllfederhalter beiseite, während er sich fragte, was er über den Prozeß schreiben sollte.
»Nach James Kilcannons Tod«, schrieb er schließlich, »war mir schnell klar, daß Damone jegliche Publicity und vor allem eine Zeugenaussage vor Gericht vermeiden wollte. Ich habe mir alle möglichen Gründe dafür überlegt – nur den nicht, daß er befürchten mußte, enttarnt zu werden.
Als er schließlich doch ausgesagt hat, hatte Richter Rainey Nahaufnahmen von Zeugen verboten. SNI hat einen Vierunddreißigjährigen mit Bart und New Yorker Akzent gezeigt. Deshalb hat ihn nicht einmal seine eigene Mutter wiedererkannt.
Mir ist bewußt, wie schrecklich dieser letzte Satz klingt. Aber die Kernaussage ist unwiderlegbar – vor allem in bezug auf dich, weil du ihn nur als John Damone, deinen Freund und Manager, gekannt hast.
Ich weiß, daß du im Augenblick alles und jeden mehr als kritisch beurteilst. Trotzdem hoffe ich, daß du auch dir gegenüber fair bleibst.«

Auch um meinetwillen, dachte Lord. Und dann erkannte er, daß er es noch nicht über sich brachte, Harry Carson zu besuchen.

Danach hörte Lord einige Wochen lang nichts mehr von ihr. Er schrieb ihr bewußt nicht wieder, bis er eines Abends von einem Besuch bei Marcia und Fred zurückkam.
»Wir haben in unserem ehemaligen Wohnzimmer gesessen«, berichtete er später an diesem Abend. »Christopher war schon im Bett; Fred war nicht da. Als Marcia zwei Weingläser auf den Couchtisch gestellt hat, kam mir das alles merkwürdig bekannt vor.
Ich war hingefahren, um Marcia zu bitten, einem gemeinsamen Sorgerecht für Christopher zuzustimmen. Marcia wollte mir signalisieren, daß sie mit Fred Schluß gemacht hatte – weil sie seinen Mangel an Ehrgeiz nicht mehr ertragen konnte. Ich kann nur hoffen, daß ich nicht so sprachlos verblüfft ausgesehen habe, wie mir zumute war.
Ich habe ihr angeboten, ihr diese neue Lage etwas zu erleichtern und Christopher jeden Monat zwei Wochen zu mir zu nehmen – damit sie vielleicht weiterstudieren könne. Aber sie wurde daraufhin sofort abweisend; seit unserer Trennung habe sie gelernt, ihre mütterliche Seite zu schätzen, das war alles, was sie dazu gesagt hat.
Nach einigem Hin und Her haben wir uns für den Anfang auf eine Woche pro Monat und unbegrenzt viele Einsätze als Babysitter geeinigt. Alles sehr freundschaftlich.
Ich bin gegangen, bevor sie sich die Sache anders überlegen konnte.«
Hier brach Lord ab. Da Stacy hartnäckig schwieg, redete er mit sich selbst.

Als ihr Brief ankam, lief Lord hinauf, um ihn zu lesen.
»Tut mir leid, daß ich nicht früher geantwortet habe, aber in gewisser Beziehung bin ich auch froh darüber.
Als ich zu dem Teil über John gekommen bin, wußte ich nicht, was ich denken sollte – aus vielen Gründen. Aber ich habe ihn alle paar Tage noch mal gelesen.

Erst gestern ist mir klargeworden, wieviel mir dein Brief geholfen hat.
Ich habe wieder mit dem Klavierspielen angefangen. Früher haben meine Eltern für Gershwin und Cole Porter geschwärmt – und ich dann auch. Heute morgen habe ich mir überlegt, ob ich ein paar ihrer Songs aufnehmen soll. Jedenfalls wäre damit das Problem beseitigt, daß irgendwelche Zeitschriften Unsinn über meine Songtexte verbreiten.
Aber genug von mir. Ich sehe dein Gesicht gar nicht mehr im Fernsehen. Heißt das, daß du arbeitslos bist – oder verbringst du deine gesamte Zeit jetzt auf Spielplätzen?
Wie geht's Christopher?«
Unterzeichnet war der Brief mit einem großen *S*.
Lord setzte sich lächelnd hin, um seinen Brief fertigzuschreiben.
»Das heißt, daß ich mich nicht gut im Fernsehen mache«, antwortete er, »abgesehen davon, daß ich nicht viel vom Umgang mit diesen Leuten halte. Aber an Gershwin ist nichts auszusetzen.«
Er machte eine nachdenkliche Pause.
»Ich weiß nicht recht, wie ich's ausdrücken soll, aber irgendwie fehlst du mir. Beim Abschied hatte ich das Gefühl, es müsse bessere Gründe für eine Freundschaft geben als gemeinsam ertragenen Schmerz.
Ich kenne die Probleme, die zwischen uns stehen. Aber ich habe dich auch damals gemocht, und du fehlst mir jetzt.«
Lord gab den Brief rasch auf und fragte sich dann, ob er zuviel gesagt hatte. Ein Blick auf den Kalender zeigte ihm, daß sie den Brief ein, zwei Tage vor dem 2. Juni bekommen würde ...
Als auf seinen Brief hin zwei Wochen Schweigen herrschte, war er sich sicher, sie verloren zu haben. Dann brachte Cass ihm ein Telegramm herein:

HABE EBEN NOCHMALS DEINEN BRIEF GELESEN STOP FALLS KEINE AUSSÖHNUNG MIT MARCIA BEABSICHTIGT STOP ODER MIT RACHEL STOP SOLLTEN WIR'S EIN WOCHENENDE LANG MITEINANDER VERSUCHEN STOP WIE WÄR'S MIT SEA RANCH STOP ERWARTE DICH AM ZWÖLFTEN JULI STOP

Sie stand an der Tür, lächelte ihm entgegen. Im ersten Augenblick wußte Lord nicht, was er tun sollte.
Stacy küßte ihn.
Ihre Lippen waren voll und warm. Als ihr Körper sich gegen seinen drängte, elektrisierte das, was Lord empfand, sie beide. Ihr Gesicht sank auf seine Schulter; was dann folgte, war halb Schauder, halb Seufzer.
Er schloß leise die Tür hinter sich.
Als Stacy das Klicken hörte, hob sie mit großen Augen den Kopf. Ihr Blick war ernst. »Jetzt passiert's wirklich, nicht wahr?«
Sie gingen zur Bank am Fenster hinüber und saßen dann engumschlungen in der Nachmittagssonne.
»Ich weiß nicht, wie ich mit dir anfangen soll, Tony.«
Seine Befangenheit weckte Erinnerungen in ihm. »Weißt du noch«, fragte er, »wie du zum ersten Mal jemanden geküßt hast?«
»Klar.«
»Ich wußte beim besten Willen nicht, was ich sagen oder tun sollte.« Er beugte sich über sie. »Mir ist bloß das eingefallen...«
Er küßte sie sanft, flüchtig, mit geschlossenem Mund.
»War das alles?« fragte sie.
»Nein«, antwortete er ernst. »Ich bin langsam frecher geworden.«
Der nächste Kuß war genau wie der davor – nur etwas länger.
Sie legte ihre Stirn an seine.
»Und wie ging's dann weiter?« fragte Stacy.
Er lächelte schwach. »Ich glaube nicht, daß ich noch mal so lange warten kann«, sagte er leise.
In ihrem Blick lag ein leichtes zustimmendes Lächeln. Sie wandten sich dem Fenster zu; vor sich hatten sie nur den Strand und das Meer.
Während sie sich auszogen, wich sie seinem Blick keine Sekunde aus.
Als sie beide nackt waren, zog Lord sie an sich. Seine Kehle war wie zugeschnürt, während er sanft ihr Haar, ihre Haut streichelte.
Er spürte, wie ihre Haut sich unter seinen Fingern veränderte,

und fühlte sein Herz rascher schlagen. Ihr Kuß wurde leidenschaftlicher. Als sie auf die Polster glitten, breitete ihr Haar sich unter ihrem Kopf aus.
Ihre Arme umschlangen ihn eng.
Ihre Körper verschmolzen miteinander, bewegten sich erst langsam, ohne Hast oder Nachdenken oder Hemmungen. Ihre Vereinigung war zärtlich und leidenschaftlich.
Auch als sie danach still dalagen, sahen sie sich weiter an. Lord spürte, daß sich etwas zwischen ihnen verändert hatte, aber er konnte jetzt nicht sprechen.
Stacy schien zu erraten, was in ihm vorging. »Merkwürdig, wie Gesichter sich verändern«, sagte sie lächelnd. »Du kommst mir jetzt überhaupt nicht mehr arrogant vor.«
»Dir gegenüber bin ich's nie gewesen.«
Später lagen sie nebeneinander ausgestreckt, so daß ihre Körper sich leicht berührten.
»Wie war es«, fragte sie, »als du zum ersten Mal ein Mädchen geliebt hast?«
Lord stützte sich auf einen Ellbogen. »Sie hieß Mary Jane Kulas«, antwortete er. »Wir waren beide sechzehn und katholisch und hatten solche Gewissensbisse, daß ich zwei Kondome benutzt habe.«
Stacy machte große Augen. »Und wie war das?«
»Als würde man's mit einem Gürtelreifen machen!«
Sie schüttelte den Kopf. »Für Mary Jane, meine ich.«
»Schwer zu beurteilen.« Lord küßte sie. »Ihr Gesicht hat sich jedenfalls nicht verändert.«

Stacy fühlte sich mehr zu ihm hingezogen, als sie es je für möglich gehalten hätte.
Sie liebten sich an jedem warmen, weichen Fleckchen, das ihnen nur einfiel. Bei ihren Gesprächen danach schien alles von Mal zu Mal selbstverständlicher zu werden.
Zwei Tage lang sprachen sie über alles Mögliche, aber nie über Jamie oder Harry Carson. Den Fernseher stellten sie nicht einmal an.
Am dritten Morgen fuhren sie die Küste entlang nach Norden, um in einem kleinen Ort, in dem sie niemand zu erkennen

schien, Muscheln zu kaufen. Die Rückfahrt verbrachten sie damit, ein Picknick in einer kleinen Bucht zu planen, die Stacy seit ihrer Kindheit kannte und liebte. Gegen Abend zogen sie schwerbepackt los, stiegen über Felsen zu dem halbmondförmigen Sandstrand hinunter, sammelten Treibholz und machten damit Feuer.

Als es brannte, sah Lord in der Abenddämmmerung aufs Meer hinaus. »Das wäre genau der richtige Platz für Christopher«, sagte er. »Er ist 'ne richtige Wasserratte.«

»Wie kommt er in letzter Zeit zurecht?«

Lord warf noch ein Stück Holz ins Feuer. »Besser, glaube ich. Er scheint es zu genießen, daß wir jetzt mehr zusammen sind.«

»Ich hab' eigentlich nie viel mit Kindern zu tun gehabt.« Stacy trank ihr erstes Glas Wein aus. »Seit dem College weiß ich, daß ich keine bekommen kann.«

Lord holte die Weinflasche aus der Kühlbox. Während Stacy ihm dabei zusah, merkte sie, daß sie auf eine Antwort oder eine Geste wartete, die ihr zeigte, daß das keine Rolle spielte.

»Ich könnte dir gelegentlich mein Kind leihen.«

»Einen kleinen *Jungen?*« fragte sie mit gespieltem Entsetzen. »Einen, der den ganzen Tag Baseball spielen will? Was sollte ich mit ihm anfangen?«

Lord sah lächelnd zu ihr auf. Dann aßen sie die Muscheln: Stacy an ihn gelehnt, seine Daunenjacke über beider Schultern gelegt.

Sie waren gerade dabei, Irish Coffee zu machen, als das Telefon klingelte.

»Für dich«, sagte Stacy und hielt ihm den Hörer hin. »Marty Shriver.« Während Lord sich meldete, ließ sie den halbfertigen Kaffee stehen und trat ans Fenster.

»Entschuldigen Sie die Störung«, sagte Shriver langsam, »aber Cass hatte die Nummer, und ich dachte, Sie wüßten's vielleicht noch nicht.«

»Was gibt's denn?«

»Harry Carson ist tot.«

Lord mußte sich hinsetzen. Dann sah er rasch zu Stacy hinüber; obwohl es längst Nacht war, starrte sie aufs Meer hinaus.

»Was ist passiert?«

»Offiziell heißt es, Harry sei bei einem Fluchtversuch umgekommen. Er muß es irgendwie geschafft haben, das Fenstergitter durchzusägen und sich mit seinem in Streifen gerissenen Bettlaken abzuseilen. Bevor das aufgefallen ist, hat er den Wachmann am Eingang niedergeschlagen und auf dem Parkplatz eine Harley kurzgeschlossen. Die Flucht ist erst bemerkt worden, als er davongeröhrt ist.«

»Ist er erschossen worden?« fragte Lord halblaut.

Stacy schien zu erstarren.

»Nein – er hat den Highway One erreicht und ist bis Sonnenaufgang weitergefahren. Passiert ist es gegen sieben Uhr, als die Highway Patrol hinter ihm her war, in einer Straßenkehre bei San Luis Obispo. Vor der Kehre hat Harry auf mindestens hundert Sachen beschleunigt und ist dann geradeaus weitergefahren. Er hat nicht mal Schleuderspuren hinterlassen.« Shriver machte eine Pause. »Er wollte sich umbringen, Tony. Ein klassischer Fall – bis hin zum bitteren Ende.«

Die nüchterne letzte Feststellung zeigte Lord, wie deprimiert Shriver war. Zugleich hörte er gewisse Zweifel aus seiner Stimme.

Lord äußerte sich nicht weiter. »Ist noch irgendwas zu veranlassen?« fragte er schließlich.

Am anderen Ende entstand eine Pause. »Wahrscheinlich findet ein Trauergottesdienst statt – wenn Beth und Harrys Mutter sich darauf einigen können.«

»Ich komme auch.« Lord zögerte unschlüssig. »Danke für den Anruf, Marty.«

»Klar.« Eine letzte kurze Pause. »Den Rest können wir bei Gelegenheit besprechen.«

Als Lord auflegte, blieb Stacy am Fenster stehen.

Auch er bewegte sich zunächst nicht. Vor seinem inneren Auge sah er, wie Carson James Kilcannon erschoß; er erinnerte sich wieder, daß Carsons Mutter nach Erdbeeren gerochen hatte, sah ein Gewitter über der Farm aufziehen und dachte daran, wie Beth ihm das Gedicht gegeben hatte. Und er erinnerte sich an seine letzte Begegnung mit Carson.

Er spürte, daß Stacy wartete.

Lord betrachtete noch einige Sekunden lang ihren geraden, schmalen Rücken. Dann trat er auf sie zu und blieb hinter ihr stehen.
Er erklärte ihr so behutsam wie nur möglich, daß Carson tot war, warum er James Kilcannon erschossen hatte und wofür Damone die Konzerteinnahmen verwendet hatte.

Als Stacy sich umdrehte, liefen Tränen über ihre Wangen.
Lord fühlte sich hilflos. »Hätte ich Harry Carson durchschaut, Stacy, könnten die Parnells noch leben. Du kannst also aufhören, dir wegen Damone Vorwürfe zu machen ...«
»Ja, damit dein Anblick mich in Zukunft ständig daran erinnert – genau wie ich immer daran denken muß, Jamie mit ihm zusammengebracht zu haben?« Sie fuhr sich mit einem Handrükken über die Augen. »Oh, Tony, wie haben wir nur glauben können, daß aus der Sache mit uns etwas werden würde?«
Er zuckte hilflos mit den Schultern. »Hör zu, darüber müssen wir später ...«
Sie lief an ihm vorbei ins Schlafzimmer.
Lord verbrachte die Nacht auf der Bank am Fenster – zu deprimiert, um schlafen zu können, und in dem Bewußtsein, daß sie jetzt allein sein mußte.
Als er bei Sonnenaufgang auf der Landzunge über den Seehundfelsen saß, hörte er Stacy hinter sich herankommen.
»Hast du geschlafen?« fragte sie.
»Natürlich nicht.«
Sie schwieg einen Augenblick. »Irgendwie habe ich geahnt, was du nicht sagen konntest. Aber seitdem ich es *weiß* ...« Ihre Stimme wurde leiser. »Tony, das mit dem Geld hab' ich nie vermutet.«
Er nickte wortlos. Obwohl er weiter aufs Meer hinausstarrte, spürte er, daß sie ihn beobachtete.
Stacy setzte sich mit einigem Abstand neben ihn. Sie hatte dunkle Ringe unter den Augen; sie hob Steine auf und warf sie ins Wasser.
»Alles ist so kompliziert, Tony.«
Er wandte sich ihr zu. »Du hättest Robert Parnell niemals verstehen können. Das hätte er nicht zugelassen.«

»Ich meinte nicht nur das ...« Sie schloß die Augen. »Vielleicht können wir später wenigstens darüber reden. Aber jetzt muß ich hier draußen allein sein. Bitte.«

Der Trauergottesdienst für Carson fand in einer kleinen katholischen Kirche einige Meilen von der Farm entfernt statt. Als Lord eintraf, drängte sich eine Handvoll Leute zwischen den Fotografen und Kamerateams hindurch, die Beth Carson aus der Kirche verbannt hatte.

Sie wartete im Vorraum. An der Tür stand Cathy, die neugierig zu den Kameras hinausstarrte; Lord sah, daß sie Carsons Haar, aber die Augen von Beth geerbt hatte.

»Sie weiß nicht, was sie denken soll«, erklärte Beth ihm.

Er nickte. »Tut mir leid, daß es so gekommen ist.«

»Ich hab' gewußt, daß irgendwas passieren würde. Aber sie ist alt genug, um zu verstehen, was ich ihr erkläre. Daß ihr Vater ein guter Mensch war, den der Krieg zugrunde gerichtet hat.«

Lord beobachtete schweigend, wie Cathy sich von der Kirchentür abwandte und auf sie zukam. Beth legte ihm eine Hand auf den Arm.

»Ich danke Ihnen, daß Sie gekommen sind«, sagte sie.

Als er den Innenraum betrat, sah er in der letzten Reihe Rachel Messer sitzen, die sich abwandte, als er sie ungläubig anstarrte.

Die eigentlichen Trauergäste hatten vorn in der Nähe des Sarges Platz genommen. Lord sah Carsons Mutter, Rob Bramley, Carsons Kameraden aus Vietnam, und dann Marty Shriver. Als er sich neben ihn setzte, zog Shriver die Augenbrauen hoch; alle anderen trugen den ernsten, betrübten Gesichtsausdruck von Menschen zur Schau, die sich bewußt sind, daß alles, was sie sagen oder tun könnten, unzulänglich wäre.

Der Trauergottesdienst war knapp und nüchtern; Lord merkte, daß er alle Gebete noch immer auswendig konnte. Dann wurde der Sarg von einigen Nachbarn an ihm vorbeigetragen.

Als Lord ihm folgte, sah er Rachel hinter dem Sarg herhasten.

Rob Bramley wartete auf der Treppe vor dem Kirchenportal. Die beiden schüttelten sich die Hände. »Soll ich Sie mitnehmen?« fragte Bramley.

»Das wäre nett.«
Um sie herum surrten Kameras. Sie stiegen in den Leihwagen und fuhren durch die sonnenbeschienene Landschaft New Jerseys zum Friedhof.
Bramley zupfte an seiner Krawatte. »Ich wollte schon lange mal mit Ihnen reden.«
Lord sah ihn an und wartete.
»Hören Sie, ich weiß, wie schlecht Sie sich jetzt fühlen müssen. Ich meine, Sie wollten Harry helfen...« Bramley verzog das Gesicht. »Statt dessen haben Sie letzten Endes bloß *mir* geholfen.«
»Wie denn, Rob?«
»Der Prozeß... er hat mir die Chance gegeben, mich erstmals wirklich mit allem auseinanderzusetzen. Das hat mir bei der Therapie und auch sonst geholfen, und Sue – meine Frau – und ich wollen's noch mal miteinander versuchen.« Er starrte über das Lenkrad nach vorn. »Das hätten wir nie getan, wenn Sie mich nicht dazu überredet hätten, als Zeuge auszusagen.«
Lord antwortete nicht gleich. »Einfach großartig«, murmelte er schließlich.
Bramley fuhr gekränkt schweigend weiter.
Als er vor dem Friedhof geparkt hatte, legte Lord ihm eine Hand auf die Schulter. »Alles Gute, okay? Das bedeutet mir wirklich etwas.«
Bramleys mißmutige Miene hellte sich auf. Sie gingen zusammen über den Friedhof.
Der Nachmittag war hell und klar; ein frischer Wind ließ den Ornat des am Grab sprechenden Geistlichen flattern. Carsons Mutter warf die erste Schaufel Erde auf den Sarg und gab die Schaufel dann an Beth weiter. In einem Gewerbegebiet, das jenseits des weißen Zauns auf ehemaligem Farmland entstanden war, sah Lord Kameras, die alles aufnahmen.
Nach der Beisetzung wandte er sich an Bramley. »Fahren Sie schon mal ohne mich, Rob. Ich muß noch mit jemandem sprechen.«
Sie schüttelten sich erneut die Hände. Danach verabschiedete Lord sich von Beth Carson. Als er zum Ausgang schlenderte, wartete Shriver am Tor auf ihn.

Die beiden Männer blieben an den niedrigen weißen Zaun gelehnt stehen.
»Ich bin schon immer ein neugieriger Mensch gewesen, Tony. Was hat Harry von Ihnen gewollt, als Sie ihn neulich morgens besucht haben?«
Lord drehte sich kurz um. Beth und Cathy, die sich an den Händen hielten, standen allein an Carsons Grab. Ein Bild von seltsam ergreifender Schönheit – bis Lord das Glitzern eines Teleobjektivs auffiel.
»Eine merkwürdige Sache«, sagte er. »Harry wollte nicht, daß ich mich als Kurier zur Verfügung stelle, weil er fürchtete, daß ich dabei umkommen könnte. Es war das einzige Mal, daß ich das Gefühl hatte, zu dem weichen Kern in ihm vorgedrungen zu sein.«
Shriver schwieg einen Augenblick, während er Beth beobachtete. Dann bedeckte er mit einer Hand seine Augen und schüttelte langsam den Kopf.

Einige Wochen später lud Johnny Moore Lord zu den versprochenen Drinks ein.
Sie trafen sich in einer irischen Bar mit dunkler Holztäfelung und bequemen Polsterstühlen. Beide tranken Bushmills.
»Bis du ihn gefaßt hast«, sagte Moore beim zweiten Drink, »hat niemand wissen können, daß Robert Parnell noch lebte – Fingerabdrücke sind ihm erst als John Damone in der Army abgenommen worden. Aber nachdem ich die alten Ermittlungsakten gelesen hatte, ist mir nicht mehr aus dem Kopf gegangen, daß damals keine Leiche aufgefunden worden war.«
»Ob Colby Parnell sich das auch überlegt hat? Vorher, meine ich.«
Moore sah zu ihm auf. »Das würdest du dich nicht fragen«, antwortete er leise, »wenn du Parnells Gesicht gesehen hättest.«
Lord nickte seinem Drink zu.
»Die Frage ist nur«, sagte Moore nach einiger Zeit, »wer ihn im Film spielen wird. Mit den unverhofften Gewinnen aus letzter Zeit hat Hart Taylor eine Produktionsfirma gegründet. Um authentische Berichterstattung zu garantieren, behauptet er, und das Recht der Öffentlichkeit auf Information zu befriedigen . . .«

»Großer Gott!«
»Übrigens hat er mich neulich angerufen, um mich als Berater zu engagieren. Er hat sogar dich erwähnt.«
Lord lachte humorlos.
Moore zuckte mit den Schultern. »Er rechnet sich aus, daß dein Insiderwissen seiner Story erst die richtige Würze geben würde. Nur ahnt er nicht, wie recht er damit hat.«
Lord erwiderte seinen Blick. »Was die Parnells betrifft, meinst du?«
»Das wäre ein Punkt«, antwortete Moore ausdruckslos. »Warum Colby damals kein Lösegeld gezahlt hat – die Sache mit Robert und Alexis, von der du mir erzählt hast.«
»Tja, jammerschade. Stell dir bloß vor, was Taylor daraus machen könnte . . .«
»Der Kerl ist einfach widerlich.« Moore hob zwei Finger, um die nächste Runde zu bestellen. »Was ist nach all den Enthüllungen eigentlich aus deiner Romanze mit Stacy Tarrant geworden?«
»Im Augenblick bin ich wieder allein. Daran dürfte sich so schnell nichts ändern.«
Moore betrachtete ihn nachdenklich.
»Trotzdem bist du entschlossen, kein Wort über Carson zu sagen, stimmt's? Nicht mal unter vier Augen. Und erst recht nicht für Geld.«
Lord äußerte sich nicht dazu. Als die Drinks serviert wurden, blieben sie unberührt zwischen ihnen stehen.
»Ohne deine Hilfe«, sagte Moore schließlich, »hat DiPalma natürlich keine Chance, die Zusammenhänge aufzuklären. Andererseits wäre das der einzige sensationelle Durchbruch, der seine Abwahl verhindern könnte.«
Lord schwieg noch einen Augenblick. Dann hob er sein Glas. »Auf abwesende Freunde, Johnny.«
Moore lächelte schwach. Sie tranken sich schweigend zu.
Als Lord in seine Wohnung zurückkam, fand er ihren kurzen Brief vor.
»Ich telefoniere noch immer ungern«, begann sie. »Vor allem jetzt.
Aber ich möchte dich wiedersehen. Ich kann dir nichts verspre-

chen – nicht das kleinste bißchen. Trotzdem finde ich, daß wir nicht so hätten auseinandergehen sollen.
Hättest du Lust, in der ersten Septemberwoche in Sea Ranch vorbeizusehen? Vielleicht bin ich bis dahin sogar wieder halbwegs ansprechbar.«
Darunter stand ein P. S.:
»Sollte das eine Christopher-Woche sein, kannst du ihn ruhig mitbringen.«

Als Lord mit Christopher ankam, war er so nervös, wie er aussah. Nach einem flüchtigen Lächeln und einigen Begrüßungsworten trug er Christophers Köfferchen in eines der Gästezimmer hinauf und stellte seinen ins Zimmer nebenan.
Christopher hatte in einigen Tagen Geburtstag. Die Torte, die Stacy auftrug, steckte voller Kerzen, und der Tisch war mit Luftballons geschmückt.
»Da braucht er aber kräftige Lungen«, meinte Lord.
Sie lächelte schwach, bevor sie sich an Christopher wandte. »Meine Mom hat mich immer aufgefordert, mir was zu wünschen. Wenn man es schafft, alle Kerzen auf einmal auszublasen, geht der Wunsch in Erfüllung.«
»Das sagt *meine* Mom auch immer.«
Stacy nickte zu der Torte hinüber, ohne ihn aus den Augen zu lassen. »Aber schaffst du's?«
Während Christopher zweifelnd die Kerzen zählte, fiel sein Blick auf den roten Ballon neben der Torte. Seine Miene hellte sich auf. »Kann ich den haben?«
»Klar. Die gehören alle dir.«
Er begann ihn aufzuknoten. »Was ist mit der Torte?« fragte Lord, aber dann zielte Christopher triumphierend mit seinem Ballon auf die Kerzen und gab die Öffnung frei.
Pulsierende Luftstöße bliesen die Kerzen aus und verteilten Schlagsahne über den halben Tisch. Als Christopher zu Stacy aufsah, verwandelte sich sein Triumph in beschämtes Entsetzen.
Sie betrachtete ihn sekundenlang.
»Verdammt!« sagte sie lachend. »Warum bin *ich* nie darauf gekommen?«

Christopher stimmte in ihr Lachen ein.
Während sein Vater und er das Geschirr spülten, zog Stacy sich an ihr Klavier zurück. Lord erkannte einige Melodien von Cole Porter.
»Tut mir leid, Dad.«
»Vergiß nicht, dich bei Stacy zu entschuldigen, okay?«
»Okay.« Christopher gab ihm den nächsten Teller. »Magst du sie lieber als Mom?«
Lord sah ihn ernst an. »Wir sind uns bloß ähnlicher, glaub' ich. Manchmal fällt es uns leichter, einander zu verstehen.«
Sein Sohn dachte darüber nach. »Darf ich ihr beim Spielen zusehen?«
»Willst du mir nicht lieber in der Küche helfen?«
Christopher lief ins Wohnzimmer.
Nach einiger Zeit verstummte das Klavier. Dann erklangen zögernde Töne, die bestimmt nicht Stacy angeschlagen hatte. So ging es minutenlang weiter. Einmal hörte er Stacy lachen.
Als Lord hereinkam, sahen sie mit Verschwörerlächeln zu ihm auf. »Schlafenszeit im Zoo!« erklärte er Christopher.
Bei seiner Rückkehr saß Stacy mit einer Zeitschrift in einer Ecke der Bank am Fenster. In der Scheibe spiegelten sich zarte Lichtreflexe; Lord sah sich ihr gegenüber Platz nehmen.
»Wie fühlst du dich?« fragte er.
Sie lächelte schwach. »Verdammt nervös, wenn du's wissen willst.«
»Das bin ich auch.« Lord sah zur Treppe hinüber. »Das war alles ein bißchen viel auf einmal.«
»Er ist wirklich ein netter Junge. Wahrscheinlich spürt er meine Unsicherheit, auch wenn er keine Erklärung dafür weiß.«
Als Lord nickte, schwieg sie einen Augenblick.
»Wie geht's mit deiner Arbeit?«
»Besser.« Er machte eine Pause. »Ich hab' in letzter Zeit ein paar Prozesse gewonnen, die man gewinnen mußte. Das baut wieder auf.«
Stacy wirkte nachdenklich.
»Ich habe beschlossen, keine Filme zu machen«, sagte sie nach einiger Zeit.
Lord legte den Kopf schief. »Warum nicht?«

Sie beobachtete sein Spiegelbild. »Ich will keinen Medienrummel mehr.«
Er betrachtete sie schweigend.
»Ich hatte genug Zeit, darüber nachzudenken, Tony. Dabei ist mir klargeworden, daß du nie wieder etwas mit Harry Carson zu tun gehabt hättest, wenn ich mich nicht an dich gewandt hätte. Auf gewisse Weise haben wir uns alles gegenseitig angetan.«
Lord sah sie an. »Was Kilcannon wohl dazu gesagt hätte?« fragte er leise.
Im ersten Augenblick wirkte Stacy verblüfft. Dann lächelte sie schwach.
»Daß außer uns beiden niemals jemand die Wahrheit erfahren wird? Ich glaube fast, daß ihm das gefallen hätte.«

Sie schliefen getrennt.
Als Lord zum Frühstück herunterkam, saß Stacy am Fenster und blickte aufs Meer hinaus. Er warf ihr zögernd einen fragenden Blick zu.
»Ich hasse Bohnen«, erklärte sie ihm.
»Wie kommst du *darauf?*«
»Christopher hat mich darauf gebracht. Er hat sich heute zum Mittagessen rote Bete gewünscht.«
Lord winkte enttäuscht ab. »Er hat dich nur reinlegen wollen, Stacy. Ich kann rote Bete nicht ausstehen.«
Sie nickte lachend. »Das hat *er* auch gesagt«, antwortete sie und zog dann mit den beiden los, um die Seehunde zu beobachten.
Unterwegs fiel ihr auf, wie sehr Tony sich darauf konzentrierte, was Christopher sagte oder fragte, so daß sein Sohn wußte, daß in diesem Augenblick nur er wichtig war. Sie sprach sehr wenig, ließ Vater und Sohn miteinander reden.
Nach dem Mittagessen gingen sie zu den Prielen hinunter. Bei ablaufender Flut blieben zwischen den Felsen Pfützen und kleine Teiche zurück, in denen es von Meerestieren wimmelte. Stacy forderte Christopher auf, seinen Zeigefinger in eine Seeanemone zu stecken; als sie sich dann harmlos saugend schloß, gab Stacy plötzlich den Schlürflaut von sich, mit dem schon ihr

Vater sie erschreckt hatte. Christopher bekam einen so heftigen Lachanfall, daß er sich in den Sand setzen mußte.
Als sie weitergingen, lief Christopher voraus, spielte mit Holzstücken Fußball und warf Steine ins Wasser.
»Er langweilt sich bestimmt«, meinte sie.
»Das ist reine Gewohnheit – wir spielen meistens mit irgendeinem Ball.« Tony sah ihm lächelnd nach. »Wart's nur ab! Morgen will er bestimmt wieder hierher.«
Nach dem Abendessen bat Christopher seinen Vater, in der Küche zu bleiben, und zog Stacy ans Klavier. Nachdem er sich die Noten von Brahms' Wiegenlied eingeprägt hatte, rief er Tony herein, um ihm vorzuspielen.
Als Christopher fertig war, scheuchte Tony ihn die Treppe hinauf, um ihm eine Gutenachtgeschichte vorzulesen, und Stacy ging unter die Dusche.
Sie ließ sich Zeit damit, um ungestört nachdenken zu können. Als sie ihren Seidenkimono anzog, hörte sie im Wohnzimmer Stimmen.
Tony hatte die Nachrichten eingeschaltet, was er seit der Nacht, in der sie erfahren hatten, wer John Damone wirklich war, nicht mehr getan hatte. Er verfolgte sie aufmerksam, ohne zu bemerken, daß Stacy hinter ihm stand.
Sie ging leise die Treppe hinauf.
Christopher schlief bereits – faltenlos, unschuldig, aber seinem Vater trotzdem so ähnlich, daß Stacy unwillkürlich lächelte. Es ist leicht, die beiden zu lieben, dachte sie ironisch, solange sie schlafen.
Als sie wieder nach unten kam, blieb sie am Fuß der Treppe stehen. Rachel Messer war inzwischen Moderatorin.
»Die wichtigste Meldung von den Vorwahlen in San Francisco«, berichtete sie weiter, »ist die vernichtende Niederlage von Staatsanwalt Ralph DiPalma.
Nach Ansicht der meisten Analytiker ist seine Niederlage hauptsächlich darauf zurückzuführen, daß es ihm nicht gelungen ist, im Prozeß gegen Harry Carson einen Schuldspruch zu erreichen. Carsons Unfalltod bei seinem kürzlichen Fluchtversuch scheint die Wähler nur wieder an ihre damalige Unzufriedenheit erinnert zu haben...«

Als Tony den Fernseher abstellte, sah er sie an der Treppe stehen. Einige Augenblicke lang sahen sie sich nur an.
In Zukunft, das wußte sie plötzlich, würden sie sich beide auf ihre Weise an Jamie oder die Parnells, an John Damone oder Harry Carson erinnern. Aber sie war sich irgendwie sicher, daß dies die letzte Gelegenheit gewesen wäre, darüber zu reden. Eigentlich war längst alles gesagt.
»Christopher schläft«, erklärte sie ihm. »Komm zu mir ins Bett, okay?«

Am nächsten Morgen war das Bett neben ihm leer.
Als Lord die kleine Badebucht erreichte, hatten Stacy und sein Sohn ihre Jeans hochgekrempelt und sammelten mit einem Plastikeimer Muscheln. Während die Wellen hereinkamen, zeigte sie Christopher, wie man warten mußte, bis der Sand sich gesetzt hatte und das Wasser klar zurückließ. Die beiden sahen ihn nicht.
Lord beschloß, sie nicht zu stören.
Aus Langeweile warf er einen Blick in ihre Kühlbox. Aber sie enthielt nichts als ein Glas rote Bete.
Lord öffnete es, machte sich über die rote Bete her und stellte sich vor, wie schrecklich enttäuscht die beiden sein würden. Und dann hörte er sie lachend über den Strand heraufkommen.